罗泰琪 著

在商言道　经邦济世

百年大商人

中国近代实业家创业风云录

团结出版社

图书在版编目（ＣＩＰ）数据

百年大商人 / 罗泰琪著. -- 北京 : 团结出版社, 2019.3
　　ISBN 978-7-5126-6824-9

　　Ⅰ. ①百… Ⅱ. ①罗… Ⅲ. ①纪实文学－作品集－中国－当代 Ⅳ. ①I25

中国版本图书馆CIP数据核字(2018)第277978号

出　　版：团结出版社
　　　　　（北京市东城区东皇城根南街84号　邮编：100006）
电　　话：(010) 65228880　65244790　（出版社）
　　　　　(010) 65238766　85113874　65133603（发行部）
　　　　　(010) 65133603（邮购）
网　　址：http://www.tjpress.com
E-mail：zb65244790@vip.163.com
　　　　　fx65133603@163.com（发行部邮购）
经　　销：全国新华书店
印　　装：三河腾飞印务有限公司

开　　本：170mm×240mm　　16 开
印　　张：26.25
字　　数：387 千字
印　　数：4045
版　　次：2019 年 3 月　第 1 版
印　　次：2019 年 3 月　第 1 次印刷
书　　号：978-7-5126-6824-9
定　　价：69.80 元

（版权所属，盗版必究）

自序：问渠哪得清如许

随着岁数增加，读书写作的注意力会有所转移，比如早先自诩文艺青年，自然以诗歌为荣，后来多晒些日头、多淋些雨，不好意思再提"文青"二字，但力气大了一些，就改写极费体力的长篇小说，再后来口味变重了，喜欢有嚼头的东西，就顾不得雅俗，喜欢上了纪实作品。于是2015年，我一口气写了包括《实业家抗战迁渝》在内的几本纪实书。写纪实作品不像写小说可以无中生有，得沙里淘金，收集和阅读大量资料。我这人贪心，资料收集得多，写完《实业家抗战迁渝》还余下不少，因为勤俭惯了舍不得丢，老想如何废物利用；又因为在这些资料里浸泡年余，写完一本书意犹未尽，于是便有了本书的构思——在《实业家抗战迁渝》的基础上扩大了来写，把抗战迁渝的故事往上下扩展，向上延伸到鸦片战争，向下延伸到中华人民共和国成立，写1839年到1949年这110年间的中国实业家——也就是民商的故事。

这样考虑，一是符合历史学分期，1840年是中国近代史的开端，1949年是中国现代史的开端；二是与中国现代民商诞生、发展、高潮、衰落周期吻合；三是适应读者诸君阅读历史的时间习惯。当然，民商发展是社会经济现象，经济史分期与历史学分期有所不同，不好一概而论，本人才疏学浅，不敢冒昧，还待经济史、民商史专家指教。

再就是"民商"这个提法。本书所指民商是依据历史习惯称呼而来，即与官商相对称的民间商人。著名经济学家许涤新、吴承明说："在具体论述中，仍用已习用的称谓，如洋务派企业，官办、官督商办、官商合办企业等。同样，'民族资本'一词也是含义不明。我们在具体论述中仍用'民间''民营''商办''华商'等称谓。这里,我们的原则是从历史习惯。"我遵从他们的意见用"民商"。

本书不是经济史,不是民商史,而是纪实作品。纪实作品也是含义不明的习用称谓,所以我在写作时,除了以档案、书籍、刊物的记载,当事人及其后人的回忆为据之外,写作手法上比较自由,融合了历史、文学、文史、论文体裁,融合了叙述、演义、引用、论证手法,有点南宋华岳能使十八般武艺的架势。当然,我只不过是钻纪实作品含义不明的空子而已。

我讲述的是近代百年间一批民商的故事,有洋行买办代表伍怡和、徐润,洋务企业家代表唐廷枢、郑观应,官商代表盛宣怀、周学熙,民商代表陈启沅、张謇、张弼士、荣德生、冯应彪、郭乐、范旭东、吴蕴初、简照南、卢作孚、刘鸿生、胡西园等,有名有姓上百人。这几代民商生活在艰苦卓绝、百年如晦的年代,遭遇了鸦片战争、辛亥革命、第一次世界大战、抗日战争、解放战争。为了抵御外商和抗衡官商,为求生存、求发展,他们养成了独特的民商精神,那就是艰苦创业、忍辱负重、经营有方、与时俱进、抗衡外商、斡旋官场、服务社会、乐善好施、践行责任、实业救国。他们在打破中国封建经济体系,开创近代新式工商体系,传播物质文明,造福国家百姓的历史过程中,有所作为,有所贡献,或称财富英雄。

本书人物众多,故事万千,涉及面广,难免万密一疏,恳请民商当事人及后人、史学家、工商业家和读者拾遗补阙、不吝赐教,共同保存、维护和发掘百年民商留给后人的宝贵资源,为当下民营经济发展引入一泓清泉。

由清泉想到南宋理学家朱熹。朱熹府上有观书第——朱熹年少时读书的地方。观书第前有半亩方塘,水清见鱼,莲盈召蝶。朱熹诗曰:

半亩方塘一鉴开,天光云影共徘徊。
问渠哪得清如许?为有源头活水来。

如果百年民商的"源头活水"能滔滔不绝,我想,民营经济这"半亩方塘"自然清清如许。这便是我创作本书的初心。

罗泰琪
2018 年 12 月 5 日于重庆化龙桥寓所

目 录
Contents

第一章 洋行买办（1839—1860 年）/ 1
  一、鸦片战争的隐情 / 2
  二、上海宝顺洋行 / 13
  三、洋行买办徐润 / 28
  四、五金大王传奇 / 42
  五、华侨圣人陈芳 / 46
  六、唐廷枢管金库 / 50
  七、洋务运动诞生 / 56

第二章 洋务运动（1861—1895 年）/ 59
  一、曾国藩办炮局 / 60
  二、李鸿章办船局 / 67
  三、开煤矿修铁路 / 83
  四、总办倒支钢铁 / 89
  五、缫丝第一工厂 / 94
  六、胡雪岩囤生丝 / 101

第三章 艰难经营（1896—1910 年）/ 121
  一、汉阳铁厂亏损 / 123
  二、张弼士办酒厂 / 130
  三、张謇招股困难 / 136
  四、虞洽卿好手段 / 143
  五、严裕棠发迹记 / 151
  六、刘歆生炒地皮 / 158
  七、周学熙退官债 / 167
  八、陕西首富周莹 / 172

第四章　迎来春天（1911—1918 年）／ 181
　　　一、民商承租四局 / 183
　　　二、荣德生办粉厂 / 191
　　　三、马应彪卖百货 / 196
　　　四、范旭东建碱厂 / 205
　　　五、简照南斗外商 / 213
　　　六、民商迎来春天 / 222

第五章　抗衡洋商（1919—1936 年）／ 235
　　　一、曹志圣被逼死 / 239
　　　二、越穷越要买船 / 245
　　　三、味精智斗味素 / 255
　　　四、日商退出川江 / 271
　　　五、抵制瑞典火柴 / 287
　　　六、抗战初期之灾 / 302

第六章　抗战迁渝（1937—1945 年）／ 317
　　　一、民商撤离上海 / 318
　　　二、浙豫工厂内迁 / 334
　　　三、撤往后方途中 / 344
　　　四、迁渝重建复工 / 351
　　　五、日机轰炸之下 / 367
　　　六、发展生产成效 / 374
　　　七、抗战胜利东归 / 385

第七章　何去何从（1945—1949 年）／ 395

结束语 / 412

第一章

洋行买办（1839—1860 年）

百年大商人

一、鸦片战争的隐情

1838年，道光皇帝做出禁烟决定，连下两道圣旨，一是革除吸食鸦片的庆亲王奕窦、辅国公溥喜的爵位，二是召林则徐入京。林则徐来到北京，八天之内，皇恩浩荡，道光帝天天召见，所谈自然是禁烟之事。道光帝对林则徐说："爱卿说说，禁烟弛烟有何利弊？"林则徐回答："臣以为弛烟弊端有四条：一、白银大量外流；二、腐蚀官场；三、削弱军队战斗力；四、危害百姓健康。"道光帝颔首抿笑。1838年12月31日，朝廷任命林则徐为钦差大臣，去广州负责禁烟。

消息传出，京城大哗。

一批王公贵族跑到直隶总督琦善府上鸣不平，说林则徐撺掇皇上禁烟，天下从此不太平，又说琦善身为林则徐的老上司，得告诫林则徐别惹是生非。琦善笑而不语。道光帝圣旨，琦善不敢反对，但把这些话悉数听了进去。过几天林则徐离京赴粤，来琦善府告辞。琦善恭维一通后说："林老弟此一去任重道远，老夫赠尔一句话：无启边衅。"这是告诫林则徐，不要引发边境冲突。林则徐顾左右不语。

内阁中书龚自珍是林则徐的好朋友，支持林则徐赴广东禁烟，对他说："徐公此去必有波澜，请旨带些军队去吧，一旦发生战争可即时还击。"林则徐说："不必兴师动众。"龚自珍说："我愿随林公南下。"林则徐说："既有波澜，不去为好。"

龚自珍时年46岁，比林则徐小7岁，官职七品，与林则徐湖广总督一品的官衔相差甚远，但道德文章概不让人，所以郁郁不得志，第二年便辞官南归，归途中写下千古绝唱"我劝天公重抖擞，不拘一格降人才"。这是后话，暂且不表。

1839年3月10日，经过长途跋涉，林则徐抵达广州，备受各界欢迎。林则徐气宇轩昂，威震八方，给人堂堂威严形象。美国商人威廉·亨德当时在场，有幸目睹，在回忆录中写道："（林则徐）气度庄重，表情相当

第一章 | 洋行买办（1839—1860 年）

严厉，身材肥胖，上唇浓密的黑短髭，下巴留着长髯，看来 60 岁左右。"

林则徐来到广州，胸有成竹，采取了四项措施。

首先，他召开禁烟会议，宣读皇帝禁烟圣旨，宣布禁烟决定，要求所有烟商 3 日内交出全部鸦片，并签订保证书，保证"嗣后来船永不敢夹带鸦片，如有带来，一经查出，货尽没官，人即正法，情甘服罪"，并表态："若鸦片一日未绝，本大臣一日不回，誓与此事相始终，断无中止之理。"

钦差大臣林则徐（雕像）

林则徐随即制订并公布约束禁烟官员——包括身为钦差大臣的自己，有关衣食住行的若干规矩。历史学家李远江说：

> 次日，两张告示出现在林则徐的辕门外。《收呈示稿》宣告钦差大臣此行目的是查办海口事件。《关防示稿》则申明：钦差及随身办事人员一律在公馆内用餐，不须地方供应；买东西一律照市价付钱，不准赊欠；钦差出门坐轿，不许地方官员派人伺候；如果发现借侍候钦差的名义"扰累"百姓，"即予严办"。①

其次，林则徐组织广州粤秀书院、越华书院、羊城书院 645 名学子到贡院参加调查问卷答试，试题有 4 道：鸦片集散地及经营者姓名，鸦片零售商地址、姓名，过去禁烟弊端，禁绝鸦片的办法。广大学子对鸦片泛滥深恶痛绝，无不尽其所能提供翔实情况。林则徐凭此掌握广东烟商贩烟状况及官员私通鸦片商的情况。

再次，林则徐给英国女王递交外交照会，质问英国女王，明知鸦片有

---

① 李远江：《世界首富伍秉鉴的末路人生》，《国家历史》，2009 年 8 月 15 日。

害，在英国不产鸦片，严禁国民吸食，却允许英商在印度种植、生产鸦片，对华进行鸦片贸易，并通知英国女王，中国已制定《钦定严禁鸦片烟条例》，实行全面禁烟，要求英国女王去除印度鸦片，放弃对华鸦片贸易。

最后，林则徐要求两广总督邓廷桢、水师提督关天培加强战备，做好封锁广州海岸、包围十三行的准备。十三行指当时在广州经商的十三家外国洋行，分别为：怡和、太古、天祥、泰和、三井、卜内门、兔那、洛士利、礼和、旗昌、慎昌、鲁麟、时昌。其中著名富商有潘振承、潘有度、卢文锦、伍秉鉴、叶上林等。当时流传有关十三行的诗曰：

洋船争出是官商，
十字门开向二洋。
五丝八丝广缎好，
银钱堆满十三行。

这4项措施以雷霆之势，打乱了中外鸦片商人的阵脚，迫使部分烟商交出了一些鸦片，但大部分烟商，还有一些涉足其间的中国官吏，抱有侥幸，负隅顽抗。为首者是英国政府驻广州商务总监查理·义律、英国怡和洋行总经理查甸、宝顺洋行总经理兰士禄·颠地。林则徐派人通知义律，要他服从大清朝钦差大臣的命令。义律对使臣说："钦差大臣的命令，我们得成立一个委员会来商量，起码需要7天时间。"

查理·义律（Charles Elliot，1801—1875年）出身英国贵族，1815年入英国海军，在印度和牙买加服役多年，1822年升少佐，1830—1834年在英国殖民地圭亚那充高级官员，1834年7月以大佐军衔来华，英国驻广州商务监督律劳卑的秘书，1836年升商务总

英国驻华商务总监查理·义律

监督。

林则徐使臣回答:"不行,你必须无条件执行林大人的命令,否则我国将把鸦片商抓起来审判,强制他们执行。"义律说:"你们这是使用武力。"查甸说:"我们决不交出鸦片!"颠地说:"大英帝国决不屈服!"林则徐的使臣说:"那我们就试试。"

使臣走后,义律和查甸商议,决定象征性地交出1037箱鸦片应付。林则徐接到这个消息大为生气,下令派兵包围鸦片商集中居住和做生意的广州十三行,不准住在里面的350名外国人出去,同时将十三行内所有华人迁出,断绝通信,断水断粮,逼迫外商屈服。义律闻讯,立即从澳门赶来处理。宝顺洋行董事长兰士禄·颠地不甘被围,化装逃出十三行,企图乘船去澳门,在海上被两广总督邓廷桢的士兵活捉。

颠地何人?

> 十三行的宝顺洋行里,英国商人颠地的心里也忐忑不安。他是英国最大的鸦片贩子,在中国臭名昭著。1836年清朝大臣许球曾上奏道光帝要求查拿,后来邓廷桢、骆秉章奏折中也都指出他实为奸夷之"渠魁"。前几次,他通过贿赂广州地方官员逃脱了制裁。但是,林则徐来了,他还会那样幸运么?①

1839年3月28日,义律屈服,接受林则徐《示谕外商速交鸦片烟土四条稿》的最后通牒,向林则徐呈送《义律遵谕呈单缴烟20283箱禀》,但耍了个花招,提出要求,外国烟商将鸦片交给他,他再以不列颠女王陛下政府名义交出鸦片。

6月3日,林则徐下令在虎门海滩销毁鸦片,至6月25日结束,历时23天,共销毁鸦片19187箱又2119袋,总重量2376254斤。在此之前,林则徐下令拘捕吸毒者、烟贩1600人,收缴烟膏461526两、烟枪42741杆、

---

① 李远江:《世界首富伍秉鉴的末路人生》,《国家历史》,2009年8月15日。

烟锅212口,并将兰士禄·颠地等人驱逐出境。

虎门销烟拉开了中国近代史的序幕。

在虎门海滩的熊熊大火中,英商怡和洋行的1700余箱鸦片葬身火海,令洋行总经理查甸泪流满面,心痛万分,暗暗发誓要林则徐加倍赔偿。事后,怡和洋行有人埋怨查甸,说他拒收中国赔偿的茶叶,弄得鸦片被烧,茶叶也没得着。查甸听了七窍生烟。按照林则徐的规定,每收缴1箱鸦片烟,中国补偿英国5斤茶叶。怡和洋行交出1700箱鸦片烟可以得到8500斤茶叶,可查甸拒收中国茶叶。

林则徐的这个规定是考虑到无偿收缴鸦片可能引起不必要的国际纠纷。绝大多数鸦片商人领了这个补偿。查甸当时犹豫不决,请示英商总监义律。义律说:"你傻啊,这是林则徐的阴谋诡计,不能要茶叶。"查甸问:"为什么?"义律说:"林则徐拿茶叶换鸦片,是为了堵住世人的嘴,掩饰他武力抢夺外国资产的罪行。我们收了茶叶就没有理由与他秋后算账,那怎么出这口恶气?怎么继续在中国做生意?"

查甸觉得言之有理,拒绝领取林则徐的茶叶,召开怡和洋行会议说:"有人说我应当收下林则徐的茶叶,弥补经济损失,完全是胡说八道!义律上校说了,他正在跟我国外交大臣亨利·帕默斯顿勋爵联络,英国军队要林则徐把吃进去的鸦片加倍吐出来!"

查甸为什么敢与钦差大臣林则徐叫板呢?

查甸时年56岁,苏格兰顿弗里郡人,小时家境贫寒,在亲戚的赞助下进入爱丁堡大学学习医药学,毕业后来到东印度公司任职,担任船上的外科医生,后来在孟买经营鸦片,1822年到广州,10年后成为富商,与人合组建查顿·孖地臣公司,即怡和洋行前身。

查甸贩运鸦片纯属偶然。怡和洋行老雇员黄孝宽回忆:

1827年,印度加尔各答英国侵印企业——东印度总公司里,有一个流氓成性的查甸医生,由于做了一件违反该公司利益的事,被该公司解职,遣送回英国,只给鸦片烟两箱作为解雇费。当时

第一章 | 洋行买办（1839—1860年）

英商怡和洋行总经理威廉·查甸（左）和詹姆士·马地臣（右）

查甸医生不愿回英国，要求到中国做冒险旅行。

得到该公司当权人物的允许，带着两箱鸦片，乘该公司船只，于同年秋天到达中国海滨澳门，找到住在该地的流氓头子义律（这人后来充任英国驻穗第一任领事）。义律介绍另一个流氓麦地逊，将两箱鸦片出售，得到很高的价钱。麦地逊建议查甸医生重返加尔各答，向东印度公司要求赊销鸦片向中国发售，以出售两箱鸦片所获的价值作为定金，向东印度公司赊销鸦片烟56箱，由麦地逊负责推销。

查甸医生照此计划重返加尔各答，极力游说，并声明已得到义律的支持。东印度公司接受其要求，交付56箱鸦片烟予查甸医生到澳门，会同麦地逊一起，到广州珠江河边登陆（地点即在现在的十三行马路义和街），就以查甸、麦地逊两个名字为公司名称，汉语称为查甸洋行。当时找到广州烟商伍怡和为买办，负责代购代销，并以伍怡和的名字，改查甸洋行为怡和公司，在香港则仍称查甸洋行。

伍怡和当时所定的条件，系每箱鸦片烟以代价若干包起（即包销），向内地转手高价出售。自后为推销鸦片烟，陆续在我国

7

百年大商人

各通商口岸分设机构，天津、烟台、营口、青岛、上海、温州、汉口、厦门、福州、汕头、重庆、宜昌等地，均有怡和公司的分支机构。广州的伍怡和遂由此致富，成为广州潘、卢、伍、叶四大富绅之一。其物业以西关十八甫伍家大厦及广州河南万松园为最著名，有富甲东南七省之称。①

不难看出，查甸在广东的势力非同一般外商，所以对林则徐禁烟报强烈敌对情绪，只是手无寸铁，敢怒而不敢言罢了。虎门销烟半年后，1839年1月底，查甸耿耿于怀，于心不甘，乘船离开澳门回到英国，见到英国外交大臣巴麦尊，向他哭诉在华遭遇，述说中国军队不堪一击的情况，恳请国家出兵广东，索回英商损失，保证英商合法经营权利，为子民申冤报仇，为大英帝国雪耻。巴麦尊气呼呼地说："这是中国人对英国的挑衅，应当先揍他一顿再做解释！"受此影响，英国与对华鸦片贸易有关人员举行示威游行，要求英国出兵中国。

1840年6月，英军海军少将懿律、驻华商务监督义律率领47艘舰船、4000名将士抵达广东珠江口外，封锁海口，截断中国海外贸易，7月攻占浙江定海，8月抵达天津大沽口，兵临城下，耀武扬威。

道光帝闻讯心急如焚，只好屈服，下旨行文英国，允许中英通商，惩办林则徐，并派琦善南下广州与英军谈判。10月，林则徐、邓廷桢被革职，琦善署理两广总督。1841年1月，英军攻占虎门大角、沙角炮台。2月，英军攻破虎门横档一线各炮台和大虎山炮台。5月，英军兵临广州城下。这时林则徐已被流放新疆，广州主政者是两广总督琦善。

琦善时年55岁，曾任河南巡抚、山东巡抚、两江总督兼署漕运总督、四川总督、直隶总督、文渊阁大学士，是朝廷弛烟派代表，3年前曾告诫林则徐"无启边衅"。他署理两广总督后，派人与英军首领义律私下商量，准备制定《穿鼻草约》，主要内容是割让香港，赔款600万元，英军退兵。

---

① 黄孝宽：《英帝国主义侵华企业怡和公司》，中国人民政治协商会议广东省广州市委员会文史资料研究委员会编：《广州文史资料》1963年第二辑，第116页。

琦善找来广州富商伍怡和说："你在林则徐手里吃了不少苦头，现在本督来了，你就放心过日子，不过英军兵临城下总不是个事儿，得想法让他们退兵才行啊！"伍怡和回答"是"，心里明白三分。琦善又说："我已派人去穿鼻见义律谈合约，已有大致名目，其中一项是赔款退兵。伍先生与英商关系素来良好，与义律先生也是朋友。本督之意，这事就委托先生去办。"伍怡和回答"是"。琦善有些惊讶地说："不知伍先生明白没有？这涉及几百万两银子，也许还需要你为政府分忧一部分。"伍怡和说："在下明白，一定照总督大人的吩咐办理。"

伍怡和有何底气揽下涉及几百万银子的差事呢？

伍怡和（1769—1843年），福建泉州安海人，早年随父亲定居广东。他父亲叫伍国莹，先在广州潘家做账房，精明能干，渐有积累，1783年离开潘家，创设怡和行，贩卖武夷山乌龙茶，逐渐成为富商。

清朝富商伍怡和

伍怡和14岁跟父亲学生意，耳濡目染，收益颇丰，加之头脑灵光，勤学肯干，32岁便从父亲手里接过怡和行成为掌门人。

伍怡和接管怡和行后注重茶叶质量，建立茶叶生产基地，生产怡和商标箱装茶叶，被英国权威公司鉴定为最好的茶叶，自然昂贵一些，但畅销伦敦、阿姆斯特丹、纽约和费城，供不应求，获利丰厚。

伍怡和为人诚实亲切，对朋友慷慨大方。1805年，一家外商贩运棉花到广州，开箱检验时意外发现是陈货，购买方拒绝接货。这位外商损失巨大，束手无策，万分痛苦，准备跳海自尽。伍怡和闻讯派人找到他，愿意收购他的陈货。外商喜出望外，立即答应。

百年大商人

1810年,两艘美国商船在开往瑞典哥德堡途中遭遇丹麦海盗劫掠,损失巨大,事后向保险公司申请赔偿。保险公司理赔时发现,船上货物中有一批价值58000美元的茶叶,货主是中国的伍怡和,有些纳闷,问船主:"据我们所知,伍怡和先生的怡和行只有做代理外贸业务资格,现在怎么会与外国有直接贸易?"船主回答:"你们的消息落后了。瞧,这儿有怡和行经营外贸证书。"

1811年,伍怡和取得担任英国公司羽纱销售代理人资格,令同行既羡慕又嫉妒,因为这项代理的利润十分可观。一年后,伍怡和代理羽纱销售果然获得巨额利润。为了搞好与同行的关系,也出于慷慨,他将利润按比例分给十三行全体行商。

伍怡和与一个美国波士顿商人合作一桩生意,得到波士顿商人开出的一张7.2万元的期票,3个月后可以兑现。不久一天,波士顿商人上门对伍怡和说:"波士顿来电报,家里孩子得重病住进医院,妻子央求我马上回去,可我仍然没法挣到7.2万元存进银行,没法离开广州,而妻子的第二封电报又来了。"伍怡和听了款款一笑,叫人取来那张期票,对波士顿商人说:"你是一个最诚实的人,只是暂时没有财运,快回波士顿去吧,家人需要你。"边说边信手撕碎期票扔进废纸篓。

1826年,伍怡和57岁,从事十三行多年管理之后已是身心疲惫,特别是官府无休止的摊派和募捐,还有替政府确保外商完清税款的保商制度,简直不堪忍受,在将总商一职让给他人无果的情况下,决定传给儿子伍元华,并为此捐给政府50万两银子。两广总督李鸿宾不同意,召见他说:"总商还是由你兼着吧,谁也没有你有这么大的担保能力。"伍怡和说:"那草民情愿把自己八成财产捐给政府,只求政府允许草民结束怡和行。"两广总督李鸿宾说:"不行不行,今后外商拖欠税款谁来垫付?"

伍怡和究竟有多少钱?

伍怡和在国内拥有大量地产、房产、茶园、店铺,还在美国投资铁路、证券交易、保险业,拥有中国最早的跨国财团。据1834年伍家自己估计,他们的财产已有2600万银圆。按照国际银价换算,2600万银圆相当于今天的 50 亿元人民币。历史学家李远江说伍怡和是世界上近千年来最富有的商人之一。

  2001 年，美国《华尔街日报》统计了 1000 年来世界上最富有的 50 人，其中有 6 名中国人，他们分别是成吉思汗、忽必烈、刘瑾、和坤、伍秉鉴（伍怡和）和宋子文。相对其他 5 个，伍秉鉴则是唯一一个凭借商业贸易成为世界首富的中国人。①

  伍怡和对政府做出很大贡献，获得朝廷赏赐的三品顶戴，也在十三行总商位置上干到现在，1840 年，已是满脸皱纹、身躯瘦削的 72 岁老翁。他从琦善处领了差事，告辞总督，逶迤回到伍府。伍府位于珠江南岸、广州溪峡街，人称伍氏花园。他招来儿子伍绍荣，把去总督府领差的事说了，然后说："儿子，爸爸老了不中用，替爸爸辛苦一趟吧。你出城去见英军首领义律，好言相商，看看英军退出广州城要多少银子。"

  伍绍荣前几年就接手管理怡和行，是伍怡和培养的接班人。他说："孩儿理当替父亲效劳，只是请父亲明示，这次退兵，大概得花多少银子，儿子好有备无患。"伍怡和皱着眉头说："总督大人没说，爸爸也不知道，天明白。不过儿子你得明白，再多的银子，哪怕五六百万两也得花，总不能让他们进城来糟蹋广州吧。"伍绍荣说："孩儿明白。这五六百万两，不知琦善大人能拨付多少库银？"伍怡和指着儿子笑说："幼稚。他要有库银，还要爸爸干这差事？琦善大人打的是我们十三行的主意啊。"

  伍绍荣准备了两天，不外乎召开十三行会议，商议给英军多少银子，以及这银子如何筹措、如何摊派诸问题。这事涉及商家切身利益，自然吵成一锅粥，没有最后意见。伍绍荣见大家都盯着自己，便带头表态说："这样吧，我们伍家世代受恩广州，无以报答，此刻为拯救全城百姓，也就顾不得计较了，无论多少，我家出 100 万两。"

---

 ① 李远江：《世界首富伍秉鉴的末路人生》，《国家历史》，2009 年 8 月 15 日。

百年大商人

有了伍家 100 万两事情便好办多了，于是其他几十位商家也纷纷慷慨认捐，很快凑足大致所需之数，如谈下来多少有出入，按所认数额比例增减就是，于是达成协议，拱手请伍绍荣出城去与英军商议。散了会，伍绍荣赶回家给父亲伍怡和说了情况。伍怡和说"好"，伍绍荣便下去忙着筹现银。伍家店铺多、房产多，拿些房契向钱庄抵押借一部分，众多店铺流动资金抽取一部分，两天内凑齐了 100 万两银子。

这天伍绍荣带人出城去英军营房见义律，说明代表两广总督琦善，希望英军迅速撤离，愿意承担英军军费，探询需要多少银子。二人原本是朋友，这会儿却顾不得往日情谊，一个狮子大开口，一个低声下气讨价还价，最后自然以义律的意见为准，清军退出广州城外 60 里地，中方赔偿英军 600 万两银子，一周内交清，英军再退至虎门炮台以外。

这就是《广州和约》的基本条款。经过多次协商、谈判，两广总督琦善与英军代表签订了这份和约。接下来就是银子的事。琦善以国库空虚为名，要求十三行商人承担 200 万两银子赔款，其他 400 万两由国库解决。伍怡和、伍绍荣闻讯苦笑，果然是这样。伍怡和与十三行众商家商议这 200 万两的来源，最后的决定是伍怡和出 110 万两，其他人出 90 万两。这是近代中外战争中，中方付出的第一笔大宗赔款。银子到手，英军自然退兵，广州城有惊无险。众市民无不感谢伍怡和，于是民谣四起曰："四方炮台打烂，伍怡和银子顶上。"

广州的危险倒是解除了，可中国的危险并未消除。1841 年 8 月，英国以不满意《广州和约》为由，派璞鼎查率舰船 37 艘、陆军 2500 人从香港出发，沿海北上，攻占厦门、定海、镇海、宁波。北京朝廷大惊。道光帝派吏部尚书奕经赴浙抗英。1842 年 3 月，英军在浙江慈溪和城西大宝山大败清军，继续北侵，攻陷浙江平湖乍浦镇、镇江，兵临南京城下。道光帝调盛京将军耆英赶赴江南与英军讲和。1842 年 8 月 29 日，耆英与璞鼎查签订中英《南京条约》。

《南京条约》主要内容：中国割香港岛给英国，开放广州、厦门、福州、宁波、上海为通商口岸，向英国赔款 2100 万银圆，允许英国人在通商口岸设驻领事馆、可以自由与中国商人交易，不受公行限制，在中国犯罪不受中国法律制裁，享有领事裁判权。

鸦片战争打开了中国对外贸易的大门，资本主义商品经济趁机蜂拥而入，办洋行，开银行，架设电报线，修建公路、铁路，开辟内河和沿海航线，培养中国买办、商品经营者和技术人员，倾销外国商品，输出中国产品，促使和强迫中国自然经济加速分解。

> 鸦片战争后，我国农村自然经济的加速分解，主要不是由于生产力的发展和相应的社会分工造成的，而是由于资本主义列强的商品入侵和出口贸易的需要促成的，是一种被动的、强制性的分解。[①]

与之同步，近代史意义上的工厂、公司、商店、矿山，如雨后春笋般应运而生，一大批买办、官僚、地主和奋发努力者登上经济舞台，成为新型实业家，并以其雄厚的经济力量影响甚至左右中国历史的进程，揭开清末民初实业家百年兴衰序幕。

二、上海宝顺洋行

鸦片战争后，五口通商，西方和日本商人长驱直入，在中国各地，远超五口范围，陆续建立起近代商品经济机构。中国官员、买办、地主、商人等一干人起而效仿，或替外商做中介，或与外商联合经营，从商品经济大潮中分得一杯羹，进而合伙结股，办工厂开公司，与外商争夺新型经济的巨额利润，是中国近代最早的实业家。

> 鸦片战争后，上海逐渐成为华洋贸易中心。1843年，上海有

---

① 许涤新、吴承明主编：《中国资本主义发展史》第二卷（上），人民出版社2003年版，第264页。

百年大商人

洋行 5 家，到 1847 年，据海关关册记载，已有进出口洋行 24 家，外商店铺 5 家，外商旅馆和俱乐部各 1 家。最早的外商银行丽如银行，于 1845 年在香港、广州设分行，1847 年在上海设分理处。外国轮船公司早就航行中国，1844 年取得沿海航行权后，于 1848 年即出现英商在中国设立的香港广州小轮公司。①

再看中国实业家如何跟进。

1850 年，中国最早的洋布店诞生，叫上海同春洋货号，经营批发和门市零售，经理叫郑锦云。随后，上海洋布店迅速发展，8 年后即发展到 15 家，投资人和经理都是中国人。据不完全统计，投资人中，上海人 6 个、浙江人 6 个、徽商 1 个；最大投资人兼经理是浙江慈溪地主孙增来，投资额 1 万两银子；其余多为两三千两不等。

1862 年，上海第一家五金商店开业，叫顺记五金洋杂货号，老板叫叶澄衷。叶澄衷不是地主、官员、买办，是学徒出身，是靠辛勤经营创下的产业。在叶澄衷之后 20 年间，中国有名的五金商店有 12 个，主要投资人有 21 个。究其投资人出身，有洋行买办、职员、股东、官员、摊贩、跑街、账房、技工、小手工业主等。

再看百货业。

鸦片战争后，中国百货业大有发展，19 世纪 50 年代及后来一些时间，全国有名的新型零售百货商铺有：广州广丰、成发，上海德润祥、同春祥，汉口广生裕、汪广和，天津的洋货街；百货业的著名的批发商号有：广州万安隆、马贞记，上海振大昌、盛德和、盈丰泰等。其中天津洋货街由许多家商店组成，生意兴隆，游客如织。1870 年刊印的《续天津县志》有诗曰：

洋货街头百货集，
穿衣大镜当门立。

---

① 许涤新、吴承明主编：《中国资本主义发展史》第二卷（上），人民出版社 2003 年版，第 90 页。

第一章 │ 洋行买办（1839—1860年）

> 入门一揖众粲然，
> 真成我与我周旋。①

再看茶叶出口。

鸦片战争前夕的1838年，中国外销茶叶45万担。鸦片战争后的1856年，中国茶叶出口大增，上海出口44.5万担，福州出口30.7万担，全国总计出口100万担左右。说到规模茶商，上海有30多家，代表人物是阿林、林阿钦，汉口有30多家，九江有15家，广东有13家（代表人物伍崇曜）。此外，各国在华洋行也积极从事茶叶出口，著名者有：厦门汇丰银行买办叶鸣秋，汉口宝顺洋行买办盛恒山，俄商埠昌洋行买办唐瑞枝，上海宝顺洋行买办徐钰亭、曾寄圃、郑观应，怡和洋行买办林钦、唐廷枢、唐翘卿。

在洋商进军中国商场的浩荡大军中，洋行是急先锋。其中50多家洋行进驻上海，成为上海一道亮丽的风景线。这个情况被周振鹤、罗婧两位专家记录在案。

> 来沪的外侨以洋行商人最多，共有129人，代表50家洋行。其中美国的森和洋行人数最多，有7人；其次英国公易洋行有6人；再次英国怡和、宝顺、公平等洋行各有5人；英国和记、裕记、广隆、名利、李百里洋行，美国旗昌洋行和帕西顺章洋行，各有4人；英国沙逊、太平、客地利、义记、广沅、祥泰、泰和、华记洋行，美国琼记和同珍洋行，帕西复沅洋行，以及唯一一家法国在沪洋行利名，各有3人；英国仁记、浩昌、丰茂和丽如银行，美国哗地玛和丰裕洋行，以及其他3家一两年后不见于记载的洋行，各有2人；余下的则为1人的散商。洋行的外侨人数与洋行规模的大小并非线性关系，例如赫赫有名的沙逊洋行，当时只有3人（当

---

① 许涤新、吴承明主编：《中国资本主义发展史》第二卷（上），人民出版社2003年版，第211页。

百年大商人

然他们也许雇用了不少华人买办）。①

这些洋行的外国人不并不多，50家洋行才129人，连最有名的怡和、宝顺也才各5人，自然不能担当开疆拓土重任，于是便聘请中国人做买办，像前面所言第一个五金商叶澄衷，又如这会儿就要介绍的阿林，于是洋行人员队伍迅速扩大。

据史料记载，中国最早、最有名的买办是阿林，做买办的时间是1840年前后，因为他开办义升行仓栈的时间是1844年，而在此之前，他应该从事买办业务了。阿林是广东人，鸦片战争前后来到上海，因为在广东有与外商做生意的经验，在洋行大举离粤迁沪之际，如鱼得水，大显身手，成为上海外贸界一颗冉冉升起的新星。

这不是奉承话，有史为证。

阿林来到上海，一面传授中西贸易方法，一面推销英国商品，一面把国产商品卖给外商，左右逢源，八面灵光。有个英国商人看好阿林，建议他开办一家公司做外贸。阿林原先富有过，但在鸦片战争中损失殆尽，来上海时两袖清风，便回答说："我何曾不想开店？只是没有本钱。"那英商说："这好办。你办个货栈需要多少银子？"阿林想了想说："最起码得8000两。"英商说："好，我借你8000两。"阿林喜出望外，不敢相信，害怕此人别有企图，便说："你有什么条件？"英商说："我也不是白借你，一是按市价收息，一年还款，二是你得替我销售商品，我给你佣金。"这样的条件不错，特别是对于白手起家的阿林而言十分优越，阿林自然一口答应。

1844年，阿林办起义升行仓栈，专做进出口贸易，一面替洋行销售商品，一面替华商代理出口买卖。这时上海刚开埠，许多华商不懂外贸规矩，有货找不到买主，找到买主卖不出好价钱，于是纷至沓来，请阿林代为外销。以此类似，许多洋行有货卖不出，纷纷上门，请阿林做销售代理。华

---

① 上海市地方志办公室编：《上海对外经济贸易志》，第二卷第二章第一节"华商中介行栈"。

第一章 | 洋行买办（1839—1860年）

商与洋行语言不通，信息不通，加之刚打交道，彼此缺乏信任，往往各自为政，互不交通，仿佛隔着一座山。阿林从中斡旋，互通信息，搭起一座桥梁，仿佛给这山打通一条隧道。这样一来阿林的生意好得不得了。第二年，1845年，阿林成为几乎所有做外贸的华商和洋行的代理，赚得盆满钵满而一发不可收拾。

上海开埠前，原在广州与外商交易的散商紧跟北上英军来到上海，专做洋货生意。初到上海的洋商，寄居在上海县城（今闵行区），人地生疏，语言不通，就扶植这些原来熟识的广东商人，仿效广州十三行行商的做法，由他们承包一切进出口货物的买卖。较早的一家，是道光二十四年（1844年）由阿林（Allum）等人开设的义升行（Esang Hong）。阿林向洋行借了8000（西班牙）元开始营业。每一家洋行都把货物交给阿林。他成为内地商人和洋行交易的中间人。道光二十五年，由他经手的买卖至少占上海全部进出口贸易的1/4。①

然而好景不长，由于洋行向中国大量倾销洋布，这一年进口布匹严重滞销，库存巨大，价格大幅下滑，致使中间商阿林遭遇严重亏损，以至资不抵债，只好关门。两年后，外贸形势逐步恢复，阿林再次来上海重操旧业，但今非昔比，资金、信誉、客户诸方面已是明日黄花，没经营多久，便因拖欠一笔4万两银子的茶叶款被迫一走了之，给阿林神话画上了句号。

阿林之后，前赴后继者众。阿林的老乡、广东商人林阿钦是其代表。

阿林是上海开埠初期，随外国洋行北来的一个广东散商，开始充当英国商人的掮客。他在上海一方面教授本地商人以中西交

---

① 上海市地方志办公室编：《上海对外经济贸易志》，第二卷第二章第一节"华商中介行栈"。

百年大商人

易方法,同时将英国制造品介绍推销到内地,又推动内地丝、茶商人来上海与外商交易。由于博得英商的信任,遂给予贷款8000元开设一家义升行仓栈(Esang Hong),当时几乎所有外商都把货物交阿林处理。……但这年因棉布超量进口,造成市场呆滞,货价暴跌,义升行终于倒闭。据说当时所欠对外债务达90万两。阿林在1847年再次来沪,重整旧业,终于又拖欠内地茶贩账款4万元,最后一走了之。

上海稍晚些时候的林阿钦是又一例子。林阿钦也是由广东来上海的商人,受雇于怡和洋行当掮客,由于行东的信任,被赋予特约代理人的名义,总办该行在福州地区华茶收购业务,按交易额收取2%的经纪费用。林阿钦自己开设的行栈名福兴隆。1859年,经这家字号为怡和收购的华茶值即超过9万两。①

上海宝顺洋行旧址

在上海50家洋行中,最有名的是怡和洋行和宝顺洋行,而这两家洋行的后台都是国际大财团巴林集团。巴林家族是欧洲最显赫的银行家族之一,资历比罗斯柴尔德家族更悠久。巴林家族拥有两个伯爵爵位,其成员出任过驻美大使、印度总督、管理埃及官员。他们首创近代跨国银行网络模式,后来成为罗斯柴尔德家族模仿的对象。巴林家族后来因

---

① 许涤新、吴承明主编:《中国资本主义发展史》第二卷(上),人民出版社2003年版,第230页。

为从事鸦片生意，有损伦敦头号银行家族名誉，退居幕后，由委托人代理在华业务。这个委托人就是英国人、宝顺洋行总经理兰士禄·颠地（1799—1853年）。

宝顺洋行的演变是这样的：

1807年，东印度公司代理人乔治·巴林在广州开设巴林洋行。1811年，英国商人大卫森加入该行，改名大卫森洋行。1823年，英国人托马斯·颠地来到广州，做撒丁王国驻穗领事，加入大卫森洋行。第二年，大卫森离开广州，颠地成为洋行老板，改名颠地洋行。1826年，兰士禄·颠地来到广州，加盟颠地洋行。1831年，托马斯·颠地离开洋行，兰士禄·颠地成为老板，改名宝顺洋行。

在对华鸦片贸易中，宝顺洋行拥有专门用于鸦片走私的船队，有"水妖号""伊芒号""韦德·戴雷尔号"等多艘快艇，与怡和洋行、旗昌洋行位居三大鸦片商之列。鸦片战争后，宝顺洋行总部从广州迁至香港，1843年迁至上海，除经营鸦片生意外还做生丝、茶叶贸易。

颠地来到上海，除了经营外贸生意之外，还生产船用绳子。最早的船绳来自英国，漂洋过海，价钱昂贵。颠地看到其中商机，便请来洋技师，利用本地廉价劳动力生产船绳，供应各国船只使用。1844年，颠地看中上海县（今闵行区）的一块地，在今天九江路外滩一侧，租金既便宜，交通又方便，周边还住着不少村民，有劳动力，便向当地村民租地建打绳厂。

村民不知打绳厂为何物，不愿出租土地，颠地就提高一些租金，还答应招土地主人来工厂做工挣钱。村民有了积极性，有20多户人家把土地租给颠地。1844年4月，颠地与业主奚尚德等人达成租地协议，租下13亩8分9厘4毫地。颠地在这儿生产船绳，声名鹊起，市民便把这儿叫作打绳路。

鸦片战争后的1842年，清政府与英国签订《南京条约》，开放广州、厦门、福州、宁波、上海为通商口岸，允许英国人在通商口岸设驻领事馆。1843年11月8日，英国首任驻上海领事巴富尔来沪，11月17日正式宣布上海开埠。上海开埠后，第一个需要解决的问题是外国人拥有土地问题。

英国驻上海领事巴富尔去找上海道。上海道的全称是分巡苏松太常等地兵备道，行政级别高于上海县（今闵行区）、松江府，低于江苏省，负责人叫道台，正四品官，但因为职责重大，前途无量，任满后大多都升为正三品按察司，或从二品布政司，甚至直升巡抚、总督。当时的上海道台叫宫慕久。

宫慕久（1788—1848年），号竹圃，今山东省东平县西卷棚街人，1819年中举人，1826年任云南知县，政绩卓著，从政廉洁，1843年5月被任命为上海道台。显然，朝廷从云南调宫慕久出任上海道，把上海开埠重任托付于他，是破格重用。宫慕久不负朝廷重托，圆满完成上海开埠之事，四年后调升江苏按察使，正三品官。履职不久，1848年正月初十，宫慕久病逝任上，享年60岁。

再说英国领事巴富尔找到上海道台宫慕久，商议开埠后英国人用地之事。宫慕久在官衙接待来客，介绍朝廷开埠训令，并于当晚在海关设宴为巴富尔接风。第二天，宫慕久去停泊在十六铺大关码头的"麦都萨号"船回访巴富尔，并就开埠英人用地事再次交换意见。

这是一件令人头疼的大事。巴富尔同宫慕久经过两年艰苦谈判后，都觉得不便用官场名义发表，但又不能再拖，最后权宜行事，双方以个人名义达成协议，报经江苏巡抚孙善宝、两江总督璧昌批准，决定对外国侨民实行土地永租制。土地永租制的主要内容是：由上海道台与需要土地的英国人签订出租合约，上海道台签字盖章生效，一式三份，由上海道台、外国领事馆和租地人各执一份；租约称为道契，可以转让；确定的第一块租界面积为830亩。

1845年11月29日上午，上海道将这份协议以告示之名，张贴在外滩新海关墙上，公之于众。告示没有题目，直接是正文23条，内容是允准英国商人在上海县（今闵行区）域内租地、建屋、筑路的有关办法。告示一经贴出，反应寥寥，一般市民不明白其中奥秘，但包含其中的划时代的意义——中国因此诞生租界，却引起一个人的高度关注，那就是宝顺洋行

第一章 洋行买办（1839—1860年）

总经理颠地。

颠地早就想买地建厂，可清政府不准外人在华买地，只好退而求其次——租地，现在见上海道这份告示允许英国人在上海永远租地，不禁喜出望外。他认真研究告示后，召集公司会议说："这是个天大的喜讯。我们租的地块正好在租界范围，我们立即去申请地契，有了地契，我们租用的这些地就永远租给我们了。"有人说："颠地先生，要是那些地主不配合我们办理地契怎么办？要是要求增加租金怎么办？"颠地嘿嘿笑着说："愚蠢！这种事还需要告诉他们吗？我们凭手里的租约直接去上海道办地契。"

好事多磨，这件事从公示到实行足足拖了两年。1847年12月31日，上海道将第1号英册出租道契发给宝顺洋行总经理颠地，颠地拿着道契喜形于色，细细地看，只见道契正面所租地处写着："东至黄浦滩，西至公路，南至第九分地，北至公路"，后面写着一行字："再查此租地，原于二十四年四月间租定者。彼时因租地契样式尚未办成，是以先将各业户原立租地议单暂交该商收执。今既将出租地样式办成，当将原立租地议单缴回本道署内存案，本日换回此道契。"

宝顺洋行总经理颠地是第一个获得在中国永久租地的外国人。上海道第1号英册出租道契是中国近代史开史之证，也是近代中国租界形成的第一块基石。

继宝顺洋行之后，怡和洋行、和记洋行、仁记洋行、义记洋行、德记洋行、裕记洋行、李百里公司以及公平洋行等纷纷效仿，很快将九江路以北的外滩地块瓜分殆尽。据史料记载，上海道发出的外国人租地道契总计多达4万卷，目前，多数道契，包括颠地的第1号道契在内，都通过手工修裱方式完成抢救和保护，存于上海市档案馆，供世人查阅。

说到宝顺洋行，不得不说徐氏叔侄三人，他们前后做了多年的宝顺买办，最后因宝顺发家，脱离宝顺，自立门户，成为近代中国最早的实业家之一。

最先进宝顺洋行的是徐钰亭。徐钰亭（1804—1870年），广东人，早年弃学，到澳门经商，经一番磨炼后办事练达，诚实可靠。这年宝顺洋行去上海建立分行，四处招聘华人做买办，条件是既可靠又能干。总经理颠地四处打听，得知徐钰亭不错，便约他喝茶谈话，打听他的身世，征求他的意见。徐钰亭时年快满40岁，常感叹四十有惑，一事无成，见颠地有请他去上海做宝顺买办之意，自然暗自欢喜，便极力奉承，表示愿意为宝顺效犬马之劳。颠地很满意，当即聘他做宝顺上海分行买办。

徐钰亭随宝顺的人来到上海建分行，替宝顺收购生丝、茶叶，干得风生水起，好评不断。不久上海开埠，宝顺洋行总部从香港迁到上海，大力经营大陆生意。这时颠地已回英国，接替他做宝顺洋行总经理的是韦伯，徐钰亭已是宝顺骨干，负责对华业务。韦伯就聘请徐钰亭做宝顺洋行办房主席，聘另一位华人买办曾寄圃做副主席。办房是宝顺洋行行政管理中心，负责账务、人事、督理等差事。徐钰亭成为宝顺洋行华人头目，月俸400两银子，另外每月还有交际费80两银子。总经理韦伯对徐钰亭说："徐先生，今后你就是宝顺总行的华人头目，负责管理所有华人，如有差错，我拿你是问。"

徐钰亭以宝顺办房主席身份活跃于上海商界，逐渐成为华商领袖。1853年，太平军攻陷南京，危及上海，上海商界人心惶惶。徐钰亭联络商界知名人士会商，发起募捐活动，将一大笔银子送给守卫上海的清军，支持清军保卫上海，以免太平军攻占上海。事后，朝廷褒奖徐钰亭，授给他中议大夫、盐运使衔候选道等职。徐钰亭身着四品道服，喜气洋洋，大宴宾客。

与此同时，徐钰亭公事之余办起了私人茶行，利用宝顺的信息资源，甚至挪用宝顺的流动资金，做起茶叶出口生意，稳赚不赔，大发横财。为掩人耳目，徐钰亭把他的同胞弟弟介绍进宝顺做买办，暗中负责经营徐氏茶行。他弟弟叫徐荣村（1822—1873年），少时好学，早年曾在东南亚经商，一表人才，满腹商经，来上海后成为徐钰亭的得力助手。徐荣村到上海不久，1852年，便开设自己的生意行，名叫上海亦昌丝茶土号，做生丝、茶叶外

第一章 | 洋行买办（1839—1860年）

贸生意，与哥哥一样，靠宝顺洋行发财。

徐荣村到上海不久，就在1852年，将他15岁的侄儿徐润带到上海。徐润到上海是中国近代经济史上的一件大事，原因是徐润后来成为中国大名鼎鼎的实业家，成就超过他伯伯徐钰亭、四叔徐荣村。

徐润祖上是河南陈留人，宋朝末年，为躲避战乱，逃到广东，几经迁徙，最后定居香山北岭村。徐润就出生在这里。徐家是官宦世家，曾祖父、祖父、父亲都是诰赠荣禄大夫，曾祖母、祖母、母亲都是诰赠一品夫人。徐润15岁到上海，原本为读书、见世面，可去了之后歪打正着，进了宝顺洋行学做生意，而历史也成就他做了大实业家。

清末买办和工商业活动家徐润

徐润在自著《徐愚斋自叙年谱》中如实介绍：

> 咸丰二年壬子（1852年），15岁。
>
> 二月初一日，离澳门下香港，随同先四叔荣春公乘英公司轮船，2月12日抵吴淞，晚开到上海。是时船上官舱客位每位收船价128元，散客收32元加饭资2元。抵申后寓小东门咸瓜街亦昌丝茶土号。
>
> 四先叔雅好文墨，延有杨镜泉、纪眉峰二夫子，皆饱学士也，诗词之外并精星学，推余命谓有翰苑望，不宜落市井。先四叔送余之姑苏西园杨子芳老伯家读书，至五月节，因口音隔阂，不唯书不能念，话亦不明，于是乃回上海。
>
> 先伯钰亭公谓，既不读书，当就商业，因留宝顺行学艺办事，师事曾寄圃，同学郑济东、许兴隆与余三人，学丝、学茶不分彼此。余先学丝，看丝之西人名韦伯，茶师西麦氏，皆相待甚优。余黎

明即起，习字数百，又学算于阙筑甫。韦伯氏见余之勤也，许为志不可量，深相器重。

宝顺行旧东必理氏去世，韦伯接手，先伯总理行内办房事务，寄圃师代上堂办事。怠寄圃师去世，韦伯氏即嘱余，继寄圃师之任。①

略作解释。

先四叔荣春公，即徐荣村，时年30岁。亦昌丝茶土号，即徐荣村开办的商铺的名字。"推余命谓有翰苑望，不宜落市井"，即替徐润算命，说他有做翰林的希望，不宜流落市井。"口音隔阂"，即徐润刚从澳门来，只会说粤语，不会说苏州话。"先伯钰亭公"，即伯父徐钰亭。"韦伯氏即嘱余，继寄圃师之任"，韦伯在曾寄圃去世后，要徐润接替曾寄圃管总账的差事。这是9年后的1861年的事了。

徐润是1853年正式加入宝顺洋行做学徒的，月薪大洋10元，第二年涨到20元，第三年涨到28元，算是三年学徒期满。从第四年起，他开始帮助做账，兼做各种管理事务，时年19岁。又过了两年，1858年，徐润21岁，奉父母令回广东香山娶妻。这是一件大事，宝顺洋行和他的四叔、伯伯以及上海的亲戚朋友都来祝贺。徐润在上海连办5天酒席，每天入席者40多桌，高朋满座，笑逐颜开，收的贺钱、贺礼堆积如山。

古人有安家立业之说，徐润自然也不例外。结婚后，徐润开始谋划自己的生意。他的老师曾寄圃此时已是宝顺洋行总账房、一等买办，手眼通天，左右逢源，便提携他的两个学生徐润和芸轩，3人合伙开办绍祥商行，经营丝、茶、棉生意。这是师徒3人的强项，背后又靠着强大的宝顺洋行，照说吉星高挂，马到成功，可是因为师徒关系特殊，有些事磨不开脸面，以致管理不善，账目不清，苦心经营两年后便关门大吉。这是徐润第一次经商，出乎意料，竟以失败告终。

---

① 刘志强、赵凤莲编著：《徐润年谱长编》，北京师范大学出版社2011年版，第10页。

第一章 | 洋行买办（1839—1860年）

徐润问伯伯徐钰亭何以至此，徐钰亭说："孩子你要记住，生意场上无父子。别说曾师傅帮不了你，就是我与你四叔也帮不了你，一切靠自己。"不久，徐润独立开办润立生茶号，地点在著名茶乡温州白林。他伯伯徐钰亭、四叔徐荣村问他怎么起这么个名字。徐润回答："一切靠自己。"

前面介绍了，徐荣村来上海后创办了亦昌茶丝土号，地点在上海小东门咸瓜街。咸瓜街交通便利，地处南北大道要冲，西边不远处是上海县城（今闵行区），东边过两条街是黄浦江，南面是码头，常年停泊数千只沙船，北面是潮州会馆、天后庙，街两旁商店林立，生意十分好。

徐荣村随哥哥徐钰亭到上海后，一边在宝顺洋行做买办，一边创办起自己的亦昌茶丝土号外，做茶丝生意。他做的荣记湖丝质量非常好，属于辑里丝，产自浙江湖州南浔附近的辑里镇，一根丝能承七枚铜钱重量，是湖丝之最。他的荣记湖丝挑选上等湖丝做成，按质量分成顶号、头号、二号，在上面打有"蚕桑为记"商标，还在包装纸上加印仿帖。荣记湖丝享誉上海，且成为外贸抢手货。

1851年一天，徐荣村走进宝顺洋行大门，接门房通知，总经理必理先生有请，便疾步来到总经理办公室。总经理必理告诉徐荣村，他刚从英国驻沪领事馆回来，巴富尔领事告诉他，英国政府决定举办首届伦敦世界博览会，希望世界各国送展参加，但中国政府接到请帖却无动于衷，只好转而邀请民商送展参加。

原来，巴富尔领事与必理商量的意见是，徐荣村的荣记湖丝蜚声海外，最有资格参加伦敦世界首届博览会，决定请徐荣村大力支持，送展参加。徐荣村心里悬着的石头这才落下。他说："荣记湖丝行吗？总经理和巴富尔领事高抬在下了。"必理说："不、不，巴富尔领事和我一致认为，你的荣记湖丝非常好，用上海话叫顶呱呱！"二人哈哈大笑。

必理讲了事情的来龙去脉。

英国是世界头号强国，科技文化经济相当发达，决定在伦敦举办首届世界博览会，以宣扬英国及欧洲取得的科技成果。这是1851年的事。这一年，英国维多利亚女王宣布举办伦敦世博会，并以国家名义邀请世界10个国家参与。驻华英国使馆和英商得到来自英国的这道指令，积极动员中国政府参加，但被婉拒，不得不转而动员华商参展。宝顺洋行是世博会组织者之一，责无旁贷，便动员本行买办徐荣村参加。

徐荣村觉得这件事非同小可，是宣传自己产品的最佳时机，也是为国争光的大好机会，便仔细询问了参赛规矩和要求，答应立即组织产品送伦敦参展。他回到上海小东门咸瓜街亦昌茶丝土号，召集大家开会商议，宣布立即组织一批最好的荣记湖丝送伦敦参赛，争取拿到金奖，向世界展示浙江辑里丝的优秀品质，让荣记湖丝享誉全球。

亦昌茶丝土号同人立即出主意想办法，群策群力，制订出生产送展产品的计划。经过一番忙碌，几天后，他们生产出12捆送伦敦参展的荣记湖丝，每捆贴上荣记湖丝商标，装一小麻袋，12小麻袋装一大麻袋，包装麻袋上贴着"YUNGKEE KEENSEON"（荣记亲选）标签，通过宝顺洋行总经理必理，委托去英国船只代运至伦敦世博会组委会。

1851年5月1日早上9时，伦敦世界博览会开幕式在海德公园水晶宫举行。水晶宫外面插着许多面参展国的国旗，迎风招展，绚丽多姿，与周边高大摇曳的棕榈树、花团锦簇的花圃和踏着音乐节拍的哗哗喷泉相映成趣。海德公园及四周聚集着等待参观的、来自世界各国的大约50万观众。中午临近12时，9驾皇家马车载着英国维多利亚女王及其众多皇室成员开进海德公园，在热烈的欢迎声和优美的哈雷路亚乐曲声中，冒着微微细雨，在罗敦路入口处走出马车，边向大家招手微笑，边徐徐走进水晶宫参加世博会开幕大典。

水晶宫内挂着万国彩旗。参观人流一拥而入，人头攒动。陈列柜里展示着各种工艺品、艺术雕塑，都是来自不同国家的发明创造、奇珍异宝和精湛产品。其中各种机器发明，开槽机、钻孔机、拉线机、纺纱机、造币机、抽水机等，令维多利亚女王和广大观众赞不绝口。

美国有5048位企业家携带500多项产品参展，其中胜过英国的项目有新材料树胶、连发手枪、割草机、播种机和缝纫机、快艇，令英国人对原英国领地的美国的成就大吃一惊。英国的水晶宫通体透明，庞大雄伟，令万千观众仿佛置身童话世界，成为世博会中最成功的展品，是东道主英国的荣耀和自豪。伦敦世博会展期 161 天，观众多达 630 万人次，最后评出 5084 个奖项。伦敦世博会经世界各国媒体广泛报道，轰动全球。

再说徐荣村的荣记湖丝。

荣记湖丝被英国轮船从上海带到伦敦交给世博会组委会。组委会工作人员看了荣记湖丝的简要说明，再看包装是麻袋，经过漂洋过海已经陈旧不堪，加之对遥远的中国的丝产品不甚了解，又没有中国人随同前来，不免有所轻视，便随便安排在水晶宫角落展地搁放。这样一来，参观者不免受到影响，对这个产品不以为然，使荣记湖丝在金碧辉煌的展品中扮演了一段时间灰姑娘的角色。展览进入评选阶段，各国评委在逐一评判参赛展品时，意外发现中国荣记湖丝柔软而富有弹性，远远好于其他各国送展的同类展品，一致给予世界级珍宝的最高评价。荣记湖丝脱颖而出，一鸣惊人，荣获伦敦世界博览会金、银奖牌各一枚，并获得英王赐赠的"翼飞洋人"执照一份，允许荣记湖丝免检进入英国市场。

荣记湖丝成为中国第一次荣获世界博览会金奖的商品。

喜讯传到上海，徐荣村以及宝顺洋行、生丝业同行眉飞色舞，喜出望外。宝顺洋行和同业纷纷来到小东门咸瓜街亦昌茶丝土号，敲锣打鼓，送匾送旗，向徐荣村表示热烈祝贺，希望今后共同发展中国丝业。徐荣村在桂花楼大宴宾客，沾沾自喜。事后，徐荣村抓住这一天赐良机，请画师把"翼飞洋人"图案描摹下来用作荣记产品的新商标，还利用各种手段广为宣传，使之成为中国丝业的一面旗帜。这样一来，荣记湖丝锦上添花，更加畅销，成为外贸抢手货，徐荣村很快就成为沪上巨贾。这一年徐荣村 29 岁。

1851 年 5 月 1 日，在英国伦敦举办了第一届世界博览会。应英国女王维多利亚之邀，共有 10 个国家参展，展期 161 天，观众高达 630 万人次。其时徐荣村正在上海经营荣记丝号，闻知展会消息后，即将荣记经营的七里湖丝精选了 12 包寄往大会参展，包装麻袋上贴着"YUNGKEE KEENSEON"（荣记亲选）标签。评委们反复比较后，最终认定"荣记湖丝"为展会第一名。维多利亚女王得知后，亲临观摩并奖金、银牌各一枚，还手谕画师作画一幅，中作洋人两翼欲飞状，以为徐荣村的产品执照，寓意荣记湖丝当飞行天下。执照上有当时掌管此事的英国伦敦奚柏院会所总理亚尔拔的签名。

"荣记湖丝"果然应了女王祝福，声名远播。徐荣村颇具商业头脑。他请人将英王所赐画像临摹下来，权充商标印在其经销的商品上，引得客户争相订购，而且贴有小飞人标签的货物出口英国还享受免检待遇。[1]

插个故事。

151年后的2002年，徐荣村的玄孙、上海交通大学退休教师徐希曾70岁。面对上海申报世博会，徐希曾生出一个念想，要把中国第一世博人的事说个明白，原因是有人说是清末文人王韬。他说不是王韬，而是其先祖徐荣村。此话一说，震惊上海。上海申博办工作人员不信，问他何以为证。他提供许多材料，包括徐家《北岭徐氏宗谱》记载。申博办委托人到国际展览局寻找资料，结果查无此人。正当山穷水尽之际，上海图书馆传来令人振奋的消息，馆藏文献证明，徐荣村的"荣记湖丝"曾经获得伦敦世博会金奖。于是，欣喜之余，徐希曾提笔写小说，题目叫《湖丝仔新传》，记述他先祖徐荣村的故事，以免再百年子孙数典忘祖。这是一个真实、感人而充满历史情愫的故事。

三、洋行买办徐润

前面说徐润听伯伯徐钰亭"一切靠自己"的教诲，在温江白林开办润

---

[1] 刘志强、赵凤莲编著：《徐润年谱长编》，北京师范大学出版社2011年版，第10页。

立生茶号,希望能获得成功,他能如愿以偿吗?

这时,国内发生了两件大事。

一是爆发了第二次鸦片战争。1856年,英、法两国对中国发动侵略战争。1856年,英法联军攻占天津大沽炮台,兵临天津城下。清朝廷无奈之下求和,于1858年与英、法、俄、美各国分别签订《天津条约》,主要内容是赔款、新开通商口岸、允许天主教自由传教等。

二是太平天国运动逐渐转为守势。从1851年金田起义开始,太平军一路高歌,相继攻占郴州、长沙、岳阳、武昌,连克九江、安庆、芜湖、南京,1853年定都南京,威震天下。此后,太平军北伐失败,内讧连连,虽也有大的胜利,但已显现败局,开始走下坡路。这时,1859年,太平天国军师干王洪仁玕提出建国方案《资政新篇》,核心是鼓励发展工商业,发展资本主义。

这种大局面,既给处于萌芽状态的中国实业家以发展的机会,也给他们带来生死存亡的挑战。

徐润在这种情况下开设润立生茶号,所遇困难可想而知,加之运气不好,开业第一桩生意就触了霉头。徐润打听得知,广东韶关的白毛茶名扬天下,清香甘醇,醒脑提神,还有消食开胃、驱除口臭、降低血压等多种功效,便决定做这生意。他请的司事叫梁逸樵,熟悉韶关茶事,徐润给他100两银子去收购白毛茶,算是小试牛刀。

梁逸樵不辞辛苦,朝起暮宿,去韶关白毛茶最有名的产地乐昌、仁化等县,收得32000斤白毛茶,装成800箱,每箱40斤,雇了挑夫马队,亲自押送,逶迤运回上海。徐润此时已在宝顺洋行做茶丝生意七八年,学得一手贩卖茶丝的本事,这回是自己的生意,自然格外小心,不单向梁逸樵询问采购情况,还亲自开箱验货,没发现大问题,这才联系买家。

徐润与上海各洋行熟悉,也不甚费力便找到几个买家,但说到价格却各执一端,说不到一块儿。徐润一打听,才知道不是人家存心压价,确实是这会儿市场行情不好。他细细盘算一番,心想,初次试水,权当讨个经验,便以较低价格卖出了白毛茶。

百年大商人

从广东省香山县走出的几位中国工商业先驱：徐润、唐廷枢、郑观应、马应彪、郭乐（自左至右）

做完这趟生意，徐润找司事梁逸樵商议再做点事。梁逸樵说："这趟没做好，没赚钱。"徐润说："我们刚做生意没亏本就是赚。"正说着，门房来报有客求见，说是生意上的事。徐润说："啥生意找上门来？客厅请。"说罢简略收拾一番衣帽，与梁逸樵出去会客，走进客厅一看，是两位熟悉的外商，正是买白毛茶的，心里顿时咯噔一下，扭头朝梁逸樵嘀咕一声："麻烦来了。"

果不其然。其中一位英国商人说："徐先生，你的茶有问题。"另一位法国商人说："我买的茶也有问题。"梁逸樵是经办人，责任攸关，顿时黑了脸，生气地说："你们不是开箱验货了吗？怎么收了货却说有问题？这批货由我亲自采购、押送回来，绝对没有问题。"徐润也觉得蹊跷，自己也开箱验过，不至于闹到要退货吧，便笑嘻嘻地说："什么问题？质量不好还是运输不当？"

事情弄清楚了，的确有问题。两位外商购买这批茶叶时，因为货物出自宝顺洋行买办之手，彼此熟悉而信任，并没有认真检验，待运回去后，仓库人员照例验货入库时，发现茶叶箱四角有一些水渍，坚决不收。

徐润闻讯暗自脸红。他完全清楚，这些茶叶是外贸商品，要搭乘海轮，经过几个月的长途跋涉，运到英法等国销售，容不得丝毫水渍，便答应退货，还一再表示歉意。接到退货后，如何处置这32000斤白毛茶，徐润十分为难。他找司事梁逸樵商量。梁逸樵正为此事难过。他回忆押运回来的路上，请挑夫沿小河挑下山到码头，估计是路上歇脚时，将茶叶箱搁置在潮湿地上所致。事发后，徐润倒没有说他什么，但他更觉得惭愧。他说："这

第一章 | 洋行买办（1839—1860年）

种事时有发生，倒是有办法弥补损失，只是……"徐润也知道一些茶商如何处置次货的办法，不外乎取出来，实在霉坏了的扔掉，一般霉的晒干了，来年掺在好茶中卖掉就是，就说："不妨直说。"梁逸樵便说了他的意见，就是这个做法。徐润别无良策，只好如此。

梁逸樵便将这批退回来的白毛茶全部拆开，叫人慢慢拣出霉茶，将剩余茶叶晒上几日，放置在了库房。第二年，徐润拿出4000两银子，派梁逸樵去云南宁州购回乌龙细条红茶8000斤，将上一年剩余的白毛茶均匀掺在里面，再装箱待售。这时上海茶市较上一年兴旺，每担茶叶卖到120两。徐润大为高兴，以此价卖出部分，除去成本，每担赚银50两。随后茶价继续上涨。徐润卖出剩余茶叶，不但赚回上一年亏损的钱，还赚得盆满钵满。这是徐润经营茶业的开始。

这个过程徐润在日记中有记录：

> 试办润立生茶号于温州白林地方，梁逸樵司事，办得白毛茶八百箱，每方箱40斤，运申分沽与英美各洋商，得价80两，仅敷成本。不意卖出之后，洋商验出茶箱四角均有水渍，一律退回。查该货由小河用竹挑运出，以致受潮，不独洋商不愿承买，即自己亦觉心虚。不得已寄存杨三和栈，尽数拆开，拣出霉茶。
>
> 候至次年，在宁州办得乌龙细条红茶200箱，每担50两，条色香味并皆佳妙，因将白毛茶掺入，售与洋商。初得价银120两，继竟涨至160两，大得其利。经营茶业于此始焉。[①]

经营茶叶上了道，徐润的眼睛又盯上别的生意，听说日本长崎海货便宜，便跃跃欲试。他找来熟悉海道的伙计杨明轩，问他从上海去长崎怎么走。杨明轩说夹板船能去，来回十来天。徐润动了心思，问他敢不敢去。他说东家吩咐就去。于是徐润给银子，叫杨明轩去雇船，雇来一艘半桅小夹板船，

---

① 刘志强、赵凤莲编著：《徐润年谱长编》，北京师范大学出版社2011年版，第10页。

船主叫马厘士，精神矍铄，又瘦又黑；又叫杨明轩等人买来运去日本的商品，有西红柿、花布、绿布、檀香、苏木、胡椒、彝茶，共计数万斤，装船待发。

船主马厘士选择了一个好日子，带着杨明轩等人及两个水手开船出发。从上海去日本长崎有1000多公里，经过几天航行，杨明轩等顺利到达长崎，把船停泊在码头上。船主马厘士常跑这条线，知道日本规矩，也告诉过徐润、杨明轩，外国船可以停靠补给，人员不能上岸，只准停靠10天。如何上岸卖货买货？徐润和杨明轩事前做了周密考虑。

杨明轩借着上岸采购补给的机会，找到长崎海关官员，说想顺便拜访朋友。长崎官员不懂汉语，杨明轩不懂日语，好在日语中有若干汉字假名，杨明轩便要来毛笔作笔谈。长崎官员见其书法漂亮，非常羡慕，请杨明轩在他的折扇上书写唐诗，然后告诉杨明轩，要拜访这儿的中国朋友，可以去保苏局问问。杨明轩问清地址，便告辞而去。找到保苏局，杨明轩一打探，竟找到一伙中国生意人，有6人，为首者是苏州人杨镜人，在长崎做鲍鱼、海菜生意，运往浙江嘉兴乍浦，分销各地。

杨明轩与杨镜人一番应酬后，告诉他自己此行的目的，遇到的困难，请杨镜人代为活动。杨镜人一口答应，便带杨明轩返回海关，用日语说明情况，请海关派人去船上验货放行。第二天，长崎海关4个带刀官员来到杨明轩的小夹板船验货，见都是长崎需要的生活用品，很高兴，便对杨明轩说，没有外贸公文，无法通过海关贸易，但既然已经运到长崎，就允许他们上岸交易，但不准卖钱，只准以货换货，而且每样货物数量不准超过百担，具体怎么交换，他们不管，由交换双方决定。

这自然再好不过，于是千恩万谢，送走海关官员，杨明轩便由杨镜人陪同上岸，来到贸易市场，找到某商家，拿出中国货样品，说了以物易物的意思。商家求之不得，急忙热情接待，请杨明轩挑选交换货物。杨明轩看了他的货，各种海鲜、海干应有尽有，十分高兴，由杨镜人做参谋，挑选青海带、海带丝、贡带各十几担，洋菜40包1600斤，木鱼、香菇、江瑶柱、鳟鱼、虾干各十几担。选好货，杨明轩请长崎老板雇人挑去夹板船，顺带挑回中国货，因为说好的是货物交换，所以只算大账，连称也不需要称。

办好货，杨明轩放心地在长崎玩了两天，不外乎设宴答谢有关人员，也应邀出席招待宴，觥筹交错，酒酣耳热，与一帮长崎生意人称兄道弟，结为朋友。第二天，杨明轩坐马厘士的夹板船启程回国，杨镜人随同搭船回国，长崎海关官员前来送行。

回到上海，徐润问了情况，十分高兴，问杨明轩带回的日货能卖多少钱，杨明轩回答，不知道海关如何收税，要是税多就不能保证赚钱。第二天，徐润亲自带了杨明轩去海关报关。海关关员看了报关清单，随同他们去夹板船验货，大皱眉头，说从来没有经办过这种进口货物，也没有这方面的纳税规定，需要请示上司。

徐润心里咯噔一下，回家后便四处找朋友帮忙疏通关节，同时把长崎运回来的货堆存仓库。过了几天没有消息，杨明轩上门催问，海关回答尚无消息。又过几天，音信杳无，徐润有些着急，从朋友处得到消息说，别管海关如何收税，东西卖了再说，于是便委托货栈拍卖。拍卖这天，徐润、杨明轩早早来到货栈，与拍卖师商量定下底价为3000两。拍卖开始，在3000两价位上，全部参拍人，共有十七八位，出乎意外地都举了牌。随着竞争开始，拍卖师以百两为准往上喊，参拍人不断有人举牌响应。拍卖师喊到9000两，3号客人举牌。拍卖师连数三下无人高喊，便举槌一击说："3号9000两成交！"货栈响起掌声。徐润高兴得抹眼泪。

这是1860年的事。徐润23岁，初出茅庐，开办润立生茶号，先亏后赚，于是信心满满，意气风发，走上洋行买办兼独立经商之路。第二年，徐润的老师曾寄圃去世。徐润正在悲哀时传来好消息。宝顺洋行总经理韦伯先生叫人把他传到案房，对他说："曾寄圃先生的去世令我无比难过，仿佛失去左膀右臂。他去世前对我说了你的许多好话。我很赞同他对你的评语。我决定请你接替曾寄圃的主账职务，管理洋行上堂，负责督理各职，以后洋行中的事情都由君一手负责去做。今君乃总行中华人头目，如有差错，唯君是问。希望你不要辜负曾寄圃的推荐和我的信任。"徐润进宝顺洋行3年学徒，5年帮账，现在一下子被提拔为主账、副买办、华人头目，喜出望外，急忙毕恭毕敬深深一鞠躬，激动地说："谢谢总经理栽培！属

百年大商人

下一定尽职尽责。"

　　徐润24岁当上副买办，属于青年得志，自然格外奋发。这天，徐润带人在码头接船，他派人去日本横滨采购了一批货物。船队靠岸，徐润上船查看，除鱼虾蟹外还买回半船乌黑的铜钱。徐润的随员和船上水手都说这铜钱不值钱，必亏无疑，问徐润买来干啥。徐润素来留心古董，事前调查得知横滨港有大批廉价铜钱销售，便叫人去横滨收购。徐润拿起一枚细看，只见铜钱上刻着字样清晰的"宽永通宝"字样，心里一喜：宽永是日本年号，起码是230多年前的古董，再掂掂分量，虽然不及大清铜钱，但一看就是紫铜铸造，便对大家说："你们不懂，日本宽永通宝是好东西。"他问船长："你收了多少？"船长回答："照你吩咐有货就收，共计635082千文。"徐润说："好好，都给我装筐抬去洋行。"说罢下船而去。

　　谁知事与愿违，这批日本铜钱放了半年也无人问津，洋行的人都觉得徐润看走了眼。徐润也开始心存疑虑，细细一打听才知道，一是上海人没见过这玩意儿，不知好坏；二是数目过大，不禁暗自着急。总经理韦伯问他怎么样，他回答："我会处理。"事后徐润想了想，不能只在上海等候，便叫销售人员带部分货去南京、杭州等地卖。不久传来好消息，带去的数千贯铜钱销路不错，盖过浙江本地的烂板私钱。徐润大喜，立即把存货运往南京、杭州，还如法炮制，派人带货去福州、广州、武汉等地销售。不久又来捷报，这批铜钱在各地大受欢迎，价格一涨再涨，竟涨至千文七钱三四分银。销完这批日本铜钱，竟赚银3万两。宝顺洋行上下皆夸徐润料事如神。

　　这件事被徐润记入《自叙年谱》：

> 日本所出宽永铜钱，以紫铜为质，字样清晰，唯分量轻薄，远不及我华制钱。比时出开横滨埠，本行由夹板船运到此项钱文，计635082千文。初到申时，少见多怪，无人问，且以数目大钜，市口不宽，不无疑惧。延积半年，由阙筑甫先生运筹，先提数千贯分销各地，尚可通行，缘其时江浙所铸烂板私钱每千值银五钱

第一章 | 洋行买办（1839—1860 年）

外，后来宽永遂销逐广流行内地，每千竟涨价银七钱三四分之多。此票生意满拟难望得利，不料通盘计算，竟得盈余银数万两，可谓喜出望外者也。①

这一来徐润新官上任头把火烈焰熊熊，接着就烧第二、第三把火，双管齐下，一手抄外汇，一手经营丝茶，想的是再接再厉，三阳开泰。这时，1862 年，宝顺洋行的生意一片火红，从国外进口的数千箱西药和三四万吨洋货，从东南亚进口的满满 5 船土特产，檀香、苏木、沙藤、树皮、胡椒、点铜装，浩浩荡荡，陆续运抵上海；价值数千万两银子的中国货，湖丝、棉花、红绿茶等，销往世界多地。

徐润是宝顺洋行上堂的主账，调动资金，收付银两，从开春忙到秋天。这年秋天，徐润看报得知，日本与英国产生尖锐矛盾，双方唇枪舌剑，扬言要制裁对方，十分担心，急忙出去找人打探详情。那时国际上的消息多来自海船，从世界各地来上海的海船乘客踏上上海，便带来许多国际消息。这是商人和一般百姓获知世界情况的主渠道。

徐润坐马车来到黄浦江码头，找到一艘英国兵船上的英国朋友，问他："查理先生，你刚从日本过来，那边情形如何？英国国内什么态度？是不是要开战？"查理严肃地回答："徐先生，你说得不错，英国和日本也许会开战。"徐润脱口而叫："啊？怎么会这样？请你说说详情，我与日本商人正做着许多生意呢。"

从英国兵船上下来，徐润十分踌躇，不知查理的话是否当真，登上马车，叫车夫去杨树浦码头"鲤鱼门号"轮船。车夫驾车前往，不一会儿来到停泊在江边的"鲤鱼门号"轮船边上。这艘船的王船长是徐润的生意朋友。王船长对徐润说："查理先生言之有理，英日开战的可能性很大。如果徐先生乘机做有关生意应该是个机会。"

从江边坐马车回到市区已是中午，徐润饥肠辘辘，来到常去的费弐儿

---

① 刘志强、赵凤莲编著：《徐润年谱长编》，北京师范大学出版社 2011 年版，第 15 页。

西餐馆就餐。这会儿餐馆的客人不少，多是外国人，其中认识徐润者大有人在。徐润趁机向他们打探东洋战事消息，一顿饭吃下来，得到的消息是，战事一开，英镑价格必落，应当及时抛出，心里便逐渐有了主见。当晚，宝顺洋行高层召开紧急会议，徐润将他白天打探来的情况做了汇报，严肃地告诉大家说："我的意见是立即抛售英镑。"与会者十分重视徐润的消息和意见，也说了各自获取的消息和意见，经过一番激烈争论，多数人同意徐润的意见，最后决定抛售英镑。

第二天，宝顺洋行负责此事的张子循、阙筑甫，在外汇交易市场开始陆续分批卖出英镑，当天卖出300万英镑。这一来上海外汇市场风起云涌，跟盘卖出者大有人在，一时间英镑价格直线下滑。当晚宝顺洋行开会研究，有人说价格太低别再抛了。徐润说："再不抛，战事爆发，价格还要落，明天坚决抛。"第二天，宝顺在低价位上再卖出400万英镑，致使外汇市场一遍惊恐。

3天后，怡和洋行的"理化号"轮船从国外开抵上海吴淞口码头，带来一个明确的消息，英国和日本已结束和谈，握手言欢。消息传出，上海外汇市场顿时"转向"，英镑高开高走，每磅涨价一钱银子。

这一来宝顺洋行乱成一团，纷纷责怪徐润抛售英镑。洋行责成徐钰亭处理善后。徐钰亭是徐润的伯父，时年58岁，早年从澳门来沪办理洋务，是宝顺洋行首任华人买办，也是徐润进宝顺的推荐人。徐钰亭问明情况后十分生气，高声指责徐润："年轻后生怎么敢如此狂妄？你懂得多少？怎么就敢轻易抛售700万英镑？"徐润素来钦佩伯父徐钰亭，见他火冒三丈，把全部责任都算在自己头上，实在不服气，便气呼呼说："我……我只是建议而已。"徐钰亭猛拍桌子说："就是你的建议害人！你知不知道，你是主账，又是华人总头目，不说一言九鼎，那也举足轻重啊，怎么还像毛头小子张嘴就说？"

徐润一脸委屈，可细细一想，伯父言之有理，便喏喏道："请问伯父大人，侄儿如何善后为好？"徐钰亭说："所幸你们做的是外汇期货生意，一时半会儿不会到期。伯父已经与怡和洋行商量了，你们卖出几百万英镑，他们买进几百万英镑，大家都是朋友，可以设法圆转。"徐润说："此刻英镑价涨，侄儿粗算，现在和解要亏三四十万两，不如再看看，反正为期尚远。再说即或侄儿答应，总经理未必肯答应。"徐钰亭想了想，欲言又止。

这一夜，徐润在床上辗转反侧，一夜无眠。第二天，徐润的四叔吴子石也来调停。吴子石德高望重，是上海留美预备学堂副校长、广肇公所董事，与怡和洋行和宝顺洋行有极深关系。他的意见是两家悄悄和解了事，徐润只好答应。最后，宝顺以亏损12万两银子了之。徐润个人名下亏银5万两。

这一年徐润25岁。前几年，徐润花钱当上国子监监生，前不久又花钱做上光禄寺署正，从六品官员，虽说无意谋求实职，只是考虑排场，还是兴高采烈，满脸春风，可经此一击，痛定思痛，才明白做生意还得靠本事。当天晚上，徐润在日记里写道：

> 当经先伯钰亭公来责，谓不应如此狂妄，嘱即设法圆转。余云洋价已大，即照装出口亦不能再高，此刻进出并计，亏数已在三四十万，所幸为期尚远，只可到期再讲。目下遽令亏蚀，即使我能够相允，恐楼上未必答应，讵钰亭公一再劝喻。次日又由吴子石四叔亲来调停，不得已密盘和解，两家说到极处，乃出现银十二万两了之。余名下实派亏银五万两。此亦一荒唐之事，书此以志吾过。①

祸不单行。就在这一年前后，太平军来到上海附近活动，弄得人心惶惶，生意凋零，祸及徐润。徐润与人开设立顺兴川汉货号，顾名思义，主要经营四川和湖北的特产，比如烟叶、皮油、白蜡、黄麻、白麻、桐油等。当时四川、湖北有不少商号在本地设庄，坐收商贩送来的土产，经过粗加工，打包运往上海，卖给经营出口的商人。出口商人专门与洋行打交道，

---

① 刘志强、赵凤莲编著：《徐润年谱长编》，北京师范大学出版社2011年版，第15页。

或者替洋行收购,或者收了卖给洋行。徐润是洋行买办,熟悉洋务,做的就是这种出口商的生意。因为轻车熟路,加之做主账左右逢源,所以徐润的货号生意兴隆,财源滚滚。若是长此以往,必定发财,可惜徐润再有本事也于世事无可奈何。不久政局变坏,太平军沿长江东进,清军节节败退,江浙及上海周边成了战场,生意就无法做了。徐润回天乏力,只好亏损关门。

徐润在日记里写道:

> 同治元年壬戌(1862年),二十五岁。钰亭公年五十九岁,八月返申。二月十四日,雨田二弟故于澳门,为文祭之。由监生捐光禄寺署正。与芸轩兄在二马路合做宝源丝茶土号,有在法租界开设立顺兴川汉各货号,以烟叶、皮油、白蜡、黄白麻、各种桐油为大宗,陈荣卿经理,初颇发达,后因发逆扰乱四乡,各账不能收,亏蚀而停。①

所谓"发逆"即太平军。由此不难看出,经商与时局休戚相关。同样是太平军兴起,胡雪岩发财,徐润亏本,个中缘由发人深省。这是1862年的事。转眼到了1863年,正当徐润踌躇满志,准备捞回亏损的钱时,传来一个不好的消息——他的恩人、宝顺洋行总经理韦伯职满回国,接任者是希厘甸先生。临行前夕,徐润去向韦伯先生告别,感谢他这些年的提携。韦伯先生说了许多热情的话。徐润说:"我想最后一次听听你对我的建议。"韦伯先生说:"上海市场此后必有很大的发展,房地产业首当其冲,因此我建议你关注扬子江路至十六铺地段的房地产,另外也要注意南京路、河南路、福州路、四川路是可以接通的,还有新老北门到美租界的地皮,你可以大胆地有一文钱购置一文钱土地,将来必定大有斩获。"

徐润素来钦佩韦伯,把他的临别赠言作为座右铭。韦伯回英国后,

---

① 刘志强、赵凤莲编著:《徐润年谱长编》,北京师范大学出版社2011年版,第15页。

第一章 | 洋行买办（1839—1860年）

徐润开始倾其所有，大规模投资房地产业，迅速拥有土地3200亩、房屋2000间，年收租金12万两余银子，成为上海著名大房产商。

> 徐润在宝顺洋行任职期间开始涉足房地产经营。当时上海房地产业刚刚兴起，地产不断增值。他见有利可图，便将积累的资金大量投资于房地产。徐润经营房地产的主要手段是购地造屋出租，在上海、天津、镇江等地都买了不少土地，曾在天津塘沽车站两边造房500余间收租息，在上海建造余庆里、青云里等里弄房屋出租取息。另外，还将旧房翻新，以提高租金收入。如老介福房屋翻造前，年租金为3600～3700两，翻造后可收年租7000余两，增加近一倍。至光绪九年，他拥有未建房的地产2900亩、已建房的地产320余亩，共建造洋房51所又222间、住宅2所、当铺房3所，楼平房、街平房、街房1890余间，每年可收租金122980余两，地亩房产共合成本2236940两。[1]

不难看出，受韦伯影响，徐润这次敏锐地抓住了商业先机，全力以赴，成为上海新兴房地产业的弄潮儿；也不难看出，徐润方法得当，大面积购买廉价土地，大规模出租房屋，凭借收取租金稳坐钓鱼台。

这样的埋念却遭到徐润伯父徐钰亭的强烈反对。徐钰亭对徐润的做法不以为然，几百上千万两银子投进去，每年不过收取十来万两租金，远水不解近渴。徐润给他解释，这是韦伯先生，也是宝顺洋行之多年的经营之道。徐钰亭嗤之以鼻，还是坚持卖房的主意。徐润的房地产生意都是和徐钰亭等人共同投资的，一个要卖，一个要租，发生矛盾。1863年春天，徐钰亭不顾徐润反对，擅自将盆汤巷的房子以近2万两银子的价格卖给陈竹坪。徐润得知消息极力阻拦，可为时已晚。

过了几个月，这年仲夏，徐润突然得知伯父又在与人交谈卖房的事，

---

[1] 刘志强、赵凤莲编著：《徐润年谱长编》，北京师范大学出版社2011年版，第17页。

急得不得了,赶紧去找伯父询问并阻止。他伯父先是吞吞吐吐,欲言又止,最后只好如实相告,是准备卖掉余庆里的房产。徐润气急败坏,连连表示不同意卖房。他伯父说:"余庆里房价涨得不错,卖出去落袋为安,见好就收吧。"徐润说:"伯父,不能卖,房价还要涨,租金也还要涨,大家还靠这笔房租维持家眷生活,何况吴先生子石、芸轩兄他们也不同意卖,要我来劝说伯父大人收回成命。"徐钰亭说:"别听他们的。伯父我来沪多年,什么生意不明白?已经涨得差不多了还涨什么?一人赚一点嘛,想吃整根甘蔗怎么行?"徐润着急地说:"伯父你不明白……"徐钰亭猛地打断他的话,气呼呼地说:"我不明白你明白!哼!当初我叫你来上海,让你进宝顺,手把手教你学做生意,都忘到九霄云外去啦!"徐润急忙道歉。

这样说事自然撞南墙。第二天恰逢礼拜天,商号的人都出去了,徐钰亭脚痛在家休息,徐润忍不住又去找他商谈。徐润进屋望着伯父却不知从何说起,鼻子一酸,双膝下跪抽泣。徐钰亭问:"为什么这样?是不是因为我要卖房?"徐润便大着胆子说:"伯父,先前卖永记屋,侄儿不敢阻拦,如若再卖余庆里,虽说当初买进余庆里是从伯父账上划拨,但侄儿也出了小部分银子,所以侄儿要求分得一半卖房款,如若不卖,侄儿决不再提分款之事,请伯父大人斟酌。"徐钰亭听了正待发火,有人进来,只好强忍不发。

这是徐润一夜未眠想出来的招儿,不是真要分钱,意在让伯父收回成命。这本是不得已之事,姑且试试,谁知一试竟成,余钰亭从此不再提卖余庆里房产的事,一场家庭风波化于无形。

徐润在日记里写道:

言刚至此,子石、芸轩、捷三均入座。公请食沙谷米,食后再讲。公复怒曰:"今日卖房尔晓来阻,当日卖永记产时何不来阻?今日之阻是,则前日之阻非也。且尔谓无钱,年中行内入息过万,我所用不过三五千而已。且白林庄三四万,何曾我分乎?即如买地亦有数万,尔何得谓无钱耶?"余闻至此,默然而出。当时公岁虽盛怒，然卒未沽去。盖经此一阻，后人得益不少，此即余庆里之产。①

除了房地产，徐润的商业触角涉及多个领域，特别擅长丝、茶、棉业，更是左右逢源，如烹小鲜，成绩斐然。徐润的生意与官场往来密切，深得李鸿章赞许。1866年，由李鸿章保奏，朝廷封徐润加四品衔。

1868年，徐润离开宝顺，自立宝源祥茶栈，规模宏大，茶号遍及各地，有云南的河口、宁州，江西的澧溪，吉林的漫江，湖北的羊楼洞、崇阳，湖南的湘潭、长寿街等八处，茶庄数十家。宝源祥茶栈组织云南河口天馨茶、江西澧溪怡兰茶、吉林漫江的福葆茶销往俄国茶庄，销量全国第一。宝源祥茶栈旗下的长寿街的祥记庄、崇阳的夺标庄、羊楼洞的宝源庄，闻名遐迩，是全国茶庄前三名。

在此基础上，徐润联合上海茶商，组建上海茶叶公所，地点在老闸，董事有徐润、唐廷枢、梅子余、唐翘卿等人。不久，徐润等组织湖南、湖北、江西茶商在汉口设立茶叶公所，由上海茶叶董事与当地董事共同维持。这一来徐润的茶叶生意好得不得了，一举成为鸦片战争后中国著名的大茶商。

在这个时期，上海经营茶栈历史较久、成绩较著的，当属徐润和唐翘卿。徐润在1859年与买办曾寄圃等"合开绍祥字号，包办各洋行丝茶棉华花生意"，两年后又"试办润立生茶号于温州白林地方"，因"大得其利"，遂"合股续开福得泉、永茂、合祥记等于河口、宁州各处，又与汪乾记（茶栈）合办茶务"，1862年再与徐芸轩合开宝源祥丝茶土号。总计徐润在宝顺洋行任职期间，独资或合资开设的茶叶栈号已有六家（其中有的停歇）。1868年，他离开宝顺洋行，更是全力集中茶务，自立宝源祥茶栈，

---

① 刘志强、赵凤莲编著：《徐润年谱长编》，北京师范大学出版社2011年版，第16页。

加增漫江、羊楼洞、崇阳、湘潭、长春街、澧溪等处茶号。他在各地开设的茶号,不是"年年第一",也是"不落三名之后",为当地茶号的大户。这时他自己也自诩"颇知茶味,各路清楚"了。①

四、五金大王传奇

叶澄衷,原名成忠,宁波庄市人,兄弟姐妹五人,排行第四,父亲叶志禹务农。6岁时,叶澄衷的父亲因病去世,全家人靠母亲叶洪氏纺纱织布为生,十分艰难。叶澄衷9岁时,母亲省吃俭用,送他去读私塾,半年后因学费问题辍学回家,帮母亲和哥哥做事。11岁时,他家里生活更困难,吃饭都成问题。母亲要他去邻家油坊做帮工,工钱很少,但有饭吃。叶澄衷不愿去,但见家里实在穷,只好出门帮工,一做就是3年。

叶澄衷慢慢长大,在油坊做工钱太少,既不能替母亲分忧,又学不到本事,便想去外地闯闯。他把自己的心事告诉乡邻倪先生。倪先生经常去上海做小生意,听了叶澄衷的话说:"要去就去上海,那儿机会多。"叶澄衷便央求倪先生带他去上海。倪先生说:"只要你妈妈答应,我就带你去。"叶澄衷就去找妈妈说:"妈妈,我14岁了,都是小大人了,让我去上海找事做吧。"

叶澄衷——著名实业家、中国第一家五金商店老板

叶妈妈考虑很久,与几个儿女商量之后,答应让叶澄衷出去见世面。从宁波去上海的旅费要2000文,叶妈妈手边没有这么多闲钱,便与左邻右舍商量,以田中秋谷做抵押向人借得这笔钱。

过了些日子,倪先生要去上海,便带上叶澄衷同行。这是1853年的事。

叶澄衷到了上海,经倪先生托人介绍,先在一家小成衣铺打杂半年,后转到黄浦江虹口码头

---

① 许涤新、吴承明主编:《中国资本主义发展史》第二卷(上),人民出版社2003年版,第232页。

第一章 | 洋行买办（1839—1860年）

麦克脱路一家杂货铺当学徒。每天清晨，店主要他划船在黄浦江上向往来船只上的水手兜售杂货。那时黄浦江上船来船往，多数是外国船。这些外轮经过长途跋涉来到上海，急需补充各种物资，包括船上和私人所需工作、生活用品。这些东西多数上岸采购，少数就近向前来兜售的小商贩购买，形成江上流动生意。

叶澄衷向老板学会卖货本事，独自驾船出江售卖，因为人年轻，态度好，很随和，又善于和敢于学习和说英语，很快就与那些外国水手打成一片。于是，船上水手有了需求，总是等着与叶澄衷做生意。久而久之，叶澄衷认识了不少水手，学会说流利的洋泾浜英语，生意更好，令杂货铺老板喜笑颜开。

一晃过去3年，叶澄衷学徒满期。他见杂货店老板经营懒散，没什么出路，又认为自己已基本掌握流动售货技能，也存了一些钱作本钱，便主动离店，自己去做黄浦江售货生意。他租来一艘舢板，向几家杂货店赊来一些杂货，有日用品和食品等，每天驾着舢板在黄浦江上游荡卖货，风里来雨里去，不怕艰难，勤勉做事，真诚待客，收入逐渐增多，基本生活有了保障。有些船上的采购员照顾他，向他订购小型五金配件，他没有货，但一口答应第二天供货，就急忙回到岸上，找五金店老板商量，合伙做成生意，所赚远远高于日用品销售额。

有外国水手揩船主的油，拿船上东西换食品。有的商贩不敢收，叶澄衷敢收。他请教过岸上的五金商人，他们愿意收购。叶澄衷趁机大幅压价，用廉价食品杂货换回值钱的五金工具和零件，再高价卖给五金商，或者自己设摊售卖，盈利更多。

一天，叶澄衷照例划船做生意，在一艘船边逗留时被船上人叫住，要他送客人上岸。叶澄衷也做这种生意，把要登岸的船员摆渡到岸上，每人每次收3文制钱。叶澄衷将小舢板靠住外轮，接住绳梯上下来的客人，一位叫哈利的胖胖的英国中年男子，然后划船将哈利送到码头，收了船钱，目送他登岸而去。

时间还早，叶澄衷继续划船做生意，划出一段距离后，晃眼一看舢板

43

百年大商人

上有一个皮包,便停船走过去拿起皮包打开看,里面有一大摞美钞。叶澄衷一辈子没见过这么多钱,顿时心里发毛。他朝岸上张望,没有哈利的影子,心想,要是拿这笔钱回宁波老家建房买地,可以让妈妈好好享福,可又想,刚才船上人说哈利是英国洋行经理,丢了这笔钱怎么做生意?

叶澄衷划船回到刚才停船的地方,拴好舢板,坐等哈利。他想好了,不能要不义之财,应当把钱还给哈利,哈利发现丢了钱会赶回来找的。这会儿红日当空,已是中午时分。叶澄衷饥肠辘辘,想去附近饭摊吃饭,可又想哈利也许正往这儿赶,便忍住饥饿没动身。

哈利的确是上海一家英国洋行的经理,因为临时有急事要赶回洋行,搭乘叶澄衷的舢板上岸,上得岸来只顾赶路忘了拿皮包,而回到洋行又被一件事缠住,直到处理完毕才猛然想起自己的皮包,里面不光有钱,还有几份重要合同,便急得像热锅上的蚂蚁。他估计皮包掉在舢板上,便立即开车返回黄浦江码头寻找。

再说叶澄衷,等啊等啊,突然看见哈利从小车里钻出来,立即站起身,挥舞皮包朝他高喊:"哈利先生,你的皮包在这里!"事情明白了,皮包的确是哈利先生的,因为他所说皮包有3000美元和三份五金买卖合同与事实相符。叶澄衷把皮包还给哈利,说:"再见哈利先生,我饿得不行吃饭去了。"哈利拦住他,掏出100美元递给他,表达感谢之意。叶澄衷连连拒绝,哈利说:"那我带你去吃饭。"他们去附近酒店用餐,边吃饭边聊天,十分愉快。分手时,哈利说:"叶先生,咱们一言为定,你开五金店,我负责提供货源。"叶澄衷喜笑颜开。

1862年,在英国商人哈利支持下,叶澄衷在上海虹口美租界开设顺记五金行号,销售五金零件、废旧铜铁以及洋货杂物。这是上海第一家专门的五金店。

叶澄衷第一次做老板,不敢大意,早起晚睡,节衣缩食,很快有了收益,渡过了创业艰难时期。这年冬季,叶澄衷经营有方,有了进一步发展的资金,就把店子移到百老汇,扩大营业面积,增加经营品种,增加员工,生意做得更大。

第一章 | 洋行买办（1839—1860年）

经过十几年努力，特别是与美孚石油公司合作卖油之后，叶澄衷的生意遍及各行各业，资本大增，一举成为上海有名的大商业家。一天，店子进来一位西装革履的客人，来人自称是美孚石油公司买办，姓张，说有要事相商。叶澄衷知道美孚石油公司是一家著名的美国公司，虽说刚来上海不久，但气势汹汹，大有一口拿下全上海煤油销售市场的气势，于是赶紧将张先生引进里间，招呼伙计上茶上烟，然后关门说话。

二人一番应酬后，张先生说："我奉敝行总经理命，前来与叶老板商量，请贵号代销敝行煤油，不知叶老板有兴趣否？"叶澄衷与外国人素有往来，自然知道张先生所说之事，正是求之不得的好买卖，立即答道："小店这是攀龙附凤了，欢迎之至。请问张先生是如何个代理法？"

张先生把情况说了个大概，转而问叶澄衷有何想法。叶澄衷熟悉上海煤油市场。美孚公司进入上海，遇到英国亚细亚石油公司和美国德士古石油公司的挑战，加之当时除租界外，使用煤油灯的用户不多，困难重重，难以立足，急于寻找中国代理商帮助打开销售局面。

叶澄衷稳住激动的心情，笑着说："张先生，你这是第三拨来找我的人了，前几天亚细亚王先生、德士古陈先生已捷足先登。不过请张先生放心，在下还没最后决定与谁合作，要看谁的条件最好。请张先生说说贵公司的条件吧。"

这是讹人的话，但张先生不明究竟信以为真，急忙说："这你放心，敝司条件优惠。这样吧，给你20%的佣金，事前免费提油，60天结一次账，如何？我这是特别优惠叶老板了。"叶澄衷说："在下有个建议，佣金25%，90天结账，如何？"张先生心里咯噔一下，可一想，洋总经理咄咄逼人，一定要他尽快落实华商代理，便没了性格，只好嘿嘿笑着说："太……这个了。"叶澄衷也嘿嘿笑着说："不急不急，慢慢考虑。张先生初次登门，我叫厨房做几样菜喝一杯。"

于是二人暂且搁下正事，去叶府餐厅喝酒聊天，不一会儿脸上都有了红晕，便借酒说话，最后达成协议，自然照叶澄衷建议而定，代理人的佣金由20%提到25%，货到90天结账。事后，叶澄衷以澄衷的英文商号名义，

与美孚石油公司签订了经销 10 年的长期合同。

当时上海没有电灯,大家都用植物油灯,比如菜油、桐籽油等,虽说美孚公司引进的煤油质量好,经久耐用,价廉物美,城里人愿意接受,但广大农村消费者还不习惯,而农村销售又是大头,所以叶澄衷的代理销售遇到麻烦。叶澄衷多次去农村做市场调查,发现销售不畅的几个问题,经过考虑,向美孚提出建议:1. 生产体态小、装油少、燃油少、光度差点的新油灯;2. 买一箱油送一盏灯;3. 玻璃灯罩坏了可以免费以旧换新;4. 改成 30 斤小听包装。美孚采纳他的意见,收到很好的效果。

叶澄衷的销售业绩直线上升,一个月卖完了三个月的存油,不但赚了佣金,还利用三个月结一次账的机会,利用销售资金做地产和钱庄放贷生意,又赚了一把。同时,他利用美孚石油免费赠送煤油灯和灯罩的行为,无成本地大肆宣传自己的顺记公司,这样一来,顺记发展迅速,几年内便在上海、宁波、温州、镇江、芜湖、九江、汉口、天津、烟台、营口、广东等地设立分号联号 18 家,10 年赚 10 万两银子,成为中国最大的五金销售商,人称"五金大王"。

五、华侨圣人陈芳

1849 年,有个比叶澄衷大 9 岁、叫陈芳的广东香山人正收拾行李,准备去檀香山做生意。陈芳,1825 年生于香山下恭镇杨梅溪村,早年读过几年私塾,考秀才未中,便跟父亲陈仁昌在香港、澳门经商,家道还算殷实。十二三岁时,他父亲因病去世,家道中落。好在他有个伯父在檀香山经商,不时给他家一些补贴,还叫他去檀香山帮忙。陈芳 24 岁这年决定去檀香山找伯父。

檀香山那时是夏威夷王国首府,外国名字叫火奴鲁鲁,位于北太平洋夏威夷群岛瓦胡岛东南角,地处太平洋中心,是重要交通枢纽,风景优美,物产丰富。40 多年后,1898 年,夏威夷原住民举行全民公投,决定归并美国。1898 年,美国政府宣布夏威夷并入美国。这一来,美国本土居民和军队大

第一章 | 洋行买办（1839—1860 年）

批来到这儿，在檀香山西郊 10 公里处修建了著名的珍珠港。这是后话，暂且不表。

出发前，陈芳按伯父的要求，替伯父收购了一批中国生活用品，帮伯父押船运到檀香山。伯父问他有何打算，陈芳说："不混出个人样儿不回去。"伯父夸他有志气，安排他帮助自己照管生意。他帮伯父做了一段时间生意，慢慢熟悉了檀香山市场，结交了一些生意上的朋友，便用自己的积蓄，又向伯父和朋友借了钱，开了一间小商店，经营中国土特产和传统家具，生意还行，只是本钱小，做不大，盈利有限。

陈芳一边经营小店一边寻找新的商机。伯父告诉他，檀香山适宜做蔗糖生意。一百年前，夏威夷土人便把当地盛产的檀香运到广东沿岸，与中国人调换丝绸、茶叶、瓷器和家具等，所以中国人叫那儿为檀香山。檀香山气候温和，水土肥美，适宜发展蔗糖和稻谷业。

陈芳决定做蔗糖生意。做蔗糖生意需要的本钱大，陈芳没有这么多钱，便找到一起从香山出来的好朋友程植，对他说："我的小店不赚钱，想做大点，我们联手做蔗糖生意如何？"程植问怎么做。陈芳便把从伯父那里听来的、自己打听到的，一股脑儿说出来，动员程植出资与他合作。程植考虑几天答应下来。于是二人便合股开办芳植记，从事甘蔗种植和制糖业。

夏威夷土地多，租金便宜，他们先租 500 亩土地做实验，聘请当地土人种植甘蔗树，甘蔗成熟后加工提取蔗糖，然后卖给各地商人。第一年他们喜获丰收，实现当年盈利。第二年他们租地 1000 亩，风调雨顺人和，又是丰收年，卖完蔗糖，二人大喜过望——赚了 10 万两银子，挖到了人生第一桶金。

芳植记请的梁管事是当地人，负责做账兼管内部事务。他见陈芳、程植赚钱而眼红，起了卷款潜逃的主意。几个月下来，梁管事悄悄把 3 万两银子挪出账外，转移他处，然后趁过节燃放烟花爆竹之际，点火烧了账房，趁乱逃跑去了美国。

著名华侨富商陈芳

百年大商人

陈芳发现丢失巨款十分痛心。程植见损失惨重，丢失本钱，灰心丧气，无意再干，提出退股。陈芳听了火冒三丈，但冷静下来一想，程植没错，但自己要是从此收手，先前创业的收获损失殆尽不说，处理这个烂摊子又去哪里找钱？

陈芳冥思苦想十几天，最后决定重新创业。他借钱处理善后，继续先前的事业。在接下来的日子，陈芳的甘蔗连续几年大丰收，很快赚回损失，还有了雄厚的经济力量。他向美国买来最先进的榨糖机，迅速扩大生产规模，成为夏威夷最大的蔗糖种植园主。

这时美国爆发南北战争，南方切断对北方的蔗糖供应，北方蔗糖稀缺，价格猛涨。夏威夷与美国有频繁的经济往来。消息传来，陈芳异常兴奋，立即亲自去美国北方考察，果真如此，便决定把夏威夷蔗糖大量销往美国北方。当陈芳的大批蔗糖运抵美国北方码头时，受到美国商人的热烈追捧，一船数千吨的蔗糖立即被早已订购的商人瓜分殆尽。陈芳银行账上出现巨额盈利。美国内战期间，1861年到1865年，陈芳不断往美国北方销售蔗糖，获得数百万美元利润，一举成为夏威夷首富。

于是夏威夷各种高档场所，包括最著名的饥饿之狮饭店，不时出现陈芳的身影。为了讨好这位新贵，并借此招徕客人，饥饿之狮饭店总经理别出心裁，把陈芳用餐菜单加上他神奇的创业史故事，制成精美的"大富翁陈芳创业简史"菜单，供来客参考，自然好评如潮，高朋满座。时至今日，这个独到的创新仍然是夏威夷饥饿之狮饭店的镇店之宝，每一位前往的消费者，世界各地的贵客，都会接到这份一百年前的特殊菜单，然后总是好奇地问：陈芳是谁？

1854年，夏威夷国王卡米哈米哈三世去世，王位移交给卡米哈米哈四世。两年后，新国王迎娶王后，举办盛大婚典。陈芳闻讯前去朝拜国王，答应替国王出婚礼所需费用。国王十分高兴，当场同意。于是陈芳便与朝廷商议，要办一场最豪华、最壮观的婚礼，所需银子全由陈芳出。

婚礼如期举行，果然豪华壮观，不同凡响，令各国来宾和王朝官员赞叹不已。在婚礼舞会上，除了国王和王后，陈芳成为耀眼的明星，得到国王最高奖赏——允许国王的妹妹朱丽亚·费叶韦彻小姐，一位年轻漂亮的姑娘，接受他的跳舞邀请。陈芳这时 31 岁，搂着朱丽亚在舞池里旋转，翩翩绅士，窈窕淑女，令全场贵宾驻足欣赏，啧啧赞叹。

第二年，陈芳恳请国王将妹妹嫁给他，国王颔首同意。于是，陈芳在檀香山市北面风景最优美的地方，花一年多时间，建成努阿努别墅，中西合璧，富丽堂皇，是仅次于王宫的建筑。1857 年，陈芳娶夏威夷国王之妹朱丽亚为妻，做了国王的妹夫，跻身夏威夷上层社会。

接下来陈芳好事不断，先被选举为夏威夷王国国会议员。1874 年国王去世，凭借雄厚财力，助公主朱丽亚的义兄卡瓦卡努登上国王宝座，被封为枢密院议员，1881 年成为中国驻檀香山总领事。其间，陈芳以总领事身份活动，维护华人利益，促使夏威夷王国通过多项保障华人权益法案，促使夏威夷华人享受领事保护权，成为著名的华侨领袖。

1886 年，陈芳得知中国广东多地遭遇水灾，房屋倒塌，农田被淹，损失严重，即联系中国政府，为灾民捐助数千银圆。光绪皇帝与慈禧太后十分赞赏陈芳，御赐"乐善好施"石牌坊以表彰。有一年，中国邀请夏威夷国王访华。国王非常愿意去北京，可因为财政紧张，迟迟不能成行。陈芳得知这事，主动找到国王说："尊敬的陛下，夏威夷王国与中国保持友好关系，事关夏威夷安全繁荣，请陛下尽快启程，如陛下有什么困难，在下愿意全力资助。"国王本来不愿说经济困难的事，但陈芳已经把这话说到嘴边了，便回答："你说得对，我非常愿意早日去中国，只是……实不相瞒，此一去路途遥远，随从众多，应酬不少，需要一大笔钱，而我国财政紧缩，没法列支这笔费用。"陈芳说："在下在夏威夷得到国王和民众的大力支持，早有报答夏威夷的殷切希望，请国王允许在下替陛下效力，允许我来出这笔钱。"国王大喜过望，当场答应，并高度赞赏陈芳捐款助国的高尚品质。

夏威夷国王有了资金，便带着贵重的礼物，携代表团启程前往中国访问，来到北京，朝见光绪皇帝和慈禧太后，并多次与李鸿章会谈。双方一致决定加强合作，互通有无，做亲密的朋友。李鸿章得知此事得益于陈芳暗中出资，让人带信给他，夸奖他爱国爱乡，让他有机会回国发展。

陈芳得到李鸿章口信，给李鸿章回信说："我生为中国人，时刻不敢忘记中国，一定在合适的时候回国效力。"1890年，陈芳带着60万美元回国投资，在澳门兴办酒店，并养殖荷兰牛，向社会提供牛奶和牛肉。其间，陈芳多次回广东香山下恭镇杨梅溪村老家，看望亲戚、朋友、老乡，花巨资为梅溪村建学校、修祠堂、修公路，扶危济困，兴办义学，把家乡建设得十分美好。慈禧太后与光绪皇帝闻奏，下旨御赐两座"急公好义"题额石牌坊，并镶悬"圣旨"，以铭嘉励。

1906年，陈芳逝于澳门，葬于故乡梅溪村，享年81岁。

六、唐廷枢管金库

怡和洋行的金库总管叫唐廷枢，比陈芳小七岁，广东珠海人，与陈芳老家香山相距不远。唐廷枢1832年出生于珠海唐家镇唐家村，父亲叫唐宝臣，在香港马礼逊教会学堂做校工。唐家兄弟四人，唐廷枢排行老二。他长到10岁，父亲把他带到教会学堂做小工。

马礼逊学堂是近代中国第一座传播西学的学校，校长叫布朗，美国人，1832年毕业于美国耶鲁大学，1838年接受马礼逊教育会邀请来中国香港，任马礼逊学堂首任校长。唐廷枢的父亲唐宝臣便是布朗聘请的校工。唐宝臣介绍自己的儿子唐廷枢来学堂做小工，协助花工做事。这时马礼逊教会学堂有42名学生，按年纪分为四班，学制8年，学生来自香港、澳门的贫苦家庭，学费和膳宿费全免。

唐宝臣对校长布朗说："尊敬的布朗先生，我的儿子唐廷枢您是知道的，他很想读书，很想成为有知识的人。我恳求您帮他实现他的愿望。"布朗回答："我知道你的儿子，聪明活泼，只是10岁了还没有开始系统学习，令人担忧。你想让他来我们学堂读书的想法很好，我们也

怡和洋行买办唐廷枢

第一章 | 洋行买办（1839—1860 年）

愿意免费接收穷苦家庭的孩子前来就学，只是你今后如果离开学堂，除了学堂的照顾之外，这孩子谁来照顾？"唐宝臣说："孩子在这儿学习 8 年，我就在这儿干 8 年，如果布朗先生愿意雇我。"布朗说："这样好，叫孩子来注册上课吧。"

这是 1842 年的事。

唐廷枢开始在香港马礼逊教会学堂学习。这所学堂的课程有英语、汉语、算术、代数、几何、物理、化学、生理卫生、地理、音乐、美术等，半天学汉语，半天学英语，西学课程全部采用英文课本，用英语教学。唐廷枢进低级班学习，一切从头开始，学得很费力，但他珍惜这来之不易的学习机会，加之父亲时时督促，通过刻苦读书，取得优异成绩。他的英语学得特别好，几年下来便能用英语与人交谈，还能用英语阅读、写作。

转眼过去 6 年，1848 年，唐廷枢已是 16 岁的翩翩少年。这时唐家的经济条件仍然不好，唐廷枢的父母希望孩子停止学业，找份差事挣钱贴补家用。唐廷枢原想继续就学，甚至还想 8 年毕业后去美国留学，但父母的决定转变了他的想法。他去与布朗先生告别，恋恋不舍地离开了马礼逊教会学堂。

唐廷枢离开学堂的决定似乎有预见性。第二年，因师资与经费缺乏，马礼逊学堂在这年春天宣告停办。布朗携带妻子回到美国纽约，继续以执教为生，后来又在日本兴办西学长达 20 年，1879 年退休回美国，1880 年病逝于马萨诸塞州的孟松镇，享年 70 岁。其间，1878 年，布朗唯一一次再度访问中国，在广州受到马礼逊学堂部分校友的热情接待，其中有 46 岁的唐廷枢。此时的唐廷枢已是轮船招商局总办、开平煤矿局总办，中国大名鼎鼎的洋务大家。

离开马礼逊学堂时，唐廷枢凭借扎实的英语底子，在香港一家拍卖行寻得助手职位，一干就是 3 年，有了一份较好的收入，月月给父母一笔钱，帮助家庭解脱经济困难。3 年后的 1851 年，唐廷枢考中香港政府公务员，在巡理厅和大审院任翻译。他的翻译水平很高，很多洋行买办上门求教。

百年大商人

7年后,唐廷枢考上上海海关高级翻译职务,来到上海,开始涉足上海商场。他在上海做了3年海关翻译,结交了一批生意场的朋友,特别是因为英语好,成为众多外国洋行总经理的座上客。其中怡和洋行老板对他格外垂青,非常欣赏他的才干,多次邀请他到怡和洋行做事。1861年,唐廷枢离开海关,加入怡和洋行,两年后升任洋行总买办。

在担任翻译期间,唐廷枢发现对外贸易中,中英文翻译不准确,甚至错误不断,很影响工作,便决定编写一本中英文对照的翻译方面的书。通过3年努力,在进怡和洋行的第二年,即1862年,他完成了这件事,小册子名叫《英语集全》,收录了464个单词,共六卷,很有实用性,一经出版,大受欢迎。

作家言夏对此有记述:

> 怡和洋行经理机昔曾经对他的英语同行说:"唐廷枢英文非常漂亮",因为经常有人向他请教英语。他感觉不胜其忧,索性编辑了一本《英语集全》,于1862年出版。他在序言中说明,此书是"一个隶籍广东的作者用广东方言书写的","主要适应广东人和外国人来往、打交道的需要"。书中第六卷的标题就叫"买办问答"。这本书由广州纬经堂出版社出版,用广东话注音,被认为是中国第一部汉英词典和英语教科书。①

唐廷枢的抱负和天分不在此而在经商。在担任香港政府翻译期间,1858年,唐廷枢在香港投资办了两家当铺,开门大吉,收益不错。

> 1858年,唐廷枢任职之余,在香港开了两家当铺,前后一共经营了4年。初试牛刀,唐廷枢的生意成果颇丰,每年可以达25%-45%的盈利,而且他的对手并不弱。史料记载,当时在香港

---

① 言夏著:《国商》,当代中国出版社2008年版,第58页。

的知名当铺已有15家，澳门则有24家。这成为唐廷枢商业旅途上的处女作。①

1858年，唐廷枢结识上海总税务司、英国人李泰国，离开香港，进上海海关做事，办差兢兢业业，第二年升任总翻译，是上海海关重要官员。上海和上海海关使唐廷枢大开眼界，脑子里从事经商的念头无限放大，在海关待了3年，即毅然放弃高官厚禄，于1861年，经怡和洋行买办林钦介绍，下海经商，做了怡和洋行买办，为怡和洋行代理长江一带生意。这年唐廷枢正值近乎而立之年的29岁，进怡和洋行做买办，揭开了他正式从商的序幕。

于是，唐廷枢发挥多年所学知识，运用这些年努力建立的广泛人脉，如蛟龙入海，似大鹏展翅，在商海中大显身手，为怡和洋行做大米、食盐、棉花、茶叶生意，拓展航运版图，进展顺利，收获颇丰，赢得洋行老板赏识、同行赞誉。这时上海发生了著名的"棉花案"。

真正让唐廷枢在商界树起声望的，恐当属此后发生的"棉花案"。1863年，美国南北战争爆发，英国、印度等国棉纺厂货源紧缺，不到半月，沪上棉花价格从每担9两银子，上涨至26两，一时间投机活动甚嚣。一些棉花商贩为牟取暴利，趁机在棉花中掺水，待洋行将棉花运到国外，棉花已发生霉变，不少棉花行因此而倒闭。

唐廷枢并没有错过这次绝好商机，但他对华人商业圈内的"潜规则"看得明白，事先在注水棉花上做了手脚，在这次事件中不仅没有上当，他独自经营的修华号棉花行，让几十万两的雪花银收入囊中。这一事件，也使唐廷枢得到了怡和洋行老板的极大赏识。1863年底，唐廷枢正式成

---

① 陈恒才、杨彦华著：《买办大亨唐廷枢和他的时代》，《中山日报（海外版）》，2010年8月1日。

为怡和洋行的买办，并取代林钦掌管怡和洋行的金库。①

唐廷枢在商海的航行远不止这点距离。在成为怡和买办后，他再接再厉，除做好怡和差事外，全力发展个人经济，办当铺、茶楼、钱庄，参股外商保险公司、轮船公司，短短数年，一举成为著名买办、沪上华商领袖。

唐廷枢刚任买办时，就在上海开设了修华号棉花行，为怡和洋行收购棉花，之后，又与前任买办林钦合开当铺、茶栈，并投资于3家钱庄。进入洋行第5年，他开始附股于洋行经营的谏当保险公司和华海轮船公司，成为华海的最大股东之一，并先后附股于公正轮船公司和北清轮船公司，成为该两公司的董事。他还曾附股于其他几家中小洋行的船队。由于附股较多和能力较强，唐廷枢成了所附股企业中的华股领袖和代言人。②

补充几句。

1868年，唐廷枢是华海轮船公司最大的股东，在1650股中占400股，占总股本的近1/4，所以进入董事部，担任公司襄理。他还参股多家外商轮船公司，有公正轮船公司、北清轮船公司、美国琼记洋行的苏晏拿打号轮船和马立司洋行、美记洋行船队。其中公正轮船公司成立于1867年，北清轮船公司成立于1868年，都是与怡和洋行关系密切的英商所办，唐廷枢自然责无旁贷，从入股时间看，应当是发起人股。既然唐廷枢的社会地位与经济能力与日俱增，俨然已是华商领袖，便令怡和洋行在高兴之余起了防范，害怕此公有朝一日功高震主，伤及自身，便一改现款全由买办保管的传统，开办钱庄及银行户头，转移大部分库款，只给唐廷枢少量现款。唐廷枢八面玲珑，自然明白其中隐情，所谓异族难

---

① 陈恒才、杨彦华著：《买办大亨唐廷枢和他的时代》，《中山日报（海外版）》，2010年8月1日。
② 上海市地方志办公室编：《上海对外经济贸易志》，第19卷第一章第五节"洋行买办"。

以同心，但暗自一想，人在屋檐下不得不低头，便隐忍不发，行韬晦之计，忠心耿耿，继续为怡和开疆拓土，使怡和的业务拓展到金融、盐业、船运诸领域，成绩斐然，同时暗中继续发展自己的势力，羽翼逐渐丰满。

十余年后，1872年，唐廷枢发起成立广肇公所，清政府授予他同知头衔。1886年，唐廷枢在上海大展拳脚，作为核心人物之一，参与创建上海丝业、茶叶两公所和洋药局，担任沪上知名团体普育堂、清节堂、元济堂的董事。

这时发生挪用8万两库银之事。《上海地方志》说："为了营私，唐常利用洋行库款为自己周转，仅在钱庄上就盗用过洋行8万两库款。"① 这件事究竟如何，缺乏历史资料印证，不妨照《上海地方志》的话来解释，但有个词不采用，那就是"盗用"，因为《上海地方志》既然说"利用洋行库款为自己周转"，换成"挪用"是否更妥帖？还有个理由，此事暴露后，怡和洋行的态度是：

> 出于对唐廷枢影响力的畏惧，后来怡和老板发现唐廷枢挪用8万两钱庄庄票后，也未对唐做出任何制裁。唐廷枢离开怡和。其兄唐茂枝继任为怡和买办，成为唐廷枢调动资金的代理。而有唐廷枢的影响力，唐氏家族单在怡和洋行担任买办就超过半个世纪。②

不难看出，要是唐廷枢是盗用，8万两库银非同小可，无论如何不会这样轻描淡写，何况还继续让唐家的人做买办。当然这里还有投鼠忌器的因素，就是前面所说唐廷枢俨然已是上海华商领袖，怡和及其他洋行对他莫不礼让三分。怡和老板说："唐廷枢简直成了怡和能获得华商支持的保证。"美国旗昌洋行老板说，唐廷枢"在取得情报和兜揽中国人的生意方面……都能把我们打得一败涂地"。

唐廷枢奇迹般逃避制裁和惩罚，还可以引用怡和洋行总经理约翰生的

---

① 上海市地方志办公室编：《上海对外经济贸易志》，第19卷第一章第五节"洋行买办"。
② 陈恒才、杨彦华：《买办大亨唐廷枢和他的时代》，《中山日报（海外版）》，2010年8月1日。

话。他在事后写信给怡和总部,替唐廷枢说好话:"这并不是基于友谊或什么私人情谊,而是他已经成为怡和洋行离不开的轴心。"

七、洋务运动诞生

正当徐润、唐廷枢、郑观应等人摩拳擦掌,准备大干一场之际,国内形势发生巨变,英美法俄等国发起第二次鸦片战争,事情的导火索是"亚罗号事件"和"马神甫事件"。

先说"亚罗号事件"。

"亚罗号"是一艘中国船,为走私方便,曾在香港英国当局注册,但是已过期。1856年10月8日,广东水师在"亚罗号"上逮捕几名海盗和有嫌疑的水手。英国驻广州代理领事巴夏礼大为不满,致函两广总督叶名琛,称"亚罗号"是英国船,说中国士兵侮辱英国国旗,要求送还被捕者,并赔礼道歉。叶名琛同意放人,但不赔偿、不道歉。10月23日,英军发起侵略,三天之内攻占虎门口内各炮台,27日炮轰广州城,29日攻入城内。中国军队战败,退出珠江内河。

其次是"马神甫事件"。

1853年,法国天主教神甫马赖违法进入中国广西活动,被中国军队抓获,被广西西林县知县处死。1857年,法国政府以此为由,任命葛罗为全权代表,与英国、美国、俄国联兵侵略中国,于1858年4月,率舰船陆续来到大沽口,分别照会清政府,要求六日内指派全权大臣谈判。俄美照会表示,愿意充当调停人。

5月20日,英法联军炮轰大沽炮台,打败清军,攻占大沽,26日溯白河侵入天津城郊,扬言进攻北京。6月13日,大学士桂良、吏部尚书花沙纳往天津议和,在英法侵略者威逼恫吓下,分别与俄、英、法、美签订《天津条约》。战争告一段落。

第二年6月,英国公使普鲁斯、法国公使布尔布隆和美国公使华若翰各率一支舰队再度到达大沽口外,以武力威慑清政府交换《天津条约》批准书。清政府命直隶总督恒福照会英法公使,指定他们来京换约路线,由北塘登陆,经天津去北京,并规定随员不得超过20人,不得携带武器。英、法公使拒绝清政府安排,坚持要率领舰队经大沽口溯白河进京。

6月25日,英海军司令贺布亲率12艘军舰从拦江沙开往海口。下午3时,英法联军进攻大沽炮台。清军在僧格林沁指挥下英勇抵抗。直隶提督史荣椿、大沽协副将龙汝元身先士卒,先后阵亡。清军火力充分,战术得当,击沉、击伤敌舰10艘,毙伤敌军近500人,重伤英舰队司令何伯,打退英法的联军。

1860年2月,英法当局分别再度任命额尔金和葛罗为全权代表,率领英军15000人,法军约7000人,扩大侵华战争。4月,英法联军占领舟山。5月和6月,英军占大连湾,法军占烟台,封锁渤海湾,并以此为进攻大沽口的前进基地。俄国公使伊格纳季耶夫和美国公使华若翰于7月赶到渤海湾,以调停为名,配合英法的侵华战争。

8月1日,英法联军18000人由北塘登陆,进犯天津,14日攻陷塘沽,21日攻陷大沽,24日占领天津。清政府急派桂良等到天津议和。英法提出除须全部接受《天津条约》外,还要增开天津为通商口岸,增加赔款以及各带兵千人进京换约。清政府予以拒绝,谈判破裂。

9月18日,英法军攻陷通州。9月22日,咸丰帝逃往热河避暑山庄。10月13日,英法联军攻入北京,10月18日占领北京,抢劫、焚毁圆明园。10月24日、25日,英法联军以焚毁紫禁城作为威胁,迫使恭亲王奕䜣分别与额尔金、葛罗交换了《天津条约》批准书,并订立不平等的《中英北京条约》《中法北京条约》,作为《天津条约》的补充。

中英、中法《北京条约》主要内容有:开天津为商埠;准许英法招募华工出国;割让九龙司地方一区给英国;退还以前没收的天主教资产。法方还擅自在中文约本上增加:"并任法国传教士在各省租买田地,建造自便";赔偿英法军费各增至800万两,恤金英国50万两,法国20万两。

第二次鸦片战争结束。

与诸国谈判和收拾残局的是恭亲王爱新觉罗·奕䜣。这天,恭亲王奕䜣招来在京几位重臣议事,有文华殿大学士桂良、内务大臣宝鋆、户部侍

百年大商人

恭亲王爱新觉罗·奕䜣

郎文祥、副都统胜保等。恭亲王奕䜣和众大臣分析了第二次鸦片战争清政府失败的主要原因——器不如人,然后说:"诸位言之有理,此次失败的原因之一的确是器不如人,而器不如人的背后是实业、经济、科技、交通、教育等不如人,是我等痛定思痛,必须加以彻底改造的大问题。本王以为,中学为本,西学为用,中西结合,以夷制夷,引进洋务,大兴实业,造枪造炮,造船造舰,办工厂,开矿山,修铁路,辟航线,建学堂,学西学,总而言之一句话,穷则变,变则通。我等要痛下决心,委曲求全,变法维新,重整旗鼓,救我大清。"

恭亲王奕䜣之所以如此痛下决心,除其具有真知灼见外,有个小故事也可以说是缘由:

咸丰十年(1860年),恭亲王奕䜣与英、法、俄三国代表签订了《北京条约》。额尔金为了使中国感到"新签订的和约是一个征服的条约",对奕䜣的态度十分放肆,故意迟到2个多小时,并对上前迎接他的恭亲王视而不见,径直走向签字大厅。如此羞辱,给奕䜣极大刺激,使他决定兴办洋务。①

洋务运动——恭亲王给大清国开的治病药方,由此诞生。

---

① 蒋廷黻著:《中国近代史》,团结出版社2013年版,第40页。

第二章

洋务运动(1861—1895年)

百年大商人

1860年2月，英法联军22000人扩大侵华战争，相继占领舟山、大连湾、烟台，封锁渤海湾，8月，攻陷塘沽、大沽，24日占领天津。清政府一败涂地，不敢再打，急派直隶总督桂良等大臣到天津议和。9月，英法联军攻陷天津，咸丰帝逃往热河避暑山庄。10月，英法联军攻入北京，抢劫、焚毁圆明园，迫使恭亲王奕䜣签订《中英北京条约》《中法北京条约》。

第二次鸦片战争结束。

主持和谈、收拾残局的恭亲王奕䜣痛定思痛，调整国策，决定实施"痛下决心，委曲求全，变法维新，重整旗鼓，救我大清"战略，于是引进洋务，大兴实业，造枪造炮，造船造舰，办工厂，开矿山，修铁路，辟航线，建学堂，学西学，轰轰烈烈，揭开了近代中国洋务运动的序幕。

一、曾国藩办炮局

前面介绍了宝顺洋行的买办徐润，现在介绍徐润的宝顺洋行同事郑观应。郑观应是徐润的老乡，比徐润小4岁。郑、徐两家是百年世交。徐润进宝顺洋行在先，是1852年。郑观应进宝顺洋行在后，是1859年。

郑观应1842年生于广东省香山县三乡镇雍陌村，祖父郑鸣岐知书识礼，是个普通文人；父亲郑文瑞，学业有成，科名未就，是乡村塾师；母亲陈氏，长兄郑思齐，五弟郑翼之，类推有兄弟姐妹5人；叔父郑廷江，上海新德洋行买办。

郑观应从小随父亲在私塾读书，学到16岁时，成绩未见优异处。1858年，他随同伴参加童试。童试分县试、府试、院试三阶段，院试录取即为生员，俗称秀才。县试由知县主持，考生须5人互结，本县廪生作保。这年2月的一天，郑观应去香山县城参加童试，结果名落孙山。

郑观应一时彷徨之后依然故我，他父亲郑文瑞却倍受打击。郑文瑞青少年时在乡下读书，长大后考取功名未遂，便去澳门、上海经商多年，见多识广，40岁回乡居住，开馆办学。他冷静一想，知子莫若父，厌八股、好杂书，郑观应哪是读书做官的料？不如趁年轻退而求其次，经商也是一条路。

郑文瑞便写信给族弟——上海新德洋行买办郑廷江，说了情况，提出让郑观应到沪跟他学做生意的希望。郑廷江回信同意。郑廷江（1838—1892年）是郑观应同宗叔父，但只比郑观应大4岁，时年20岁，前些年去上海做事，当时是英商上海新德洋行买办。郑廷江后来成为富翁，被清朝廷封为蓝翎三品衔通议大夫。

郑观应来到上海，在郑廷江寓所免费吃住。他对郑廷江说："秀山叔，现在英语吃香，我想专门学英语。"郑廷江说："好啊，学英语好，只是

宝顺洋行买办郑观应（雕像）

学费太高学不起，我也无力帮助你，还是先找点事做着，有机会我替你找所夜校学习。"郑观应便开始做事，替郑廷江打杂，算新德洋行非正式员工，从郑廷江处得点零用钱。

不久，郑观应开始在英华书馆夜校学英语。这所夜校是英国基督教伦敦会创办的，由英美人士教授英语，是上海第一所英语培训学校。郑观应的老家香山离澳门不远，他以前常去澳门玩耍，顺带做点小生意，学了一些葡萄牙语、英语，现在上夜校学英语有一些基础。白天，他按叔叔郑廷江的吩咐走街串巷，兜售产品，晚上吃了饭，便到夜校学两个小时，下课回家还得温习功课。郑观应从小就喜欢读历史书，最羡慕叱咤风云的英雄人物，也把英雄做榜样，严格要求自己，所以能克服学英语的困难，早晚背诵单词，有空就练英语，并与外商打交道说英语，久而久之，说得一口流利的英语。

第二年，1859年，郑廷江见郑观应做事认真负责，英语大有长进，便通过徐润的关系，将他介绍进宝顺洋行。宝顺洋行是英商洋行，最早命名

百年大商人

宝顺的时间是1831年，而之前的历史，可以追溯到1807年乔治·巴林在广州开设的巴林洋行，是一家实力雄厚的大洋行。

徐润1853年后进宝顺后，即拜师曾寄圃。

郑观应虽说只有18岁，到上海也只有一年，但确有卓越见识和非凡勇气，后生可畏。果不其然，3年后，1862年，郑观应潜龙飞天，写作并出版《救时揭要》这本书，后来改名《盛世危言》，顿时受到朝野追捧，名满天下，令人刮目相看。这是怎么回事呢？原来这本书宣传变革，揭露时弊，正是当时朝野上下励精图治、洋务救国潮流的体现。

1860年前后，正是英法联军侵略战争造成中国民族危亡的严重时刻，关心时务、热心救世而又屈身买办的郑观应，逐步写成《救时揭要》。据郑观应自己说，1862年将《救时揭要》交给徐润称之为"历年通办公益善举"的江苏余莲村（名治）刊印，"先传至日本，即行翻刻"，可见影响是较大的。①

不难看出：一、郑观应关心时务，热心救世；二、郑观应1862年写成《救时揭要》，把书交给余治刊印出版，传到日本，日本翻刻；三、余治的情况。余治（1809—1874年），江苏无锡人，号莲村，慈善家、著名戏曲作家，1859年创作皮黄剧本《后劝农》《英雄谱》等，亲自教授童伶排练，率领戏班在常熟、江阴等地演出，是江苏最早的京剧班。他对郑观应的《救时揭要》评价很高，不但积极帮助郑观应刻印此书，还于10年后的1872年再版时为书作序，誉为"崇论宏议，震古烁今，良医救世，经世大文"。

这本书内容如何？

从此书的序文看，郑的指导思想是要治人心，劝人行善，他认为儒释道三教都是"治此心"的良药，可看出唯心主义的消极

---

① 夏东元著：《晚清洋务运动研究》，四川人民出版社1985年版，第279页。

东西很多，但多数篇幅是"触景伤时，略陈利弊"的积极内容。从郑观应那《易言》作为《救时揭要》的续集看，他是把积极内容作为书的中心的。①

郑观应出版《救时揭要》后，不断对书进行修改，最后形成《盛世危言》。该书之所以畅销一时，是因为全书贯穿着富强救国的主题，内容包括建设现代国家和解决当时危难的所有问题，明确提出仿照西方设立议院，实行君主立宪，并对政治、经济、军事、外交、文化改革提出了切实方案，是全面学习西方社会的纲领，是给甲午战败后的晚清社会开出的救世良药，是为朝廷刚刚兴起的洋务运动呐喊助威。

郑观应出版《救时揭要》前一年，1861年，江苏巡抚衙门有个幕僚叫冯桂芬，江苏人，时年52岁，求见巡抚李鸿章。他对李鸿章说："尊大人命，我已将拙作40篇整理誊正，总名曰《校邠庐抗议》，请大人阅斧。"李鸿章接过文稿，翻看书目，捋须笑道："阅斧不敢，拜读一定。桂芬兄长弟14岁，见解学识素来高人一等，无怪乎林则徐林大人夸你是'百年以来仅见'的人才。"冯桂芬稽首回答："不敢，那是林师抬举厚爱。"李鸿章边看文稿边说："好文章，针砭时政，提倡洋务，本堂拨银即行刊印。"冯桂芬连连答谢。李鸿章接着说："这段文字特别好，'或曰……'"

冯桂芬即接嘴朗诵道："或曰，购船雇人何如？曰不可。能造能修能用，则我之利器。不能造不能修不能用，则仍人之利器也。利器在人手，以之转漕，而一日可令我饥饿；以之运盐，而一日可令我食淡；以之涉江海，而一日可令我复溺。"

李鸿章放下文稿说："好。桂芬兄这番宏论发人深省，请说下去，弟洗耳恭听。"冯桂芬说："那属下斗胆秉陈。属下以为，如以中国之伦常名教为原本，辅以诸国富强之术，不更善之善哉？谓之中体西用，再辅之裁减冗员、精制规则、停捐输、变科举、广取士、废武科、采用西学、制

---

① 夏东元著：《晚清洋务运动研究》，四川人民出版社1985年版，第280页。

百年大商人

造洋器等若干办法，必力挽狂澜，强我大清。"

李鸿章皱眉片刻，拍击书案说："好个中体西用！本官看这中体西用就是朝廷办洋务的第一要义。桂芬兄，本堂定向恭亲王举荐兄去办洋务，上下同心，一定办好洋务，强我大清，再不允许外人践踏我国。"

冯桂芬大受鼓舞，在刊印宣传《校邠庐抗议》的同时，积极奔走洋务，成为恭亲王领导的洋务运动的干将，被维新派奉为先导。洋务运动思想日渐深入人心，官员、工商业者、地主、买办纷纷参与其间，代表有：官员曾国藩、李鸿章、左宗棠、张之洞，商人朱其昂、朱其诏、胡雪岩，买办徐润、唐廷枢，官商一体杨宗濂、盛宣怀，地主丁日昌、钱鼎铭等，于是一大批洋务派企业，中国最早的近代企业，如雨后春笋般拔地而起，成为中国新型经济的开路先锋。

> 洋务派企业是19世纪60年代到90年代活跃一时的洋务运动的产物，是最早的中国人创办的近代化产业。在甲午战争前，洋务派经营的工业，无论就投资总额或企业规模来说，都远大于外国在华的工业资本，在机器采矿、钢铁冶炼和铁路等方面，比外国在华投资早20年至30年。[①]

随着恭亲王奕䜣一声令下，清朝洋务运动缓缓起程。清朝的洋务运动是后人给取的名，严格来说不能叫运动，起码没有统一的计划、行动，更没有一个统一指挥的机构，不过是一场松散的、各地根据实情——特别是几个拥兵自重的督抚根据自身作战急需而掀起的洋务潮流。

洋务派企业的创办并没有一个通盘规划，而是地方有力的督抚分别请示，动机不同，管理上也各自为政。不过，在（19世纪）

---

① 许涤新、吴承明主编：《中国资本主义发展史》第二卷（上），人民出版社2003年版，第339页。

第二章 | 洋务运动（1861—1895 年）

70年代以前所办的都是军用工业，而最早的几家都和镇压太平天国的军事行动有关，以后则不尽如此。1861年曾国藩攻下安庆，作为包围太平天国首都的据点，随即在安庆设立内军械所，成为第一家洋务派企业。这个军械所还是手工生产，没有机械动力，也没有雇佣洋人，但在我国科技专家华蘅芳、徐寿等人努力下，已能造西式开花炮，并造成一只小火轮。[①]

这个"随即在安庆设立内军械所"的时间是1862年3月。这年4月18日，曾国藩在日记中提到"看华蘅芳所作炸弹"。华蘅芳，江苏无锡人，时年29岁，擅长数学，与大他15岁的徐寿是同乡、学友。1862年3月，徐寿、徐寿的儿子徐建寅和华蘅芳一起应聘进入安庆内机械所，担任研制兵器工作。所说"看华蘅芳所作炸弹"，应该是徐寿、华蘅芳等人初来乍到，给曾国藩演示制造炸弹过程。

徐寿（1818—1884年），时年44岁，字生元，号雪村，江苏无锡人，清末科学家，中国近代化学启蒙者。1853年，徐寿、华蘅芳到上海墨海书馆做事。墨海书馆是上海最早的现代出版社，由英国伦敦会传教士创办于1843年，坐落在江海北关附近麦家圈，主要创始者是传教士麦都思、美魏茶、慕维廉、艾约瑟等。徐寿、华蘅芳在墨海书馆结识中国著名数学家李善兰。李善兰在墨海书馆做翻译，与艾约瑟、伟烈亚力等合作，撰写、翻译西方近代物理、动植物、矿物学书籍。徐寿、华蘅芳向他们虚心求教，大有长进，为日后进安庆军械所打下了基础。

徐寿、华蘅芳进入安庆内军械所，在一无图纸二无资料的情况下，凭借《博物新编》书上的蒸汽机略图，通过观察外国小轮船，反复研究，精心设计，仅用3个月，在1862年7月制成一台蒸汽机。曾国藩闻讯大喜，亲自来军械所视察嘉奖。这是中国第一台蒸汽机。

---

① 许涤新、吴承明主编：《中国资本主义发展史》第二卷（上），人民出版社2003年版，第339页。

百年大商人

创设安庆所后,曾国藩因为所带淮军需要大量军械弹药,马不停蹄,连续开办3个洋炮局。这3个洋炮局与安庆所同样简陋。松江局设在庙里,50余名中外工匠靠手工、土熔炉生产弹药。其他两个大同小异。可以看出,曾国藩初期设立的这4个军械企业都是小而陋,且除松江局主持人是英国军医马格里之外,概不用洋技师,技术实力可想而知。

这自然不能令曾国藩满意。第二年,1863年,徐寿、华蘅芳拜见曾国藩。徐寿说:"安庆内机械所这样办不行,得想法弄些洋机械。"曾国藩问:"徐寿兄有何主意不妨直说,本督听你的。"徐寿说:"这事我和华兄也不甚了解。我们向总督推荐一个人,他在美国大学毕业,在美国居住8年,是个美国通,熟悉洋务。"曾国藩问:"谁?"徐寿回答:"容闳。"

容闳,中国近代史上首位留学美国的学生

容闳,广东香山人,时年35岁。容闳小时候家里贫穷,能去美国求学实属意外。1835年,容闳7岁,跟父亲去澳门谋生,就读马礼逊纪念学校,后随学校迁香港就读。9年后,1846年,被校长勃朗选中而免费去美国读书深造,1854年毕业于美国耶鲁学院。

曾国藩把容闳招到安庆问话,见他雍容大度,一表人才,能说会道,熟悉洋务,十分高兴,留他在帐前效力。经过一番考察,曾国藩完全相信容闳,便采纳他的建议,批给6.8万两银子,委托他去美国采购大批机器。

远水不解近渴。曾国藩边等容闳的消息,边四处就近寻觅机器。第二年,1864年,机会来了,英国阿思本舰队有一批机械要处理,有汽锅、发电机、车床、风扇、熔铁炉、铸型机、造型机等。曾国藩立即将其全部买下,用于装备他的苏州洋炮局。鸟枪换炮,自然不错,苏州洋炮局每天可生产1500~2000发枪炮弹,曾国藩喜出望外。苏州洋炮局是中国第一个使用动力的近代军工企业。1865年,经过两年漫长等待,曾国藩迎来凯旋的容闳。容闳不负众望，从美国购回100多台机器。曾国藩将这些机器用于江南制造总局，保举容闳做五品候补同知。

与此同时，安庆军械所成功研制出蒸汽动力舰船。1863年，徐寿、华蘅芳以及徐寿的第二个儿子徐建寅，当时只有17岁，一起在安庆内军械所开始了试制蒸汽动力舰船的工作。经过3年艰辛努力，1866年4月，徐寿、华蘅芳制造出"黄鹄号"蒸汽动力船。"黄鹄号"长55市尺，排水量45吨，木质外壳，主机为斜卧式双联蒸汽机，时速12.8公里，耗白银8000余两。这是中国第一艘动力军船。

二、李鸿章办船局

李鸿章是曾国藩的门生，追随曾国藩办洋务，是洋务运动的积极推广者。他组建江南制造总局等系列洋务企业后，见航运大受欢迎，且解决南粮北运的漕运问题，便跃跃欲试，准备插手海运。这是19世纪60年代后期的事。

当时想办轮船公司者大有人在。1866年，江南关道应保时，1867年曾国藩、丁日昌等都向朝廷上了创办轮船公司的折子，但户部以朝廷资金不足为由一概驳斥。李鸿章看在眼里，决定另辟蹊径，于1872年向朝廷提出，江南制造总局所造的船，闲着也是闲着，不如租给商人搞运输，既可解决漕运工具问题、外轮控制问题，还能解决江南制造局资金问题，一举数得。户部无话可说，总理衙门行文试行。李鸿章此举捷足先登，令人瞩目。

得到朝廷允许，李鸿章开始物色轮船招商局总办人选。总办这人不好选，一要懂行，二要是官，三要有财力，四还得听话。李鸿章看中朱其昂，对他说："朝廷没有银子，本官也没多少钱给你，只能借给你官款20万串，其余得靠你去招商筹股，你做得到吗？"

朱其昂是江苏宝山人，出身沙船世家，熟悉航运，承办江苏海运，参股清美洋行、华裕丰汇银票号，是淞沪巨商，现任浙江候补同知及海运委员，

百年大商人

晚清重臣、洋务运动的领袖李鸿章

受命管理沙船运漕事务，是江浙沙船行业的头面人物。

朱其昂回答："禀告大人，属下做得到。属下愿以身家担保。"李鸿章捋须微笑说："好好，本官做你后盾，你就大胆去做。无论如何，轮船取代沙船是大势所趋。你要做好沙船帮的工作，吸收他们参加轮船招商局来，服务朝廷，共襄大业。"朱其昂回答："请大人放心，沙船帮都听属下的，属下一定把他们都拉进招商局一起干。"

朱其昂领了差事，不敢耽搁，在自家广昌号商号里设立招商局办公处，随即在上海洋泾浜南永安街租赁一处院子作为筹备处。他找来一帮沙船老板商量。沙船老板都正在为生意被轮船抢走发愁，听说朱其昂攀上李鸿章这个高枝十分高兴，纷纷表示愿意跟着朱其昂干。沙船商郁熙绳当场表态："我入股一万两。"朱其昂暗中高兴。联络好沙船兄弟，朱其昂又请来富商胡雪岩和买办李振玉，向他们说明奉北洋大臣李鸿章差办轮船招商事宜，邀请他们共举大业。胡雪岩和李振玉答应出资入股。

同时，朱其昂组织人起草组建轮船招商局办法和管理章程，确定招商局的性质为"官商合办"，对日常管理、核定股份、租赁船只、参加保险、承运漕粮、选用水手、报关纳税、购用煤炭等问题，一一作了详细规定。不久，1872年8月，朱其昂将拟好的章程报送李鸿章。李鸿章审阅修订后，于1872年12月23日转呈朝廷总理衙门。3天后，12月26日，总理衙门批准李鸿章的奏折，同意成立轮船招商局，朱其昂任总办，朱其诏和李振玉任会办。

当时朱其昂的资金十分有限，只有向朝廷户部借领官款20万串，实领18.8万串，合银12.3万两。发行股票效果不好，就是李鸿章等人所认10余万两，因见势不妙也一拖再拖，迟迟不予兑现，而兑现的只有几万两，两项相加不过20万两。为了尽快开业,朱其昂在招商局开局前,1872年11月,向英国订购"伊敦号"轮船,后来续购"永清""福星""利运"等轮,开支巨大,而收益不多,除去还购船贷款和成本是亏本。

朱其昂找李鸿章叫苦,李鸿章自然得支持,便将全部漕运业务交招商局垄断经营。这样一来,有漕运收入维持,朱其昂勉为其难,拉扯过去半年。谁知半年后还是亏损,李鸿章招来朱其昂训斥道:"开业半年一亏再亏,累亏高达4万两,而官款和招股不足20万两,成何体统?用完那点官款何以为继?官款可是连本带息要偿还的。你拿什么还?再说,你对新式轮运业虽有所接触,但既于外洋情形不熟,又于贸易未谙,买船贵,运货少,用人滥,靡费多,何以不亏?"

朱其昂结结巴巴地说:"属下无能。只是……官商合办,民商顾虑重重,不敢贸然入股,如若改官商合办为官督商办,或许……"

这涉及国策。李鸿章明白朱其昂言之有理但肃然无语,心里想,自己看走了眼,朱其昂难以独立承担招商局重任,得赶紧找实力更雄厚、更会办洋务的人。朱其昂能力有限而善解人意,一见李鸿章黑了脸,心里咯噔一下,说:"属下无能,属下愿退居次位,全力辅佐能人挽回目下局面。"

不久,1873年5月,李鸿章决定换总办,派候补同知、广东人林樾到上海找朱其昂,说明情况,得到支持,与朱其昂一道去找唐廷枢、徐润,邀请他们接办轮船招商局。朱其昂诚恳地对唐廷枢、徐润说:"在下经营沙船还行,经营轮船却力不从心,还请二位洋务高手施以援手,在下辞去总办,甘当辅佐。"唐廷枢和徐润都是走南闯北、洋买办出身的富商,深感朱其昂赤诚之心,加之李鸿章有请,不敢不奉差,自然答应下来。一个月后,6月25日,朱其昂即以"自知才力不及"为由,主动上折向李鸿章辞去总办一职。李鸿章即批准奏,另附言:着朱其昂任轮船招商局会办。

如此看来,办洋务虽说是官商合办,吃大锅饭也不行,没有商界号召力,没有经营新式航运的本事也不行。

唐廷枢、徐润接到李鸿章委派自然十分高兴,即与朱其昂办理移交,除漕运仍归朱其昂管理,其余诸项便要了过来。

百年大商人

据徐润回忆：

> 迨同治十二年五月，李中堂面谕并札林委员樨，会同朱观察，约商唐景翁与余，接创商局。其时名办事者为商总、商董。是年6月，唐景翁乃奉札充总办，除运漕事归朱道经办外，其余劝股、添船、造栈、揽载、开拓船路、设立各处码头，由唐道一手经理。又盛杏荪观察亦于是年7月18日札委会办局务。同治十二年商局招股，拟招百万，是年只招得476000两，迨至光绪八年始招足额。是年议又招百万，共200万。①

不难看出，新人接手，焕然一新，半年工夫竟招得476000两，是原来的10倍。都有什么人出资呢？不妨看看著名经济学家许涤新、吴承明的说法：

> 截至1873年，共招得952股，先收半数，共银476000两。新股份中，大约有徐润24万两，唐廷枢至少8万两，盛宣怀4万两，茶商陈树棠10万两。原拨之20万串官款则作为存款，存期3年，年息7厘，不负亏损责任。②

原来如此，招股绝妙全在一个总办、两个会办、一个大茶商身上，区区四人便出资46万两，得来全不费工夫，可见李鸿章用人之妙。用错人满盘皆死，用对人满盘皆活。军国经商概莫能外。

朱其昂在轮船招商局这次改组中降职，由总办改任会办，表面上无所谓，应酬往来一如既往，但心里窝囊，夜里睡不着觉。

还有个人也烦恼，就是盛宣怀。盛宣怀时年29岁，招商局改组前，

---

① 刘志强、赵凤莲编著：《徐润年谱长编》，北京师范大学出版社2011年版，第29页。
② 许涤新、吴承明主编：《中国资本主义发展史》第二卷（上），人民出版社2003年版，第404页。

是淮军后路营务处会办，是李鸿章的人。盛宣怀志向远大，热心洋务，多次向李鸿章、沈葆桢上折，建议由官方出面建立造船厂。李鸿章也是这个意思，便格外高看盛宣怀一眼。到组建轮船招商局时，李鸿章就叫盛宣怀参加，会同朱其昂起草招商局章程。盛宣怀跃跃欲试，没把沙船商人出身的朱其昂看在眼里，撇开朱其昂，独自写出一份章程。朱其昂也组织人写出一份章程。

两份章程摆在李鸿章案上。盛宣怀觉得自己稳操胜券，但还是不放心，拜托李鸿章左右沈能虎一探究竟。打探结果出来，李鸿章采用的是朱其昂的章程。盛宣怀大惑不解，请沈能虎喝酒问话。沈能虎说："朱其昂主张商总主政。"盛宣怀顿时哑了，他主张官员主政。

后来朱其昂招商不力，李鸿章改组招商局，盛宣怀喜出望外，以为这是商总主政的失败，便再次向李鸿章重申官员主政主张，言下之意，改组后的总办舍我其谁？谁知李鸿章改组之意不是否定商总主政方针，而是特别强调官商合办，即官领商办。这一来，新总办花落谁家便没有了疑义，著名洋买办唐廷枢出任总办，朱其昂、徐润、盛宣怀出任会办。盛宣怀只是三个会办之一，大失所望。

不过李鸿章用人有独到之处，在委任盛宣怀做会办的公文里多写了一句，授予他超出会办的实权。

> 1873年9月22日，奉札文：被委任为招商局会办，兼管漕运、揽载二事，并按照李鸿章批示"一切规划事宜均令会同商办"。盛宣怀在招商局地位之重要，于此可见。不久，徐润亦被委为会办，专管揽载。[①]

这一来，朱其昂有意见，盛宣怀有想法，唐廷枢和徐润自有一套，新招商局领导班子难免矛盾重重。果不其然，组建伊始，朱其昂首先发难。

---

① 刘志强、赵凤莲编著：《徐润年谱长编》，北京师范大学出版社2011年版，第31页。

他对新总办唐廷枢说:"以前的经营属于草创阶段,我虽然尽心尽职,结算下来还是亏损一截,由我私人垫资。现在唐兄接手主持局务,我也卸下这个包袱,但这个亏损……嘿嘿,应算作经营性亏损由局里报销吧。"

唐廷枢明白朱其昂的意思,应付几句,不敢答复。可一想,在商言商,不管什么亏损,都得有人承担经济责任,要是在局里报销,岂不是让众股东分摊责任?就将此事交给会办徐润处理。

徐润经商20年,经验丰富,把朱其昂报来的账册一看,哪里有亏损?嘴角便浮起一丝冷笑,心里想,42000两银子说多不多,说少不少,但身为江浙沙船帮老大,还兼着招商局会办,如此这般,就没意思了。可又一想,正是因为朱其昂有如此身份,才不能简单地一概否决,不好办啊,不免一声长叹。

这件事对轮船招商局是严峻考验,因为不仅涉及经济效益、官员廉政,更重要的是危及招商,危及商总主政方针,于是,不揣冒昧,徐润写信将这件事告诉盛宣怀,寻求盛宣怀支持并通过他获得李鸿章支持。他在信里称朱其昂为云翁,信里所说"折头",指招商局漕运粮食,朝廷特许两成免捐。信里所说"其兄粹甫",指朱其昂六弟朱其诏。徐润的原信是这样写的:

> 云翁同办一事,弟与景翁素所敬佩,所以自开办至今,细微末务,无不函告。其兄粹甫自阁下去后,仅来三次,不过片刻,嗣后屡请不到,非弟等不欲其来局也,盖弟与景翁之意,均以为多一人则多一人识见,最属相宜。即官防不肯交局,每遇公事,此间送往阅看,虽留难守候,俟其抄阅,弟等亦从无一言;至于银两之不能多付,诚恐万一多付,将来如何结算,系为慎重公项起见,并无他意。诚以凡事以和为贵,弟于和衷共济一层,无刻不三复斯言也。

承示云翁42000折头之外,尚须亏本不少,弟实不解。当其原办之时,漕运水脚(运费)以及二成免捐载货各项进款不下十余万,应有盈余,何至亏本?此言似未的确。至折头之外亏损,亦不能独认,则外此又将何属?若照此等说法,弟深恐众商寒心,从此裹足，招商将变拒商也。①

不难看出朱其昂兄弟的抵触情绪，一是不交印件，二是不去上班，三是要求报销亏损。这些情况大概在官领商办企业中屡见不鲜，而当事者往往囿于情面而委屈企业，但徐润不同，他的态度是拒不付款。

徐润上任伊始，立即着手处理局中重大事务：一为增加新船，他致信盛宣怀，主张接受"永宁""满洲"两船，由招商局"托为经理"，二为会办朱其昂漕运亏损及折头42000两由局补足一事。徐润拒不付款，并致函盛宣怀，认为朱其昂等"漕运水脚（运费）以及二成免捐载货各项进款不下十余万，应有盈余，何至亏本？"这种"此言未必的确"的亏损，招商局"不能独任"。②

朱其昂不以为然。他从杭州来上海，反复找唐廷枢要钱，说是有几笔付款总计一万两，已到期必须立刻支付，否则商家要上门追回货物。唐廷枢与徐润商量，无可奈何，总得以维持大局为重，付给朱其昂一万两现银。唐廷枢心里有气，这个总办当得窝囊，也给盛宣怀写信诉苦，意在转告李鸿章。唐廷枢的信中有这样一段话：

云甫兄于前月杪（月底）到沪，会晤数次，大账曾经结算，局中又于本月（1873年10月）初十日付过银一万两。照弟算来，实已透付25000余两。兹将云甫兄应交及局中应收、应查以及划付、现付各款，另开清单附呈，执事阅后，必能知其底细。非局中不肯再付，盖局务必须遇事公正，使有股众商无从借口，方得诸事扩充，固非弟等执拗也。望于爵相前婉为禀达。③

---

① 刘志强、赵凤莲编著：《徐润年谱长编》，北京师范大学出版社2011年版，第40页。
② 刘志强、赵凤莲编著：《徐润年谱长编》，北京师范大学出版社2011年版，第40页。
③ 刘志强、赵凤莲编著：《徐润年谱长编》，北京师范大学出版社2011年版，第42页。

百年大商人

显然,徐润、唐廷枢都把盛宣怀当作官方人士相待。这时徐润35岁,唐廷枢41岁,都是久经商场的老手,但对初出茅庐、29岁的盛宣怀却礼遇有加,原因还是商不与官斗。至于盛宣怀,原本觊觎总办一职,对唐廷枢自然心存芥蒂,现在出现这事,权衡左右,不宜插手,便如实禀报李鸿章。这样一来,李鸿章就不得不出面了。李鸿章对朱其昂并无恶意,对唐廷枢、徐润的做法很有好感,至于如何处置,需要好好想想。李鸿章时年50岁,大清栋梁,国家重臣,五十年来阅历无数,这点小事倒也难不倒他。他想,为成就洋务救国大业,精诚团结最重要,便找来盛宣怀、朱其昂、唐廷枢、徐润等人商议,听了各方面意见,最后说:"轮船招商局之设,宗旨是收回被洋人夺取的航运权,创立中国经久不撤之商政。目下既无官造商船在内,自毋庸官商合办,仍应官督商办,由官总其大纲,察其利弊,而听该商董等自立条议。"①

上海轮船招商局旧址

说到这里,李鸿章举杯喝茶,环视众人一圈,接着说:

"诸位承办招商局务,朱其昂筹办艰难,唐廷枢等接手光大,劳苦功高,

---

① 夏东元著:《晚晴洋务研究》,四川人民出版社1985年版,第164页。

第二章 | 洋务运动（1861—1895 年）

本爵心存感激。朱其昂所报 42000 两银子之事，初创阶段，一切艰难，在所难免，算是为国家办事业付出的学费，不能让他个人承担。如若此款在局里报销，唐廷枢、徐润尔等的意见很好，但必令众商寒心，从而招商变拒商，那就失去创办轮船招商局的根本。本爵多次说过，不是朝廷没有银子办局，是朝廷要发动广大民商共襄洋务大业。所以本爵的意见，这笔银子由存放招商局公款的收益来解决，算是朝廷替你们出了。至于如何了账，唐廷枢、徐润你们都是洋务行家，拟个章程报来本爵批准就是。"

此言一出，盛宣怀、朱其昂、唐廷枢、徐润等人无不欢喜，纷纷拱手赞誉。事后，李鸿章就公款冲抵亏损事，写了三封信函，分寄当事几位，要他们禀照执行。唐廷枢、徐润便以此为据，采用西法，将 42000 两亏损设为待收股份，记在朱其昂名下，用公款逐年所收利息补交。

这件事从 1873 年 8 月闹到 12 月，最后由李鸿章出面力挽狂澜，才算是皆大欢喜，圆满结束。其中，朱其昂喜出望外，最是高兴。1873 年 12 月 7 日，朱其昂写信给盛宣怀说：

> 所有弟与景翁核算折价 42000 一款，蒙中堂极为体恤，因弟已认亏损，无令再行赔累，奉喻拟在 20 万生息内逐年弥补，亦不令景翁、雨翁有累。中堂已有亲笔函致阁下与景、雨翁也。想长才硕划，自能善为调护，曲予周全，俾弟不至仍呼负债也。其余俟六舍弟来沪，当与阁下、景、雨翁面谈种切。唯六舍弟秉性率直，于谈论间恐有过激，设或吐词未当，唯祈阁下与景翁诸君曲原为幸。①

李鸿章此招意义深远，给招商局带来连续几年盈利：1873 年 67000 余两、1874 年 13 万余两、1875 年 15 万余两、1876 年 35 万两、1878 年 76 万余两、1879 年 67 万两，七年总计盈利 242 万两，洋洋大观，招商局

---

① 刘志强、赵凤莲编著：《徐润年谱长编》，北京师范大学出版社 2011 年版，第 47 页。

成为晚清洋务企业的佼佼者。①

朱其昂当会办只有5年。期间的1877年,他为招商局洽购美商旗昌轮船公司产业,曾赴江浙粤等地筹款,功不可没。第二年,1878年,李鸿章念旧情,委任朱其昂做天津海关道。朱其昂床上接委札悲喜交加,但因郁郁寡欢已患病倒床,无力上任,3天后即因病去世。这是后话。

1873年7月,唐廷枢、徐润入主轮船招商局后,精打细算,在商言商,一切开始走上正轨,经过半年努力,当年即盈利10万两银子。唐廷枢、徐润十分高兴,为进一步广泛招商,别出心裁,将这年财务收支的大账,在1874年9月12日的《申报》上公之于世。公告开场白说:

> 昨日,招商轮船局招聚各股份诸君会议,乃届期亦未见有多人故,所议何事,仍未闻悉,大抵股份人皆散居于他处,耳嗣邀局中送到账略一册,爰即将宗结彩结两则先行登入报内,余当陆续刊布。②

公告说,招商局共有商船6艘,其中5艘盈利、1艘亏损,总盈亏合计盈69382两。这是全局盈利的主要收入。接下来的9月16日、17日、18日三天,招商局将余下的账务全部刊登在《申报》上,立即引起商界广泛关注,好评如潮。

徐润是招商局驻局会办,负责日常事务。他仔细分析了上一年——1873年的账务,提出1874年减亏增盈的具体措施,就是卖掉亏损的"伊敦号"轮船。徐润写信给许仲弢说:

> 伊敦船前日有洋人来商,欲买此船,在申拆卸装成趸船至宁波用,还价35000元,弟意在4万元方可售。查该船进出账目,

---

① 夏东元著:《晚晴洋务研究》,四川人民出版社1985年版,第15页。
② 刘志强、赵凤莲编著:《徐润年谱长编》,北京师范大学出版社2011年版,第58页。

第二章 | 洋务运动（1861—1895年）

去年6月开局至今，须亏银一万五六千两，早售一日，即少一日之亏，能做到4万最妙，如做不到此价，即35000元亦拟售之。祈阁下与云、杏、景三位面商定实。（云、杏、景三位，即招商局总办唐廷枢，会办朱云甫、盛宣怀——笔者注）①

虽说后来"伊敦号"轮船被朝廷调去运兵，没有出售，但朝廷租金消除该船亏损，使招商局当年减亏增盈，是徐润精打细算的功劳。这样的精细经营，在当时洋务企业中不多见，原因之一是因为招商局是官督商办，不赚钱招不到商股，还将引起退股。李鸿章对此十分满意。1874年10月25日，李鸿章上奏朝廷说："上半年该局轮船装运江浙漕米17万余石，今年装运该两省漕粮并采买米共21万数千石"，"苦心经营，力任劳怨"，"仰肯天恩俯赐准恩，以昭激劝而广招徕"，为他手下这帮干臣叙功请赏。朝廷自然恩准，赏总办唐廷枢四品衔，会办朱其昂已是二品，升无可升，从优分发安排，会办盛宣怀加布政使衔三品顶戴，会办徐润赏四品衔，于是弹冠相庆，皆大欢喜。

虽然如此，初创阶段的招商局还是困难重重，给徐润带来极大困惑。1874年6月，局属"和众号"轮从上海去武汉抢运粮食，因装载超量，吃

耗巨资打造的"伊敦号"轮船（模型）

---

① 刘志强、赵凤莲编著：《徐润年谱长编》，北京师范大学出版社2011年版，第51页。

百年大商人

水17尺，而又急着赶路，致使半途搁浅，所幸未翻，急得徐润一夜不眠。这还不算，最令徐润头痛不已的是"福星号"船撞沉事件，竟然引起一场中外官司，弄得不可收场。

1875年3月28日夜间，招商局"福星号"轮船行驶在长江上，因为大雾笼罩而缓行，并不断吹哨筒示警。"福星号"上载有8000石漕米、价值万银的绸缎布匹、若干木料货物和65名乘客，25日离开上海开往天津，因为抢运粮食，时间紧迫，昼夜兼程。"福星号"正缓缓行走在江苏连云港附近长江黑水洋水域，突然发现前方急速驶来一艘轮船，急忙打舵躲避，可来船气势汹汹，躲无可躲，船头遭猛烈撞击，顿时江水涌进船舱，惊得"福星号"上的人呼天抢地，狼狈逃窜，可不到3分钟"福星号"即开始倾斜沉没，不久便沉入江底，致使躲避不及的60余人和满船物资葬身江底，而撞船之船——后来知道是怡和洋行的"澳顺号"轮船，竟安然无恙。

事发13天后，1875年4月7日，《申报》消息说：

> 前月28日夜间，黑水洋正发大雾，故两船各照航海规例，俱吹哨筒并慢慢而行。迨至两船互相听闻，即便图避难，因雾气弥漫各不相见，而彼此又误算往来方向，以致澳顺船撞于福星船头之旁洞成一大窟，水即汩汩进入。福星船隔仓故顷刻间满船俱水，约4分时之久，便见沉下。兼相撞后两船俱已退开，是以澳顺船未能接过客人，唯赶紧放下小艇施救而已。福星船后所悬之小艇亦即下水救人。其尚有三小艇因紧系于大船，一时未能解下耳。总计船后之小艇一艘，先后共救得25人，连澳顺船上之所救者，约共60余人。经澳顺船又捞起尸身两具带回上海。然澳顺船亦碰坏，幸有分舱，不至于沉溺耳。又闻得苏省委员死者21人，唯蔡小溪、王鲁田、江小梅三委员已回上海，浙省本只石君一人则存亡未卜也。①

---

① 刘志强、赵凤莲编著：《徐润年谱长编》，北京师范大学出版社2011年版，第69页。

死者情况，两江总督刘坤一、江苏巡抚吴元炳、浙江巡抚杨昌浚联名上奏朝廷的奏折中说："除救起客人水手 50 余名外，计淹毙 65 人，内有江浙海运委员司事 24 员，并携带仆从 13 人。"如此重大事故，已惊动地方和朝廷，徐润的压力可想而知。他一面抚恤死亡人员家属，亲自批准从局里出资，给予每位死者 50 两银子，再连续 10 年，每年每家给银 100 两；一面与澳顺轮打官司，追索赔偿。"澳顺号"仗着怡和洋行支持，蛮横不讲理，强词狡辩，致使这场官司两个月内开庭 6 次才告结束，被判赔偿部分损失。徐润为此殚精竭虑，不堪重负。他在日记中写道：

> 两月以来，集审者六次，传难属者两次，虽经赔偿，未能足数，而澳顺尚思狡辩，冀图翻案，幸理直在我，终归无效。第念蒙难诸君既得恤典，其如生者为难何！①

如此殚精竭虑，徐润在招商局的地位仍然微妙，上有总办唐廷枢，还算好，都是买办出身，思维习惯大同小异；旁有会办盛宣怀，官员出身，自居官督，视唐廷枢、徐润为商办，就有麻烦，以致整个招商局高层内讧不断。

矛盾的引子是盛宣怀未能做成总办。1873 年，朱其昂被罢总办，招商局重组，盛宣怀跃跃欲试，想取朱而代之，便在向李鸿章提出的重组章程上做文章，主张"官督主政"，而唐廷枢针锋相对，提出"总商主政"。若在平日，李鸿章也就依了盛宣怀，不过此时正因朱其昂招商不力，危及招商局成败，就不得不改弦易辙，认可了商总主政，自然也就没让盛宣怀做总办，而只是让他做常务会办。这就埋下内讧的祸根。也就是说，祸根的源头除了谁做总办，还有谁主政。

招商局办起来后，盛宣怀仗着与李鸿章的特殊关系，不买唐廷枢和徐润的账，不时以官督身份出面干涉局务，而唐廷枢、徐润负有招商责任，

---

① 刘志强、赵凤莲编著：《徐润年谱长编》，北京师范大学出版社 2011 年版，第 68 页。

百年大商人

且是商人本色，在商言商，自然不同意盛宣怀的某些意见，致使内讧祸根发芽成长。

过了两年，1877年初，招商局收购美商旗昌船厂，原本好事一件，却因内讧根源，引发招商局高层矛盾。这个矛盾涉及公、私两方面，也就是涉及私人利益，因而越发尖锐。

  本日（1877年1月18日），招商局会办朱其诏致函盛宣怀，表露出对同事唐廷枢和徐润的不满，称"局中事宜全仗景翁、雨翁，诏不过随声画诺"。这还只是抱怨，更让朱其诏发火的是旗昌股份上涨，商局和他本人都没能低价买入，这是受徐润左右的结果。唐廷枢竟大量买入。朱其诏函中写道："回沪后悉旗昌股份骤涨至一百三两，局中一股不买。如其隐瞒，则欺人太甚。""唐景星所开之崇德庄买到千股、初一日旗昌议事，每股可分100余两。诏因雨之吩咐，并嘱福昌不动手，以致一股不到手。虽财运之不通，实雨之之误我，气极！"上海轮船招商局高层内部矛盾在激化。①

朱其诏是朱其昂的弟弟。朱其昂的总办职被唐廷枢顶替，朱其诏自然啧啧有言，转而投靠盛宣怀再自然不过。至于旗昌股票事，朱其诏没有造谣，唐廷枢买了1000股，徐润买了600股，价位都在70两左右，现在涨到103两，还要大量分红。朱其诏是商人，失去这个赚钱的机会牙齿痒痒很自然。

盛宣怀那时的身份主要是官员，主要想法是做招商局总办，便利用这点，趁机向李鸿章提出招商局应当设置督办的问题，言下之意，这个督办由他担任。盛宣怀在给李鸿章的信中说，他在招商局无足轻重，没人找他会商，与唐廷枢、徐润势不两立，最好在局中设立督办来解决。李鸿章看了盛宣怀的信，明白他的心思，但更明白眼下招商局的困难，那就是还没完成招商百万两的计划，如果让盛宣怀做督办，唐廷枢、徐润撒手不干怎

---

  ① 刘志强、赵凤莲编著：《徐润年谱长编》，北京师范大学出版社2011年版，第124页。

么办？盛宣怀有能力招齐商股吗？思来想去，决定留中不发。

盛宣怀见自己的奏折没有消息，惴惴不安，正想曲径通幽，想法挽回，谁知出事了——有人举报招商局营私舞弊，亏损严重，矛头直指唐廷枢、徐润和盛宣怀。朝廷指派有关机关派人查办，盛宣怀急忙丢开督办的事，全力应付调查。唐廷枢、徐润也急得跺脚，而且非常不满，认为招商局是商办企业，亏损与官家无涉，又认为招商局的股本有很大部分是他们和他们的亲属出资的，营私舞弊就是损害他们和他们亲属的利益，他们不可能这样做。

盛宣怀起先以为自己没有主持局务，没有什么责任，没想到还是有人举报他。先是1880年12月，国子监祭酒王先谦上奏朝廷，弹劾招商局营私舞弊，点了唐廷枢、徐润和盛宣怀的名。朝廷发布上谕：

> 王先谦奏招商局宜加整顿各折片。设立招商局，原期收回中国利权，如果局员等营私害公，败坏局务，极应痛加整顿。李鸿章创办此局，责无旁贷，着逐一严查，认真整饬，如唐廷枢等有侵蚀把持，并设计排挤各情，即行从严参办。①

接着，翻年一月，两江总督刘坤一上奏朝廷，举报盛宣怀在收购美商旗昌公司过程中有三大过失：一、捏称已集商股122万两；二、洋人酬劳之费悉入囊橐；三、逆知李相不以为此举为然，请旨革除盛宣怀的职务，不准他干涉招商局局务。刘坤一权重势大，并不忌讳李鸿章是盛宣怀的后台，到京办事，拜访李鸿章，客套一番后说："招商局不错，只是兄台得看住手下的盛宣怀，别让他搅局。"李鸿章喝茶遮脸抿笑。下来，李鸿章赶紧找来盛宣怀问话，要他如实禀报。盛宣怀一脸委屈。第二天，他赶紧给某要人写信，对刘坤一弹劾他的三大过失逐条驳斥，请求支援。他在信的开头说：

---

① 刘志强、赵凤莲编著：《徐润年谱长编》，北京师范大学出版社2011年版，第212页。

百年大商人

　　昨奉李相面谕,南洋(刘坤一)复奏招商局折内诸事洗刷,以旗昌归并一端,独坐宣怀,是非淆乱,近世所罕见。宣怀官仅监司,本不足为国效力,弃置何惜?但时事多艰,朝廷用人似不可无公,是非谨为我公陈之。①

　　李鸿章也没等闲,弄清情况后,立即上奏朝廷,说明招商局收购美商旗昌公司没有问题,唐廷枢、徐润和盛宣怀等经办人员也没问题,奏请免议。刘坤一闻讯急忙再上一折,重申前折所言俱是事实,不敢虚妄,请朝廷查核。盛宣怀知道了,眉头刚展又起皱,急匆匆去找李鸿章。李鸿章无语,捋须微笑。过了几天,朝廷接到某御史奏章,弹劾刘坤一"不能胜任"。朝廷叫刘坤一"明白回奏"。一时间朝野议论纷纷。

　　这是1881年的事。朝廷接到各方禀报,权衡再三,碍于李鸿章、刘坤一的对立,处置起来不过雷声大雨点小,得过且过罢了。李鸿章渡过难关,连连指使盛宣怀整顿轮船招商局,企图重整旗鼓,暗中准备抛弃唐廷枢和徐润。于是盛宣怀颐指气使,唐廷枢和徐润唯唯诺诺,轮船招商局倒向盛宣怀一边。

　　这一年是上海轮船招商局上层争论、矛盾非常尖锐的一年。盛宣怀多次上奏李鸿章,指责唐廷枢"糊涂之极",指责徐润"终日营私"。李鸿章多次回批,指派盛宣怀速回轮船招商局"入局揭开,分别整顿"。经营十年的轮船招商局总办、会办唐廷枢、会办徐润的地位岌岌可危。②

　　虽然如此,李鸿章一时还不能指派盛宣怀接替唐廷枢、徐润,因为朝野倒盛风声不绝,不愿因此牵连自己,干脆以退为进,让盛宣怀别管轮船

---

① 刘志强、赵凤莲编著:《徐润年谱长编》,北京师范大学出版社2011年版,第223页。
② 刘志强、赵凤莲编著:《徐润年谱长编》,北京师范大学出版社2011年版,第239页。

招商局的事，看唐廷枢、徐润如何收拾局面。这招厉害。两年后，1883年，上海出现金融危机，将唐廷枢、徐润卷入旋涡，唐廷枢挪用招商局巨款，徐润个人亏损近百万两，致使也挪用招商局巨款。李鸿章得知，立即指派盛宣怀重回招商局整顿局务。盛宣怀踌躇满志回到招商局，拿到唐廷枢、徐润挪用公款证据。李鸿章罢免唐廷枢、徐润在招商局的官职，任命盛宣怀为招商局督办。盛宣怀至此功德圆满。

轮船招商局创办10年，一直存在官商矛盾，先是官办，因招商失败改为官督商办，现在是商股不退，官不出股，商人出局，商本官办，充满买办性和封建性，为10年矛盾画上句号。

> 盛宣怀既把官督办握企业之权看作正常现象，这就是排挤商人管理企业，反对商办，实际上实行了商本官办。权力归于督办了，由原来"商总为商局主政""总局分局栈房司事人等由商总商董挑选精明强干朴实老诚之人"充任，改为"用人理财悉听（督办）调度"，"会办三四人应有督办察度商情，秉公保荐"。这样，洋务企业就日益增多地渗透买办性和封建性。①

三、开煤矿修铁路

随着洋务运动蓬勃开展，各地陆续建立起机器厂、织布厂、枪炮厂，随之出现需要大量煤炭的新问题。当时，中国所用煤炭大部分来自外国，每年进口量从2万吨逐年增长到8万吨，洋煤泛滥，且价格不菲，日本广岛的块煤运到天津每吨卖7~8两银子。李鸿章考虑洋务企业越来越多，用煤量日大，不能都依赖进口，便筹划自己开采煤炭。

开采煤矿很麻烦，需要较强的科学技术、大笔资金和便捷的交通运输，但效益可观，且国产煤事业前途无量，所以洋务派人物纷纷起而开矿。

---

① 夏东元著：《晚晴洋务研究》，四川人民出版社1985年版，第274页。

百年大商人

1875年，李鸿章创办直隶磁州煤矿，盛宣怀创办湖北兴国煤矿。1876年，沈葆桢创办台湾基隆煤矿，李鸿章着手创办开平煤矿。

这天，李鸿章召见唐廷枢说："据调查，直隶唐山开平一带地下藏有大量煤铁矿，本督想叫你去打探清楚，看看可有开采价值？如有，则可为朝廷开办煤矿铁矿，以解我朝用煤用铁之需。"唐廷枢时年44岁，脸庞瘦削，颧骨高耸。他回话说："禀总督大人，属下也有所闻。据资料显示，从明朝至今一直有人开采开平煤矿，特别是我朝以来，陆续建有多个采煤工场，使用斜井、竖井，多的工场有上千工人，规模很大。属下愿意前去探明究竟。"

李鸿章把这事交给唐廷枢有三个原因：一是看中他卓越的经商才能和丰富的经商经验；二是看中他富甲一方，可带头入股；三是3年前，1876年，派唐廷枢接替朱其昂做轮船招商局总办，力挽狂澜，招商营运大有起色，堪当重任。

唐廷枢从李鸿章处领了差事，立即放下轮船招商局总办的工作，全力组织人打探开平煤矿的究竟。他聘请英国煤矿工程师马立师做技术指导，包吃包住包交通，每月再给300两银子。马立师便带上探测仪器和几个助手，随唐廷枢一行来到唐山，安营扎寨，开始勘探。这是1877年的事。这件事很快传遍各地，上海《申报》特派记者前往采访。这年10月13日，《申报》刊登消息说：

> 遵化州至石门一带向多煤矿，以风水所开未便挖取。夏间招商局唐廷枢曾偕西国博士前往查勘，查得遍地是矿，且掘取土块，煤斤即见。兹议开掘，唯距津数百里外之芦台地方，水浅不堪任载，拟用挖泥船先将内河浚深，由山直达芦台，然后运出煤斤不至事。故须俟掘煤机器到齐再开工也。[①]

不难看出，唐廷枢亲自带着英国工程师马立师前往遵化勘探煤矿储量，

---

① 刘志强、赵凤莲编著：《徐润年谱长编》，北京师范大学出版社2011年版，第181页。

发现这儿的煤炭储量惊人,竟达到"遍地是矿"的程度,自然令唐廷枢喜不自禁,但仍有担心,对马立师说:"遍地是矿还不行,得知道煤矿埋得多深,藏量究竟多大,值不值得商业开发。你辛苦一下,把这些问题弄明白,并把煤炭样品立即送英国化验,究竟质量如何,然后给我一份正式报告。"马立师回答:"好的。不过据属下调查和初步估计,这儿的煤矿储量大得惊人,仅仅在旧矿井一槽,属下下去看了,恐怕就有600万吨,且质量不错,还储有大量铁矿。我想,如果用机器开采,铁路运输,一定有极大的商业开采价值。"

于是马立师带人继续工作,唐廷枢便打道回沪,办理轮船招商局总办差事。他在上海一面向李鸿章汇报请示,一面组织人制定开采、运输、销售办法,测算经营成本,制定招商章程、管理条例等,忙得不亦乐乎。

马立师这边,一边叫人把开平煤炭样品送英国化验,一边开始正式挖井勘探。不久,英国化验结果出来了,质量属于中上等,具备开采价值。唐廷枢便结合各项预测结果,正式向李鸿章提出开采开平煤矿的报告,请求朝廷批准动工兴建开平煤矿。李鸿章奏请朝廷同意,批准成立开平矿务局,实行官督商办体制,招募商股80万两,指派唐廷枢为督办,天津道台丁寿昌、天津海关道台黎兆棠为会办,要求他们"自宜起紧设法筹办,以开利源而应军国要需"。

唐廷枢接到正式委任,立即再次前去开平,时间是1878年5月10日。他来到开平,会同英国工程师马立师,在开平矿区各地连续多天进行考察。上海《申报》对此作了报道:

> 昨见柴君维振致其友人书云,弟自五月初十日随同唐景星观察,由上海扬帆,十五日抵天津,二十八日,观察委弟前往开平,先行布置一切,于六月二十六日,观察偕洋人矿师等,亦抵开平。二十二三四日,连日往勘煤铁各矿成色,查得开平镇之西二十里乔家屯地方,数处所产之煤,比别矿更高,满地皆是,非煤即铁,

气脉甚旺,虽二三百年采之不竭。昨日,矿司巴尔将煤块化验,内中只有土灰二厘米三毫克。据矿司云,此煤与英国上等之煤相埒。据土人称,二十六年前,有刘姓开过此矿,其层极厚,均系大块高煤,后因泉水来源甚极,以致终止,迄今旧迹尚在。观察现拟于此处开办云。①(本书作者注:唐廷枢号景星,官职是道员。道员称道台大人,雅称观察大人。观察不是职务。)

唐廷枢视察开平煤矿后,要求马立师加紧钻探。马立师曾在英国、日本勘测煤矿,有先进的勘测设备,经过一年多勘测,钻井475米,发现6层煤炭,其中最深一层深6尺,可供两三百年开采,具有极大的商业价值。唐廷枢获讯十分高兴,见购置的国外机器已到,立即下达开工令。于是,沉睡千年的开平大地响起隆隆的开山放炮声,响起从四面八方赶来的成千上万名开拓者的欢声笑语,揭开了近代中国煤矿业崭新的一页。

经过两年多的建设,1881年开平矿务局开始出煤,日产量300吨,第二年500吨,第三年600吨,运到天津,除满足国内洋务企业需要外,对外销售,每吨售价5两银子。这时天津市场上的煤炭主要来自日本广岛。日本煤炭因为来得远,运输费用高,加之垄断抬价,每吨8两银子。开平煤炭一经上市,价廉物美,大受市场欢迎,令日本煤炭滞销。不过开平煤炭产量虽说不错,但运输受阻,无法大

清末创办的大型近代化煤矿——开平煤矿

---

① 刘志强、赵凤莲编著:《徐润年谱长编》,北京师范大学出版社2011年版,第185页。

量及时运到天津。

唐廷枢把这个新问题反映给李鸿章。李鸿章听了皱眉头,想起自己早先开办河北磁州煤矿,运输成本太大,煤炭运到天津的价格是产地的10多倍,以致一直打不开市场而失败,不由得狠狠地说:"前车之鉴后车之覆,一定要解决开平运输问题!景星兄,说说你的意见。"唐廷枢早有策划,说:"大人所说极是。现在开掘煤炭问题已初步解决,下一步应当解决开平煤运天津的问题。唐山距离天津120公里,属下以为,有两段路必须修,一是唐山到胥各庄,二是胥各庄到芦台。属下之意,当务之急是马上计划修建唐胥铁路。"李鸿章愕然一惊,说:"修铁路?这……"唐廷枢说:"属下与马立师等人多次商量,开平煤每天的产量巨大,马车骡车,少、慢、差、费,无济于事,只有铁路拉得多跑得快,才能满足需要。请大人明鉴。"

李鸿章做事素来大刀阔斧,但说起铁路却畏首畏尾,是因为朝廷不准修铁路。说来好笑,中国早先修的两条铁路竟然被朝廷下令拆毁了。英国人在1865年和1872年,分别在北京宣武门外和天津租界修了铁路,都被朝廷下令拆毁。1876年,英国人在上海修建铁路。朝廷下令拆毁,但遭到英国人坚决抵制,无可奈何之下转而想出个折中办法,先收买,买过来即拆毁。

如此一来,谁也不敢再说修铁路的事。李鸿章这番心思,唐廷枢不在其位,知道而不能体会,只能听凭李鸿章犹豫、彷徨。李鸿章思考再三,最后决定冒险试试。他给朝廷写奏折,说了一大通开平煤矿的巨大作用,然后轻描淡写说计划在荒山野岭修一条铁路。奏折递到慈禧太后手里,慈禧素来信任李鸿章,也寄希望于开平煤矿,见只是在荒山野岭修铁路,便准奏。李鸿章朝廷有人,得知消息暗自高兴,立即写信给唐廷枢,要他准备修铁路。谁知这道奏折被御史知道,纷纷上奏反对,最大的理由是,唐山靠近皇室东陵,要是火车震动皇室寝陵,会动摇朝廷基石。慈禧太后被这一点击中要害,立即下旨不准修唐胥铁路。

李鸿章闻讯气得跺脚,可思来想去,别无良策。唐廷枢闻讯大惊,急忙来找李鸿章,说不修唐胥铁路,开平煤矿只有死路一条。李鸿章再三询问有无其他替代办法,唐廷枢回答任何其他办法都无可替代。李鸿章捋须微笑着说:"看老夫使个手段。"唐廷枢忙问:"大人的意思……"李鸿章左右一看,压低声音说:"先斩后奏。"唐廷枢愕然一惊,说:"这……"李鸿章说:"还有一句,蒙混过关。"唐廷枢嘿嘿笑着说:"属下愚钝,请大人明示。"李鸿章说:"你负责去修铁路,一切照章办理,只是先不买火车头。"唐廷枢一脸彷徨,问:"没有火车头这……"李鸿章说:"准备几百头健壮骡马,先用骡马拉。明白没有?我们这叫修公路而不是修铁路,堵住那些御史的嘴,然后本官再……"

　　这就是李鸿章、唐廷枢修假铁路的事,时间是1881年。

　　这样一来,由于是修公路,唐胥铁路的修建一路畅通,1881年6月9日开工,全长9.7公里,5个月建成,是中国人自建的第一条铁路。唐廷枢按照李鸿章的吩咐,买来数百头健壮的骡马,数头骡马拉一节车厢在铁轨上行走,隔一段路,又有数头骡马拉一节车厢行走,于是整个唐胥铁路沿线,几百头骡马分别拉着几十节车厢行走,成为一道亮丽的风景线,引来四面八方的人围观谈笑,传为佳话。

　　煤炭便这样被大量运往天津,从而救活了开平煤矿。唐廷枢暗自好笑,见也能解决部分困难,只好勉强,但始终觉得不爽,便背着李鸿章,秘密制造了一台小型火车头,取名"龙号",实在运输不过来时,便在夜里派"龙号"悄悄跑几趟。唐廷枢这是小聪明,哪里瞒得过世人?于是引来一场牢狱之灾。

　　"龙号"试车的消息一传出,保守派便大为惊惶,说机车的轰鸣声会惊动东陵里安葬的十四位帝后妃。东陵位于唐山以北遵化县(今遵化市)长城脚下的马兰峪,离唐胥铁路约一百公里。恰巧不久后,光绪皇帝在东陵祭祖时遭遇了一场小地震。慈禧认定是机车震动龙脉,惊扰了祖宗。于是唐廷枢一度被投入遵化大狱，唐山煤产量也随之下降。①

后来的事，李鸿章是赢家。两年后，1883年12月中法战争爆发，急需枪炮弹药，进而急需大量煤炭，朝廷准许开平矿务局使用火车头拉煤。唐廷枢便购买了两台机头，使唐胥铁路由假公路变成真铁路。再后来，情况更佳：

> 为解决运河冬季封冻问题，1887年将唐胥铁路延至芦台，翌年再延至大沽，使开平煤可直接出海。1888年完成津沽铁路，开平煤可直运天津市场。1896年，又从唐山东延至古冶和新开的林西矿区，后该路通到山海关。开平又在1898年修筑秦皇岛港口，作为出口煤的基地。原来华北煤用传统工具陆运，运费每吨/英里约1.5元，开平煤的铁路运费只需要0.01元，其产煤成本每吨约1.5元，运往口岸所需增加的运费不及0.9元。运输的便利是开平事业发展的一个重要原因。②

四、总办倒卖钢铁

对此，因为战争需要，李鸿章仍然不满足，继续扩大洋务派企业规模。1864年，李鸿章叫丁日昌买地，准备扩大炮局。丁日昌便在上海四处寻找适合办大厂的地皮，最后在黄浦江边的虹口宏特码头附近找到一块。有关买地和建厂的情况，有资料记载如下：

> 江南机器制造总局，简称江南制造总局、江南制造局、上海机器局，同治四年（1865年）在上海虹口宏特码头附近成立。成

---

① 言夏著：《国商》，当代中国出版社2008年版，第69页。
② 许涤新、吴承明主编：《中国资本主义发展史》第二卷（上），人民出版社2003年版，第417页。

立之前，李鸿章嘱丁日昌寻觅局址，办理军务。这时虹口地区共有外商所办工厂21家，而濒临黄浦江的宏特码头附近有一家美商科尔开办的工厂，名为旗记铁厂，主要业务是修造轮船、铁工、机器等，并有小型泥船坞一座。经向科尔交涉，最后以白银6万两购买该厂。所购之款来源有二：一是上海关通事（翻译）唐国华和扦手（检查员）张灿、秦吉接收巨额贿款，被罚款白银4万两赎罪；二是从海关中筹借白银2万两。这时，曾被委派赴美国选购机器的候补同知容闳，为筹建江南制造总局，亦从美国购得机器100台运到上海。李鸿章奏请朝廷，将这些机器，和原有的上海洋炮局和苏州的两个炮局一起并入江南制造总局，由两江总督李鸿章任总局督办，上海江海关道丁日昌任总办。①

这次李鸿章吸取了技术不过关的教训，花重金聘请旗记厂原来的经理科尔和设计师史蒂芬等8名洋匠，还把徐寿、华衡芳等专家调来，共同负责科研和生产。经过几年建设，江南制造局日渐成型，建有12个工厂，有两千多工人，济济一堂，蔚为大观。

　　江南制造总局全厂建制不一，增设繁多，先后设立以下几个部分：1.生产部分，有机器厂、木工厂、铸铜铁厂、熟铁厂、轮船厂（另有船坞一座）、锅炉厂、枪厂、炮厂、火药厂、枪子厂、水雷厂和炼钢厂等，共计12个工厂，雇佣工人2527人，占有厂房1757间。2.管理部分，有公务厅等。3.文化部分，有翻译馆和广方言馆等。②

---

　　① 朱洪斌：《徐寿父子和江南制造局》，《20世纪上海文史资料文库3》，上海书店出版社1999年版，第48页。
　　② 朱洪斌：《徐寿父子和江南制造局》，《20世纪上海文史资料文库3》，上海书店出版社1999年版，第49页。

江南制造局是官办企业，主要任务是造枪炮弹药、造军舰、造机器，所有开办费54.3万两银子和后来每年经费30万至70万两，都由朝廷承担。朝廷财政困难，但江南制造局又非办不可。恭亲王奕訢对李鸿章说："银子从哪儿来？你想想写个奏折。"李鸿章便找来一帮谋士商量，给朝廷上奏，

上海江南机器制造总局

说了一通办洋务的大道理和朝廷的艰难之后，笔锋一转说："臣叩请皇上、太后恩准，将国家江海关税的两成拨付江南制造局。"

谁出钱谁当权，国家关税不能白拿，朝廷便委派李鸿章全权负责。李鸿章，国家栋梁，日理万机，自然只能挂督办虚名，便委派手下得力干将管理具体局务：总办丁日昌，会办韩殿甲，襄办冯俊光，总监工美国人科尔。

丁日昌，广东丰顺县人，时年39岁，做过江西万安知县，几年前在广州当税务官，一心二用，设炮局造炮，自己设计，亲自监制，造出36尊短炸炮和2000余颗炮弹，供淮军攻击太平军之用，在进攻常州作战中发挥了相当的威力。丁日昌被提拔为直隶州知州，赏戴花翎，这一来丁日昌声名远播，大受一班办洋务企业大臣青睐，纷纷要他到自己工厂做官。丁日昌在曾国藩的湘军做过事，李鸿章凭借自己是曾国藩的学生，捷足先登，把丁日昌招到麾下做总办。

丁日昌来到上海做总办，一呼百应，独当一面，自然威风凛凛。他建了个防卫营，全副武装，负责保护他和工厂安全。他出门巡视工厂，防卫营前呼后拥。遇到不满意的事，他一声令下，防卫营军棍行事，打得鬼哭狼号。

江南制造局是个十足的封建衙门，对工人实行专制主义的

百年大商人

统治。管理这个局的是以督办为首的一群大大小小官吏，约有一二百人。督办由南洋大臣两江总督兼任，实际负责的是总办、会办、襄办和提调等官僚，下面还有委员、司事等小官吏。此外，还有专门拷打、镇压工人的稽查和防卫营的兵丁100人左右。该局总办公厅和厂办公所门口都悬着两块虎头牌和拷打工人的刑具水火棍，工人常遭鞭笞和枷号示众，以致进牢房，或被开除出厂。有一段记载说："上海制造局创设时，总其事者为前苏松太道冯竹如观察。……每日必躬自各厂视察，如见工匠有躲懒者或者糜物料，手执军棍自挞之。"①

这一段记载是两位经济学家引自1904年6月5日上海的《中外日报》，可信度高。

补充几句冯竹如的事。冯竹如，广东南海人，时年35岁，做过上海苏松太道道员，官居四品。李鸿章做两江总督，筹备江南制造局时，先委派冯竹如做铁厂的会办，后来调冯竹如参加组建江南制造总局事务。在任期间，冯竹如苦心经营，恪尽职守，所产军火，在清军收复宜兴、荆溪、溧阳、湖州、漳州等战斗中发挥了很好的作用，被提拔为知府、道员，做了苏松太道。

丁日昌官运亨通，做江南制造局总办期间，1865年被任命为两淮盐运使，1868年升江苏巡抚，身兼数职，忙得不可开交，不久即辞去总办。之后接任做总办的人有沈保靖、聂缉椝、龚照瑗、刘麒祥等。

刘麒祥是1890年做江南制造局总办的。上任伊始，刘麒祥放的第一把火是延长工人工作时间。他见工厂效益不好，亏损严重，所造150马力船的成本高达30万两银子，而买外国450马力船却只需10万两银子，被李鸿章批得一塌糊涂，就决心力挽狂澜，迅速改变这种状况。经过调查，

---

① 许涤新、吴承明主编：《中国资本主义发展史》第二卷（上），人民出版社2003年版，第358页。

工人早上 8 点上班，晚上 6 点下班，一天做工 10 个小时，似乎还有余地，就决定每天延长工作时间 1 小时，早晚各提前和延后半小时。

工人的工作时间本来就很长，加上来去路上的时间，一天用去 12 个小时，完全没有时间休息和做家务，很有意见，现在见新官上任乱放火，气得火冒三丈，纷纷要求取消延长工时的决定。总办刘麒祥完全不听工人的呼声，派防卫营荷枪实弹把守各个车间的大门，威胁工人谁胆敢反对局里决定就开除谁。上千名工人忍无可忍，经过秘密串联，于 1890 年 7 月 21 日突然鸣放汽笛，号召全体工人停止工作，走出车间，在厂内游行示威，要求取消延长工时的决定，否则无限制罢工。

刘麒祥闻讯大发雷霆，急忙派防卫营前去弹压。防卫营只有百十人，虽说全副武装，可在愤怒的 2000 名工人面前却胆战心惊，不敢动粗。刘麒祥见状急忙派人找上海道、找驻军，请求派兵增援江南制造局。驻沪清军派来一营官兵，但只驻扎在工厂外面，以防工人与外界联络闹事。刘麒祥骂清军怕承担责任，又骂防卫营是饭桶。罢工从早上闹到下午，不见收场，反而工人们准备在工厂安营扎寨。刘麒祥如热锅上的蚂蚁，被迫与工人代表谈判。工人代表说："刘总办，请你体恤我们工人的艰难，不要增加工时。"刘麒祥说："那怎么行？本总办一言九鼎，决不收回成命。"工人代表说："那还叫我们来谈什么？我们走——"刘麒祥的副手赶紧从中撮合。最后，刘麒祥很不情愿地说："本官鉴于尔等生活艰难是实，特开恩适当增加每日饭钱罢了，但不准再闹事了啊！否则报官抓你们！"工人代表出去把这个意见给大家说了。大家考虑一会儿只好答应复工。

刘麒祥没能降低生产成本，造枪造炮的成本仍然居高不下。李鸿章知道这事一脸愁云。前几年，李鸿章就知道江南制造局严重亏损的情况，曾说："中国造船之银，倍于外洋购船之价。"1873 年 1 月 26 日，李鸿章曾给他的老师曾国藩写信汇报说：

> 兴造轮船兵船，实自强之一策。……兹闽沪造船已六载，成器成效不过如此。师门本创议造船之人，自须力持定见，但有贝

之才（指经费）、无贝之才（指技术人才），不独远逊西洋，仰实不如日本。①

于是，曾国藩和李鸿章决定停止造船，时间是1885年。刘麒祥是5年后做江南制造局总办的，已经不造船，只是修船，主要生产枪、炮、弹药。他见李鸿章也没法解决亏损问题，便也掉以轻心，睁只眼闭只眼，后来见李鸿章鞭长莫及，同僚又无权干涉自己，就甘心堕落，利用职权倒卖钢材，大捞好处。刘麒祥捞钱绞尽脑汁，花样百出，除了通常贪官使用的挪用公款、侵吞公物、克扣工人工资、收受回扣、作弊贪污外，他捞钱的主要办法有两条：一是自己私人廉价买进，高价转卖给制造局；二是故意报废产品，低价处理给他人，自己再与他人分成。

例如刘麒祥与洋行勾结，将局中需用最多的大宗物料，先由他自己以廉价买进，然后由别人出面，以高价卖给局里，谋取暴利。如总办刘麒祥借口不合用，以废料的价格把碎钢、碎铁轧成钢板后，卖给洋行，价款则私分归己。历任总办的丁日昌、沈保靖、聂缉槼、龚照瑗、刘麒祥等人，没有一个不大发其财。②

五、缫丝第一工厂

唐廷枢1851年在香港任巡理厅翻译时，他的广东老乡陈启枢、陈启沅，正在南海县（今南海区）西樵镇简村乡私塾教孩子念"人之初"。南海陈家的父亲叫陈缉斋，生了7个儿子，未成年死了4个，长大3个，即老二陈启枢、老三陈启标、老七陈启沅。陈缉斋重视孩子读书学习，

---

① 许涤新、吴承明主编：《中国资本主义发展史》第二卷（上），人民出版社2003年版，第356页。

② 许涤新、吴承明主编：《中国资本主义发展史》第二卷（上），人民出版社2003年版，第359页。

第二章 | 洋务运动（1861—1895年）

老二、老七都有文化，特别是老七十分了得。

老七陈启沅（1834—1903年），名如琅，字芷馨，号启沅，1834年生于广东省佛山市南海区西樵镇简村，17岁时就已是远近闻名的年轻书法家。他的眼力特别好，5里外行人的服饰看得一清二楚，人称鬼眼七。清宣统二年《南海县志》载：

中国第一家民商机器缫丝厂老板陈启沅（雕像）

> 陈启沅少孤贫而好学，凡诸子百家、星学舆地诸书，无不涉猎，尤精易理，性复颖悟，目光绝伦，深夜处暗室中能辨五色，曾以一麻子写百余字，一折扇写字汇全部，均楷法遒劲，行气整齐。工绘事，尤擅作蝴蝶，飞跃传神，以显微镜窥之，则蝶之两须，乃两绝句缀成，其裙翅皆韵语也。自刻小章径仅二分，中容百余字，见者咸以多才之士评之。

所说《字汇》是明朝的一部字书，作者是梅膺祚，有14卷、33179字。可见陈启沅小小年纪书法功夫之深。不过这似乎没有给陈启沅带来多少经济收入，因为他还得在村里教书糊口。陈启沅的后人回忆说：

> 陈启沅有兄弟七人，四人早丧，长成的有三人。行二的启枢、行三的启标，启沅最少行七。陈启标在继昌隆开办不久亦去世，因此致力于继昌隆缫丝厂的只陈启沅、陈启枢。启枢、启沅原在本乡简村教蒙馆，读书学生不多，学生每年脩金每人只二两银，各只得学生十人八人，家计甚难艰维。①

---

① 陈天杰、陈秋桐：《广东第一间蒸汽缫丝厂继昌隆及其创办人陈启沅》，中国人民政治协商会议广东省广州市委员会文史资料研究委员会编：《广州文史资料》1963年第二辑，第58页。

百年大商人

陈启沅兄弟怎么个穷法?

有一年冬天,少年陈启沅边吃红苕边走路,一不小心把手里大半截红苕掉到了村前的小河里,不由心痛得叫起来。旁人说掉了就掉了,回家再拿去。陈启沅说:"今早就吃这个红苕,家里没有多的,得饿半天了。"说罢,望着小河里半截红苕发呆。旁人说,你难道想捡起来吃?这话提醒了陈启沅,他立即挽起衣袖,趴下,伸出胳膊捞起半截红苕,甩两甩,站起身就开吃。

再说陈启枢。他更穷,结婚后生了10个孩子,哪怕四处干活,也捉襟见肘,免不了与妻子就经济问题吵架、打架。有一次也是用钱的事,他气得打了妻子,还不解气,大声说:"老子养活不了你们!你带孩子回娘家去!"他妻子姓麦,是从邻村嫁过来的,夫妻感情不错,只是实在穷得不行,便哭着带着10个孩子,背的背、抱的抱,大的拉小的,回了娘家。麦家父亲叫麦宪培,见女儿和10个外孙哭兮兮地回来气得不行,但问清情况后说:"启枢确实难,你们暂且住下。"第二天,陈启枢来接老婆孩子,说起缘由泪汪汪。麦宪培有子侄在安南(今越南)经商。昨夜他和老伴商量了半夜,觉得还是送女婿去安南做事为好,又考虑到女婿穷得揭不开锅,决定将家藏10两银子取出来,作为盘缠和短时生活费。麦宪培见陈启枢后悔认错,便对他说了自己的想法。陈启枢无法可想,只好答应。

这是1851年的事。

陈启枢感激不尽,拿了银子,接回妻儿,略作安排,便漂洋过海来到安南,找到岳父的子侄,跟他们学做生意,慢慢赚得一些钱,寄一些回家,其他除最必要开支都存起来准备创业。3年后,1854年,陈启枢回家探亲,带回一些银子,对弟弟启沅说起安南的情况,启沅要求跟哥哥出去发财,于是二人携手出洋闯安南。

经过数年拼搏,陈启枢、陈启沅在安南堤岸开设"怡昌荫号"丝绸杂货店,又做丝绸、大米生意,经营有方,收获颇丰。其间,他们参观了安南、暹罗的法国丝织厂,非常佩服法国的丝织机器,陈启沅从此爱上丝织机器,业余时间学习、钻研机器原理,渐渐入门,能计算蒸汽力度效能。

第二章 | 洋务运动（1861—1895年）

陈启沅的后人陈天杰、陈秋桐说：

> 启枢、启沅本出身于蚕桑的农村，虽经商国外，对自己故乡的蚕桑，多蓄意经营。启沅于蚕桑业、丝织业尤为注意，因此在安南时常往各埠观光，特别注意机器设备的厂场。他在安南河内以及暹罗等地，看到外人所举办的机器化工厂、丝织工业等，都很细心研究。在安南十七八年当中，用于此项工作的时间达六七年以上，而具有心得，能计算出蒸汽的力度，可发挥多少效能，所著《陈启沅算学》十三卷，其中有涉及蒸汽锅炉、蒸汽力度方面。[①]

陈启枢问弟弟："你这样钻研为什么？"陈启沅回答："赚足银子，回老家建机器缫丝厂。"陈启枢说："好，我也这样想，到时候我负责资金，你负责建厂。"陈启沅说："还有三哥，让他来管理。"

陈启沅性格刚毅，言必行，行必果。1872年，在海外创业21年之后，陈启沅毅然离开第二故乡安南回到中国，实践"回老家建机器丝织厂"的心愿。这年陈启沅38岁，意气风发。他哥哥陈启枢留在越南掌管商务，负责为两个兄弟即将创办的新企业提供资金。陈启沅临走时对哥哥说："哥，你放心，再大的困难我也不怕！"

陈启沅回到家乡南海县（今南海区）西樵镇简村，稍事休息，一番应酬，开始考察办厂地点。他和哥哥在越南商量的意见是，不管哪个地方，只要符合办缫丝厂的基本条件，比如收购蚕茧方便，运输便宜，有一定数量女工，能有当地势力支持等就行。经过广泛考察，去了广州，甚至去了江浙沪诸地，最后决定就在简村办厂。

> 陈启沅在简村原是塾师出身，绅衿父老，是有名分的，在本

[①] 陈天杰、陈秋桐：《广东第一间蒸汽缫丝厂继昌隆及其创办人陈启沅》，中国人民政治协商会议广东省广州市委员会文史资料研究委员会编：《广州文史资料》1963年第二辑，第59页。

百年大商人

乡创办缫丝厂，可以不用凭借有势力的人物，乡人也会给予情面，兼以一切情况熟悉，应付自易。其余如购置厂房地段、建厂的临时人力、购置建造器材等等，在本乡随时可以扩展，任意收放。他计划于简村办缫丝厂，认为较广州或其他地区为优越，自有其一番思虑也。继昌隆最初厂址，就在陈启沅祖屋旁边的空地，面积四十余井。①

选址确定后，陈启沅开始建厂。创建一家工厂，而且规模还不小，谈何容易？虽说陈启沅在安南就模仿法国缫丝厂做了设计，但现在付诸实践，且无任何人指点，真是难上加难。第一是资金。还好，他和他哥哥陈启枢已筹集7000两银子，由安南法国银行汇回国内。他做了个基本的财务预算，厂房建设1500两，工厂设备2500两，收购蚕茧1000两，工人工资1000两，杂支1000两。

工厂的基本建设问题不大，陈启沅画出建筑规划图，有厂房、锅炉房、公事房、工人宿舍、食堂、库房，包给本地的建筑商，设备就比较麻烦，没有考虑购买外国机器，准备自力更生，自己解决。这是陈启沅的主意。在安南的时候，他对哥哥陈启枢说："我询问了法国的缫丝机器，太贵了！不就是沸水锅、贮冷水锅、足踩工作位、焙茧室几样吗？不用买，我会做。"

不过事到临头，陈启沅才知道话说满了，因为单靠极简单的自己画的图纸造不出来机器，得找专门的机器厂。于是，陈启沅到广州寻找机器厂，把图纸拿给他们看。那时所谓的机器厂不过只是小型铁工厂，只能做一些简单的农具和手工业机器。陈启沅找了很多家，最后找到一家，人家看了图纸说："可以试试。"这家工厂是广州十八甫陈维泰机器厂。

陈启沅委托他们加工所需机器设备，不能制造的部分，就在广州其他商行购置。零部件准备好后，陈启沅对厂长陈维泰说："陈老板，还有件

---

① 陈天杰、陈秋桐：《广东第一间蒸汽缫丝厂继昌隆及其创办人陈启沅》，中国人民政治协商会议广东省广州市委员会文史资料研究委员会编：《广州文史资料》1963年第二辑，第60页。

事要麻烦你，我的工人不会安装，也不会根据实际再加工，想请你派人跟我回去帮我做。"陈维泰没遇到过这种事，一时不知如何回答。陈启沅忙补充说："你的人去了工资由我发，吃住算我的。"

陈启沅带上4个技术工人和大批机器零配件回到简村，在技工的协助下，组织数十个本地乡亲，亲自指挥机器安装。经过一年多时间，从1873年春到1874年秋，高达3丈6尺的烟囱高耸入云，蒸汽机隆隆的响声打破了千百年的寂静，陈启沅的机器缫丝厂横空出世，建成投产。在开工典礼上，陈启沅宣布"继昌隆缫丝厂正式落成投产"的声音、300名女工的欢笑声和震耳欲聋的鞭炮声，揭开了中国近代民商工业发展的序幕。

陈启沅的工厂规模不大，丝釜不过数十部，但采用世界先进机器——模仿法国式缫丝机器。不过，全部设备，包括蒸汽锅炉、缫丝车和丝釜都由当地制造，而且根据中国实际，土洋结合，丝车改为木制，丝釜改用陶制，法国车改为足踏，采用锅炉热水蒸气煮茧，使用蒸汽动力和机器传动装置，实行半机械化生产，工效是手工缫丝的6至10倍，产品粗细均匀，丝色洁净，弹性较大，售价高出手工缫丝的三分之一。

陈启沅与洋务企业家们的不同之处是，在学习和接受外国机器时不是全盘西化，而是根据实情，中外结合，为我所用。

> 这又涉及工业化道路问题。洋务派曾提出"中学为体，西学为用"的体制，但在实际办企业时却是全盘移植外国的，连螺丝钉都是进口的。民族资本家并不完全是这样的。民族资本的两大工业是缫丝和棉纺。最早陈启沅在广东办丝厂时，是把法国式丝车改为足踏、气喉（蒸汽煮茧），然后发展为动力小型丝厂。[①]

[①] 许涤新、吴承明主编：《中国资本主义发展史》第二卷（上），人民出版社2003年版，第16页。

百年大商人

缫丝厂办起来后,因为产品价廉物美,很受市场欢迎,很快占领广东市场。于是效仿者群起,一时间南海、顺德一带如雨后春笋般出现数十家这样的缫丝厂,有的办得好,有的办得差。陈启沅的工厂办得最好,收购了办不下去的利贞、利厚两厂,并乘胜前进,在广州开设昌栈丝庄做生丝出口贸易。这一来原先招聘的300名女工不够用了,陈启沅需要更多的工人。为了吸引工人,陈启沅尽可能照顾工人的利益,每天的平均工资是1钱1分银子,每半个月考核发放勤工奖,每季度、每年度发放花红,让女工也能挣一笔钱养家。除此之外,陈启沅别出心裁,办起工人杂货店,向工人优惠提供生活用品。

陈启沅在创办继昌隆的同时,又斥资数千元,开办永生号米机和一间有肉类如猪牛、三鸟,有副食杂货等规模较大的杂货店,所有售价,不论米和杂货、牲口整批的、零碎的,都比官山墟的相宜。因此,简村而至附近四五里的村庄人,多到简村买米买肉买杂货,人皆称便。①

由于经营有方,从1874年到1880年,继昌隆缫丝厂都办得有声有色,出口的生丝,好的时候每磅卖到八九美元,盈利不少。不过办丝厂也有麻烦,在创办时,陈启沅就遇到乡人阻拦,现在生意火红,难免招引当地权贵嫉妒,于是出现反对办丝厂的势力。带头反对的是佛山镇经纶堂。经纶堂是佛山镇丝织业的行会组织,人多势大,分支机构遍及各村,与地方官府关系良好。他们见新式缫丝给传统手工缫丝带来巨大的影响,便寻衅闹事。1881年,南海蚕茧歉收,不少丝织作坊停产。经纶堂怪罪机器缫丝厂抢购蚕茧,唆使手工缫丝业者闹事。这年春夏间,经纶堂数千人围攻砸毁学堂村机器缫丝厂,并乘胜向简村涌来,扬言要砸毁陈启沅的继昌隆。学堂村过河即是

---

① 陈天杰、陈秋桐:《广东第一间蒸汽缫丝厂继昌隆及其创办人陈启沅》,中国人民政治协商会议广东省广州市委员会文史资料研究委员会编:《广州文史资料》1963年第二辑,第63页。

第二章 | 洋务运动（1861—1895 年）

清朝早期的缫丝厂

简村。有人提前过河报信。陈启沅大惊失色，赶紧布置防守，一面通知驻军，一面集合武装乡丁占据河基，一面派人前去劝说。经轮堂头目见势不妙，取消去简村的行动，扬言"改日再来"。

事后，南海县（今南海区）知事徐赓陞带话给陈启沅，不在本地办厂为好。陈启沅愤愤不平，大失所望，经反复思考，最后被迫决定迁厂。1881 年 11 月，陈启沅去澳门选择迁厂地址，并与澳门权贵卢九达成联办事宜，决定迁厂澳门。不久，陈启沅带着几十个熟练女工，将工厂迁到澳门，重新建厂，耗银 6000 两，改名"和昌"，取"以和为贵，五世其昌"之义。再后来，澳门并非世外桃源，1884 年，陈启沅将澳门工厂迁回简村，改名世昌纶。世昌纶惨淡经营至 1928 年结束。此时陈启沅早已于 1903 年去世，享年 69 岁。这是后话。

六、胡雪岩囤生丝

上海十里洋场英雄辈出，徐润算不上老资格。他 16 岁到上海在宝顺洋行做学徒时，曾拿着帖子拜见过众多生意场的前辈，其中有胡雪岩。严

百年大商人

格来说，胡雪岩此时30岁，大徐润14岁，岁数上算不上前辈，如若依经商出道早晚算，1830年胡雪岩7岁到杭州钱庄做学徒，那时徐润还未出生，而等徐润8年后呱呱坠地，胡雪岩已出师做了钱庄跑街，所以徐润喊声前辈无妨。至于后来，徐润虽说成为李鸿章的座上客，做了轮船招商局的会办，人生得意，无限风光，可道高一尺魔高一丈，胡雪岩成为左宗棠的帐前幕僚，贵为红顶商人，还是比徐润得意两分。这是后话，暂且不表，先介绍胡雪岩如何蓄势待发。

1823年，胡雪岩生于安徽省绩溪县湖里村，排行老三。胡里村山清水秀，环境优美，登源河由东向西绕村而过。胡雪岩的父亲叫胡鹿泉，读过几年私塾，没有考取功名，靠耕种祖上传下来的几亩田为生，农闲时出门做点小生意补贴生活，倒也衣食无忧，相安无事。转眼7年过去了，胡雪岩7岁时家里发生变故，他父亲胡鹿泉突发急病去世，胡家塌了天，陷入困境。胡妈妈勉力维持，纺纱织线，养鸡喂猪，得几个钱请人春播秋收，一家人勉强糊口。

胡雪岩此时已无力继续读书，便听从妈妈的吩咐去邻村帮人放牛，换得一日三餐和一年三节几个赏钱。胡雪岩13岁那年，有一天，他在村外放牛，村外有一条通往绩溪县城的马车道，平日里总有人行马走。胡雪岩赶牛经过这里，意外发现路边草丛有个东西晃眼，走过去仔细一看，是个蓝色碎花布包袱，心里咯噔一下，谁掉了包袱？扭头四看，空空无人，捡起来打开一看竟是一包银子，数数100两，顿时吓一跳，赶紧将包袱还到原处藏好。

胡雪岩坐在路边坡上想，失主一定急得团团转，说不定正沿途寻找，又想，自己绝对不能将银子占为己有，再一想，也不能走，要是被小人捡去占为己有，

胡雪岩旧居

第二章 | 洋务运动（1861—1895年）

自己便落下嫌疑，就决定在原地坐等。夕阳含山，晚霞似火，道上行人车马匆匆而过。

胡雪岩一等就是几小时，心里不免暗暗着急。这时远处有人走来，边走边惶惶张望。胡雪岩想，像是失主。果然，那人走近来，是一位衣衫华丽、雍容富贵的中年先生，身后跟着个小厮，见胡雪岩在放牛，就问："请问放牛娃娃，见没见着个布包袱？"边说边比画包袱的大小。胡雪岩站起身问："先生，包袱什么颜色、装的什么？"先生说："蓝色碎花布包袱，包的银子。"胡雪岩问："多少银子？"先生回答："100两。你见到了吗？"胡雪岩想，对了，他就是失主，便说："先生别急，你的包袱在那儿。"说着指指不远处的草丛。那人疾步走过去捡起包袱，打开来数了数，银子一两不少，顿时笑逐颜开："对对，是我丢失的。谢谢你啊放牛娃娃！你叫什么名字？家住何处？什么时候捡到包袱的？我要好好谢你。"

失主姓王，是绩溪县大阜杂粮行的老板，上午坐马车途经这里，因为旅途疲劳，闭目养神，不慎丢了包袱，待回到县城进得院门从车上卸东西时，才发现丢了包袱，十分着急，估计是沿途颠簸所致，赶紧带着小厮原路返回寻找。王老板问清胡雪岩的情况，送给他2两银子。胡雪岩不要，王老板问他愿不愿意去粮行做事，胡雪岩说要问下家人，王老板就与胡雪岩一道去胡家，见着胡妈妈说了情况。胡妈妈知道县城大阜杂粮行名声好，问清做学徒的情况后说："那感情好，孩子，你就跟王老板去学做生意吧！"

这是胡雪岩人生道路上的第一份差事。

19岁那年，胡雪岩进杭州仁德钱庄做学徒，学期4年。其间，他勤劳刻苦，聪明肯干，算盘打得好，记账无差错，出师即升为跑街。他做跑街腿脚勤快，能说会道，半年后升为出店，就是业务主管，每月俸银2两。钱庄老板、伙计和左邻右舍喜欢胡雪岩，叫他小胡。这时正逢太平军与清军开战，天下大乱。一天，一个湘军营官走进仁德钱庄，说有生意要谈。雷管事不在，胡雪岩临时出面应柜，请营官就座，招呼小伙计上茶上烟，询问事由。营官说："我姓张，是湘军营官。本营负责维持杭州秩序，就驻扎附近，素仰贵钱庄美名，今前来有一事打搅，还望先生支持。"胡雪岩问张营官何事，

百年大商人

张营官吞吞吐吐说了出来。

原来，因太平军封锁杭城，朝廷军饷一时进不来，上峰束手无策，让各营好自为之，但重申不得扰民。这一来驻杭城各营只好各行其是。张营官人生地不熟，念及平日与仁德钱庄有交道，便鼓起勇气前来商量，能否借一些银子，待城外军饷进来便连本带息归还，即或利息高一些也不妨。

胡雪岩听了心里咯噔一下，兵爷上门借银子，数目还不小，又没有抵押，可张营官倒是说愿意用枪械抵押，可是不敢收啊，便不知如何是好，想找人商量找不着，只好敷衍几句，随后起身回到后堂独自思考。他想，钱庄规矩，不能无故回客，要是传出去影响声誉，又一想，张营官是本钱庄往来客户，信誉一向良好，就是不押他的枪械，单凭他营官的身份，也是可以放款的，便赫然明朗。

过了一会儿，胡雪岩走出来说："张营官既然开口，是小店的荣幸，理应效劳，不知张营官要借多少银子？"张营官回答："渡过眼前困难，大概总得2000两吧。"胡雪岩顿时傻了眼，柜上没有这么多现银，想了想说："2000两不多，小店可以借给你，只是请明日来取，容小店筹措现银。"张营官喜出望外，急忙起身拱手道谢，答应明日来取。

傍晚雷管事回来，听胡雪岩禀报了事情经过，顿时黑了脸，气呼呼地说："什么？你答应借给张营官2000两？眼下兵荒马乱，动荡不安，湘军说撤就撤，又没有抵押，到哪里去收烂账？真是荒唐透顶！"胡雪岩解释再三，也不能平息雷管事的愤怒，反倒越说越僵。雷管事气得脸青面黑，一气之下叫胡雪岩卷铺盖走人。胡雪岩血气方刚的年纪，哪受得这等窝囊气，回屋整理行李就走了。

钱庄规矩大，一言九鼎，但凡答应客人的事，无论发生什么意外都得兑现，所以第二天，张营官带人来仁德钱庄取走了2000两银子。杭州同行闻讯惊讶不已，都说仁德钱庄铤而走险，2000两银子打水漂了。

胡雪岩离开仁德钱庄后的情形又怎样呢？

胡光墉失业后生活没了着落，只能乞讨度日。一天他在西湖边上踽踽而行，恰好碰到借银的营官。营官见他如此憔悴问起缘由。胡光墉据实说了经过。营官见他为自己受过大受感动，将他带回军营，一番招待后，又拿出自己缴获太平军及搜刮来的一笔巨资交给胡光墉，叫他以此为基金开一个钱庄，一来自己的钱可以生钱，二来也为胡光墉谋一条生路。有了营官的本钱，胡光墉便在杭州联桥开了家阜康钱庄。湘军在杭官兵的钱财也大都存入阜康。阜康的资金越来越雄厚。

胡光墉经商很有远见，不图近利。有一位姓敖的四川人，在萧山县（今萧山区）署任幕宾，一次拿了一锭500两的银子，到杭州城里的钱庄中兑换碎银。所有钱庄都说这锭银子质量低劣不肯兑换。来到阜康，胡光墉接过银两，问明情况笑着说："这是上等宝纹，他们怎么怀疑是劣银呢？真不识货。"于是如数兑给敖某。敖某回到县署，逢人便讲阜康如何如何识货，赞不绝口。一时间达官贵人都将银子存入阜康，阜康也更加兴旺发达起来。①

这样的故事，做了好事有好报，是中国式大团圆结尾，皆大欢喜，不过细细想来，煞是后怕：万一太平军攻破杭城，张营官战死，死无对证，单凭一纸借据，怎么向湘军收回借款？这正是胡雪岩的胆大之处。胆敢不按规则做事，奠定了他传奇人生的性格基础，那就是敢于火中取栗，擅长险中求财。

仅凭胆大，胡雪岩不可能成就大业，还得有独到的眼光。比如台湾作家高阳著《红顶商人》记载，胡雪岩25岁担任钱庄出店期间，私自挪用收到的死账银子500两，给王有龄上京谋官。王有龄凭此银子离开杭州去京城，分发浙江候补，途中偶遇童年伙伴、江苏学政何桂清，得到何桂清给浙江巡抚黄宗汉的推荐信，回杭州谋得海运局坐办职位，于是反哺胡雪

---

① 翟屯建：《声播海内外的红顶巨贾》，安徽省政协《安徽著名历史人物丛书》编委会编：《科坛名流》，中国文史出版社1991年版，第328页。

岩，帮他开办阜康钱庄，使他从此发达。

再比如下面这个故事：

一天，钱庄开门迎客，进来一位客人，相貌堂堂，雍容华贵，戴着膏药墨镜，身后跟着俩跟班，一看就是体面人。这天是赵管事值柜，一见来了大买卖，忙请进后堂客厅就座，令人上茶上烟，一番应酬，说到生意。客人左右瞧瞧，压低声音说："鄙人一时手紧，想当祖传商朝古董，不知贵庄收否？"赵管事暗想，哪家府上又出败家子？便笑着回答："凡是好的都收，不知贵客顶啥？"那人看看大门，赵管事忙叫人关门。那人对身后一跟班努嘴，跟班便从肩上取下包袱展开，取出一件东西放在茶几上。

赵管事看那玩意儿，灰不溜秋模样，暗自嘀咕，真家伙来了。那客人把这古董的前世今生说了一遍，赵管事听了心里发毛，便拿过来东看西看，还是不踏实，朝外间喊进李师爷让他瞧瞧。李师爷看了点头。赵管事便问："贵客想当多久、当多少银子？"客人说："3000两，周转两个月。"

照规矩赵管事和李师爷得有个商量，便说声稍坐，二人起身，进得后堂。赵管事问李师爷如何，李师爷回答："值当。"赵管事问："没走眼？"李师爷说："不会。"开钱庄收当货有规矩，东家说了不算，师爷说了算。赵管事点头说："那咱们收。"

阜康收商朝古董的事不胫而走，满街人很快都知道了。过些时候胡雪岩回阜康，听赵管事、李师爷说收商朝古董的事，叫人拿来品玩，很是高兴。晚间有人登门拜访，是胡雪岩的好朋友薛掌柜。胡雪岩请薛掌柜喝酒，薛掌柜说免了，看看那宝贝就走。胡雪岩便叫人拿来商朝古董，薛掌柜就着煤油灯光端详，嫌不亮，叫人点上3根烛，一阵细看之后皱眉蹙额不说话。胡雪岩心里咯噔一下不敢问。薛掌柜放下宝贝说："李师爷也有看走眼的时候。"胡雪岩忙问："是赝品？"薛掌柜说："是。"胡雪岩问："如何处置？"薛掌柜说："砸了。"胡雪岩无语。

薛掌柜走后，胡雪岩惴惴不安，心想，赵掌柜和李师爷都是古董行家，如何看走眼？又想，坏事传千里，这消息今夜便会传遍全城，令阜康大丢脸面，今后如何做生意？于是越发忐忑。夜深人静，万籁俱寂，胡雪岩书

第二章 | 洋务运动（1861—1895年）

房的灯火彻夜通明。

雄鸡高唱，红日含山。胡雪岩打开书房门，见夫人、管家、丫头、小厮站了一客厅，眼巴巴地望自己，便嘿嘿一笑说："昨夜看书太精彩，没想一看到天明，都散了吧，张管家留下有事。"胡夫人便领着大家散去。胡雪岩对张管家说："写帖子请客，今晚我请全城同行来家品酒赏宝。"夕阳西下，倦鸟归林，全城钱庄同行陆续来到胡府，一番客套，相邀入席，便大声请主人亮出宝贝来。其实他们都知道胡雪岩进了赝品，是特地来看笑话的。有人小声问李师爷："怎么收了赝品？"李师爷拈须无语。

胡雪岩说："诸位别急，敝人这就让大伙开眼。张管家，快去楼上取来宝贝。"张管家答应一声是，即带伙计疾步去楼上，不一会儿，便见那伙计手捧沉香木盒下来，张管家紧随其后再三说小心。李师爷心里顿时咯噔一下，高朋满座，都是杭城钱庄的高手，胡雪岩就敢让他们鉴赏？满厅客人几十双眼睛齐刷刷盯着拿沉香木盒的伙计，一脸惊讶：难道薛掌柜看走了眼？

客厅寂静无声，倒显得下楼梯的声音特别响。在众目睽睽之下，那伙计手捧沉香木盒一步一步下楼梯，走着走着突然一个趔趄没站稳差点跌倒，但手里木盒却失手掉下，顺着楼梯往下滚，盒子被摔开，商朝古董滚下楼梯，重重地砸在地砖上发出闷响，令一屋人目瞪口呆。胡雪岩起身呵斥道："怎么走路？快看看摔坏没有？这不是要我的命吗？！"边说边跑过去查看。众人面面相觑，怔怔无言，李师爷嘴角浮起一丝冷笑。这一来胡家的鉴宝酒是没法吃了。大伙知趣，起身拱手告辞。当天晚上，胡雪岩摔坏商朝古董的消息传遍杭城。

第二天一早，天才蒙蒙亮，阜康钱庄还没开门，便有人咚咚敲门，打开门一看，是那位当商朝古董的客人，说是有急事要见胡雪岩。他进得钱庄，穿过庭院来到客厅，见着胡雪岩就连连拱手说："鄙人家父得知在下当了商朝古董大发雷霆，痛骂在下是败家子，说那是咱祖上传下来的镇家之宝，价值连城，要在下立刻赎回，否则……嘿嘿，胡老板，不好意思，我来赎当。"胡雪岩说："果真要赎？照规矩你得承担两个月利息。"那客人说：

107

百年大商人

"百善孝为先。在下只好牺牲两个月利息,望胡老板成全。"胡雪岩说:"鄙人哪敢不成全。张管家,拿商朝古董来啊——"

张管家答应一声,不一会儿便捧着沉香木盒过来放在茶几上。胡雪岩说:"请打开看看,是不是先生的宝贝?"那人顿时变了脸色,心里咯噔一下,"胡雪岩不是把这宝贝摔坏了吗?这里面是什么?难道拿假货骗我?或者……"他小心翼翼地打开木盒,一看商朝古董完整无缺,再取出细看,轮廓分明,原模原样,顿时急得全身燥热,腋下流汗。

那客人交还3000两银子,再按月息大三分利,交出180两银子,咬着碎牙踽踽而去。胡雪岩随即叫来庄上李师爷说:"你主子去了也不跟上?"李师爷吓得额上冒汗,急忙跪下磕头求饶。胡雪岩说:"阜康钱庄最容不得内贼。你走吧!张管家带他去柜上结账,多给一个月薪俸。"

原来,胡雪岩彻夜不眠想出个假摔古董之计,摔的是从外边捡来的石头,不过稍经打磨,涂上古色罢了。胡雪岩心智之高可见一斑,否则枉为红顶商人。机警聪慧,随机权变,是百年大商必备的素质。

洋务企业的兴起和发展不可能一枝独秀,也离不开多方面配合协作,于是民商实业乘虚而上,办工厂,开商行,建钱庄,甚至插手轮船运输、矿山开采,一时间洋务企业与民商实业互为依托,交相辉映,为晚清经济抹上浓墨重彩。

晚清民商十分聪明,特别是其中的佼佼者,都把实业的发展盘寄在洋务企业和洋务官员身上,从它们身上吸取信息、资金、原料、市场,荣辱与共,与时俱进,从而获得极大的发展,甚至超越洋务企业,取而代之。胡雪岩是其代表。

前面介绍胡雪岩伴随浙江巡抚王有龄起家而起家,现在说胡雪岩凭借左宗棠发迹而发迹。

1861年秋,江南战局日益吃紧,苏州、常州、嘉兴、诸暨、余杭、绍兴等城陆续被太平军攻陷,杭州告急。浙江巡抚王有龄时年51岁,从湖州府、杭州府、江苏按察使、布政使一路走来,官道艰难,而眼下大军压境,越发忧心忡忡。他对胡雪岩说:"敌军犯境,大战在即,我已做了守城待援的周密部署,而守城不患兵而患粮,如若几十万人没有吃喝,杭城便不攻自破。我请你出城去采办军粮,有了粮食我就有信心守住杭州。"胡雪岩在杭州开设有阜康银号,代办浙江粮政,现在是王有龄的粮台官,前不久捐了江西补用道员,正是该替王有龄出力之际,便一口答应下来,领了差事,带上人员和大把银票出城而去。

这时战事日紧,余杭、绍兴相继陷落,太平军兵临杭州城下,饷源断绝,而曾国藩、左宗棠的援军遥望无期,杭州成了孤城。王有龄率领文武官员英勇抗敌,枪林弹雨,奋不顾身,苦苦坚守两个月,付出惨重代价。12月29日凌晨,王有龄见太平军攻破杭州,仰天长叹,以身殉节。

再说胡雪岩,当日带人带钱出得城来,一路所见,兵荒马乱,民不聊生,哪里还有粮食可买?不得已,与随从分路找粮,历尽艰难,终于在远地购得粮食500担。胡雪岩原想再采购一些一起运回,可沿途听说杭州危急,只好命人再去采购,自己押着这批粮食先返回杭州,一路上昼夜兼程,心焦如焚。谁知当他押船进入钱塘江不久,即打探得知杭州已被太平军围得水泄不通,进不得城了,急得六神无主,连连跺脚。又过了几天,噩耗传来,杭州城破,王有龄捐躯,胡雪岩遥望杭州号啕大哭。

不久,太平军撤出杭州,左宗棠接任浙江巡抚。胡雪岩在城外守着500担粮食不知如何是好,想到这粮食只有王有龄和他知道,又想到这是官款所购之粮,犹豫徘徊,一夜不眠。第二天他想通了,自己的一切要是没有王有龄撑腰绝对不行,那么王有龄去世后,自己就得再找强硬的后台,于是一声令下,命人把粮食船全部开进杭州城。胡雪岩这种想法是当时民商的普遍想法,那就是依靠官员做生意,谁依靠的官员职务高,谁的生意就做得大。果不其然,胡雪岩这一招大得左宗棠欢喜,他从此攀上左宗棠,掀起他人生的第二轮高潮。

是夜,胡光墉骑上红鬃马,直奔左宗棠大营。左宗棠正为粮食的事大伤脑筋,见胡光墉来献粮食眼睛都亮了,对胡光墉大加赞赏。因为献粮有功，胡光墉得到左宗棠的信任，令其主持杭城解围后的善后事宜。胡光墉一边办难民局，设粥厂，建义烈遗阡，修复名胜寺院，以及养生送死、赈灾恤穷等善举，一边借战事初息，百业凋敝之际，扩充自己的经济实力。左宗棠的一切军需，均由胡光墉经办。①

左宗棠交给胡雪岩的第一单大生意，是3天之内，垫资替他的军队采购10万担粮食。胡雪岩知道这是一件非常棘手的差事，巨额垫资，大量粮食，弄不好要掉脑袋，可也知道这是左宗棠对自己的考验，遂决定破釜沉舟，拼搏一次。他凭借自家钱号巨大的融资财力，凭借自己采购粮食的经验，硬是在3天内购回10万担粮食。左宗棠开始信任他，让他主持浙江全省的钱粮军饷。这是天大的美差。胡雪岩通过他的阜康钱庄替左宗棠经营全省钱粮军饷，不说吃差价，单是收取3%的利息就大获其利。从此，胡雪岩把自己的身家性命绑在大官僚身上，走上亦官亦商之路。

这一来，胡雪岩富贵逼人，势不可当。5年后，1866年，胡雪岩任左宗棠转运局委员，替左宗棠向洋行前后贷款5次，共计1470万两，他个人从中得利5厘，一年可得数十万两。胡雪岩开设钱庄、典当数十处，遍布上海、杭州、宁波、北京、福州、汉口。刑部尚书文煜在胡雪岩钱庄存银36万两。1874年，胡雪岩在杭州创设胡庆余堂国药号，成为与北京同仁堂齐名的著名药铺。1878年，胡雪岩被御赐二品顶戴，获布政使衔，赏穿黄马褂，荣极一时。

胡光墉通过经办左宗棠西征军需和借贷洋债，获取了巨额利润。据曾纪泽《出使日记》记载，经胡光墉手解借汇丰银行的贷款，银行实得利息8厘，而胡光墉向政府报的利率，最高的竟达1分

---

① 翟屯建：《声播海内外的红顶巨商》，安徽省政协《安徽著名历史人物丛书》编委会编：《科坛名流》，中国文史出版社1991年版，第329页。

3厘,剩下的5厘便被他私下侵吞了。到1872年,胡光墉的资金总额达到了二三千万两,田地万亩,并在上海、杭州各建有大住宅,成为称雄一时的金融巨子,富名震于中外,人称活财神。①

1881年,胡雪岩财大气粗,看中生丝出口生意,开始购囤生丝。生丝是中国传统出口物,早在明朝就有大宗生丝凭借丝绸之路远销世界各国,成为中国的一张名片。到了清朝,起初不准丝绸出口,到乾隆年间逐渐解除海禁,慢慢恢复生丝出口,到胡雪岩开始大量经营生丝出口的1881年,年出口生丝达到七八万担,价值2000万两左右,洋洋可观。

胡雪岩这时下手还有个原因,就是要打破外商对中国生丝的垄断。当时不少洋行聘请中国人做买办,比如瑞记洋行的吴少卿、怡和洋行的徐棣山、新时昌洋行和公平洋行的杨涵斋等,大量收购生丝,同时操纵价格,垄断检验权,操控中国生丝市场。1881年生丝市场价格飞涨,胡雪岩派人专做市场调查,这些人不断返回市场消息:每担生丝今日300多两,明日400多两,后日500多两。胡雪岩再找行家打探,得知这都是外商在搞鬼。上海有个出口生丝公会,是外商控制的组织。他们最近大量抬价放盘,诱使生丝产地众多华商跟风抬价抢购。

胡雪岩决定与上海出口生丝公会斗一斗。第二年,胡雪岩早早做好准备,筹集资金,添置库房,待生丝一上市,便不论价格高低,派人去各地扫货,有货就进,不久便吃进2000万两银子的生丝,把上市生丝多半一口吃进。这个情况立即引起市场的巨

红顶商人胡雪岩

---

① 翟屯建:《声播海内外的红顶巨商》,安徽省政协《安徽著名历史人物丛书》编委会编:《科坛名流》,中国文史出版社1991年版,第331页。

大波动，生丝价格暴涨，且有价无市，有银无货。

上海出口生丝公会的会长是杨涵斋。杨家是有名的家族买办，杨涵斋是新时昌洋行和公平洋行的买办，长子杨叔良是新时昌洋行买办，次子杨季良是达昌洋行买办，侄子杨少莲是永兴洋行买办，侄子杨尔梅是福来德洋行买办，人称"杨门五买办"。

杨涵斋见上海生丝市场水涨浪高，派人打探，原来是胡雪岩在搞鬼，急忙把子侄四人招来研究。杨涵斋说："这个胡雪岩成事不足败事有余，也不给我们打招呼就如此蛮干，弄得大家很被动，今年的生丝不好做了。"四个子侄都有同感，纷纷叫苦不迭，说今年的生意太难做了，请杨涵斋拿主意。杨涵斋说："还有啥主意？生米都煮成熟饭了。我看当务之急是赶紧向洋行汇报，另做打算吧。"

这几家洋行老板听了杨氏几位买办的汇报，才觉得大事不妙，碰头一商量，觉得生丝价格已被胡雪岩抬得过高，要是跟风抢购，一是买价太贵，不好出手，二是市场上货源稀少，收购成本更高，便一致决定停止收购，看看市场变化相机再议。

这时胡雪岩见外商灰溜溜的模样分外高兴，吩咐手下，不论价格高低，继续收购生丝，然后离开上海去北京找左宗棠，商议更重要的事情。左宗棠此刻任军机大臣，兼在总理衙门行走、管理兵部事务，不久即调任两江总督兼南洋通商大臣。20年前，左宗棠接任浙江巡抚，委派胡雪岩紧急筹粮10万担解决杭州善后，便对胡雪岩照顾有加，扶持胡雪岩青云直上，至今仍有密切联系。胡雪岩进左府不用通报，由带刀侍卫径直引到书房歇息候见。胡雪岩见到左宗棠，一番应酬后说："雪岩进京求大人办一件事，请朝廷把沿海无线电架设差事赏给雪岩做吧。"左宗棠哈哈笑着说："这事你也知道？今儿个军机处正议论这档子事呢，不过见仁见智各有所见，一时半会儿定不下来。"胡雪岩说："定下来就来不及了，看来雪岩来得正是时候，请大人务必替雪岩争取。大人可能有所不知，盛宣怀依仗李中堂，早就觊觎电报线差事，决不能让他得逞，如若得逞，掌握了通报先机，恐怕大人今后处处要受他钳制了。"左宗棠顿时变了脸色。

第二章 | 洋务运动（1861—1895年）

鸦片战争后，五口通商，外国人迫切需要在中国建立通信网络，便向朝廷提出架设电报线事宜，许诺建成后为中国提供服务。朝廷不明白电报是什么玩意儿，总觉得外国人居心叵测，便以"国家安危"为由予以拒绝。外国人自然不肯善罢甘休，经过不断请求、诱惑和威胁，最终迫使朝廷勉强答应，但有条件，只准在海底架设电线，不准上岸。外国的电缆线是从海底铺设，通过中国香港进入中国内地的，但还得上岸进城才能发挥作用，不准上岸自然不行，于是又不断找朝廷的麻烦。随着时间的推移，电报在军事、商业、交通、金融诸方面的巨大作用日益彰显，甚至有中国人站出来支持电报线上岸，还愿意与外商合作，创办中国电报局，事情就发生了变化。这中国人不是别人，正是胡雪岩和盛宣怀，而胡雪岩后面是左宗棠，盛宣怀后面是李鸿章。

这些事左宗棠自然知道，只是囿于官场规则不好多讲，但心里支持胡雪岩。过了些时日，考虑成熟后，左宗棠向朝廷上奏折，提出创办电报局事宜，立即引起朝野关注。盛宣怀闻讯大惊，立即去找李鸿章，说明左宗棠此举企图掌控中国电报通信，决不能让他得逞，如若得逞，今后我等必受制于他。盛宣怀这是替李鸿章说话，他最担心的不是受制的事，是担心电报局这一大单生意被胡雪岩抢走。于是李鸿章带头，并煽动一批官员一起反对左宗棠的建议。慈禧太后既不好驳左，也不便抑李，左右为难，权衡良久，提笔批道：从长计议。左宗棠和胡雪岩心知肚明，是李鸿章和盛宣怀捣的鬼。

不久，左宗棠调任两江总督，离开北京驻扎南京。没有了左宗棠的掣肘，李鸿章开始谋划电报局的事。他吸取了左宗棠上折受阻的教训，不动声色，悄悄写信给上海的洋买办郑观应，叫盛宣怀带信去见他，让他出面提电报局的事。郑观应此刻是英商太古轮船公司总经理，见到盛宣怀和李鸿章的信，本来早就有意染指电报局的事，现在有人送货上门，自然一口答应，便与盛宣怀开始筹办电报局，并悄悄试水，架设一条大沽北塘海口至天津的短距离电报线，获得成功。李鸿章闻讯大喜，即邀请醇亲王等几位重臣亲临天津视察。醇亲王亲拟一份电报交盛宣怀发往大沽，询问大沽此刻天

百年大商人

气如何,不一会儿便收到回报说阳光灿烂,顿时大为惊喜,连连夸奖说:"好,好,简直就是千里眼!"李鸿章趁机提出架设上海至浙江、湖北的电报线,作用将更加巨大,醇亲王回答:"好,好,尔跟左宗棠商量着办。"

李鸿章愕然一惊,这商量着办就麻烦了。下来,李鸿章思考良久,左宗棠多半不同意,但借此机会拿醇亲王压压左宗棠也好,便叫盛宣怀去找郑观应,要郑观应等人以民商角度去找左宗棠。郑观应等人便按办事程序,先给两江总督衙门递交筹办上海至浙江、湖北电报线的呈文。

再说胡雪岩,也是百折不挠的性格,并不因一时受阻而放弃办电报局的事。他一方面积极筹划独资架设沿长江电报线,一面不断说服左宗棠同意他这么做。左宗棠同样倔强,就是要同李鸿章对着干,决不丢失掌控全国通信的先机。恰好这时,1883年3月14日,郑观应等人的呈文递到左宗棠手上。左宗棠看了呈文哈哈大笑,提笔批道:

> 电线为商贾探访市价所需,实则贸易之获利与否,亦不系乎电线,至军国大计或得或失,尤与探报迟速无关。本爵阁督大臣预闻兵事三十年,师行十五省,不知电线为何物,而亦未尝失机,则又现存实证。①

这话自然不是出自左宗棠真心,不过是强词夺理罢了,原因很简单,左宗棠就是不让李鸿章夺得通信的先机而受制于他,而是要将通信掌控于己来压制李鸿章。至于胡雪岩此刻的态度,也有掌控不掌控的问题,不过不是掌控军政大权,而是要排挤掉盛宣怀,独自建设全国的电报系统,掌控商业先机,获取巨额利润。

左宗棠的这些话,骤一看倒像是地道的顽固派,其实是别有原因。他借口不让淮系集团去办长江电线,而要让他集团中的胡

---

① 夏东元著:《晚清洋务运动研究》,四川人民出版社1985年版,第64页。

光墉去办。据老办洋务企业的谢家福说,在郑观应等人向左宗棠提出设立长江电线的请求之前,胡光墉已与盛康(盛宣怀父亲)谈到,他要独资架设长江电线,胡并声明:"不愿合偷一头牛,情愿独偷一只鸡。"这就是说,长江电线之利,由湘系独占,淮系不得染指。据谢家福说,胡光墉确曾"独禀南洋(指左宗棠)另设江线,不招股份,独输巨资",以排挤淮系集团。①

这样一来,胡雪岩与盛宣怀便结下深仇大恨。

而就在这件事前后,胡雪岩意气风发,大量囤购生丝,决心打破外商垄断,而外商在吃亏之后奋起反抗,决心维持垄断,于是演绎了一出近代史上中国民商抗击外商垄断的空前大战。开战之初,胡雪岩大获全胜,打得外商狼狈不堪,且得理不饶人,痛打落水狗。

> 为了同外商竞争,胡光墉用高出外商一倍的价格大量收购生丝。1882年,他以本银2000万两,把当时市场上的生丝无一遗漏地全部收囤起来。其时外商一点生丝都没收到,无可奈何,愿加利1000万两向胡光墉购丝。胡光墉扬言,非1200万两不售。相持数月,外商又托人申说,胡仍不肯。外商谓:"此次倘为胡所挟持,则一人操中外利柄,将来交易难其所命,从何获利?"于是共议是年不从中国贩运生丝出口。②

第二年,1883年,外商憋足一年的劲儿,集中资金、人力、物力,全力以赴,抢购当年的新丝,大获全胜,进而垄断生丝市场,主宰生丝价格。此时胡雪岩因巨大库存已无还手之力,且这时国际生丝市场发生了变化,意大利生丝大获丰收,国际生丝价格下滑,加上中法战争爆发,中国生丝

---

① 夏东元著:《晚清洋务运动研究》,四川人民出版社1985年版,第65页。
② 翟屯建著:《声播海内外的红顶巨商》,安徽省政协《安徽著名历史人物丛书》编委会编:《科坛名流》,中国文史出版社1991年版,第337页。

出口受阻，价格大跌。胡雪岩内外交困，倍感困难，被迫降价向外商出售生丝。外商这时便如法炮制，可以收购，但将价格一压再压，企图打败胡雪岩，迫使他退出生丝市场。胡雪岩不熟悉国际市场，也不熟悉海外运输，没法把自己的大量生丝直销海外，只能靠外商外销，迫不得已，只好接受外商大幅降价的苛刻条件。

  1882年以后国际市场发生变化，1883年丝价大幅度下跌，"光墉虽多智"，而"每昧外情，且海陆运输利权久失，彼能来，我不能往"，所积压的白丝，最后"不得已而贱售"给上海洋行。1883年秋，他卖给怡和洋行12000包，亏损150万两。10—11月间，再贱价卖给怡和2000包，又两次卖给天祥洋行6000包和7000包。以此推算，亏损总额在460万两以上。①

这一来中外生丝商战发生逆转，胡雪岩溃不成军，大败而逃，不过这并没能彻底打垮胡雪岩，大船再破还有三千钉，何况胡雪岩还有左宗棠做坚强后盾，还有强大的阜康钱庄。所以，痛定思痛，胡雪岩决定重整旗鼓，收缩战线，调集资金，伺机与外商决一死战。就在这时，胡雪岩突然接到属下阜康钱庄总办禀报，说去年向汇丰银行借的400万两的还款期将到，而上海道转拨的款子，去向道台邵友濂询问了几次了，说是可能要延后，请胡雪岩早作准备。胡雪岩听了莞尔一笑说："天下本无事，庸人自扰之。这是替朝廷借的钱，我不过从中帮忙，还款是朝廷的事，相信他邵友濂不敢冒天下之大不韪吧。"

又过去几天，胡雪岩正在处理生丝巨亏一事的善后事宜，又接到阜康总办禀报，说的还是还款期限将至，上海道仍旧可能延后的老话，不禁眉头陡皱，问清情况，立即打轿前去拜会上海道邵友濂。胡雪岩说明来访缘由，

---

 ① 许涤新、吴承明主编：《中国资本主义发展史》第二卷（上），人民出版社2003年版，第262页。

问邵道台拨款的事。邵道台说："雪岩兄何出此言？朝廷该拨给贵号的银子决不会延后。"胡雪岩无言以答，讪讪应酬，满意而归，回去把钱庄总办叫来一顿训斥。

胡雪岩前脚离开上海道衙门，后脚即抬进一项大轿，里面坐着一位不速之客，不是别人，正是盛宣怀，前来拜访邵道台。邵友濂与盛宣怀很熟，听说李中堂有要事相告，立即请盛宣怀到书房关门密谈。17年前，邵友濂25岁，以乡试举人身份上京会试不幸落榜，郁郁寡欢之际，恰逢两江总督曾国荃来京办事。曾国荃听说邵友濂擅长俄文，便召见他，见他中文也很好，十分喜欢。事后，经曾国荃推荐，邵友濂出任工部虞衡司员外郎、总理各国事务衙门汉章京，1878年升任道员，以头等参赞身份，随大臣崇厚赴俄谈判伊犁问题，后来又得到曾国藩之子、出使俄国大臣曾纪泽提携，这才逐渐混个官样。既然由曾国荃、曾纪泽前后提携，邵友濂本人和官场，都把邵友濂视为与曾国藩、李鸿章一路的人。

盛宣怀与邵友濂一番应酬，话锋一转书归正传，说："弟刚从李中堂处回来，特来转达中堂吩咐，请邵道台友濂兄暂缓拨付胡雪岩银子……"邵友濂闻讯直皱眉头，打断他的话说："暂缓拨付？刚才胡雪岩还来催促此事，说是万万耽误不得，何况这银子朝廷早有规定，每年收到各省协饷，弟都及时转拨予他，为何今次要延后？中堂大人的意思……"

这事说来好笑。朝廷需要向洋行借款，因觉得有伤国体而不愿出面，便叫胡雪岩以私人名义去借去还，再由朝廷还给胡雪岩。这对胡雪岩来说是好事，可以从中获得利息差价收入，也是胡雪岩依靠官府发财的渠道之一。所以从1877年以来的5年里，胡雪岩为朝廷向洋行借了大量银子。

> 胡雪岩5年前曾代表清政府，以私人名义向汇丰银行借款650万两，约定期限7年，每半年还一次，本息约50万两。1882年，他又帮助清政府向汇丰银行借了400万两。清廷承诺，这两笔款子都以各省的协饷作担保。虽然真正使用这笔款项的是清廷，但经手人却是胡雪岩，洋行只认定胡雪岩为债务人。这笔借款每

百年大商人

年由清廷以协饷的方式来补偿给胡雪岩,通常每年的协饷一到,上海道台府就会把钱送给胡雪岩,以备他还款之用。①

邵友濂不明白的原因就在这里。盛宣怀嘿嘿一笑说:"胡雪岩太嚣张,中堂的意思是杀杀他的威风,免得他只认得左字不认得李字。至于其中的勾当,邵道台友濂兄不必细问,照吩咐办理为好。"邵友濂举杯喝茶,心里暗自不满,但随即款款一笑,放下茶碗说:"弟遵照执行就是,请问延后到何日?要是久了,恐怕难以自圆。"盛宣怀说:"不用太久,20天就好。哼哼,20天便叫他吃不了兜着走。"邵友濂边听边在心里打算盘,想着如何应付胡雪岩,见只需缓拨20天,觉得没有大碍,便一口答应下来。

过了两天,各省协饷银子解到,上海道衙门钱粮师爷照例要拨付给胡雪岩的阜康钱庄。邵道台叫来钱粮师爷,不说李鸿章、盛宣怀的话,只说道台衙门有急需开支,要他暂缓20天再拨。钱粮师爷诺诺答应。所谓各省协饷,是各省按规定应向朝廷缴纳京饷之外,富裕省份多缴一些银子,由朝廷酌盈济虚,调度天下财政。每年协饷到沪时间不一致,早晚相差月余,胡雪岩并不计较,损失个把月的利息差不算事,可今年不同,因为生丝亏损460万两,已把胡雪岩的现银,还有能换钱的不动产都抵了出去,捉襟见肘,万分困难,正等着收协饷归还洋行50万两欠款,否则接受罚款事小,影响信誉事大。所以,胡雪岩天天掰着指头算时间,哪天协饷应该解到,谁知一盼再盼不见拨款到账,便派钱粮师爷去上海道衙门催促,回复说协饷没到,便亲自去催问,却几次吃闭门羹,不由急得像热锅上的蚂蚁,万般无奈,只好釜底抽薪,紧急调来阜康钱庄守庄银子80万两解燃眉之急。

调度阜康各地银子用的是电报,而此时的电报局,早在1881年由朝廷批准成立,总办是盛宣怀,且经过这几年发展,已铺设上海至广东、宁波、福州、厦门等地电报线,一切通信俨然掌控在盛宣怀手里。所以,盛宣怀对胡雪岩这时的一举一动洞若观火。他见胡雪岩竟敢动用阜康老本,喜不

---

① 言夏著:《国商》,当代中国出版社2008年版,第35页。

自禁,急忙将此消息在各地阜康大储户中间传播,企图借此给胡雪岩狠狠一击,以报当年撺掇左宗棠阻挡他开辟长江电线之仇。

这一来,各地阜康千百储户纷纷争相提款,而胡雪岩钱庄的现金已被抽去大部,哪里挡得住这股气势汹汹的提款风潮,百般应急无效,被迫关门停业。金融对经济界牵一发而动全身,阜康倒闭迅速酿成全国经济危机,致使胡雪岩及大批民商黯然向隅,甚至一发不可收拾而倾家荡产。

> 首先是他发家的杭州泰来钱庄因挤兑倒闭,接着上海和各地的阜康银号先后倒闭。清廷以各号"亏欠公饷及各处存款为数甚巨",谕令革除胡光墉候补道台之职,着左宗棠追究欠款。同时,影响所及,杭州"米行停斛,丝行停秤",北京的"四大恒"(四家最大钱铺)也因挤兑而倒闭。不及二年,胡忧郁死去。[①]

胡雪岩死于1885年12月6日,享年62岁。胡雪岩死时,"人亡财尽,无产可封",令人扼腕。

> 1885年8月,左宗棠在福州病逝,胡光墉便失去了靠山。12月17日,户部尚书阎敬铭又奏请"一面速将已革道员胡光墉拿交刑部定拟治罪,一面将胡光墉家属押追着落,扫数完缴"。然而圣旨未到,胡光墉已满含一腔愤懑,于同月6日郁郁而终了。等杭州知府督同仁和、钱塘两位知县前去查看时,只见桐棺七尺停放在堂,灵帷垂地,烛光如豆。经逐一查点,只有桌椅板凳等粗家具,别无细软贵重之物,因而上奏:"所有家产前已变抵公私各款,现今人亡财尽,无产可封。"[②]

---

① 许涤新、吴承明主编:《中国资本主义发展史》第二卷(上),人民出版社2003年版,第262页。
② 翟屯建:《声播海内外的红顶巨贾》,安徽省政协《安徽著名历史人物丛书》编委会编:《科坛名流》,中国文史出版社1991年版,第339页。

百年大商人

纵观百年民商兴衰存亡,原本是百足之虫死而不僵,而像胡雪岩一般"人亡财尽,无产可封"的情况虽说少之又少,但的确有,可悲可叹。究其原因,离不开官商打压这一条。不管胡雪岩亦商亦官如何,终究不是官商而是民商,而压垮胡雪岩的最后一根稻草毕竟是上海道邵友濂,可见民商的地位,就是戴上二品红顶子同样任人宰割。推开来说,官民两商百年之争,官商赢在有政治权力,民商输在没有政治权力。

第三章

艰难经营（1896—1910 年）

百年大商人

洋务运动的发展给清廷带来希望和力量，如果长此以往，也许会柳暗花明，但遗憾的是没过几年，1894年爆发中日甲午海战，由洋务运动武装起来的中国军队一败涂地，清朝战败祈和，与日本签订《马关条约》，使中国开始沦为半殖民地半封建社会。甲午海战的失败粉碎了洋务运动强国救国的美梦，中国朝野被迫重新考虑强国之路。

洋务运动发展了30年，共计创办军用企业19个，洋务民用企业27个，投入资金5000余万两银子，使中国军力和经济力得到空前提高，并深刻影响了中国经济，促使和带动了近代民商企业兴起、发展，成绩斐然，意义深远。甲午海战前夕，1894年，洋务企业总资产为4800万两银子，民间产业总资本约2000万两银子，是洋务企业的41.6%。甲午海战后，洋务企业成批关闭或转为民用，19个只剩6个，于是民商经济乘虚而入，迅速占领洋务企业抛弃的市场，并在随后的19年间逐步发展，到1913年，与官僚资本之比，由41.6%提高到60%。于是有人把1895年被称为新兴商业元年。[1]

甲午海战之后到1913年的变化是一个重大的变化，洋务企业逐步缩小，民商企业日益壮大，民商超过甚至取代官商成为势不可当的社会思潮。

甲午战败，洋务派企业弱点毕露，并鉴于日本1880年颁布条例，将国营厂矿出售给民营后实业大振，一时朝野掀起一个民办的思潮。1895年，康有为上皇帝书，称官督商办是"自戕其国"，应"一付于民，纵民为之"；顺天府尹胡燏、给事中褚成博奏请军工改为商办，舆论相应。清廷则固守招商成例，但谕令军工招商。以后一些官办纺织厂因"招商顶替"，或出租转化为民族资本，有些大企业实行商业化经营得以扩大生产，有些军工业兼造民用。[2]

---

[1] 许涤新、吴承明主编：《中国资本主义发展史》第二卷（上），人民出版社2003年版，第14页。

[2] 许涤新、吴承明主编：《中国资本主义发展史》第二卷（上），人民出版社2003年版，第14页。

一、汉阳铁厂亏损

在洋务企业中,汉阳铁厂姗姗来迟,比最早创办的安庆军械所晚了30年,直到1893年底才建成,第二年5月才投产出铁,而1894年爆发中日甲午海战,洋务运动开始走下坡路,这样一来,汉阳铁厂就有明显的官商矛盾"胎记"。

创办汉阳铁厂的张之洞是洋务运动的后起之秀。早在1881年开平煤矿投产时,在山西做巡抚的张之洞便分外眼红,跃跃欲试,准备在山西开采铁矿,谁知事与愿违,准备期间接到朝廷一纸调令,去广州做两广总督,只好罢休。到了广州,张之洞上奏朝廷,要开发广东惠州铁矿,得到许可,正蓄势待发,偏偏遇上中法战争爆发,只好暂且搁置。中法战争结束,1889年春,张之洞在广州凤凰岗建炼铁厂,花费83500英镑,购置英国熔铁炉两座及各种配套机器,机器还没运回国,这年夏天朝廷调令来了,调张之洞去武昌做两湖总督。张之洞上奏,要求将筹建中的广州铁厂迁去武昌,朝廷驳回。来到武昌,因为办铁厂之事已轻车熟路,所以下车伊始,

1894年7月3日,张之洞视察汉阳铁厂

张之洞便组建湖北铁政局，着手筹建汉阳铁厂。

办洋务企业非同小可，既要有技术，还得有巨资，而朝廷无钱可出，两湖资金又有限，最好的办法自然是找像盛宣怀这样出名的人来招商，同时，办铁厂必须开铁矿，而湖北铁矿的勘探已有盛宣怀捷足先登，所以张之洞想来想去，决定去找盛宣怀。

盛宣怀如何熟悉湖北铁矿勘探的呢？这是10多年前的事。1875年，李鸿章有意开发湖北煤铁矿，委派盛宣怀为湖北矿务局督办，要他先行查清湖北煤铁矿储藏情况。盛宣怀便聘请英国矿师郭师敦来做这件事。郭师敦带人带仪器来到湖北，根据历史资料，重点探勘了兴国、大冶等地的情况，结论是煤铁矿储藏量十分丰富。盛宣怀闻讯大喜，积极筹备开采。10多年后的今天，因为种种原因，盛宣怀未能开采湖北大冶铁矿，但听说张之洞一到湖北便在打大冶煤铁的主意，十分着急。这时李鸿章年事已高，闭门谢客，盛宣怀便去找醇亲王奕譞，说明10多年前的情况，请求朝廷维持原有的关于大冶探矿开采的决定。醇亲王奕譞看在老臣李鸿章的份上表示支持。

盛宣怀有了朝廷支持，立即派矿师白乃富带队去大冶做进一步勘探，一面打电报给张之洞，明确要求参与大冶铁矿的勘探和开采。他在电报里说："湖北煤铁，前请英矿师郭师敦勘得，如果开办，仍请原经手较易。"张之洞手里正想了解大冶的地质情况，也想找盛宣怀，再打探得知醇亲王奕譞偏向李鸿章、盛宣怀，暗自好笑，只好答应盛宣怀的请求。他打电报给湖北巡抚奎斌："大冶矿姑令盛处矿师一看，有损无益。"

大冶铁矿的准确情况出来了：

> 据当时化验，大冶矿含铁量达63%～64%，实为少见之富矿，又含磷约8%，硫约3%，储量丰富，可开采100～300年。[①]

[①] 许涤新、吴承明主编：《中国资本主义发展史》第二卷（上），人民出版社2003年版，第432页。

第三章 | 艰难经营（1896—1910年）

为此，张之洞、盛宣怀皆大欢喜。盛宣怀高兴之余皱起眉头，因为这么大一笔生意，而且自己为此付出巨大贡献和巨额资金，如果被张之洞强行夺取，就血本无归了。于是苦思良久，盛宣怀再给张之洞打电报说："十余年前，宣怀奉李中堂大人命督办湖北矿务，曾集民资勘探大冶煤铁，耗费巨大，劳而无功，本已失，利尽赔，宣怀以此败家，苦不堪言，望大人察情体恤。"张之洞看了捋须抿笑。经过一番商量，张之洞觉得开发大冶诸事离不开盛宣怀，就是朝廷方面也有赖盛宣怀联络，于是给盛宣怀正式行文，决定从开采大冶铁矿中每吨提银两钱给盛宣怀，用以弥补以前的亏损和作为访矿首功的奖励。

盛宣怀自然心满意足，立即将自己原先筹办之地——大冶狮子山铁山铺区的开采权，转移给张之洞。张之洞便在此基础上着手开采事宜。1890年初，张之洞在上海办事，特邀请正在烟台的盛宣怀来沪，面商下一步开采大冶的事，也就是出资问题。盛宣怀立即离开烟台，赶到上海拜见张之洞，呈上所撰《招商办铁厂章程》。

张之洞研究了这个章程，不以为然。他召见盛宣怀，听他陈述一番后说："你的意思办铁厂非招商股不可，我不敢苟同，还是官办好，一呼百应，诸事顺利，要是商办纠葛多，麻烦大。"盛宣怀回答："改官办为商办已是今日潮流，宣怀原有的官办思想已随潮流而改弦易辙。铁厂官办必亏而不能长远。铁厂商办必赢则能长远。望大人明察。"

说来说去，还是官民两商问题。20年前，盛宣怀主张官办，排挤唐廷枢、徐润，做上轮船招商局督办，20年后放弃官办主张商办，不能不说是与时俱进，而张之洞是洋务后生，仍然停留在官办的观念上，不能不说是保守。不过盛宣怀此举有个人目的，他在李鸿章手里没能开采大冶，现在，想从张之洞手里夺过开采大权，但又顾虑自己不是张之洞所亲信之人，不可能受委派去做督办，便只有打商办的牌。

盛宣怀再三劝说无效，只好讪讪离沪，但心里不服气，去了北京，找到老主人李鸿章。此刻李鸿章77岁，垂垂老矣，第二年便与世长辞，所以听了只是叹气，于盛宣怀无助。盛宣怀便去找庆亲王奕劻。庆亲王奕

百年大商人

勖是总理各国事务衙门大臣，很得醇亲王奕譞信任。盛宣怀向他说官办必亏的两点理由：一、商股办铁厂，精打细算，货美价廉，有竞争力，各国煤铁矿都是商办而不是官办；二、商办铁厂要考虑成本，不会像张之洞那样把铁厂设在汉阳，而是设在大冶江边，这样才能降低成本，战胜外商。盛宣怀最后建议说："张大人十分固执，不听劝告，如果总理衙门请外国矿务专家出面劝说，甚至讽刺他，也许还能挽回。"庆亲王奕劻不以为然。

张之洞我行我素，拨付400余万两官款，在汉阳办起大冶铁厂。张之洞办铁厂连犯两个错误，一是废商办而取官办，二是舍近求远，设铁厂于汉阳。这两个错误有因果关系——因为官办而舍近求远。

> 但是，这并不能改变官僚企业管理的腐败，而汉阳既不产铁又不产煤，煤铁都得由外地运来，运费巨大，加上汉阳地势低湿，填基工程耗费了30余万两。这些对汉阳铁厂日后的生产经营造成困难。①

汉阳铁厂建起来后，煤炭不配套成为大问题，所建马丁炉需要大量焦炭，每天24小时不能间断，原计划由马鞍山供应焦炭，这时严重供不应求。张之洞得悉情况，亲自去马鞍山视察，得知情况属实，气得发脾气，责怪原计划考虑失误，同时责令汉阳厂自行炼焦。于是汉阳铁厂紧急行动，一边砌砖窑一边去萍乡采购烟煤，忙得昏天黑地。月余后焦炭出炉，皆大欢喜，赶紧运去马丁炉炼铁。谁知自产焦炭质量低劣，外国进口的马丁炉"水土不服"不能用。张之洞听了又发脾气，一边下令停产，一边找人商量进口炼焦炉。购买外国炼焦炉的生意谈好了，可人家货到汉阳的时间是18个月后，又急得张之洞跺脚。这也不行那也不行，张之洞想，比打仗还

---

① 许涤新、吴承明主编：《中国资本主义发展史》第二卷（上），人民出版社2003年版，第431页。

第三章 | 艰难经营（1896—1910年）

麻烦，干脆一停了之，可又一想不行，自身功名甚至身家性命都搭进去了，无论如何不能趴下，便做出一个大胆的决定：进口焦炭。当时，上海洋焦炭每吨20两银子，自己去国外购买焦炭每吨18两银子，而汉阳产生铁每吨卖20两银子。这生意怎么做？张之洞一清二楚，这不是做生意，而是做官。

如此这般，加上经营不当，管理混乱，销售不力，汉阳铁厂连连亏损。开办两年，汉阳铁厂生产生铁5650吨，卖出1100吨，调枪炮厂200吨，本厂自用2700吨，库存1600吨。汉阳铁厂两年卖出1100吨生铁，占产量的19%。销售无力还有一个原因——汉阳铁厂销售人员去上海江南制造局推销生铁，江南制造局造枪造炮，需要大量生铁，自然笑脸相迎，可拿样品做化验不合格婉言谢绝，另外花30两一吨高价买洋生铁。张之洞闻讯大怒，派高官打上门去追问理由，江南制造局的人给他们看化验单：酸性反应，含磷，脆硬度不适于枪炮。高官回来禀报说，什么矿，什么碳，什么炉，炼出的生铁截然不同。张之洞哑口无言。

人浮于事，贪污浪费也是亏损原因。人事方面：汉阳铁厂官员多，月薪高，外商推荐来的洋匠多达40人，费用开支很大。浪费方面：各办公房点灯用油，每月高达10箱；坑道工每天吃盐33斤。

两年下来，汉阳铁厂亏损560万两银子，超过铁厂400余万两的总投资。这下张之洞连连搓手，无话可说，想起两年前与盛宣怀的对话，禁不住脸红心跳，羞愧难言，看来办洋务自己真不如他。经过反复思考，加之朝廷连连呵斥，张之洞不得已做出改制决定，决定由官办改为商办，请盛宣怀重出江湖，收拾残局。

1896年4月，为了汉阳铁厂招商和筹办卢汉铁路（卢沟桥到汉阳）的事，张之洞不耻下问，在武昌总督府接见专程前来的盛宣怀。盛宣怀这时是天津海关道，一直密切关注汉阳铁厂、大冶铁矿和筹备中的中国自建的第一条铁路——卢汉铁路，所以得到邀请后立即赶赴武昌。他听了张之洞的介绍，回答了张之洞的询问，引经据典，侃侃而谈，表示决不辜负朝廷和张之洞的期望。在官办商办问题上，张之洞此时已完全赞成和大力提倡

百年大商人

招商办厂,特别是在听了盛宣怀一番慷慨陈词后,格外高兴,大加赞赏,当场请盛宣怀主持汉阳铁厂招商和筹办卢汉铁路事宜。

汉阳铁厂之事自然是张之洞做主,而卢汉铁路涉及湖广总督张之洞和直隶总督王文韶,张之洞就不得不与王文韶商量。接见盛宣怀后,张之洞给王文韶写信说:

> 环顾四方,官不通商情,商不顾大局,或知洋务而不明中国政体,或易为洋人所欺,或任事锐而鲜阅历,或敢为欺谩但图包揽而不能践言,皆不足任此事。该道无此六病,若令随同我两人总理此局,承上注下,可联南北,可联中外,可联官商。①

这是张之洞对盛宣怀的最高评价,与几年前他对盛宣怀的态度截然不同,而商办企业的社会思潮之新颖、之遍及朝野可见一斑。这年10月,直隶总督王文韶、湖广总督张之洞联名奏请设立铁路总公司,以天津关道盛宣怀为督办,统筹卢汉铁路修建事宜。朝廷准奏,并授予盛宣怀太常寺少卿衔。太常寺负责掌管朝廷礼乐,少卿是副职,正四品。盛宣怀踌躇满志,上任伊始第一招便技惊四座,聘请著名大商人张弼士为卢汉铁路总董,请张弼士负责向南洋及粤港商人招商。

晚清著名实业家盛宣怀

有了这番布置,盛宣怀便把主要精力放在收拾汉阳铁厂残局上面。这时汉阳铁厂困难重重,资金短缺,没有煤炭,停工待产,人心不稳。盛宣怀时年52岁,在官场和商海徜徉几十年,已磨炼得十分圆滑稳当。

---

① 夏东元著:《晚清洋务运动研究》,四川人民出版社1985年版,第223页。

他首先解决煤炭问题,经过勘探,决定在江西萍乡自行开采煤炭,可却遭到原有小矿主强烈反对和坚决阻挠。盛宣怀不急不躁,通过官场手段予以解决。

  盛宣怀请了一位德国矿师,经过化验和比较后认为,沿江两岸只有江西萍乡的煤炭灰分少,磺磷轻,最适宜炼铁,于是决定在萍乡开办煤矿。消息一经传出,立刻引起了萍乡当地小煤窑主的强烈阻挠。盛宣怀通过张之洞向光绪求助。光绪给他推荐了一个人——珍妃的老师文廷士。在光绪和慈禧的帝后之争中,各为其主的文廷士和盛宣怀素有不和。慈禧终究是占上风的,文廷士也就被贬回了江西老家。回家后,他开办了一些商号,在当地很有影响力。为了开矿,盛宣怀还是找到了文廷士,昔日的对头联起手来,很快收购兼并了许多小矿井。1898年,萍乡煤矿建成,也就是后来的安源煤矿。①

经过盛宣怀一番经营,掣肘汉阳铁厂的资金、煤炭等问题一一得到解决,更重要的是,盛宣怀用商人的办法管理工厂,一切讲究经济成本,管理、销售等也同步跟上,汉阳铁厂便逐步走上正轨。1908年,汉阳铁厂、大冶铁矿、萍乡煤矿联合成立汉冶萍煤铁矿公司,由官督商办转为完全商办,盛宣怀理所当然出任总理。1910年,汉阳铁厂年产生铁14多万吨、钢7万吨,大冶铁矿年产铁矿石50万吨,萍乡煤矿年产煤60万吨、焦炭18万吨,成为中国最大的钢铁联合体,为近代工业发展做出了重大贡献。

---

① 言夏著:《国商》,当代中国出版社2008年版,第37页。

百年大商人

二、张弼士办酒厂

前面提到，1895年底，朝廷决定修建卢汉铁路，确定的体制是官督商办，1896年委派盛宣怀代表朝廷做督办，盛宣怀聘请张弼士做总董，负责去南洋和粤港招商。朝廷的想法没错，顺历史潮流发展，官督商办，朝野和衷共济。盛宣怀的主意也不错，依靠商董张弼士招商，但实际情况却不理想。

张弼士，名张振勋，字弼士，广东潮州府大埔县人，时年55岁，比盛宣怀大3岁，东南亚首富，生意遍及新加坡、马来亚、泰国、越南、菲律宾，尤其在经营葡萄酒业上成绩显著，人称葡萄酒大王。张弼士早有回国发展夙愿，现在接到盛宣怀邀请，自然再好不过，即在南洋商界做了一番调查，然后回国在粤港再做调查，于1896年9月抵达上海，拜见盛宣怀。盛宣怀喜出望外，询问招商情况，张弼士脸上即露出难色，说南洋和粤港商界对官督商办的卢汉铁路没有兴趣，如果在广东修建铁路一定效劳。盛宣怀一脸愁云。

这个情况出乎朝廷意料，一番商量后认为，既然官督商办也不能取信于商，那就退而求其次，还是官办，可朝廷没有钱，无奈之下，决定由朝廷向外国财团借款修路。消息一经传出，西方列强诸公司纷纷表示愿意借钱给朝廷修路，并马上派人来华洽谈借款事宜。朝廷委托胡广总督张之洞与外国谈判。张之洞考虑再三，选中比利时，原因是比利时是个小国，钢铁资源丰富，铁路技术成熟，对中国没有苛求，让人放心。1898年6月，中国与比利时签订《卢汉铁路比国借款续订详细合同》和《卢汉铁路行车合同》，获得比利时公司借款450万英镑。

这事让张弼士惴惴不安，总觉得中国人不是没钱，不愿入股只是对朝廷的官督商办政策有疑虑，要是朝廷不讲信誉，官督商办变成商股官办，就不但没钱赚还要丢本钱，而商家挣钱，不偷不抢，血汗钱来之不易啊。

第三章 | 艰难经营（1896—1910年）

张弼士的想法有广泛代表性，广大民商在洋务企业的夹缝中，或靠海外数十年艰苦拼搏，苟且偷生，含辛茹苦，才有了一定的经济基础，若要投资，在商言商，慎之又慎，不可能像官商那样头脑发热，不计成本，一掷千金。比如张弼士，他在南洋打拼几十年，吃尽苦中苦，才赚得大笔钱成为葡萄酒大王，能轻易投给官督企业吗？

张弼士几十年的创业史可谓千辛万苦。

张弼士出生于1841年，父亲张兰轩是秀才，在乡间私塾教书兼做郎中，母亲张卓氏生下4个儿子，张弼士行三。张弼士本是读书之才，自幼聪明，在父亲私塾读书3年大有长进，但不喜欢四书五经，喜欢经济之学，喜欢做生意办实业。他常说："大丈夫不能以文学致身，通显扬名显亲，亦当破万里浪，建树遐方，创兴实业，为外国华侨生色，为祖国人种增光，安能郁郁久居乡里耶？"

张弼士小时候替人放牛，大一点去竹器作坊做学徒，17岁奉父母命娶陈氏为妻。18岁那年家乡大旱，村里有个姓黄的南洋华侨回乡探亲，慷慨疏财，送给每户一斗白米。张弼士深受感动，也非常羡慕，拜访黄华侨，希望跟他去南洋做工。黄华侨知道他的家底，一口答应。

张弼士随黄华侨登上去印度尼西亚巴城（雅加达）的帆船，经过多日海上航行，顺利来到巴城，经黄华侨介绍，进米店做学徒。初到巴城人生地不熟，语言不通，张弼士的生活十分困难。他吃苦耐劳，勤学肯干，努力克服困难，踏实做自己的事。米店隔壁有家大商场，老板姓温是华侨，涉足酒业、种植业、药材业、采锡业、船运业，生意做到新加坡、马来亚、泰国、越南、菲律宾。张弼士身材魁梧，相貌堂堂，又读过3年私塾，骨子里还有秀才父亲的遗传，在巴城青年男子中一枝独秀，很受姑娘欢迎。温老板有个独生女儿正值妙龄，如花似玉，聪明贤惠，上门求婚者络绎不绝，概婉言谢绝，原因是温老板想找个华人女婿。

温老板和温小姐都看上张弼士，打听得知他已在家乡娶亲，不免遗憾，但又一想，既然身在国外，且打算在此发展，可以不受中国婚姻约束，便

百年大商人

愿意接纳他做温家姑爷。于是，温老板先招张弼士进温氏纸坊做事，再就近考察。张弼士来到温家纸坊，待遇高于米店，自然格外珍惜，于是更加勤快，老板吩咐的事都认真踏实去完成，有时候事情多，一个人干两个人的活也无怨言，晚上和假日也不出去玩，如饥似渴地学习印度尼西亚语和业务。温老板看在眼里喜在心上，不久便让他当推销员，见他干得好，又提拔他当账房先生。张弼士受宠若惊，兢兢业业，踏实做事，不敢越雷池半步。这一年，温氏纸行获得5万荷兰盾利润。有人暗示张弼士，你不是管着账吗？趁机做手脚弄些钱回国，张弼士不以为然。温老板知道后更加器重他，决定把女儿嫁给他。

张弼士得知这事大吃一惊，一时拿不定主意，找黄华侨商量，又考虑再三，最后的答复是，非常荣幸，愿意娶温小姐为二房。温家出国近百年，温老板出生在巴城，已是地道的印度尼西亚人，不理解也不在乎二房，加之确实喜欢张弼士，难得糊涂，也就答应下来。张弼士婚后两年，温老板年老病逝，临终前把温家后事都托付给张弼士。张弼士接手温氏财产，大展拳脚，投资酒业，踏上了他开创中国酒业王国的第一步。

……有了一定的资产基础后的张弼士开始显现他非凡的经营能力。他先是抽出一部分资产，开设了一家经营各国酒类的商行，并承办了当地的酒税和新加坡的典当捐务，随后又承包了荷属东

张裕酿酒公司的门头题字，为晚清著名政治家翁同龢手书

第三章 | 艰难经营（1896—1910 年）

印度（在印度尼西亚）一些岛屿的鸦片烟税，资产很快得到了较大的扩充。①

这里有三项生意需要特别注意，那就是承办酒税、典当捐税、鸦片烟税，都是不得了的大买卖，如何得手，个中原委值得玩味。这大概是张弼士一步登天的三步梯坎。

> 张弼士到巴城后，在华侨温某的纸坊打工，由于聪明勤奋，深受老板的信任，升为账房，还将女儿许配给他做偏房。温某死后，张弼士继承遗产，独自开设酒行，行销各国洋酒，一面勤习当地语言，关注商务和社会状况，广交华侨和朋友，善待并结识了一位酒行的常客，荷兰青年军官拉辖。此人后来做了荷属东印度的总督，多蒙照顾，为张弼士在南洋的发展增添了助力。②

不难看出，张弼士结交荷属东印度总管拉辖、巴城最高长官亨利，获得承办酒税、典当捐税、鸦片烟税权，并以此获得人生第一桶金，大概是张弼士成为葡萄酒大王的秘密之一。这也反映出中国百年民商兴衰史上的一个现象，但凡暴富的民商都有一段神秘的发家史，单用勤劳聪明来解释显然远远不够。

张弼士的成功与盛宣怀大有关系。1896 年，张弼士出任卢汉铁路总董之前，1891 年，就应盛宣怀之邀，专程去烟台拜会盛宣怀。盛宣怀那时是山东莱青道兼烟台东海关监督，心里还惦记着湖北开矿的事，便请了南洋富商张弼士来烟台商量如何采铁修路。张弼士来到烟台先作考察再听盛宣怀介绍，对开采铁矿没兴趣，应酬一番，便把话题转到烟台葡萄，说他过去曾在南洋卖酒，对酿酒颇有兴趣，又说现在输入中国的洋酒越来越多，

---

① 林馥榆：《张弼士的财富传奇》，《潮商》，2011 年第 6 期。
② 熊尚厚主编：《民国工商巨擘》，团结出版社 2011 年版，第 294 页。

百年大商人

中国葡萄酒工业化生产的先驱张弼士

国人的银子被洋人大把赚出国去，令人担忧，要是能在国内生产葡萄酒来抵抗洋酒，对于国计民生、对于减少银子外流大有益处。盛宣怀听了大受启发，颇有兴致地谈起生产国产葡萄酒的事。正是二人这种雅兴，无意中促使张弼士与盛宣怀合作开发烟台葡萄酒。

光绪十七年（1891年），张弼士为清朝督办铁路大臣盛宣怀电邀到烟台，会商兴办铁路、开发矿山的事，谈论到了烟台的葡萄。张弼士早年在南洋卖酒多年，对烟台盛产葡萄而且质优价廉甚感兴趣，想用以酿酒，遂商于盛宣怀具体规划。盛宣怀初以酒师不易物色为虑，张则以酒师可以在国外物色，但酒樽问题不易解决。盛宣怀把供应酒樽答应下来。①

大概正因为有合作生产中国葡萄酒这个约定，盛宣怀便大力推荐张弼士，而张弼士也因此逐渐在国内声名鹊起，引起朝廷注意。1893年，朝廷任命张弼士为中国首任驻槟城领事馆副领事，第二年任命张弼士为驻新加坡署理总领事。这一来自然有利于催生酝酿中的张裕酿酒公司。3年后，1894年，张弼士回国投资350万两银子，创办烟台张裕酿酒公司，并通过盛宣怀，向北洋大臣直隶总督府申请营业执照，第二年9月获得批准，并获得专利15年、免税3年的优惠。

张弼士这年53岁，事业如日中天。他委任他的侄子——刚毕业于马来西亚槟城市圣西韦亚斯学院、年仅20的张成卿做公司总办，并亲自督导，总操大局，开始重新创业。他购置了千亩土地，从美国、澳大利亚购入葡

---

① 李松庵：《张弼士与烟台张裕酿酒公司》，中国人民政治协商会议全国委员会文史资料研究委员会编：《工商史料2》，文史资料出版社1981年版，第165页。

第三章 | 艰难经营（1896—1910年）

萄秧苗69万株，嫁接在本地葡萄藤上，同时兴建办公、生产、仓库、加工厂、地窖等用房，忙得不亦乐乎。张弼士办事素来认真精细，根据他的要求，公司制订了非常周密的生产计划，公之于众，严格执行。

张弼士在创办张裕酿酒公司的过程中，做过精心的策划。笔者从其家属得到抄存张氏1898年的手记，有一段云：

买地一百亩，地价并做好，每亩一百二十元，共约洋一万二千元。每地一百亩种葡萄五万株，买种活秧，实额每株作成本一角三分，共约洋六千五百元。每地一百亩要用竹竿五万枝，每枝约成本三分，共月洋一千五百元。以上三项共计成本洋银二万。此系作为生产之物。

每地一百亩，长年看守工头薪金，按洋一百元。又用理园古里粗工二十人，十个月并采运葡萄回厂，约按洋九百元。又四年以后，每年补贴竹竿子一万枝，并用铁线铁钉，按洋五百元。又自出葡萄年起，三年后每年另加肥料，约按洋五百元。以上四项，共洋二千元。此系每年出葡萄成本者。[①]

这就是在商言商的算法，商人本色。除此之外，张弼士最重视的是聘请外国酿酒技师。1901年，张弼士来烟台与盛宣怀商量好筹办葡萄酒厂的事后，回去即开始物色洋技师。第二年，一位英国朋友向张弼士推荐技师俄粦。张弼士接见俄粦，询问了许多酿酒的事。俄粦在世界不少地方酿过葡萄酒，技术好，经验丰富，回答得体，令张弼士十分满意。张弼士对他说："我决定聘请你做酿酒技师，你现在就去购买一台酿酒机器，随我回国去烟台。我想用烟台的葡萄做一些实验。"

俄粦便遵照执行。一行人先到上海做短暂停留。俄粦突然说牙痛，张

[①] 李松庵：《张弼士与烟台张裕酿酒公司》，中国人民政治协商会议全国委员会文史资料研究委员会编：《工商史料2》，文史资料出版社1981年版，第165页。

弼士就叫人带他去看英国牙科医生。医生看了说是虫牙，拔掉就好了。张弼士便付钱让俄燊拔牙。拔牙医生是个年轻人，不知为何，也许是麻药过量或者是患者身体有病，反正拔着拔着俄燊突然晕过去并且再也没有醒来。张弼士闻讯大惊，连连搓手跺脚。

张弼士的私人医生是德国人，听说这事也替主人着急，便四处托人打探寻找酿酒技师，不久便找到一位，是荷兰人雷德佛，毕业于荷兰皇家酿制学校。张弼士会见他，想看看他的毕业证书，他回答没带在身边，因为没想做酿酒师。酿酒技师一师难求，张弼士只好相信他，聘他为酿酒技师，带他去烟台试制酿酒。雷德佛很快酿出一批葡萄酒，按要求送交新加坡专门机构化验。结果不好，酒精力度和发酵度未能达到良好标准。张弼士怀疑他的学历有问题，派人打探，从他叔叔处得知真实情况——雷德佛只是在他哥哥的酿酒厂干过一些日子，学得一些酿酒技术而已，根本不是荷兰皇家酿制学校的毕业生。结果自然是雷德佛走人，张裕公司瞎忙一阵。

张弼士再也不敢随便聘用技师，特地请奥地利驻新加坡领事推荐技师，得到一位名叫哇务的奥地利酿酒技师。哇务来到烟台，查看了当地的葡萄，经过化验，发现不适于酿酒，建议从奥地利引进先进葡萄种苗。张弼士接受他的建议，从奥地利前后引进90万株种苗，重新培育了400亩葡萄园，作为张裕公司葡萄酒原料生产基地，所酿葡萄酒成为世界优质产品。自此，选聘酿酒技师一事告一段落，了却了张弼士一桩心事。

不难看出，一百多年前创办近代企业之难，不是难在资金上，也不是难在自然环境上，而是难在科学技术上。中国没有这方面的机器、人才，全靠从国外引进。陈启沅创办中国第一家近代缫丝企业，靠自己在国外学习过、实践过；张弼士创办中国第一家葡萄酒公司，靠的是引进机器和人才。换句话说，没有先进科技就没有现代民商。

三、张謇招股困难

美国气象学家爱德华·罗伦兹说："一只南美洲亚马孙河流域热带雨

第三章 | 艰难经营（1896—1910 年）

林中的蝴蝶，偶尔扇动几下翅膀，可以在两周以后引起美国得克萨斯州的一场龙卷风。"这就是著名的蝴蝶效应。张弼士好比这只蝴蝶。1894 年，张弼士创办张裕酿酒公司，引起一个人高度关注，并在第二年创办一个纱厂，并由此引起更多人关注和创业，创办出一批企业，刮起一场民商大发展的"龙卷风"。这个人就是著名的状元商人张謇，是另一只"蝴蝶"。

张謇（1853—1926 年），江苏海门市长乐镇人，出身农民家庭，16 岁考中秀才，1876 年做淮军庆字营统领吴长庆的文书，随吴长庆转战南北，参加过朝鲜平叛，以强硬政策闻名于世，受到潘祖荫、翁同龢、李鸿章、张之洞等人的赏识。1885 年离开庆军回乡读书，考取举人，应聘主持赣榆选青书院、崇明瀛洲书院、江宁文正书院、安庆经古书院等。1894 年考中状元，得六品翰林院修撰官职，1894 年因父丧循例回籍守制。1895 年奉两江总督张之洞邀请，弃官从商，筹办南通大生纱厂，时年 42 岁。

张謇是清末状元，属珍稀人才，要照常规出牌，一定是宦途无量，可张謇与一般状元不同，一是仕途坎坷，41 岁才一矢中的，二是身处经济大变革的社会潮流，三是他自己喜欢经济实业，所以一见张之洞举旗办洋务立即响应，弃官从商，做了一名状元商人。

当然，张謇与一般商人不同，不像陈启沅、张弼士靠几十年商海拼搏集聚了雄厚的创业资本，也不像唐廷枢、徐润是买办出身，既有丰富的洋务经验，又有巨额财富，张謇只有学富五车和实业强国的一腔热血，所以刚介入南通大生纱厂创办事宜，便遇到第一只拦路虎——招商难。

张之洞，原先办洋务的思想是官办，为此与盛宣怀的商办思想发生冲突，但汉阳铁厂亏损严重，只好与时俱进，顺了历史潮流，主张官督商办，还请了盛宣怀出山收拾汉阳铁厂残局，所以要办南通纱厂了，张之洞便定下官督商办的宗旨。他对张謇说："本督素来钦佩先生道德文章和经济谋划，所以向朝廷保举先生创办南通纱厂。不过本督十年办洋务体会颇深，官督民办最适合中国体制。换句话说，本督没钱给你，办纱厂的钱都得靠你去招商。"张謇回答："谢大人栽培。在下明白大人的教导，眼下潮流就是官督商办，再没有早些年间办洋务概由朝廷出钱的道理，何况事实证明，官办企业弊多利少，倒是商办弊少利多，在下愿意招商办厂。"

于是张謇领到两江总督衙门"总理通海一带商务"的委札，凭借自己的状元顶子和与官场的良好关系，踌躇满志，制定好招商章程，开始奔走各地招商。当时民间有钱，且近代企业赚钱有口皆碑，加之张謇的状元身份，愿意入股者不少，最积极的有沈敬夫、陈维镛、刘桂馨、郭茂芝、潘鹤琴、樊时勋等人。沈敬夫（1841—1911年），名燮均，南通县（今南通市）姜灶镇人，秀才，国子监贡生，后来放弃科举努力，经商做土布生意，开设恒记布庄，把南通土布运到东北销售，因布质细、门面大、尺头足而大受欢迎，销量大、利润高，逐渐发展成为南通最大的布商。

张謇招商第一个找的是沈敬夫。12年前，张謇曾帮助沈敬夫及一批布商，就减少花布捐事项写禀文给海门官府，得到同意减捐答复，很受布商赞赏。张謇拜访沈敬夫，说了招商办纱厂的事，递上招商章程。沈敬夫时年54岁，比张謇大12岁，非常敬佩张謇的道德文章，听了介绍，当即一口答应入股。张謇满脸喜悦说："有老兄支持就好了。我想第一次募集60万两银子，分6000股，每股100两。"沈敬夫说："这样好。我想通海一带布商多，资本雄厚的不少，张謇兄出面招商一定有人响应。"张謇说："沈兄人熟地熟，又是数一数二的大户，还请替兄弟介绍商股。"沈敬夫回答："责无旁贷。我想想啊，陈维镛兄，还有刘桂馨兄，前几日我们谈起这事无不兴致勃勃，可以入股，我找他们谈谈。"

沈敬夫、陈维镛、刘桂馨三位都是南通家缠万贯的布商，如若愿意带头入股，自然再好不过，所以张謇听了喜不自禁，连连稽首道谢。南通招股的事，张謇请沈敬夫代劳，自己去了上海。南通、海门与上海素有生意往来，彼此熟悉。张謇凭借沈敬夫的介绍，在上海找到宁波籍富商樊棻，介绍在南通办纱厂招商入股的事。樊棻时年51岁，听了介绍，因为素来仰慕张謇，回答："好说好说。"樊棻年轻时来上海发展，攀上五金大王叶澄衷，做叶澄衷开的义昌成五金号的经理，后来经叶澄衷介绍，做上州船政大臣沈葆桢的驻沪采办、李鸿章所辖海军物料及漠河金矿驻沪采办以及张之洞所辖湖北铁路局转运，生意兴隆，财源滚滚。

第三章 │ 艰难经营（1896—1910年）

张謇把招商章程递给樊棻，说了在通海招商的情况，希望樊棻入股，并介绍几位商人入股，共同筹办南通纱厂。樊棻翻了翻章程，问了一些情况，说："张謇老弟你比我小9岁，但学问比我大，我相信你，投点银子就是。至于上海其他商人，合得来的……潘华茂、郭勋不错，大买办有钞票，哪天我介绍你们认识。"

张謇由此联系上3位通海商董和3位上海商董，组建起纱厂董事会。1895年12月，张謇邀请沈燮均、陈维镛、刘桂馨、郭勋、樊棻、

状元商人张謇创办的大生纱厂

潘华茂等6位商董在通州开会，商量开办纱厂具体事情，又因为纱厂是官督性质，特邀通州知府汪树棠、海门厅同知王宾与会指导。会议开得不错，60万两股金，通海商董认购20万两，上海商董认购40万两，其他诸项，比如厂址，都去考察了，定在通州唐闸陶朱坝，关于厂名，张謇根据《周易》"天地之大德曰生"，取名为大生纱厂，而向两江总督衙门申报手续之事，张謇责无旁贷，自告奋勇愿意承担，如此等等，说得大家一团和气，喜气洋洋。汪、王二人在一旁喝茶微笑，见一切顺利，便由通州知府汪树棠做最后发言，免不了一番感慨，一番赞赏，最后表态愿意与诸君签署"监订合同"，就是呈交两江总督衙门的一道手续，表示地方官眼见为实，予以认可。

当晚张謇宴请诸位，地点选在极清静极高雅的观海食铺，本地最好的酒楼。张謇一再给汪、王二人和6位商董敬酒，还满足大家的心愿，一人送一幅自己的书法。状元书法一字难求，大家笑逐颜开，一脸灿烂。送走客人，张謇回到住处，久久不能入睡。这是张謇接手办厂以来最高兴的一刻。接下来，张謇办厂方案上报署理两江总督张之洞，申请奏咨立案，因为手

百年大商人

续齐备,一路畅通,朝廷不久便行文批准,大生纱厂呱呱坠地,总办自然是张謇。

再接下来,事情却出现反复,先是上海商董樊棻、郭勋、陈维镛有意见,说大生在南通,鞭长莫及,还是以通海商董为主为好,言下之意,不愿出原先答应的40万两股金,或者通海出多少他们出多少。张謇得悉十分着急,急忙赶往上海打探情况,从旁得知,原来这3位沪董不看好张謇的经商能力和经济实力,加之上海经济这时开始不景气,棉纱外销积压,价格下滑,就顾不得当初的诺言了。张謇不肯就此罢休,找人出面说项,力挽狂澜,最后与3位沪董达成协议,维持原议,樊棻、陈维镛撤退,另由高清、蒋锡坤参加。这是1896年秋的事。

虽然勉强渡过这关,实际还是问题重重。过了段时间,3位沪董见通海招商情况不妙,半年下来只收到近10万两银子,不及答应数的一半,便拖着不肯全部兑现,张謇问起,说是经济危机,银根紧缩。张謇万分着急,这边工厂基建已经开始,花销如流水,而沪董却这般模样,禁不住寒心,又想,商人不可全信,还得依靠官府。

这年11月,张謇去找新任两江总督刘坤一,禀告办厂事情,请求经济援助。刘坤一时年66岁,几年前接替张之洞,做两江总督兼帮办海军事务,曾与张之洞连上三疏请求变法获得采纳,也是洋务运动主将。刘坤一听了暗自皱眉,想了想说:"当初你和张大人说好是官督商办,朝廷批文也是这样说的,本督不能改变。如果你需要本督支持,不是不可以,办工厂,兴洋务,促进经济发展,好事,只是怎么支持,你有什么主意,不妨说来听听。"

张謇自然是有备而来。他为官多年,熟悉官场,民商来要钱是不可能给的,但要是看中官府什么一时无用的东西,

状元商人张謇

第三章 艰难经营（1896—1910年）

或许可以拨付。于是张謇提出，早年张之洞创办湖北织布局，从美国购回一批纺织机器，因种种原因没派上用场，现存在上海仓库，不如作价拨付给大生纱厂，每年收取利息，以缓解大生纱厂资金紧张的状况，待大生厂盈利后，连本带息归还官府。刘坤一听了捋须微笑说："不愧是状元公。"

于是照此办理。派人核查，情况属实，有40800锭纺织机堆放在杨树浦江边已经三四年了，上海商务局道台桂崇庆想卖，因纺织行业低迷，纱厂纷纷倒闭，以致这批机器锈迹斑斑，不值原价，经评估作价50万两银子。

这事不知怎么传到了盛宣怀耳朵里，盛宣怀不肯让张謇独占便宜，急忙找刘坤一商量，也要这批机器。盛宣怀这时是铁路公司督办，深得朝廷信任，手握经济大权，自家也是富翁，很有影响力。刘坤一便将这批机器一分为二，给张謇、盛宣怀各一半。两江总督在给张謇的调拨批文中明文规定，这批20400纱锭机器作价25万两官股，大生纱厂需要另集25万两商股，官股不计盈亏，只按年取官利。

这本是张謇的无奈之举，却引起大生商董惶惶不安，特别是几位沪董喷喷生怨，担心官股进来，万一朝令夕改，借款变股权，重蹈覆辙，变成商股官办，岂不是替他人做嫁衣吗？便以此为由不再兑现股款。

张謇得讯大惊，好不容易弄来机器，准备沪董股金一到便可开工投产，没想到弄巧成拙，有了机器没了资金，如何是好？急忙找大股东沈敬夫商量。沈敬夫此时已交足自己的股金，还带动9个人认股3万两，就连张謇认购20股所差的700两银子也是他慷慨解囊，是大生纱厂的第一功臣。他一听这个情况万分着急，想了想说："不管他们，再大的困难我们来克服。我的布庄还有一些资金，再以布庄名义向上海和南通钱庄透支借款，都转借给大生周转，你看这样行不行？"张謇顿时热泪盈眶。

即或如此，张謇还是又去找了两江总督刘坤一，说明最近的变化造成资金万分紧张，请官府公款借贷支持。刘坤一答应借出公款，电令通州借公款3万两、海门借公款2万两给张謇。海门厅同知王宾接到总督衙门命令立即执行，如数拨付2万两银子给张謇。通州知州汪树棠却十分不满，认为刘坤一站着说话不腰疼，可又不敢违抗刘坤一的命令，便冥思苦想一

百年大商人

番,叫来钱粮师爷,要他把学子赶考的津贴钱借给张謇。通州学子闻讯大怒,纷纷指责张謇乱要钱,便联络300名学子集会声讨,联名上书两江总督衙门声讨张謇。浙江候补道朱幼鸿上书刘坤一,称"张謇乱要钱,大帅勿为所蒙,厂在哪里?哪有此事?"一时间闹得满城风雨,令张謇狼狈不堪。

经过如此这般波折,1899年5月,大生纱厂终于开车纺纱,生产出一批批棉纱投放市场。这时张謇却高兴不起来,因为运营资金仅有数万两,没钱买棉花,生产即将瘫痪。情急之下,他以每月1.2分高利向钱庄借贷,又向各位股东告急,最后打算将厂房出租,却都遭失败。张謇走投无路,痛苦万分。沈敬夫得讯对张謇说:"我的布庄关门歇业也要支撑大生维持生产!"他一面把仅有的资金调来大生,一边提议破釜沉舟,全面投产,用生产出来的棉纱换钱买原料维持运转。张謇照此执行。大生纱厂机器又隆隆运转,生产出一批批棉纱投放市场。

这的确是破釜沉舟之举,如果棉纱卖不出去,或者卖不出好价钱,大生将加大亏损直至破产。张謇和沈敬夫万分担心,因为当时的棉纱市场疲软。谁知到这年9月,纱价一路跳高,大生棉纱不仅卖得顺畅而且开始赚钱。第二年,大生纱厂除去上交官利,获得纯利5万两,第三年得纯利10万两,并连续盈利到1908年,共得纯利190余万两。张謇和沈敬夫激动得热泪盈眶。

张謇的遭遇告诉我们,即使放手让民商去办厂,给予政策执照许可,也很难一帆风顺,最后还得依靠官府照顾,甚至不惜改变体制去将就官府需求,可见清朝末年民商发展之艰难,也可见官督商办并非灵丹妙药。这不是张謇个人的悲剧,是整个时代的悲剧。张謇当时只是取得暂时的胜利,后来也做出过重大贡献,但最终仍败得一塌糊涂,与比他学问差得很远、不是官员的缫丝大王陈启沅、五金大王叶澄衷、葡萄酒大王张弼士相比,经商成就不可同日而语,值得深思。

张謇以"绅领商办"的股份制企业模式,创建大生纺织公司,这种模式较好地处理了企业中国有资本和民间资本的共存关系,官商之间的权利关系，促进了企业二十余年的顺利发展，然而这种体制最终致使企业不堪重负，导致经营失败。①

张謇招股困难的原因很多，主、客观都有，单就主观而言，张謇自身不具备招股优势，也就是说他的身份比较尴尬。他没有钱，认购大生20股所需2000两银子的钱都拿不出来，还是沈敬夫代他出资700两。他没有实权官职，只是六品翰林院修撰官职，且只干了不到一年即因父丧循例回籍守制，是在守制期间出来创办大生纱厂的。他办纱厂，两江总督衙门给他的名义也只是无品无职的"总理通海一带商务"虚衔，所以，通州知州汪树棠不怕他，上峰要汪树棠借给张謇3万两银子，他只给1万两，还故意动用学子赶考的补贴经费，暗自煽动学子闹事声讨张謇。上海商董不信任他，一是退出，二是迟迟不交股金。

四、虞洽卿好手段

与张謇同时代有个商人叫虞洽卿，也招股经商，却十分轻松，而且还有民间行业维持会出资赞助，两相比较，值得思考。虞洽卿（1867—1945年），浙江慈溪人，6岁丧父，靠母亲纺织为生，因家庭贫困，没读几年私塾，15岁去上海做学徒养活自己。虞洽卿读书不行，但天生擅长做生意。他刚踏进上海店铺，就被老板一眼相中。

> 1881年他15岁，经族人虞鹏九介绍，来到上海望平街瑞康颜料行当学徒。因进店时下雨，他将一双新布鞋挟在腋下赤脚进店，故发迹后有赤脚财神的传说。瑞康是专门经销进口颜料的商店，规模甚小，资金仅800两银子，雇有两名伙计。虞洽卿进店

---

① 赵明远、金其桢：《论张謇的绅领商办股份制企业形式》，《南京理工大学学报（社会科学版）》，2006年第4期。

百年大商人

后拜店主奚润如为师。他工作勤快，应付灵敏，善于接待顾客招揽生意。当时国外各种进口颜料刚开始在中国推销，由于染色工艺较土产染料简单，且色泽也较鲜明，因此销路逐渐打开。虞洽卿每次到洋行颜料仓库提货时，看到各种新产品常爱询问。一次洋行职员将一种德国鹅牌红颜料的性能、使用方法告诉他，并给他一些样品。他回店后仔细琢磨，认为很适合四川一带客商的需求。经他介绍，果然逐步打开了销路，成为瑞康热销商品之一。瑞康自从他进店后的两三年内，盈利达2万多两，因此深受店主器重，未满师即升为跑街。[1]

这里说虞洽卿进瑞康颜料行两三年，帮瑞康赚到2万银子，是说虞洽卿能干，但也反映出19世纪80年代中国进口颜料生意之兴隆。

80年代前后，上海即出现一些以染料庄命名的商店。1881年虞洽卿由浙江来上海，开始就是在一家名为瑞康颜料庄的商店当学徒。瑞康颜料庄资本只有800两，据说一年多赚了2万多两，足见其厚利。到了19世纪末，上海颜料商已有十几家，瑞康、成康等都是其中的大户。到20世纪初，又出现周宗良、贝润生等拥有全国推销网的大颜料商人，颜料商成为洋货的一个重要行业。[2]

虞洽卿赤脚财神的故事只是戏说，而他没有文化、没有专业知识、不懂外语，却能进洋行做买办发大财的故事则真实可信，且更为人们津津乐道。

---

[1] 熊尚厚主编：《民国工商巨擘》，团结出版社2011年版，第149页。
[2] 许涤新、吴承明主编：《中国资本主义发展史》第二卷（上），人民出版社2003年版，第218页。

第三章 | 艰难经营（1896—1910年）

一天，他和一个本家，时任礼和洋行颜料部经理的虞香山先生正在街上行走，忽见一个中年洋人慌慌张张地同路上行人比比画画地说着什么……虞洽卿大体上听明白了。原来是那人失散多年的父母所在地法院通知他，母亲已死，父亲病危，要他赶到那里去继承一大笔遗产，可是他刚才坐人力车时，不慎将那封通知信遗失在人力车上，如今人力车已不知去向，父亲的地址、法院的名称、联系人都在上面，没有了那一封信，一大笔遗产就完了，几万英镑啊。虞洽卿按照那个洋人提供的线索，一连找了几家人力车行，最后终于在一个小弄堂里找到了那个人力车夫……那封信找到了。①

故事结局很简单，虞洽卿把这封信送还给那洋人，那洋人介绍虞洽卿进德国鲁麟洋行，因为他是英国驻沪领事馆的人，是鲁麟洋行老板的朋友。这是1894年的事，虞洽卿27岁，春风得意，前途无量。好比鲤鱼跳龙门，虞洽卿从此青云直上。他先做销售员，再做买办，替鲁麟洋行贩卖进口的颜料、西药、军械军装，收购中国出口的大豆、桐油、茶叶。每做成一笔生意，都是成千上万两银子的大单，虞洽卿都有佣金提成，于是几年工夫，虞洽卿成了腰缠万贯的富翁。他在上海海宁路购置小洋楼，娶妻生子，其乐融融。

虞洽卿的钱来之不易，要想多做生意、多提佣金就得使尽浑身解数，甚至不顾名声。有一次，虞洽卿得知北京来了一位朝廷高官，为清军在上海定制大批军装，便想办法找到上海道衙门的钱粮师爷何某，请何某去有名的清月书院喝茶听曲，也不说缘由，只管拿银子吩咐老妈留宿客人，自己趁空溜走，待第二天上午晚些时候再去接何某，把他接到一处清静茶楼，仍不问昨夜的事，只是说有事拜托，请何师爷成全。何师爷本是道上人，三教九流都知道一些，早猜着虞洽卿有事拜托，所以也就心安理得，来者

---

① 陈晓红、陈清宇著：《虞洽卿传》，湖北人民出版社2007年版，第20页。

百年大商人

虞洽卿及家人

不拒,现在见他说起,便问他成全何事,虞洽卿这才把北京朝廷来人采购军服一事说出来,不希望别的,只需要何师爷打听来人姓甚名谁、寓居何处。何师爷暗自赞叹虞洽卿懂事,一口答应。

第二天,虞洽卿便得知详情,就四处打探北京此公兴趣雅好,回话说此公中年持重,公事在身,没有特殊爱好,便着了急,一时不知如何是好。这时鲁麟洋行总买办叫人来请虞洽卿案房说话。来到总买办案房,被告知朝廷派人来沪采购大批军装事,遇到英国怡和洋行强有力竞争,要他务必尽快拿下北京来客,要是这单生意被人抢去,德国大班恐怕要开人,言下之意说虞洽卿要被开除。

这一夜虞洽卿辗转反侧,无论如何睡不着,雄鸡高唱时分才得一主意,便匆忙起床洗漱吃饭带上银票出门,坐马车径直来到外滩一家车行,见着车行老板说:"我要买你这儿最贵的马车。"老板喜出望外,立即引虞洽卿去展厅看最贵的马车。虞洽卿看了皱起眉头,问:"还有再贵的吗?我要送人。"老板回答:"这是全上海最贵的马车了,若想再贵也行,我给你增加金银装饰。"虞洽卿喜上眉梢,指着马车部位说:"这里这里还有这里,统统装饰金银,别怕贵,报个价给我。"

过了两天,虞洽卿亲自驾着这辆豪华马车出门,迤逦来到外滩高档住宅区,停在树荫下休息。不一会儿,虞洽卿见远处驶来一辆马车,抿嘴一笑,挥鞭一响,赶着马车迎上去,并不断扬鞭加速。那辆马车是官车,后面带着一辆侍卫车,一路响着铃声狂奔,没把过往车辆放在眼里,所以当虞洽卿的马车迎面驶来时,竟躲无可躲,硬生生撞了过去。

虞洽卿的马车坚固牢实,毫无损伤,倒把官车撞坏了,所幸没有伤人。

第三章 │ 艰难经营（1896—1910年）

官车上的官员大吃一惊，立即大声指责虞洽卿。后面的侍卫赶上来查看情况。虞洽卿立即露出笑容，跳下车稽首道："对不起，对不起，让大人受惊了，都是下官鲁莽，实在抱歉，这里赔罪了。"说罢深深一揖。那官员见来人官员模样，不由收敛几分，问虞洽卿是何功名。虞洽卿备有手本，即从袖里取出呈上。那官员看手本是四品候补道台，而自己只是兵部五品给事，紧绷的脸不由得松弛几分，问他如何了结。虞洽卿说："全是下官的责任，自然由下官赔偿。大人你看这样好不好，下官这辆车是新买的，第一次用，就赔给大人吧。"兵部给事走近几步查看虞洽卿的马车，果然金光闪闪，十分豪华，皱眉一想，这人倒是君子，便勉强一笑说："这如何使得？"虞洽卿说："这是下官一片诚意，望大人成全。"说罢，将手里的银鞭连同购买马车凭证一起交给兵部给事的车夫，然后鞠躬退去。

接下来的事就简单了，事后，兵部给事按手本回访虞洽卿，二人便有了联系，于是你请我邀，天天会面，觥筹交错，慢慢就谈到朝廷购置大批军装之事，且一拍即合，做成了这单大生意。鲁麟洋行大班和总买办大喜过望，除按规定给予佣金外，额外奖励5%。虞洽卿到手的佣金可以买10辆豪华马车。

有了更多的钱，吃不了穿不了，虞洽卿办起房地产公司，买进闸北顺征里、升顺里几十幢房产，从事房地产生意，又办起通惠银号，放贷赚息，逐步成为上海著名绅商。8年后，1902年，虞洽卿离开鲁麟洋行，先后出任俄道胜银行买办、荷兰银行上海分行买办，月薪800两银子，加上佣金和年终分红，年入两三万两银子，再加投资收益，大概可以用日进斗金来形容，直至1940年。这是后话。

再说虞洽卿在鲁麟洋行期间招商办企业的事。

有了坚实的经济基础和广泛的社会人脉，

虞洽卿像

百年大商人

包括捐款获得道台虚衔、上海四明公所会董、四明银行总经理、华商公议会董事、万国商团中华队公会会长，加之在震惊上海的大闹四明公所事件和大闹公堂案中大义凛然的卓越表现，虞洽卿俨然已是上海商界的风云人物。正是在这个时候，虞洽卿决定创办航运企业——宁绍轮船公司。

当时宁波、绍兴与上海往来密切，交通主要依赖沪甬水路，行走其间的轮船主要是三大公司的轮船，即英商太古洋行的北京轮、法商东方洋行的立大轮、轮船招商局的江天轮。宁波到上海的水路有五六百里，那时的轮船要走一个夜晚，船资自然不菲，三等舱大洋2元，统舱大洋1元，对于一般乘客而言价格偏高，但因为船少客多，物稀价贵，也只好将就。有鉴于此，虞洽卿认为这便是商机，于是邀人商议，准备成立轮船公司加入沪甬航线。当时的潮流是合股经营，很少独资，不完全是缺钱不缺钱的事，就是有独资的财力也要合股，原因是办企业除了靠钱还要靠社会关系，多一个商股就多一份社会力量。为此，虞洽卿首先找大富翁严信厚，请他做总商董领头招股。

严信厚（1828—1906年），字小舫，浙江慈溪人，小时家庭贫穷，只读过几年私塾，十几岁到宁波鼓楼恒兴钱铺当学徒，1855年到杭州投靠胡雪岩，做信源银楼的"信房"，44岁被李鸿章保为候补道，加封知府衔，后任河南盐务督销、长芦盐务督销、署理天津盐务帮办、上海道的道库、惠通官银号经理、华新纺织新局协理、中国通商银行首届总经理等职。其间，严信厚创办了一大批私人企业，重要的有：天津同德盐号、上海源丰润票号、天津物华楼金店、上海南京路老九章绸缎庄、天津物华楼、老九章分店、宁波通久源机器轧花厂、宁波通久源纱厂、上海同利麻袋厂等，成为上海首屈一指的富豪。

有严信厚做总商董，事情成功了一半，因为凭借严信厚的巨大号召力，登高一呼，八方响应，虞洽卿便犹如站在巨人肩上，计划招收50万元商股的计划如囊中取物，轻而易举就完成了。除此之外，虞洽卿招股别出心裁，还有几个妙招。首先，他考虑到轮船公司的员工和广大乘客，如果有他们参与和支持，不愁轮船公司办不好，而要他们参与和支持，最好的办法莫过于让他们也做股东,把轮船公司的事当作自己的事来做,于是精心设计,将50万元总股分为10万股,每股银圆5元,便于一般人认购。其次,他以上海、宁波为主,在北京、天津、汉口及有宁海同乡会的地方遍设机构,广泛募股,既扩大募股对象,又广泛宣传新公司,一举两得。再次,他在股票上印制有"爱国爱乡,挽回航权"八字,在宣传时也大打爱国爱乡牌,把英国、法国轮船公司设为假想敌,把轮船招商局设为外地商,激发沪、宁、绍广大地区民众踊跃购股,踊跃乘坐他的轮船。

这样一来,第一批50万元股票很快被认购一空。1908年,宁绍商轮股份有限公司在上海成立,董事长严信厚,总经理虞洽卿。公司成立后,虞洽卿负责日常管理,立即购买轮船开展沪甬航运。为了打破英法商船和招商局的垄断,也为了造福桑梓,虞洽卿把统舱船票定为5角。其他三家公司闻讯大惊,劝说无效,只好降价应战。这种生意场上的价格竞争战往往是两败俱伤。虞洽卿依靠广大爱国爱乡民众同外商打竞争战,逼迫外商和招商局握手言和,共同维持沪甬航线。

> 翌年公司开业后,将票价降低为统舱5角,并在舱口立牌表示永不加价。船员大都是宁绍同乡,服务热情,使宁绍轮班班客满,而票价高、服务态度又差的太古等外轮竟放空船。为此,太古凭其雄厚资力,将票价减到2角,并随送毛巾、肥皂等,想以此争取旅客,挤垮宁绍。同乡闻讯,组织航业维持会,将宁绍船票降为3角,差额2角由该会补贴,前后共达10万余元。宁绍同乡宁愿多出1角票价搭乘宁绍轮,终于使太古等公司屈服,票价恢复到5角,从而维护了宁绍旅客的利益。①

虞洽卿的成功不仅仅是他个人的成功,还归功于时代的进步。甲午战争前,民商轮船公司寥若晨星,且在官商压迫下规模小,利润薄,不成气候。

---

① 熊尚厚主编:《民国工商巨擘》,团结出版社2011年版,第153页。

百年大商人

甲午战争后,20世纪初,情况大变,洋务企业缩减,民商发展,单是民营轮船企业便如雨后春笋般应运而生,一下子涌现出四五百家,形成潮流,而虞洽卿便是那弄潮儿。

> 这些轮船公司中,值得注意的是政记和宁绍两家。……虞洽卿创办的宁绍轮船公司,一开始就是为了抵制英商太古公司而设,以两只千吨级轮船航行上海宁波间,得到宁波人民和商人支持,渡过难关,维持下来,1914年再创办三北轮埠公司。[①]

虞洽卿经商本事不止于此,创办宁绍公司第二年,1909年,虞洽卿在招商上又有惊人之举,那就是赠送手绢照片。1909年,直隶总督端方筹办南洋劝业会,集中展出各地和南洋各国产品,促进物资交流,发展农工生产。端方找到一批富商商量,其中有虞洽卿等,计划股款50万元,官商各半,希望他们出资与官方一起办。虞洽卿踊跃认购,被任命为副会长,端方是会长。在筹办过程中,资金入不敷出,端方找虞洽卿商量,请他筹借36万两,朝廷拨款到了归还。虞洽卿一心筹备南洋劝业会,不顾自己资金不宽裕,调用宁绍公司购船备用款36万两给劝业会,解劝业会燃眉之急。

南洋劝业会如期举行,会址在南京鼓楼,从下关专设轻便铁道至鼓楼,方便人货运输,会场上陈列着各地运来的大批产品,吸引来四面八方成千上万的客人。虞洽卿为劝业会特制了2万方杭纺手帕,用最新式的珂罗版技术,在手帕上印了会场全景和摄政王载沣、两江总督端方、两广总督张人骏和他虞洽卿的照片,在会场上广为免费发送,引得四方来客争相索取,并由此带到全国各地和南洋诸国,起到极好的出乎预料的宣传作用。这件事让虞洽卿和宁绍轮船公司威名远扬,说他们有摄政王和两个总督撑腰一定靠谱。

[①] 许涤新、吴承明主编:《中国资本主义发展史》第二卷(上),人民出版社2003年版,第685页。

五、严裕棠发迹记

要说创建近代企业,虞洽卿组建宁绍商轮公司是在 1908 年,比陈启沅 1873 年创办缫丝厂晚了 35 年,比张弼士 1894 年创办张裕公司晚了 12 年,就是与纺织机器大王严裕棠 1902 年创办大隆机器厂比,也晚了 6 年。不过不难看出,民商企业的生存环境是越来越好的,不再有 30 多年前陈启沅被赶出海南县被迫迁往澳门的悲剧,而且规模、资产、产量都有较大发展,比如严裕棠的大隆机器厂,可以仿制农业机械、纺织机、面粉机等近代机器,而在企业体制上,虽然仍与官督商办有牵连,但更加倾向于民商独办,比如严裕棠起步办厂就是与一个铁匠合股,一人出资 2500 两,与官商无涉。

严裕棠(1880—1958 年),号光藻,原籍江苏吴县(现已撤销),父叔辈多为上海买办,自幼学得一口流利英语,擅长交往,喜欢经商,19 岁时由他叔叔严小坪介绍,到英商老公茂洋行当学徒。严裕棠不懂业务,但懂英文,方便与英国大班沟通,在与老板的关系上占了先机,比懂业务的人还吃香。严裕棠精明能干,比如他注意观察,记住了大班爱抽什么牌子的雪茄,轮到他替大班跑腿买烟,不用吩咐就买回大班喜欢的牌子,令大班印象深刻。他做事很细心,经手的事或听大班说的事都用笔记下来,遇到大班不在的时候,就如法炮制,独当一面,即或遇到解决不了的问题,便用英文记下来事后交给大班。有一次在传送业务单据时,严裕棠发现几处差错,是同事匆忙出错,便不惜得罪同事,向大班举报,令大班刮目,不久便被提拔做了大班私人助理。

中国纺织机器工业的先驱严裕棠

百年大商人

严裕棠的叔叔严小坪是这个洋行的买办，得知侄儿的做法不以为然，悄悄教育侄子，不必讨好卖乖。严裕棠的父亲严介廷也说儿子方法欠妥。严裕棠嗤之以鼻，与父亲、叔叔发生矛盾。经过商量，严裕棠父子达成协议，严裕棠辞去老公茂洋行的差事，由父亲介绍进了上海公兴铁厂做跑街。

毅然离开洋行去民营工厂做事，是严裕棠人生的重要转折点，很有点离经叛道的味道，因为从50年前的1853年徐润进洋行开始的买办发财传统，在新一代商人眼里已经没有那么多的含金量了，而个人创业似乎更加时髦。

公兴铁厂刚建成没几年，主要是修理小火轮、纺织机，兼做打铁、翻砂业务，生意不算好，原因是缺少对外承揽生意的人，而这个人不好找，得懂英语，擅长与外国人打交道，因为1842年吴淞之战后，上海成五口通商口岸，洋船纷至沓来，从董家渡到洋泾浜被划为洋船停泊界，整日船来船往，热闹非凡，就带来修船生意。公兴铁厂老板徐福寿看准这个商机，需要一个懂英语善交际的跑街，严裕棠懂英语，又在英商老公茂洋行见过世面，正符合要求。

严裕棠来到公兴铁厂做跑街如鱼得水，不久便接到几笔洋生意，得到老板徐福寿奖赏。徐福寿经过一段时间观察，觉得严裕棠还算可靠，便把对外衔接生意的事全权委托给他。严裕棠春风得意，加倍做事，常常穿梭于外国船员经常勾留之地，凭借一口流利的英语与外国人打得火热，为公兴铁厂揽得不少订单。老板徐福寿很高兴，提拔严裕棠做副经理。有了头衔，严裕棠如虎添翼，活动天地更宽阔，生意机会更多。

这时有个叫朱顺生的人慕名来找他，请他喝酒玩耍交朋友，然后要严裕棠替他揽活，给他高价回扣。朱顺生是经济人，联络有一帮做私活的机修师傅，愁的是业务不多，见严裕棠擅长招揽业务，便来打他的主意。严裕棠那时年轻，又是出身富裕买办家庭，想到公兴铁厂老板徐福寿待他不错，便婉言谢绝了朱顺生。朱顺生不死心，再三劝说，一再加钱，严裕棠碍不过情面答应下来，便一边为公兴铁厂招揽生意，私下里夹带着为朱顺生承揽订单，脚踩两只船，两面挣钱。

公兴铁厂老板徐福寿得知此事不高兴,想一脚踢了严裕棠,又找不到合适的人接班,但置之不理也不是一回事,就去找严裕棠的父亲严介廷,也不明说,只说严裕棠啥都好,只是滑头,请严介廷训导。严介廷是生意人,知道滑头的意思,但并不觉得生意人滑头有多大的问题,不过对年轻人提醒一下总是好一些,便对严裕棠一番教诲。严裕棠一听就明白,背地里给朱顺生招揽生意的事露馅了。他一气之下,一不做二不休,到厂里对老板徐福寿说:"天下生意大家有份,你做得人家也做得!"说罢也不等徐福寿回话便扬长而去,炒了老板鱿鱼。

严裕棠回家对父亲说了真话。原来,他见公兴铁厂生意不过如此,全靠自己对外承揽业务,便起了自己开工厂的心思,也暗地里与人做了多次商量,可想来想去,办厂处处要钱,自己没有资金,便不敢贸然行事,但心思已经不在公兴铁厂,所以遇到这件事就趁机辞去公兴铁厂的差事。

他父亲严介廷听了暗自点头,心里赞叹儿子有志气,就帮儿子分析,创办新工厂不止处处要钱一项,还有许多问题。严裕棠感谢父亲通情达理,把自己的主意和盘托出,恳请父亲帮助。原来,严裕棠早与一个叫褚小毛的人商量好了,两人各出2500两银子合资办厂。褚小毛做过铁匠,有一身修理机器的手艺,可以负责生产,而严裕棠擅长外事,可以负责接单,办工厂没有问题。

严介廷想帮助儿子创业,可手里钱不足以解决需求,便请来严裕棠的岳父钱恂如和自己的弟弟严小坪,向他们说了严裕棠的想法,请大家支持。钱恂如和严小坪都是有识之士,也有一定身家,听了之后,愿意扶助。经过一番商议,钱恂如答应帮助一股,严小坪愿意以老公茂洋行的名义替严裕棠从国外进口机器。严裕棠自然得有所表示,答应替严裕棠租赁房子作为新厂筹备处,地点是杨树浦太和街梅家弄的两间平房。

这是1902年的事,严裕棠时年22岁,意气风发。

在大家的帮助下,经过一番筹备,严裕棠与褚小毛建起大隆机器厂。他们向国外订购了机械设备,在等待机器到达期间也不闲着,开张营业,修理零星简单机械。第二年国外设备到了,车床8部、牛头刨床和龙门刨

上海大隆机器厂

床各1部、20匹马力水汀炉子引擎设备1套。严裕棠非常高兴，立即组织机器安装，招聘人员，准备大展拳脚，可又遇到新问题——厂房狭小不够用。严裕棠再次恳请父亲严介廷帮忙。严介廷其实早有准备，前年已在平凉路买了一些地方，现在见儿子真心实意办工厂，便亮出底牌，愿意租给儿子使用。严裕棠喜出望外。大隆机器厂正式成立后，两个合伙人按照分工，褚小毛负责生产，严裕棠负责接洽业务，互相配合，工厂步入良性循环，一时间生意兴隆，利润丰厚，皆大欢喜。

　　不难看出，严裕棠创业投入大、起点高，一次从国外引进大批先进机械设备，一下子超过上海本地同行，在与同行的竞争力上抢占了先机。在此50年前，陈启沅创办缫丝厂，自己搞设计，自己找本地厂加工，因陋就简，土洋结合，而50年后严裕棠的做法大相径庭，可见民商发展之突飞猛进，大有超越官商之势。高起点，大投入，在100年后的今天习以为常，比比皆是，但追根溯源，可以在严裕棠身上寻得一泓源头。

第三章 | 艰难经营（1896—1910年）

有了机器还不够，严裕棠还在招揽业务上狠下功夫。他亲自去停泊在黄浦江上的外国轮船上找生意，对客户投其所好，倍加讨好，甚至不惜为外国水手联系烟花女子，一定要把业务拿到手，因为外轮业务利润高，远超国内业务。这就是严裕棠的本事。他奉行在家靠父母、出门靠朋友信条，不仅与洋人周旋自如，还广交鸡鸣狗盗之徒，甚至与地痞流氓称兄道弟，广泛进行感情投资，把大把银子花在酒楼饭馆、风月场所。

> 与其他修理厂坐等客户上门不同，严裕棠主动上船去招揽生意。他会英语，又知道以洋烟洋酒投外国人所好，甚至帮外国水手联系烟花女子。这样一来，外国人在支付维修费用时，往往任严裕棠信口开河而不加计较。在那个信息流通不畅的时代，西方人因其国内消费水准远高于中国，往往忽视了中国的人力成本之低廉，故而大隆铁厂的利润率少则50%，多则200%。很快，大隆机器厂在外轮中就树立了品牌，而且还开展为工厂修理机器的业务。①

大隆机器厂在严裕棠和褚小毛的管理下平稳起步，渐入佳境，购置了两条小拖轮，用以运输维修设备，主营业务除修理外国轮机件外，增添其他机件修配，有了一批固定客户，如永茂轧花厂、中美面粉厂、日商云龙轧花厂、美商增裕面粉厂等。到了年底，尽管一年来生意兴隆，但大隆机器厂财务账面上却不见盈利。褚小毛看了账本大为不解，第一个怀疑账房先生。筹备大隆铁工厂时，褚小毛多个心眼，股份对等不计较，谁做主要负责人不计较，唯独账房先生非他推荐不可。现在这个账房先生就是褚小毛推荐的，不可能骗褚小毛啊。

账房先生给褚小毛的解释是，生产多，开销大，确实无利可图。褚小毛是工人出身，与严裕棠开始合作时就担心玩不过他，现在赚了钱却不知

---

① 黄薇：《严氏家族的铁棉联营》，《管理学家》，2010年12期。

百年大商人

钱在何处，对严裕棠更加不相信，也不管账房先生如何解释，当面找到严裕棠，质问他工厂赚的钱都到哪里去了，是不是他贪污了。严裕棠一口否定，还反咬一口，说赚的钱都被褚小毛黑吃了。二人闹得水火不容。褚小毛将严裕棠告上法庭，告他徇私舞弊，要求查账，要他退出公司。法庭指派会计师事务所前来查账，结果是"查无实据"。褚小毛不服，向上一级法院申述。上一级法院派人来查了还是"查无实据"。这个官司从1905年打到1906年，弄得褚小毛筋疲力尽，而且花钱不少，不愿再与严裕棠合伙。

城门失火，殃及池鱼。益泰轧花厂是大隆机器厂的老客户，因为大隆两位当家人扯皮，送来维修的设备迟迟修不好，影响轧花业务。益泰轧花厂老板叫穆湘潢，与大隆机器厂两位老板多有往来，旁观者清，早看出端倪，只是碍于生意不好偏袒一方，现在看双方都有了事之意，便顺水推舟出面做和事佬。褚小毛就坡下驴，同意按大隆机器厂目前总资产三分之一退股，并要求严裕棠购进，3日内现金付款。严裕棠自然一口答应，但碍于资金紧张，捉襟见肘，央求穆湘潢送佛送到西，借钱给他退还褚小毛股款。穆湘潢的益泰轧花厂的机械全在大隆厂维修，可以慢慢抵扣借款，倒不怕赖账，反而可以坐收利息，便一口答应。于是褚小毛收钱走人，但不是走一个，而是带着他的技术班底，算是杀一记回马枪，给严裕棠生产经营管理戳了个窟窿。严裕棠赶紧出来收拾残局，把熟悉工厂管理的妻子叫来厂里帮忙。夫外妻内，齐心合力，生产秩序很快恢复正常。

大隆厂由此成为严裕棠的独资工厂。

褚小毛离开大隆厂，以为自己有技术可以东山再起，就办起一个比大隆更大的铁厂，叫发兴铁厂，想与严裕棠一比高低，但缺了严裕棠这样拉业务的人，生意起不来，费了九牛二虎之力支撑一阵，倒闭了事。

褚小毛带走了他的技术班底，严裕棠不懂技术，大隆厂塌了半边天。慌乱中他想起有个人可以帮助他，就是儿子的马术教练。严裕棠平日广交朋友，见商恒丰洋行机械工程师法兰克令是个技术人才，便以儿子学马术为由，高薪聘请法兰克令做家庭马术教练，现在该派上用场了。法兰克令对严裕棠心存感谢，遇到严裕棠有困难自然鼎力相助。恒丰洋行专门经营

第三章 | 艰难经营（1896—1910年）

面粉机、纺织机订货业务，为了减少从英国运到中国的运费，决定将其中的某些部件包给中国厂家代制，当然还是用恒丰的招牌。这时正好有个代制传动装置的业务，法兰克令就荐给了大隆，自己名正言顺地成为大隆技术顾问。

严裕棠在困难中得到这笔生意，非常感激法兰克令，然而更令他高兴的是，虽然传动装置只是整个机器体中的附属部件，技术不复杂，制造很容易，但恒丰洋行提供整个机器制造的图纸和技术指导，加上法兰克令帮忙，大隆厂可以获得先进的机器制造技术，为下一步自己制造机器打下了基础。大隆厂在法兰克令的全力帮助下，不负众望，几个月后制造出代制传动装置，质量良好，获得恒丰洋行赞赏。

一些厂家闻风主动送上业务订单，其中有日本内外棉厂。有一回内外棉厂发电机上的S形管锈蚀动不了，请著名的英商瑞熔机器造船公司来修，返工数次仍解决不了问题，严重影响了生产。大班川村千山病急乱求医，请严裕棠试试。严裕棠请法兰克令试制S形管。法兰克令不负众望，试制装配成功。川村千山感谢严裕棠，把内外棉厂的修配工程都给他做。上海日本内外棉厂是大厂，影响大，其他日商厂家见状，也把机器维修业务送到大隆厂。由此，大隆厂的生意越做越大。

严裕棠生意红火，需要大量工人，但他一般工人招得少，学徒工招得多，他的工人队伍三成师傅、七成学徒。大隆厂学徒时间3年，计算出师的时间要扣除事假、病假、节日例假天数，往往在3年以上。学徒工一年假期只有春节4天、端午中秋和老板生日各一天，伙食吃老板的，每月初一、十五有肉菜，平常全是粗饭素菜。老板按月给学徒200枚铜板，叫月规钱，逢节再发节规钱，出门做事补贴25枚铜板作为中午饭钱。工人每天从早上6点做到中午12点，再从下午1点做到6点。学徒在此基础上每天加两个半钟头夜工。学徒工拿钱少，学艺心切，不会投机取巧，比师傅还卖力。比如修配粗砂机上的 枚纱管螺丝，配价是5钱银，一磅元铁用料只值银6分，学艺3个月的学徒一天可以做40枚，销货收入20两，除去二三两的成本，纯利进账18两。这是严裕棠发迹的绝招儿之一。

六、刘歆生炒地皮

如果说严裕棠发迹主要靠经营有方,那么在严裕棠办大隆机器厂的同一年,1902年,地皮大王刘歆生却靠经营有方加天时地利而大发横财,并且时间短,获利巨大,远超严裕棠。

1902年,正当22岁的严裕棠积极创办大隆机器厂的时候,远在湖北汉口有个45岁的中年男子也在积极办一件事,就是带着一帮人,兴致勃勃地来到护城河外丹水池码头,分别坐上几只小木船,大叫一声:"开船丈量土地啰——",带着大家缓缓驶离河岸。这个人就是刘歆生,当时的身份是法国东方汇理银行汉口分行买办、汉口埠昌钱庄东家。丈量土地怎么开船去水面呢?素来妙计横生的刘歆生又玩什么新花样?刘歆生的确是去丈量土地,丈量湖水下面的河滩地,只是此刻夏季洪水泛滥,原来宽阔的河滩地变成一片泽国罢了。

> 20世纪初,汉口市区仅限于今天中山大道的硚口至一元路与长江、汉水之间的狭长地带。当时张公堤未修,汉口堡未拆,城墙外为护城河,护城河外为一片湖地,名曰淡湖。城内是坑洼不平的土丘,市区之外更是些低洼之地,一到夏天涨水便成泽国。这些不毛之地很少有人去注意,非常荒凉,人称:六渡桥是陷人坑,水塔外是鬼摸头。[①]

不难看出,这是一片极其辽阔、极其荒凉的水淹地,夏天发洪水被淹,洪水退去,清除淤泥杂物,可以种一季农作物,但因为被水淹过的土地贫瘠,不长庄稼,只适宜种点蔬菜,所以犹如鸡肋,食之无味,弃之可惜,要是有人收购,地主情愿卖出,只是长期无人收购。前不久,河

---

① 胡冰著:《大商传奇》,辽宁教育出版社2011年版,第122页。

滩地主间流传消息，有人前来收购水淹地，不禁心动，再一打听，收地东家刘歆生是洋行买办，还开有自己的钱庄，想必有钱，便一窝蜂跑去卖地。

这时湖水茫茫，野鸭乱飞，照说不是收地的时候，若是等洪水退去，再晒上两个月的太阳，量地不是方便多了吗？刘歆生不这样想。他告诉账房先生："这时收地虽说麻烦一些，可地价便宜，过些日子再来收，水退了种了白菜不给你熬价才怪。"为了量地，刘歆生事前做了很多准备工作，一是挨家挨户动员地主卖地，与他们讨价还价；二是为了收到连片的地，好进行下一步的整治，与插花地的地主磨工夫；三是整片的地谈好了，派人去这片水域四边插旗为界，便于丈量；四是和卖家商量好丈量土地的方法和单价，确定每划一桨300铜钱，力大力小扯平计算。

今天是第一次丈量土地，刘歆生亲自出马，带着自家账房一干人，与地主一道共同丈量。众木船慢慢行驶到丈量区，账房先生开始计算桨数，地主在一旁监督，木船边丈量边慢慢划向界旗，再掉头划向另一端界旗，水淹地面积便大致有数。账房带着银子，丈量完毕，回到岸上，最后核准面积，当即把购地银子发给地主。接下来的日子，刘歆生如法炮制，派人

刘歆生先生（左二）在法租界同家人在一起

百年大商人

不断收购这一带的水淹地,就是到了秋冬季价格提高了也照收无误,一直收到1904年8月湖北官府决定修建防洪大坝、规划中的坝内的土地已所剩无几的时候。

刘歆生到底收购了多少河滩水淹地呢?

> 几年之内,他收购了上自舵落口,下至丹水池,西至江岸,南至租借,方圆60平方公里之内的湖荡地,几乎是汉口市区当时可能发展的全部土地的四分之一。①

这就不是收购,简直就是清朝入关之初跑马圈地,需要非常敏锐的眼光和巨额的资金,还需要孤注一掷的决心。这是商场上的一场豪赌,赌的是运气:城市什么时候扩张,政府是否围堤开发,什么时候开发,开发范围是否在自己这片河滩地,开发购地能给多少钱,等等,仿佛是一个链条,任何一个节点出现问题都将颠覆全部成果而一败涂地,不可收场。

刘歆生的这种做法似乎有悖中国民商传统,像前面介绍的诸位大商,广东买办阿林创造外贸神话,靠的是丰富的经验和独特的天时,缫丝大王陈启沅靠的是自己掌握的技术和信息,徐润靠的是洋行背景,葡萄酒大王张弼士靠的是引进技术、人才,纺机大王严裕棠靠的是经营有方,状元商人张謇靠的是官府支持,并非刘歆生靠赌运气。

刘歆生这样做有其自身原因。一、他出身三代赤贫家庭,从小没读多少书,早早打猪草、放鸭子参加劳动,不满现状,希望改天换地,具有反叛精神。二、他家与意大利传教士李文秀的关系良好,因而得进修道院学习生活,学会英语,并不断得到李文秀的经济帮助。三、他是立新洋行的买办,负责采购农副土特产品,后来又成为法国东方汇理银行买办,并开办自己的钱庄。四、他是近代中国买办阶层的末期买办,与早先的买办伍怡和、阿林、徐润等不同,疯狂地、不择手段地捞取钱财。

---

① 胡冰著:《大商传奇》,辽宁教育出版社2011年版,第123页。

第三章 | 艰难经营（1896—1910年）

刘歆生向家人展示汉口规划图纸

刘歆生圈地是大手笔，做芝麻生意也是这样。

清末民初，时局动荡，种种弊端也越演越烈。1900年前后，汉口立新洋行、东方汇理银行买办刘歆生在内地压价收购芝麻，高价卖给洋行，据说获利达50万两。汉口美最时洋行买办王柏年在北洋军阀混战中，利用交通隔阻，把在农村每担5元收购的芝麻以10元高价卖给洋行，一笔交易即获利10万元。[①]

这段话的要害是"高价卖给洋行"。刘歆生等人是洋行买办，拿了洋行薪金和佣金，应当老实替洋行采购物资，不容许从中作弊贪污，而刘歆生低价买来，高价卖给洋行，实质是贪污洋行公款，这在早期买办中绝无仅有。所以，洋行从19世纪末到20世纪初，意识到买办制度的种种弊端，开始减少和撤销买办。据《中国资本主义发展史》记载，最早撤销买办的

---

① 许涤新、吴承明主编：《中国资本主义发展史》第二卷（上），人民出版社2003年6月版，第777页。

百年大商人

是德国在港的几家洋行,时间是1896年左右,接着是日本三井物产会社在1899年撤销买办,由此揭开买办制度凋落期的序幕。

再说刘歆生抢购水淹地。

刘歆生把商场当赌场,大肆抢购水淹地,赌的是汉口城市面积将急速扩大,水淹地将很快围堤排水填基成为繁华新区。当然,刘歆生是商人不是赌徒,不会坐等开牌,而是积极活动,促进汉口尽早修建围堤,积极改造水淹地。刘歆生此举冥冥中合了天时。1899年,张之洞从两广总督任上调任湖广总督,开府武昌,立即忙于洋务,筹办纺纱厂,谋划修建芦汉铁路,派员赴湘鄂各县及川黔山诸省勘探煤铁矿,将在粤炼铁厂、织布厂迁移到湖北,筹建汉阳铁厂等,轰轰烈烈,气象万千,一改1861年汉口开埠以来无一家新式企业的旧模样,致使土地不敷使用,被迫不断扩大汉口市区。1904年8月,湖广总督张之洞决定围堤防洪,造地扩城,修建34公里长的后湖官堤。刘歆生闻讯赶紧打探详情,得知官府计划修建的堤坝正是自己拥有的大片水淹地地区,不禁喜出望外。

紧接着,湖广总督衙门公布围堤计划,资金上的安排是,总筹集80万两银子,其中官府出资30万两,民间招商50万两。资金募集开始,因为围堤带有公益性质,不少商人不以为然,避而远之。刘歆生想,围堤虽说是社会公益事业,但自己的水淹地可以因此得利,变成永久性陆地,地价必见风大涨,便不顾别人冷漠,主动认股。他去总督衙门找募捐师爷请教、商量,有了主意,再拜见张之洞,表示愿意认捐50万两银子。张之洞闻讯大喜,当即对刘歆生赞赏有加。1905年,汉口后湖官堤建成,刘歆生的15平方公里水淹地成为陆地,顿时成为抢手货,身价倍增。原来卖地的人大呼上当受骗。

刘歆生府上顿时门庭如市,前来洽购土地的人络绎不绝。刘歆生一概不见,叫管家出面应酬说,敬请原谅,概不卖地。这就是刘歆生的第二个绝招。他不卖河滩荒地的原因是卖不出高价,还因为他虽说已赚得盆满钵满,但该赚的必须赚,所以计划充分利用地皮利润的增长空间,先把这些生地整治成熟地,再在地上修建房屋、街道、公用设施,再卖出或租出或

第三章 | 艰难经营（1896—1910年）

自己经营，把土地及最大附加值悉数收入囊中。

1907年撤毁汉口城垣，就原有的城基改修为后城马路，刘歆生所有坐落后城内外两旁湖淌、土淌，也就随着这一城市建设的进化，出现了可资利用的苗头。刘歆生为了使这些地皮通过人力的整理，及时地能够使用，在循礼门车站外（现在的武汉电池厂厂址）开设了一个铁工修理厂，专门安装修配自用的轻便铁轨和运土机车，雇佣来自河南等地的廉价劳动力，担任土方的装卸工作，终年累月，有计划地运土填基，将他所有毗连或接近市区的低洼土地，逐步依势填平，达到一定屋基标准后，即大兴土木，并就地区形势，与街道之方向不同，分别建成铺面与住宅，出租予人使用，收取资金利润。例如现在江汉路由胜利街口起，至铁路上的两旁边铺屋及生成里的全部建筑，是由他投资修造起来的。①

刘歆生把商场做赌场，低价收购15平方公里水淹地，可谓眼光独到，其目光之长远，物尽其用之考量，令人叹服。从这点看来，说刘歆生是近代史上最精明的商人之一毫不过分。刘歆生此举与陈启沅土洋结合，自画图纸，自制机器有异曲同工之妙，可见精打细算、物尽其用是中国近代商人的优良传统之一。

有了这两招儿，出奇制胜和物尽其用，刘歆生一举成为巨富，接下来便是具体经营，把规划中的钱逐步变成囊中之银，这是考验刘歆

刘歆生后人与刘歆生铜像合影

---

① 董明藏：《汉口地皮大王刘歆生》，中国人民政治协商会议武汉市委员会文史资料研究委员会编：《汉口文史资料》1985年第二辑，第132页。

百年大商人

生的又一道难关。由于汉口城市的急剧扩张，围堤造地新增的60平方公里土地成为新市区首选之地，于是包括官府在内，商家纷纷捷足先登，建工厂，盖商楼，修住宅，扩马路，于是在不长的几年中这一带完成华丽转身，成为交通便利、商业繁荣、餐饮娱乐设施齐备的民众宜居之地。

刘歆生自然是新城区建设的主力军。他在这番扩城之商战中再次使出绝招，那就是现今行之有效的政策：要想富，先修路。刘歆生的广大土地原来都是偏僻的河滩地，没有道路，成为卖价的减分项，也成为刘歆生的心病。这时机会来了，英租界工务局的人找上门来，想扩大界区，修一条围绕界区的公路，请求刘歆生把紧挨租界的地皮卖给他们或租给他们。刘歆生暗自高兴——升值的机会来了，可脸上却冷如冰霜，谈谈回答："对不起，不行，我的地已规划修住宅。"后来经过官方出面调解，刘歆生才勉强答应，但提出了两个条件。这就是刘歆生的绝招——先把对方逼到绝地，然后使出撒手锏，提出要求，逼迫你必须答应。从商战上来说这叫四两拨千斤。

刘歆生提的什么条件呢？一是英租界今后的土木工程给刘歆生做，二是新修的路权属中国，取名歆生路。初看这两个条件，第一条是硬要求，厉害，第二条是软要求。殊不知第二条才是刘歆生使15平方公里土地价值倍增的制胜法宝。英租界当局答应刘歆生的两个条件，签订协议，开始施工，于是汽车轰隆隆地不停地运来煤渣、垃圾、弃土，将低洼地填高，推土机、压路机轰叫着推平、夯实地基，经过几个月的忙碌，一条新公路横空出世，成为英租界连接汉口城区的通道。

刘歆生是如何通过这条公路让自己的土地价值倍增的呢？

这条路一修成，刘歆生紧接着就将该路越过后城马路（今中山大道），向西延伸至铁路边，统称歆生路，同时在这条路垂直向南，开辟歆生一路、歆生二路及歆生三路（今江汉一、二、三路）。这样就把这块地区的繁华街市连接成片。与此同时，他又让出一段地皮，向南京路方面修了一条马路，以其长子之名，命名为雄伟路。用这种让地修路的办法，刘歆生让自己手中的地皮都临着街道，既繁华了市场，又提高了地价，真是一举两得。之后，刘歆生暗中联络中外富商，在这一带大兴土木，借以抬高地价。有数据显示，谙生路两边的土地，填土时每方50两银子，填土后的1912年值100两银子，1915年涨到200两银子，1917年涨到1000两银子。①

有了廉价土地，有了完美的规划，有了优越的外部条件，现在该轮到经营出效益了。刘歆生这宗房地产大生意的四部曲走到最后一步，那就是如何通过经营实现利润最大值，也是做生意的最后落脚点——落袋为安。刘歆生经营房地产的招数太多，成功、失败的都有。先说成功的例子。

  当事物的主动权操之在己时，便垄断居奇，寸步不让。反之操之在人时，则曲折以迁就，作些必要的牺牲。前者如义顺成洋货店、怡和布店租住地，所有坐落歆生路的店房，因火灾毁去，请他速建，以利续租复业时，他即凭借地点优越和租户急于复业，迟迟不作重建的准备，迫使租赁户自行营建开业，无形中由租户出资营造，承担了火灾损失。后者如民国初年，孙武督办汉口后湖清丈处时，孙武系湖北将军团的成员，为缓和清丈其后湖大片土地的刁难，央托武昌商会会长吕超伯从中周旋，以燕马湖的一段地皮廉价让与由将军团为核心组成的济生公司整买零分，不稍吝惜。

  汉口商界因张永璋参加西商赛马，上看台受印度巡捕侮辱，激起观众愤怒，出面组织华商马跑场时，他即以坐落硚口铁路外的一段地皮作为投资，迨后因该地点不适中，迁移至下面（现在航空路附近），他又将他所有的这一地段地皮所圈的面积全部投

---

① 胡冰著：《大商传奇》，辽宁教育出版社2011年版，第125页。

百年大商人

资。由于马场兴建,他临近马场的其余土地的价值也就随着新情况的转变而逐渐增长。①

1906年,卢汉铁路开通,陇海铁路开始筹建,刘歆生认为第二个发横财的机会来了,决定像收购水淹地一样如法炮制,大肆抢先收购陇海铁路沿线的廉价土地,于是将其大量资金,并从银行、钱庄借来大量资金,猛地投资进来,再一次把商场作赌场,做了最大的赌徒。谁知这次的情形与上次大相径庭,铁路沿线地域辽阔,远超汉口后湖水淹地15平方公里,吞下刘歆生的巨额投资后,竟然掀不起任何风浪,也就是说没有人跟进投资,所买土地价值涨不起来,投资进去的钱成了死钱。这大大出乎刘歆生意料,他认为自己肯定没错,只是时机未到,便进一步加大投资,希望创造第二个奇迹。如果刘歆生投进去的资金都是自己的钱,也许他能等到商机,但不全是他的钱,而且大部分是借贷,这就不能长久等待了,因为银行、钱庄快要被刘歆生拖垮了。资金链条开始断裂,引发刘歆生整个投资事业的崩溃。

很快,地皮大王刘歆生就变成了负债大王,资金链也越绷越紧。他的处境与今天很多地方"晒地"的情景相仿。本来长袖善舞、游刃有余的他,这一下大胆地背上了500万元的贷款。500万元在当年意味着什么?意味着足以使整个大汉口经济瘫痪,如果久拖不决,汉口的市面就会被拖死。人们这时候才着急了,一哄而起,群起逼债。在追着屁股的债主面前,刘歆生怎样了结这笔债呢?眼看市场群情汹汹,当时的湖广总督奏准:由湖北官商名义,合借洋例银500万两,订立合同,分20年筹还,刘歆生的地皮及建筑物作为全省公产,陆续变卖还欠款。②

---

① 董明藏:《汉口地皮大王刘歆生》,中国人民政治协商会议武汉市委员会文史资料研究委员会编:《汉口文史资料》1985年第二辑,第135页。
② 胡冰著:《大商传奇》,辽宁教育出版社2011年版,第129页。

第三章 | 艰难经营（1896—1910 年）

最后清账的结果是：刘歆生在歆生路的几幢房屋及生成里的房屋，归了湖北官钱局，歆生路北边 6 幢房屋归了中南银行为首的债权团，现在解放大道地皮、燕马湖 40 平方公里地皮、跑马场附近地皮都归了法国东方汇理银行。不过因为地皮房屋实在太多太多，抵了所有债务之后，刘歆生仍有大量房地产。辛亥革命后，刘歆生以自己拥有的济生一路至五路的 4 万亩地皮作价入股组成济生公司。1915 年，刘歆生联合一批商人联合开发大片市区，开发时间持续 10 年。1920 年，刘歆生提供地皮，修建起丹凤街、华商街等 11 条大街，拥有 215 幢房屋。刘歆生与民国总统黎元洪熟悉，他曾对黎元洪开玩笑说："都督创建了民国，我创建了汉口。"

七、周学熙退官债

1902 年注定要成为中国近代民商发展史上重要的一年，因为这一年有四个经商大王级的人物开始创业，那就是前面介绍的纺机大王严裕棠开办大隆机器厂，航运大王虞洽卿创办宁绍轮船公司，地皮大王刘歆生开始收购水淹地，还有就是这儿就要介绍的周学熙，这一年出任直隶工艺局总办、北洋银圆局总办，迈开了他成为水泥大王的第一步。

之所以如此，与此时民族革命新思想萌芽和社会风气逐步开化有关。2 月，梁启超在日本创办《新民丛报》，鼓吹改良主义。3 月，蔡元培、章太炎等组建中国教育会，借办教育之名鼓吹革命。4 月，孙中山、章太炎在东京组织明朝亡国 242 年纪念会，鼓吹种族革命。12 月，留日学生组建青年会，宣传民族主义，具有反清革命色彩。与此同时，新式学堂在各地陆续开办。5 月，山西巡抚岑春煊和英国人李提摩太创办山西大学堂，张之洞创办湖北师范学堂，8 月，南京两江创办优级师范学堂，10 月，江苏创办仪董学堂。

与新思想、新学堂同步发展的是新式企业。如前所述，从 1895 年甲午战争失败到 1902 年前后开始，洋务企业逐步缩减和转型，民商企业逐

百年大商人

1925年4月29日，周学熙（前排左三）率秋浦县群儒捐资祭修文庙典礼合影

步兴起、发展，成为当时中国经济发展的潮流。以天津为例："1900年前，天津只有民族资本家企业5家，资本额约为110万元，至1911年辛亥革命前夕，天津近代工业已经有135家，资本额达2929万元，其中民营企业就有109家。"[①]

这时新式人物袁世凯受到清廷重用，1902年出任直隶总督兼北洋大臣，掌控京畿。袁世凯创办清军新军，反对戊戌变法，深得慈禧太后信任，出任直隶总督后越发效忠朝廷，大力提倡和鼓励创办新式企业，委任周学熙为直隶工艺局总办。

这一年周学熙36岁，9年前中举，5年前凭借父亲周馥的两广总督身份，谋得开平矿务局董事职，任上获捐资道员衔，第二年出任开平矿务局

---

① 郝庆元：《北方的近代实业家周学熙》，熊尚厚主编：《民国工商巨擘》，团结出版社2011年版，第106页。

总办，3年前发生庚子事变，因与开平煤矿督办张翼产生矿权矛盾怒而辞职，一直赋闲在家。周学熙此番出道还是凭借了父亲的关系，父亲和袁世凯是亲家，周学熙的妹妹嫁给了袁世凯的第八子袁克轸，但并不能因此抹杀周学熙的能力。他上任后雷厉风行，大办新式企业，陆续办起众多事业，开华北近代工业的先河，令人刮目相看。

> 周学熙从日本考察回国后，向袁世凯讲述了他的见闻。袁世凯十分欣赏，又委任周学熙为直隶工艺局总办。由于袁世凯的提拔和支持，他先创办了直隶工艺总局、考工厂、高等工业学堂、实习工厂、劝业铁工厂、劝业会场、天津官银号，以开通风气，培养人才，提倡维持全省工艺，诱掖奖劝绅民勃兴工业。其后，又创办启新洋灰公司、滦州矿业公司、唐山地矿公司、京师自来水公司、华新纺织公司（包括天津、青岛、唐山、卫辉四纱厂）、耀华玻璃公司、中国实业银行、普育机器制造公司、棉垦局等20多个近代企事业，构成华北地区民族工业的近代化，有些企业至今在华北乃至全国经济网络中发挥着它们的骨干作用。[①]

其中启新洋灰公司是周学熙的代表杰作。启新洋灰公司不是周学熙原创，是接手唐山细棉土厂后重新组建并改名的。周学熙接手时，唐山细棉土厂已奄奄一息，资不抵债，本金耗尽，然而经周学熙接手重组，不仅死灰复燃，复工投产，更重要的是重招商股，退回官股，把官商合办企业改组为单纯民商企业，为它今后的大发展奠定了坚实基础，开创了中国近代工商史上民商接办官商合办企业的先例。

先说周学熙如何接手唐山细棉土厂。

周学熙有3个儿子，长子周明泰，京剧史家；二子周志俊，继承周学熙的事业办实业，在青岛、上海办有多家工厂；三子周叔迦，上海同济大

---

① 熊尚厚主编：《民国工商巨擘》，团结出版社2011年版，第97页。

学毕业，做买卖赔得一塌糊涂，后来成为佛学家。周学熙的二儿子周志俊回忆：

> 唐山细棉土厂原由粤人唐廷枢奉李鸿章之命于1886年创建，经过三年始告成立。当时原料灰虽由唐山开采，但坦土（坩子土）取之广东香山，趁开平煤矿运煤船只回空之便，运料至塘沽再转运唐山，成本既重，而用土法立窑烧制质量亦差。1893年唐廷枢病故，公司亦亏赔倒闭。嗣于1900年春，周氏在开平矿务局总办任内，委派李士鉴重行试办，用德国化验师昆德，就唐山附近黏土进行化验，觅到可造洋灰的原料，复由开平矿务局垫款开办。
>
> 嗣逢庚子义和团起义，帝国主义进兵侵略，开平矿务局督办张翼趁周南下去沪入川的机会，委税务师德璀琳代理总办，盗卖开平矿权，同时将细棉土厂作借款抵押，但合同规定，三个月前通知，可以赎回。1906年，周氏担负收回开平矿权的交涉，建议袁世凯先将细土棉厂赎回自办。当时德璀琳借口洋灰公司与开平矿务局相连之事甚多，意在拖延，经周氏据理力争……故于1906年7月7日正式收回，成立启新洋灰股份有限公司。

不难看出，接手之前，唐山细棉土厂已亏赔倒闭过一次，后来又以抵押形式落入英商墨林公司手中，对周学熙是一个严峻的考验。这个考验的核心是资金枯竭，没有流动资金用于更新设备、购买材料、支付工资，甚至连办公费也无着落。周学熙接手的第一件大事就是筹资。他筹资的办法主要有三种：一是先向官府借钱；二是实行股份重组，吸收民资；三是有了民资即归还官府借款。这三招环环相扣，意义非凡：既利用官款垫资解决了启动资金，扩充自身信誉，从而赢得民商信任，促使招股成功，又归还了官款，保持了民商独办性质，以免官府染指，充分体现了周学熙作为近代著名商人的精明之处，也是官督商办经商模式不得人心、日趋没落的体现。

启新原始资本的来源。唐山细棉土厂两度失败,唐廷枢时代集官商股10万两已亏赔干净,后来由开平矿务局垫款也化为乌有,在周氏收回厂产,招股100万元,原非易事。兹按其招股章程中"无论官绅商庶入股者皆一律享股东之权利",分析其资金来源,有下列数方面:甲:通过袁世凯的关系,借用淮军银钱所及天津官银号的官款进行建设。在开办之初,曾经签约借用新厂做本银40万两。1906年11月,股本100万元陆续招齐之后,始将垫款还清。①

不难看出,周学熙正是通过这三招儿达到一石三鸟的目的,既解决了新厂的启动资金,又成功重组了股份,招来100万元股金,还保持了民商独办体制,不能不说眼光独到,手法精妙,是近代中国解决企业资金来源的经典实例。

经过多番交涉,到1906年夏天,唐山水泥厂终于回到了中国人手中,周学熙将厂名改为启新洋灰公司。1907年,因为袁世凯有可能调任外务大臣,周学熙害怕失去保护伞,便赶在袁世凯离开直隶之前,用商股还清了所有官债,使启新成为一家纯粹民营的企业。②

袁世凯调离直隶总督的确是1907年,但不是贬而是升,做了朝廷军机大臣兼外务部尚书,所谓入阁拜相,权倾朝野,而周学熙及启新洋灰厂近在京畿,似乎不存在"害怕失去保护伞"之虞,那么周学熙及时归还官款必定还有缘由,是不是上述一石三鸟之计?至于第二年光绪帝和慈禧太后相继病死,溥仪继位,其父载沣为摄政王,立即解除袁世凯的官职,袁世凯被迫称疾返回河南隐居,是不是与周学熙及时还清官款有关?还有

---

① 周志俊:《北方实业家周学熙》,中国人民政治协商会议全国委员会文史资料研究委员会编:《工商史料2》,文史资料出版社1981年版,第21页。
② 言夏著:《国商》,当代中国出版社2008年版,第87页。

一说,是"为避免因官场变化而发生产权风险"①,都大可切磋。

招股成功之后,周学熙着手抓第二件大事——解决从广东取黏土来唐山生产水泥的问题。过去这么做也是无奈,因为没有在北方发现黏土,迫不得已,只好舍近求远,既劳财又伤神,还常常影响生产,成了唐山细棉土厂的一块心病。周学熙主政后,找洋技师在华北勘探,找到黏土,一举解决了这个老大难问题。

唐山细棉土厂在周学熙主持下很快恢复生产,成为中国唯一的水泥厂,所产马牌水泥质量过硬,价廉物美,畅销全国各地,垄断中国水泥市场达14年之久,给周学熙带来极为丰厚的利润,并带动华北工业、经济发展。正因为如此,唐山细棉土厂发行的股票,在民国初年成为华北最活跃的股票之一,受到众多商家热捧。

> 启新创办之始,在北洋尚无民营的大工业,也没有股份有限公司的组织,因此,可以说是开风气之先。启新的成功对于华北工业的发展起了一定的推动作用。在民国成立以后,证券市场逐步形成,天津股票市场向以启新公司、滦州煤矿股票为最活跃的证券,各银行作证券抵押贷款,甚至购作存款准备金,亦以灰矿股为最受欢迎。至于天津的银钱业,在灰矿全盛时期,已争取与各该公司往来。②

八、陕西首富周莹

周学熙是举人,父亲是两广总督,妹妹是袁世凯的八儿媳,要风得风,要雨得雨,所以能成就一番大事业不算很稀奇。而同一时期在陕西,有一个

---

① 胡冰著:《大商传奇》,辽宁教育出版社2011年版,第36页。
② 周志俊:《北方实业家周学熙》,中国人民政治协商会议全国委员会文史资料研究委员会编:《工商史料2》,文史资料出版社1981年版,第26页。

没什么文化的年轻寡妇,凭借自己天才般的经商本事,把一个面临衰败的家庭挽救过来并发扬光大,一举成为陕西首富,就难能可贵了。她就是陕西省三原县鲁桥镇孟店村人周莹。2017年电视连续剧《那年花开月正圆》讲述的就是周莹的故事。这部由丁黑导演,孙俪、陈晓、何润东主演的电视剧一经播出,立刻大放异彩,红遍大江南北,不能不说是沾了一些周莹的光。

周莹是怎样从一个18岁的寡妇变身成为拥有巨额财富的陕西首富的?又是怎样成为慈禧太后的义女的呢?我们来看看电视连续剧《那年花开月正圆》背后不为人知的神秘故事。

1. 周家义女

清朝嘉庆年间,刑部有个员外郎叫周占奎,字梅村,陕西三原人。周占奎的周家在明代以贩卖布匹和瓷器发家,是三原首富。周占奎没做几年京官,便被外放江西候补道。来到江西,因为素来仰慕景德镇瓷器,便花银子在景德镇买地设置窑场,专门烧制印有"梅村自置"的瓷器。回到陕西三原县鲁桥镇孟店村老家后,周占奎乐善好施。他家广有田土,麦收时节请来大批雇工割麦,人来了先发工钱后干活,很受欢迎。村里有一些穷秀才,拖家带口,靠官府助学粮为生,生活十分艰难。周占奎就给他们解决住房、补助粮食,但有个条件,一年得完成一定的事情。一年下来,他们从周占奎处获取的补助超过官府补助,都十分感谢周占奎。

从1796年至1820年的数十年间,周家在老家孟店村建成17处大院,在孟店村形成一个庞大的建筑群,号称孟店周。1857年周家兄弟分家。1862年到1877年,陕甘发生回民大规模起义,陕西财产损失巨大,仅三原县便由16万人锐减为4万人。其间,1872年,周家遭遇战火,17个院子被烧毁16个,仅存一个。周家从此衰败,三原县志再无周家记载。这个仅存的大院保存至今,五进大院,占地3206平方米,建面近1000平方米,是陕西少有的保存下来的古民宅,现辟为周家大院民俗博物馆,透过斑驳的雕梁画栋、亭阁楼台和精致典雅的门窗浮雕,仍可见当年之繁华。周家大院是著名的古装影视剧拍摄外景地。张艺谋的电影《活着》,电视剧《桃花满天飞》《雪娘》曾在此拍摄。

百年大商人

周占奎有个儿子叫周海潮。因为周家衰败,周占奎去世后,周海潮的日子就没有先前那样奢侈了。周海潮只有一个儿子,便于1870年收养一个两岁女孩子做义女,给她取名周莹,字竹君。于是周莹来到周家。周莹便是本文主人公陕西首富周寡妇。周莹从小天资聪颖,对数字过目不忘,具有非凡的记忆力。周海潮因病早逝,小周莹便由哥嫂抚养长大。

2. 娶亲冲喜

黄莺又啼数声,转眼来到1885年。这一年周莹17岁,已出落成了漂亮的大姑娘。她哥嫂便四处为她寻找婆家。有媒人前来牵线,介绍的是泾阳县安吴镇安吴堡吴家公子吴聘。他哥嫂听说是安吴堡吴家十分喜欢,因为吴家是远近闻名的大财主,与周家有多年友好交往。

泾阳县离三原县30来里路,地处八百里秦川腹地。泾阳县吴家祖籍江苏,唐朝时到陕西泾阳为官,定居安吴堡,清初时家族兴盛发达,成为泾阳首富。经过几十年修建,吴家现在有东西南北中五个大院,分别住着吴家老爷和几兄弟。东院家业最发达,主人是吴蔚文。

吴蔚文生于1830年,通奉大夫,官至从二品,曾任湖北候补道台、山西宁武知府。他利用官场关系,花银子取得办理淮盐盐务的差事,即在户部注册,承办江苏、江西、安徽等省盐业的专卖权,掌握巨额贩盐执照,在扬州设立盐务总号裕隆全,各地设立分号,一年收入数百万两银子,成为远近闻名的大盐商。吴蔚文因此攀上左宗棠的关系,成为左宗棠西征军粮草供应商。当时,市面上有"饷靠胡雪岩,粮靠吴蔚文"之说。

吴蔚文有个独子叫吴聘。吴蔚文凭借在官商两场的关系,又花去大笔银子,替儿子吴聘捐官至正二品资政大夫。资政大夫是无实职的闲散文官。吴蔚文还替儿子吴聘定下一门亲事,女方就是三原县周家的周莹,准备待孩子长大一些完婚。这就出现前面所说媒婆上周家提亲的事。他们两家本是世交,现在亲上加亲,往来更密切,一年三节互有走动。

1885年,吴聘突然患病倒床,请了很多名医前来拿脉也不见好转。吴蔚文就这么一个独子,自然万分忧伤。有人给他出主意,不妨用冲喜来试试。冲喜是民间流行的做法,旧时迷信风俗,遇上家中有人病重,就用办理喜事,如迎娶未婚妻过门等举动来驱除邪气,一词祈望病人能转危为安。这是没有办法的办法。吴蔚文决定试一试,但又害怕周家不答应,便请了媒婆前去游说。

媒婆来到周家,见了周莹的哥哥和嫂嫂,说了吴蔚文希望冲喜的意思,提出两家近日完婚的请求。周家哥哥一听就不高兴。他早已听说吴聘病重倒床,救治无效的事,正忧虑妹妹的婚事,自然首先反对,说婚姻大事不可听信迷信,还是待吴聘病好后迎娶为好。媒婆见嫂嫂不以为然的神色,即转而做嫂嫂的工作,说了一大堆好话,不外乎吴家公子只是一时有病,年轻人抵抗能力强,人逢喜事精神爽,说不定很快就好了;或者吴家的生意如何如何,吴聘是单传,周女子过去就管家等。嫂嫂便拉了哥哥进里屋商量。嫂嫂的意见是答应下来,即日完婚。哥哥拗不过嫂嫂只好答应。于是哥哥去找妹妹周莹说事。周莹很少出门,不知30里外吴家公子的近况,听了哥哥的话不便多说,便回答一切听凭哥哥做主。

于是,吴家与周家商量,因为是冲喜,也就顾不得什么良辰吉日,择日不如撞日,就定在三天之后。到了这天,周莹便打扮得喜气洋洋的,坐着大花桥,在吹吹打打的欢快乐曲声中进了吴家。到了举行婚礼的时候,周莹才发现异常,迟迟不见新郎出来,心想,难道传说吴聘重病不起的话是真的?难道哥嫂对自己有所隐瞒?过了好久,周莹才听见主婚人宣布婚礼开始,急忙偷看对面,哪有新郎?心里越发着急,而这时只听主婚人说:"新郎身体不适,暂不参加祭拜天地父母。"接着又听到一阵鸡公咕咕叫,竟然是有人抱着一只披红挂彩的大公鸡跟自己成亲,顿时气得泪流满面,要不是她嫂嫂一直紧紧抓住她的胳臂让她动弹不得,不知道要闹出什么动静。

婚礼之后,吴聘的父母给周莹一再说好话,请她谅解,这也是他们无可奈何之举,还信誓旦旦,今后吴聘一切都听她的,熟悉一段时间后就由她来当家,还说婚后送吴聘去大地方治病,郎中的意思是大可恢复。周莹无话可说,只管掩嘴抽泣。

婚后,吴聘的身体竟一天天好起来,能下床走动了,也能出门了,脸上也逐渐有了血色。更可喜的是，守着这么个美丽的大姑娘一直无动于衷的吴聘，三个月后竟与周莹成功同房，让周莹怀孕。十个月之后，周莹产下一女。小夫妻和吴蔚文老夫妻喜出望外。不过究竟还是有问题——尽管小心翼翼地照顾，这个小女儿一岁不到就不幸夭折。周莹痛苦不已。眼看再无怀孕机会，吴聘和周莹商量，无后为大，决定将吴聘两岁的侄儿吴怀先收为儿子。后来，吴怀先10岁时，周莹又收养女儿吴秀翘，算是有了两个后人。这是后话。

与此同时，吴蔚文见周莹精明能干，能读会算，便将一些生意交给她打点。周莹兢兢业业，克己奉公，把周家生意照顾得很好。

3. 接管吴家

一天，吴蔚文出门收账，带了账本和账房先生一道，坐着自家马车离家出走。来到黄河渡口，打发马车回家，吴蔚文和账房先生登上渡河木船。船到河中突遇大风浪，打得木船溜溜转，最后木船竟翻了，一船人被倒扣在河里，无一生还。

噩耗传到吴家，合家惊慌失措，号啕大哭。吴聘原本有些好了的身体禁不住这般恐吓，顿时旧病发作吐血而死。吴家夫人刚失去丈夫，再闻儿子又死，顿时魂飞魄散昏过去。周莹闻讯大惊，哭得死去活来，不能理事。周家上下乱成一团。

吴夫人素来不打理家产，便委托儿媳周莹出面料理。周莹便强打精神出来主持家务。周莹要看账本，可是账本丢在黄河了，周莹只好找来周家四大管事说事。周家的生意很大，各地设有多家分号，由几十个总管、管事具体经营。其中最重要的是设在扬州的盐务总号裕隆全的总管罗天增和管事杨茂亭、王子绪、王幼农四人。周莹在吴夫人协助下，对四人既倚重又监督，既放权又严控，总之是恩威并重，将他们收服。这样一来，周家其他几十个管事见大管事罗天增尚且如此，便不敢与周莹为难，处处服从她的领导。这些管事都是三四十岁、走南闯北的男子。周莹这当时只有18岁。

在此基础上，周莹开始大刀阔斧地整顿周家各项生意。她的主要做法有这么五条：

第三章 | 艰难经营（1896—1910年）

一、整合资源。她大胆转变以往以农为本的农耕意识，把自家数千亩土地交给农民无偿耕种，与他们建立棉花种植收购合同，然后腾出资金和精力投入商业经营。

二、改革分配。周莹让手下掌柜伙计参股，扩充资金，实行阳俸阴俸的办法，提高伙计薪酬两成，增加年终奖，人人参加分红，用股权激励制度调动属下的积极性。

三、知人善用。她充分信任下属，重用、提拔能人贤士做负责人。周莹手下仅财会人员就有260余名。吴家大管家骆荣、财务总管房中书跟周莹共事终生，忠心耿耿，清廉不贪。她为了解下情，密切主仆关系，每月初一、十五与下人一起聚餐。

她严惩有贪污行为的属下。她接手吴氏生意后，去各地检查下属商号。吴家在成都设有山货药材店"川花总号"，收入颇丰，占吴家总收入的一半。吴家总管叫厉宏图，厉宏图见老东家去世，新东家是不懂生意的年轻寡妇，便心怀不轨，企图贪占川花总号。周莹来到成都视察，发现问题不急不躁，展开暗中调查，掌握了大量证据，然后召集全体同人开会，出示证据，当场揭露厉宏图"吴蔚文赠予他川花总号"的谣言，然后联络当地官员，将厉宏图绳之以法，成功收回川花总号的所有权。

四、诚信经营。某次，吴家高陵南糖商号食盐专卖店误将海盐当晋大青盐卖，被一老者发现，向商号经理提出批评。周莹知道后，即命盐店贴出承认错误告示，以三倍价格赔偿老者。这一来周家这家盐店的信誉度大增，第二天的销售额提高了四倍。南糖商号盐店特此制作了一块"诚实无诈自律自戒"的木匾作为招牌。一年秋天，棉花丰收，关中棉花行趁机杀价，引起棉农不满。周莹坚持按往年市场价收购棉花。第二年，棉花歉收。周家因上年棉花库存充足，独占商机，大赚其钱。7年时间里，周莹从年收3000担棉花，发展为年收11万担棉花的关中地区棉花买卖大户，垄断陕棉多年。

五、创新品牌。周莹高薪聘请茶叶专家，制作出泾砖茶，迎合边民喜欢块茶的习俗，名传西北，大受欢迎，成为吴家一宝。周莹不惜工本，精益求精，创造了誉满中国的三原大布品牌。周家经营的三原县山西街是中国著名的大布一条街。周莹开发关中棉花土布、泾阳砖茯茶、三原蓼花糖，成为促进当地经济繁荣的三件利器。

经过几年的艰辛努力，吴家生意大有发展。盐务总号裕隆全的商铺遍及全国，除扬州总号，另在全国设立7个总号。周家生意以盐为主，逐步扩充到蚕丝、棉花、棉布、药材、茶叶等方面，在甘肃设立药材商号，在湖北设立布匹商号，在全国各大商埠、码头建起108家分店。周家的泾阳裕兴重商号掌握了泾阳茶票的60%。与此同时，周家财富剧增，广建楼房。泾阳城内山门角以西两边的二十几个院子、半条街都是周家的。周莹专门派人去京城查看紫禁城的格局，然后在老家仿建起三进四合院，称为吴氏庄园。庄园设置精致，富丽堂皇，有仆役2000余人。内城分偏正两院。正院大厅有房百余间。吴氏庄园全年维持费要10万两银子。她还在邻近的寇家村修建避暑夏宫。周莹在关中各地开设当铺、药铺，在淳化、口镇等地开设油坊、烧酒坊、粮店、米号。民间顺口溜说："吴家的伙计走州过县，不吃别家的饭，不住别家的店。"周莹成为陕商代表，清末中国女首富。

4. 乐善好施

周莹有了钱，乐善好施，远近闻名。1885年，周莹捐银4万两，经5年修建，于1890年独立完成重修泾阳县文庙的工程。知县涂官俊为之立碑亭为文记事，并上报朝廷。朝廷封周莹为二品夫人。由于战乱和天灾，关中地区出现大量逃难饥民。周莹闻讯，拨出巨款，在高陵、三原、泾阳、淳化、斗鸡台、口镇开设粥厂，赈济灾民。饥民称赞她是活菩萨。

1900年，慈禧太后挟光绪皇帝避难西安，这时适逢西安灾荒，而慈禧太后及随从的开销很大，所以陕西巡抚端方向陕西富商大贾劝捐募银。周莹向慈禧太后捐赠10万两白银。慈禧太后感念她的好处，回赠亲手题写的"护国夫人"牌匾，并召见她。周莹便带上很多珍贵礼物：哆珠手串一件、象牙凉席两件、金佛像一尊、景泰蓝香炉一个、楠木卧床一张、楠木小圆瓶八个、金猴一个、景泰蓝食盒一对，觐见慈禧太后。慈禧大受感动，认周莹为义女，册封她为一品诰命夫人，赋予她"今后出入宫廷无须通报，若临面驾可免行大礼"特权。

慈禧太后在陕西过60大寿。周莹送给她一幅由12个屏面连接成的、金镶玉雕、价值连城的屏风做贺礼。后来慈禧离开西安回京，由于屏风太大了不好携带，留存总督府，即今陕西省图书馆亮宝楼，成为陕西省图书馆的镇馆之宝。

周莹取消所住地所有村民的佃户房舍租金，并无偿将佃户所住房屋划归各户所有，对损坏的房屋进行修葺。她捐助银子，在泾阳城打了几十眼深井，解决了两万多口人、千头牲畜的用水困难。她把原郑白渠引进高陵县和泾阳接壤的地方，在泽泊处挖出排水渠，引地下盐碱积水入渭河，降低了地下水位，减少了盐碱侵蚀，当地人称她为水娘娘。

5. 后事如何

1910年周莹因病去世，享年42岁。按照她生前遗嘱，他的养子、继承人吴怀先将巨额遗产分给吴府所有人，把土地分给村民。送葬之日，四邻乡亲八万之众前来沿路哀吊。周莹因为没有为吴家生育儿女，按家族规矩不能入葬吴氏陵园。吴怀先为她在陵园200米处择地安埋。周莹的《墓志铭》碑文由末代皇帝溥仪的老师朱益藩撰写：

> 经费置备膏火，以及建祠、筑路、修桥、造舟、救贫、振饥，靡不慨任。凡属本邑，本族之义举，又无不养欲给求，俾挟奢望而来者欢忻以去，若夫人者，所谓积而能散者矣。
>
> 吴氏商业，巴蜀既雄，维扬尤盛，每届会计，若御偏师夥颐如林。其渠又先代所倚，任钧稽簿册，礼重耆旧。引取贤能，以夫人十余龄弱女子，临之初，无惊□，不轻发言，言必有中，肆友咸称其能而□其智，自是廿余年中家无废事，万丝之机理于发端，此之谓矣。
>
> 初介侯公既之窒，念昔穉弱，躬自劬养，劳瘁未赏述，既就传，屡延名儒，礼数丰典，壮而授室叙官，夫人犹煦妪之，如慰童诶。

百年大商人

  夫人性慈良,貌和婉,善施与,待人曲有恩谊,故戚姻、族党、子妇、婢仆,皆交颂之。丧之日,哀动闾里……

  周莹去世后,吴怀先继承其遗志,继续吴家生意。风老莺雏,雨肥梅子,转眼来到民国初年。吴怀先在吴家花园里修建起东望月楼,中西合璧,绿树成荫,环境清幽,供赏月纳凉之用。1937年10月,吴怀先将吴家大院借给中共中央青年部。青年部在这里办起青年干部学校。到1939年,有12000余名学员从这里毕业奔赴抗日战场。2009年9月8日,泾阳县安吴堡青训班纪念馆揭牌,吴家大院因此再次声名远播。2016年,电视剧导演丁黑带领一帮演职人员来到昔日的吴家大院,开始拍摄电视连续剧《那年花开月正圆》,讲述半个多世纪以前的周莹的故事。2017年,随着这部电视连续剧在全国的播出,过去的陕西首富周莹"重返人间"。

  综上所述,从甲午战争到民国初年这段时期,广大民商前赴后继,继往开来,乘着洋务运动掀起的大办实业的浪潮,办工厂、开公司,发展民族经济,抵御外商入侵,强国富民,为中国近代社会各项事业的发展做出重大贡献。

  洋务运动以变革开始。这个开始的变革是适应了1860年前后的变革思潮,因而它是符合时代潮流的;到70年代,由对内变为对外,由办军用工业,变为主要办民用工业企业,也是符合时代潮流的。[①]

[①] 夏东元著:《晚清洋务运动研究》,四川人民出版社1985年版,第26页。

第四章

迎来春天（1911—1918 年）

百年大商人

1911年10月，经过以孙中山为代表的革命志士多年发动、组织，辛亥革命爆发，一举推翻清朝统治，结束千年帝制，建立中华民国，中国的面貌为之一新。在这场历史大变革中，广大进步实业家支持革命，参加革命，是革命的重要力量。

辛亥革命后，陈光甫出任江苏省财政司副司长兼江苏银行总经理，为革命提供经费，拒绝张勋查账的命令，受到孙中山赞赏。后来陈光甫创办上海银行，孙中山叫孔祥熙送来1万元股金支持。1911年11月上海革命党人准备起义，首领陈其美不幸被捕，被关押在江南制造局。实业家朱葆三得知情况，立即联络商团武装攻打江南制造局，打败清军，救出陈其美。沪军都督政府成立，陈其美任都督，朱葆三任财政部长，商界领袖虞洽卿、沈缦云、李平书、王一亭等出任首席顾问。朱葆三任财政部长期间，革命政府的军用票发生挤兑，朱葆三担保借款10万余两银子，维持军用票信用，平息挤兑，巩固了新生革命政权。

辛亥革命前，百货大王马应彪多次援助同盟会经费，有一次给了4万元。辛亥革命后，马应彪出任筹饷委员，为孙中山在香港筹款。1912年初，马应彪在上海筹建先施上海分公司，得知广东革命党人来南京开会衣衫单薄，冻得不行，赶紧在上海买了120件大衣，派人送去南京送给他们。国民政府成立后，马应彪出任广东都督府庶务长兼财政厅总参议。

1910年，葡萄酒大王张弼士在新加坡得知同盟会急需革命经费，即筹集30万元，请革命党人胡汉民转交孙中山。1912年8月，张弼士邀请孙中山访问张裕酿酒公司。孙中山欣然前往，发表热情讲话，称赞张弼士为中国制造业做出的贡献，并题词"品重醴泉"，赞美张裕葡萄酒品质好，甘甜如泉水。1912年1月，南京民国政府成立，状元商人张謇出任实业总长。其间，张謇为缓解政府财政紧张，先以个人名誉作保为政府贷款30万元，再以所办大生纱厂作押，为政府向三井洋行借款50万元。

如此种种，不一而足，充分显示了广大实业家与时俱进，拥护革命，欢迎新社会、新经济，希望在满清官僚经济垮台后，新社会能给实业家提供进一步发展壮大的大环境的愿望。国民政府成立后，大力提倡兴办实业，积极鼓励民商发展经济。这时，1914年到1918年，爆发第一次世界大战，西方列强忙于战争，无暇东顾，对华贸易锐减，"1913年到1915年，进口货物减少近30%，1918年更比1913年减少34%[①]"，相反，出口额大增，客观上为中国民商发展创造了优越的外部条件。在这种有利于经济发展的良好氛围下，民商实业有极大发展。

以面粉业华商面粉厂家数为例，1900年1家，1913年57家。以上海机器厂为例，1866年到1894年创办12家，1895年到1913年创办86家，至1913年，除去歇业7家，实存91家。以火柴业为例，"1905年起，随着抵货运动和挽回利权运动的开展，华商火柴工业也出现一次设厂高潮。从1905年到1913年，全国共开设火柴厂52家，除中间停业者不计外，1913年全国实存火柴厂64家，资本共360万元，与1904年比较，9年间新投资本增加1.93倍，年平均增长率提高到12.7%。"[②]

中国民商迎来春天。

一、民商承租四局

甲午战争之后，洋务企业除少数优良者继续外，多数逐步缩减或者歇业，这与中国战败屈辱求和，被迫接受《马关条约》，中国社会逐步沦为半殖民地社会的大背景息息相关。湖北官办四局生不逢时，偏偏就在甲午战争前一年建成投产，覆巢之下安有完卵？自然大受影响。何况湖北四局"不识时务"，筹建时便不肯与时俱进，还是顽固地实行官办政策，全然不顾这时不但官办行不通，连官督商办也日趋没落的实际，无疑先天不足，存在体制隐患。

官督商办曾发挥积极作用。李鸿章办轮船招商局先是官办，没有资金，招不到商股，办不下去，只好撤换总办，改为官督商办，由大买办唐廷枢、

[①] 夏东元著：《晚清洋务运动研究》，四川人民出版社1985年版，第26页。
[②] 许涤新、吴承明主编：《中国资本主义发展史》第二卷（下），人民出版社2003年版，第730页。

百年大商人

徐润出马完成集资。张之洞创办汉阳铁厂先也是官办,办不下去,才请盛宣怀主持,改为官督商办。不过随着洋务企业式微而民商发展,官督商办便日渐过时,民商独办渐成时兴,比如前面所说,周学熙接办唐山细棉土公司,一旦招到商股便立即归还官债,生怕官府染指。又比如轮船招商局、开平矿务局、电报局,因为是官督商办,官强商弱,后来成了商股官办,成了朝廷的银库。

导致官督商办企业衰败的另一个重要原因是清政府从上到下都将其视为己产,予取予夺,经常无偿征索。如轮船招商局不得不经常低价甚至免费为清政府运兵运械,电报局对官府电报必须免费……更重要的是,这些企业必须向清政府提供"报效",其实就是官府公开的财政勒索。如1894年为庆祝慈禧六十大寿,清政府命令招商局"报效"55000余两,开平矿务局"报效"30000两。尤其有意思的是,正是那些反对办任何新式企业的顽固派对这些企业的勒索最厉害。据统计,从1884年到1911年的二十七年间,轮船招商局和电报局这两个企业给政府的报效共350万两,相当于两局股本总额的60%。①

湖广总督张之洞

再说湖北四局。所谓湖北四局,指的是织布局、纺纱局、缫丝局、制麻局。其中织布局创办在前,投资最大。张之洞创办织布局,给织布局定立的体制是:1. 开设织布官局,2. 官办商倡,3. 有一定规模后再召集商股。不难看出,官办宗旨一目了然。这是1889年8月张之洞给朝廷奏折所说。官办体制为后来织布局严重亏损,资不抵债,被迫出租埋下了祸根。

---

① 雷颐:《从官办、官督商办到民营》,《学习时报》2016年11月28日。

因为定位官办，创设织布局的资金便是第一大问题，逼迫张之洞为筹资绞尽脑汁，最后不得不伸手乱要钱，从而又埋下隐患。织布局原来筹设于广州，张之洞时任两广总督，所抓第一笔钱是在广州派捐96万两。张之洞不久即调湖广总督，这笔钱只收到40万两，所余56万两便被新任两广总督李翰章扣住不放，经再三磋商，最后只得到16万两。就是这16万两也一拖再拖，致使张之洞不得不向汇丰银行借款16万两周转。第二笔钱是从湖北善后局库款中调拨20万两、借用10万两。除此之外，张之洞还向枪炮局要钱、向官钱局借款。

> 足见湖北织布局之经费多方罗掘，十分复杂，总成本据称150万两，又据《端方署邸残档》材料，湖北织布局经费，连同枪炮局拨款、官钱局借款等，共127.9万两。①

资金复杂，产权混乱，致使织布局先天不足。有了这么大一笔官款，用起来必然大手大脚。张之洞在广州时，就为织布局订购英国1000台织布机，耗款84388英镑，到武昌后，又购置轧花设备2432英镑、购买建筑材料等15015英镑，连同广州采购织布机，总计用去101835英镑，"成本殊高"。

织布局设在武昌义昌门外，1893年建成投产，有1000台织布机、3万纱锭、2500名工人，生产车间是钢柱梁架，规模宏大，新式气派，令国人耳目一新。织布局的总办会办都是官员，身着官服，带着跟班，像管理庶民一样管理工人，稍有不当即呵斥打骂甚至关押。曾在武昌裕华纱厂工作过的芮廷玉指出：

> 这些局的领导人都是由总督委派的道台担任的。这些官老爷进厂巡察都穿官服，前面排着带红黑帽、扛着大板的差役，工人

---

① 许涤新、吴承明主编：《中国资本主义发展史》第二卷（上），人民出版社2003年版，第427页。

百年大商人

如果违反规定，立刻命差役拉下去笞臀，这根本谈不上什么管理，只能说是一种封建官僚统治。①

由此可见织布局管理之不适于工厂，换句话说不是按工厂需要进行管理，自然不利于生产。开工初年，这种情况还不算严重，重压之下还能有些作用，但3年后便暴露出官办的种种弊端，严重影响了生产。这从织布局历年本色市布产量可见端倪：1894年70288担，1895年94690担，1896年72980担，1897年40870担，1898年26501担，1899年14886担，1900年4731担，1901年5970担。不难看出，前3年都在7万担以上，第4年便锐减为4万担，接下来的年份年年锐减，第7年竟只有4731担，不到最高年份的5%。

原因何在？自然是前面所说诸多隐患作祟。这样一来织布局就办不下去了，虽然第二年也曾兑现创办宗旨"俟办有规模再陆续召集商股"，拨款50万两招商，但官办的种种弊端已经吓退了商人，致使招商失败，后来勉强拖了9年，实在亏不起了，又不愿歇业，只好将织布局出租给商人，收点租金来维持官府脸面。

> 该厂主要负责人先后有赵毓楠、蔡锡勇、瞿廷韶等，都是追随张之洞的幕僚，与上海织布局之重用买办、商人不同，管理混乱，财务上更凭张之洞东挪西借，无一定章程。起初生产还不坏，棉布销路尚广，棉纱销路更畅，三年以后即产销渐衰。其间于1894年曾拟将成本拨出50万两招商入股，未果。以后无法维持，终于1902年出租给商人。②

---

① 芮廷玉：《石凤翔与西北纺织业》，中国人民政治协商会议全国委员会文史资料研究委员会编：《工商史料2》，文史资料出版社1981年版，第72页。

② 许涤新、吴承明主编：《中国资本主义发展史》第二卷（上），人民出版社2003年版，第427页。

第四章 | 迎来春天（1911—1918年）

至于其他三局，既然都是官办，所以筹办、经营与结果与织布局大同小异，最后都走上出租的路。最先接手四局的民商是应昌公司的韦紫封、韦应南父子，时间是1902年。韦紫封，广东人，华侨巨商，汉口棉布烟土行董事。他接手四局后，投入巨资恢复生产，招聘大批工人做工，一天三班倒，人歇机器不歇，不顾机器磨损，尽可能多生产。四局的机器都是进口的，比较先进，过去在官办体制下不能充分发挥作用，现在变成民商租赁，同样的机器同样的工人就产生出不同的效果。1907年，韦紫封组建应昌公司，独办四局，这是武汉地区最早的民营纺织企业。

> 湖广总督张之洞早在清政府推行新政之初即有鉴于"屡奉谕旨，饬令各省振兴商务"，决定将几乎奄奄一息的四局招商承租，并很快明定章程，于是有俄商顺丰洋行买办、花翎盐运使衔候选同知、广东籍华侨巨商韦紫封与其子韦应南，邀集同为买办的邓纪常等，组织应昌公司出面承租四局，并于1902年农历五月初一日订立租约，其中规定：四局租期20年，应昌公司在租期内每年向政府交纳租金10万银两；四局经营有无盈亏，"概与官家无涉"；所出纱布照章在江汉关完一正税，概免沿途税厘；租期未满之时，"无论新旧大小文武衙门公局，断不得抑勒收回，商家亦不得辞退"。①

不难看出，承租后的四局由民商独立经营，自负盈亏，不受官府管理，每年缴纳租金，照章缴纳江汉关正税，优惠条件是免去沿途税厘，总督衙门派员保护，在四局工厂门前驻有十数名清兵守门，准许承租人穿戴官服。

经过几年努力，到1910年，韦紫封赚了数百万两银子。这时张之洞已于1909去世。不久湖广总督发生人事变化，原任陈夔龙调任直隶总督

---

① 罗萍：《官商关系与清末民初湖北纱布丝麻四局承租权的流转》，《近代史研究》2011年第2期。

百年大商人

徐荣廷1921年开办的石家庄大兴纱厂

兼北洋大臣,接任者是瑞澂。瑞澂上任便接到不少禀报,说四局出租租金过少,便宜韦紫封赚了几百万两,要求重新招租,便以某种理由为由,撕毁20年租期合同,停止韦紫封承租,改由上海纱商刘伯森等人的大维公司承租。这是1911年5月的事。经过数月筹建,新四局于10月1日开工。9天后武昌起义爆发,革命党人以汉奸罪逮捕刘伯森,逼迫大维公司停业。四局陷入无人管理状态。

辛亥革命后,韦紫封父子和大维公司经理刘伯森都向武昌军政府呈请,希望继续承租四局。湖北都督黎元洪答应韦紫封,拒绝刘伯森。刘伯森不服气,四处活动,上告法院。韦紫封承租四局也出现麻烦,公司内部改组,引起股权纠纷。黎元洪的结拜兄弟徐荣廷来找他,想承租四局,黎元洪很为难,最后决定给徐荣廷承租,但条件是安抚原承租人韦紫封。

曾在徐荣廷的德厚荣商号做过事的知情人李梦初回忆了1921年徐荣廷开办的石家庄大兴纱厂的情况。

> 德厚荣一面利用黎元洪这个政治后台施加压力,一面允纳原承租人入股,共沾利益。经过汉口巨商欧阳惠昌、胡启水、周星堂等多次调解,达成了协议,于是刘象曦、徐荣廷、蒋沛霖等才

第四章 | 迎来春天（1911—1918年）

得以于1912年顺利地新组成的楚兴纺织公司名义把它承租过来。

楚兴公司的股本确定为78万两银子，包括议案承租商应昌公司的旧股43万两，德厚荣新股16万两，又汉口有权势的绅耆富商欧阳惠昌、胡启水、周星堂等人共占新股19万两（实缴11万两），共约70万两银子的股本。①

不难看出，凭借黎元洪的力量，韦紫昌的43万两银子股本，倒被德厚荣等35万两新股本吃了，因为新承租公司是以德厚荣为主的楚兴公司，总经理刘象曦，协理徐荣廷、蒋沛霖都是楚兴的人，韦紫封只是不参加管理的股东，可见就是民商企业也同样受制于官府。

德厚荣商号之所以能承租四局，主要是依靠徐廷荣。徐荣廷（1857—1949年），湖北武昌人，早年在汉口药材行当学徒，1897年进汉口德厚荣百货土产商号当杂工。德厚荣的老板是清朝末年重庆富商刘继陶的儿子刘象曦，商号原来在重庆，光绪末年迁到汉口。刘象曦是汉口第一富商，经济实力超过汉口地皮大王刘歆生、茶叶巨子刘子敬、纱厂老板刘季五的总和。

徐荣廷进得德厚荣商号，去长沙设庄收购货物，任管事，干得不错，调回汉口任德厚荣商号副总管。1906年，他结识黎元洪，都是湖北同乡，结为异姓兄弟，徐廷荣年长黎元洪7岁，黎元洪叫他人哥。武昌起义后黎元洪成为湖北军政府都督，委任徐廷荣为湖北官钱局总办、武昌总商会会长，后来又让他承租四局，做了楚兴公司协理兼主持局务坐办。四局在官府手上是包袱，年年亏损，资不抵债，可到了民商楚兴公司手里却乌鸦变凤凰，财源滚滚，日进斗金。知情人李梦初回忆说：

> 这些优越条件给楚兴公司更加造成了大好机会，年年获利得几倍的厚利，最差的年景纯利也在50万两银子以上。有一年，

---

① 李梦初：《德厚荣十年春梦》，武汉市政协文史资料委员会编：《武汉文史资料》1988年第3辑，第82页。

百年大商人

单是楚兴公司提给刘、徐、蒋三个经理人的酬劳金，即共达10万两银子之巨，可见利润之大。楚兴公司除每年按租约规定缴纳租金128000两银子外，每年分配给德厚荣所占新股的纯利，平均约为30万两，在约定租期10年内，德厚荣总共获得暴利300多万两银子。①

这是一个经典案例。甲午战争后，洋务运动成强弩之末，洋务企业时髦不再，于是朝廷刮起国企出租风，将10多个大中型洋务企业出租给民商，意在甩掉沉重的经济包袱，减轻国库负担，殊不知适得其反，虽说不再亏损，每年还有租金收入，但所收租金寥寥无几，与所产生利润更是天壤之别，远不能抵销巨大投入，甚至连机器折旧的损失都抵不上，因为机器设备在民商为追逐最大利润的无情煎熬中损失过大，寿命缩短，后来不得不提前报废。

民商承租四局大赚其钱，每年新股盈利30万两，还有旧股，股金比新股多，应该不少于30万两，再加上缴纳给国家的租金128000两，总利润应该是728000两，而所缴租金只占总利润的17.6%，其余82.4%被民商收入囊中。再算一笔账，四局总投入在127.9万两到150万两间，以140万两计，每年所收租金仅占9%，而这9%还得除去折旧、投资利息，最后形成的纯利润的确寥寥无几。

与此形成鲜明对比的是，楚兴公司10年赚了300万两银子，应昌公司也大致赚了300万两银子。其中民商个人大发横财，成为巨富。徐荣廷据说赚了数百万两，投资合股组建了裕华纱厂、石家庄大兴纱厂、永利银行、黄石利华煤矿公司、华年兴业进出口公司、山东枣庄中兴煤矿公司、四川五通桥川康毛纺织厂、西安大秦纺织厂、重庆庆华染料厂、上海庆华染料厂，以及四川民生轮船公司等企业，从承租前的德厚荣商号副理、高级职员，一跃成为中国屈指可数的纺织大王之一。徐荣廷承租四局期间的助手苏汰

---

① 李梦初：《德厚荣十年春梦》，武汉市政协文史资料委员会编：《武汉文史资料》1988年第3辑，第83页。

馀,原本是重庆一介穷书生,到汉口加入德厚荣商号,参加楚兴公司做协理,参与承租四局,1921 年即与徐荣廷投资白银 210 万两,创建大兴纺织股份有限公司,次年创建裕华纺织股份有限公司,同样一跃成为中国著名的纺织大王。

这是一说。从朝廷而言,也许出租四局还有深刻含义,比如官退民进,减少国企占比,刺激民商发展,调整经济结构,稳定天下,就超出经济范畴了。

二、荣德生办粉厂

1902 年,正当湖北官办四局亏损严重、无法维持、被迫出租之际,无锡西门外太保墩却鞭炮齐鸣,锣鼓喧天,庆祝近代中国第五家面粉厂呱呱坠地,荣耀开业,很有点儿你方唱罢我登台的味道。这是一家名叫保兴面粉厂的民商厂,股东是朱仲甫、荣宗敬、荣德生。这二荣就是近代中国实业界大名鼎鼎的荣氏兄弟,这个厂就是荣氏兄弟众多工厂中的第一个厂。

湖北四局的没落和荣氏兄弟的崛起,既是历史的巧合,也是历史的必然。鸟瞰近代民商发展,英雄辈出,各有绝招,比如缫丝先驱陈启沅精于技术,买办徐润和纺织机器大王叶裕棠强于经营,外贸神话阿林和地皮大王刘歆生眼光独到,红顶商人胡雪岩和状元大商张謇长于官场,纺织大王徐荣廷、苏汰馀善于借力发力,而这时刚刚崛起的荣氏兄弟却是依靠洋机器办厂。

1901 年,中国只有四家机器面粉厂,即天津的贻来牟、芜湖的益新、上海的阜丰、英商的增裕,其他还有众多传统的生产土粉的手工作坊,还有就是国外进口的洋粉,显然机器面粉厂还处于萌芽状态,换句话说机器面粉厂如旭日东升,前途无量。这正是荣氏兄弟决定创办机器面粉厂的原因。

荣德生的女儿荣漱仁回忆说:

> 我父亲先行在沪做周密的调查。那年由于八国联军入侵,北

百年大商人

方局势动乱,市面不佳,上海商店停闭的也不少,物价降跌,唯有小麦未受影响,装运到北方和东北去的还有不少,价格也较稳定。当时其他行业的生意都很清淡,唯独粉厂出品销场颇佳。又看到内地有些旧式商人只知兢兢业业安于旧法经营,企业不得发展,而港沪等地,兴办面粉是无税货物,不比其他商品都要逢关纳税,遇卡抽厘,负担太重。①

从这里能看出,当时政府大力扶持机器面粉业,所以尽管八国联军侵略,局势动乱,经济萧条,物价下降,面粉却能业一枝独秀,畅销依旧。荣氏兄弟创办企业从面粉厂入手眼光独到。当时绝大多数面粉产自手工作坊,开作坊是普遍做法。荣氏兄弟独辟蹊径,高起点入行,决定开办机器面粉厂。

开办机器面粉厂非常困难,不说需要巨额资金,也不说世俗反对,单是买机器就是深奥的问题。荣氏兄弟倒是走南闯北、富有社会经验的人,

荣氏兄弟创办的保兴面粉厂

---

① 荣漱仁:《我家经营面粉工业的回忆》,中国人民政治协商会议全国委员会文史资料研究委员会编:《工商史料2》,文史资料出版社1981年版,第41页。

第四章 | 迎来春天（1911—1918 年）

便去仅有的四家机器面粉厂打探，被三家以商业机密为由拒之门外，只有英商增裕面粉厂答应参观。哥哥荣宗敬长于谋划，弟弟荣德生长于心计。荣德生去增裕面粉厂参观，边看边用脑子记，看完楼下部分正准备上楼看轧粉车间，面粉厂的核心部分，却被英商以核心机密为由婉言谢绝。

荣德生心中有了机器的大概念，便去找德商上海瑞生洋行打探。瑞生洋行德国大班出来接待，穿长袍马褂，戴假辫子，说上海话，介绍美国 400 筒磨粉机，喊价 10 万两银子。荣德生暗自吓一跳，自己总计才集股 3 万两，便问有没有便宜的。德国大班又介绍英国、法国的机器，价格倒是便宜不少，但也远超 3 万两股本的购买能力。荣德生询价出来，回家与哥哥荣宗敬商量。荣宗敬早年来上海钱庄做学徒，后来自己开钱庄，熟悉生意经，便说德国大班的话信不得，找师爷想办法。瑞生洋行聘有不少绍兴师爷做业务。荣宗敬通过朋友找到一位师爷叫何丹书，浙江余杭人。何丹书得知荣氏兄弟办厂只有 3 万两银子的实情，还得留银子买地、盖工厂、进小麦、雇工人，便替他们打算一番，开出一张购货单，采用英国动力机器与法国磨面机相结合，日产量虽不及美国货，但也有 300 包，且只要 2 万两银子，符合他们的实情。荣氏兄弟再三商量，不能贪大求洋，必须实事求是，最后决定购买 2 万两银子这套机器。

落实好机器，荣氏兄弟开始筹建厂房，用 1000 两银子买进 17 亩地，再花数百两银子建设厂房、宿舍、办公房等。不久，国外机器到了，有英国 60 马力引擎一部、法国链石磨子 4 部，麦筛三道，粉筛两道。1902 年 2 月，保兴面粉厂开车投产，一昼夜用小麦 130 多石，产出面粉 300 包。

荣氏兄弟原来还担心机器小产量低，没想到就是日产 300 包面粉销售也成问题。荣氏兄弟这才觉得自己当初决定采购小机器十分正确，要是贪大求洋花 10 万两银子购买美国机器，日产面粉 1000 多包，现在岂不是更卖不出去？

由此可见荣氏经商之道。新产品未投放市场之前，尽管有万分周密的测算，都存在变数的可能。比如荣氏，机器面粉肯定比土粉（手工作坊生产的面粉）好，但当时无锡百姓就是不买机器面粉的账，哪怕机器面粉降

百年大商人

荣德生的女儿荣漱仁

价比土粉还低,亏着卖不赚钱,老百姓还是不接受。如果进口的是昂贵的产量大的美国面粉机,不但销售矛盾更尖锐,还将引发资金短缺矛盾,说不定不等市场接受机器面粉,自己就亏损严重,关门大吉了。

幸好荣氏有先见之明,所以日产300包一时卖不动也没有危及生存,于是一面减产,一面开拓市场。荣氏在开拓市场上独具一格,经过一番营销策划,很快就占领部分市场,保证了日产300包面粉的销路,打赢了创业第一战。据荣德生的女儿荣漱仁回忆:

> 于是我父亲针对情况采取措施:一方面派员到本街各面馆、面店、点心店去进行推销,先试用后结价,而且每包给予回佣银5分,经过群众实验食用,证明粉内无毒质,大家的疑团也就逐渐解除;一方面征聘能手来打开北方销路,经过一番物色,终于请到了王尧臣和王禹庆兄弟。禹庆本来长于推销,对于北方客帮素极稔熟,如营口、烟台、天津各帮坐庄均有交谊。我伯父就请他担任开展北方市场的销路,不多几时把存粉销售一空。①

由此又可见荣氏经商之道。一是找准突破口,先在面馆、面店、点心店这些公众地方、影响大的地方推销,可以起到事半功倍之效。二是先用粉后付钱还给回扣,拉拢一帮人替自家宣传产品。三是不惜重金招聘能人搞推销,走精英路线。这不是说机器小好、机器大不好,是说脱离实际不好,因地制宜,符合实际就好。那么什么是实际?荣氏的回答很简单,实际就

---

① 荣漱仁:《我家经营面粉工业的回忆》,中国人民政治协商会议全国委员会文史资料研究委员会编:《工商史料2》,文史资料出版社1981年版,第44页。

是市场，符合市场需求就好，不符合市场就不好。

1903年，荣氏刚打开局面，正准备大展拳脚，又遭遇资本困难，合伙人朱仲甫退股，不得已只好改组，重新招股，结果响应者众，竟筹得6万两银子，资本扩大了一倍，改名茂新面粉厂。这时，1904年爆发日俄战争，两国军队在东北大动干戈，争夺对辽东半岛和朝鲜半岛的控制权。战争影响东北本地面粉生产，急需从外地调入大量面粉。不久又爆发第一次世界大战，洋粉进口数量锐减，急需国内扩大面粉生产。这是发展面粉生产的良机。荣氏认为天赐良机不取，必受其咎，决定迅速扩大生产，抢占面粉市场，立即购置更新、更大的机器。

> 那时我父亲恰好到苏北的姜堰、溱潼一带调查麦情，乘轮回厂，一路寻思，这年小麦丰收，粉价利厚而稳，大有可为，但是石磨产量既赶不上钢磨，粉价也提不高，决计添办钢磨，向怡和洋行订购18英寸英国钢磨6座，其余辅助机件，因为资力不足，自行仿造应用。这样，每日夜可出粉800包，是后连年获利，不断扩展生产，添购美国钢磨12座，商标该用兵船牌，每日夜出粉已达3000包。至1912年，兵船牌面粉已与阜丰厂的老车粉并驾齐驱，售价还高2分，年终盈利10余万两，接着增机添磨，每日夜出粉可达五六千包。不久，第一次世界大战爆发，营业蒸蒸日上，大有供不应求之势，获利更丰，茂新就此奠定了稳固的基础。①

不难看出，荣氏在一年内三次购进外国机器，促使每日夜产量连上三个台阶，由800包到3000包再到6000包，猛增20倍，而且利润增到10万两，是资本6万两的1.6倍，创造出令人惊讶的奇迹。荣氏原来购进产量较小的机器有道理，适合初办工厂的实际，现在多批购进产量大的机器也有道

---

① 荣漱仁：《我家经营面粉工业的回忆》，中国人民政治协商会议全国委员会文史资料研究委员会编：《工商史料2》，文史资料出版社1981年版，第45页。

理，适合市场需求的实际，所谓此一时，彼一时。

既然如此，荣氏兄弟自然继续如法炮制，在洋机器上打主意，改革工艺流程，增添辅助设备，尽可能挖掘机器潜能，大幅提高产量，福新二厂由9000包提高到16500包，福新四厂由2600包提高到6000包，福新八厂由5600包提高到18000包，令外国工程师都十分惊讶。

1918年，荣氏在武汉创办福新五厂，购进1902年不敢买的美国货——美国爱立斯厂的机器，有22座钢磨、一台600马力动力机，每日夜产量6000包，是武汉地区最先进、最大的面粉厂，产品畅销江西和两湖，出口东南亚及欧美。

三、马应彪卖百货

中国近代百货业发端于先施百货公司和永安百货公司，而此前不叫百货公司，称为苏杭杂货、京广杂货，外国商品进来了叫洋杂货，缘由大概来自法国的"零售商革命"，即把分散经营的许多商品集中到一间商店一起出售，给顾客带来极大的购物方便和购物兴趣。

> 综合性的百货商店，是集吃穿用无所不包的大型商店，以全取胜，顾客可一次购到所需各种商品，这种销货方式始于法国，被称为"零售商的革命"，19世纪后期风行于欧美。这种商店都分类专设货柜，故称"部门商店"。我国于1900年前后才有华侨商人在香港、广州、上海陆续开设先施、永安等这类商店，称百货公司。[①]

先施的老板叫马应彪，永安的老板叫郭乐。二人都是近代中国百货业

[①] 许涤新、吴承明主编：《中国资本主义发展史》第二卷（上），人民出版社2003年版，第218页。

的开拓者,有很多相似之处。一、都是同时代人,马应彪比郭乐大10岁;二、都是广东中山人;三、都出身贫苦农民家庭;四、青年时都去过澳洲同一个地方打工谋生;五、赚了钱都回国创建百货公司,且以中国百货业开天辟地功臣的角色彪炳史册,实属巧合,千载难逢。

马应彪和郭乐之所以誉满天下,理由很多,但有一条共同的理由就是擅长经营,比如他们在近代商业史上创立的多个"第一":明码实价不二价;附设娱乐餐饮场所,模特儿时装表演;雇用第一个女营业员;直接从外国

1917年10月20日,中国第一家自建百货大楼——先施公司在上海南京路正式开业

进货,自制品牌商品、复写发票、统一收费等,都是开先河之举。

1899年,马应彪筹资2.5万元,买下香港皇后大道中172号两个铺位,开设先施百货公司,用两万元包装门面,剩5000元做流动资金,1901年1月开业,出任总监,揭开创建先施商业王国的序幕。香港先施一经开业,便以"环球货品庄,始创不二价"震惊香港,于是四方顾客纷至沓来,一睹为快,掀起第一个高潮。

百年大商人

香港先施老人陈醒吾回忆：

大约1910年，马应彪、陈少霞货到香港，在皇后道中水车馆（即消防队）右侧买了两间铺位，面积约800平方英尺，开设先施百货公司，全店职工约40人，楼上办公及仓库，铺面全部营业。因系直接向外国进货，不经洋商代办，成本较低，货品花色又较新颖，并以环球百货和不二价为号召，顾客觉得明码实价不会上当，乐意光顾，因此生意兴隆。几年时间就积累一大笔盈利，计划扩大经营，招收新股本，每股港币100元，向香港政府注册为先施股份有限公司，总监督马应彪，司理陈少霞，副司理马永灿，常务董事郑干生，司库许凤开，出纳许椿，董事会秘书黄健初，在德辅道中购地，建筑一间五层大楼（后来在天台加建茶座共为6层），在大楼正面四条大柱上写了四句话："香港大市场，环球货品庄，始创不二价，诚信名远扬。"新建的先施公司大楼商场是在1914年至1915年之间建成开业的。它登报招聘店员300多人，连同原有店员约共400人。①

中国近代百货业先驱马应彪

由此不难看出先施发展扩张的速度。马应彪1910年回香港创业，募集到12个股东的总股本2.5万元，其中马应彪是第一大股东，而短短三四年工夫，就买地修建起五层大楼，有员工400人，且规模很大，五层楼都摆满琳琅满目的货物，从中国香烟罐头到法国香水，从绫罗绸缎、珠宝首饰到钢琴、大型家具，应有尽有，应该是有巨资投入，即所谓"招收新股本，每股港币100元"，

---

① 陈醒吾：《马应彪与先施公司》，中国民主建国会广州市委员会、广州市工商业联合会、广州市政协文史资料研究委员会合编：《广州工商经济史料》第36辑，广东人民出版社1986年版，第125页。

说明资本金有所扩大,也是经营效果好的反映。

这个招股情况,财经作家胡冰撰书有叙述,只是在时间上,香港先施老人陈醒吾的回忆是 1914 年到 1915 年间,胡冰说是 1907 年,有几年的时间差,但都说明了经营效益不错的情况。胡冰指出:

> 1907 年,公司分红后还盈利 9 万元。这时马应彪建议用这 9 万元,另筹 11 万元,在新开道路德辅道,开一个连通 6 间、上下 4 层的新商场。这样的规模在那个时候简直是惊世骇俗,很多股东不干了:"好不容易挣点钱,又要折腾,这样何时是个头啊!何况那里新开大路,人烟稀少,哪里会有顾客上门?"但小马力排众议,冒着部分股东退股的风险坚持施工。①

这又是马应彪的独到之处,那就是尽快占领最高点,以最大规模、最佳地理位置、最新经营方式引领百货新潮流,而不是小打小闹,鼠目寸光,赚一个分一个。这与前面介绍的荣氏兄弟一旦站稳脚,不是急着分红,而是再集股,立即购置国外新式面粉机有异曲同工之妙。

新的商业大楼建立起来后,马应彪要抓的大事便是经营,就是如何更好地把货买进来卖出去,其中卖出去更是对百货零售商的严峻考验。马应彪对此绞尽脑汁,想出许多点子。中国商人过去做买卖讲究讨价还价,喊的是价,还的是钱,往往同样的商品卖出不同的价,让人有机可乘。马应彪认为,这种做法有利有弊,利处是顾客杀价,商贩让利,弊处是商贩虚抬价格,老实顾客吃亏,但结果都归罪于商家,形成无商不奸的舆论,便决心从这里改起。

马应彪做出决定,先施的百货明码实价,不讲价,不还价,对所有顾客一视同仁。有的股东有意见,说几千年的老规矩都是讨价还价,卖得了高价为啥不卖?有的担心顾客不买账,污蔑商家垄断价格。马应彪坚持这

---

① 胡冰著:《大商传奇》,辽宁教育出版社 2011 年版,第 103 页。

百年大商人

先施公司商场内悬挂着万国旗，货物包括美国罐头、法国香水、苏格兰威士忌酒等各国货物

样做。实行不二价后，果然造成轰动，很多顾客持怀疑态度，特地跑来看稀奇，有的顾客做市场调查，货比三家。大家最后得出结论，先施的价格最公道、最放心，于是纷至沓来，把个先施商场挤得人满为患。

马应彪的第二招是强化员工管理。新进员工一律先培训后上岗，培训内容包括速珠算、英语、货品常识、商业用语、礼貌待客等。制定并执行员工晋升制度、入股办法，只要好好干，每个人都有晋升、提薪的机会。

香港先施老人陈醒吾回忆说：

> 我在1914年进香港先施公司做学徒，第一年工资每月2元，第二年没有加薪，第三年加薪5元，第四年为8元，第五年为11元，并提升为文具部副部长。像这样连续三年得到每年递增3元月薪的，在当时来说是很少有的优厚待遇。陈少霞司理在第六年叫我认500元做股东，这样就可以享受年终发给的红利，但我不喜欢做外国货的推销员，没有入股。[1]

---

[1] 陈醒吾：《马应彪与先施公司》，中国民主建国会广州市委员会、广州市工商业联合会、广州市政协文史资料研究委员会合编：《广州工商经济史料》第36辑，广东人民出版社1986年版，第129页。

第四章 | 迎来春天（1911—1918 年）

马应彪在用人上还有一个重大突破，就是首次使用女营业员。这是中国商界数千年来的第一次，惊世骇俗，引起轰动。这件事刚提上议事日程，先施的不少股东都嗤之以鼻，认为有哗众取宠之意、伤风败俗之嫌。马应彪力排众议，坚持实施。果然困难重重，招聘女店员的广告张贴出去没人前来应聘，反倒招来骚言杂语，说先施暗中经营妓院。马应彪很气愤，说国外使用女营业员司空见惯，怎么到中国就变了味？他坚持要做，就动员他妻子霍庆棠带头做女营业员。

霍庆棠年轻漂亮，贤淑尔雅，是再好不过的女营业员，可她是香港牧师的女儿，现在又是先施督办的妻子，对放下身段做营业员对自然有些犹豫。但霍庆棠是个勇敢的女人，曾帮助丈夫给孙中山偷运军火，又在国外生活多年，思想开化，见丈夫事业有难，犹豫之后答应试试，但还是有顾虑，就动员她的两个妹妹跟她一起干。于是三姐妹穿上营业员服装，在二楼化妆品部当售货员，顿时引来众人围观。这消息很快传遍香港，不少市民跑来争着一睹为快。先施百货公司的人气骤升，生意比先前好了很多。

> 不久，在霍庆棠的影响下，先施又招聘了一批女营业员。这些女孩都经过她精心挑选，长相标致，语言流利。这样一来，跑来围观女店员的民众更多了，先施大楼前的马路每天都交通堵塞，警察不得不前来维持秩序。①

香港先施的成功激发了马应彪扩大经营的雄心，1916 年办起广州先施公司，1919 年办起上海先施公司，开始发展为全国性的大型商业集团。在扩展过程中，马应彪独特的经营方式再次大放光芒，比如抢占上海南京路最好的地段修建营业大楼，百货公司附设酒店、娱乐场，设厂专门生产畅销的、自行销售的商品等，又一次引领中国百货业与世界潮流接轨。

---

① 胡冰著：《大商传奇》，辽宁教育出版社 2011 年版，第 103 页。

百年大商人

大约是在1916年在广州长堤开设广州先施公司，附设东亚大酒店，又于1919年左右，在上海南京路开设上海先施公司，附设东亚大酒店。上述三间公司根据各自的设想，在当地增加其他经营项目，由原来纯商业性的购销贸易，发展为多层次综合型的企业。例如：香港公司为了吸收更多的周转资金，马应彪利用过去办侨汇的信誉，开设先施银业信托银行、先施人寿保险公司、先施水火保险公司。因为化妆品利润好，又开设先施化妆品厂，它的产品有先施牙膏、雪蕊、香皂、花露水等都畅销。广州先施公司也开设化妆品厂，生产同类货品，销路比香港产品更好。此外，又根据本身业务和市场需要，开设汽水厂、皮鞋厂、玻璃厂、木箱厂、饼干糖果厂。[①]

不难看出马应彪经商的别出心裁之处。他以百货业为核心，根据自身百货公司的需求和掌握的市场需求信息，附设若干加工厂，自行生产自身百货公司销售所需的畅销产品，逐步形成以销售为龙头，以附设酒店、娱乐场所和若干加工厂为龙身，以垄断市场为目的的一条龙大商业体系，有西方托拉斯集团雏形。这在当时是很了不得的、具有划时代意义的事情，在中国现代百货业史上留下浓墨重彩的一笔。

再说另一个百货大王郭乐。郭乐的成功与马应彪密不可分。1894年，郭乐20岁，在悉尼做了两年菜园工人之后，找到永生水果公司——他堂兄郭标和马应彪开设的公司，做了马应彪的手下。郭乐勤奋肯干，头脑灵活，与马应彪合作七年后有了积蓄，便不想再寄人篱下，于是告别永生，与人合开永安果栏，自任司理，在当地批发销售斐济岛产的香蕉，兼营从中国进口的土特产。郭乐为人忠厚，信誉优良，生意越做越大，发展到四家果栏，

[①] 陈醒吾：《马应彪与先施公司》，中国民主建国会广州市委员会、广州市工商业联合会、广州市政协文史资料研究委员会合编：《广州工商经济史料》第36辑，广东人民出版社1986年版，第131页。

还兼营华侨存兑业务，在斐济岛购置了香蕉园，并在斐济成立生安泰公司经营百货。

这时马应彪早已回国创业，在香港开设先施百货公司，初战告捷，成为海外华侨中的佼佼者。郭乐在悉尼得知马应彪的事，觉得华侨就应该走这条路，便决定学马应彪回国创设百货公司的做法，回国创业。

1918年，郭乐建起六层楼高的英式建筑——上海永安百货，开张仅20天就卖光了预备卖两个月的备货

不久郭乐不满足于水果生意，欲向百货发展，但此时英国的百货大公司已在澳大利亚形成垄断局面，永安要与它们竞争有一定困难。郭乐看到同乡马应彪在香港创办的先施百货公司颇为得手，于是也往香港创办永安百货公司，开始仅一开间门面，经过多方经营，生意越做越大，1909年搬到德辅道大街，商场门面扩为四开间，资本60万元港币，1910年又在广东中山石岐设立银业部，经营侨汇业务，以吸收侨资，1914年郭乐在广州设立大东酒家，1915年招股开设永安保险公司，并相继在上海、汉口、广州、新加坡等地设立分处，1918年又在香港另创一个大东酒家。

永安在香港广州等地打下基础后，又着手在当时全国经济中心的上海筹建永安百货公司，1918年正式建成开业。上海的永安公司除开设百货商场外，还设有大东旅馆、酒楼、茶室、屋顶花园和游乐场、银业部、礼品部等。①

---

① 陈立仪：《郭氏集团与永安纱厂》，《20世纪上海文史资料文库3》，上海书店出版社1999年版，第94页。

百年大商人

不难看出，郭乐的发展带有明显的马应彪的痕迹。一、郭乐看到马应彪1907年在香港办公司颇为得手，于是步其后尘，1908年回香港创办永安百货。二、郭乐在港发展的脚步，从一开间门面起步，到1909年搬到德辅道大街上的四开间门面，资本雄厚，高达60万元港币，而此刻的马应彪的公司也在德辅道大街上，资本只有20万元港币，两相对比，郭乐大有后来居上之势。三、郭乐同样从事多种经营，同样从香港发展到广州、上海，甚至在上海南京路与马应彪对着干，在先施公司对面建造永安公司，规模远大于先施，再次弯道抢跑。

不过这次抢跑付出的代价不小。1915年，永安公司的郭泉、郭葵来上海物色店址，见先施公司择址南京路、浙江路路口，兴建大型环球百货公司大楼，便决定不惜一切代价，一定要在这儿修建比先施大楼更宏大的永安大楼。为此，永安付出极大代价。他们选中的地皮是犹太富商哈同的产业。哈同只租不卖，且出租条件苛刻。郭泉代表永安公司与哈同签订"租地造房"合同，规定自1916年4月起，哈同让出南京路的9亩土地租与永安公司使用，租期30年；永安公司在此建造6层商业大楼，并自合同生效日起，每年向哈同交付租金白银5万两；30年合同期满，大楼及其所有设施归哈同所有，如哈同愿意将大楼继续出租，永安公司有优先租赁权，等等。

而在此前一年，马应彪用同样的办法租地造房，地点在南京路、浙江路与广西路之间的陶陶居茶楼所在20亩地块，与地块主人、英商雷士德最后签订的合同条件是：租借30年，每年租金3万两银子，与郭乐租地建房的条件"9亩地块，年租金5万两银子"相比，自然大占便宜。

附带说一句，1946年12月，30年租约期满时，哈同已死，其养子乔治·哈同继承产权，收回地皮出售。永安公司郭泉出面，以112.5万美元买下这块地皮。在签字仪式上，郭泉的长子、上海永安公司总经理郭琳爽向乔治·哈同举杯祝酒说："我们永安跟哈同家族宾主三十年，到今天总算功德圆满啦！"

再说说两位百货大王的结局。1936年，马应彪72岁，辞去先施公司总监督之职，改任名誉总监，退休养老，1944年病逝香港，享年80岁。

郭乐 1939 年移居美国，在纽约、旧金山开设永安分公司，1956 年病逝，享年 82 岁。

四、范旭东建碱厂

1904 年冬天，正当马应彪和郭乐在香港大展宏图之际，沿海岸线北上 3000 公里的天津塘沽渔村的一间破屋里，一个 30 岁带着圆眼镜的先生正聚精会神地做海水提取精盐实验，迈开了他 30 年艰苦创业的第一步。这个人叫范旭东（1883—1945 年），湖南湘阴人，中国重化学工业的奠基人。

与马应彪和郭乐，甚至与前面介绍的许多实业家不同，范旭东毕业于日本京都帝国大学应用化学专业，拥有先进的科技知识和广阔的视野，所以他的创业起点高，科技含量高。他要打破外国垄断，开创中国制造精盐、纯碱工业，这可是开天辟地的事，谈何容易？不说科技，单是投资就不得了，何况还涉及国家产业调整、税收政策和千家万户土盐生产者。范旭东是如何披荆斩棘、大获成功的呢？除去很多理由可以总结，其中一条是依靠官场资源力量，这与前面所说状元巨商张謇的创业道路有近似之处。

再回到 1904 年天津塘沽渔村。范旭东为什么来到塘沽渔村研制精盐？这第一个问题就与官方有关。1911 年，范旭东回国，先谋得天津造币厂总稽核职务，负责检测银圆质量，不久即遇到出国考察制盐设备的机会，于是斡旋官场得以成行，这官场中就有他哥哥——范源濂。

> 时逢范源濂任陆征祥内阁的教育总长，得知财政部要派员去奥国调查盐的专卖法和盐场的制盐设备，需要一个懂得工程技术的人同去，便极力替他交涉，结果居然被聘定了，且允其在调查工作完毕后留在国外求学。[①]

[①] 熊尚厚主编：《民国工商巨擘》，团结出版社 2011 年版，第 133 页。

百年大商人

对于范旭东而言,这个机会相当重要,因为它不仅是出国考察学习这么简单,更重要的是成为国家培养的制盐专门人才。这对于范旭东后来从事化工创业,无论从政策上、与政府关系上以及招股集资诸方面,甚至包括这次来塘沽渔村研制精盐,都带来极大好处。比如范旭东从国外考察回来,虽说没能参加政府研制精盐工作,但却以精盐专家身份受到国内各界重视和支持。当时北京有个盐政讨论会,会长张謇,副会长熊希龄,在各省设有分支会十余处,会员数千人,发行《盐政杂志》。这个杂志的负责人叫景本白,举人出身,实业家,国家盐务署顾问,著名盐务活动家。1913年,景本白主持召开北京盐政讨论会,呼吁改良盐政,支持范旭东创办盐务企业。1914年,景本白和范旭东组建久大盐业公司,景本白任董事长,范旭东任总经理,给范旭东提供了创业机会。就是这个久大公司也是官场资源运作的结果。

范旭东拿着一小布袋精盐赶回北京,与景本白商定于塘沽建厂。1914年7月,久大盐业公司经盐务署批准,在梁启超等支持下招齐了股本5万元,由景本白出任董事长,范旭东担任总经理,蔡锷、黎元洪等任董事,1915年4月盐厂破土动工,10月建成,于年底投产,产品商标为海王星。[①]

这里出现了几位重量级官场人物:保皇党领袖、政府部长梁启超,湖北都督黎元洪,云南都督蔡锷,都是盐政改良的积极支持者,也是范旭东的后台,为久大盐业公司蒙上一层官方保护色,也给久大的成功奠定了坚实基础。这几位高官也不是平白无故支持范旭东,都是看在他哥哥范源濂的份上。范源濂与蔡锷是同学,与梁启超是师生关系。当年梁启超创办《时务报》、开办湖南时务学堂担任总教习时,所教学生就有范源濂与蔡锷。

---

① 熊尚厚主编:《民国工商巨擘》,团结出版社2011年版,第134页。

第四章 | 迎来春天（1911—1918 年）

久大精盐公司成立后，用股金 41100 元在塘沽购置 16 亩土地，去日本购回机器，在上海制作部分设备，建厂房，雇工人，购进原材料，于 1915 年 12 月开始试生产，取得成功，所产精盐品质纯净，色泽洁白，是中国历史上首次成功改良食盐之举，受到社会各界和广大民众热烈欢迎。

中国著名化工实业家范旭东

范旭东的精盐上市对传统土粗盐和粗盐的销售体系是猛烈冲击，自然引起旧有盐商的坚决反对。他们包揽了粗盐的生产、运输、批发、零售，形成独立王国，不允许任何人染指，现在见范旭东生产出精盐来卖，立即形成决议，坚决对精盐实行封锁，决不允许精盐上市。这是范旭东创业遇到的第二个大困难。他明白，中国自古以来就对食盐实行专卖制度，都由盐商控制着食盐的生产销售，自己的精盐要想突破盐商的封锁，单靠自己不行，单靠哥哥及哥哥的一帮朋友也不行，必须找民国总统袁世凯。于是范旭东等人找到袁世凯的亲信杨度，通过杨度找到袁世凯。

开工初期，主管方面只许在天津东马路设店行销，这使久大的生存和发展受到极大威胁。后来，久大同仁得知当时风云人物杨度与袁世凯的关系密切，便千方百计拉拢杨度入股。杨拿了两瓶久大精盐送给袁世凯。袁表示赞赏，高兴之余，给了久大 5 个口岸的销售地。从此，久大精盐才在长江流域的湘鄂皖赣四省打开了局面。久大精盐闯进长江流域，这是中国盐政史上破天荒的事件。①

不难看出，范旭东创业的确充分利用了官场资源，直接找到最高当局，

---

① 张高峰：《范旭东在苦海盐边创业纪实》，中国人民政治协商会议天津市委员会文史资料研究委员会编：《天津文史资料选辑》第 23 辑，天津人民出版社 1983 年版，第 57 页。

从而取得历史性突破。千万别小看这个应酬办法，得靠厚实而广泛的人脉。杨度性情倔强，自视清高，不是绝好朋友不可能被拉来入股，即或入得股来，不是绝好朋友也请不动他去找袁世凯，即或找到袁世凯，不是绝好的朋友也不可能说动袁世凯，如此三个"绝好朋友"到哪里去找？自然是可遇不可求。

这一来久大精盐公司便有了长足进步，产量和利润几年间翻了十几倍，给股东们带来滚滚红利，自然皆大欢喜。

> 范旭东奋力策划经营，南北奔波，备尝创业之艰辛，终于战胜淮商。久大精盐初期日产量只有5吨，每年可赚五六十万元，1919年扩建西厂，实业蒸蒸日上，每年产量最高达62500吨，从此稳固了根基。①

照此推算，1915年开业到1919年扩建西厂，短短5年，年产量从1825吨猛增到62500吨，增加了34倍；反推利润，年产1825吨年赚50万元，1吨赚273元，那么62500吨就赚1706万元，同样增加34倍，也就是说，产量利润每年都以6倍左右增幅递增；再换句话说，1915年总股金5万元，到1919年赚了1701万元，翻了340倍。这是一组令人万分惊讶的神话般的数字。

有了钱，范旭东开始筹建制碱厂。那时中国不能生产洋碱，工业和民用碱大部分来自外国进口，部分来自天然碱，即手工生产的质量低劣的不能用于工业的土碱。范旭东创建制碱厂的时候，正逢第一次世界大战爆发，西方列强忙于打仗，自顾不暇，大幅减少对华贸易，比如垄断中国洋碱的英国卜内门公司几乎停止对华供碱，致使洋碱价格飞涨，市场恐慌。这自然促使范旭东加速筹建制碱厂。筹建碱厂，范旭东特别重视挑选发起

---

① 张高峰：《范旭东在苦海盐边创业纪实》，中国人民政治协商会议天津市委员会文史资料研究委员会编：《天津文史资料选辑》第23辑，天津人民出版社1983年版，第58页。

第四章 | 迎来春天（1911—1918年）

人，尽可能找能为办碱厂做贡献的官员和实业家。事实证明这个选择非常英明。

> 幸在发起人中有张弧（当时盐务署长）、李穆（当时长芦盐运使）、景学铃（盐务专家兼久大公司董事长），背后还有张謇的庞大潜力支持，虽经反复周折，多方斡旋，财政部终于批准了永利申请原盐免税案。在中国2000多年的盐业历史，这还是第一次，算是破格照顾。①

有了批文，开始筹建碱厂，遇到的第一个大问题是原材料成本过高，税收太重，企业无法承担。范旭东和大家商量的办法是，请求政府免税。这又是一个大问题，涉及政府高层，所以范旭东不得不再次利用官场资源。当年参与碱厂创建的当事人、化工实业家陈调甫回忆：

> 试制成功后，大家同意办厂，但制碱主要原料是食盐，制碱一担需用粗盐两担。盐价本贱，粗盐每担不过两角，而政府抽的盐税，则为制盐成本的几十倍。如盐税不免，则碱的成本将超过售价，无法经营。所以我们上文政府，请求允许制碱工业用盐免税。
>
> 当时我国是处在半殖民地的时代，盐税又作为借款的抵押品，而根据善后借款条约所设立之盐务稽核所，主要控制在英国人手中。我国自办碱厂，将直接影响英商卜内门公司的碱业垄断。他们于是千方百计利用英人掌握稽核盐税的特权，阻挠我们免税成功，还造谣说什么"海水不能制碱"。幸而范旭东有了破出引岸制造精盐的奋斗经验，又得到各方面舆论的支持，免税一事经过长时期的奋斗，最后总算达到目的，但反复磋商，为时很久，这

---

① 徐盈：《范旭东及"永久黄"工业团体发展小史》，中国人民政治协商会议天津市委员会文史资料研究委员会编：《天津文史资料选辑》第23辑，天津人民出版社1983年版，第43页。

个过程是相当迂回曲折的。①（引岸制即引岸专卖制，是官府对各产盐区行销区域做的明确划分，各区盐商只能在规定范围内销盐——笔者注。）

中国化学工业发展的象征——天津永利碱厂

上面所说"相当迂回曲折"的确如此。这事从1915年说起，在梁启超等人入股、斡旋下，经过奉天将军段芝贵、长芦盐运使段永彬做工作，1917年10月9日，长芦盐运使段永彬才下发"为提倡实业起见，姑予照准"的免税训令。长芦盐区是我国最大的盐场，在河北省、天津市渤海沿岸，是北起山海关南至黄骅县（今黄骅市）盐场的总称。

免税之事刚告一段落，范旭东开始收购粗盐，遭到大盐商李赞臣的坚决阻拦。李赞臣（1882—1955年），长芦盐区纲公所纲总，兼任纲商所办天津殖业银行经理，独资开设有新光皮货店、万和堂药店。李赞臣害怕范旭东抢他的生意，利用担任芦纲公所总纲的职权，不准百姓买粗盐给范旭东。范旭东跟李赞臣说不通，只好转而求助长芦盐运使。长芦盐运使掌管直隶湾一带盐业生产、保卫滩坨、巡查滩私、整理场务、督察盐场场长的重任，在清朝相当于布政使，在民国相当于厅长。当时长芦盐运使叫段永彬。段永彬的身份特殊，是奉天将军段芝贵的亲弟弟。范旭东找他们两兄弟帮忙才买到粗盐。

---

① 陈调甫：《永利碱厂奋斗回忆录》，中国人民政治协商会议全国委员会文史资料研究委员会编：《工商史料2》，文史资料出版社1981年版，第82页。

据长芦四沽代表42灶户的灶首张文洲回忆说:"1916年,我在长芦盐运使段永彬的批准下,在宁河县汉沽附近大神堂,以利海公司名义投资,开辟了新滩6付(本书作者注:盐滩付斗是盐滩面积的单位,每付斗大概24亩)。久大精盐公司成立以后,经过段芝贵(段永彬是他的三弟)的介绍,我将利海的6付盐滩出售给久大,又订立了长期合同,指定盐滩19付(包括我家9付),全部供给久大原盐。时价每包40元,我们降为38元,但还是供不应求。""芦纲公所总纲李赞臣大为恼火,从中破坏,不准灶户42家供给久大原盐。又经新盐运使张调宸有意以此42家原盐转供河南境芦纲襄八公所。这时另有灶户李少堂,愤将自备盐滩10付及房屋设备,以10万元售与久大,使其生产不虞匮乏。"久大精盐公司未被扼死于襁褓之中,从此自有盐田2000余亩,原料(粗盐)无缺,脚跟站稳,不怕芦纲公所的撒手锏了。①

芦纲公所是长芦盐业界的行业协会,纲总是会长,每一任有四五个纲总,通常由盐业世家或大盐商出任,经公举后呈请长芦盐运使委任。芦纲公所在天津各同业公会中地位最高,其他同业公会都唯芦纲公所马首是瞻。

经过这么一番曲折的斗争,范旭东的精盐厂开始走上正轨,产量逐渐增大,需要进一步扩大销路。当时政府对盐的销路是有严格规定的,即所谓引岸制。范旭东是后来者,要打破原有的引岸规定,获得精盐销售区,必须再一次利用官场资源。这时是1916年,梁启超出任财政总长兼盐务署长。4年后的1920年,范源濂再度出任教育总长。这两个人都是范旭东的坚强后盾。梁启超是久大精盐公司的赞助人,范源濂是范旭东的亲哥哥。范旭东在他们的帮助下,打破禁区,突破旧盐商的势力范围,在精盐的销

---

① 徐盈:《范旭东及"永久黄"工业团体发展小史》,中国人民政治协商会议天津市委员会文史资料研究委员会编:《天津文史资料选辑》第23辑,天津人民出版社1983年版,第38页。

百年大商人

售地区上做了两件大事，一是占领湖北、湖南市场，二是占领江西市场，极大地扩大了久大精盐的销售范围。

  1916年，久大的赞助人梁启超出任北洋政府的财政总长兼盐务署长。这一年，久大精盐打破禁区，进军长江……1920年，范源濂再度任教育总长，对久大公司的发展更为有利。久大公司利用汉口精盐公会的力量，打开两湖销路后，跟着又在九江组织九江精盐公会，虽被淮南四岸的旧盐商视为劲敌，但在赣北镇守使吴金彪的弟弟吴朗山支持下，另设九江精盐查运所，名为查禁，实则为精盐统计销数，一次就倾销精盐4000余袋，久大逐渐取得了淮南四岸的半壁天下。[①]

这里，帮助范旭东的不仅有梁启超、范源濂，还有赣北镇守使吴金彪和他的弟弟吴朗山。吴朗山，湖南浏阳人，实业家，是范旭东创办的永利碱厂的董事。附带说一句，同为永利碱厂董事的陈栋材，是前江西督军陈光远的长子。陈督军大量投资永利碱厂，不方便出面，派儿子陈栋材出面应酬。

  范旭东创办化工企业取得巨大成功，原因很多，有范旭东个人的努力，有一帮科学家的奋斗，有社会各界的大力支持，也是社会的需要，但从以上介绍来看，还有一条原因，那就是充分利用官场资源。放眼清末民初百年民商发展史，但凡创办大企业，特别是创办涉及国计民生者，没有一个不是依靠官场资源的，因为这样的企业与政府休戚相关，利弊与共，官商必须精诚合作，和衷共济。

[①] 徐盈：《范旭东及"永久黄"工业团体发展小史》，中国人民政治协商会议天津市委员会文史资料研究委员会编：《天津文史资料选辑》第23辑，天津人民出版社1983年版，第38—39页。

第四章 | 迎来春天（1911—1918年）

五、简照南斗外商

如果说范旭东的制胜法宝之一是利用官场资源，争取官扶商办，那么烟草大王简照南恰恰就输在这里——未能与北洋政府达成合办烟草公司协议，只好凭商家一己之力，与垄断中国烟草的英美公司拼死抵抗，做鱼死网破的竞争，演绎出一场可歌可泣的捍卫民族品牌的中外商家竞争大战。

简照南（1870—1957年），佛山澜石黎涌乡人，小时候家里贫穷，17岁到香港，在叔父简铭石的巨隆号瓷器店做学徒，不久受派长驻日本收理账款。1893年在曼谷开办"怡生兄弟公司"，经营百货，生意兴隆，利润丰厚，又开办"顺泰轮船公司"，航线遍及东南亚各地。1905年，简照南目睹英美烟草公司垄断中国香烟市场，决心兴办民族烟厂为国争光，1906年即与弟弟简玉阶在香港创办南洋烟草公司，简照南任总经理，简玉阶任副总经理。

简照南的南洋烟草公司在香港东区罗素街一座1000平方米的旧式仓库中，总股本10万元，有二手货蝴蝶式卷烟机4台、切丝机2台、水磨刀机2台、烤炉一台、小型发电机1台、工人百余人，每天可生产香烟5万支装6箱，主要产品是白鹤牌、双喜牌。南洋烟厂投产不久，正逢全国掀起爱国运动，提倡国货，不要洋货，所以发展不错，国产香烟一经上市便大受欢迎，所以到1907年，南洋工人增加到200人，仓库增加一处。

南洋这时的资本和生产规模都不大，不会对英美烟草公司造成多大的威胁，可英美公司就是不喜欢中国人自行生产香烟，所以南洋烟草公司一诞生，便遭到英美烟草公司的强力打压，而打压手段就是诬告南洋产品商标侵权。民国初年中国商人不熟悉商标事宜，在设计商标时不注意，往往给外商可乘之机。

中国近代烟草大王简照南

百年大商人

广东南洋烟草公司一问世,英美就剑拔弩张,借口南洋所产的白鹤牌香烟与其出品的玫瑰牌包装纸颜色相同,诬为影射,由香港巡理府出面,强行集中了广东南洋烟草公司的2000多元成品,在府前焚烧。简照南被迫改出双喜和飞马两种新牌子。但1908年初,英美又借词当时南洋最畅销的20支装双喜牌,与其出品的三炮台香烟装潢相似,派员警告南洋,声言要立即停售双喜牌香烟,否则控以模仿商标罪。同时又派员分别向香港和九龙各烟贩警告,禁其售卖南洋香烟,倘仍售卖,即提出控告。当时各烟贩因慑于英美势力,多不敢陈列南洋出品的香烟,只藏在柜内待沽,或全部停售。双喜遭此打击,南洋营业便一蹶不振,前后开工仅13个月,不得不向叔父告急。[①]

这里所说"向叔父告急"的叔父,指简照南的叔父简铭石。简铭石在越南经营瓷器、棉布,有较强的经济实力,曾入股支持简照南创办南洋公司。简铭石便借了9万元给简照南。简照南也关闭自己的怡兴泰商号筹得一笔钱,加上叔父的9万元,一起投入南洋烟厂,但因为英美公司打压太厉害,烟厂香烟销路不畅,积压过多,资不抵债,最终回天乏力,于1908年5月宣布破产拍卖。经过法院裁定,南洋资产货品价值9万元,交拍卖会拍卖,可是却无人认购。简照南十分着急,要是拍卖不出去就无法偿还债务,自己将承担更严厉的处罚。这时他叔父简铭石出面买下这些资产,交给简照南、简玉阶两兄弟,对他们说:"你们创办中国人的烟草公司,可以减少国人花在外国烟草上大量外流的银子,必须办下去,不能让外商耻笑。"

1909年,简照南、简玉阶再建南洋烟草公司。他们以爱国为旗帜,以民族品牌为号召,在与英美公司的激烈竞争中求发展,很快站稳脚跟,还清欠账,实现盈利,1911年赚2万元,1912年赚4万元,1913年赚10万元,

---

[①] 罗一星:《简照南与南洋兄弟烟草公司》,《20世纪上海文史资料文库3》,上海书店出版社1999年版,第174页。

第四章 | 迎来春天（1911—1918年）

南洋兄弟烟草公司大楼旧影

1914年赚16万元，资本发展到50万元，产品畅销南洋各地，展示出欣欣向荣的实力。

英美公司见南洋公司死灰复燃，大为恼火，再次把打压的注意力集中在南洋身上。英美烟草公司成立于1902年，总部位于英国伦敦，是英国帝国烟草公司与美国烟草公司联合出资600万英镑创办的合资企业，10余年来发展迅速，利润丰厚，业务遍及加拿大、日本、德国、澳大利亚、南非和中国等多个国家。英美烟草公司创设之初即在香港设立分支机构，1903年收购上海美国烟草公司和英国威尔斯公司，在虎丘路设立大陆第一家分公司，随后陆续在汉口、奉天、上海、哈尔滨建烟厂，在山东青州、河南许昌、安徽凤阳建美国烤烟种植场，并投资25000万墨洋成立中国英美烟草公司，迅速垄断了中国香烟的生产和销售。

这次英美公司变聪明了，不像前几年那样鲁莽行事，而是微笑着向南洋伸出橄榄枝——非常客气地对简照南说，英美公司看好南洋，愿意用

百年大商人

100万元买下南洋全部股份。这是一笔不错的买卖,南洋的全部资产只值50万元,而卖家出价就是两倍的钱,不能不令人心动。英美公司还有话,如果不答应,南洋今后的日子会困难重重。这自然令简照南和简玉阶思前想后,犹豫不决:如果答应,50万元资本变100万元,不能不说是经营有方,但好不容易创立的中国民族品牌就寿终正寝,英美公司对中国的垄断将坚不可摧;如果不答应,肯定将迎来英美公司更疯狂的打压,南洋将面临更严峻的生存考验。

经过反复考虑,简氏兄弟决定巧妙应付。他们请来好朋友、日本友人德田弥七商量,请他出面与英美公司谈判收购金额,要300万元才肯出卖。他们之所以找德田弥七出面交涉,是因为日本国力强盛,说话硬气,英国、美国不敢颐指气使。德田弥七答应出面,但提醒简氏兄弟,英美公司已控制上海所有烟草大批发商,只准他们销售英美香烟,不准他们销售其他香烟。简照南说:"我们知道这个情况,也知道那120家中小批发商也是这样,我们的推销员奔走多日也没接到一笔订单,所以我们不敢硬顶,但也不愿意出卖,只能采取这个迂回的办法,让他们知难而退,免得伤了和气。"德田弥七便去如此回答英美公司。英美公司听了果然大发雷霆,认为简照南存心拒绝收购。

> 英美对南洋的觊觎,从大者言之,有过两次企图吞并的重大行动。第一次在1914年,南洋刚呈现发展之势,英美就想以高价把南洋买下。他们派买办邹挺生与简照南洽谈,愿出100万元(当时南洋资产约值50万元),并威胁说,如不肯卖,恐有不测。简照南便将计就计,既然他愿意出高价,那就要他300万元,否则不卖。这一来,倒是英美反而担心,怕真的成交后,简氏兄弟可拿这笔资金另起炉灶,只好作罢。[①]

---

① 罗一星:《简照南与南洋兄弟烟草公司》,中国民主建国会广州市委员会、广州市工商业联合会、广州市政协文史资料研究委员会合编:《广州工商经济史料》第36辑,广东人民出版社1986年版,第33页。

第四章 | 迎来春天（1911—1918年）

其实英美公司并非"只好作罢"，而是变本加厉，加大打压力度，企图迫使简照南接受100万元收购的条件。他们采取的第一个措施是减价竞争。这是商业竞争的普通手法，就是把过去好卖的有利润的有竞争力的产品，故意减价销售，即或少赚钱或不赚钱，目的是进一步扩大市场占有率，压缩对手产品的占有率甚至将其撵出市场。英美公司的 Good Beam 香烟很不错，每箱卖价250元。他们为了竞争，准备了大批这样的香烟，降价一半，以每箱125元的价格大量抛售。上海香烟批发市场立即陷入一片混乱。众多批发商争相抢购 Good Beam 而放弃南洋的飞艇、飞马。简照南闻讯大惊，立即赶去批发市场查看，情况果真如此，气得跺脚。部下提议也降价，以免老客户跑了。简照南心里默默算账，自己的烟已经是亏本在卖，还能怎么降？就是再降也抵不过 Good Beam，只好长叹一声说："按兵不动，回去商量了再说。"

正当南洋公司准备迎接降价挑战时，又传来英美公司的降价消息。他们把最好销的三炮台香烟由10元零售降到5.85元，批发价降到5.25元，另外还多给40支烟。简照南得悉大吃一惊，这不是自杀性竞争吗？立即下令暂停挑战，看情形演变再说，同时派人去打探对手的底牌。

就在这时又传来一个惊人的消息，不少烟贩子拿着发霉的南洋烟要求调换，包围南洋销售门市，引发混乱。简照南赶紧亲自去调查，发现的确是自己的霉烟，再调查，自己没有卖出霉烟，十分困惑，便派人暗中跟踪调查英美公司的销售人员，终于发现这是英美公司捣的鬼：他们买下大批南洋烟放在潮湿的地方使其发霉再向市场抛售。

此次收买不成，英美便在市场竞争中施展手段。他们先是削价竞销，把原价250元一箱的 Good Beam 牌香烟减价一半出售，然后大量制造新牌子，以图出奇制胜。在东北，英美推出白刀牌，抵制南洋的飞船。在广州，英美又推出大头针、大山牌，抵顶南洋的地球牌。更为卑劣的是，他们故意购进大批南洋烟藏至变霉再大量抛出,同时唆使烟贩到南洋调换好烟,致使南洋遭受损失。他们甚至收买南洋的在印尼雅加达的仓管员,把烟放霉了再发货,借此破坏南洋商誉。①

简照南决定予以反击。他见英美公司将各地的 Good Beam 香烟紧急调往上海,造成各地断货的情况,就将自己的香烟调往英美公司香烟断货的地方,抢占空出的市场。同时,简照南召开新闻发布会,揭露英美公司不良竞争的目的是扼杀中国民族品牌,号召民众抽南洋烟。同时,南洋在销售上做文章,每包香烟附设奖券,定期在报纸上公开开奖,大奖是金表,小奖是名家书画等。另外南洋针锋相对,将畅销的飞船牌香烟降价销售一个月,把三喜牌改为喜鹊牌,在价格上专门对付英美的三炮台牌。

这几招儿立即起到稳定南洋销售情况的作用,使南洋香烟在各地的销售量逐渐上升。上海华人报纸纷纷响应,刊登系列文章揭露和批评英美公司的做法,让英美公司失信于民,转而使民众同情南洋,购买南洋,从而化解了英美公司对南洋公司的又一次大规模打压。

南洋继续发展壮大,1915年贸易额达到230万元,注册资本达到100万元,1916年盈利100万元,开始在上海筹建公司总部,发展形势十分喜人。这时出现一个历史性的转机——北洋政府见南洋发展喜人,准备与南洋联合办烟厂,把中国的烟草事业做大做强。这是1916年秋天的事。简照南得知北洋政府准备创办一个大型烟厂,觉得这是一个千载难逢的机会,便召集董事会开会商量。董事们在会上各抒己见,有的反对,觉得跟政府合作很容易被政府吞并,民商利益得不得保障;有的同意,认为只有官民联手才斗得过英美公司。董事会最后决定与政府合作办厂。

简照南据此向全国烟酒事务督办公署提出合办申请,随后亲自带人去北京活动。全国烟酒事务督办公署成立于1915年,主要职责是实施北洋

---

① 罗一星:《简照南与南洋兄弟烟草公司》,中国民主建国会广州市委员会、广州市工商业联合会、广州市政协文史资料研究委员会合编:《广州工商经济史料》第36辑,广东人民出版社1986年版,第33页。

第四章 | 迎来春天（1911—1918年）

政府创设的烟酒公卖制度，督办是钮传善。

钮传善是江西九江人，做过津海关道、重庆知府、陕南省财政厅厅长。简照南拜会钮传善，汇报南洋的情况及英美公司垄断的情况，提出愿意全力参与政府创办烟厂的请求。钮传善新官上任，首次推行中国的公卖制度，压力很大，见有成熟的烟厂前来合作，自然十分欢喜。二人一番洽谈，达成合作办厂的初步意见。简照南把这个意见带回上海董事会，多数人有意见，反对与政府合作办厂。简照南孤掌难鸣，只好搁置。不久钮传善派人来上海见简照南，催问南洋董事会研究的情况。简照南再度召开董事会商量，还是未能达成一致意见，只好再度搁置。几个月后，钮传善又派人来上海联系。简照南十分为难，因为董事会内部分歧很大，遂决定亲自到北京与钮传善总督直接商量。不久，北京发生张勋复辟，北洋政府发生变革，无人再过问此事，合作之事不了了之。

简氏兄弟也曾一度希望在卷烟专卖形式下与北洋政府合作办厂。1916年秋，北洋政府决定在上海自办烟厂，简氏兄弟即向全国烟酒事务督办公署表示，愿意与之合办，并派代表前往活动。9月，简照南亲自前往天津、北京进行联系，磋商结果，决定为两合公司形式。北洋政府提出合办草约9条，政府设中国烟草总公司，南洋更名为中国南洋烟草公司，资本总额1000万元，合办资本只认简氏兄弟3人及其本身的子嗣等，其他外股不得揽入。简氏兄弟以条件不合，不愿接受政府的草约，转而采取应付态度。翌年2月，北洋政府派员赴沪再度谈判，又因政府要占公司总理权，未能达成协议。6月，北洋政府再次派人去香港恢复谈判。当时因与英美烟公司的谈判正在进行，所以简照南表示眼下"政局纷争，南北或晓分离，此事未宜目下进行"，遂取消极态度，而简玉阶因坚决反对与英美烟公司谈判"合并"，主张"合政府与国人之力对抗""先以对外招股为对策"，对于与北洋政府合办之事持积极态度，希望能"即日会商"，分别解决，后因北京政府发生张勋复辟政变而中止。①

如若与前面介绍的范旭东相比,范旭东利用丰富的官场资源,举重若轻,事半功倍,而简氏缺乏官场资源,在历史重大转折的关键时刻犹豫不决,错失将南洋迅速扩大为全国性垄断企业的天赐良机,给英美公司继续垄断中国烟草以可乘之机。

南洋公司失去这次机会后,因为两兄弟意见不一,简照南只好妥协,不与英美公司合作,转而改组为有限公司,对外发行股票500万元,扩大各地分支机构,增大香港、上海两地烟厂机器设备,投资美国烟叶公司,联合国人之力对抗外商垄断。

英美公司见自己的垄断地位受到严重挑战,开始再一次打压南洋。这一次他们总结了以前的经验教训,变得更加聪明。他们经过精心调查,抓到简照南曾经加入日本国籍的事,利用中国人的反日爱国情绪,向北洋政府控告简南洋资产是日资,要求政府勒令南洋停业。

(1900年左右)简照南创立顺泰轮船公司,租船行驶越南、缅甸之间,随后购置广东丸巨轮一艘,往来日本、暹罗、安南,远及欧美各大埠。由于当时清朝政府腐败无能,中国公民在国际商没有地位,不能领取公海航行执照,照南便加入了日本籍,取名松本照南,向日本注册以领取执照。②

英美烟草公司这一招儿确实厉害,因为简照南的确加入过日籍,而且当时还保留日籍。这在社会各界和南洋公司内部立即引起轰动,纷纷要求简照南说明情况。简照南十分着急,后悔没有及时脱离日籍,不知道怎

---

① 熊尚厚主编:《民国工商巨擘》,团结出版社2011年版,第50页。
② 罗一星:《简照南与南洋兄弟烟草公司》,中国民主建国会广州市委员会、广州市工商业联合会、广州市政协文史资料研究委员会合编:《广州工商经济史料》第36辑,广东人民出版社1986年版,第26页。

第四章 | 迎来春天（1911—1918年）

么向国人解释。这时北洋政府农商部受理了这起控告，并很快做出裁决，勒令南洋公司立即停业。消息传出，全国震惊，南洋公司面临生死存亡的考验。

  1919年5月，英美烟公司为了搞垮南洋兄弟烟草公司，再次施展其阴谋手段。他们趁五四运动中全国人民反日斗争高涨之际，以简照南曾入日籍，南洋公司曾以日人出面代表公司与英美烟公司进行谈判为名，诬为日资。他们用40万元作包办费，收买上海商人黄楚九等，向北洋政府农商部控告南洋烟公司为日资。黄楚九等共花了20万元买通安福系议员何勋业、周维藩等，串通农商部，农商部竟然据以吊销该公司执照，勒令其停业。国内各界即海外华侨闻讯后群情愤慨，舆论哗然，一致声援。上海市商会、中华国货维持会及海外华侨等纷纷提出证明南洋为国资。简照南当即在报上发表启事，公开声明已办妥脱离日籍手续，又以南洋兄弟烟草公司名义在报刊发表《告国人书》进行辩护，并连续将各种证据登报，以澄清事实真相。简照南还迅速取得日本总领事证明脱离日籍的文件，9月正式向北京政府申请恢复国籍获得批准。10月，公司申请恢复注册也得到了批准。斗争历时半年，终于将英美烟公司击败。①

不难看出，简照南及南洋公司发展的最大困难之一是打破英美公司对华烟草垄断。这是民国初期外商与民商势不两立的普遍态势。究其原因，外商凭借武力和先进技术打开中国国门，占据中国市场，取得中国政府许可，对后来发展的中国民族实业采取打压政策，力求保持他们的垄断地位，而中国民商要生存要发展，只能从外商占据的市场中夺取一部分，并逐步扩大，直至将外商排挤出国。简照南办南洋公司如此，曾国藩办炮局，李

---

① 熊尚厚主编：《民国工商巨擘》，团结出版社2011年版，第51页。

鸿章办招商局，胡雪岩办丝栈，周学熙办开平煤矿，虞洽卿办轮船公司，范旭东办永利碱厂，都能看到中外商人激烈竞争的刀光剑影。

六、民商迎来春天

就在范旭东积极创办大沽盐厂前后，第一次世界大战爆发。

第一次世界大战深刻地改变了世界格局，也从政治、军事、经济、外交诸方面深刻地改变了中国。在外国进口商品急剧减少的情况下，中国民族经济得以快速发展，迎来了清末民初民商的春天。

第一次世界大战爆发后，中国的进出口贸易立即发生变化。西方列强无力向中国大量倾销棉纱、棉织品、化学染料等消费品，进口额有所下降；出口品除丝、茶继续停滞外，大都增加，出口值持续增长。这就相应地改变了甲午战争以来入超不断增长的现象，入额由1911—1913年平均12000万两，减至1915年的3561万两和1916年的3461万两。

从物量指数可见，从1913年到1915年，进口货物减少了近30%，到1918年更比1913年减少34%。出口货在战争最初两年也是减少的，主要由于海运船只困难，1916年开始增长，1918年比1913年增长40%，后仍维持较高水平，因此可以说，经过世界大战，在对外贸易方面，确实是我国出口货物增加了，进口货物相对减少了。[1]

外贸入超大幅减少，反映出中国经济发生的重要变化，即商品需求旺盛，物价上涨，就业机会增多，投资活跃，从而刺激各行各业大力发展。与此同时，甲午战争后洋务企业逐步萎缩、民商实业逐步兴起的浪潮

---

[1] 许涤新、吴承民主编：《中国资本主义发展史》第二卷（下），人民出版社2003年版，第730页。

第四章 | 迎来春天（1911—1918 年）

方兴未艾。于是在这两股潮流的共同作用下，民商实业运动掀起百年民商史上第一个高潮。烟台染料大王张宗桂就是一例。

第一次世界大战爆发，德商洋行纷纷撤离中国回国效力，因为事起仓促，所经营商品只好按战前价格委托华商代理销售，战后回来再算账。殊不知德商离华之后，第一次世界大战期间这些商品价格暴涨，给华商带来惊人利润，造就了一批百万富翁。张宗桂就是其中的幸运儿。

大染料商人张宗桂

张宗桂（1862—1941 年），山东烟台人，号颜山，15 岁到烟台"泰生东"杂货铺做学徒，手脚勤快，办事利索，20 岁当掌柜。其间，张宗桂与德国德孚洋行管事克劳克成为朋友。这一年克劳克要回国服兵役，临行前建议张宗桂自己开商号专营德国的"狮马牌"染料，并承诺可以照顾他，给他先提货后付款优惠。张宗桂把这事告诉"泰生东"东家。东家不愿承担风险，但支持张宗桂做，愿意把"泰生东"转让给他。张宗桂盘过"泰生东"，先是给德孚洋行卖货，后来逐步发展壮大，取得德孚洋行染料山东专卖权，1907 年在烟台设立"泰生东"总号，1910 年在济南、青岛、徐州、济宁、德州、莱阳、上海、哈尔滨等地设立分号，主要经营德国产狮马、长途、大刁、双鸡牌各色染料，因经营有方，生意兴隆，成为烟台富商。

德孚洋行老板叫屋本利，来华经商多年，与张宗桂不仅是生意上的伙伴，也是生死可托的朋友。1914 年第一次世界大战爆发前夕，他接到国内要求紧急回国的通知后十分着急，不知如何处理大量的库存物资，立即找到张宗桂商量。张宗桂知道德孚洋行的染料现货起码有几千吨，不可能在短时间内销售出去，就是大幅削价也没人全买得下来，他自己也没这个能力，十分为难。屋本利无路可走，最终想出个办法，请张宗桂代管代销代

223

保管货款，他回来后再做清算。他知道这样十分冒险，要是张宗桂携货卷款逃走，自己将遭受巨大损失，但思来想去只有这么一条路，只好把自己的身家性命全押在对张宗桂的信任上。张宗桂闻讯大吃一惊，没想到屋本利如此信任自己，连忙婉言相拒，说自己没能力销售这么多染料。屋本利再三央求他请他帮忙，并把给他的价格定得很低，只求保本。张宗桂答应帮他渡过难关，请他放心，保证一定等他回来接受货款和存货。于是二人清仓查库，办好交接，签订代销合同。

屋本利原以为此一去不会耽搁太久，也许一年半载，谁知道一去就是4年多，他在德国急得魂不守舍，坐卧不安，不知道自己在上海那一大批货物卖得如何、货款是否安全、张宗桂是否践约。第一次世界大战结束，屋本利急忙匆匆赶回上海找到张宗桂。张宗桂笑容满面地告诉他，已经把他的货物都卖出去了，货款都存入了他的银行账户。屋本利立即去银行查账，得知的确如此，大喜过望，非常感谢张宗桂，要给他一笔重金作为奖励。张宗桂不要，并告诉屋本利，感谢屋本利给他这样一个发财的机会，他已经赚得够多了，不但不要屋本利的奖金，反而要给屋本利一笔重金。接着，张宗桂向屋本利讲了这4年的情况。屋本利听了说，好好，你赚钱，我保本，皆大欢喜。这年张宗桂57岁。3年后张宗桂满60岁，收到屋本利送的生日礼物，一辆德国产本茨轿车。

这是一件看上去近乎有小说情节的真实故事。张宗桂的儿子张绪谱回忆：

> 1914年第一次世界大战前夕，烟台、青岛、济南等地德孚洋行所存的染料，全部移交泰生东销售，已定战后德方回华时付本还息。大战期间，染料来源断绝，价格猛烈上涨。洋靛每桶（百斤装）原银40两，上涨到800至1000两。小桶染料上涨更大，海昌蓝、红色、紫色、绿色等染料，上涨数十倍，每公斤（盒装的）值银百两（相当于一个金镍）。泰生东所存染料，约数3至5千吨，在染料价格急剧上涨而其他物价基本稳定的情况下，获得很大利

第四章 迎来春天（1911—1918年）

润，当时收入不下300至500万元。①

这是一个典型案例。张宗桂之所以发此横财，一是取信于德商，获得代销库存物资的机会；二是敢于冒险，冒着日军没收德国在华资产的风险；三是天赐良机，染料价格暴涨；四是精明，代销合同的"保本付息"条款定得好。总体说来，张宗桂的成功很大一部分原因在于第一次世界大战给中国民商带来的巨大商机，但也不是张宗桂一个人独领风骚，而是还有若干中国民商也分得了这个商机带来的美味佳肴。

河北井陉矿务公司创办于1898年，是中德合资煤矿，德国老板叫韩纳根（哼内肯），早年来到中国，做过李鸿章淮军水师提督，在井陉矿务公司投资25万两银子，有50%股权。有个中国人高呈桥（高星桥）在井陉矿务公司做事，先做过磅记账员，后来被韩纳根提拔为井陉矿务公司津保售美处总经理，享受高薪和优厚佣金，逐渐成为富翁。1914年第一次世界大战爆发，韩纳根回德国，拜托高呈桥照顾生意。高呈桥不忘韩纳根提拔之恩，与韩纳根保持联系，为德军在华采购大量军用物资，发了横财，购买了150万马克（5万两银子）德国公债，受到德皇嘉奖。高呈桥还大量投资天津房地产，修建了1000多间房子，包括有名的劝业场，成为闻名全国的富商。

> 第一次世界大战时，高认购德国爱国公债150万马克（折银5万两），代德军购置了大量的马靴等军用物资，据说以此受到德国皇帝威廉二世的嘉许，颁发上谕、奖状，恩赐高家享有德国贵族"冯"的姓氏，使他和韩纳根成为在中国仅有的两个德国贵族。谕旨还委任将来对"中国铁路之包修，完全由高呈桥主持"。②

---

① 张绪谱：《张颜山和泰生东染料庄》，山东省政协文史资料委员会编：《山东工商经济史料集萃》，山东人民出版社1989年版，第15页。

② 许涤新、吴承民主编：《中国资本主义发展史》第二卷（上），人民出版社2003年版，第155页。

百年大商人

20世纪30年代的泰康食品公司

  与张宗桂、高呈桥一样受益于德国者，还有济南泰康号经理乐汝成。泰康号成立于1914年6月，创始人是青岛的徐咏春、庄宝康，本金5000元，地点在济南经二路纬三路，有经理1人、会计1人、糕点糖果师傅2人、店员4人、杂工4人，主要经营南北海味杂货和糕点食品。泰康号在筹建时重视设备和装修，选用的是弹簧玻璃拉门和新式柜台、货架，花费很大，以至把5000元本金用去一半多，加上进货、雇人、开业应酬，流动资金就不够用了。

  资金调动是经理乐汝成的责任。他筹资的办法除了传统的钱庄借贷和赊购物品外，还有一个特殊办法，就是利用人家寄存代销所获货款做流动资金。这个情况的确很特殊，那时日本借口对德宣战出兵占领青岛。青岛商家人心惶惶，纷纷携款带货撤离青岛，来到济南等地避难，就有不少商家找到泰康号乐汝成，把货物寄存泰康代为销售，约定一定期限再来结账。销售时间与结账时间有个时间差，就会沉淀部分资金，又不需要利息，正

第四章 │ 迎来春天（1911—1918 年）

好解决乐汝成资金短缺的燃眉之急。

当事人、1916 年进泰康号做学徒、以后做过上海分公司经理的孙信人回忆说：

> 当泰康号正在进行筹备还没有开业的时候，第一次帝国主义世界大战爆发，日本帝国主义趁机出兵胶州湾，摄取德国在山东的特权，青岛处于战争状态，一部分资本家为逃避战乱，将货物运来济南，寄存于泰康。日军占领青岛，时局稍事稳定之后，他们除将一批细货运回青岛之外，还留下一些货物委托泰康代销。乐汝成就利用这批资金发展了泰康的业务。[①]

这算发战争财。战争使人发财，也使人亏本。那些青岛商人就因战乱遭受损失。所以这只能说第一次世界大战给乐汝成带来商机，但给那些青岛商人带来了损失。第一次世界大战给泰康的商机自然不止资金这一点，更重要的是趁机占领了外商腾出来的市场。

> 受舶来食品影响，当时济南市场已经有人仿制罐头食品。这一年山东莱阳梨丰收，一时销不出去，泰康号就大批进货生产罐头，其他品种还有苹果、红烧肉等。当时第一次世界大战战火正酣，海上交通阻塞，国外罐头食品极少运到中国，给泰康生产的罐头食品打开销路创造了良好条件，从京沪铁路沿线各大中城市，直到上海的各主要商店都有泰康罐头。罐头生产发展使泰康号从作坊走向工厂化迈出了重要的一步。[②]

[①] 孙信人：《我所知道的泰康公司》，山东省政协文史资料委员会编：《山东工商经济史料集萃》，山东人民出版社 1989 年版，第 36 页。

[②] 泰文：《早期的泰康食品厂》，《20 世纪上海文史资料文库（33）》，上海书店出版社 1999 年版，第 151 页。

百年大商人

第一次世界大战给乐汝成带来的也不全是商机,也带来了损失。几年后,泰康有了较大发展,成为济南最大的食品零售商,同时开始做批发业务。1918年,全国反对日本侵略中国,掀起抵制日货运动,济南也不例外,工人罢工,学生罢课,商人罢市。泰康员工是抵制日货的积极参加者,遭日本人记恨,营业所玻璃门窗被日本暴徒砸毁。不过总体而言,泰康在第一次世界大战期间发展迅速,资本额1914年5000元,1920年10000元,1921年15000元,增速惊人。

类似的例子还很多。上海三友实业社创办于1912年,创办人是陈万运、沈九成、沈启涌,总资本450元,地点在北四川路横浜桥土庆路,主要生产洋烛的烛芯,有烛芯车10台、10余工人。陈万运(1885—1950年),又名遇宏,浙江慈溪人,学徒出身,后来成为中国著名实业家。三友社创办不久,第一次世界大战爆发后,欧洲进口中国的烛芯中断,日商乘机抬价,企图垄断市场。华洋烛制造厂等工厂不接受日商高价,转而向三友实业社订货,并预付订金,帮助三友社扩大生产。三友社研制成电动烛芯机、烛芯球车,添置电动烛芯机16台、烛芯球车2台,产量猛增了3倍,但仍然供不应求,生意兴隆,收入颇丰。1915年12月,三友社增资至3万元,改组为股份有限公司。较三年前创业资本450元相比,资本猛增几十倍。

这还打不住。1917年,三友社扩大生产规模,除生产烛芯外还生产毛巾、被单等棉织品,所产三角牌毛巾畅销国内,把日货铁锚牌毛巾挤出中国市场,获利越发丰厚,便进一步扩大生产,在各地建分厂、工场。到1931年,三友社成为闻名遐迩的大型棉纺制品公司。

三友社自1912年起,从450银圆、5间小屋的小型手工工场起家,经过全体职工20年艰辛经营,发展到资金200万元,拥有沪杭两处大型工厂,嘉定、川沙17处郊区工场、1个总发行所、全国36个发行分所、共计6000余人的企业(36个发行所和新加坡及中国香港地区的职工未计在内),范围之广,产品之广,声势之大,产品之多,营业之盛,贡献之巨,在当时实业界中是屈指可数的。①

统计一下,1912年到1931年20年间,三友社的资本从450元发展到200万元,增加了4444倍,平均年递增大约200倍,创造了中国清末民初年间的创业神话。这个神话的基础夯筑于第一次世界大战之上,是第一次世界大战带给中国民商无限商机的确凿证据。

如果这样说还不够,再看一例。

上海兴和钢厂创办于1917年,资本金12.5万两,创办人是吴伯鸿。1918年7月投产,年底算账,半年获利8万两,年度资本利润率高达128%。吴伯鸿(1875—1937年),原名陆熙顺,上海人,18岁考取秀才,天主教徒,曾任比利时洋行职员、蒲石律师事务所秘书、上海内地电灯公司总经理、上海南市电车厂总经理、法租界华人公董等职。

吴伯鸿的钢厂筹建于第一次世界大战爆发前夕的1913年11月,出任经理,董事长是乐振葆,地址在上海浦东周家渡西村,但进度缓慢,直到1917年才开始建厂,1918年4月竣工,7月投产。不过冥冥之中似乎慢得正是时候,因为这时恰好是中国生铁价格暴涨至顶点之际,所以如前所述,兴和钢厂投产半年就创造了获利神话。不过既然是神话,也就不能持久,最高点之后必然出现向下的拐点。

上海著名实业家吴伯鸿(原名陆熙顺)

当时第一次世界大战正在激烈进行,我国钢铁输入量从1913年的24.4万多吨,锐减至1917年的13万吨,上海生铁市场价格,

---

① 李道发:《陈万运与三友实业社》,《20世纪上海文史资料文库33》,上海书店出版社1999年版,第136页。

百年大商人

从1913年每吨33两银子，暴涨至1918年12月间的190两。因此，和兴生产的生铁销路极为畅旺，开工不到半年即获利8万多两。股东们决定不分红，1919年11月又向浙江长兴青山公司订购李家港铁矿石4万多吨，每吨价银4元，仅这一年又获利10万多两。1920年增资至100万两，以15.4万两的代价，再向西门子洋行订购25吨高炉一座，于同年12月投产，两只炉子生产能力为35吨，但实际上只能轮流开炼，日产量最多20吨。从1918年7月到1921年6月，共生产生铁2830多吨。

第一次世界大战结束后，国外钢铁产品卷土重来，大量倾销，生铁价格从战时最高价每吨230两暴跌至50两左右。和兴厂因成本价高于售价，无法与外商竞争，于1921年6月停办，当时厂中有职工120余人。[1]

看来和兴钢厂还是办迟了，好日子只过了3年，要是筹办不耽搁，怕是能赚得盆满钵满。这也从反面说明，第一次世界大战的确给中国民商带来了极大的商机，一旦第一次世界大战结束，外商卷土重来，便以其高科技、低成本、价廉物美的绝对优势撵走中国商人，重拾金瓯一片。

插个吴伯鸿之死的事。1937年12月30日午饭后，吴伯鸿走出家门准备乘车出去办事，走到弄堂半道等候司机调转车头，从右边开门坐进去，正待关门，一个卖橘子的小贩疾步走过来冲他叫一声"吴伯鸿"，即朝他头部开了一枪。吴伯鸿来不及叫唤便倒下死去。那凶手在人掩护下逃之夭夭。小车司机从惊吓中回过神来，赶紧四处求援。吴伯鸿被送到附近广慈医院不治身亡。至于死因，有人说吴伯鸿与日军接触，参加上海市民协会，被军统特务暗杀；有的说吴伯鸿被仇家所杀，莫衷一是。

再看上海求新造船厂。求新造船厂创立于1902年，地址在上海南市

---

[1] 朱镜清：《陆伯鸿与和兴钢铁厂》，《20世纪上海文史资料文库3》，上海书店出版社1999年版，第347页。

第四章 | 迎来春天（1911—1918 年）

区南码头，创始人是朱志尧，初始资本 4 万元，正式投产是 1914 年，刚好第一次世界大战爆发。朱志尧（1863—1955 年），祖籍江苏青浦，生于上海董家渡，天主教徒，毕业于徐汇公学，历任轮船招商局买办、江南造船厂经理、大德油厂总办、法商东方汇理银行买办。他的大弟弟马建勋是李鸿章的幕僚，二弟马相伯是复旦大学的创始人，三弟马建忠是清末外交家。

上海求新造船厂成立之初大环境不错，当年产值达 50 万两银子，曾为裕华盐公司制造两艘 3000 吨级海轮、中国第一台煤油内燃机，不过第一次世界大战爆发后，所需钢材因为进口大幅减少而身价倍增，轮船市场却没有随第一次世界大战兴盛，反而受钢材涨价拖累而日趋萎缩。这就给求新船厂带来致命一击。

> 1914 年 8 月第一次世界大战爆发后，钢材价格暴涨，成本倍增，求新机器制造厂连年亏本，后虽经朱志尧设法挽回，但终成泡影。到 1918 年止，朱志尧欠法国东方汇理银行债款达 100 万两白银。1918 年 4 月，朱志尧在法国人的催逼下，将求新制造机器轮船厂出卖给法国航海邮船公司抵债。①

无锡丽华布厂创建于 1917 年，创始人是唐骧庭、程敬堂。唐骧庭（1879—1954 年），无锡人，出身商人家庭，父亲唐竹山在无锡北塘开设九余绸布店，还投资多家商店，是无锡有名的富商。唐骧庭青年时期在父亲的九余绸布店学做生意，1917 年与程敬堂合资收购冠华布厂，改组为丽华布厂，增添机器设备，由原来的手工织布改为机器织布，产量、质量较前有很大发展。这时恰逢第一次世界大战，进口洋布大幅减少，中国织布业得以快速发展。唐骧庭的丽华布厂得益于这个大环境，改组投产即欣欣向荣。

---

① 林鸣：《朱志尧和求新造船厂》，《20 世纪上海文史资料文库 3》，上海书店出版社 1999 年版，第 347 页。

百年大商人

自从冠华布厂改为丽华布厂后，正遇上第一次世界大战的发展机会，业务迅速发展，第二年资本额就实现了翻番。这与唐、程两人都是经营了多年的绸布店，有一定的经验，而且比荣茹（冠华厂长）了解市场行情、精明能干有关，不久又增资4万元开办了丽华二厂。①

唐骧庭的确是办实业的人才。早些时候，他父亲去世后，子承父业，他接办九余绸布庄，经营有方，管理得当，年年获利。唐骧庭后来的事情也不简单：1933年建成丽新纺织漂染整理公司，1935年创办无锡协新毛纺织染厂，成为著名的实业家。不过他也有马失前蹄的时候——在开办丽华二厂后，1919年，他不顾第一次世界大战结束的大势继续创业，结果遭遇失败。

1919年，唐、程两人看到市场上印染花布非常畅销，就决定创设一个兼有印染设备的工厂，从事新的尝试，先织成本色坯布，经过漂染整理后再出售，计划每日生产200匹，品种有提花布、丝光条格、线呢、泰西缎等10多种。于是由邹颂丹、唐骧庭、程敬堂等筹集资本50万元，在1920年筹建丽新织布厂，地址选在通惠路惠商桥。开工之初经营惨淡，由于外国棉纺织品向国内倾销，洋布货多价贱，无法与之竞争，在1922年就亏本5.4万，使部分股东对投资工业感到十分失望，提出要拆伙关厂。唐、程等掌权股东坚持要办下去，后由几位股东垫款30万元才渡过难关。②

---

① 高燮初主编：《吴地实业家》，中央编译出版社1996年版，第84页。
② 高燮初主编：《吴地实业家》，中央编译出版社1996年版，第85页。

第四章 | 迎来春天（1911—1918 年）

唐骧庭创办丽华布厂的故事很有启迪意义。他第一次办厂，旗开得胜，第二年即资本额翻番，而接着办厂却亏损。究其原因，成功是因为"正遇上第一次世界大战的发展机会"，亏损是因为"洋布货多价贱，无法与之竞争"。其实这只是客观原因，即第一次世界大战给中国实业带来的巨大影响，就实业家主观而言，第一次成功是对创业大势判断正确，后来的失败是对创业大势判断错误。由此可知，实业家创业必须高度注意大势的研判，如果大势有利于创业则顺势而为，如果大势不利于创业决不可逆势而为。

再举一例。前面介绍了，汉口德厚荣商号老板刘象曦，以楚兴公司名义租赁湖北四局，大发横财后再接再厉，做了英商安利英洋行、怡和洋行的买办，大赚其钱。第一次世界大战爆发，参战各国急需大量战争物资，便依赖在华洋行在中国采购，其中一项是军需食品蛋粉。蛋粉用鲜鸡蛋制作，便于储存、运输和食用，需求量巨大，且成本低廉，利润丰厚，每个鸡蛋采购价 2 至 3 分钱，加工后可卖 1 角钱。刘象曦、蒋沛霖见此有利可图，1917 年投资 30 万两银子，在河南郾城县设立德和蛋厂，大量生产机制蛋粉卖给洋行。德和蛋厂初期生意兴隆，每天用鲜鸡蛋 96000 个，生产飞黄、水黄、伙黄粉、蛋白片等品种，装入内衬白铁皮木箱，运往码头，交付洋行出口，获利颇丰。于是刘象曦、蒋沛霖便急速加大投资再建工厂，以为遇到承租湖北四局那样的天赐良机，殊不知这时已是第一次世界大战结束之时，海外市场对蛋粉的需求量大幅减少，结果可想而知，犯了与无锡丽华布厂同样的错误，而且因为投资巨大亏损 120 万两银子。

德厚荣商号当事人李梦初回忆说：

> 开办的第一年，确也赶上了快销行市，安利英、怡和等洋行都争相收购。蒋沛霖鉴于这项生意大有钱赚，又另外拿出 20 多万两银子，派人到安徽蚌埠建立德和第二蛋厂，同时在天津筹建德和第三厂。等到第二厂刚开工生产，第三厂还没有安装好机器

设备，欧战就结束了。这一来蛋粉的销路大为减少，天津第三厂只好半途而废。郾城、蚌埠两家蛋厂虽然继续生产，力图挣扎，但终无起色，后来制造水黄，因在途中变质，几乎全部报废。在这短短的三年中，德厚荣接连开办的三家蛋厂，连本带利一共亏折资金约达120万两银子之巨。[①]

---

① 李梦初：《德厚荣十年春梦》，武汉市政协委员会文史资料委员会编：《武汉文史资料》1988年第三辑，第87页。

第五章

抗衡洋商（1919—1936 年）

百年大商人

第一次世界大战从1914年8月爆发，以英、法、俄、美为首的协约国联军，与以德国、奥匈帝国、奥斯曼土耳其、保加利亚为首的同盟国联军，经过马恩河战役、凡尔登战役、加利波利战役、日德兰海战，协约国联军逐步控制局面。1918年9月26日，协约国联军对德军发动总攻，击溃德军兴登堡防线。德国被迫向协约国提出停战谈判要求。这时保加利亚、土耳其和奥匈帝国已先后向协约国投降；波兰国会宣布波兰属地脱离奥匈帝国；匈牙利宣布成立民主共和国；维也纳爆发工人总罢工和士兵游行示威，迫使奥皇退位，成立奥地利共和国；德国爆发十一月革命，德皇威廉二世退位，成立共和国。

1918年11月11日，德国同协约国签署停战协定，宣布德国投降。协约国联军要求德军在15天内撤出所侵占各国和地区，交出5000门大炮、25000挺机枪、3000门迫击炮、1700架飞机、5000台火车机车、15万节车皮和5000辆卡车。第一次世界大战结束。第一次世界大战给参战各国造成极大的经济损失。按当时美元计算，参战国直接经济损失高达1805亿美元，间接经济损失达1516亿美元，使欧洲工业生产水平倒退了8年。

1919年1月，第一次世界大战战胜国在法国巴黎召开"和平会议"。中国代表在和会上提出废除外国在华势力范围、撤退外国在华军队和取消"二十一条"等正义要求。巴黎和会拒绝中国的要求，将德国在中国山东的权益转让给了日本。北洋政府屈服于帝国主义的压力，准备在《凡尔赛和约》上签字。

消息传到国内，北京的大学生群情激奋。1919年5月4日，北京3所高校3000多名学生云集天安门，打出"收回山东利权""拒绝在巴黎和约上签字""废除'二十一条'"等口号。游行队伍来到赵家楼胡同西口曹汝霖的住宅，出于曹汝霖负责与日洽谈"二十一条"的卖国行径，火烧曹宅，痛打躲在曹宅的驻日公使章宗祥。军警前来镇压，逮捕了32名学生。

北京大学生的爱国行动得到全国各界支持。上海、天津相继成立学生联合会。广州、南京、杭州、武汉、济南的学生和工人纷纷给予支持。5月19日，北京各校学生宣告罢课，向各省的省议会、教育会、工会、商会、农会、学校、报馆发出罢课宣言。天津、上海、南京、杭州、重庆、南昌、武汉、长沙、厦门、济南、开封、太原等地学生积极响应，先后宣告罢课，支持北京学生的斗争。6月3日，北京数以千计的学生涌向街头，开展大规模的宣传活动。北洋政府派军警阻拦，逮捕学生近千人。6月5日，上海工人开始举行大规模罢工，以响应北京学生的爱国行动。紧接着京汉铁路长辛店工人、京奉铁路工人及九江工人纷纷举行罢工和示威游行，声援北京大学生。在这样强大的压力下，中国代表最终没有出席巴黎和会签字仪式。

这就是五四运动。五四运动是全国范围的反帝反封建的革命运动，标志着中国新旧民主主义革命的转换，促进了马克思主义在中国的广泛传播，为中国共产党的成立在思想上和干部上做了准备。

第一次世界大战爆发和五四运动促使中国经济发生深刻变化，一个重要标志是民族资本得以长足发展，而官僚资本和外国资本则相继受挫。举例说明：上海阜丰面粉厂创建于1900年，资本金30万两银子，创始人是孙多鑫、孙多森兄弟，由于经营有方，加之实业发展大环境好，上海阜丰面粉厂从投产次年开始，1901年到1919年的19年间，年年获利。

> 据统计，1901—1913年，平均盈利约20万元，1914—1919年，平均盈利达51万元，为战前的1.5倍。1919年阜丰面粉厂资本金增至70万两银子。[①]

再看两个工厂和一个银行。

1917年到1921年，南通大生纱厂5年获利560多万两银子[②]。1900年，无锡荣氏兄弟创办第一个面粉厂，有石磨4部，日夜产粉300包，1921年有12个面粉厂，有石磨301部，日夜产粉75000包；1900年资本额为3万元，

---

① 王鹤鸣：《通孚阜集团的创业者》，安徽省政协《安徽历史人物丛书》编委会：《科技名流》，中国文史出版社1991年版，第319页。

② 言夏著：《国商》，当代中国出版社2008年版，第10页。

百年大商人

1936年增至960万元，增长了319倍。① 上海银行成立于1915年，创办人是陈光甫，资本额10万元，存款额57万元，到1921年，资本额为250万元，增长了24倍，存款额3244万元，增长了56倍，而1915年到1921年的12年间，每年平均盈利20%以上，总盈利355万元。②

总体而言，1912年到1920年，中国各行业民商实业都有较大发展，计：华商纱厂纱锭增长3.13倍，机制面粉日产量增长3.06倍，卷烟业增长12倍，火柴业资本额增长2倍，发电容量增长2.4倍，矿产量增长7.8倍。③

我们曾将1894—1920年间中外产业资本发展的可比值即年增长率加以比较，发现官僚资本的发展在1911年以后就进入颓势，外国资本的发展也在1914年以后受挫，唯民族资本始终保持两位数的增长率，全时期平均发展速度为13.8%，还略高于外国资本的13.1%。这说明它有旺盛的生命力，是中国工业化希望所在。我们又选择主要行业，按设备能力、产量或产值来测算民族资本的发展速度，结果与资本增长速度基本相同。④

民商的发展与国民抵制外货运动有关。抵货运动萌发于1915年，日本帝国主义提出妄图灭亡中国的"二十一条"，激发全国民众自发地掀起抵制日货运动，大声疾呼"中国人用国货"，给日货输华以沉重打击。紧接着1919年爆发五四运动，广大民众的爱国热情得以进一步高涨，促使抵货运动掀起更大的高潮，迫使日本输华产品大幅减少。

---

① 荣漱仁：《我家经营面粉工业的回忆》，中国人民政治协商会议全国委员会文史资料研究委员会编：《工商史料2》，文史资料出版社1981年版，第52页。
② 言夏著：《国商》，当代中国出版社2008年版，第260页。
③ 许涤新、吴承明主编：《中国资本主义发展史》第二卷（下），人民出版社2003年版，第875页。
④ 许涤新、吴承明主编：《中国资本主义发展史》第二卷（上），人民出版社2003年版，第14页。

1919—1921 年，日货进口连续下降，由 2.47 亿海关两，降至 2.1 亿海关两。棉纱减少尤甚，1918 年为 8412 万日元，1920 年为 8106 万日元，1921 年更降至 4711 万日元。①

1925 年爆发五卅运动，全国民众掀起抵制英货运动，进一步刺激了民商工业发展。抵货运动从 1915 年持续到 1936 年，不同阶段作用大小不一，有的作用显著，有的被走私抵消，作用不大，但弘扬爱国主义精神、宣传国货、发展民商实业的精神，值得充分肯定。

一、曹志圣被逼死

1918 年第一次世界大战结束，欧美及日本列强虽然在战争中损失不小，但经过一番休养生息，挟第一次世界大战胜利国余威卷土重来，向中国大量倾销廉价、剩余商品，疯狂打压中国民商，借此挽回第一次世界大战期间丢失的市场，以恢复本国经济。卷土重来的外商发现，中国民商在官僚资本逐步萎缩、第一次世界大战期间外商进口大幅减少的两重原因作用下，经过近十年发展，已呈欣欣向荣之势，在不少领域可以挑战外商，便加大打击中国民商的力度，以求恢复昔日霸主地位。

先看上海德泰机器厂老板自杀的事。

上海德泰机器厂开办于第一次世界大战期间，创办人叫曹志圣，主要生产双轮牌闸门开关。这样的产品早先都是舶来品，上海市场被美国慎昌洋行垄断，美国的闸门开关充斥全国市场。第一次世界大战开打，美国闸门开关进口锐减，市场价格迅速提升。曹志圣发现这个商机，联合一些股东组建上海德泰机器厂，瞄准市场急需的闸门开关产品，研究美国同类产品，生产出质量过关的双轮牌闸门开关。这时市场上急需闸门开关，德泰

---

① 许涤新、吴承明主编：《中国资本主义发展史》第二卷（下），人民出版社 2003 年版，第 872 页。

百年大商人

产品一经上市，立即成为抢手货，颇受用户欢迎。

这时美国慎昌洋行因为组织不到更多的美国闸门开关来华，眼见中国货大行其道无可奈何。第一次世界大战结束，为了迅速恢复经济，美国政府鼓励企业尽快增加民品生产，加大出口，于是美国的闸门开关便源源不断地运来中国，但出乎意料的是销售不畅。美国慎昌洋行调查发现，形成这个情况的一个重要原因，是德泰机器厂占领了大部分市场，不由引起了恐慌。美国产品虽说质量好价钱低，但远涉重洋，进口纳税，成本负担不轻，而德泰仗着本地企业的优势可以与美国货一拼高低。

经过进一步调查和反复考虑，慎昌洋行决定"曲线救国"，说德泰的双轮牌闸门开关侵占美国同类产品专利权，要求德泰立即停产封货。德泰老板曹志圣得讯十分生气，双轮完全是自己工厂创造的品牌，哪有停产封货的道理？便一口回绝，继续生产销售。慎昌洋行便向上海会审公廨起诉德泰机器厂。

上海会审公廨成立于1868年（清同治七年），是上海道台和英美等领事商订的根据《洋泾浜设官会审章程》组建的，地点在英美租界，也称

上海会审公廨审案情景

会审公堂。会审公廨是一个特殊司法机关,由中方专职会审官与外方陪审官会同,审理租界内与华人有关的诉讼案件,设正会审官1人,副会审官6人,裁判权实际由外国领事充当的外方陪审官操纵。

到了开审这天,德泰老板曹志圣在法庭上反驳慎昌洋行起诉说:"这些年慎昌洋行销售的美国闸门开关很少,而且都是老样式,不适合市场需求。我们开发的双轮牌闸门开关是根据中国传统样式设计的,绝不是原告所说侵权。这是我方的反驳书,请会审官明察。"美国领事充当陪审官。他不顾中国会审官的意见,立即批驳曹志圣的发言和反驳书。美国领事不顾曹志圣的申述,强行判决曹志圣败诉,封查德泰机器厂,要求曹志圣赔偿损失。曹志圣被逼得走投无路,愤而自杀。

曹志圣的朋友、中国电灯大王胡西园是当事人。胡西园回忆说:

> 开审之日,美国领事问了德泰机器厂三言两语,不容分辩,就判决德泰机器厂应赔偿美国慎昌洋行飞轮牌闸门开关损失若干万美元,并将德泰机器厂封闭,卖低价抵还美国慎昌洋行的损失费,不足之数仍向德泰机器厂负责人曹志圣追偿,如拿不出偿款要将曹志圣拘押。一家欣欣向荣的中国工厂立时惨遭破产,而曹志圣本人被逼得走投无路,郁愤已极而自杀。①

不难看出,中外商人纠纷,由外国领事主持的上海会审公廨审理,本身就无公平可言,审判结果自然向外商倾斜,而且是终审,没有上诉权。在这样的背景下,利用司法打压中国商人成为外商一种特殊的经营模式,行之有效,屡试不爽。

再看上海协昌缝纫机厂、广东富国煤矿和华商烟厂遭外商打压的事。

上海协昌缝纫机厂开设于1929年,地点在上海嵩山路,创办人是沈玉山。沈玉山,浙江余杭人,出身贫穷家庭,14岁到上海做学徒。1919

---

① 胡西园著:《追忆商海往事前尘》,中国文史出版社2006年版,第23页。

百年大商人

年1月，沈玉山与高品章、张明生合资405块银圆创办协昌铁车铺，沈玉山管账，地点在郑家木桥街174-178号，今福建南路15-19号，雇有八九人，主要经营国外缝纫机和旧缝纫机翻新业务。上海郑家木桥逐渐增加多家经营缝纫机买卖和修配的商店，形成上海缝纫机集市。初期生意清淡，两个合伙人在一年后退股，由沈玉山独资经营，逐步实现盈利，1922年更名为协昌缝纫机器公司。1927年，经过多年努力，沈玉山终于试制成功25K-55型草帽缝纫机。1929年，上海掀起实业救国浪潮和抵货运动，沈玉山深受影响，决定生产中国人自己的缝纫机，便在嵩山路70号开设协昌缝纫机厂，制造出中国第一架国产缝纫机——红狮牌草帽缝纫机，并再接再厉，生产近200台投放市场，因价廉物美大受欢迎。

　　为此，美国胜家缝纫机公司十分惊讶。这是一家美国老牌公司。1851年，美国人列察克·梅里瑟·胜家发明缝纫机，1853年开始在纽约生产，年销量2万台，逐步在世界各地设厂生产，至19世纪末，全球销量达135万台。1910年，美国胜家缝纫机公司在香港设立中国总办事处，开始涉足中国，并很快垄断中国市场。其间，虽说苏州申晶缝纫机号、协昌缝纫机器公司利用进口旧缝纫机翻新出售，一度挑战美国胜家，但终究不成气候。今天，胜家见德泰竟成批生产新式缝纫机投放市场，自然不肯善罢甘休，便避实就虚，抓住协昌经营旧机整修业务的空子，以侵权为由，向上海租界法院起诉协昌缝纫机器公司，企图借此扼杀中国民族产品红狮牌缝纫机。

　　沈玉山不服，找律师蒋葆厘代诉。沈玉山的理由是红狮牌缝纫机是自己多年研制的成果，不存在侵权行为，所谓侵权之说是美国胜家公司打压华商的惯用伎俩。上海租界法院开庭审理，律师蒋葆厘仗义执言，赢得诸位法官的同情。社会舆论普遍支持沈玉山和协昌缝纫机公司，美国家胜公司失道寡助。沈玉山的儿子沈耀庭、沈耀宗、沈耀邦回忆：

> 协昌的发展引起胜家公司的妒恨，不久，他们以协昌经营旧机整修业务是冒用胜家牌子的非法侵权买卖为由，起诉于上海租界当局，又串通租界当局企图拘捕沈玉山，迫使沈不敢在家住宿，

躲避在外。此案经名律师蒋葆厘据理力争,终以法院撤诉而作罢,但协昌业务一度受到严重影响,至于沈玉山先生的精神上的创伤,更是不言而喻的了。[①]

除了利用司法特权打压之外,外商还有多种惯用手法,比如恶性廉价销售,即低于成本的亏损性倾销。1928年,中国的华成烟草公司、和兴烟草公司、南洋烟草公司、福新烟草公司,就遭受英美烟草公司这种恶性廉价销售打压,损失惨重。

在华商销路较好的地区,英美烟公司依靠雄厚的资金,以削价出售、半卖半送、赠送礼品、摸彩发奖等手段,与资金不如他们的华商烟厂竞争,华商最终无法匹敌而告失败。华成烟草公司出产的金鼠牌卷烟在浙江地区颇有市场,影响英美烟公司在当地的销售。英美烟公司就生产天桥牌与之对抗。两者质量差不多,烟味相近,但天桥每箱价格低于金鼠二三元,金鼠走到哪里,天桥跟到那里,还采取当众摸彩的办法,一举将金鼠打倒。1928年至1929年,和兴烟草公司出产时髦牌卷烟,在宁波、汉口等地销路极广。英美烟公司马上向和兴提出用25万美元购买牌子,遭到拒绝后,英美烟公司便生产飞燕牌与之争夺。时髦牌每箱118元,飞燕牌就卖115元,买一送一。接着又出美伞牌在汉口销售,除价格低廉、买一送一外,各大小经销同行一律赠送英美烟公司汉口公司股票,小同行50元,店员、职工每人10元,时髦牌终于被打倒。[②]

---

① 沈耀庭、沈耀宗、沈耀邦:《蝴蝶牌家用缝纫机的由来》,《20世纪上海文史资料文库3》,上海书店出版社1999年版,第298页。
② 苗利华:《垄断旧中国烟业的英美烟公司》,《20世纪上海文史资料文库3》,上海书店出版社1999年版,第6页。

百年大商人

英美烟公司为打压华商,不惜采用多种恶性竞争手段,比如收购、降价、送股票等,不一而足,更有甚者,竟然有美商收买人破坏华商产品的质量。1929年春,上海亚浦耳电器厂出口国外的几批电灯泡接连出现质量问题,纷纷要求退货赔偿。厂长胡西园十分着急,一边下令立即退回调换,一边追查原因,但找不到原因,只好加强质量管理,要求大家提高警惕,防人破坏。有一天清晨,技术员周某到厂里早一些,偶然发现一个华姓的职员正偷偷摸摸在弄药水,就问他干什么,那个职员立即把手里一个纸包塞进口袋,表情十分尴尬。这时有人陆续来上班,发现这个情况,把华某拉到办公室询问,并从他身上搜出那个纸包,打开一看是一包碱粉。在大家的严厉逼问下,华某说了实情。他受竞争对手、美商奇异厂指派,用碱粉破坏亚浦耳电器厂的药水,从而破坏产品的质量。厂长胡西园闻讯万分惊讶,让工人把华某押送巡捕房处理。这件事因为证据不足,巡捕房没处理,不了了之,但美商奇异厂受到舆论的严厉谴责。

法国公司的打压手法更厉害,运用政府力量,迫使中国政府给法商让利,而不惜损害华商利益。广东富国煤矿公司成立于1929年,创办人是广东新会人谭礼庭,集资百万元,花3万元收购周子光等人所有的旧协兴公司改建而成。

谭礼庭(1876—1966年),广东新会人,早年曾筹建广州市自来水厂、经营西江轮渡、广州—江门—肇庆航运业务,创建广州大黄广南船坞、广州白蚬壳广兴轮船公司,代理法国人的越南鸿基白煤进口,1929年转营煤矿,收购协兴公司,在广州黄沙设立富国煤矿总公司,在韶关筹设富国煤矿,个人占股90%多,自任董事长。富国煤矿成立后,谭礼庭聘请北大矿科毕业生薛基棉为工程师,扩大附属基础设施,兴建9公里轻便铁路、机械修理厂、翻砂厂、发电厂等,生产良好,销售顺畅,1935年产煤13.73万吨,效益丰厚。

富国煤矿兴起,所产煤炭源源不断销往广东、广西各地,价廉物美,致使价格较高的越南法商进口煤炭逐渐减少。越南是法国殖民地,不少法国商人在越南投资建厂,包括开采煤矿输入中国。法国殖民当局因煤炭出口中国的量减少，影响税收，便对中国政府施加压力，要求中国减少越南煤炭的进口税。谭礼庭得知消息十分着急，急忙召集董事会商议办法。富国煤矿股东有不少官股，比如第一集团军总司令部20万元公积金，以总司令陈济棠等人的名义入股。董事会决定向国民政府外交部反映情况，不能降低越南煤炭进口税。国民政府不理他们的意见，与越南商谈并修改了《中越商约协议》，其中有大幅降低进口煤炭税的条款。

当事人、富国煤矿顾问陈延炆回忆：

> 1935年营业正在顺利进行中，适遇中越改订商约（当时越南是法帝国主义的殖民地）。月煤进口税率，新约大量减低，由每吨征收关金2.8元改为0.95元，以致越煤入口激增，煤价日落。公司为维持营业，不得不减价竞争，同时又不能不将产运成本力求减少，以冀站定市场。故该年度营业额虽有增加，而获利反少。如运往上海与义泰兴（经营淮南煤矿的大煤商）销售的煤，每吨要亏1元左右，但为站定市场计，每月仍须运去数百吨。[1]

二、越穷越要买船

虽然如此，中国民商并未屈服，而是利用本土优势，与外商做生死抗争，以求立足之地，并在外商"倒逼"下奋发图强，艰苦创业，努力发展壮大经济实力。虞洽卿与外轮的竞争的故事就是一例。前面介绍了虞洽卿巧妙招股创办三北航运公司、经营沪甬航线，逐渐发展壮大成为中国有名的轮船公司。这是第一次世界大战期间的事。第一次世界大战结束，洋商卷土重来，情况自然不妙。洋商不愿坐看三北抢他们的生意，便开始打压三北，

---

[1] 陈延炆：《富国煤矿公司办理经过》，中国人民政治协商会议广州市委员会文史资料研究委员会编：《广州文史资料》第八辑，1963年版，第92页。

百年大商人

宁波口岸码头的船只

手段不外乎老一套，垄断、降价、收购等。虞洽卿奋起反抗。

1919年五四爱国反帝运动期间，外轮营业备受打击，再次造成三北营业上升机会，成为长江航线中唯一能同外轮对抗、实行定期航班的民营公司。是年，三北再次增资200万元，连续添置数轮加入长江航线，因此遭到外轮公司的倾轧。太古公司以避免同业跌价竞争为借口，召集怡和、日清、招商局、三北、宁绍5家公司，组成长江运价委员会，每月商议运价一次。会上太古自居主席，认为三北、宁绍轮船性能与设备较差，规定运价较其他四公司打双九折，并迫使三北承诺今后在长江航线中，不再增加船只和班次。三北明显感到压制，但孤掌难鸣，无力抗拒。

第一次世界大战结束后，外轮纷纷重新东来，国内同业竞争也十分激烈，三北航业集团面临重重困难。此时外商表示愿出高价承盘，虞的亲友也劝他借此机会脱出重轭，且可以收到一笔巨款，终身坐吃不尽。但他不愿将艰苦创业的企业拱手让给外国资本家，断然表示拒绝。[1]

---

[1] 熊尚厚主编：《民国工商巨擘》，团结出版社2011年版，第157页。

第五章 | 抗衡洋商（1919—1936年）

太古轮船公司是英商公司，太古的意思为虎狮，总部在英国伦敦，1861年进入辽宁营口经营中国航线，享有"不受通商所在地法律管辖的特权"，即船舶行驶通商和非通商口岸不受海关检查；行驶航线的运价可以自由提价、降价和杀价。太古公司在中国的航运力量逐步扩大，1895年在湖南常德、益阳设经理处，开辟汉口至常德、益阳、沅江、津市的内河航线，1903年开辟汉口至湘潭航线，1904年在长沙建码头、仓库、栈房及办公楼，1907年开辟长沙至衡阳、常德、津市、益阳和常德至汉口航班，生意兴隆，实力雄厚，远超中国轮船公司。太古公司与英商怡和轮船公司、日商日清轮船公司垄断长江航线，用垄断价格、航线、航班手段打压中国轮船公司。

虞洽卿不畏强暴，奋起竞争，主要方法是打破外轮公司对长江航运价格、航线、航班的三垄断。为了打破三垄断，虞洽卿把主要精力用在筹措资金上面，就是想方设法筹资买船、造码头，开辟新航线。三北公司董事会开会商量买船的事，多数董事不同意，说没有钱，不能借钱买船。虞洽卿说："英国人不准我们新辟航线，而他们却不断开辟新航线，我们要是俯首听命，他们会把长江航线都占完。不行，我们也得不断开辟新航线。我们虽然穷，没有钱买船，但我们越穷越要买船，越买船才越有机会打破英国人的垄断。"

大家还是不明白，请他说说没有钱怎么买船。虞洽卿说："我仔细研究了造船公司的销售办法，特别是外轮公司重回中国，急于占领轮船市场，给予购船者诸多好处。比如，我们买一艘外国轮船，事前只需支付小笔订金，船到码头，验收合格，我们才支付30%船款，剩余船款分期支付。我们收到轮船，可以立即向银行办理抵押贷款，最高可贷轮船价格的70%。我们首批只支付船价的30%，还剩40%资金可以自由支配。你们说是不是越穷越要买船？"大家一致同意虞洽卿的买船计划。

与此同时，虞洽卿还有筹资办法，一是收员工的保证金，一是利用私人关系，无须抵押，向银行贷款。所谓保证金，当时叫押柜，就是押在柜上的保证金，是挽留员工的手法之一。这在当时比较流行，但以此筹资买船却是别出心裁。虞洽卿的押柜制已超出收一点点保证金的范围，根据职务高低,收得比较多,因为轮船很贵,任何损伤都很花钱,所以特别对负责轮船经营的人要收数千元,是最低服务员的十几倍,总收数目十分可观,一条船竟高达10万元。

虞洽卿凭借"越穷越买船"的经营策略,短短几年便添置新船十余艘,不顾外轮公司打压限制,开辟汉湘线、汉宜线、汉渝线等若干新航线,修建配套工厂,甚至自制小轮船,一举打破外轮公司封锁,在与外商的竞争中发展壮大。

> 1921年,三北以低价买进华昌轮船公司的全部产业。为了扩展航线,派轮开辟汉口到长沙的航线。是年又向大来洋行购得汉口码头,在汉口自建四层大楼(1924年建成使用)。到1921年底,三北航业集团共拥有资本320万元,其中三北200万元,鸿安100万元,宁兴20万元(后也增资为100万元),轮船17艘,2万多吨(不包括345吨浙江沿海行驶的小轮45艘),估计财产总值约为600万—700万元,成为当时我国规模最大的私人资本航业集团,也是同外商轮船公司竞争中,最具实力挽回权利的一支劲旅。三北集团为了建立自己的造船厂,1922年盘进南市肇成机器厂,改名三北轮埠公司机器厂,初时只能维修三北集团的船只和自制船用机器配件,后来逐步发展,改名三北机器造船厂,能自制4吨轮船,如所造三北号客轮,除主机外全部自制。①

补充一些资料。湖北省社会科学院历史研究所研究员徐凯希撰文指出,虞洽卿在与外商的竞争中不仅站稳脚跟,还购买和租用外商轮船公司产业。1913年法商东方轮船公司停业,虞洽卿的宁绍轮船公司租赁其汉口码头。1922年虞洽卿购买美商大来洋行汉口码头、仓库、趸船,发展汉口航运业务。②

---

① 熊尚厚主编:《民国工商巨擘》,团结出版社2011年版,第158页。
② 徐凯希:《宁波帮与湖北近代工商业》,《宁波大学学报(人文科学版)》2004年6期。

第五章 | 抗衡洋商（1919—1936年）

收购和租用外轮公司资产，发展壮大民族轮船公司力量，在当时与外商的竞争中是难能可贵的胜利，也反映了中国民商在这个时期强劲发展的势头。纵观百年民商发展史，在与外商竞争中败北者众而获胜者少，像前面介绍的化工大王范旭东，这里说的虞洽卿，以及下面即将介绍的方液仙，他们能获胜实属不易。

在与外商的激励竞争中，上海中国化学工业社的方液仙借力发力，创造出中国第一支牙膏，并以价廉物美取胜美国牙膏，畅销全国，大获其利。方液仙（1893—1940年），浙江省镇海县人，出身世代经商的名门望族，生于上海，从小对化学感兴趣，中西书院毕业后，曾师从上海江南制造局技师、德国著名化学家窦伯烈，在家中设化学实验室研制轻工产品，1912年创办中国化学工业社，生产销售三星牌牙粉、雪花膏、生发油、花露水等与洋货竞争抗衡，1915年集资办厂，生产三星牌蚊香抵制日货蚊香，1923年研制成功中国第一代牙膏——三星牙膏，1933年建立中国国货公司，任总经理，在南京、宁波、汉口等10多地设分支机构，扶持民族工业，抵制洋货，人称国货大王。

1912年，20岁的方液仙从母亲处得到1万元资金，在上海圆明园路安仁里创办中华社，招雇几个工人，带他们试制牙粉、雪花膏、生发油、花露水等，可质量、价格都不如外国货，以致年年亏损，1万元资本亏尽。方液仙不甘失败，1915年找到舅舅李书云求助，自己出资3.5万元，舅舅出资1.5万元，创办化妆品厂，但仍然敌不过外国货，苦苦挣扎4年，到1919年又几乎亏损殆尽。1920年，方液仙三度创业，找四叔方季扬投资1.5万元，自己筹资3.5万元，地点改在河南路，四叔任董事长，自己任总经理。四叔方季扬是上海钱业界巨子，资产丰厚，擅长经营，做了董事长自然全力支持侄儿方液仙创业，这才使中华社走上正路，开始盈利。

不过随着国产化妆品越来越多，竞争越发激励，中华社的三星牌牙粉逐渐趋于颓势。方液仙当机立

上海实业家方液仙

百年大商人

断,放弃牙粉竞争,改而研制最新产品牙膏。当时牙膏都是外国货,中国人自己不能生产,所以方液仙把研制的目标定在美国丝带牌牙膏上。他利用美国货的优势,抓住美国货的不足,借力发力,成功研制出比美国货还便宜的中国人的第一支牙膏——三星牌牙膏,并以此打破美国丝带牙膏对上海市场的垄断。

他选定美国丝带牌牙膏为对象,仿效它的配方和包装。当时制造牙膏,软管是关键问题,国内无人会做。为此,中华向薛路登(译音)洋行进口软管,虽然成本较高,但三星牙膏终于在1923年问世,是我国最早的自产牙膏。由于三星牙膏的质量和香味都胜过牙粉,而售价每支2角,比7角一支的美国丝带牌牙膏便宜得多,所以一登市场就很快行销,五卅运动后更是供不应求。牙膏的利润虽低于蚊香,但由于产量高,周转快,又无季节性限制,因而资金积累较快。一时同业中继起生产牙膏的如雨后春笋,黑人、留兰香等牙膏虽然也著名,但中华的三星牙膏一直处于领先地位。新中国成立后,各种名牌牙膏集中在中华厂生产,后来改为上海牙膏厂,专门生产各种牙膏直到现在。[①]

这或许是方液仙的聪明之处,以畅销的美国牙膏为研制目标,甚至不惜"仿效它的配方和包装",再利用洋行进口软管,再根据中国的原料和使用习惯组合成三星牙膏,便生产出能与外商竞争的强有力的产品,同时还填补了中国不能生产牙膏的空白,一举数得。

方液仙这种效仿洋商产品的做法,在当时在民商圈中带有普遍性,但成败得失,各有千秋,失败者大有人在,甚至出现以毒攻毒、冒充洋货、假洋行生产假洋货的情况。

[①] 李祖范:《中国化学工业社简史》,《20世纪上海文史资料文库3》,上海书店出版社1999年版,第218页。

第五章 | 抗衡洋商（1919—1936 年）

汉口福新面粉五厂是荣氏兄弟创办的，创办时间是 1918 年，地址在汉口硚口宗关襄河边，占地 37 亩，投资 30 万元，有美国爱立斯钢磨 22 台、600 马力蒸汽机一台，日夜产量 6000 包，是汉口最大的面粉厂。荣氏兄弟坐镇上海统筹众多工厂，无暇汉口，指派族兄荣月泉做经理、女婿李国伟做协理兼总工程师。福新五厂生不逢时，1919 年 10 月开工，刚克服湖北小麦多砂石等困难，所产牡丹牌面粉畅销湖北、湖南、江西市场，连续几年获利，正准备大展拳脚时，1926 年外国面粉卷土重来，打破华商一统面粉天下的局面，大量倾销廉价洋粉，致使福新五厂由盛转衰，销售疲软，生产萎缩，令李国伟束手无策，十分着急。

李国伟（1893—1978 年），江苏无锡人，唐山路矿学堂土木工程科毕业，先后担任柳江煤矿测量员、陇海铁路局开封景家楼段副工程师、陇海铁路工程总局绘图员等职，1917 年与荣德生长女荣慕蕴结婚，第二年辞去工作，参加组建福新五厂。福新五厂经理荣月泉年老多病，实际工作由 37 岁的李国伟主持。面对洋粉气势汹汹的打压，李国伟一时想不到更好的办法，又因为改行经商时间不长，缺乏经验，仓促中做出一个"以毒攻毒"的决定。当事人、福新五厂老人唐庸章、申新四厂老人龚培卿撰文回忆说：

> 1926 年起，我国输出面粉即一落千丈，而洋粉输入却逐年上升，津港粤市场的中国面粉几乎绝迹。福新五厂外销面粉受到影响，销售市场缩小到只限于华中地区。当年洋粉挤到内地时，福新五厂为了争夺市场，即将进口洋粉收购，换上牡丹牌的袋子出售。这是它办以来第一次受到帝国主义的排挤和压迫。（本书作者注：牡丹牌是福新五厂面粉的品牌）[1]

李国伟的做法不算厉害，再讲个假洋行生产假洋货的故事。

---

[1] 唐庸章、龚培卿：《汉口福新第五面粉厂和申新第四纺织厂》，武汉市政协文史资料委员会编：《武汉文史资料》1988 年第三辑，第 3 页。

百年大商人

上海有个鉴臣洋行，创始人是上海江湾地主陆鉴堂、上海呢绒商葛杰成，都是中国人，时间在1920年前几年，用鉴臣洋行老人俞慰萱的话说"是一家没有洋人的洋行"。别小看这华人洋行，在上海可以迷惑人，于是就有人求上门来。1920年的某一天，一个26岁、西装革履的先生走进鉴臣洋行，找到洋行老板陆鉴堂说："我想以鉴臣洋行的名义做生意，还想租用贵行一间办公室办公。"陆鉴堂正愁生意清淡，入不敷出，待问清来人姓名、身份，不禁喜笑颜开，一口答应。

来人叫李润田（1894—1954年），上海法华镇人，毕业于上海广方言馆——成立于1863年的上海第一所外国语专科学校，喜欢研究香料，私人研制成鹰牌香精，熟悉香料行情，为做香料生意，看中鉴臣洋行的名誉，特地前来商量。于是二人握手言欢，最后达成一致意见，李润田以鉴臣洋行香料部名义经营香料，租用鉴臣一间办公室办公，每月缴给鉴臣洋行若干费用和营业额一定佣金，而鉴臣不能干涉李润田的一切经商活动。

李润田便组建鉴臣洋行香料部，股金1万元，他出资9000元，吸收陆绍箕入股1000元，先是做进口香料生意，为上海华丰香皂厂进口大批香料，赚得不少，后自己生产香料，聘请波兰人那格尔为调香师，逐渐掌握用香原料配制香精的调香工艺，配制出各种不同的香型和用途的混合香精，使他的鹰牌香精和所产化妆品用、皂用、食用、烟用的香精成为畅销一时的民族香料。

李润田取得这些成绩的原因，除了他的聪明才智和市场需求外，还有个制胜法宝，借用鉴臣洋行老人俞慰萱的话说就是"迎合社会心理，一切唯洋是尚"。这从前面介绍的他花钱租赁鉴臣洋行招牌，和他发财后1932年买下鉴臣洋行品牌已见端倪，再看鉴臣洋行老人俞慰萱的回忆，自然更加明白。

> 鉴臣生产香精的原料虽是由国外进口，但经过调和配制，实际已属加工货品，唯因迎合彼时社会心理，洋字当头总占便宜，于是商品名称、商标图案、装潢式样，无一不力求洋化。产品方

第五章 | 抗衡洋商（1919—1936年）

面，竭力模仿市场上盛销的进口商品，香味务求酷似，名称大同小异。如瑞士产品 Lycopsys 香精，译名玫瑰麝香香精，鉴臣与其香味相同的产品，就取名 Rosemvsk，直译为玫瑰麝香香精；又有玫瑰五十号香精，则以同型香味的玫瑰香精，称为玫瑰五百号。飞鹰、花果两种香精品牌的商标都用法文，飞鹰牌包装瓶口用白鸡皮包扎，上盖西文火漆印，外用黄色瓦楞纸包裹，花果牌香精（用于果油、果汁及烟草制造），包装外表模仿英国 JCBush 公司产品，并在两种产品的瓶后粘贴"鉴臣洋行经理"字样，更显出洋味盎然。①

这是假洋行假洋货，再讲假商标。中国飞轮制线厂成立于1929年6月，地点在上海南市晏海路一间厢房，创始人是罗立群，筹集白银2000两创建，有脚踏丝线车6台、职工10余人，生产木纱团。罗立群时年20岁，血气方刚，为自己的工厂取名飞轮，意思是要与英商绵华洋行的链条牌线一争高低。中国飞轮制线厂成立半年，年终结算即现红字，亏损600多两银子。罗立群闻讯大吃一惊，立即采取四条紧急措施，即将工厂迁移到更便宜的地方、辞人、延长工作时间、使用假商标。这些措施付诸实际，再经过多方努力，罗立群竟然救活了中国飞轮制线厂，到抗战初期，工厂机器增加到20台、工人增加到50人，产量是原来的十多倍。

关于这四条紧急措施，多年后罗立群回忆说：

> 由于经营不善，年终结算亏了三分之一资本，于是从紧缩开支着手，一面将厂址迁至南市旧仓街的一间客堂内，以减少房租支出，一面辞退了部分老工人和职员，代之以学徒工，并把劳动时间延长到每天16个小时。这样大大降低了成本，相应地提高了利润

---

① 俞慰萱：《从事香料行业四十年见闻》，《20世纪上海文史资料文库3》，上海书店出版社1999年版，第245页。

百年大商人

率。经过一段时间的经营，业务有了起色，又把厂址先后迁至新桥路的楼房和陕西南路步高里的石库门房子。彼时飞轮鉴于国产木纱团在市上不吃香，为了利于推销，采用类似英商链条牌的商标，1932年8月为英商绵华洋行发觉，指出飞轮商标有影射链条牌之嫌，须将全部商标立即烧毁，否则即向法院起诉，申请封厂。经过多方疏通，得到洋行同意，将原有商标停止使用，不再追究。后来飞轮将原有商标的颜色和图案略加变更继续使用。①

这些做法如果放在今天怕是有问题，有不正当竞争之嫌，但在当时，民族工业处于萌芽状态，面对洋货泛滥的生死考验，作为纯属无奈的权宜之计可以理解。或许可以说，这也是一种与洋商抗衡的办法，因为在生存发展面临绝境之际，举大事不避小忌。

与此同时，抵货运动风起云涌，势不可当，滚滚历史潮流促使广大民商奋起抗衡洋商，如果逆流而动便会遭国人唾弃，舆论谴责。常州武进县（今武进区）大丰仁棉布号老板胡瑞麟即其一例。1928年发生济南五卅惨案，全国民众掀起反日高潮，常州成立反日民众运动委员会，组织爱国学生分赴武进、丹阳、宜兴、苏州宣传。武进县（今武进区）40多名学生上街检查日货，要求民商销完日货不准再进日货，否则当敌货没收、焚烧处理。期间发生大丰仁棉布号老板胡瑞麟公开抗拒抵货事件。

有一批学生查至西赢里大丰仁棉布号，因该号负责人胡瑞麟公然抗拒查封日货，扬言"头可断，日货不可封"，与学生发生冲突，以致被学生带出游街，迫其头戴高帽，一路上自喊"我是奸商，我是贩卖日货的"口号。游街队伍出大丰仁布号，向东走熙赢里，转南大街，经甘棠桥到府直街，过钟楼进大庙弄，入中山纪念堂

---

① 罗立群：《我和飞轮制线厂》，《20世纪上海文史资料文库3》，上海书店出版社1999年版，第102页。

之后，将胡瑞麟推入一亭内坐木笼，仍迫其喊"我是奸商，我是贩卖日货的"口号约2小时。讵料，一些奸商相互勾结，竟然率领数百人之众，将胡瑞麟劫出木笼，又去捣毁反日救国委员会办公处。

发生此事，武进县公安局长李宗纲始终在场目击，非但不加劝阻奸商们的恶劣行径，相反暗中指使部下护送胡瑞麟回家，不让爱国学生揪斗。众怒难犯，怒不可遏的爱国学生奋不顾身，一拥而上，痛打李宗纲几十下耳光，以泄心头之恨。接着，各校联合起来，实行全市罢课的统一行动，并会同万盛、厚生、福大等工厂的工人万余人，齐集县政府门前广场请愿。县长被吓破了胆，被逼答应了爱国学生工人的要求"切实制裁反动派，严缉凶手，封闭各凶手商店、财产，将袒护奸商的公安局长李宗纲撤职查办，如奸商罢市要挟，勿为奸商张目"等四项条件。事后，县长只得照此办理，才平息了这场风波。①

三、味精智斗味素

在与外商抗衡的过程中，抵货运动发挥了积极作用，促使华商有了进一步的发展，但华商与外商关系密切，相互依存，不可能因为抵货运动而劳燕分飞，也不能因抵货运动而将外商赶出中国市场，甚至连削弱外商的力度也不可高估。

> 历次爱国运动对于宣传国货、振奋人心、发展实业，自有重要作用，但对抵货之实效不能估计过高。即以棉纱而论，上海产纱中，包括日本在华纱厂产品，因质量较佳，其销路并未受影响。

---

① 高进勇著：《创业之路——爱国实业家刘国钧》，江苏人民出版社1999年版，第208页。

百年大商人

又在 1919—1920 年的抵制日货高潮中，输入上海的日纱减少了 52%，而进口的印度纱却增加了 154%，两相抵消，进口货反而增加了 57%，得不偿失。①

造成这种结果的原因很多，之一是民商与外商相互妥协，共同发展。前面介绍了马应彪创办先施百货公司大放光芒的经营方式，抢占上海南京路最好地段修建营业大楼、百货大楼，附设酒店、娱乐场，设置工厂专门生产畅销的、自行销售的商品等，引领中国百货业与世界潮流接轨。即或如此，马应彪也有遭人诟病之处：有人说他的先施是"亡国公司"，矛头所指，说他悄悄经营日货。马应彪对此皱眉蹙额，无言以答，心里一肚子怨气。这是 1915 年的事，香港先施大楼落成开业不久。

马应彪修建的香港先施大楼有六层高，在当时香港算是高层建筑，地点在德辅道中，是中西区主要道路，东面连接金钟道、皇后大道，西面连接西港城与安泰街相交，交通方便，人流量大，加之经营手段新颖，什么不二价、女营业员、买卖环球、附设茶座等，开业后生意就一直好。这里面买卖环球十分重要，是马应彪的拿手好戏，意思是先施的百货来自欧美、澳洲等地，市民足不出港便可买到世界新潮产品。

百货大王马应彪

这一点自然不错，可出乎马应彪意外的是，香港先施、广州先施相继开业不久即爆发第一次世界大战，主要货源国无不涉足其间而不能自拔，于是所有工厂都转型生产军用产品和自己最急需的民品，无暇东顾中国市场，致使马应彪采购不到所需商品。过了两年，欧美、澳洲的货几乎绝迹。不卖欧美、澳洲货也行啊，这是先施不少董事的意见。马应彪不同意。他在董事会上说："我们先施不同于他人处就是货卖全球，没

---

① 许涤新、吴承明主编：《中国资本主义发展史》第二卷（下），人民出版社 2003 年版，第 872 页。

有了洋货还怎么说是先施？一定得有洋货。"大家讨论来讨论去，似乎只有东洋货现实，可有董事不同意，说不能进日货，市民抵制日货。马应彪在海外多年，不太熟悉国情，但对国人有仇日心结这点还是有所了解，所以一时也拿不定主意。

再过了些日子，国际市场越发萧条，进货渠道几乎断绝，严重影响先施的业务。马应彪考虑良久，最后决定悄悄进口日本商品。他找来堂弟马略斌说："给你一个重要差事，去日本设庄悄悄收货，运回香港、广州、上海销售，有问题没有？"马略斌皱眉头，问什么叫悄悄收货。马应彪说："我们不能正大光明地销售日货，但又非常需要日货，所以我想了个两边兼顾的权宜之计，就是让日商按我们的需要改换商标、外包装等，做得与欧美货一样，再按照欧美进口货物渠道运进来。这事除了你我等极少数人，我们内部其他人也不知道，你要谨慎从事。"

马略斌带着助手，悄悄来到日本东京，租了旅社住下来开庄购买日货。按照马应彪的吩咐，加上日本的具体情况，马略斌找到几家日本公司，说了改头换面的苦衷和想法。日本公司都是私人企业，只要赚钱，不在乎用什么商标、包装，便一口答应。不久，一批批经过改装的日货便陆续运抵香港、广州，出现在先施百货公司的货柜上。顾客看这些商品都是英文名称，听营业员介绍都是欧美、澳洲货，购买自然无所顾忌。

日本货都是按照欧美、澳洲进货渠道买进的，所有手续，包括报关单、运货单、货物发票等，都与欧美洋行联手在做，所以做了一段时间没人发现，一般市民自然更是无从知晓，权当欧美货购买。不过纸终究包不住火，日本货的蛛丝马迹最后还是被内部人发现而捅到社会上，引得社会舆论沸沸扬扬，说先施是卖国公司。所幸这事做得极为机密，抓不到把柄，加之马应彪立即采取紧急补救措施，闹一阵也就烟消云散了。

当事人、先施老人陈醒吾回忆：

> 上述向日本订购货物改换商标这种做法，我本来是不知道的。由于我在文具部曾向美国一家 REEVES &SON'S 文具厂订购一批

百年大商人

绘图仪器和测量用品,货到香港拆箱取货时,发现有用日本旧报纸包裹的货品,觉得很奇怪。我想,美国决不会向日本买旧报纸包裹货品的,莫非其中有秘密?经过认真调查才知道,向美国厂订购货物,有在美国制造和日本制造之分,两者价格不一样,我们向美国厂订购的是价格比较便宜的在日本制造的货品,所以该批货用日本报纸包装。美国厂付货时开出的发货票、运货单(载纸)、货箱标记、编号、船名都把在日本制造的那一部分货品包括在内。美国厂事前通知日本厂,等待运载该批货品的船只经过日本时,接载运到香港交货,所以我们以为船是从美国来的就是美国货,不知其中秘密。后来我查知还有一些货品如人造丝织品、化纤混纺衣料,玩具,照相器材,测量仪器等都有相当一部分是日本货。①

陈醒吾老人指出,先施这样做除了考虑经营效益,还有一个原因:

> 其次,马应彪、陈少霞等从澳洲带回香港的不仅是外国商人的经营知识,也带着信仰外国政治力量能够维持自己利益的思想。因此,他们经营的先施公司,不论是设在香港、上海和广州,一律向香港英政府登记为英国籍的企业。其实该公司的股东没有一个是英国人,但却把甚至设在广州长堤的不属于英国租界范围的先施也作为英籍企业。②

先施的这种做法在第一次世界大战期间和稍后的时间里,因为欧美、

---

① 陈醒吾:《马应彪与先施公司》,中国民主建国会广州市委员会、广州市工商业联合会、广州市政协文史资料研究委员会合编:《广州工商经济史料》第36辑,广东人民出版社1986年版,第133页。

② 陈醒吾:《马应彪与先施公司》,中国民主建国会广州市委员会、广州市工商业联合会、广州市政协文史资料研究委员会合编:《广州工商经济史料》第36辑,广东人民出版社1986年版,第134页。

第五章 | 抗衡洋商（1919—1936年）

澳洲货进不来，作为权宜之计，进口改头换面的日货，有维护企业生存、委曲求全的意思，可以理解。不过在第一次世界大战结束很久后的1933年，国人因九一八事变而掀起抵制日货运动，先施仍然贩卖日货、隐藏日货，那就另当别论。

> 1933年间，日本帝国主义侵略我国……由于该公司大量销售日货，当时抗日救亡运动如火如荼，焚烧日货，捣毁出售日货商店的爱国行动到处发生，该公司只得把在日本办来的商品，装箱封存起来，不敢在商场出售。可是给当时陈济棠以所谓抗日救国后援会名义，到该公司查封日货，把货仓里库存的日货全部没收，并把管仓的职工杨汉庭逮捕，提出罚款二十万元（双毫），限期交清。否则查封全间公司，不准营业，并对被捕职工治罪。那时正是农村经济破产，城市生意萧条，百业凋零，白银又开始外流，市面银根短拙，该公司被罚了二十万元之后，资金周转困难，一蹶不振，无法维持营业。①

委曲求全一词有两层含义，一是勉强自己，将就别人，以求自保，二是顾全大局，做出忍让，以求大全，所以在引用时不可一概而论。如果说马应彪在第一次世界大战期间悄悄卖日货的委曲求全是求自保，那么1930年左右吴蕴初与外商妥协的委曲求全则是求大全。

吴蕴初（1891—1953年），原名葆元，江苏嘉定人，毕业于上海广方言馆、上海兵工学校化学科，先后就职于上海兵工学校、汉阳钢铁厂、

中国著名的化学工业实业家吴蕴初

---

① 肖汎波：《广州先施公司三十多年的盛衰》，中国人民政治协商会议广州市委员会文史研究委员会编：《广州文史资料》第23辑，广东人民出版社1981年版，第128页。

百年大商人

汉阳兵工厂，出任汉阳兵工厂理化、制药和制酸课课长，与人合作开设汉口炽昌硝碱公司，上海炽昌新制胶公司，上海天厨味精厂，天原电化厂，天厨第二、第三分厂，天盛陶器厂，天利氮气厂等，成为中国著名的化学工业实业家。

吴蕴初最为百姓乐道的是他发明味精。味精是人工生产的一种调味剂。1866年，德国人里德豪森博士从小麦面筋中分离出氨基酸，又称谷氨酸，是最早的味精。1908年，日本东京大学池田菊苗从海带中分离出谷氨酸，是亚洲最早的味精。1921年，吴蕴初从面粉中获取谷氨酸，是中国最早的味精。

吴蕴初发明味精非常艰难，是中国民商艰苦创业的一个缩影。吴蕴初的儿子吴志超毕业于上海沪江大学化学系、美国密歇根大学化学系，抗战时期任天厨味精厂四川分厂厂长。吴志超回忆：

> 那时候到处都有日商"味素"的巨幅广告，吴氏认为这的确是一种受人欢迎的东西，于是花4角银洋买了一瓶，开始他的研究工作。他找出味素，即阁罗登酸纳（现称谷氨酸钠），1866年德人Ritthausen曾从植物蛋白中提出过。于是他就利用业余时间，在家里的亭子间着手试制。由于化学反应经常需连续两天两夜，因此具体的试制工作就不得不落到夫人吴仪身上。她需要观测反应情况，做记录，作分析，对于只有小学文化程度的家庭妇女来说，这的确有不少困难，瓶瓶罐罐加上酒精灯，经常闹到通宵达旦，盐酸的酸气，硫化氢的臭气四溢，邻居意见纷纷，还需夫人出场向人家说好话赔不是。经过一年多的试验，终于做出了几十克的成品。[①]

[①] 吴志超：《吴蕴初及其化工事业》，《20世纪上海文史资料文库3》，上海书店出版社1999年版，第188页。

第五章 | 抗衡洋商（1919—1936年）

  这是1920年左右的事，吴蕴初夫妇都是不满30岁的年轻人，正值青春年华，为了创业却不得不夜以继日地进行枯燥无味的反反复复的试验，不难看出创业者第一步之艰难。由此联想到前面介绍的时满31岁的范旭东，1914年冬天，天津塘沽海滩边破旧渔舍，顶着凛冽海风熬制盐坨的情景，令人喟叹。民国初年，人们把吴蕴初和范旭东取得的成就相提并论，称他们为中国化工实业界的"南吴北范"。

  吴蕴初获得试验产品，在实业上来说还是第一步，要变成商品，后面还有更艰难曲折的路要走，第一个困难便是如何找钱办厂。吴蕴初没有办厂资金，只得想办法找投资人，而要引起大家注意就得广为宣传。吴蕴初出身教师家庭，父亲吴萧舫是上海圣约翰大学的中文教师，自己读过广方言馆、上海兵工学校，做过汉阳兵工厂课长，也是有头有脸的人物，现在要出头露面做宣传找投资人，不得不低声下气，委曲求全。于是吴蕴初厚着脸皮去餐厅宣传自己发明的味精。他先是在自己的菜汤里加味精吃，见未能引人注意，心生一计，悄悄往陌生同桌汤里加了一点。这位同桌大吃一惊，大吵大闹，顿时引来众食客围观。吴蕴初立即向陌生同桌道歉并答应赔偿，并趁机向大家宣传他的味精。这事引起大家关注，其中有一个顾客特别注意，走过来问了吴蕴初好多问题。就有这么凑巧，吴蕴初就因为这个人找到投资人。吴蕴初后来多次感慨："幸亏遇到他，否则没有我的今天。"他是谁？

  吴蕴初的儿子吴志超撰文回忆说：

  邻桌坐着位30来岁商人模样的宁波人，看到这个情景走过来问道："你拿什么东西放进人家碗汤里？""这东西很鲜，我好意请他尝尝，想不到他开口骂人。""这东西哪里来的？""我自己做的。""让我尝尝看。"他随手喝了一汤勺说："这汤算我的，我赔你一碗吧。"这位宁波人是张崇新酱园的主要推销员，名叫王东园。他和吴氏攀谈起来："你如果真会做味素，我有个朋友也许他会有兴趣的。你是读书人，他也是读书人，是个举人。

百年大商人

你们大家都是读书人,一定谈得来。我和他商量一下,明天在这里再碰头。"张崇新酱园老板张逸云,是拥有10多家酱园、资金雄厚的巨商,正处在兴旺发达的时期。经王东园介绍之后,他认为大可一试。这时吴氏正愁没有资本,于是一拍即合,由张氏出资银洋5000元,吴氏出技术,合伙试办。[①]

这就诞生了后来鼎鼎大名的天厨味精厂,也造就了一代味精大王吴蕴初。吴蕴初与民商结合办实业,与前面介绍的范旭东充分利用官场资源办实业,英雄不问出处,资金不问来源,都是科技产品与资本相结合的典型案例,有异曲同工之妙。

再说张逸云,之所以慧眼识千里马,敢于投资吴蕴初,与他出生的家庭和他自己的经历息息相关。张逸云(1871—1933年),名汝桂,字彝年,祖籍浙江镇海,出生于上海酱业巨商家庭。张逸云的祖父叫张梓林,早先在乡间渡口摆小酒摊谋生,某天拾得客人遗失银两如数归还。失主是上海江万兴酱园江老板,江老板赏识他,将他带到上海酱园学生意。张梓林勤学肯干,头脑灵光,被江老板提升做掌柜。数年后江老板重病倒床,医治无效,临终前因无人承继,将家业转送张梓林。张梓林做酱园老板,精心经营,获利颇丰,在南市老城新开老同兴和张鼎新两座酱园。张梓林去世后,他的儿子张梅仙继承家业,继往开来,于1875年在租界福建路新开设张崇新酱园,又在新闸路新开设张振新酱园。张梅仙去世后,他的长子张昌年继承张家酱园,长于经营,勤于学习,1867年考中举人。张逸云接手张家酱园后,酱园越发光大,1911年左右在上海新开设万源新、万源慎、万康慎、万康宏4座酱园,共有九大酱园、数十家分支店、近百处代销点、近千名员工、资产百万银圆,成为上海酱园巨商。

张逸云的资本强大,吴蕴初的发明伟大,两"大"融为一体,强强联

[①] 吴志超:《吴蕴初及其化工事业》,《20世纪上海文史资料文库3》,上海书店出版社1999年版,第189页。

合,自然无坚不摧,所以天厨味精厂的佛手牌味精一经上市,便以秋风扫落叶之势横扫日货,打破日本味素对中国市场的垄断。吴蕴初和张逸云的经营手段主要有两条:一是打低价牌,薄利多销;二是打国货牌,味精包装上印有"国货味精"四字,招商广告上写的是"完全胜过日本味之素"。这时恰逢五四运动爆发不久,国人爱国热情方兴未艾,提倡国货声音响遍全国,所以吴蕴初

天厨味精厂总经理吴蕴初(右一)在工厂视察

和张逸云的这一招儿大见成效,致使天厨味精一路高歌猛进,上市3年便使日本味之素中国市场的销量锐减80%。

在与日商的竞争中,吴蕴初和张逸云采取灵活多样的办法,既有坚决抗衡,也有委曲求全,还有一点经营策略,而不是一味地斗争。前面说了抗衡,现在先讲经营策略。由于天厨味精大举进军,使得日本味之素销不动,出现大量囤积,而天厨却是供不应求,没法满足市场需求。

1923年天厨公司正式成立,总资本5万元,分为10股,每股5000元,大股东是张逸云,占4股,吴蕴初、王东园、李云书、郑赞臣各1股,由张逸云任董事长兼总经理,吴蕴初任经理兼技师,王东园任营业经理。吴蕴初没有钱,拿不出5000元入股,只能以技术入股。董事会商量的意见是,给吴蕴初研究费2000元,作为他的部分股金,还差3000元,张逸云的意见是由他出,算吴蕴初教他三弟张祖安的学费。这样吴蕴初没出一分钱便享有1股。另外,董事会还决定给吴蕴初发明费,每生产1磅味精提1角。

天厨公司开会商量如何解决供不应求的问题。王东园说:"各地都打

百年大商人

电报找我要货,说是快断档了,再不给货就要进日货了!"吴蕴初说:"啊?他们要进日货?这怎么行?张老板你快拿主意。"张逸云想想说:"我有办法,日本人不是调配大量存货与我们对抗吗?好啊,我们以其之矛攻其之盾,借力发力打败他们。"吴蕴初是搞技术的,长项不是经营,听不明白。王东园眉头一皱说:"董事长的意思……是不是草船借箭?"张逸云哈哈笑着说:"你不愧跟我这么久,这就叫行诸葛亮草船借箭之计,用日货打败日货。东园,这事由你负责。"吴蕴初问啥叫草船借箭,王东园解释说:"日本人不正廉价倾销他们的味之素吗?我们把日本货买过来换上我们的包装再卖出去,不光有利润还能保住市场。"

这种办法在当时与外商的竞争中时有发生,比如1926年福新五厂为了争夺市场,就收购进口洋粉,换上自己的牡丹牌袋子出售,是民商在狭缝中求生存的不得已的做法,也是民商抗衡外商的手段之一。现在天厨厂这样做是想保住市场,维持国货竞争优势,同样是抗衡手段。关于他们的具体做法,吴蕴初的儿子吴志超撰文回忆:

> 味精产销迅速增长的主要原因在于1925年正直抵制日货的高潮时期,大家都从用味之素改用味精,南洋一带爱国侨胞尤其爱用国货,因此天厨味精不仅成为上海南北货市场上的热销商品,而且在南洋各地也得到相当的声誉。那时味精业务猛增,生产跟不上需要,而上海味之素经销商手中却存货积压,脱手无门。天厨趁此机会派人暗中在市场上杀价收买,临时租了一个小亭子间,偷偷改装,作为天厨味精混进市场。①

再说委曲求全。天厨毕竟是小公司,区区5万元资本,只有单打独斗的味精产品,与外商相比自然缺乏竞争力,只是占了国货的优势,与外商

---

① 吴志超:《吴蕴初及其化工事业》,《20世纪上海文史资料文库3》,上海书店出版社1999年版,第191页。

可以一搏而已。所以,张逸云、吴蕴初在与外商的抗衡中非常注意把握进退尺度,能进则进,能退则退,做到进退有序,出入自如,而不是一定要与外商拼个鱼死网破。

吴蕴初在打赢味精占领市场战之后,未雨绸缪,开始布局盐酸生产,因为生产味精的主要原料是面筋和盐酸,而面筋产自小麦,中国有的是,但盐酸中国却不能生产,全靠从日本进口。吴蕴初对张逸云说:"我们要彻底打败味之素还得自己生产盐酸,如果不能生产盐酸,好比小辫子攥在日本人手里,总是被动。"张逸云说:"你说得对,只是这个啥怎么生产、要多少钱,我是外行一窍不通,都听你的。"吴蕴初便将生产盐酸的事说了个大概。二人商量决定生产盐酸。

经过吴蕴初的努力,公司集资20万元,花9万大洋买来一间盐酸厂,在上海周家桥开办天原电化厂,吴蕴初任总经理,日产盐酸3吨、漂白粉3吨、液碱4吨,解决了味精生产原料全部国产化问题。这是1929年的事。这样一来,日本的盐酸在中国的销量倒是减少了,但新问题接踵而来,那就是盐酸厂附带生产出烧碱,惹怒了英国商人。

这天来了个英国人,走进吴蕴初的办公室,对吴蕴初说:"我是上海卜内门洋行主管,特意前来告知一件事,你们的烧碱影响了我们烧碱的销售。吴先生你知道,上海烧碱市场一直是我们在做。你们要做也行,不过得讲规矩,如果擅自蛮干,对不起,你们这点产量和居高不下的成本,嘿嘿,不堪一击。"

这是事实,吴蕴初知道。虽然心里不高兴,却不得不婉言应酬。事后,他与张逸云、王东华等人商量对策,提出不能与卜内门洋行对着干,因为这是一家实力雄厚的英商公司,天厨不是它的对手。大家同意吴蕴初的意见,但非常担心下一步英国人会怎么做。如何保住自己的烧碱生产销售之事,便委托吴蕴初全权处理。

卜内门洋行的确如吴蕴初所说。1873年,英国人卜内门氏与人合作在伦敦创建卜内门公司,主要经营纯碱、化肥。1898年,该公司派代表到中国开拓市场,聘请李德立为卜内门公司在中国的第一位总经理,随即在中

百年大商人

国上海、重庆、武汉等地设立机构,销售进口纯碱、化肥,独占中国纯碱市场。1918年,卜内门公司遭到中国人挑战,范旭东在天津创办永利制碱厂,生产销售中国烧碱,直接影响进口洋碱的销量。卜内门公司曾采取多种打压手段,包括贿赂中国官员、投资兼并等,但都未能阻止范旭东的挑战,以致被迫让出部分烧碱市场,至今仍耿耿于怀,现在见吴蕴初再起挑战,便全力以赴加以打压,派人当面威胁吴蕴初。

吴蕴初接受董事会委托后,经过周密考虑,最后想出一个妥协办法,就是找人与卜内门公司沟通,希望化干戈为玉帛,求同存异,共同发展。吴蕴初通过各种关系,得知卜内门公司化验部主任叫韩祖康,是中国湖南长沙人,时年35岁,毕业于湖南雅礼大学,曾在清华大学、中央大学、复旦大学、同济大学教书,便上门拜访,如实介绍了天原电化厂的情况,请韩祖康帮忙调解。韩祖康久闻吴蕴初大名,十分欣赏他发明味精、创立电化厂的壮举,答应从中斡旋。事后韩祖康找到卜内门洋行的买办欧阳,如此这般一说,事情竟有了转机。

> 1929年出货之后,日本货的盐酸首先被打倒,漂白粉原是不能久存的商品,天原漂白粉自然比较新鲜,较之外国货(主要是日本货)也占先一筹,但烧碱则本是英商卜内门洋行的主要商品之一,该行看到天原出货,就准备采取跌价倾销的手段来扼制对手。为了避免这场商战,吴蕴初乃通过该行化验师韩祖康拉拢该行买办欧阳,说天原厂以盐酸为主,烧碱产量不多,不值得跌价竞销,并邀请该行英国人到厂参观,证实天原厂确是规模不大的工厂,总算相安无事。[①]

不难看出吴蕴初处理这事的灵活性,"为了避免这场商战",不惜俯

---

① 吴志超:《吴蕴初及其化工事业》,《20世纪上海文史资料文库3》,上海书店出版社1999年版,第194页。

第五章 | 抗衡洋商（1919—1936 年）

身请对手来厂查看，委屈地说自己"不值得跌价竞销"，最后"总算相安无事"，松了一大口气，虽败犹荣，所谓不以成败论英雄，而以生存为第一要义。这个道理不复杂，但很多人"知法犯法"，一遇到狭路相逢就只记得勇者胜，非拼个你死我活不叫爷们儿，殊不知世上还有卧薪尝胆一说。人生、商战概莫如此。

再举一例。1929 年躲过这第一次世界大战之后，天原厂一帆风顺，发展顺利，到 1931 年、1933 年两度增资扩建，产量利润双飞跃，柳暗花明又一村。这一来因为树大招风，天原厂又成为卜内门公司的打压对象。吴蕴初这次没法避战，只好一方面应战——不外乎减价竞争、提高质量、降低成本几招儿，另一方面继续积极避战，那就是不生产对手卜内门公司的产品，改而另谋他图，于是与外商再度握手言和，共存共进。

天厨味精广告

1931 年，为了满足市场需要，进行增资扩建，1933 年再度进行增资扩建，市场上天原产品逐渐增多，于是又引起了外商的注意，企图以跌价倾销来打击天原。吴氏为了维护他创建的企业，一方面只得不断降价竞争，一方面在提高质量、降低成本方面采取措施。卜内门烧碱主要是固体碱，天原则改做液体碱，同时设法降低液碱的含盐量，不仅降低了成本，而且便于本地工厂使用，受到用户的欢迎。日货漂白粉一度跌到成本以下。天原便与用户协商，采用特制耐用的铅皮桶代替木箱，空桶可以退回循环使用，大大减低了包装费用（漂白粉的包装费约占货价的 15%），在与日货竞争中，还可以维持成本。英日等厂商经过了半年左右的跌价倾销，看到没有能把天原打垮，自己所受损失也不小，只得放弃扼杀天原的企图。经过这场斗争，天原在国内漂白粉、烧碱市场上就站稳了。[①]

不难看出，吴蕴初与外商的竞争既有斗争又有退让，并不是只有斗争一条道，而且恰恰相反，甚至面对气势汹汹的强大对手，更多采取曲线策略。比如这之后不久，1935年，吴蕴初集资100万元，在天原厂河对面地方开设天利氮气厂，日产液氮4吨，而市场上每天仅需要500公斤，产品严重过剩，只好马上筹建硝酸厂消化多余氮气。硝酸厂投产后，天利厂的氮气有了用途不再愁销路，可这事又惹怒了法国商人。上海有家法商企业叫东方修焊公司，成立于1918年，地址在法租界卢家弯，拥有中型制氧机和数千只储气钢瓶，总部在巴黎，财大气粗，垄断着上海的氧气生产，每立方米氧气由1两银子涨到3两。东方公司见中国人自己生产出氧气，影响了它的销售，强行要求吴蕴初天利厂生产的氧气全部包给他们销售，不准自行对外销售，否则将实施打压。面对这个蛮横无理的要求，吴蕴初义愤填膺，怒不可遏，可经过一番努力，无法抗拒法商的要求，只好退而求其次，通过人事关系，降低要求，与法商达成销售协议，为自己工厂的氧气产品谋得一席生存之地。

吴蕴初采用的什么办法呢？吴蕴初的儿子吴志超撰文回忆：

在那个时候，法商东方修焊公司向天利提出，要天利厂把全部氧气交由东方包销，不得在上海自行销售。对这个无理要求，经过多次交涉没有结果。后来还是走了该公司买办史瑞棠的门路，

[①] 吴志超：《吴蕴初及其化工事业》，《20世纪上海文史资料文库3》，上海书店出版社1999年版，第194页。

才算勉强达成协议,规定天利氧气售价不得低于东方牌价。①

史瑞棠确有其人,毕业于上海中法学校。中法学校成立于1886年,创办人是法租借公董局。1925年中法校友会成立,理事长是胡方铭,是法公董局买办、RCA糖果厂厂长,理事有法商东方修焊公司高级职员史瑞棠等人。史瑞棠与法国人关系好,又担任东方修焊厂高级职员,接到吴蕴初通过关系找他说项的要求,出于同胞关系,又鉴于东方公司自身利益,便从中斡旋,施以援手,得以顺利促成双方妥协。

外资氧气企业除了法商东方公司,还有一家英国小工厂,而国产氧气企业除了吴蕴初的硝酸厂,还有中国炼气公司。中国炼气公司成立于1933年,董事长是京沪杭甬两路管理局局长郭伯良,经理是李允成,董监事有可炽铁号老板陈葆勤、陈受昌,华新电焊工场老板忻芸窗,中国农民银行总经理郭外峰,泰昌木器公司董事长乐振葆等,资本额50万元,实收25万元。李允成原来是上海恒昌祥造船厂的工程师,应邀出来负责中国炼气公司日常业务。公司设在上海辽阳路周家嘴,委托王镜记营造厂建设钢筋混凝土厂房,购买国外制氧机和储气钢瓶,于1933年12月试车成功,生产出合格的国产氧气。

筹建期间,法商东方公司大为不满,派买办史瑞棠去说服炼气公司别跟自己对着干。史瑞棠便在杏花楼设宴款待炼气公司李允成等人,说:"你们别干了,再怎么干也干不过东方公司,到时候惹怒了法国人,叫你们吃不了兜着走。"李允成说:"那怎么行?我们厂房都在建了,机器也订购了。"史瑞棠说:"这好办,你们停工的一切损失都由我们东方赔偿。"李允成自然不答应。

等到炼气公司投产,东方公司法商老板怒气冲天,下令降价竞争,每立方氧气由3两银子逐步降到1两银子。炼气公司不服输,把自己的产品

---

① 吴志超:《吴蕴初及其化工事业》,《20世纪上海文史资料文库3》,上海书店出版社1999年版,第196页。

百年大商人

降到 7 钱 3 分银子，还优惠周转钢瓶费用，凡有铺保者一律不收押金。东方不服气再次降价，降到 8 角，大概是 6 钱银子。炼气公司也不服气，把价格也降到 8 角，同时将产品销往青岛等北方城市。这一来双方大打价格战，刀光剑影，风声鹤唳，渐渐都有些招架不住了。东方的开支大，成本高，最先撤出竞争，主动要求与炼气公司握手言和。炼气公司董事长郭伯良召开董监事会商量。监事郭明章说："大家坐下来谈判是好事，没有必要斗得鱼死网破。"有人说那不行，就得斗到底，把法国佬撵出中国市场。会议爆发激烈争吵，经过反复研究，最后做出决定。

当事人、中国炼气公司监事郭明章回忆说：

> 中炼对东方前倨后恭的恶劣行径，本拟置之不理，但考虑到我们原有在氧气厂上马后着手创建电石化厂的计划，因东方一再捣乱而被搁置，现在他们既挽人斡旋，不妨乘机缓和竞争，俾电石化厂计划能早日进行。经董事会一致同意，约定东方主要负责人在国际饭店二楼商谈。中炼厂出席的有郭伯良、陈葆勤、陈受昌、李允成、王容川与笔者等 6 人，东方出席的有大班、买办、业务主要负责人等。经过激烈争论，东方自知理亏，只得同意我方主张，达成协议：1. 氧气每立方米统一售价银圆 1 元；2. 双方用户保持现状，但用户有自由选择卖主的权利，厂方没有充分理由不得刁难；3. 钢瓶押金与租金系属各厂经营方式，由各厂自行决定。一场激烈的商业鏖战，经过两年多钩心斗角的交锋之后暂告结束。自此以后，东方收敛了狂妄自大的态度，中炼则估计到氧气售价不致再发生重大麻烦，立即把创建电石化提上议事日程。①

---

① 郭明章：《中国工业炼气公司简史》，《20 世纪上海文史资料文库 3》，上海书店出版社 1999 年版，第 77 页。

四、日商退出川江

民国时期中外商业竞争既有斗争的一面，也有共处的一面，还因为民族经济反抗外来经济侵略的正义性得到国民广泛的支持，中国民商也有战胜外商的情况。说到国民支持，先讲一个免费请客看戏的故事。

1907年，张宗桂在山东烟台成立泰生东染料庄，代理德商德孚洋行染料山东专卖。7年后第一次世界大战爆发，张宗桂代销德货获利400万元，一举成为巨商。1929年，德国一个马戏团来烟台演出，因为票价昂贵，一般市民买不起，便有人悄悄割开篷布偷看。有一次戏班警卫发现这个情况，一刀捅过去刺死偷看者。死者家属要求赔偿，德商拒绝。市民集会抗议，保安警察驱赶群众。张宗桂得讯十分气愤，决心与德国戏班斗一斗。他花钱包下烟台所有影剧院，免费请市民看戏看电影。市民一窝蜂奔去看免费演出，弄得德国马戏团生意清淡，门可罗雀。马戏团受不住了，团长带人前去拜访张宗桂求和，并按张宗桂要求向死者家属认错赔偿了事。

不难看出，当时国民对外商的确有强烈的抵触情绪。这种情绪源于1919年的五四运动、蓬勃发展于1925年的五卅运动和1931年九一八事变，与中国人民的反帝运动一脉相承，自然有其强大的力量和深厚的基础。民国时期民商的发展、生存、壮大甚至战胜外商，莫不与此休戚相关。这种情绪不仅存于民间，也深刻影响着政府。

举一实例：

1927年开始，瑞典火柴大肆来华倾销，计划两年内以亏损10万元作为代价，打败在华洋商和华商，致使广州火柴行业哀鸿遍野，一年时间垮掉7家，所剩厂家亏损累累，债台高筑。广东火柴商业协会向南京、广东政府紧急请愿求援，希望政府帮助民商应付外商。广东省政府做出维护民商利益的决议，责成财政厅厅长范其务处理。范其务（1892—1937年），广东大埔人，老同盟会员，毕业于广东陆军小学，肄业于南京陆军中学，

百年大商人

广东东山火柴厂火柴制品盒子的封面

参加辛亥武昌起义,公费留学日本,获政治学士学位,历任两广盐运署缉私科长、大元帅府参谋兼粤海关监督、汕头市政厅长、汕头潮梅财政处处长、财政部广东财政特派员兼粤海关监督、广东省财政厅长、福建省财政厅长、大埔县长、南海县长。

范其务深知援助民商的意义,但又考虑到中外商人一视同仁的贸易规则,十分为难。经过反复思考,范其务采取暗度陈仓之策,明里不分中外,一概征收火柴消费税,暗里却将此款退还华商,以资扶持。不仅如此,保险起见,范其务还将统管这个事务的省火柴消费税局交给民商管理,以确保民商利益。范其务任命的第一任广东省火柴消费税局局长便是广州东山火柴厂董事长利耀峰。

利耀峰撰文回忆:

为了暗中保护本省的火柴厂商,范其务还特别关照我说:"本省火柴厂所纳的消费税,内定由消费税局发还,或作为买原料时缴关税和厘金来抵消,但这个办法不能让外人和外省厂商知道,如果他们知道了,政府就不好说话了。因此,消费税局要由本省火柴厂商选人组织,不用官厅出面。"我听了这话,觉得官字两个口,说正说反都无依据,因此要求范其务写一张手令给我。范当真写下手令:"凡本省火柴厂所纳火柴消费税,由消费税局局长暗中发还。"我拿着这个手令,作为挽救本省火柴厂的仙丹,立刻到银行租了保险柜,把这张手令保存起来。从此广东火柴厂商真个成立了个消费税局,局长人选由各火柴厂公推,报请财政厅委任,局里设科长一人、文牍一人、科员二人、火柴缉私队长一人、队员若干人,全月经费五百元,由财政厅拨付。这个消费

第五章 | 抗衡洋商（1919—1936年）

税局的第一任局长是利耀峰。①

范其务这个做法确实大胆，是在拿自己头上的乌纱帽做赌注。同时也能看出，在外商大肆倾销、企图消灭华商的关键时刻，省政府顺从民意，决议维持，省财政厅依靠民商、信任民商、为民商排忧解难的有所作为，实属难得。这样的做法可以追溯到清朝末年实行的"官扶商办"的政策。清末民初民商之所以能苟且生存，惨淡经营，留住民族经济的根，原因之一是政府扶持。很难想象如果没有政府扶持情况会怎样，比如20世纪初瑞典火柴气势汹汹进军中国，如果没有政府扶持，中国火柴厂商很可能全军覆没，落得一片白茫茫大地真干净。

政府支持固然重要，民商自己奋斗也是关键，只要坚持民族品牌路线，同样可以在与外商的激烈竞争中站稳脚跟，甚至还可以出其不意打他一个冷不防，压缩外商在中国市场的销售份额。范旭东的永利碱厂即是一例。

范旭东1914年在天津塘沽创办久大精盐公司，1917年创建永利碱厂。搅乱英商日本市场的事就发生在这个阶段。说起办碱厂，最早的倡议者是吴次伯。吴次伯是安徽人，在上海办有瑞记荷兰水厂。荷兰水就是汽水，由荷兰人发明，人称荷兰水。吴次伯生产汽水需要小苏打，中国不能生产，全靠从国外进口，影响成本，便打主意自己生产，于是找到王小徐、陈调甫商量。王小徐是留学英国的电工机械专家，办有上海大效机器厂。陈调甫是苏州东吴大学的化学系老师。他们三人决定以苏州瑞记荷兰水厂为基地创办碱厂。吴次伯出资金，王小徐设计制造工业规模生产的小型制碱设备，陈调甫搞工业型试验。试验获得令人满意的结果，但计算成本高居不下，因为苏州不产盐，也没有煤，需要从外地购进，令吴次伯在经济上无法承受，致使事情受阻。

三人没有灰心，通过张謇找到天津久大精盐公司经理范旭东，希望与

---

① 利耀峰：《广州火柴工业与东山火柴厂》，中国民主建国会广州市委员会、广州市工商业联合会、广州市政协文史资料研究委员会合编：《广州工商经济史料》第36辑，广东人民出版社1986年版，第9页。

百年大商人

他合作创建碱厂。范旭东正有此打算,一口答应,于是四人开始筹建碱厂。吴次伯负责资金,便回苏州筹款,谁知响应者寥寥,招股失败,只好罢手。范旭东得讯,积极在天津招股筹款,并和陈调甫、王小苏做开业准备。1918年11月,天津永利制碱公司成立,范旭东为总经理,陈调甫为技术总监。建厂工作非常艰难,主要困难是没有技术和机器设备,缺乏资金。经过范旭东、陈调甫等人的艰苦努力,终于克服困难,生产出商业用碱。其间,范旭东为筹资绞尽脑汁,把他的永大盐厂的资金硬拖来20万元给碱厂周转。

陈调甫多年后撰文回忆:

> 试工期间,技术困难已经够多了,还要加添一层经济上的困难,二者彼此交织,困难就更加严重。加以欧战停止,碱价大跌,出货后是否能生存还是问题,要继续招股,当然无人问津,而所用实验费、建设费又远远超过预算,不得已只好向久大借款。当时久大同永利是两个公司、两个组织,借款是不大合法的。记得有一次永利需款一万元,我拿了范旭东的亲笔条,到天津久大会计处领款。会计科长周雪亭摊开账本给我看,并同我说:"久大资本只有四十万元,现在借给永利的已有二十万元了,以后怎么办?"我惶恐得无地自容,相对唏嘘。这种例子不胜枚举。后来幸亏范旭东的同学、金城银行经理周作民,对范很有信仰,先后贷款数十万,才能出货。为了此事,周作民颇受本行内部责难。①

就是在这样艰苦的条件下,永利碱厂逐渐成长起来,开始生产和销售烧碱。这是1925年的事。随着永利碱厂的发展,又遇到新的困难,那就是英商卜内门公司的打压。前面介绍了,卜内门公司是一家世界性大企业,

---

① 陈调甫:《永利碱厂奋斗回忆录》,中国人民政治协商会议全国委员会文史资料研究委员会编:《工商史料2》,文史资料出版社1981年版,第90页。

第五章 | 抗衡洋商（1919—1936年）

垄断着中国的烧碱市场，见永利销售烧碱很不满意，采取降价倾销的办法打击永利，企图扼杀刚刚诞生的中国民族制碱企业。永利碱厂被迫应战，努力降低成本，提高质量，以价廉物美与之竞争。卜内门公司为了弄到永利的情报，向永利派出工业间谍，企图掌握永利情报而打垮永利。

于是永利出现了一系列奇怪的现象，自己计划减价多少，还没执行，卜内门公司就知道了，就抢先把他们的产品降到这个价格下面一点点，又比如永利往哪里调货，货刚发出去，对手的货却抢先到了，并且通过减价抢占了市场。为此范旭东非常气愤也非常烦恼，不知道哪个环节出了问题。经过范旭东、陈调甫等人精心布置，终于抓到卜内门派来的间谍。怎么处理？有人说送交法院处置。范旭东不同意。他用了另一种办法，既妥善堵住卜内门间谍的路子，还反过来弄到卜内门的情报，一举两得。这是怎么回事？陈调甫多年后的回忆分析了事情的原委：

> 卜内门除了操纵市场，不时落价，以此来打击我们之外，复在暗中派其津行职员王某充间谍，偷窃我厂生产和建设情报，供给他们。后被永利营业部长余啸秋侦知，与王某说妥，许以月给固定津贴，令其作反间谍。以后王给卜内门的情报，实际上皆由余躬亲口授，卜方蒙在鼓中，阴谋诡计终于遭到失败。[1]

卜内门公司自然不肯善罢甘休。1932年，见永利纯碱年产量已达4万吨，严重影响他们在中国和亚洲的垄断地位，便大幅降价倾销，降到每吨20元。范旭东闻讯大惊，因为自己产品的成本每吨是40元，这可如何是好？董事会召集紧急会议，有的说赶紧与卜内门妥协。范旭东说："不行！决不能在这个时候去求他们！必须坚决顶住！亏损也要顶住！但也不能任其亏损，我建议立即开辟第二战场，到日本去销售我们的产品，搅乱他们

---

[1] 陈调甫：《永利碱厂奋斗回忆录》，中国人民政治协商会议全国委员会文史资料研究委员会编：《工商史料2》，文史资料出版社1981年版，第96页。

的日本市场。"董事会最后决定背水一战,一方面将价格降到20元一吨,保住国内市场,另一方面寻找日本代理商,把永利纯碱运到日本市场去销售,在卜内门后院放一把火,打破卜内门公司的日本市场,迫使它放弃自杀性倾销策略。

这是一场"正面战和敌后战"相结合的两面作战,需要大量资金和投入大量精力,还有很大的风险,因为单是减价销售一项就可能年亏损100万元,还因为开辟日本市场也是前途未卜,要是因此付出大量资金不能自拔,那永利公司将遭遇灭顶之灾。永利公司董事会和所有员工都看着范旭东,希望范旭东能率领公司打好这一仗,力挽狂澜,保住永利。

范旭东顶住巨大压力,冷静思考,沉着指挥,运筹帷幄,亲自奔赴日本,在两个战场回击英商卜内门公司的恶意挑战。这场商战结果如何?看看当事人陈调甫和知情者伍陪基的回忆。

据陈调甫回忆:

> 此后永利情形逐步好转,1928年曾在美国建国150周年博览会上得到奖状,信誉蒸蒸日上。当时三井洋行在日本试销我碱,卜内门既在我国以落价手段来打击永利,我们即利用三井试销的机会,先以少量碱令三井在日落价出售,扬言不久有大量碱到,并在畅销时期突然运去一大批,以扰乱卜内门碱在日本的市场。待三井试销届满,我们因卜内门时时要求我们实行资本技术合作,遭到拒绝,他们决不甘心,乃以在日本代销永利碱相诱惑。此事得到他们的同意,从1928年6月起,订立代销合同,为期三年,其后每届三年换约一次,直至抗战为止。[①]

---

① 陈调甫:《永利碱厂奋斗回忆录》,中国人民政治协商会议全国委员会文史资料研究委员会编:《工商史料2》,文史资料出版社1981年版,第96页。

第五章 | 抗衡洋商（1919—1936年）

伍陪基回忆说：

除在国内与卜内门周旋外，还在日本开辟第二市场。当时日本三井公司与三菱公司两个财团互相争霸，竞争激烈。三菱拥有碱厂，而三井正苦于无碱可售。范旭东便乘机委托三井在日本削价代销永利纯碱。三井分支机构遍布日本各地，推销极便，这样一来，就迫使卜内门在日本不得不随之降价。但是卜内门纯碱原在日本销量极大，而永利只相当于它的十分之一。在日本较量结果，永利损失不大，而卜内门损失惨重。最后卜内门不得不甘拜下风，声明今后在中国市场商决不再搞削价销售，如欲变动价格，必先征得永利同意。卜内门扼杀永利的阴谋遂告破产。这场斗争，永利虽然也搞得资金枯竭，但却给英国垄断资产阶级以惩罚。①

永利公司在与英商的竞争中逐渐发展壮大，不断以价廉物美的产品削弱英商在华纯碱的销量，从1928年到1937年，以卜内门公司为绝对主力的洋碱在华的销量，与国产纯碱之比，从80%降到40%，而国产纯碱，主要生产者是范旭东的永利公司，却从20%提高到60%，两相比较，中国民商大获全胜。这成绩来之不易，是百年来民商与外商抗衡中少有的胜利之一。范旭东是中国民商应当永远铭记的人。

在范旭东与英商竞争时，中国各地的民商也在与外商做激烈斗争，目的只有一个，那就是求得民族工业的生存权，结果也有类似范旭东智出奇兵的事例。1930年，无锡永泰公司遭到洋行打压之后痛定思痛，干脆去美国设立丝绸公司，越过在华洋行，直接销售中国丝，利润超一倍，令洋行目瞪口呆。1932年爆发一·二八事变后，上海天章纸厂因为外商打击被迫停产。这时外商普遍认为中日战争将长期进行，许多外商便收缩在华业务，

---

① 伍培基：《民族工业家"永久黄"的创始人范旭东》，中国人民政治协商会议四川省委员会文史资料研究委员会编：《四川文史资料选辑》第36辑，四川人民出版社1987年版，第80页。

百年大商人

停止进口,谁知这场战事很快结束,令外商措手不及,错失大笔生意。英商白礼士洋行就是其中之一。他们经营进口洋烛,因为收缩业务、停止进口,致使战事结束后,急需大批洋烛包装纸而影响销售。他们找到天章纸厂总经理刘柏森,定制一批洋烛包装纸。刘柏森正愁没有资金重新开业,便与洋行达成生产协议,替他们印制200吨包装纸,每吨价格450元,先付80%定金,一下子收到16万元,解决了复工的资金。天章纸厂利用这一大笔预收款偿还部分欠债,购买原料,组织生产,盈利3万元,打了场漂亮的翻身仗。

在与外商的竞争中,大获全胜者还有四川民生公司卢作孚。

卢作孚是民国初年一位传奇商人,一介书生,两袖清风,经过十余年拼搏,竟然一跃而成为中国船王,特别是抗战期间,卢作孚的民生轮船公司抢运宜昌人员、物资进川,解决了沿海沿江大撤退、大转移的运输难题,为建设抗战大后方做出卓越贡献,更是名垂青史。卢作孚是如何白手起家、创建轮船王国的呢?原因很多,其中之一就是在抗衡外商中逐渐发展,战胜外商。

卢作孚(1893—1952年),重庆合川人,小时家境贫寒,兄妹6人靠父亲卢茂林贩卖麻为生,1907年小学毕业即辍学,1908年15岁,徒步15天去成都谋生,住合川会馆,在补习学校学数学,因为刻苦钻研,数学知识大长,自编《卢思数学全解》《中等代数》《三角》《几何学等最新讲义》《应用数题新解》,其中《应用数题新解》具有相当水平,被重庆中西书局出版发行。这年卢作孚16岁,英雄出少年。

1914年,卢作孚回乡在合川中学任教,不久又去成都,担任《群报》记者编辑,月薪14元。1917年再回合川,任合川县立中学监学兼数学老师,同年与蒙淑仪结婚成家。不久成都《群报》改为《川报》,邀请卢作孚加盟,出任记者、编辑、

中国近代航运工业家卢作孚

第五章 | 抗衡洋商（1919—1936年）

主笔，期间参加少年中国学会，奔走大街小巷宣传民主法制。1921年，卢作孚去四川泸州永宁公署任教育科长，1924年到成都创办民众通俗教育馆任馆长，1925年回家乡合川谋划创办实业。这年卢作孚32岁，而立之年，豪气干云。

合川地处嘉陵江、渠江、涪江三江汇合处，是川东北水运枢纽和重要物资集散地，距离重庆100里，是重庆通往四川、陕西、甘肃的交通要道和经济走廊。卢作孚从小生活在三江水系，熟悉水运交通，创业的第一个念头便是开办航运公司。为此，他与人前去重庆考察，发现重庆地处长江、嘉陵江汇合处，沿长江下行可去武汉、南京、上海，溯嘉陵江而上可去川北重镇合川、南充、广元，而且航船不多，只有几家中外公司，货运、客运都大有潜力可挖，便决定买船搞航运。

卢作孚回合川找人商议集股。卢作孚没有钱，家里也没有钱，但见多识广，头脑聪明，又有一帮好朋友，所以一经说和便有人答应入股，但涉水就有风险，何况买船得去上海，花销巨大，买回来究竟如何，却是个未知数，所以有人响应但不多，有出资者但出资不多。1925年10月11日，民生公司筹备处召开发起人会议，有13个人参加，决定筹集2万元股金，分为40股，每股500元，分4次缴清。经过艰难游说，最后实收股金8000元，离计划筹股2万元相去甚远。卢作孚为此愁眉不展，但思考再三，决心知难而上，一定要办成公司。

卢作孚受委托去上海采购轮船。他向筹备处要路费，筹备处说没有钱，卢作孚便找私人借来300元去了上海。来到上海，跑了多家船厂，令卢作孚大失所望——两万元根本买不了船，与原来设想差之万里，卢作孚也没人可以商量，不知道如何是好，踟蹰街头，十分为难。卢作孚在小客店冥思苦想，做出一个大胆的决定。第二天，他来到一家相对廉价的船厂，与厂长讨价还价，将轮船价格硬压到3.5万元，签下购船合同，然后从随身所带8000元中支付2000元做定金，敲定买船的事。从船厂出来，按照早已谈好的价格，来到一家机器行，用5000多元买下一台柴油机和一台发电机，以备回合川创办自来水电灯厂。

百年大商人

办完事，卢作孚坐船回重庆，一路忐忑，无心观赏如画江山，因为不知这样做是否会得到股东同意，要是不同意又如何是好？他这样做确实胆大包天，订购3.5万元的轮船必须要股东增股，如果股东不同意增股，不但船买不会来，2000元定金还要被船厂没收，谁来承担呢？至于发电机和柴油机，同样有风险，虽说事前股东同意在创办船务公司的同时创办自来水电厂，购买设备没问题，可如果因为订购轮船一事引发股东分裂，殃及自来水电厂，又如何处理？千钧重担全压在卢作孚身上。

轮船从上海溯江而上，过南京武汉，进川江，穿三峡，眼看重庆城遥遥在望，卢作孚已拿定主意：举大事者不计小怨，如果出问题我来负全责。回到合川，卢作孚向股东汇报之后，没想到竟然得到多数股东支持，认为卢作孚做得好，但对增资却顾虑重重，纷纷以各种理由搪塞推诿，弄得卢作孚十分为难。卢作孚先前招募股份时响应者寥寥无几，全靠合川县长郑东琴登高响应，带头认股，才带动股东纷纷认购，现在遇到困难，只好再找郑东琴。

郑东琴（1882—1965年），名贤书，四川永川人，曾就读于永川达用学堂，公费留学日本，1906年在日本参加同盟会，回国后历任四川合川县、涪陵县、岳池县、广安县、南充县、巴县知事，时年44岁。他听了卢作孚的讲述后表示支持，说县政府大力支持创办自来水电厂，可以提供一切方便，但婉言说明，民生轮船公司缺乏资金一事爱莫能助，政府无钱支持。卢作孚说："谢谢郑县长，只要自来水电厂能顺利投产，便可抽出盈利支援民生公司，也能给民生公司股东打气加油。"郑东琴说："不过民生公司的事，事关一方经济兴盛，老夫有责任协助，不会袖手旁观。这样吧，老夫私人借一笔钱给你们用，不过数额有限恐怕还不够，那你就去找教育局，他们有一笔闲钱暂时无用，要是陈伯遵陈局长愿意玉成，老夫这里权当默认就是。"卢作孚顿时喜上眉梢，急忙说："有这等好事啊，我这就去找陈老师，谢谢郑县长！"

合川教育局长陈伯遵是卢作孚的小学老师，多年来师生二人关系良好，前不久卢作孚发起组建实业公司，就得到陈伯遵的大力支持，就连卢作孚

第五章 抗衡洋商（1919—1936年）

去上海的旅费，原本应当由公司开支，也是陈伯遵给200元解决的。所以卢作孚得知陈伯遵处尚有一笔款子可以临时挪用，便迫不及待地跑去陈家找到陈伯遵，说明这次去上海的情况，希望陈老师给予帮助。陈伯遵已略有所知，并和郑东琴县长有所沟通，问清情况，答应借给8000元。卢作孚闻讯热泪盈眶，急忙起身给陈伯遵鞠躬道谢。在郑东琴、陈伯遵的大力支持下，卢作孚又从他处借到一笔钱，三笔资金总计有一万多元，正好支付购船款。

> 良人自有天助。功败垂成之际，三个人及时出手，拉了卢作孚一把，让他终生难忘。一是发起人之一、合川县（今合川区——笔者注）视学（教育局长）陈伯遵，在上司及同僚的默许下，从县教育基金中"大胆借出七八千元"；二是郑东琴再次出手相助，慷慨拿出自己的积蓄几千元；三是合川士绅郑礼堂，同意借给几千元。这三笔钱一到位，恰好凑足造船预付款，大家长舒一口气，第一道难关终于闯过来了。筹备处立即派出彭瑞成、周尚琼携款赴上海，去船厂办理付款和接船事宜。[①]

不难看出，民商创业的一大困难是资本金。前面介绍了许多民商创业，有的即或创业资金充足，比如创办第一家缫丝厂的陈启沅、五金大王严裕棠、百货大王马应彪和郭乐、葡萄酒大王张弼士等，后来的经营仍受困于资金短缺，更多的是缺乏创业资金，比如面粉大王荣氏兄弟、棉纱大王刘国均，与官商相比——比如曾国藩、李鸿章办北洋企业，动辄从国库调拨几十万两、几百万两，显然不同，也正因如此，大批民商实业因资金短缺而破产，无法实现他们的创业梦。同样，卢作孚如果没有热心人的资金支持，民生公司也将被扼杀于襁褓，卢作孚的实业救国梦也会灰飞烟灭。

1926年秋，卢作孚在上海购买的载重70.6吨的浅水铁壳小船驶回重庆，

[①] 胡冰著：《大商传奇》，辽宁教育出版社2011年版，第270页。

百年大商人

民生公司的民生轮

取名"民生号",用作开辟重庆到合川的渝合航线,随着嘉陵江上一声汽笛鸣响,民生公司正式营业。渝合航线一经开通,广受欢迎,班班客满,第一年获利2万余元,实现开门红。卢作孚乘胜前进,1929年新置"民用""民望"两艘轮船,开辟长江渝涪、渝沪杭线,营运效果很好,收益颇丰。卢作孚逐渐闻名四方,成为四川内河流域航运业有名的民商,被四川省政府任命为川江航务管理处处长。

经过几年努力,卢作孚的民生公司逐渐有了一定实力。这时垄断川江航运的仍然是外轮公司,有日本的太古公司、信和公司、日清公司及美国的捷江轮船公司等,民生公司只有三条小船,无法与之抗衡。卢作孚不急于挑战外轮公司,而是利用川江航务管理处处长的身份,积极统一川江华商轮船公司,壮大民生公司的实力。

川江航运的中心枢纽是重庆,川江航务管理处就设在重庆。卢作孚以川江航务管理处的名义,在全川航运业实施"化零为整"、统一川江航运的计划,就是从政策上要求若干小轮船公司放弃航运经营,由民生公司高价收购轮船、码头并经营川江航运业务。这项计划实行起来很有难度,因为川江上的十几个轮船公司多数为川内军阀、地方实力派拥有,比如川省主席刘湘、重庆市市长杨森就有船跑川江运输。为此,卢作孚找到刘湘说:"我整顿川江的计划是你批准的,你得支持我。"刘湘说:"当然支持。"卢作孚说:"那你把船卖给民生公司。"刘湘愕然,随即哈哈一笑说:"原来是打老子的主意啊!"

刘湘把船卖给民生公司后,卢作孚又去找20军军长兼重庆市市长杨森。杨森过去很欣赏卢作孚,认为他是个人才,任命他做过泸州教育科长,现在见他在重庆发展民生公司,对繁荣重庆、对地方税收都有好处,便将自己经营的"永年号"轮船卖给民生公司。刘湘、杨森把船卖给民生公司后,卢作孚又去成都找一个船老板，这个老板有三艘轮船，实力雄厚，是民生公司强有力的对手。卢作孚托人找他说项，他回答："那哪要得？他卢作孚把船卖给我还可以。"事情刚开始便吃了闭门羹，令人沮丧。卢作孚却不以为然，采取围魏救赵策略，先拿下这位船老板的靠山，再通过这个靠山出马，自然兵不血刃，大获全胜。

> 为此，卢作孚不能不采取依靠军阀打击军阀的手段。他通过自己的个人关系，向四川军阀头目杨森、刘湘、刘文辉等人晓以统一川江航运的大义，取得支持。杨森首先将他的永年轮卖给了民生公司。接着刘湘也将他掌握的轮船卖给民生。军阀头目既然卖船，其他中小军阀也不得不仿效。到最后，顽固抗拒者仅剩下刘文辉之兄刘文彩，他掌握着元通、南通、昭通三艘轮船，凭借自己的势力和刘文辉的声势，拒不出卖。在卢作孚的一再动员下，刘文辉数次致电刘文彩，并经刘湘催促，这三艘船才挂上了民生公司的旗帜。①

既然四川这几位头面人物都支持民生公司，卢作孚因此有了收购川江其他轮船的"尚方宝剑"，便把轮船老板们叫到重庆开会，对他们说："刘主席、杨市长带了头，你们都得照办，不然我们川江航务管理处要处罚你们啰。"这些人都有背景，就是刘湘也不一定管得住他们，所以一些人同意，一些人反对。卢作孚就把同意的那部分船老板的船买过来，再私下做那部分反对的人的工作，不外乎恩威并重，一是以管理处的名义严加管理，二是找人疏通关系，三是高价收买。这样的结果不言而喻，自然是民生公司顺利实现了化整为零、统一川江的计划。

这时发生了一件事。1933 年 1 月，英商太古公司千吨巨轮"万流号"在长江触礁沉没，请了上海打捞公司前来打捞，因为水深风大，无功而返。

---

① 熊尚厚主编：《民国工商巨擘》，团结出版社 2011 年版，第 216 页。

百年大商人

太古公司购买这艘轮船花费60万两银子,眼看全要打水漂,不禁万分着急,但任何办法都用过后仍然无效,最后走投无路,决定廉价出卖水底沉船,希望挽回一点利益。太古公司的广告在报上刊登出来后,不少轮船公司跃跃欲试,可到现场看了纷纷打退堂鼓,不敢接招儿。

卢作孚看了现场,去周边找老乡聊天问事,打听这儿的水文情况。回到旅社,卢作孚问大家的意见。有的说水太深,没法打捞;有的说人家上海打捞队都束手无策,无功而返,何况我等。卢作孚操着浓重的重庆话说:"我看这事划得着,5000元买60万的东西哪点要不得?至于诸位的顾虑我不是没有想过,只是刚才听几个老渔民说,汉口有个打捞沉船的行家肯定有办法,那我们去汉口问了再说。"于是众人坐船来到汉口,白天分头去打探,晚上回旅社碰头说情况,前脚打后脚忙了两天,第三天竟找到那个打捞行家张干霆。张干霆50多岁,在长江上跑了几十年的船,善于打捞沉船和落水物资,是远近闻名的土专家。张干霆听了介绍,拍着胸膛说:"卢老板你放心,捞不起来老哥分文不取。"

经过几天的准备,张干霆请来伙计,租来设备,与卢作孚等人划一只木船顺水而下来到沉船现场,带着几个水手跳入长江潜入水底摸情况。如此这般折腾了几天,张干霆拍着胸膛说:"卢老板你放心,这船老哥肯定给你捞起来。"卢作孚便去与太古公司签订购船合同,付了5000元钱,取得打捞沉船的权利。这事传出去大家都说悬,5000元怕是要打水漂。转眼到了枯水季节,卢作孚带着张干霆和他的队伍来到出事地点。经过几个的月打捞,张干霆竟将那艘千吨巨轮打捞了起来。轮船专家上船实地检查,主要机器设备完好无损,只需局部修补,清淤上漆,便可正常使用。卢作孚闻讯笑逐颜开。果不其然,民生公司将这艘沉船拖到上海,送进江南造船厂维修改造,历时10个月,一艘新船便浮出船坞,加入沪渝航线,取名叫"民权"轮。

这件事记载于1935年第一期《航业月刊》上,题为《民生公司民权轮参观记》。《航业月刊》是上海航业公会、上海轮船业同业公会创办的,是全国水路运输方面的专门性、权威性杂志。现将原文摘引如下:

第五章 | 抗衡洋商（1919—1936年）

1934年，民生公司收购并打捞起太古洋行的万流轮，创造了川江航运史的奇迹。随后将该船在上海江南造船厂改造加长，下水剪彩时，民生公司襄理甘南引、上海分公司经理张澍霖陪同记者们参观重新命名的民权轮。

该轮原系上海江南造船所所造，专航宜渝，原名隆茂，为英国隆茂洋行所有，是时船长仅204尺，宽31尺，深10尺，吃水8.2尺，速率每小时14.5英里，总吨位数1112吨，登记吨位数为671吨；至民国13年，由隆茂洋行售予太古洋行，更名为万流。去年出售予民生公司后，即开始动工改造，将船壳接长14尺，历时10余月方告成功。

该船可载棉纱1900余件，可容乘客164人，每人均有舒适之铺位。查直航轮船以统舱铺位需要最多，该公司之民贵轮为川江轮中最大之一，仅能载客112人，而今此新轮，又多出50余铺位，尤以统舱铺位为多，可谓江轮中之最大者也。该轮各等客房客厅均装有暖气之设备，遇严冬不觉寒冷。该轮为免除旅客途中寂寞起见，备有图书馆及无线收音机及风琴等，并有巨大之电气冰箱一只，以供储藏食物之用。

如此这般，短短两三年下来，到1934年，卢作孚便收购、合并了近20家公司的30余艘轮船，总吨位达到7000吨，一统川江，一家独大。

有了这样坚实的基础，卢作孚不忘初衷，开始向打压华商的外商发起反攻。这时外轮公司见民生公司羽翼渐丰，危及自身垄断地位，便步步紧逼，孤注一掷，把打压力度加到无以复加的地步，决心与民生公司决一死战。1934年，日本日清轮船公司首先发力，不惜成本，大幅降低运费。重庆到上海航线过去的货运费用，一件棉纱25元，一担药材6元，日清公司将棉纱降到2元，药材降到1.2元。重庆到宜昌客运航线是热线，客人多，票价高，而宜昌返回重庆是上水，速度慢，旅客少。日清公司的船从重庆

百年大商人

卢作孚（左）与弟弟卢子英（雕像）

去宜昌返回时，为了与民生公司抢客源，免费载客，还赠送雨伞。

日清公司是在报仇。5 年前，1929 年夏天，卢作孚担任川江航务管理处处长，整顿川江航运，要求所有外轮公司，包括英商太古、怡和、日清公司，进出重庆港必须先向川江航务管理处结关，接受检查，允许进出后方可上下客人和装卸货物。日清公司一贯耀武扬威，横行长江，带头抗拒川江航务管理处的命令，肆无忌惮，我行我素。卢作孚这时还兼任重庆北碚峡防局长，手里有武装民防团，便抽调一中队士兵到重庆港，荷枪实弹，担任检查勤务，胆敢抗令者一律武装拘押。日清公司被迫接受管理，但恨得咬牙切齿："卢作孚啊卢作孚，咱们走着瞧！"

面对日清公司咄咄逼人的打压，不仅民生公司困难重重，就连美国捷江轮船公司也大吐苦水，倍感困难。捷江轮船公司成立于 1924 年，拥有"其州""其平""其南""其泰"四艘轮船，主要行驶重庆—宜昌航线。经过十年发展，1935 年捷江公司已有多艘船只、多条航线及多座码头，但在日清公司的激烈竞争中不堪重负，被迫宣布破产，退出川江航运。民生公司因为有前段时期打下的坚实基础，又有地方政府扶持和广大民众拥护，面对日清打压，一面高举爱国大旗，宣传、倡议中国人坐中国船，一面提高航运服务，一面努力降低成本。这时距离 1926 年英国军舰炮轰四川万县事件不远，加之 1931 年九一八事变、1932 年一·二八事件，都是近期的事，四川人民特别仇恨外商，把坐中国船、不坐外国船作为收回长江主权的具体爱国行动，大力支持民生公司，拒绝日清的种种优惠，致使日清公司的大幅减价非但没能打垮民生公司，反而使自己遭遇重大损失，被迫放弃川江航运市场，灰溜溜退出四川。

与此同时，民生公司趁美国捷江公司破产之机，仅花 65 万元便买下其 7 艘轮船和几处码头，大占便利，现在又挤走日清公司，航线生意越发兴隆，收入日益提高。到1935年，经过10年发展，民生公司从拥有2万元资本、1艘70吨小船、200里航线、10来个员工的小航运公司，发展成拥有42艘轮船、16884吨位、5000里航线、2836个职工、掌控川江61%航运业务的航运大公司。

卢作孚的成功除了他个人和团体的努力之外，一个非常重要的原因是历史潮流使然，换句话说，是1925年到1935年这段中国历史，是鸦片战争以来近百年中国现代史唤起的中国人收回主权、抵制外货的历史潮流使然，这样的历史环境作为非经济资源，造就了卢作孚和民生公司，同样造就了百年民商。重庆大学教授张瑾指出：

> 从某种意义上看，川江航运的中外商业竞争，已经超越了经济的范畴，折射出近代中国救亡与挽回权利的历史主题。民生公司的成功个案，也显示出近代中国民族资本的发展，不能脱离近代以来的历史主题。在"后发展"的极为不利的条件下，寻求经济发展以外的资源，是民族资本崛起的关键。①

五、抵制瑞典火柴

纵观这一时期中外商战，南方的卢作孚依靠地方政府壮大民生公司，进而在外商的打压下站稳脚跟，发展成为川江航运大商，维护了中国内河的航运权，而北方的刘鸿生却另辟蹊径，依赖外商发展壮大，进而成为举足轻重的华商代表，联合华商抵制瑞典火柴倾销，捍卫民族火柴产业，南北呼应，异曲同工，汇合为民族资本大发展的历史潮流。

就在卢作孚的第一艘轮船——"民生号"鸣笛起锚、开启渝合航线、

---

① 张瑾：《试论民生公司在川江航运中外商业竞争中的资源优势》，《社会科学研究》1999年第4期。

向外商轮船垄断川江发起挑战之际，瑞典火柴向中国火柴业发起前所未有的大规模倾销。

瑞典火柴公司成立于1919年，是垄断瑞典火柴业的大企业。第一次世界大战结束后，瑞典火柴公司急速向外扩张，先后取得20多国的火柴经营专卖权，随后与英商、美商联合组建英国火柴公司、国际火柴公司，1924年控制日本火柴业，在全球拥有数百个工厂和遍布各国的销售渠道，成为全球最大的火柴托拉斯。从1924年开始，瑞典火柴公司开始进军中国市场，1926年收购东北三家日资火柴厂，1928年收购上海日资燧生火柴公司，同时在香港、上海囤积大批瑞典火柴，以低于成本价向华东、华中大肆倾销，迫使中国火柴厂亏损累累，接连倒闭、破产，包括东北全部、广东一半、江浙皖小半，而坚持抗衡外商的江浙三大华商火柴公司——荧昌、中华、鸿生成为瑞商重点打压的对象。如果拿下这三家公司，再横扫汉口、重庆为数不多的几家华商火柴厂，瑞商将独步中国火柴市场。在这关键时刻，有一个中国人站出来大声疾呼："不行！中国民商决不答应！"这个人就是刘鸿生——鸿生火柴公司总经理。

刘鸿生时年40岁，所营火柴厂并非中国第一，凭什么站出来说话？能阻挡瑞商咄咄逼人的扩张而挽救中国火柴业吗？中国尚存的52家民商火柴厂，愿意唯他马首是瞻吗？看看他是如何发迹的，掂掂他囊中的银子，便知道此话含金量多少，价值几何。

刘鸿生（1888—1956年），祖籍浙江定海，生于上海，爷爷叫刘维忠，12岁到上海学生意，后来发财，做了上海宝善街丹桂茶园的老板。父亲叫刘贤喜，是招商局一条船上的总账房，家庭算得上中等富裕。只是天公不作美，刘鸿生7岁那年，他父亲突然病逝，不久他爷爷年迈体衰放弃经营茶园，于是全家十几口人生活大不如前，甚至连几个孩子读书的学费也难以凑齐。

要是一般学校的学费拿不出，的确穷得恼火，但瘦死的骆驼比马大，刘家还不致如此，只是，刘鸿生读的是上海梅溪书院，所收学费是上海最昂贵的。梅溪书院位于上海老城厢，创办于1878年，创办人是张焕纶，开

第五章 | 抗衡洋商（1919—1936年）

设的课程有经史、时务、格致、数学、诗歌、外文、体育等，人称洋学堂，为上海最早创设的现代教育学堂，招收的全是商贾达官子弟，收费自然高昂。

因为不再富裕，刘鸿生便因囊中羞涩要离开梅溪书院，急得刘妈妈团团转，不知如何是好。这时浙江定海老刘家有人到上海，见到刘鸿生家的变故，回定海讲与乡人听，引起一个人注意。这个人叫钱继亨，是定海钱东升染店、钱记药店、钱记南货店的老板，家境富裕。早年间，钱家与刘家关系良好，走动频繁，就是后来刘家去了上海，一年三节，生日喜庆，仍有往来。钱继亨听说刘鸿生爷爷、父亲相继去世，家里经济出现困难，便派人去上海找刘妈妈询问，给钱让刘鸿生继续读梅溪书院。这令刘妈妈大喜过望，感激不尽。后来刘鸿生发迹，钱继亨吸的雪茄烟，穿的马古呢大衣，喝的白兰地洋酒，听的收音机、留声机，都是刘鸿生赠送的。

有了定海钱家援助，刘鸿生得以读完梅溪书院小学，然后读完上海圣约翰中学、上海圣约翰大学，花了很多银子。圣约翰大学创建于1870年，校址在沪西梵皇渡，全用英语授课，设有文理科、医科、神学科及预科，是上海唯一的高等学府，是美国政府认可的在华教会学校。这等洋学校旨在培养英美式俊才，自然给青少年时期的刘鸿生打上了西方教育的烙印——视野开阔，思维敏锐，独立自主，不畏强暴，既为刘鸿生毕业后从事洋行买办奠定了基础，也为刘鸿生发展民族资本、抗衡外商提供精了神支柱。这样的结果，种瓜得豆，可能令圣约翰大学校长卜舫济先生大感意外。

刘鸿生后来说："那时候我还很年轻，虽然口袋中的钞票很多，但我毕竟是一个中国人，特别是在短短的买办生涯中，使我感到外国人瞧不起中国人。我觉得中国人之所以受气，是因为没有工业，没有科学，因此就想利用口袋中的现钞做点事。"

这里所说做点事，就是抗衡洋商，而第一个抗的竟是卜舫济先生。那时，1906年，

火柴大王刘鸿生

百年大商人

刘鸿生在圣约翰大学读二年级。一天，42岁的卜舫济校长找来刘鸿生，用熟练的中国话说："亲爱的刘，学校经过慎重研究，决定公费保送你去美国神学院深造，祝贺你。"刘鸿生顿感意外，一脸喜悦，这可是非常难得的机会。卜舫济校长接着说："不过有个条件，学成回来担任学校牧师兼英语教师。"刘鸿生傻了眼，眉梢扬起即垂下，因为他从来没有考虑过做牧师，便结结巴巴地回答："啊？这……尊敬的卜舫济先生，我……没想过做牧师，真的，不是说牧师不好，职务神圣，指点人生，只是我不这样想。"卜舫济校长深感意外，拉长脸说了一通希望刘鸿生珍惜这个宝贵的机会、回家与家长商量好了再作回答之类的话。

刘鸿生当时18岁，与所有青年一样对未来充满想象，可又有所不同，他的骨子里有一股执拗的反叛的性格，不愿意人云亦云，随波逐流。在得到妈妈的同意后，刘鸿生做出他人生最重要的一个决定，对卜舫济校长说："我决定不去美国留学。我的理想是在中国做一番事业。"

卜舫济校长听了异常愤慨，白净的脸庞浮出潮红，额头皱起川字。他出身纽约富有的基督徒家庭，祖父和父亲都是基督教圣公会神职人员，他自己毕业于哥伦比亚大学和圣公会总神学院，心目中最神圣的职业便是牧师，没想到眼前这个中国青年，自己培养的上帝的侍者，竟然蔑视牧师这个神圣的职业，也就顾不得谦谦君子形象而变得有些狰狞。过了些日子，在多方劝说无效的情况下，上海圣约翰大学做出开除刘鸿生学籍的决定，原因是，既然刘鸿生不愿从事教会工作，说明他不是一个虔诚的基督徒，而圣约翰大学是一所不适宜非基督教徒的教会学校。

这是刘鸿生叛逆性格的一个侧写。在接下来的人生途中，一生二，二生三，刘鸿生会不断做出叛逆的决定，走一条不是路的路，做出一些令人目瞪口呆的事，创造出一个又一个神话。纵观百年民商史，但凡做成一番大业的人，循规蹈矩、不敢越雷池者少，而"离经叛道"、敢为天下先者多。

刘鸿生大学肄业能做什么呢？

1906年，18岁的刘鸿生结束学生生活，踏上人生新征程。凭借在圣

第五章 | 抗衡洋商（1919—1936年）

约翰学校掌握的知识，特别是熟练的英语，刘鸿生找碗饭自然不成问题。迎接他人生的第一个驿站是一所职业学校，刘鸿在这里教过短时期的书，渡过初涉人世的艰难阶段，然后考入上海公共租界工部局老闸巡捕房做教师，教外国巡捕学上海话，月薪40元，1908年考入上海英租界会审公廨当翻译，月薪80元，半年后转入意籍律师穆安素事务所做事，收入大幅提高。不过这些工作虽然令别人羡慕，但似乎并不能拴住刘鸿生，他一边在律师事务所做事，一边像猎人狩猎似的眼观四路，耳听八方，在纷繁闹市中寻觅自己的事业。

1909年，经他父亲的生前好友、上海宁波同乡会会长周仰山介绍，刘鸿生进入开平矿务局上海办事处做推销员，每月底薪100银圆，卖出一吨煤得佣金8钱4分银子。开平矿务局成立于1878年，位于唐山开平镇，早先是中国企业，1900年被英商墨林公司控制，是中国第一个使用机器采煤的煤矿，1908年到1912年间年年获利，年均利润200多万元，年均股息率12.5%，1912年煤产量达到169万吨，畅销各地。开平矿务局上海办事处负责在华东推销煤炭，主任是英国人考尔德。考尔德告诉刘鸿生，上海办事处的业务范围是上海、苏州、无锡、宜兴、常州、镇江、南通、江阴、浦口，甚至更远的地方也行，只要他们愿意购买煤炭，具体做法是上门推销，凡是使用煤炭的单位都是我们的客户，刘鸿生的任务就是联络好这些客户，让他们定期购买开平矿务局所产的煤。

放着白领不干，放下身段做推销员，是刘鸿生又一个叛逆的决定。他不图坐办公室舒适，不图做白领表面光鲜，图的是做推销员可以多赚钱。他想，如果卖出10万吨煤炭，便可得到84000两银子，一笔天文数字的巨款，便禁不住兴奋。于是刘鸿生开始全力推销煤炭，每天一早出门，按照办事处提供的地址，马不停蹄地一家一家地跑，一个人一个人地苦口婆心地说，中午就在街边小摊吃两碗阳春面，直到日落西山，华灯初上，才拖着精疲力竭的自己回家，浑身骨头散了架似的躺在床上，毫不理睬妈妈在外屋叫他吃饭。

百年大商人

当时上海有东北、山东、河南、淮南等地的煤炭行销，同业竞争甚烈。刘鸿生最初推销的对象只有上海市区的老虎灶、华商纱厂及近郊的客户。他脑筋灵活，腿勤嘴勤，到处了解市场，还和烧煤师傅交朋友，设法缩短运煤时间，按质论价，按时供货，坚守信用，对大小用户一视同仁，此外还采取补贴佣金、薄利多销、赊销、广设经销网点、开辟新户等办法，使开平煤很快畅销整个上海。①

经过一段时间的努力，刘鸿生逐渐掌握了煤炭推销的基本规律，便把这些规律整理成文，再实践、再思考、再修改，最后形成较成熟的意见。这天，刘鸿生没有上街，而是来到办事处主任的办公室，对考尔德先生说："尊敬的考尔德先生，我可以把开平煤销得更多。"考尔德正为这事着急。前不久，煤矿总部召集各地办事处主任去唐山开会，说公司产量大幅提升，要求销售必须跟上。考尔德的业绩不太好挨了批评，被要求限期增大销售量。他一听此话很感兴趣，连问有何高招儿。

刘鸿生便把他精心准备的建议书奉上。考尔德接过来一目十行看完，嘴角顿时浮起微笑，心里想，从没见过这么精明的下属，便连连夸奖说好，要他解释一下。刘鸿生说："我的建议有三条：第一，巩固老客户，开发新客户；第二，按质论价，分别销售；第三，供货及时，坚守信用。比如，我了解到的情况是，有的喜欢用煤粉，有的喜欢用块煤，而我们现在供应的煤却是块粉混淆，得块粉分开销售；有的喜欢一个月进一次货，有的喜欢半个月进一次货，而我们的供应却有规定时间，得改为按需供货，随叫随到；有的老客户想改用其他煤，我们却不能及时知道及时劝阻，有的客户想用我们的煤却找不着门路，得长期与客户和潜在客户保持紧密联系。"

洋洋洒洒的建议书，竟然出自一个二十来岁、工作不久的员工嘴里，

---

① 熊尚厚主编：《民国工商巨擘》，团结出版社2011年版，第193页。

第五章 | 抗衡洋商（1919—1936年）

令考尔德不胜惊讶，自然予以接受，并在办事处全面推广，要求所有员工照此执行，还把这事报告上峰。考尔德的上峰是总公司外籍总经理脱诺先生。脱诺先生原先对考尔德的业绩不甚满意，现在发现上海煤炭销售异军突起，又听说上海出了这么个能人，便想见见，如果确如所言，或许可以培养为顶替考尔德的人，于是从天津总部发电报给考尔德，要刘鸿生来天津总部见面。

这是一个惊人之举，令考尔德百思不解，总部有什么事必须越过办事处主任而直接找属下呢？开平煤矿总部总经理手下有数千人，工作繁忙，日理万机，单独召见远在上海的一个普通员工，确系用心良苦，因为脱诺先生似乎从刘鸿生身上发现了一个潜在的奇迹。果然没错，脱诺先生以伯乐的如炬眼光，为中国发现了经商奇才刘鸿生，并毫不吝啬地把一个绝好的机会送给刘鸿生，为刘鸿生即将成为巨商奠定了最后一块基石。

很难想象，如果没有脱诺先生的法眼，刘鸿生会脱颖而出吗？当然刘鸿生的出现是个案，刘鸿生似的人物出现是历史的必然，即或没有脱诺，即或没有刘鸿生，也会出现类似刘鸿生的人。

再说刘鸿生来天津的事。刘鸿生接到天津来电万分惊讶，如坠云雾，恍惚而不敢相信，直到坐车坐船来到天津，推开总经理脱诺先生办公室的门，受到脱诺先生热情接待，才明白不是愚人节游戏。刘鸿生被脱诺先生招来干什么呢？

《南方人物周刊》记者刘欣然撰文说：

> 进入开平煤矿上海办事处之后，刘鸿生事事留心，处处在意，勤奋用功。一段时间之后，刘鸿生随便拿起一块煤，就可以说出它的名称、产地、成分和特性。他不但留意察访哪些地方用煤，用多少，时间、季节上有什么变化，更用心考察哪些人在购煤上起作用、起多大作用，比如重视烧锅炉的师傅，等等，往往在客户刚刚感到需要购煤的时候，刘鸿生的电话就已经来了，并且送货上门。由于刘鸿生深谙经营之道，几个月之后，本来在上海销

百年大商人

路不佳的开平煤销量增加了一倍有余。

因为销量激增，1909年秋天，21岁的刘鸿生奉召北赴天津面见了英商、开平矿务总公司的大班司脱诺。刘鸿生以一贯风格，先打听清楚司脱诺的喜好对症下药，并且向司脱诺进言：在上海沿江地带购置一块适宜地皮，建造开平码头与堆栈；设立煤炭化验室，将煤炭的各种成分化验成单，交给用户，便于按需订货；设一锅炉实验室，上海现用锅炉普遍陈旧落后，倘能帮助用户检查改进，必可招徕大量用户。此行为刘鸿生获得了买办一职，在那个年代，买办不但薪金很高，而且社会地位也高，多少人都梦寐以求。①

刘鸿生这番见解眼光独到，力透纸背，令人叹服，因为他当时只有21岁，从事煤炭推销只有两年。正是凭此优势，刘鸿生入行两年便成为买办，获得赚取人生第一桶金的机会。果然，从天津凯旋，刘鸿生便驶入人生发展的快车道。吉人自有天相，老天也来成全。1911年12月，开平煤矿与滦州煤矿合并，组建中英开滦矿务有限公司，弥合了两大煤矿的竞争，产量大增，价格坚挺，垄断了天津煤炭市场，使刘鸿生推销开滦煤炭的舞台更大。紧接着，1914年第一次世界大战爆发，世界列强纷纷卷入战争，各国经济服从战争需要，出口锐减，进口大增，无力顾及中国在内的东方市场，纷纷撤出中国市场，或缩减在华份额，给中国民族资本发展带来极大机会，中国煤产量突飞猛进。1907年中国煤炭年产量为1050万吨，1920年猛增为2131万吨，增长103%。②

在这样的大背景下，1911年，刘鸿生出任上海开滦煤炭售品处经理，与总公司签订30年独家经营合同，总公司负责投资建设煤炭码头，刘鸿生按销售量提取个人佣金，年终所有盈余由总公司与上海售品处对半分成，

---

① 刘欣然：《刘鸿生：从洋买办到实业大亨》，《南方人物周刊》2009年4月16日。
② 许涤新、吴承明主编：《中国资本主义发展史》第二卷（下），人民出版社2003年版，第965页。

刘鸿生全权负责售品处所有事务。于是刘鸿生如鱼得水，左右逢源，把销售触角从上海延伸到苏州、无锡、南京、常州、镇江等广大地区，在更广阔的舞台上大展拳脚。

刘鸿生既是经商理论家，也是经商实干家。上任伊始，他就打出一记漂亮的右勾拳——组建代理销售商网络，赢得满堂喝彩。刘鸿生为迅速扩大煤炭销量，发现无论有多少销售人员、销售人员再怎么勤快，都无法满足每年几百万吨煤炭的销售需要，便眉头一皱，计上心来，经过反复调查，决定建立代理人制度，就是利用遍布江浙地区现有的煤号，给他们种种好处，不承担风险，只享有利益，发展他们做自己的代理商，自己做开平煤矿的总代理商。

刘鸿生有一项作为，更可以说是达到了买办的大成境界。1912年滦州煤矿和开平矿务合并，煤产量激增，但是销售渠道没有打开，加上第一次世界大战冲击，开滦总部无心治理积压问题。刘鸿生提出一种解决办法，可以寻找渠道广、资金厚的大煤号作为代理，但条件是需要给予优惠保证，每年签一次合同，注明出矿价——市价上涨，出矿价不涨，但若市价下跌，出矿价也下跌。这个办法被总部接受了。刘鸿生则转而找到上海的大煤号义泰兴，以七三分账（义泰兴得七，刘鸿生得三）为条件协商此事。义泰兴觉得此事旱涝保收，稳赚不赔，实在做得，欣然同意。①

由此推而广之，代理商制度便很快遍布江、浙、沪广大地区，形成一个巨大的销售网，不需要刘鸿生及他的人亲力亲为，自有众多代理商为自己，同时也为刘鸿生、为开滦煤矿事必躬亲，日夜奔波，于是大量的开滦煤炭便源源不断地从矿井生产出来，分为千百股涓涓细流，流向江、浙、沪众多城市和辽阔乡村，滋润着众多机构的生产和千百万人的生活，换来

---

① 言夏著：《国商》，当代中国出版社2008年版，第137页。

百年大商人

大把大把的银子，又如涓涓细流般汇成金银的河流，流向代理商，流向刘鸿生，流回开滦煤矿，养育成千上万的运输、销售、挖煤的人及其家属。这是一幅硕大无朋的清明上河图。

毋庸置疑，刘鸿生凭借自己的聪明才智换来巨额财富。在那些年里，刘鸿生一年销售煤炭上百万吨，最高年头达到250万吨，按每吨提取佣金8钱4分银子计算，年收入高达80万元以上，且连续多年，总收入高达数百万元，一跃而成为上海煤炭大王。

刘鸿生的钱也不好赚，因为每年要把几百万吨煤炭运往四面八方，在那个交通极不发达的年代何其困难！这时刘鸿生的经商天赋起了决定性作用。大批英国轮船调回英国参加世界大战后，开滦煤炭大量堆积在秦皇岛码头运不出去，而按照合同，刘鸿生必须及时向广大江浙沪地区供应煤炭，否则要赔偿损失，还将失去代理销售网，而这个责任是开滦总部的，因为总部负责运输。开滦总部和刘鸿生都非常着急。经过反复调查和测算，刘鸿生大胆向总部提出："你们运不了我来运。"总部求之不得，马上同意，按时价将煤炭运输业务承包给刘鸿生。刘鸿生早已算好账，秦皇岛收煤价每吨6两银子，运往上海的运价每吨4两银子，运到上海的销售价则是每吨14两银子。于是他冒险花巨资包租了几条巨轮，多时达十几条船，成功地把积压在秦皇岛的煤炭运往上海，创造了一个3年赚银100万两的神话。

究其成功原因，单用勤奋、敬业来解释似乎苍白无力，应该说刘鸿生具有经商天赋。纵观近代中国百年实业家发迹史，有

苏州鸿生火柴厂的写字间

第五章 | 抗衡洋商（1919—1936年）

依靠勤奋者，如在南洋打工多年的陈启沅、郭乐、张弼士；有依靠家庭者，如周学熙、徐润、严裕棠；有依靠官僚者，如胡雪岩、盛宣怀、卢作孚；有依靠知识、学问者，如张謇、范旭东、吴蕴初，而像刘鸿生般既无家庭背景，又无官僚支持，也非单纯勤奋，而是凭借天生的经商秉性便掘得人生第一桶金的，实属不易。

再说刘鸿生抗衡瑞典火柴公司倾销的事。前面说了，瑞典火柴公司凭借其国际火柴托拉斯集团的强大力量，1928年，向中国火柴业仅存的三大华商公司——荧昌、中华、鸿生发起猛烈冲击，企图拿下这三家对手，垄断中国火柴业。当时，刘鸿生是三大火柴商之一的鸿生火柴公司总经理。他站出来大声疾呼："不行！中国民商决不答应！"

鸿生火柴公司创办于1920年，厂址在苏州胥门外泰让桥边，资本12万元，刘鸿生占9万元，其余股东黄敏伯、徐淇泉等6人各投资5000元。刘鸿生之所以选择苏州办厂有两个原因，一是上海的火柴厂为数不少，竞争太强，特别是他岳父创办的燮昌火柴厂也在其间，翁婿同地办火柴厂不方便；二是苏州有个好朋友，既愿意代为联络办厂事宜，还愿意拉几个本地股东投资。这个好朋友是刘鸿生的宁波老乡，叫黄敏伯，是苏州振兴电灯厂经理，在苏州有良好的人脉关系。黄敏伯劝刘鸿生去苏州办厂，说办厂所需诸项他都乐意代为帮忙。果然，刘鸿生决定在苏州建厂后，黄敏伯帮了他的大忙，替他同苏州地方政府与商会的人疏通，买下苏州胥门外施门塘一块面积为21亩半的地皮做厂址。这里毗邻胥江运河，四面空旷，水陆交通方便。

刘鸿生这是首次创办实业，十分谨慎，自己绝对控股，出任总经理，委任黄敏伯任厂务经理、徐淇泉任营业经理、陈伯藩任监察人。鸿生火柴厂于1920年3月破土动工，当年建厂投产，主要生产宝塔牌火柴，成为苏州第一家火柴厂。

那时中国的火柴业只有三四十年历史，还处在初级发展阶段，与瑞典火柴相比还有很大差距，这也是刘鸿生涉足火柴业的原因之一。中国第一家火柴厂建于1879年，由华侨卫省轩投资，厂址在广东佛山县（今佛山市），名叫巧明火柴厂。接下来先后出现上海燧昌自来火局、福州耀明火柴厂、长春广仁津火柴厂，吉林、重庆等地也出现火柴厂，到1913年，全国火柴厂共有70家，但绝大多数都是作坊式小厂，只有荧昌、中华、鸿生三厂大一些。

刘鸿生办火柴厂仍然发扬卖煤炭时"未雨绸缪，精打细算"的精神。为了节约用工，他从逃荒难民中招收数百人做工，以女孩和年轻妇女为主，兼收童工和部分男工，为他们修建了五十六间住房，让他们有安身之地，并请来上海火柴技师对他们进行技能培训。这批工人感谢刘鸿生，要求不高，珍惜工作岗位，学习和做事十分勤奋。同时，厂房于1920年3月动工建设，当年10月建成，早先购置的机器设备及原料也陆续抵达工厂，组织居民加工火柴盒事宜也安排就绪，于是鸿生火柴厂便于10月1日正式开工投产。这时鸿生火柴厂有工人757人，其中女工544人、童工123人、男工90人，日产火柴100箱。刘鸿生的用意很明显，女工和童工工资低廉，易于管理，也适合劳动密集型、操作简易的火柴生产。

刘鸿生这时踌躇满志，销售煤炭带来的巨额利润使他理直气壮，但办火柴厂不比卖煤炭，隔行如隔山，所以开办之初，质量不好，轻了划不燃，重了火柴头脱落，划不燃的哑火多，无法与外国洋火、燮昌火柴竞争，连续几年亏损，到1924年，4年累亏5万元，差不多亏掉一半资本。刘鸿生十分着急，立即请来几位股东商量找原因，一致认为最关键是技术不如人，主要表现为火柴头配方问题。刘鸿生当年买煤炭是实干家，现在又拿出实干家的劲头，丢下繁杂的工作，亲自带人去日本学习考察，采购最先进的设备。回国后，他以月薪1000银圆重金，聘请上海沪江大学化学系教授、美国化学博士林天骥为工程师。股东有意见，说工厂主要管理人才拿几十元，工人更少，凭什么花1000元请工程师？刘鸿生说："林天骥博士的价值远大于这点月薪。"他力排众议，坚持重金聘林。

林天骥不负众望，经过半年试验、研究，采用高强度胶黏剂，解决了火柴头受潮脱落的难题，同时购置磨磷机，提高赤磷面的耐磨性能，致使鸿生宝塔牌火柴药头大，发火快，火苗白，磷面经久耐用。鸿生火柴厂一

第五章 | 抗衡洋商（1919—1936 年）

举成名，产品独占苏州市场，行销江浙，远销南洋，一年内扭亏为盈，盈利 10 万元。

这些都是瑞典火柴公司大肆倾销之前的事，也是鸿生火柴厂建立、发展阶段。到了 1928 年，瑞典火柴在扫清东北、华北等地华商火柴后，向中华、荧昌、鸿生火柴厂发起猛烈攻击，在压价倾销之下，对华商提出投资控股要求，不然将彻底消灭中国的火柴厂。面对如此高压，上海中华火柴厂首先动摇，考虑与瑞典国际火柴资本合并。刘鸿生不愿与瑞商合并，但如何破解打压难题，他还没有更好的办法，便一面与瑞商周旋，参与多次谈判，一面积极想办法抵制瑞商，最终以条件不合为由，坚决拒绝国际资本的收购企图。瑞典火柴公司恼羞成怒，不惜以成本半价倾销，进一步打压鸿生火柴厂，致使鸿生火柴厂出现亏损。

刘鸿生非常着急，联合荧昌火柴厂的老板朱子谦等人，成立江苏省火柴同业联合会，推选张謇任会长，提出对付瑞商的几条办法：共同议价；避免自相降价，联合上书国民政府，要求限制瑞典火柴的进口数量；组织抗议、罢工活动，要求政府减少火柴捐税。瑞典火柴公司向国民政府施压，拟用 1500 万元贷款，换取中国火柴专利权 50 年。中国火柴联合会闻讯大惊，立即举办多种抗议活动，迫使国民政府未能与瑞典方面达成协议。瑞商气急败坏，变本加厉地向华商实施更严厉的打压。

在苏州，瑞商通过苏州协泰洋商行大量销售瑞典火柴，致使鸿生火柴厂遭遇严重损失。刘鸿生为此忧心忡忡，多次召集股东会商议，但一直没有结果，一时不知如何是好。这时华商荧昌火柴厂、中华火柴厂也遭受瑞商同样打压，日子非常困难。大家聚会商量，有人提到前些年因五四运动、五卅运动等引发的抵货运动，使刘鸿生大受启发。会后，刘鸿生赶回工厂办公

苏州鸿生火柴厂的大门

299

百年大商人

室，眉头一皱，计上心来，立即招来众股东和部门负责人，说了自己的设想，征求大家的意见。大家正为此事束手无策，听了刘鸿生的主意不禁喜笑颜开，都同意这么做。

1929年6月的一天早上，苏州鸿生火柴厂突然失去了往日的热闹，机器不响，车间无人，而苏州阊门协泰丰商号门前却围了数百人，一个个义愤填膺，跟着工头喊口号："国家兴亡，匹夫有责！外国火柴，如何买得！"这些人正是鸿生厂的员工。他们在刘鸿生的组织下停工一天，上街游行，掀起抵货运动，阻止协泰丰商号销售洋火。众多群众上前围观，纷纷表态支持他们的爱国行动。工头向群众分发传单，把传单四处张贴。协泰丰商号的老板吓得赶紧作揖赔罪，关门歇业。有位工头站在凳子上大声向群众宣读传单：

> 同胞们醒醒吧！现在外国火柴跌价侵略，意欲打倒全国火柴厂。要晓得国家兴亡，匹夫有责。外国火柴价钿虽巧，如何买得！我是中国人民，应买中国自制的火柴；我非外国人种，何必推销外国火柴。爱用国货就是救国！我同胞们再不觉悟，仍贪目前外国火柴一时的价钱便宜，将来全中国火柴厂被他完全打倒，外国火柴就要抬价，便宜的也要每盒五分，昂贵的更要每盒一角。这种火柴我日用所不可少的，到此地步，无法挽救，想起便宜，就觉吃亏了。况且工友失业，地方不宁，你们有钱，不能享福。外人云："他们国内无叫化，因为他们不用别国东西，所以国富民强。"望我国同胞速即觉悟，提倡国货，挽回利权，造成中国富强基础。①

这张传单必然经过刘鸿生审定，反映了刘鸿生和广大华人火柴商的心愿，生动地说明了抵货运动的内容和方法，非常难得。同时，用抵货运动的方法来与瑞典火柴做第一阶段的抗衡，也反映出刘鸿生的经商智谋，与

---

① 引自苏州收藏家谭金土2012年2月13日博客。

第五章 | 抗衡洋商（1919—1936年）

他买煤炭的经营策略如出一辙，但更具斗争性，更具民族性，更具积极意义。

经过如此这般较量，鸿生火柴厂在苏州总算得以生存，但瑞商攻势不减，将其在华的27个牌子的火柴全面跌价倾销，气势汹汹，大有一口吞下华商之派头，令包括刘鸿生在内的广大华商前景堪忧。1928年8月，刘鸿生站稳脚跟后，决定主动出击，筹备建立全国火柴同业联合会，联合全国火柴华商抗衡瑞商。这年11月，全国52家火柴厂所派67名代表会集上海，共商挽救民族火柴工业方策，成立全国火柴同业联合会，公推刘鸿生为主席。会后，刘鸿生带全体代表到南京请愿，争取到火柴成品和梗片的铁路运费从三等减为四等优惠等支持。

接下来，刘鸿生亲自去拜访中华火柴公司、荧昌火柴厂，与它们的负责人交流情报，沟通思想，协商组建华商火柴联合体。上海荧昌火柴厂成立于1911年，创办人是宁波商人邵尔康，集资5万元，厂址在浦东烂泥渡，制造红头火柴，因为办得好，1916年即增资至15万元，在浦东陆家渡添设第二分厂，制造黑头安全火柴，1920年再增资至40万元，购地42亩，在镇江建第三分厂即镇江荧昌火柴厂，主要生产设备有排版机30部、折版机17部、贴招机16部、调药机2部、磨磷机1部、理梗机和铜版机各2部，工人606人，年产火柴2.4万箱。

中华火柴厂创办于1919年，创办人是胡篯铭，是浦东一家民族火柴厂。胡篯铭（1892—1975年），上海南汇县（今南汇区）人，肄业于南洋中学，父亲在日本神户经商，自己多次去日本帮办，先后在家乡创办袜厂、丝光漂染厂、纽扣厂，1919年集股在周浦镇北市创办中华火柴厂，规模较大，有厂房200余间，日产玉兔牌、仙鹤牌火柴100箱，行销全国。

刘鸿生分别拜访邵尔康和胡篯铭，对他们说："我们不能答应瑞商的兼并要求，那是中国火柴业的一条死路，中国火柴业发展了40年，不能就此断送在我们手里。我们要联合起来共同抗衡瑞商，把我们民族火柴业坚持下去。"邵尔康一度有所犹豫，但冷静思考后认为刘鸿生的意见是对的，答应支持刘鸿生。胡篯铭一直反对瑞商兼并，完全赞成刘鸿生组建联合体的建议。

有了这两家大火柴商的支持，1930年，刘鸿生便举起华人火柴商大旗，向社会公开发布联合抗衡瑞商、发展民族火柴业的宣言，向全国火柴同业提出"同业合并，厚集资金、协力图存"的倡议，并组建由荧昌、中华、鸿生三家火柴厂组成的大中华火柴公司，乐振葆出任董事长，刘鸿生任总经理，地址在上海四川中路33号中国企业大楼。大中华成立后，不断兼并和收购其他华商火柴厂，先后并购九江裕生火柴公司、汉口燮昌厂、镇江荧昌厂、杭州光华厂、浦东东沟梗片厂，致使大中华火柴公司资本增至365万元，共有7个火柴厂、1个梗片厂，年产火柴15万箱，一跃而成为全国最大的民族火柴企业，具备了与瑞典火柴竞争的实力，打破了洋火一统中国的局面。

九江裕生火柴厂创办于1920年，创办人是江苏商人金浩如和刘鸿生等人，1923年拥有资金100万元，是江西省最大的火柴厂，有各式设备40余台、职工1700多名，日产火柴40多箱，所产飞鸟牌、童马牌火柴，畅销江西本地及邻近的湘鄂地区。金浩如，江苏镇江人，曾任九江商会会长，素来看重民族工业发展，是刘鸿生的坚定支持者，并入大中华后继任九江裕生火柴厂厂长。

在刘鸿生和广大华商火柴企业的共同坚持和努力下，经过艰苦斗争和承担巨大牺牲，华商终于抵制住瑞典火柴的疯狂进攻，保住了中华民族的火柴业。这是民族工业抵御和战胜外商侵略的具有历史意义的伟大胜利。放眼百年中国民商发展史，无处不是外商对华商的欺凌打压，无处不是华商忍辱负重、惨淡经营，这次抗衡瑞典火柴的商战，让人们看到了中国民商的力量，看到了中国民商的希望。

六、抗战初期之灾

1926年9月，广东国民革命军誓师北伐，先遣部队第七军、第四军率先攻打湖南，打开北伐前进道路，汇合第八军攻下占长沙，然后挥师湖北，攻下军事要隘汀泗桥、贺胜桥，消灭吴佩孚主力，攻占武汉三镇，再挥师北上，攻城略地，一路高歌，经过近10个月的征战，占领湖南、湖北、江西、浙江、安徽、江苏等省的全部或一部，1927年2月攻占上海、南京，国民政府建都南京，为北伐最后胜利奠定了基础。

南京政府统一全国行政、军事、经济、外交诸项，社会开始安定，经济逐步稳定，外交趋于缓和，1911年以来的混乱局面得以廓清。一个稳定发展的中国打乱了日本侵略中国的企图，日本开始加大对中国的军事、经济、政治、外交等多方面的打压，企图迫使中国向日本俯首称臣。中国人民不甘被日本奴役，奋起反抗，掀起局部抗战，抗日救亡斗争发展成为全国规模的救亡运动，深刻地改变着中国的政治、经济格局。在这场声势浩大的抗日运动中，广大民商继承抵货运动的优良传统，勇敢地投入抵制日本经济侵略的商战，在斗争中求生存、求发展，做牺牲、做贡献，把近百年来抗衡外商的斗争推向高潮。

因为上述原因，从1921年到1936年这十余年间，中国经济，特别表现在民商发展上，困难重重，增速放缓，甚至在某些领域出现负增长，给民商发展蒙上一层阴影。

> 总的说来，本时期（本书作者注：1921—1936年）华商工矿业的生产仍是增长的趋势，唯平均年增长率远不如前一时期（本书作者注：1914—1920年），30年代又不如20年代。①

所说"30年代又不如20年代"，系指这一时期中的1930年到1936年。所谓不如，据许涤新、吴承明统计，1931年到1936年，与1921年到1930年相比，棉纱产量年增幅由2.37%降至0.25%，棉布产量增幅由16.21%降至5.92%，机器面粉日产量年增幅由4.53%降至-0.12%，上海面粉年产量年增幅由2.71%降至-7.64%。

---

① 许涤新、吴承明主编：《中国资本主义发展史》第二卷（下），人民出版社2003年版，第124页。

百年大商人

这个统计数字，大致与南京政府建立、九一八事变、1929 年到 1933 年世界经济危机等相吻合，原因不言而喻，也不难看出这时期民商经营之惨淡。

上海有一家轮船公司叫大达，成立于 1904 年，创办人是状元商人张謇，地址在十六铺，有两艘外国客货轮船，主要经营上海—南通—扬州往返航线，生意兴隆，利润丰厚，1922 年新增 19 艘轮船后，生意越发兴旺。1926 年张謇去世，大达轮船公司开始走下坡路，加之 1930 年政府将十六铺到董家渡一带的民营码头收归国有，向包括大达公司在内的民企收取高额税费，还须提前以保证金形式缴纳，致使大达雪上加霜，越发困难。

企业经营向来有风险，特别是航运业风险系数更大，又因为这会儿遭遇世界经济危机影响，上海金融出现问题，也给大达造成资金困难。这一来大达的日子更不好过，可就在这时，航运风险和金融问题都被大达碰上了，致使大达濒临破产，亮起了红灯。

当事人、杜月笙的总账房黄国栋回忆：

> 不巧的是，大达轮船公司接连发生两次灾难，一是该公司把企业利润存入德记钱庄，1930 年前后德记倒闭，大达轮船公司损失 20 万元；二是 1931 年，该公司大吉、大德两艘轮船，先后航行在行驶途中失事焚毁，船上旅客死伤众多，物资损失严重，客户都要该公司负责赔偿。这两次灾难使大达轮船公司负债累累，濒临绝境。大达轮船公司的主要债权人是上海商业储蓄银行。该行总经理陈光甫为解除发生于本行的一次挤兑风潮，曾求助于杜月笙。杜借此机会，通过陈光甫在大达轮船公司董事会内活动，扬言如要挽救大达轮船公司，非请杜月笙出任董事长、杨管北出任经理不可。[1]

---

[1] 黄国栋口述，俞官文整理：《杜月笙与大达码头》，《20 世纪上海文史资料文库 3》，上海书店出版社 1999 年版，第 419 页。

第五章 | 抗衡洋商（1919—1936年）

这是民商遇到的普遍问题，那就是即或遇到天大的困难，也不愿被人控股，而有权势者往往乘人之危，落井下石，强行投资好项目并争取控股，即所谓股权之争。杜月笙是上海青帮首领。他的管家杨管北时年35岁，早年毕业于杭州之江大学，担任过北伐军东路军前敌总指挥部科长，是杜月笙的三大助手之一。杜月笙的三大助手是杨度、杨管北、杨志雄，人称"三阳开泰"。

这事的结果没有悬念——杜月笙软硬兼施，出任大达轮船公司董事长，张孝若出任经理，杨管北出任副经理。再接下来的结果也没有悬念——杜月笙利用自己的势力，保护大达公司的航线畅通无阻，不受土匪流氓干扰，维护公司利益，不容竞争对手乱来，于是生意火爆，皆大欢喜。举例说明：杨管北主持大达公司后，在新生港遇到南通大恶霸陈葆初的人砸场子，杨管北拿了杜月笙的信去见陈葆初，一切问题迎刃而解。又如上海滩八股党头目戴步祥带人包围大达公司码头。杨管北通过杜月笙的一个电话，警察局长立即带人前来镇压。试想，如果没有杜月笙，大达公司遇到这样的问题，必定急得像热锅上的蚂蚁。

在清末民初百年商业史上，这样的个案不胜枚举，从商业的角度说，这是强弱相食，生死竞争；从社会学的角度说，这是凌强欺弱，血腥暴力，但无论怎么不道德，怎么血腥，沉舟侧畔千帆过，最后存活下来的民商就是历史的主宰者。

再举一例。上海有家小银行，1914年创业之际只有资本金10万元，发展到1931年便拥有500万元资金、几十个分支机构，一跃而成为中国第一大私人商业银行。它的名字叫上海商业储蓄银行，简称上海银行，创办人叫陈光甫。其间，陈光甫有一次遭遇严重挤兑，眼看就要破产，有人给他的银行存进100万元现金，使他的银行顿时化险为夷，渡过挤兑风波。存钱的人是杜月笙。

陈光甫（1881—1976年），江苏镇江人，小时读了几年私塾，长大后在报关行、邮政局做事，22岁留学美国宾夕法尼亚大学商学院，1909年

百年大商人

毕业回国，先后出任江苏银行总经理、江苏省银行监督、中国银行顾问，1914年，创办上海商业储蓄银行。

陈光甫与杜月笙是怎么回事呢？1931年，长江发大水，武汉三镇被淹，损失惨重，陈光甫仓库存放的40万担食盐化为乌有。这些食盐原本是湖北盐商的物资，前不久为了贷款，将这些食盐抵押给上海银行，也就是说，这些食盐现在是上海银行的。食盐损失的电报传到上海，令陈光甫目瞪口呆。为弥补这笔巨大损失，陈光甫急忙拆东墙补西墙，从各地往武汉调资金，虽说损失很大，但总算柳暗花明，敷衍了过去。

不久，九一八事变爆发，全国出现民众恐慌性提取银行存款风潮，令金融业手忙脚乱，穷于应付。上海银行首当其冲，因为牌子不大，又是私人性质，遭到众多存户围攻挤兑。陈光甫眼见准备金越来越少，挤兑者越来越多，担心一旦拿不出现金应付提款，银行势必破产，不禁万分着急。他采取的第一个紧急措施是，用自己新建的银行大楼做抵押，向中国银行借来80万元。白花花的80万元从中国银行金库提出来，运进上海银行，堆放在营业厅像几座小山，于是挤兑风潮稍有缓解。几天过去，只见那些钞票小山先是去头再是砍腰，最后被"夷为平地"，于是挤兑风潮再起。

陈光甫急得食不甘味，夜不能寐，想来想去，想到有个人或许可以拉他一把，便登门拜访——他找到杜月笙管家杨管北。陈光甫与杨管北是镇江老乡，素有往来，关系良好。杨管北现在是大生纱厂一厂、三厂的董事，大达轮船公司副经理。他听了陈光甫的叙述，暗暗作想，杜老板不是一心想发展银行吗？这可是个机会，便答应下来。杨管北事后撮合杜月笙帮陈光甫渡过难关。

杜月笙（右）和孟小冬

杜月笙早已风闻上海银行风波，看准这是一个在金融界扩张势力的机会，答应帮忙。杜月笙要求势力范围内的烟馆和各赌场老板，凑足200万元现款，第二天早上等上海银行一开门便存进去。他本人则亲自带了100万元现款，以他的户名存入上海银行。据说，当时杜月笙的汽车停在取款的长队前，杜和他的随从从人群面前走进银行。不一会儿，银行职员喜形于色奔出大门，告知等候提款的客户："杜先生存进100万元。"市民认为杜月笙决不会做折本生意，不一会儿便散去大半。有些人害怕杜月笙手下的流氓肇事，也离开了。[①]

事情的结果并非不言而喻，也就是说杜月笙并没有因此掌控上海银行，也许碍于种种关系，也许没看上这家储蓄银行，他已有自己的中汇银行，反正只是出手帮助，没有染指，但因此落下个好名声，为今后生意留个伏笔，所谓赠人玫瑰，手留余香。正因如此，上海银行侥幸没被抗战前期的金融风暴摧毁。大难不死必有后福，抗战期间，陈光甫为中国抗战争取国际援助做出重大贡献。这是后话。

这些还不算什么，日本军事侵略给华商带来更大灾难。日本亡华之心由来已久，早先的甲午海战便是一例，又因为获胜而忘乎所以，便对中国实行蚕食政策，于是导致一系列中日摩擦，最后公开出兵强占东北，给包括民商在内的广大中国人带来巨大灾难。

上海有个人叫项松茂，浙江宁波人，出生于1880年，早先做过苏州正丰皮毛骨栈学徒、上海中英药房会计、五洲药房经理，逐渐有了资本和经验，便于1921年，41岁的时候，收购德商固本制皂厂，纳入自己的五洲公司，取名五洲固本皂药厂。项松茂讲究质量，所产固本肥皂脂肪酸含量高达55%，肥皂放置多时不收缩，虽说价格贵一点，但质量好，很受欢迎。他同时首创亚林臭药水、东吴药棉、甘油、牛痘苗、人造自来血等，开中国西药业设厂自制药械之先河。

中国最早的肥皂都是舶来品。从1903年起，英国高士奇制皂公司、

[①] 言夏著：《国商》，当代中国出版社2008年版，第263页。

百年大商人

民国实业家项松茂

永华公司等开始将洋皂运到中国销售,很快便以效果好、使用方便,横扫中国传统的使用皂角的习惯,垄断中国洗涤剂业。1923年,英商联合利华公司组建中国肥皂公司,注册资本800万元,陆续从英国购来新式制皂机器设备,采用新式商业销售模式,将全国分为若干销售大区,大区下面分设营业区段,销售采用无限期放账方式,广泛赊货给大街小巷的烟店、大小百货店,卖出后再结账收款,还给3%的佣金,同时大登广告,实行有奖销售,很快便成为中国最大的肥皂厂商。

这时上海五洲固本皂药厂刚刚起步,但因质量好,有口碑,引起英商中国肥皂公司关注。英商便针对固本香皂生产祥茂肥皂,大小、形状、气味相差无几,但脂肪酸含量只有38%,成本低,售价低于固本肥皂。这样一来,五洲肥皂的销路大受影响,1924年出现亏损,令项松茂十分着急。英商趁机出高价收购五洲。英籍董事某某特邀项松茂参观他们的工厂,逐一介绍这些新式机器设备,随后提出愿意以高出五洲总资本的价格收购五洲。项松茂说:"你们的机器设备不错,实力也很雄厚,但对不起,恕我不能答应你的要求,因为中国人应当有自己的洗涤剂业。"英籍董事说:"请你注意,我们生产多种产品,其中仅甘油一项的利润,就足可以冲抵你五洲的全部利润,换句话说,我们的肥皂就是降价为零也毫无关系。"项松茂说:"说来怪吓人的,不过也请你注意一点,这是在中国,不是在英国。"

英商收买不成,即将他们的祥茂肥皂跌价倾销,企图打垮五洲公司。项松茂发动全体员工抗衡英商,虽遭受巨大损失而不屈不挠。项松茂的儿子项泽楠回忆说:

到1935年,中肥再次挑起跌价狂潮,祥茂肥皂从每箱5.35元,骤降至4.42元,迫使五洲固本皂不得不从每箱6.70元降至6.20元。这次跌价竞销,中肥充满信心,在给伦敦总公司的报告中说:"跌价已实行,给五洲以很大压力,传说固本肥皂将再减价4角至6

角……"这一年五洲厂遭到很大损失,唯已突破自制甘油的困难,成本有所降低,故能坚持抗争。①

项松茂在高压下没有屈服,而是通过调整结构,挖掘内部潜能,躲过英商中肥公司这一招儿,保全了五洲公司。不久淞沪抗战开始,日军进攻中国军队,进军上海闸北地区。

项松茂的五洲公司大受影响。他的第二支店位于北四川路老靶子路口,靠近战区,由 11 名职工留守,随时可能遭遇战争破坏。项松茂派人前去加强店铺保卫。1932 年 1 月 28 日傍晚,一辆日本军车在老靶子路口遭遇伏击,不知何人所为。次日大清早,日军武装封锁老靶子路,沿街搜捕嫌疑人,在检查五洲第二支店时,在店里发现义勇军制服和抗日宣传品,即将留守职工全部带走。

项松茂闻讯大惊,立即赶往老靶子路,但已被日军封锁不能进去。他找到日商小山帮忙,通过封锁线进到店铺看了,一片狼藉,他心焦如焚,即委托小山代为打探情况,设法营救,约定第二天还在这儿碰头。第二天项松茂如约前来,却没见到小山,就向看守日军出示名片,提出保释自己员工和派人维修第二支店、恢复营业的要求。日军答应第二项要求。项松茂便叫人回公司找人维修店铺。事后不久,五洲公司的人来到老靶子路口,却怎么找也找不到项松茂,也不知项松茂为什么突然失踪。

项松茂的儿子项泽楠回忆说:

迨朱灿如会同职员李祖荫来店时,只见店门关闭,不见人影,欲推门而入,却被日军阻止,声称:"你的店主已去司令部。"朱李二人惊慌,在门外急声呼叫,无人答应,遂回总店报告。次日,《时报》以大字标题报道"项松茂失踪"的消息。项松茂失

---

① 项泽楠:《英商中国肥皂公司简史》,《20 世纪上海文史资料文库 3》,上海书店出版社 1999 年版,第 32 页。

百年大商人

踪后，其长子项绳武四处恳求亲友，并呼吁中西官厅、社团交涉营救。1月31日，项绳武与公共租借巡捕房洽妥，与日籍警探至日本领事馆交涉。日籍警探单独进入办公室，过了很长时间方失望而出，告知绳武："你父亲提倡抵制日货和组织义勇军，领事馆不得干涉军部，故无能为力。"……后经多方了解，始知项松茂于30日被绑缚劫往日军俱乐部。次日清晨被押往江湾日军军营。日军审问，项氏抗争詈骂，威武不屈，随后被杀害，11名店员亦同时遇难。日军为掩盖罪行，竟销毁尸体，使项氏和11名义士尸骸无存，家属只得以衣冠入殓安葬。①

再讲百货大王郭乐。经过多年拼搏，郭乐不仅在商业上大展拳脚，还积极投资棉纺行业，组建起5个棉纱厂、一个印染厂，拥有24万纱锭，是中国第二大棉纺集团。几十年来，郭乐的事业发展线一直坚挺向上，但在1932年出现向下拐点，最直接的原因是淞沪抗战和八一三事变，日本武装侵略上海。

一·二八沪战爆发，永安纱厂第二、第四分厂被战火毁坏，损失达180万元。其后纱价下跌，企业出现亏蚀。恰在此时，广东银行发生挤兑，香港永安百货公司急需将借给上海永安纱厂的600万元资金抽回。另外，上海永安百货公司因国民政府颁布了《储蓄法》，银业部被取缔，故支援永安纱厂的资金逐渐削弱，造成永安纱厂资金的极度困难。

八一三沪战爆发，永纱二、四分厂地处战区，陷入敌手，一厂、纬通、大华和新仓库地处杨树浦，是日军控制区，一厂及大华厂被日军抢占，改为日本陆军野战医院，纬通厂也被日军占领，

---

① 项泽楠：《五洲皂厂与日本帝国主义的斗争》，《20世纪上海文史资料文库3》，上海书店出版社1999年版，第228页。

能够进行正常生产的只剩下永安三厂。①

与此同时，日本飞机轰炸了永安百货公司，给其造成 210 万元的经济损失，致使其 1936 年的营业额急剧下降，只是 1931 年的 60%。

这样的个案反映出民商在与外商的竞争中处于何等卑微的地步，或者因为维护民族经济、反对外商垄断而惨遭杀害，或者对手无寸铁的工厂狂轰滥炸，已远远超出经济问题。当经济无法解决自身问题时，政治、军事就会"出面"，以强制手段打压甚至消灭竞争对手。联系本书前面所述，鸦片战争、甲午海战、中法战争，似乎都带有政治、军事出面干涉的强制性。在这样的大背景下，中国近百年民商的道路注定荆棘密布、坎坷曲折。

项松茂之死与郭乐工厂被炸绝非偶然。在外族入侵之下，民商遭受打压是再自然不过的事，所谓覆巢之下安有完卵？

再举一例。

山东烟台有个大老板叫张宗桂，创办泰生东商号，在第一次世界大战期间因销售德国染料大发横财，便在烟台兴办棉布庄、绸缎庄、钱庄，还在上海投资 50 万元办起义生钱庄。淞沪抗战时，日本空军向上海闸北地区投掷炸弹，炸毁了一些工厂学校民房。其中张宗桂的义生钱庄被炸毁，房子被部分炸毁，损失严重，但更麻烦的是义生钱庄的经理田子馨，平日徇私舞弊，这时怕露出马脚便趁机携款潜逃了，给张宗桂捅了个大窟窿。

张宗桂的儿子张绪谱回忆说：

> 1931 年九一八之前，先父在上海投资 50 万元，办了个义生钱庄。为办这个钱庄吃了大亏。……一·二八事变时，义生钱庄焚于战火，田子馨早已携款逃匿，田天放也不知去向了。先父承担赔偿责任，白白贴上了 70 多万元。这是生意败落之始，也是

---

① 陈立逸：《郭氏集团与永安纱厂》，《20 世纪上海文史资料文库 3》，上海书店出版社 1999 年版，第 98 页。

百年大商人

先父用人不当之处。①

这段回忆的点睛之笔是"这是生意败落之始"。张宗桂从一个学徒做起，慢慢自己经商，一年四季推着小车推销染料，然后代理洋商销售，在第一次世界大战期间赚了三五百万元，便扩大规模，陆续开办起玉生东棉布店、聚生东绸缎店、巨丰银行、永和染料庄，在烟台投资面粉厂、电灯公司，在济南投资面粉厂，还给7个儿子一人两万元，由儿子们开办若干工商业，还在老家购地2000余亩、盖房300余间，成为显赫一时的富翁。从1932年开始，张宗桂的事业开始走下坡路，生意冷落，亏损严重，直至1941年去世时也未能挽回颓势。张宗桂从1907年开设泰生东商号，至1941年去世，共计34年。如果画出他这34年的事业发展曲线，不难看出最高点在第一次世界大战期间，向下的拐点在1932年，与中国近百年实业家发展曲线大致吻合。

关于这一时期经济出现大幅变动的原因，著名经济学家许涤新、吴承明认为有以下四点：1. 政局变动，内战频繁，对工商业造成损害；2. 出现多次抵货运动，对民族工业有强烈刺激作用；3. 外商因第一次世界大战和世界经济危机自顾不暇，减少对华出口；4. 外商逐步从第一次世界大战和世界经济危机中走出来，处于相对稳定时期，致使"国际物价、汇价和贸易条件对中国市场的影响大半是不利的"。②

与张宗桂相比，青岛明华银行的遭遇更惨。明华银行成立于1920年，总行在北京，陆续开设天津、上海、青岛分行。北京总行主要做北洋军阀、财政部的放款，结果不理想，前后有300余万元欠款收不回来，以致形成大量呆账。青岛分行的经理叫张䋚伯，经营有方，自1930年始，年年存款额都在300万元以上。

---

① 张绪谱：《张颜山和泰生东染料庄》，山东省政协文史资料委员会编：《山东工商经济史料集萃》，山东人民出版社1989年版，第21页。
② 许涤新、吴承明主编：《中国资本主义发展史》第二卷（下），人民出版社2003年版，第124页。

谁知好景不长，1933年刮起世界白银风波，一时间银价狂涨，通货紧缩，银根奇紧，市面惶惶，致使包括青岛明华银行在内的华商非常紧张，穷于应付。1935年5月，备受煎熬的青岛华明银行实在无力支撑了，22日请求召开同业会，地点在青岛市政府。经理张绸伯在会上说明华明银行的资产情况，完全有能力应付目前的挤兑，但急需变卖或抵押价值15万元的东海饭店，请有实力的银行接手支持。当时世界白银风波危及中国，国民政府正积极谋划币制改革，金融局势动荡不安，所以到会银行经理都踟蹰不前，不敢接手，纷纷以各种理由推诿、拒绝。

张绸伯万分着急，可又束手无策，而挤兑风潮越演越烈，眼看就要酿成灾祸，只好含泪向青岛市政府申请停业清理。市政府研究后批准。这一消息还没正式对外公布，便有捷足先登者前来秘密提款。张绸伯不敢得罪这些客户，只好悄悄将仅存不多的现款倾囊支付。张绸伯回忆说：

> 青岛分行存户包括政府机关，如市政府、胶济路局、地方法院、电报局、海军机关，等等，存款多的10万元，少的一二万元。各机关公务人员和一般市民一如上述。当夜得讯最早的当然是市政府，又是最大存户，约有10万元，因知第二日即将停业，连夜派人至行提取存款，逼我办手续。其时几已失去抗拒能力，只有听命而行。随后地方法院、电报局等亦来。公务员得到风讯的，都纷纷来行要求提存，将剩余库存现金少数银圆一扫而光，不足之数，欠户之可抵者，立逼转账划付，又不足，以所存房地产，连夜向法院登记，办理转移登记。此数约计10万元左右。这是有案可查的。那日当夜提出之数，就我记忆所及，总计不下20万元。①

---

① 张蓉、何品整理：《明华银行停业倒闭事件资料选编》，上海市档案馆编：《上海市档案馆史料研究》第七辑，上海三联书店2009年版，189页。

第二天，青岛华明银行张贴出歇业启事：

  频年以来，农村破产，工商业凋敝，贸易入超，白银外流，形成全国金融枯竭，通货紧缩，信用制度因之动摇。敝行设本市十有余载，苦心缔造，以致今日，举凡农矿产物，出口贸易，以至重要建设事业，靡不效其绵力。历年以来，各界人士之所以爱护敝行者，亦即在斯。乃于斯严重时期，外而放款一时难收，内而实质资产不能变现，曾向同业通融，亦多爱莫能助，时势所逼，痛苦万状。

  今万不得已，为保全存户利益，现有各项存款负责偿付。唯请各存户予以相当时间，裨将放款从容收回，资产变现，以便陆续偿付。业承各界之爱护，敢为最后之挣扎。耿耿此心，维求亮鉴。①

民国二十四年五月廿三日

  与此同时，青岛市长沈鸿烈指派青岛公安局派员维持秩序，劝告储户不得闹事。青岛市商会奉命会同青岛银行公会前往华明银行封存账册。与华明银行多有经济往来的银行和工商业者十分恐慌，害怕危及自己。广大青岛储户自然最着急，听得风闻立即前来华明银行取款，取不到款便起哄、打闹、发脾气。青岛公安局警察封锁了华明银行，带走经理张绸伯，关进公安局看守，并将他的私人财产，计住宅一所、天宝银楼、新民饭店、中美冷藏库、万国体育会、东海饭店等股票以及书画古玩等没收。市政府代管华明银行资产，组建债权团，聘请律师、会计师进行清理，变卖张绸伯的财产，退回部分储蓄款。

  青岛华明银行倒闭风波牵动了全国的金融机构。财政部长孔祥熙于事发不久后，1935年6月6日，即向上海银行公会发布训令说：

---

 ① 张蓉、何品：《明华银行停业倒闭事件资料选编》，上海市档案馆编：《上海市档案馆史料研究》第七辑，上海三联书店2009年版，172页。

第五章 | 抗衡洋商（1919—1936年）

> 查银行钱庄营业，关系社会甚巨，偶有倒闭，不惟债权人身受损害，往往牵动市面发生恐慌。凡属银钱同业，应各妥慎经营，不得投机冒险，自蹈危途。其有一时周转不灵而停业者，尤应从速清理，不得故意拖延，乘机取巧，徒增债权人之损失。[1]

虽然如此，青岛华明银行歇业清理事宜仍拖了两年多，直到日本海军兵临青岛城下，才于1937年12月匆匆结束。传闻一般中小储户只得到一二成退款。这还只是清算和退赔一般储户事宜，对于无法退赔的大头，比如拖欠四明银行的149万元，最后查到财政部拖欠青岛华明银行盐款347万元，便请求财政部从中拨款冲抵拖欠四明银行的款，财政部批复同意，已经是1941年10月的事了。

华明银行是抗战期间第一家破产的民商银行，破产的主要原因，如张䌹伯所说："本行倒闭的最大原因，固然由于帝国主义的压迫、官僚资本的排挤"，所指是日本对华侵略政策和政府银行打压。这两条并非只针对明华明银行，而是涉及中国所有民商。上海溥益纱厂就是一例。

上海溥益纱厂创办于1917年，创办人是徐静仁、周扶九，开业时期投入资本100万两银子，有纱锭26520枚、工人800名，产品畅销各地，远销南洋、印度。第一次世界大战结束，欧美列强的资本和商品再度回到中国，打压民商，与民商争夺市场，加之内战不断，灾荒频发，致使上海溥益纱厂在20世纪30年代年年亏损，被迫举债度日，从而加大成本，亏损越发严重。这时日本纱厂看了上海溥益纱厂，提出承担溥益纱厂一切债务、收购溥益纱厂的意向。上海溥益纱厂的债权人是金城银行和中南银行，极力阻止日商收购，他们以债权转换为股权，接收溥益纱厂，保住了一个民商企业。

金城银行总经理叫周作民，他不仅阻止日商收购溥益纱厂，还代管收

---

[1] 张蓉、何品：《明华银行停业倒闭事件资料选编》，上海市档案馆编：《上海市档案馆史料研究》第七辑，上海三联书店2009年版，175页。

购亏损严重、资不抵债的天津恒源纱厂、天津北洋纱厂。这时日商咄咄逼人，大肆收购华商纱厂，企图垄断华北棉纱业，为即将发动的全面战争做准备。

据1932年调查，日本在天津设立以棉花出口为主要业务的商行就有十五六家，势力远在华洋各商之上。华北各省运集天津的棉花约有一半以上为日商操纵。1931年，日本在天津并无自办纱厂，但到1936年时，日商纱厂所拥有的纱锭已超过华商，而占天津全市总锭数的60%以上。裕元、宝成、裕大、华新，先后被日商收买。金城银行收买或代管几家纱厂，客观上对于日本帝国主义吞并我国棉纺工业起到了一定的阻滞作用。①

棉纱业和金融行业是抗战前期遭受日本打压最严重、动荡最明显的行业，就在青岛华明银行倒闭前数月，1935年1月，重庆银行发生严重挤兑事件，当场踩死6人、踩伤15人。这时国民政府已悄悄开始经营重庆，为抗战大后方建设准备，所以此事立即引起高层关注，派遣委员长行营参谋团到重庆，很快解决重庆银行严重挤兑事件。随后，1935年2月，国民政府改组四川省政府，任命刘湘为主席，7月，命刘湘率省政府从重庆迁成都，8月，参谋团开办峨眉山军官训练团，蒋介石任团长，开始整顿川军，11月，参谋团升级为委员长重庆行营。1937年6月，蒋介石派军政部长何应钦到重庆全面整顿川军，借以巩固国民政府对四川的控制。就在整军会议期间，七七事变爆发，全民族抗战开始，全国局势大变，包括民商在内的全国民众群情激奋，投身抗战，揭开了民商抗战的序幕。

---

① 天津市政协秘书处编：《北四行简况》，1976年版，第35页。

第六章

抗战迁渝（1937—1945 年）

一、民商撤离上海

1937年7月7日,日军一木清直部队在北京宛平县卢沟桥举行夜间军事演习,晚上10时结束后,以一名士兵失踪为由前往宛平县城外开枪示威,要求进城搜寻。宛平县长王冷斋拒绝日军进城,答应代为搜寻,但搜寻无果。日军拒不接受,坚持进城搜寻。王县长见情况异常,一面通知驻军,一面亲自去北平市政府汇报,并根据指示又赶去北平日特机关,向机关长松井说明情况,代表中方,要求日军马上撤离宛平。这时机关长松井已得知失踪日兵已经归队消息,但认为中国人不配合,要求日中双方各派5人调查此事。王县长被迫答应。

这时日军突然进攻卢沟桥。王县长大惊,要求松井机关长派人制止。松井机关长派日军联队长牟同口陪同王县长前往卢沟桥,听那儿的日军长官说,他们奉命前来维持调查秩序,要求中国军队向西撤退,才可以进行谈判,并要求10分钟内答复。王县长当即拒绝,说宛平是中国领土,中国军队不可后退一步,要求日军撤退,然后调查。

经过一番交涉,双方同意进宛平县城谈判。王县长与日军长官还没谈到5分钟,即凌晨4时50分,日军即向中国军队开始射击,中国军队立即予以还击,双方发生激烈枪战,这就是卢沟桥事变。至此,日军对中国发动全面侵略战争。7月28日北平沦陷。8月13日,日军进攻上海中国军队,制造了八一三事变。10月30日,国民政府决定迁渝。11月12日,上海沦陷。

上海沦陷后第4天,即11月16日,国民政府主席林森乘"永绥号"军舰离开南京前往重庆,揭开了中国历史上又一次中央政府迁移的序幕。紧随林森之后是浩浩荡荡的西迁大军。这支大军有工厂、财团、银行、教育、文化、高校、党政机关、金融机构、科研院所、报社电台;有教授、学者、科学家、实业家、总编、校长、记者、银行家、官员。他们是中华民族的基础和精英,是抗战的中坚力量。这支大军中的民商是一群特殊人员,带

第六章 | 抗战迁渝（1937—1945年）

着成百上千吨机器设备和成百上千名员工，将大地山河"一担装"，装着坚决抗战的决心和路途艰难、何处重生的渺茫，穿过漠漠平林、翻过累累高山、跨越滚滚长江，承担着重建中华民族工业的千钧重任，迎接百年民商最严峻的考验。

1937年7月22日，国民政府批准资源委员会两项请求，一是资助拆迁上海主要民营工厂移至后方生产，以利继续抗战，另一个是紧急拨款抢购积存于青岛等地的水泥、钢材、木材等，以供防御之需。7月24日，资源委员会副秘书长钱昌照主持会议说："资源委员会的当务之急是将沿海地区工厂迁往内地，组建大后方工业基地，支持抗战。"

这个说法惊世骇俗，令人惊讶。这时中国70%的工业在沿海地区，重点在上海、江苏、浙江、天津、山东、广东等地，而内地除武汉、重庆有一定基础外，几乎没有现代工业，而且交通闭塞，原材料稀缺，技术落后。为此，资源委员会有人提出，沿海工业迁往内地能复工生产吗？能发展壮大吗？还有这么多东西、这么遥远的距离、这么缺乏交通工具，如何迁得去？

资源委员会进行分组讨论。机器化学组有人提出，上海部分实业家请求内迁的意见固然不错，值得肯定，但这只是少数实业家的想法，多数实业家不愿内迁，即或政府决定内迁，恐怕也无法推动。这是指前不久的一件事。资源委员会曾给上海机器五金制造业同业公会主席颜耀秋写密信说："风声紧急，上海工业多，一旦发生事变，将完全资敌，必须抢救。你们可叮嘱在野人士自动组织起来准备内迁。"颜耀秋接到指令，即动员同业响应内迁号召，可支持的少，反对的多。反对的人说，政府这是虚张声势，很快就会放弃抵抗，以动不如以静。

机器化学组的林继庸站起来说："我不同意这种意见。钱秘书长说得对，抗战是一场长期战争，沿海地区可能先期沦陷，如果不及时把那里的机器、设备、人员抢运出来，就会留厂资敌，助纣为虐。我支持钱秘书长的意见，趁敌人还没打来马上行动，将江浙沪工厂迁往内地，保住中国现代工业的基础。"

百年大商人

抗战时期工厂内迁负责人林继庸

林继庸时年41岁，广东香山县人，北京大学预科毕业，曾留学美国壬色列理工学院化学专业，现在是资源委员会专员。林继庸的意见得到一些人的支持，一些人的反对。大家议论纷纷，各执己见。资源委员会其他组的会议同样开得很激烈，多数人支持内迁。经过几次大讨论，资源委员会最后决定实施内迁，派林继庸等人去上海传达并征求意见，再起草内迁方案，报政府决策。

林继庸等人来到上海，通过上海公用局局长徐佩璜，召开上海实业家代表会，被邀请者有胡厥文、项康原、薛福基、吴蕴初、支秉渊、颜耀秋等。林继庸在会上传达资源委员会关于"涉及军事和基础民生的国营、民营工厂必须内迁"的意见。胡厥文、颜耀秋发言拥护政府内迁意见，表示他们的新民机械厂、上海机械厂愿意内迁，但鉴于拆迁搬运重建费用巨大，希望政府酌情予以补贴。薛福基说他的大中华橡胶厂愿意搬迁，但厂子已抵押给银行办贷款，要是银行不准工厂迁移怎么办，希望政府协调。吴蕴初手里有天字号的四家工厂，两个化工厂符合政府动迁范围，两个日用品厂属于"以后再说"范围。他向林继庸反映，他不能迁走两个留两个，想都迁走。

林继庸和上海实业家们经过一番商议，决定召开机器五金制造同业公会及冶炼、电机公会会议，动员大家积极内迁。7月30日，会议如期召开，林继庸传达资源委员会动员内迁的意见，说明此次来沪做调查征求意见的情况，希望大家畅所欲言。胡厥文、颜耀秋表示愿意内迁。胡厥文代表几个机器厂老板发言说："我们上海几个机器厂家感于国难严重，自愿将各厂机器迁移内地，以应军事制造之需。我们各工厂有翻砂、打铁、冲压、电器及各种五金机器约2000部，连同工具等项，可值400万元。我们各厂的技术工人也愿意随同机器前往内地。"

接着，新中工程公司支秉渊、大鑫钢铁厂余铭钰、中华铁工厂王佐才马上表态，愿意响应政府号召，不惜任何牺牲，将带着自办工厂跟政府一同走，做内迁行动表率，不把工厂留给敌人。

也有部分实业家有顾虑。有人说，北平是北平，上海是上海，日本人打北平不一定打上海。有人说，就是退一万步打上海，是会有短暂动乱，但纵观历史，哪次不是以政府很快妥协为结局？生意还不是照样做？有的说，上海是他们多年苦心经营的市场，人熟地熟好办事，怎么能轻易放弃呢？有的说，内迁路途遥远，行程艰难，损失太大，费钱费力，不如丢黄浦江。

林继庸当即对上述意见予以驳斥，说明当时日寇侵华情况及政府的抗战对策，强调日寇必然攻打上海及沿海地区，动员大家相信政府抗战的决心，响应政府号召，不怕牺牲，将工厂迁往内地，决不允许留厂资敌。

> 一般的上海民营企业主，此时对于内迁持抵制态度，因为他们对战争形势和自身的前途有自己的看法。不少人认为这次战事与以往的历次战事一样不会持久，国民政府不久将会妥协。开明书店负责人夏丏尊即说："中国从鸦片战争以来，没有认真跟帝国主义打过一次仗，目前这个坏政府更不会真正跟日本打起来。如1932年的一·二八事变，只是停了几天工又恢复了正常生产。即使日本人占领上海，还有租界，还可以凭借洋人的庇护继续经营。另外，安土重迁，担心长途转运遭受损失，也成为抵制内迁的重要原因。"①

当事人林继庸多年后回忆说：

> （颜耀秋、胡厥文等称）上海机器厂家感于国难严重，自愿将各厂机器迁移内地，以应军事制造之需。各工厂种类为翻砂、

---

① 江满情：《论战时民营工厂内迁中的国民政府与企业主》，《抗日战争研究》，2010年，第2期。

打铁、冲压、电器及各种五金机器之属,其机器数目约有2000部,连同工具等项,可值400万元,并表示各工厂之技术工人亦不难设法随同机器前往工作。上海大鑫钢铁厂存有废钢铁原料约2000吨,其所处地点,适在日人势力范围之内。厂中设备有炼钢电炉4只,每日能出各种钢20吨以上。现该厂愿将上项原料2000吨及其设备3/4,先行移至内地。中国炼气公司愿将制造氧气机械之半数迁移内地,每小时约可产氧气30立方公尺,另备钢瓶1000只,运往政府指定之地点。该厂所出氧气,于机械电焊及医院救护,均甚需要。际此国防紧急时期,诚属亟应办理之事。大中华橡胶厂愿将厂内机器一部分,足供每日生产汽车内外胎150套、飞机内外胎20套及军用胶底布鞋2万双之设备,迁往政府所指定之地点。康元制罐厂为我国最大之制罐工厂,其设备有印刷机9部,制罐机器约200部,每日能出各种罐头5万只,厂址在日人势力范围下之虹口华德路,现愿迁往政府所指定之地点。民营化学工业社,专制防毒面具,每日可产金陵兵工厂式防毒面具500具,拟迁往内地,并希望政府商由银行借给搬运、建筑、设备各项费用。①

不难看出,在国家危亡的关键时刻,广大实业家是爱国的,是诚心诚意投入抗战并愿意为抗战做出牺牲的,因为的确如人所言,工厂内迁不是小事,动辄是几百吨几千吨机器设备、数百上千名员工,而且路途遥遥,运输困难,何况完全不知道新地方如何,是否可以恢复生产,凭借的完全是一股爱国热情。

会议接着讨论内迁经费问题。因为机器的拆迁装运、内迁员工的安家费、川资和部分职工的遣散费,等等,无一不需要现金,而他们经济拮据,现金尤其紧张,要想推动内迁,非得由政府暂行垫借一笔经费不可。上海

---

① 《抗战时期工厂内迁史料选辑(二)》,《民国档案》,1987年第3期,第20—21页。

大鑫钢铁厂余铭钰发言,请政府补助搬运费10万元,借给购地、重建费20万元。中国炼气公司李允成希望政府补助运费1万元,由银行借给购地、建筑等费4万元。大中华橡胶厂薛福基表希望政府出面协商,由银行借给搬运、购地、建筑等费用65万元。康元制罐厂希望拨给迁移费5万元,及商由银行挪借建筑费30万元。民营化学工业社希望政府商由银行借给搬运、建筑、设备各项费用10万元。

著名实业家胡厥文

林继庸不便作答,记在本上,愿意与实业家代表一起去南京汇报、商量。会议推选胡厥文、颜耀秋做代表。二人连夜给政府写了报告。当晚,林继庸与胡厥文、颜耀秋离开上海去南京,向资源委员会副秘书长钱昌照汇报。钱昌照答应将资源委员会账上的100万元,除留少数外,全部借给上海工厂用于迁移,并要林继庸尽快形成上海工厂迁移计划书,以便及时转呈行政院。

几天后,一批实业家写信给林继庸,表示愿意内迁。他们是:康元制罐厂的项康元、中国炼气公司的李允成、大中华橡胶厂的薛福基、天字号四家工厂厂主吴蕴初,以及上海三北、公茂、和兴、中华、恒昌祥、中乙、鸿翔兴、鸿昌等八家造船厂负责人。吴蕴初在信里告诉林继庸,所办天原电化厂、天利氮气制品厂是我国基本化学工业厂,申请后即成为内迁对象,但所办天厨味精厂、天盛陶器厂不属内迁对象,前次已经说过,希望四姊妹工厂一起迁往内地,希望补助迁移费、职工旅费、迁移装置地基费,共计65.6万元,及购地370亩,需要借款169万元。吴蕴初最后说:"如果迁不走,我宁愿把厂炸掉也不给日本人。"林继庸和钱昌照十分高兴,复信并给予高度赞赏。

大中华橡胶厂厂长薛福基嫌写信说不清楚,亲自到南京找林继庸,给他看工厂的拆迁计划书,说:"我们开了董事会,决定把工厂迁往内地,计划将专制轮胎与胶鞋的机器设备迁到政府指定的湘潭,希望湘潭能提供1200匹马力的电力,我们就可以在短时间内重建工厂、恢复生产,生产出急需的飞机、汽车内胎和胶鞋。董事会希望政府会商银行，借给搬运、购地、建筑等费用65万元，息金由厂方负责，分10年还清，还希望政府每年拨奖励金5万元，以10年为限。"

根据这些情况，林继庸拟定出上海第一批内迁六个项目的计划书。钱昌照和资源委员会其他负责人讨论了这份计划书，修改调整后形成《补助上海各工厂迁移内地工作专供充实军备以增厚长期抵抗外侮之力量案》，于1937年8月9日向行政院提出，请求将机械、钢铁、炼气、橡胶、制罐及民营化学工业等六类工厂的主要机器设备内迁，并请政府对首批内迁工厂补助迁移费56万元，拨给建厂地皮500多亩，代商银行低息贷款329万元，奖励金每年25万元，10年为期。

第二天，行政院召开第324次会议，对除奖金外的所有补助计划予以批准，同时决定组建上海工厂迁移监督委员会，由资源委员会、实业部、军政部、财政部各派一人组成，驻上海主持工厂内迁工作。上海第一批内迁民营工厂名单是：1.机器厂机器2000台；2.大鑫钢铁厂原料2000吨及炼钢炉3只；3.中国炼气公司一半制造氧气机器；4.大中华橡胶厂部分机器；5.康元制罐厂全部设备；6.化学工业社全部。

遵照行政院决议，资源委员会立即组建上海工厂迁移监督委员会，指派林继庸为主任委员，要求他立即去上海落实。这时已是下午4时，林继庸等人接到指令措手不及，慌乱中决定下午6时在火车站碰头，立即分别回家处理私事。林继庸去财务处领经费，被告之国库尚来不及拨付。他找钱昌照，钱昌照批示借款56万元。

第二天，林继庸等人来到上海，召开上海工厂迁移监督委员会第一次会议，决定组建上海工厂联合迁移委员会，配合迁移监督委员会工作。8月12日，淞沪战争爆发前一天，上海工厂联合迁移委员会成立，由上海机器厂颜耀秋、新民机器厂胡厥文、新中工程公司支秉渊、大鑫钢铁厂余铭钰、中华铁工厂王佑才、华生电器厂叶友才、康元制罐厂项康元、中新工厂吕时新、大隆机器厂严裕堂、万昌机器厂赵孝林、中国制钉厂钱祥标生等11人为委员，由颜耀秋为主席，胡厥文、支秉渊为副主席。

第六章 | 抗战迁渝（1937—1945年）

不难看出此次上海工厂内迁时间的紧迫性，以至有很多工作都是在匆忙中进行的，同时也反映出实业家行动之迅速、果敢，要把工厂迁到数千里之外的地方，何其重大的事件，竟能在短短数天之内做出决定，实属不易。

> 根据上海民营工厂的分布状况，上海工厂迁移监督委员会和上海工厂迁委会决定，各厂迁移的机件器材，先以武昌的徐家棚附近为集中地点，然后再根据分配的地域分别西上宜昌、重庆，北上西安、咸阳，南下岳阳、长沙，至于以广西、云南为目的地的工厂，当时考虑留待第二步从广东方面进行拆迁。在上海方面，上海南市一带工厂的机件，集中闵行，由北新泾或南市起运。闸北、虹口、杨树浦一带的工厂的机件，先拆运到租界装箱，再由苏州河或南市水陆起运。①

在日机隆隆的轰炸声和中国军队严阵以待的呐喊声中，上海众多民营工厂开始进行繁忙而紧张的内迁准备工作，电闸拉断，机器停转，锅炉熄火，工人歇班，千万台机器设备被拆卸开来，装进数十万个木箱中；大量的工具、零配件、重要原料被打包打捆，堆成连绵起伏的山丘；数以万计的内迁员工领到内迁津贴拿回家，与家人哭泣告别；众多厂长、经理、董事长和他们的助手，或认真谋划内迁方案、筹措迁移经费，或积极联系内迁交通工具、规划内迁路线，或亲临一线指挥内迁，或奔波于工厂政府间联络商讨做决定……整个上海沉浸在誓死抗战到底的浓浓精神和英勇牺牲的绵绵情绪之中。

然而为时已晚。第二天，8月13日，日军先遣部队向中国第五军江湾阵地发起突然攻击。第五军军长张治中下令还击，中日军队发生激烈战斗，淞沪战争爆发。在接下来的3个月里，中日百万大军鏖战上海，炮声隆隆，

---

① 张守广著：《抗战大后方工业研究》，重庆出版社2012年版，第105页。

百年大商人

中国近代橡胶工业的先驱薛福基

硝烟弥漫。淞沪会战是抗战中牺牲最大、战斗最惨烈的一次大战,中国军队为保家卫国承担了最大牺牲。

这样一来,上海工厂内迁形势发生急变,致使行政院批准的第一批内迁项目出现问题,六个项目竟有三项打折扣。其中大中华橡胶厂将内迁时间一拖再拖,直到上海快沦陷前才慌忙迁出,林继庸为此苦不堪言。

大中华橡胶厂在沪战之前就决定内迁,也报经行政院第324次会议批准,获得搬运购地建筑等费用贷款65万元,随即开始冒着日军轰炸积极做内迁准备。8月14日,日军进攻淞沪第二天,大中华橡胶厂厂长薛福基乘车从公司总部去工厂组织内迁,在外滩碰上日机轰炸,一颗炸弹从天而降,横飞弹片击伤薛福基的后脑勺,被紧急送往医院抢救,终因伤势过重,住院抢救17天后逝世,享年44岁。英年早殇,令人扼腕。

薛福基是大中华橡胶厂的顶梁柱。他的负伤和去世严重影响大中华橡胶厂内迁,甚至一度改变了大中华内迁的决定。经过林继庸、颜耀秋、胡厥文等人反复做工作,大中华橡胶厂才从迟疑不决中清醒过来,决定继续内迁工作并付诸行动。大中华橡胶厂生产飞机、汽车轮胎和军用胶鞋,涉及军品,理应抓紧内迁,决不能留沪资敌,否则按照上海工厂迁移监督委员会的规定,政府是可以严惩的,可为什么允许大中华拖延迁移呢?政府的严惩又到哪里去了呢?

国民政府并非一个强势政府,虽然8月12日上海工厂迁移监督委员会召开第一次会议时即决定:各工厂如有托词规避迁移情事,得由工厂联合迁移委员会报告监督本会转呈政府,予以严厉处分,但似乎并未见行动。应当说,响应政府号召已经拆迁的企业主是爱国的,但仍有不少厂主考虑得更多的是本企业的盈利,正如刘鸿生所言:以营利为目的之工厂,其所问者,端在前途之能发展营业与否，而不在其他想象之原因。

因此，沪战后民营企业内迁中，政府与民营厂主实质上是一种谈判关系。对于指定军需工业，政府提供较优厚的资助作为内迁的条件，一些厂家接受这些条件，同意内迁；另一些厂家则不接受这些条件，拒绝内迁；对于普通工厂，政府也给予一定的援助，少数厂家接受条件内迁，但更多的厂家则不愿内迁。正因为如此，在上海工厂中，迁移最多者为五金机器厂、电工厂、化学厂、造船厂、文化印刷厂及制药厂。其中亦有少数纺织及轻工业厂，因不在原案之内，仅发给报关单，准其免税、免验及予以运输上之便利，并未补助迁移费。①

1937年初，上海有31家橡胶厂，最大的是大中华橡胶厂，有4家分厂，4月刚刚扩股，增股两万股100万元，总资本300万元，是上海其余30家橡胶厂总和的1.3倍。上海掀起抗日救亡运动后，大中华橡胶厂也积极投身其间。

当事人孙果达先生回忆：

> 不少厂家对职工进行了军事训练，准备应付突然之变。当时大中华也成立了军训队伍，在谨记路149号占地5亩的木箱制造工场进行操练，其训练编号为第4大队之第14、15中队。据记载，大中华职工参加第2期军训的人数有234人，第4期有130余人。这些受过军训的职工后来有不少人随军作战，加入了抗战队伍。大中华的经理薛福基当时正在海南考察橡生产情况，返沪后也参加了军训。②

---

① 江满情：《论战时民营工厂内迁中的国民政府与企业主》，《抗日战争研究》，2010年第2期。

② 上海市政协文史资料委员会编：《上海文史资料存稿汇编》，上海古籍出版社2001年版，第393-397页。

百年大商人

薛福基之死并未能阻挡上海企业内迁。在林继庸和上海实业家的努力下，8月27日，上海内迁工厂第一批船队悄然起航，冒险由苏州河驶离上海，带着国民政府和上海广大实业家的殷殷期盼，踏上抗战西迁之路。这支队伍由4家工厂组成：马雄冠的顺昌机器厂、颜耀秋的上海机器厂、胡厥文的新民机器厂、胡叔常的合作五金厂，总计21艘木船、160余人。

顺昌机器厂有4艘木船，装了87吨物资和7名员工，由高功懋带队走在最前面，成为上海抗战西迁大军的先头部队。马雄冠望着自己的工厂缓缓驶离上海，长叹一口气：此一去关山重重，从上海沿苏州内河到苏州，再从苏州到镇江，然后换船东上去武汉，路漫漫其修远兮，会遇到什么灾难吗？敌机轰炸扫射，车翻船覆，兵匪抢劫，要是有个万一，自己一生的心血便化为乌有。想到这里，他心里不由得阵阵发凉。

林继庸同样忧心忡忡，他已向南京资源委员会发出"乞派员至镇江照料"的急电，但仍然夜不能寐，脑际全是驶出的21艘木船上的160名员工和机器设备，要是遇到日机轰炸或是天灾人祸怎么应付？万一出现不测，那将动摇实业家内迁的决心，后果不堪设想。

多年后林继庸回忆说：

> 其运输方法简述如下：用木船伪饰以树枝及茅草等，每艘相距半里许，互相照应，循苏州河，用人力划出；途中如遇敌机来袭，则泊于江边芦苇丛中暂避；抵苏州河后乃雇用小火轮拖原船至镇江，再换装江轮直驶汉口。苏州镇江两处已设有运输站，与当地军运及政府机关取得密切联络，并与上海时通情报。那时因江阴已被封锁，铁路又侧重军运，吾人只得由苏州河一条路运至苏州或取道南市由松江转苏州。①

---

① 肜新春著：《民国经济》，中国大百科全书出版社2010年版，第15页。

第六章 | 抗战迁渝（1937—1945 年）

第一批内迁船队驶离上海后，沿苏州河到镇江，再转大船去武汉，顺利到达武昌徐家棚。马雄冠的上海顺昌铁工厂到达武汉后，按照政府安排积极建厂复工，可还不到一年，日军包围武汉，又遵照政府安排再迁重庆，最后落脚重庆江北猫儿石地区，改名顺昌公司重庆铁工厂，并很快恢复生产，生产出车床、鼓风机、制砖机、空气锤，并为军工生产炮弹壳，特别是该厂的徐载贤、孙孝孺等总结多次浇铸烘缸失败的教训，为四川嘉乐造纸厂设计并制造了整台 2 吨圆网造纸机，使中国造纸业走上独立设计、自行制造设备办厂的道路，为抗战做出贡献。

马雄冠，江苏常州人，生于 1905 年，1929 年毕业于上海同济大学机械系，先后担任上海私营顺昌公司铁工厂厂长兼总工程师、四川永川福昌炼铁厂厂长兼经理、重庆机器同业公会理事长、上海通用机器公司总经理，上海解放后任华东工业部上海通用机器厂（现上海汽轮机厂）第一任厂长，1985 年去世，享年 80 岁。

顺利送走第一批内迁船队，林继庸便做出一个重大决定，今后内迁工厂都走这条水路。第二天，8 月 28 日，又一批内迁工厂船队驶离上海，它们是大鑫钢铁厂、新中工程公司、利用机器厂、精一机器厂、启文机器厂、姚兴昌铁工厂。长长的船队前后绵延几十里，浩浩荡荡，蔚为壮观，使一度沉寂的苏州河充满生机，也为中国抗战大后方送去一分力量，为抗战胜利奠定了一块基石。

上海大鑫钢铁厂撤离上海时，运走厂里的主要器材、原料及 300 多名员工，沿苏州河踏上内迁的漫漫征程，目的地是武汉。这家工厂成立于 1933 年，地点在杨树浦齐物浦路，主要生产铸钢、铸铁、马铁及耐火、耐酸、耐磨合金钢铁原料，产品畅销各地。内迁开始，大鑫钢铁厂董事会立即开会商讨内迁，一致同意总经理余铭钰把工厂现存 2000 吨废钢铁原料和四分之三的设备先行迁移的意见，责成余铭钰实施搬迁。余铭钰便接连不断开会予以落实，

民国实业家马雄冠

并亲自起草申请内迁报告。

这份报告是写给资源委员会委员长蒋介石的。他在报告前面简单说了大鑫钢铁厂成立4年来取得的成绩,能生产铁轨、坦克配件、飞机炸弹壳,请政府帮助大鑫钢铁厂尽快内迁,以完成给全国供应钢铁材料的责任,完成铁道部自制新车1000辆的铸钢材料,又说大鑫钢铁厂已搜集、存储1500余吨废旧钢铁,而上海市面还有数千吨,请求政府将上海所有废旧钢铁尽量收集,迅速运存内地以资制炼。

余铭钰,浙江人,毕业于美国加利福尼亚大学,冶金硕士,回国后先后在江西、云南开钨矿和锡矿,做过云南省政府交通司司长、丽水县县长,1933年创办上海大鑫钢厂,任总经理兼总工程师。

余铭钰的这份申请写于1937年7月14日,那时国民政府还没做出上海工厂内迁的决定,是上海第一家申请内迁的工厂。他这种远见卓识令人钦佩。不难看出,中国实业家爱国,以天下大事为己任,主动将自身利益与国家、民族利益捆绑在一起,主动为国分忧、承担牺牲、主动冒险内迁、承担民族复兴大任,令人肃然起敬。

余铭钰是第一批内迁企业,怎么走到后面了呢?原因是工厂还没来得及领到政府资助的10万元迁移费和铁道部的30万元贷款,日军就打进虹口,日军炮弹炸毁大鑫钢铁厂办公室、厂房,致使900多名员工散去大半,无法实施内迁。余铭钰万分焦急,找到德国朋友孔士德先生商量如何保护自己的工厂。大鑫钢铁厂有一批机器是刚从德国进口的,余铭钰的主意是,将进口日期填写得早一些,变成这批机器还未交付大鑫钢铁厂,还是德国人的财产,向德国驻沪领事馆登记申请保护,再慢慢转移、内迁。孔士德先生依计而行,申请到德国领事馆登记保护,将大鑫钢铁厂中小型机器设备分批转移到法租界。

过了几天,大鑫钢铁厂收到铁道部30万元贷款,便收购一批急需的工作机、鼓风机、马达、钢板、角铁,组织工人装修设备,打包整理,积极做好内迁准备。这时余铭钰盲肠炎突然发作,经医治稳住病情,需要卧床休息,但没有动摇内迁念头。1937年8月28日,条件成熟,余铭钰便

第六章 | 抗战迁渝（1937—1945年）

带领工厂踏上内迁的漫漫征程。

与大鑫钢铁厂同为第二批撤离的还有上海利用五金厂。

上海利用五金厂的厂长叫沈鸿，浙江海宁人，生于1906年，因幼时家境贫寒，只读了4年小学，长大工作后上夜校补习文化，先后做过布店学徒、店员、协助管账，25岁集资5000元开办上海利用五金厂，制造弹子锁，并钻研汽车零配件，准备制造汽车。全民族抗战开始后，沈鸿决定内迁。他一面说服股东和职工，一边寻找内迁的办法，得知上海工厂迁移监督委员会主任林继庸在上海，便冒着被日机轰炸的危险，走了10公里路，来到监督委员会所在的卢湾区找到林继庸。

著名工业家沈鸿

　　监督委员会成立伊始，内迁工作千头万绪，然而兵荒马乱之际，政府无暇为其设立专门的办公地点。无奈，林继庸一干人等只得租下位于马浪路（今马当路）的一家舞厅暂且栖身。沈鸿奔波了4个多小时，才在卢湾区找到了这家舞厅。纷飞战火的威胁下，人们早已没有了歌舞升平的兴致，如今这里往来穿梭的都是神色慌张、手拿表格的工厂老板。沈鸿也是一脸焦急，边拍着身上的灰尘，边朝人流涌出的地方挤了过去，找了几个来回，终于撞进了主任办公室。宽大而凌乱的办公桌后面坐着一人，左脚被从房梁上垂下的粗绳套高高吊起，脚板上还缠着厚厚的绷带。此人正是监督委员会主任委员林继庸。连日来为了工厂内迁事宜，他奔走于南市、闸北之间，左脚受伤中毒。医生嘱咐他说，必须要把伤脚挂起不可放下，"否则恐成残废，须割去一足"。①

---

① 徐盈：《中国的工业》，《大公报》，1939年3月13日。

百年大商人

沈鸿见到林继庸，急迫地说："林主任，我们上海利用五金厂愿意内迁，不知能否领到政府津贴？"林继庸问了工厂情况说："对不起沈鸿厂长，因为迁移经费有限，政府没有考虑津贴小工厂，只津贴事关抗战和国计民生的大企业。不过沈先生热情可嘉，政府欢迎，就自费随撤离大队一起走吧，也好相互照应。"沈鸿有些失望，但咬着牙说："好！我们不能待在上海等日本炸毁，更不能留厂资敌，凑钱也要自费内迁！"

8月28日，利用锁厂租好的两只木船停在苏州河畔，听候林继庸统一指挥，计划黄昏时分趁朦胧夜色驶出上海。沈鸿带着内迁的工人陈孝良、曹金木、宋定良、沈保全、姜载愉、吴瑛、四富等人——他们最大的18岁，最小的16岁，还是大孩子，在工厂等候。这时老工友黄文钦推门进来，身后跟着他18岁的儿子黄海霖，对沈鸿说："阿鸿，让海霖跟你一起去吧！他最佩服你。你以后好好教教他。"沈鸿说："路上很危险，你不怕？"黄文钦说："我知道兵荒马乱很危险，但留在上海我也不能照顾好他，还不如跟你去好。"沈鸿说："我们这一去不知道啥时能回来，也不知道能不能回来，你舍得放儿子跟我走？"黄文钦说："只要不当亡国奴，天涯海角都让他去！"

等候期间，沈鸿和内迁工人每人照了一张大头像。黄昏时分，他们带着装有5大箱机器零件的车子赶往苏州河码头。午夜，万籁俱寂，随着林继庸一声号令，苏州河畔停泊着的第二批内迁工厂的几十只船陆续起航。船上遮盖着树枝茅草，船四周安置有防御流弹弹片的钢板，船与船相互拉开250米距离，在苏州河上延伸开来，浩浩荡荡驶离上海。沈鸿的两只船随同出发，因为是自费内迁，经费紧张，无钱购买钢板，代之以便宜的铁皮。沈鸿他们9人走了，把9张照片留在了上海。后来这9张照片被上海利用锁厂股东张念椿珍藏。张念椿去世前交到他女儿张小萍手上，张小萍女士将它们捐献给了海宁市史志办，现存于浙江省海宁市沈鸿纪念馆，存下了中国实业家抗战到底的决心。

沈鸿的木船经过一番颠簸，终于到达内迁第一站——苏州，又换乘小火轮至镇江，再转轮船驶往武汉。后来，沈鸿将工厂经辗转迁至延安，和延安一个小兵工厂联合，在延安城南柳树店建起陕甘宁边区机器厂，凭借从上海带来的10台车床做母机，制造出一批批机器，如印刷油墨机、造纸机、药厂压片机、炼油设备、造币机等，后来转移到安塞县茶坊山沟，成为闻名遐迩的茶坊工厂。沈鸿被委任为陕甘宁边区机械厂总工程师。

不难看出，如果内迁指导思路对，准备充分，将更多中小企业迁往内地，中国民营工业会有一个更好的发展，可惜当时准备不充分，不重视中小工厂，未能及时将大批中小工厂内迁，否则大后方工业会更强大。

关于第二批上海工厂内迁的情况，林继庸回忆说：

> 1937年8月27日是一个值得纪念的日子。这一天，马雄冠的顺昌机器厂、颜耀秋的上海机器厂、胡厥文的新民机器厂、胡叔常的合作五金厂等四家之机件，共装船21艘，并技工160余人，由各厂重要职员高功懋、刘元义、邵仁理、金祥宏等分别率领，冒险由苏州河运出。翌日，余铭钰的大鑫钢铁厂、支秉洲的新中工程公司、沈鸿的利用机器厂、胡允甫的一机器厂、李翊生的启文机器厂及姚兴昌铁工厂之机件及工人，亦由各厂派员负责职员吴仲甫、李翊生、安得璋、沈鸿、胡允甫、徐亚坤分别率领，继续运出。①

这两批工厂的迁移给上海工厂内迁起了带头作用。马雄冠、颜耀秋、胡厥文、胡叔常、余铭钰、支秉洲、沈鸿、胡允甫、李翊生等爱国实业家成为抗战内迁先锋。他们在中华民族最危险的时候置个人身家性命于脑后，挺直脊梁，扛起山河，以迁移上海工厂去内地重建复工的实际行动，显示了中国实业家不畏艰险、英勇奋战、同日寇血战到底的决心。

---

① 彤新春著：《民国经济》，中国大百科全书出版社2010年版，第15页。

百年大商人

二、浙豫工厂内迁

上海沦陷前夕,在林继庸的精心组织下,中国建设工程公司、慎昌铁工厂、中国窑业公司、中华铁工厂、益丰搪瓷厂、镐锠铁工厂、汇明电池厂、朱亚铁工厂、中国机器厂、美艺钢铁厂、达昌机器厂、三北造船厂等13个工厂陆续走苏州河迁离上海。不久,战争形势发生变化,中国空军失去制空权,苏州河这条线路成了问题。再后来,日军攻占上海闸北,控制苏州河,内迁船队被迫经黄浦江绕道松江转往苏州至镇江。不久杭州湾又遭攻陷,松江告急,内迁船队再改由黄浦江走南通至镇江。

这天林继庸接到一个紧急电话,说苏州河突然被军队封锁了,正在行驶的内迁工厂的船队被困在那里进退两难,急得不得了,四处打电话了解情况,都说不知道,急忙派人坐车沿苏州河寻找。派去的人找到内迁船队,才知道不是敌人封锁,是驻防苏州河地区的一支中国军队因军事需要,突然封锁了乌镇路至北新泾一段航路。

内迁工厂的人对林继庸的人说,船队突然被军队命令靠岸抛锚,说是军事需要,问要停多久,回答不知道。他们拉着林继庸的人的手哭,问林主任知不知道,问要是日机来了怎么办,要他赶紧去找军队长官说情放他们过去,或者放他们回上海。

林继庸听了报告,立即找上海迁移厂委员会主任颜耀秋商量。他们担心要是打起仗来,内迁船队肯定遭殃,急得火烧眉毛,赶紧坐车去闸北寻找驻军长官,说迁移工厂船队被困乌镇路至北新泾航段,随时面临生死存亡考验,关系上海工厂迁移大局,也是抗战大计,请长官行个方便,让船队通过。这位长官问清情况,表示支持,立即打电话命令当地驻军放内迁船队去苏州。

为防止类似事件再次发生,林继庸和颜耀秋以迁移监督委员会和迁移委员会的名义向上海军事当局反映,希望给内迁工厂发放战区特别通行证,允许迁移工厂通过战区驶离上海,又找上海市市长俞鸿钧出面说项,最后

第六章 | 抗战迁渝（1937—1945年）

得到上海驻军司令长官张治中批准，得以部分解决。

有了通行证，还有问题。吴蕴初的工厂内迁找了24只木船，将天原厂、天利厂的全部机器设备及天盛厂、天厨厂的部分设备装船沿苏州河内迁，开至北新泾时，突然被一支中国军队拦住，说是转移阵地需要临时征用4只船。带队人大吃一惊：你把船拉走了，说是临时征用，可炮火不留情，船回不来怎么办？我船上装的机器设备总不能仍在荒郊野外啊？急忙亮出通行证，再三解释，这是经过批准迁往内地的工厂用船。军队长官看也不看他的通行证，拿枪命令他马上把船靠岸卸货。带队人无可奈何，只好照办，眼睁睁看着自己的4只船被军队开走，急得眼泪长流。带队人不死心，得知军队征用他的船是搭建浮桥，就跑回去想法弄来4只旧船，恳请军队长官予以调换。军队长官本来也同情迁移工厂，见有旧船，答应换回新船。带队人长出一口气。

天原厂在内迁时也遇到麻烦。他们正往船上装机器，突然遇到日机轰炸，慌得手足无措，赶紧把船撑到树荫处躲避，可来不及了，日机飞来投炸弹，炸沉天原厂一只木船，船上机器设备沉入河底。

上海华生电器厂撤离上海时也遇到同样悲剧。全民族抗战爆发后，华生厂总经理叶友才响应政府号召，听从林继庸和上海工厂迁移委员会指挥，积极准备内迁。他这家工厂主要生产电风扇、交流发电机、火车轮轴发电机，工场设在上海南翔三处，1936年年产风扇3万台，有工作母机100余台、厂房30多栋、员工300多人，内迁物资有2000吨、员工有200余人，租用木船40艘，沿苏州河浩浩荡荡去镇江，在镇江水面遭日机轰炸，被炸沉4艘木船，炸死炸伤多名员工。叶友才闻讯万分着急，立即派人带钱赶往出事地善后，然后继续内迁，开到武汉，开到重庆，在重庆重建复工，得以延续发展，才使华生电风扇得以留存至今，成为中国百年品牌。

林继庸送走华生电器厂、华成电器厂、中国无线电器厂、中华无线电器厂和龙章纸厂，来不及喘气，立即投入新的内迁工作。就在这时，传来镇江被日军封锁的消息，林继庸惊慌失色。镇江是上海水上出路上的重镇，一旦被敌人封锁，水路便走不通了。更让林继庸担心的是，前两天，他刚刚送走上海龙章造纸厂内迁船队，这会儿正航行在苏州河前往镇江，要是在镇江遇到敌人，岂不是自投罗网吗？

上海龙章造纸厂的内迁船队由46只木船组成，编成10组，装载机器设备1300余吨，正沿苏州河驶离上海。这支内迁船队命运多舛，还在上海市区南部的日晖港时就遭到敌人炮火轰击，致使机器设备搬运上船工作被迫中断，工厂极重要的一千千瓦时整套发电设备和每个重12吨的两个大烘缸迟迟不能装船，急得龙章纸厂总经理庞赞臣直跺脚。庞赞臣四处打电话找林继庸求救，没有找到，所幸敌机不久即飞走，得以将这两个大件装上船。这两个庞然大物一年后运抵重庆，在"中央造纸厂"为国民党政府印刷钞票，发挥了巨大作用。

林继庸得知镇江被日军封锁的消息十分震惊，立即派人冒险前去镇江联络，随即陆续回来一些消息，说龙章造纸厂船队的一、二、三、四组船已安全到达镇江，顺利将机器设备转装江轮继续前进，又得到消息说，船队的五、六两组船到达镇江后，因战事紧张，来不及转装，只好改变主意，由原来的木船冒险驶向汉口，其他的船则杳无音信，令人担忧。

派出去的人回到上海说，怎么也打听不到龙章造纸厂船队七、八、九、十这4组船的消息，反问林继庸看见这4组船回上海没有。林继庸真着了急，担心他们在镇江被敌人扣留了，急忙又派人前往打探。几天后，林继庸终

上海龙章造纸厂

于在上海见到了这4组船,看到船上的机器设备人员安然无恙才放了心,可刚舒展的眉头又皱得更深——他们怎么出现在上海?船上的人哭泣着齐声说:"林主任,我们差一点死在镇江了!"原来,这4组船驶离上海不远即出现机械问题,提不起速度,后来又因为躲避日本飞机轰炸和炮火袭击东躲西藏,离大船队越来越远。他们要到达镇江时,意外发现远处有日军舰船,吓得赶紧靠岸躲避,觉得再往前走太冒险,便掉转船头开回上海。

著名纺织工业家李国伟、荣慕蕴在武汉

这时林继庸的身份发生了变化,上海工厂迁移监督委员会业已撤销,他出任了新组建的军委会工矿调整委员会执行组长,同少将军衔。根据工矿委员会的部署,工厂内迁工作的重点逐步转移到上海以外的其他地方。

林继庸来到镇江,召集苏州、无锡、常州一带纱厂负责人开会,与会者有苏州苏纶纺织厂沈灏、无锡庆丰纱厂唐哗如、公益铁工厂李国伟、常州大成纱厂刘国钧等。林继庸向他们传达工矿调整委员会动员他们内迁的意见和要求,刘国钧等实业家表示响应政府号召,愿意将工厂前往后方,也提了很多希望和要求。林继庸将他们的意见要求反馈给江苏省政府,与省政府共商迁移办法,最后的意见是:1.工矿调整委员会拨给工厂迁移津贴20万元;2.该款交镇江中国银行经理王恩官及江苏财政厅厅长赵棣华核发;3.由军委会贸易、工矿、农产三调整委员会在镇江设立联合运输处,由主任童少生负责分配迁移所需船只和车辆;4.各厂代表立刻返回工厂抢时间实施内迁。①

---

① 肜新春著:《民国经济》,中国大百科全书出版社2010年版,第27页。

百年大商人

无锡公益铁工厂厂长李国伟在镇江开会时向林继庸表示,荣氏集团已决定把公益铁工厂搬到内地。林继庸说:"好啊,其他的呢?几个面粉厂、几个纺织厂准备怎么办?需不需要我帮助?"李国伟回答:"我老丈人正为这事急得不得了,肯定需要你帮助,请你有机会多多指教。"

无锡公益铁工厂创建于19世纪20年代,1933年起由荣德生的三儿子荣尹仁管理,全民族抗战爆发后,奉政府之命停止生产纺织、面粉机器,专门生产手榴弹、地雷等军需品,支援前线。这时荣尹仁积极组织荣家无锡工厂内迁。申新三厂用船迁出三部旧纱机和200台新机。公益铁工厂迁出部分设备和原材料。他们的船队在镇江遇到海关阻拦,要他们出示资源委员会的内迁证明,否则不予通行。荣尹仁缺乏完备的通行手续,只好临时处置,致使这批设备和原材料大部分散落在苏北各地,只有公益铁工厂的少量机器和几十名工人和技术人员顺利驶出镇江驶往武汉。①

公益铁工厂的内迁队伍除了随船迁移部分,还有部分员工徒步去常州,在那儿与大部队会合。徒步队伍中有一个会计叫许晓轩,时年21岁,英俊潇洒,生气勃勃。两年前,他到无锡公益铁工厂当会计,八一三事变后参加厂里大刀队保护工厂。全民族抗战爆发后,厂方决定内迁,他主动报名参加。他按厂里要求,将工厂账册资料装进枕套绑在腰上,用外衣遮挡住,与同伴徒步到达常州,然后随工厂内迁大队去汉口、去重庆。到了重庆,他积极参加工厂复建,主动负责管理生活,为工厂恢复生产做出贡献,深受荣尹仁喜欢。荣尹仁料想不到的是,这个小伙子后来在重庆干出一番轰轰烈烈的事业,成为荣氏集团的骄傲、无锡人的骄傲、中国人的骄傲——他成为重庆地下党负责人,也是长篇小说《红岩》中许云峰、齐晓轩等人物形象的原型。

镇江工厂的内迁因为时间过于仓促,遭遇日机轰炸,除无锡公益铁工厂和常州大成纱厂部分迁移外,大成一厂中弹18枚,毁坏过半,大成二厂全被毁,大成三厂中弹3枚,部分损坏。大成纱厂老板刘国钧在轰炸后

---

① 陈珍珍、陈英英著:《台湾同胞抗日50年纪实》,中国妇女出版社1998年版,第486页。

第六章 | 抗战迁渝（1937—1945年）

组织人抢救机器设备和原料运往武汉。

> （1937年11月）15日，工矿调整委员会派林继庸及顾毓瑔往苏州、无锡、常州，金开英、朱谦、陈良辅往浙江，陈世桢、欧阳崟往山东各处抢运物资。然以为时过缓，形势恶化，多未果行。我召集苏、锡、常一带纱厂负责人，于11月17日在镇江会晤。是日清晨，我抵镇江，与省政府商洽迁移工厂办法。未几，苏州苏纶纺织厂沈灏，无锡庆丰纱厂唐骅如，公益铁工厂李国伟，常州大成纱厂刘国钧等均到，当即开会决议办法七项，由工矿调整委员会拟给津贴20万元交镇江中国银行经理王恩官及江苏财政厅长赵棣华核发。其时贸易、工矿、农产三调整委员会已设立联合运输处驻镇江，负责为童少生主任，由童主任分配船只车辆。部署既定，各厂代表即各返工厂着手进行。惜时间过迫，仅得无锡公益铁工厂全部及常州大成纱厂部分迁出。[①]

与此同时，上海工厂也在做最后努力。范旭东的南京永利亚厂因为承制军用化学品不能停业，遭敌机3次低飞轰炸，被迫停产，立即拆迁走部分机器设备，而来不及拆迁的只好暂留原厂。范旭东在汉口十分着急，想来想去，决定派人回厂看看。他叫来林文彪博士及张镕、王杰如、寿乐、程秀标等技术人员9人，要他们马上从武汉坐船回南京，悄悄潜回永利亚厂，看看敌人是怎么处置永利亚厂的，如果可能就把重要的机器设备弄到武汉，如果不行就毁掉关键部件。

第二天凌晨4时，林文彪等9人由汉口乘坐太古公司"黄浦号"轮船东下，当驶近南京时，发现前面发生战事不能前进，又见下关一带大火熊熊、美国炮艇"巴纳号"被敌机炸沉，便停泊在三洲河口不敢贸然前进。林文彪不愿空手回去，等日军炮火停止，带领大家分三批冒险由裕溪口上岸，

[①] 肜新春著：《民国经济》，中国大百科全书出版社2010年版，第27页。

百年大商人

准备冲入永利亚厂捣毁机器关键部位，可走近一看，工厂已为敌兵占领，无法进去，只得徒步转往合肥，经六安至麻城，后由公司派汽车到麻城接返汉口。

河南中福煤矿公司的内迁也遇到极大的麻烦。

日军在攻占平津之后，10月14日攻陷安阳，距中福煤矿所在焦作仅200公里。中福煤矿公司总经理孙越崎在董事会上说："抗战不是一天两天的事，得做长期打算。我建议把煤矿迁往内地，保住我们的机器设备，还可以在内地开发煤矿，要是不迁，敌人来了强占我们的机器设备，要我们替敌人生产怎么办？"公司董事刘燧昌、胡石青不同意迁移，害怕自己的资产被侵吞，就在会上强烈反对内迁，还说孙越崎是外地人，不关心本地股东利益。英国董事、英福公司总代表贝尔也不同意迁移，说英国与日本是朋友，中日战争只是中国和日本的事，日本不会损害英国在华利益。还有董事担心迁移太困难，要把上千吨的机器设备迁到千里之外，还要找新的矿井，如果路上不安全怎么办？如果找不到新矿井又怎么办？

中福煤矿公司是中英合资企业，成立于1915年，由中原公司和英国福公司合资组建，垄断着焦作煤炭的开采权，年产煤162万吨，畅销长江流域和京津一带，是河南最大的煤炭企业。孙越崎是浙江绍兴人，1933年被国民政府委派为中福煤矿总经理。他听了这几位董事的意见直皱眉头，着急地说："日军已打到安阳，离我们焦作只有200公里，焦作煤矿危在旦夕，还奢谈什么河南的、外地的？大敌当前，我们只有三条路可走，一条路是不搬走不破坏，等日本人来接管；第二条路是把煤矿毁掉，大家都不使用；第三条路是把煤矿迁走，我们能用，日本人不能用。怎么办？政府动员工厂内迁，到内地去重建复工，支援抗战，我们中福应当响应，决不能留厂资敌！"

经过几次董事会，中福煤矿找不到更好的办法，只好同意孙越崎迁移的意见，决定立即停止生产，卖掉50万吨存煤，把价值1300万元的主要设备器材以及工程技术管理人员、技术工人迁往黄河以南。中福煤矿开始紧急动员，拆卸机器设备，打包打捆，联系运输工具，计划迁移路线，办理迁移手续，筹划旅途资金，组织迁移队伍，遣散留矿员工。经过一个月的努力，终于完成内迁的准备工作，整装待发。

国民党河南省党部和焦作市党部得讯大吃一惊，认为孙越崎是临阵逃跑，动摇军心，向第三战区司令长官公署军法处控告孙越崎，要求他们制止中福煤矿迁移，法办孙越崎。孙越崎闻讯主动去军法处解释，亮出同少将军衔证书，说明情况。军法处法官予以支持，驳回控告。

中福煤矿迁移队伍十分庞大，有2500吨机器设备材料、1100名管理人员和技术人员，迁移的交通工具是火车。这时保定、石家庄、邢台已先后失守，日机不断轰炸新乡、焦作和郑州火车站，阻止和破坏中国转运军事物资，造成火车不正点，班次大幅减少，致使迁移物资堆积如山，中福煤矿很难要到车皮。孙越崎凭借私人关系找郑州车务段长陆续要到一些车皮。他要到一批车皮就送走一批机器设备，走一批机器设备就随同走一批人。这样走走停停，等中福的机器设备运得只剩最后几百吨时，敌人已打到郑州城下，中国军队准备炸毁郑州黄河铁桥，阻止敌人追击。

孙越崎听了急得跳了起来。这时中福最后一批机器设备还等候车皮运出，都是很重要的，要是来不及抢运过黄河，前面已经运走的机器设备就不配套，将影响整个迁移。孙越崎开车去找黄河铁桥守卫部队说明情况，请求延缓炸桥。守桥部队报告上司得到允许。孙越崎最后终于将最后一批机器设备运过黄河铁桥。

实施内迁的还有豫丰纱厂。

卢沟桥事变之后，豫丰纱厂多次遭日机轰炸，损失严重，更重要的是，日军正向郑州进攻，郑州危在旦夕。国民政府1937年11月派人前来郑州豫丰纱厂动员迁移，他们以种种理由迟迟不动。1938年2月，工矿调整委员会命令郑州豫丰纱厂必须拆迁，豫丰纱厂这才下决心内迁。此时日军离郑州只有10里。

著名实业家孙越崎

百年大商人

豫丰纱厂内迁首先遭到当地人的阻挠,因为豫丰一走,这一大块地区就会萧条,地方收入也将减少。他们找到总经理束云章,反复劝他们不要迁移。他们中的不少人围堵豫丰大门不准拆迁。束云章一边做大家的工作,一边组织力量拆卸机器设备。经过两个月努力,豫丰纱厂总计迁出纱机 56448 锭、并线机 5600 锭、布机 224 台、3500 千瓦发电设备,总重量 9000 吨,分装大小木箱 11.7 万件。

林继庸在回忆这段往事时说:

> 民国 26 年 11 月底,工矿调整委员会曾派陈世桢劝导郑州豫丰纱厂拆迁,未成功。27 年 2 月间,工矿调整委员会再度命令郑州豫丰纱厂负责人到汉商酌迁移。该厂于 2 月 19 日奉到命令,即决定拆迁。其时敌军已到达黄河北岸,距郑州仅 10 里,地方人士复阻挠拆迁。该厂董事长霍宝树,总经理束云章,经理潘仰山,厂长郑彦之,董事张鸣岗、毛翼丰等,苦心应付,委曲求全,始得如愿。即将全厂纱机 56448 锭,并线机 5600 锭,布机 224 台,发电设备共合 3500 千瓦及锅炉机件等,共重 9000 余吨,完全拆卸,分装大小机箱 11.7 万余件。经过两月的努力,始得全数付运。取道平汉路南下,于 4 月底全数运达汉口,即分运沙市、宜昌。①

最后迁移的还有浙江几批工厂。

第一批是杭州 5 个铁工厂。上海沦陷前,浙江省政府为组织工厂迁移拨款 10 万元,派人前往杭州,与杭州市铁工业同业工会赵嗣宗、胡四兴等人商量迁移事。当时杭州规模较大的铁工厂有武林厂、大来厂、协昌厂、胡金兴厂、应镇昌厂 5 家。大家一致同意先组织这 5 家工厂迁移。这 5 家厂也愿意迁移。他们就把工厂的重要机件拆卸装箱,搬迁至杭州钱塘江码头,准备往钱塘江上游搬。这时日军已打到杭州近郊,形势十分危急,大

---

① 胗新春著:《民国经济》,中国大百科全书出版社 2010 年版,第 47 页。

量的军民人员向钱塘江上游撤退,使得船只万分紧张,很不容易找到船。结果,这5家工厂的东西只运出50余箱。他们的船到达富阳的时候遇到日军,害怕被发现,将机器设备连夜运往兰溪。

第二批是杭州林长兴织带厂等6家工厂。他们在林崇熹的率领下联合迁移,得到航空委员会的协助,派车将他们在杭州失陷前安全迁出。第三批是宁波顺记铁工厂、温州大华针织厂、毓蒙铁工厂等。浙江省建设厅鉴于宁波、温州两地工厂有内迁必要,组建宁波温州工厂迁移委员会,派邱达雄为主任。该委员会曾派黄爵俊、周寿笺、杨烈卿、蔡孔耀等5人,分别去宁波顺记铁工厂、温州大华针织厂、毓蒙铁工厂等处商洽迁移,准备由政府出资组织联合铁工厂,但因各厂觉得千里迢迢搬工厂太不划算,也不看好内地市场,不愿迁移。政府说这些机器设备不能留厂资敌,各厂负责人就说反正打起仗来也没法做生意,不如把这些机器设备卖了。浙江建设厅商量觉得行,省府有出资组建联合铁工厂的计划,就会同有关机关对这些工厂的机器设备进行评估,经双方协商达成转让协议,由政府将这些机器设备买下来运往内地。

至此,抗战时期工厂内迁告一段落。

> 在林继庸领导的监督委员会及迁移委员会和广大爱国的工厂主与工人们的共同努力下,到11月12日上海沦陷时,从上海共迁出民营工厂146家,其机器已安全抵达武汉者共14600余吨,技术工人2500余名。对此,千家驹曾在1939年发表评论说:"我们不能不指出,政府及厂主对工厂迁移之无决心与做得太不够太不好,以上海而论,上海之工业生产,占全国工业生产二分之一以上。大小工厂,据统计不下五千余家。沪战三月,迁移内地的工厂不过一百五十二家",这是"迁移运动中的缺憾"。[①]

---

① 刘志英:《林继庸与抗战时期的工厂内迁》,《档案史料与研究》2000年第1期。

三、撤往后方途中

1937年11月12日，上海沦陷，上海工厂大规模迁移基本结束，但还有一些零散的迁移仍在悄悄进行，也有一批工厂刚驶离上海正行驶在内迁路上。这时战争形势发生急变。日军攻占上海后分兵三路侵犯南京，南京告急。国民政府为保卫南京，阻挡日舰溯江西上，决定在长江江阴、乌龙山、马当、田家镇、葛店、城陵矶多处要塞沉船设障，布置水雷，修筑两岸防御工事，封锁长江。

林继庸得知消息十分着急，这时还有内迁工厂的船队尚未通过封锁界。这些工厂是大成纱厂、永利铔厂、中华辗厂、大中华橡胶厂、天原电化厂、天利氮氯厂、天盛耐酸陶器厂、天厨味精厂、中国工业炼气公司、龙章造纸厂。它们要是过不了马当，前有堵塞，后有追兵，岂不要误大事？林继庸急忙四处联系，又向资源委员会做紧急报告，希望联系驻军让这些工厂的船队驶过江阴继续西迁。

龙章造纸厂迁移船队早已驶离上海，怎么这会儿还有船被堵在马当呢？原来，龙章造纸厂的46只木船分成10组逶迤驶离上海，前面4组抵达镇江，顺利将机器设备转装江轮继续前进，5、6两组后抵镇江，因为战事紧张来不及转船，临时改变主意，继续用木船去武汉，最后4组还没抵达镇江就遇到敌人，掉头回了上海。林继庸认为出问题的就是返回上海的4组船，没想到还有问题，就是继续用木船去武汉的5、6组木船，因为船小浪急，行走缓慢，到马当时被拦在封锁线外。5、6组船由16艘木船构成，装载着龙章造纸厂的重要设备。

刘国钧的大成纱厂的船队是起步晚所以才走到这儿。起步晚的原因很多，一个是大成纱厂地处常州，消息相对上海闭塞，常州工厂主缺乏紧迫感；二是资源委员的重点在上海，苏州、无锡、常州等地只是泛泛动员，并没派专人驻地督办。林继庸忙完上海内迁后，1937年11月15日才去镇江召集苏州、无锡、常州这一带工厂商议内迁，等商议妥当，各厂开始迁移已是南京沦陷之后,船队自然被拦在马当。

刘国钧来到马当的船队所载机器设备只是他全部家当的一小部分,大部分已被日本飞机炸毁。八一三淞沪抗战爆发,常州受到战火威胁,刘国钧不愿企业落入敌手,决定不惜一切代价将公司全部迁到大后方。他布置各厂职工投入紧张的拆迁工作,将三个厂的机器全部拆下分别装箱。他赶到南京向政府和军事当局申请迁移四川护照,然后去镇江雇好拖轮,请了押运士兵,回到常州,已是1937年11月24日。这时,上海已沦陷,常州告急,在敌机整天轰炸之下,到处找不到民工,只能用少数守厂人员搬运,所以只运出最新的瑞士造纱锭5000枚及一部分库存纱件,其余机件虽已包装好,因无人搬运只好忍痛割爱。

著名实业家刘国钧

11月29日,常州沦陷。大成厂内迁船队在开往镇江途中三次遭遇敌机轰炸,驳船被炸沉几艘,满船的进口纱锭随船沉入江底,到马当时只剩下3000枚配备不全的纱锭。刘国钧得知这最后一批物资被挡在马当急得直跺脚,打爆了林继庸的电话。

大中华橡胶厂之所以姗姗来迟,原因是厂长薛福基被炸死后,董事长余芝卿一度放弃内迁打算,在林继庸一再催促下,拖到上海沦陷前夕才决定继续内迁工作。这时战争形势已经恶化,大中华迁移船队的4只船在安徽裕溪口至巢湖一带损失了3只。

当事人孙果达回忆说:

> 这些物资共装船四只,分别由顾炳臣、沈锦春、李成德等人带领,从南市日晖港起运,因为此时苏州河已被切断。由于大中华内迁时间太晚,上海即将沦陷,因此船只不仅受到敌机威胁,而且还常遭国民党军队溃兵的干扰,结果四只内迁船只仅有一只装载轮胎机械的于1938年1月18日到达汉口,另三只的内迁物资在长江裕溪口至草湖一带散失,共计损失了64000元。这些到

百年大商人

达汉口的船只装了内迁物资 31.3 吨，主要有大滚筒四只、面子车一部、大减速器一组、大烘灶一套、90 匹大马力一台等。由于机件大部分散失，无法开工，因此于 1938 年 2 月底再转运长沙。然而在长沙立脚未稳，又逢大火，只得又一次转迁。①

中国工业炼气公司之所以晚到，是替在武汉的 23 兵工厂代运制氧机，而这件事是中炼公司总经理李允成派人运钢瓶去武汉时联系上的，是 23 兵工厂急需这台德国制氧机，又要求李允成代为运到武汉，所以弄到这么晚。范旭东的永利铔厂因为承制军用化学品不能停业，一直做到南京沦陷前才迁移。吴蕴初的 4 个天字厂迁移倒不晚，但一路坎坷，在苏州河北新泾被中国驻军拦住，船只被征用，到了镇江又遇到敌人东躲西藏，自然耽搁不少日程。

军委会接到林继庸报告，立即通知马当驻军放行，驻军就派水手前往导航。这时这些船队因为载重过多，经过马当防线可能有困难，就按要求在华阳卸下一些物质，然后轻装上阵，进入马当封锁线。

资源委员会接到林继庸报告，即派职员袁子英前往协助。袁子英曾在南京参谋本部陆地测量局工作过，熟悉马当地形。他得知迁移船队的一些物质卸在华阳了，就带人前往华阳寻找，看能不能想办法运回来。他打听得知有一条内港小道可以绕过马当防线，就由彭泽出发，徒步绕过马当封锁线，找到内迁工厂留在华阳、望江等处的物资。他想把这些物资运回去，可没有车船、没有人力，就想了个办法，找到地方帮派首领，说他是军委会工矿调整委员会的，拿军官证给他们看，要他们帮国家把这些内迁工厂的物资运过马当封锁线。帮派首领一看这些物资都是机器设备，铁砣砣、钢砣砣，自己拿来也没用，一口答应，就叫来一些农民和几十辆牛车，把这些物资装上牛车，走几十里陆路，一趟一趟地绕过马当封锁线，将全部物资运到马当。后来这些物资在马当装船沿长江过小孤山至九江，再改装

---

① 宁波帮博物馆编：《抗战大后方宁波帮资料》，宁波出版社 2013 年版，第 320 页。

轮船运到武汉。袁子英为工厂内迁立了一功，受到工矿调整委员会的嘉奖。

林继庸回忆此事说：

> 12月13日晨，南京失守，马当防线即被部分布雷封锁。其时尚有轮船多艘，满载着大成纱厂、永利钾厂、中华辗厂、大中华橡胶厂、天原电化厂、天利氮氯厂、天盛耐酸陶器厂、天厨味精厂及中国工业炼气公司等厂的物资滞留在封锁界外。未几，龙章造纸厂之第五、第六两组木船16艘亦到达马当口。驻军部队方面先前我们已交涉妥当，所以一遇厂家请求，即派领水手一一导入界内，俾得继续西上。及至马当防线完全被封锁时，工矿调整委员会派职员袁子英君探得尚有内港小道，经过一小段陆路，可绕入封锁界内，袁君乃由彭泽徒步绕过马当封锁线外，寻觅得厂家物资尚有留在华阳望江等处者，即与望江某帮中首领联络，发动农民，得有牛车数十乘，陆运数十里，往复搬运。全数到达后，再装木船，经扬子江，过小孤山西行至九江，再改装轮船至汉口，因此，各厂沿途滞留的物资损失程度，得以减到极微。我们在汉口时时以此项物资安全为念。因为少量机件的损失，每足以影响全厂复工的预期，所以每次得接电报，闻道平安过险，不禁喜形于色。各厂物资留在芜湖下游无法逾越敌人防线者，亦已分别指定地点将船凿沉，以防资敌。①

上海方面在做最后的迁移，西北方面的工厂迁移却正掀高潮。1937年11月，日军攻陷丰镇、大同，进而由石家庄进攻娘子关，与忻口方面之敌夹攻太原，并派飞机轰炸太原。太原告急。西北制造总厂位于太原市内，下辖十几家兵工厂。总办张书田急得直跺脚，急忙向阎锡山报告，得到迁移命令后立即布置内迁。各厂负责人一听要迁移，马上议论纷纷，有的说

---

① 林继庸著：《民营工厂内迁纪略》，台北文海出版社1978年版，第4页。

这么多机器设备怎么迁，有的说迁四川要翻600里秦岭，荒山野岭的没法迁，也有很多人支持内迁。张书田抹起脸说："这不行那不行，留给敌人更不行！本总办已做出决定，立即将工厂迁往四川，你们各厂必须无条件执行！"于是西北制造总厂开始积极准备内迁，拆卸机器设备，打包打捆装箱，准备车辆，遣散留厂人员，筹集迁移资金，规划迁移线路，派人前往内地联络等，忙得不亦乐乎。

工厂已向德国订购25万吨钢材，近日将到香港，原来准备运回太原，现在显然不行了。张书田和材料部门商量，决定将这批钢材从香港运到重庆存放，待工厂迁到内地落实具体地点后再行搬迁。

11月4日，日军兵临太原城下，西北制造总厂只运走精小机床1000余部、动力电机200余部、机车两部、武器半成品一万多箱约1000余吨、高档办公用具1000余件、原材料30万吨，不足全厂财产的2%。11且8日，日军占领太原。太原除西北制造厂迁走极少部分财产，全部工厂落入敌手。西北制造厂18个分厂由日军华北派遣军驻天津山野部接管，将其较好设备全部拆卸装箱运至东京、大阪和东北、平津等地，共计掠走切削设备、化工设备、冶炼设备、锻压设备、动力设备等4000余部（台），仅设备一项的损失就达220多万银圆，同时另有3900余间厂房被炸毁。

张书田率领西北制造总厂2000吨机器设备和千余名员工及家属，在敌人隆隆炮火中撤离太原，踏上漫漫西迁路。他们第一站乘火车前往风陵渡，从这里南渡黄河。他们到达同蒲铁路的终点站风陵渡，将机器、设备、原材料卸下火车。租好的轮船已停泊在江中。这儿地处黄河转弯处，水流湍急，没有码头，河岸全是数尺深的泥泞地，没法靠船，首要任务是架设码头，让船靠岸。这时敌机追踪而至，在上空盘旋投弹。

张书田下令白天休息晚上工作，一定尽快建起临时码头，尽快渡过黄河，以免敌人追来。数百员工不怕牺牲，努力工作，在张书田的指挥下，将同蒲铁路铁轨拆下来铺在泥泞地上，再用马匹拖木，继而立桩、固定钉板，作为临时码头。经过紧张抢工，眼看大功告成，黄河激流横扫而至，将临时码头全部摧毁。张书田和大家捶胸顿足，号啕大哭。

第六章 | 抗战迁渝（1937—1945年）

张书田组织一支敢死队，每人抱着木头跳到水里固定木桩，再由人把木桩打进河底，再在木桩上搭建木桥，在木桥上铺铁轨。几座临时码头终于搭建完毕，河中停泊的轮船靠上码头。张书田指挥汽车人员陆续上船，还把同蒲铁路第五及第六号火车头开上轮船。轮船拉响汽笛，缓缓驶离风陵渡，驶向黄河南岸。

西北制造总厂迁移队伍刚离开风陵渡两小时，敌人炮弹即呼啸而至。张书田和他的员工在黄河对岸看到这一幕庆幸不已，要是稍有耽搁，岂不成敌人炮灰？他们在黄河南岸稍作休息，整顿行旅，即搭乘陇海铁路火车西行至虢镇驻扎。张书田让迁移队伍休息整顿后继续南行。这是一支浩浩荡荡的队伍，有上千名职工及家属，有2000余吨机件材料，卡车鸣笛，骡车鸣叫，肩挑背荷呐喊，还赶着两节庞大的火车头，前后长达数十公里，沿川陕公路逶迤前进，翻越大散关、秦岭，通过留坝，到达褒城。

西北制造总厂内迁队伍与雄赳赳列队北上的川军相逢于秦岭。工人向军人致敬，军人问工人行礼。军人举枪呐喊："我们上前方打鬼子！"工人挥臂高呼："我们到后方建工厂，造枪造炮打鬼子！"军人、工人齐声呐喊："抗战到底，决不屈服！抗战到底，决不屈服！"这呐喊声高亢雄壮，在秦岭上空久久回荡；这呐喊声撕云裂帛，是中华民族自强不息的心声。

张书田的迁移队伍沿川陕公路前进，翻越五丁关、牢固关、西秦第一关、七盘关，历经千辛万苦，终于到达工矿调整委员会指定的目的地——四川广元县（今广元市）。广元位于四川北部，地处川陕交界处、嘉陵江上游，川、陕、甘三省结合部，历史文化悠久，有著名的剑门关、蜀道，是武则天故里，四川的北大门。他们来到广元，在破旧的庙宇安营扎寨，立即投入紧张的建厂工作。当地没有足够的动力，他们就把带来的火车头固定地脚，升火发动，解决全厂动力需求。他们把带来的钢轨加以锻炼作为原料，开始制造机械。员工们经过这番折磨、锻炼，更加珍惜和平环境，更加努力工作，决心为打败日本做贡献。

与西北制造总厂同步内迁的还有济南陆大铁工厂。

陆大铁工厂创办于1922年，资本5000元，工人28名，拥有大批金

百年大商人

属加工机械,生产加工能力较强,能生产车床、柴油机、锅炉、引擎、小牛头刨床和小型皮带刨床,经营效果很好,是济南最大的民营机器制造厂。1937年全民族抗战爆发,日军攻打山东,济南告急。陆大铁工厂经理陆之顺与济南其他铁工厂老板商量内迁。有些老板不愿意,说哪儿不是做生意,又说要是内迁,到了人生地不熟的地方没法经营,只会垮掉。陆之顺是基督徒,他用教理向他们解释,不能把工厂留给敌人,即或工厂迁到内地经营困难,也比被敌人拿去打中国人强。

陆之顺不顾同业工厂反对,决定自动迁移。他组织员工拆卸机器设备,遣散不愿走的人,最后组织起100吨机件和60名员工,用汽车运到火车站装上车皮,沿津浦、陇海、平汉铁路,经过千辛万苦,终于抵达汉口。这时汉口聚集了从上海江浙迁来的大批工厂,很多工厂一时来不及重建、复工,大量工人无事可做,都在等待政府安排——是继续南迁还是西迁。陆之顺带着他的陆大铁工厂费尽九牛二虎之力来到汉口,满以为会受到热情接待,谁知跑到工矿调整委员会办事处报到,请求安置,却被淋了一桶凉水。

林继庸热情地接待陆之顺,告诉他,武汉目前拥挤不堪,没法安置陆大铁工厂,就是临时安置了,下一步也要再迁,让他们一鼓作气迁到四川。陆大铁工厂的员工有意见,要求留在武汉发展。陆之顺弄清情况后,觉得工矿委员会的意见有道理,表示同意前去四川,就掉头做员工的思想工作,用基督教的道理告诉大家,武汉不是目的地,不能在武汉安家,目的地是四川。陆大铁工厂的员工习惯听从陆之顺布教,答应继续西进。于是,这一班齐鲁子弟怀着满腔热血,大踏步转向西行。陆之顺率领他的工厂在武汉乘船到达宜昌,在宜昌换船进川江,过三峡,直奔重庆,最后在重庆重建工厂,生产机床,支持抗战。

至此,全国抗战工厂内迁工作告一段落。关于总体内迁的概况,文史专家吴文建指出:

> 从1937年7月到1940年年底,在三年半的时间内,沿海、

沿江民营厂矿就有647家（工厂639家，矿业8家），共有12万吨器材，迁移内地。从迁出地上看，上海迁出146家，机料14600吨，技工12500人。苏州、无锡、常州、南京、九江、芜湖一带只有少数厂家内迁。青岛工厂由于来不及内迁实行了彻底的破坏，济南迁出1家。河北工厂未能迁出。开封迁出1家，焦作煤矿迁出机料2000余吨，郑州迁出豫丰纱厂，迁出机料9000余吨，许昌迁出数厂。太原迁出西北制造总厂，迁出机料2000余吨及大火车头两座。广州厂矿未迁。湖北武汉附近厂矿拆迁比较彻底，共迁出民营厂160余家，省属各厂迁出机料6000余吨，大冶铁矿运出机料57000余吨，汉阳钢铁厂及六河沟钢铁厂也得以内迁。长沙的湖南省营工厂也得以内迁。此外浙江有86厂、福建有105厂，在地方政府负责下分别内迁。①

四、迁渝重建复工

江、浙、沪等地内迁的工厂大部分先迁往了武汉，并积极重建、复工，但一年多后因为战事变化，武汉危急，便再往四川、湖南转移。1938年1月22日，经济部长翁文灏将林继庸派往重庆，筹建重庆内迁工厂安置区。翁文灏告诉林继庸，内迁工厂能否在重庆站住脚，事关抗战建国成功大计，只能成功不能失败。林继庸即从武汉飞往重庆。

这时，吴蕴初、庞赞臣、颜耀秋、瞿冠英、厉无咎、苏汰馀、仵舜五、石光荣等16人及他们的工厂设备、材料、人员等已抵达重庆。吴蕴初是天利氮气厂、天盛陶器厂、天原电化厂、天厨味精厂四个工厂的创办人，1937年11月20日全部迁出上海，共迁出609吨机材。庞赞臣是上海龙章

---

① 吴文建：《我国战时民营工业之鸟瞰》，《西南实业通信》1943年10月，第8卷第4期，第12页。

造纸厂的经理，受命于危难之际，在上海奉林继庸之命接替龙章造纸厂常务董事傅筱庵之职负责内迁，成功将龙章纸厂1000余吨机器迁来重庆。颜耀秋是上海机器厂总经理，也是上海迁移委员会和迁鄂工厂联合会的主任委员，第一批迁离上海，1937年9月到武汉，随后迁来重庆。苏汰余是裕华纱厂董事长。瞿冠英是申新四厂的营业主任，受李国伟指派来重庆安排申新四厂迁渝之事。

林继庸到重庆第三天，在沙利文饭店召集他们开会，商讨迁渝工厂重建、复工的事情，要求他们立即筹建迁川工厂联合会。大家初到重庆，感慨万分，免不了纷纷述说这一路迁来的困难和初到重庆的问题，反映最激烈的是新厂址的选择和地皮购置，要求林继庸与重庆政府、四川省府再做沟通，争取再减免一些税费，减轻他们的负担。

林继庸告诉他们，前不久在武汉时，他已经联系四川省主席刘湘，得到刘主席减轻迁川工厂税费的许诺。林继庸说，四川省政府已做出决定，迁川工厂购置地皮建厂免收三成印契税、减半收附加税，同时组建四川迁川工厂用地评估委员会，负责统一协调迁川工厂买地建厂事宜。大家听了备受鼓舞。

1938年4月17日，迁川工厂联合会在重庆成立，主任委员颜耀秋，副主任委员庞赞臣，委员马雄冠、林美衍、余铭钰、吴蕴初、李奎安、胡西园、庄茂如等7人。马雄冠的上海顺昌机器厂是1937年8月27日第一批迁离上海的，有4艘木船、87吨物资和7名员工，经过千里跋涉，吃尽苦头，终于来到大后方重庆。余铭钰是上海大鑫钢铁厂的总经理。他的大鑫钢铁厂从上海分3批迁移，总计运出物资666吨，占全厂的四分之三，工人193名，是上海民营企业随迁工人最多的一家。李奎安是重庆人，做过重庆府中学堂教师、县察学员、巴县议事会副议长、重庆市临时参议会副议长、重庆市孤儿院院长，是民生公司、美丰银行股东。庄茂如是家庭工业社社长。林美衍是上海大公铁工厂厂长、大公职业学校校长。

吴蕴初迁渝同样经历了过五关斩六将的艰辛，先是南京厂遭敌人占领，后来刚在武汉买地250余亩准备重建，突然接到迁渝令，只好忍痛割爱，在迁离武汉时,从香港抢运回来的极其重要的三效蒸发器,因为体积太大找不到运载工具,后来费九牛二虎之力才运到重庆。胡西园是上海亚浦电器厂总经理,他比较精明,原来也准备在武汉重建、复工,听人说国民政府要人都往重庆迁,不放心,便亲自到重庆做调查,发现重庆才是真正的大后方,急忙回武汉停止再建,把工厂迁到重庆,避免了无谓的损失。

庞赞臣这次被选为迁川工厂联合会副主委,一个重要原因是他不辱使命,将上海龙章造纸厂迁到重庆,在重庆江北猫儿石重建、复工,替财政部生产钞票纸,是大后方第一造纸厂。

> 龙章是上海有数的较大纸厂,1937年八一三战事爆发后不久即停工,但董事傅筱庵自恃日本关系多可帮忙,坚决反对搬迁。当时董事会意见不一,厂里的工作人员也走散了。所幸经理庞赞臣力主迁移,遂由政府机构工厂迁移监督委员会下令拆迁。庞为抢速度,以每天每人2元5角的高价请小工拆卸机器设备共800余吨,用民船70余艘运往汉口,但途中损失不菲。1938年初再迁渝,在猫儿石设新厂。1941年12月该厂售与财政部,成为中央造纸厂,庞赞臣仍任经理。龙章跟财政部合作多半是因为内迁途中设备损失严重和资金的需要,而不是如同某些叙述所说被官僚资本吞并云云。庞是有远见的企业家,1938年4月迁川工厂联合会成立时,他被选为副理事长,后来龙章转为国营厂,理事会改聘他担任联合会的特别顾问。相反,上海龙章厂在1937年战事中被敌机完全炸毁,未能搬迁的机件散失殆尽,损失高达四五十万元。董事傅筱庵本人则被日本人拉下水,出任傀儡大道市市长,后被军统暗杀。①

重庆迁川工厂联合会成立后,首要任务是帮助外地来渝实业家购买地

---

① 萧小红:《重庆战时工业区踏勘记》,《卢作孚研究》2008年第2期。

皮。重庆有识地主积极提供土地，支持内迁工厂复建。颜伯华是重庆复旦中学校长，在重庆江北猫儿石靠嘉陵江边有一块 200 余亩祖传土地，这块地被龙章造纸厂、天原化工厂、天盛陶器厂、维昌纱厂、顺昌机器厂看中，提出一个较低价格请颜伯华先生还价，准备答应适当提价，谁知颜伯华先生却说："你们大老远从下江来重庆是为了抗战建国，政府、民众支持你们，我也支持你们，就按你们的出价办。"几个厂主听了感动不已，起身鞠躬道谢，表示一定加快重建、复工，支持抗战。

重庆主城不大，处在两江环抱的山上，中部脊梁高耸，两边坡陡狭长，房屋沿坡而建，少有连片的平整土地。所以，林继庸和迁川工厂联合会的先生只能去城外找地。城外的地倒是多，江北南岸的地又平整又辽阔，但林继庸没有兴趣，理由是工厂不能离城太远。按照林继庸的思路，大家便去远一些的地方找地。重庆城被长江和嘉陵江包围着，三面环水，一面通陆，是个半岛，所以厂主首选之地是陆路可达的沙坪坝，其次才是比较繁荣、水运比较方便的南岸。林继庸便约了大家去看这些地方，在沙坪坝、土弯一带找到很宽的地皮，又在南岸玄塘庙、窍角沱附近找到一些适于建设的土地。这些地离重庆城都不远，南岸只须过长江，沙坪坝、土弯坐车进城更方便。这些土地多是河岸坡地、山丘树林，与民无扰，濒临长江、嘉陵江，进出运输方便，还是比较成熟的社区，比如玄塘庙、窍角沱附近早就有洋商洋行外国兵营，沙坪坝、土弯是重庆最早的手工业作坊聚集地，附近的医院、电力、自来水、集市、商业、银行、劳工等也有一定基础。

著名实业家苏汰馀

林继庸看了说好，说要把重庆建成大后方最大最完备的新型工业区，为全国抗战军需民用提供强大的物资供给保障。于是他一面动员内迁厂主与地主联系，一面让厂家先在市区租房安顿，能复工的先复工，一时不能复工的加紧整修机器、购置原材料，做好复工准备。

苏汰馀是内迁工作的积极分子。1938 年 8 月 10 日到 10 月下旬，在武汉，苏汰馀迁走自己的裕华纱厂

第六章 | 抗战迁渝（1937—1945 年）

纱锭 3000 余吨、机料 3000 余吨，迁走自己的湖北黄石利华煤矿 800 余吨机件。苏汰馀带着他的近 8000 吨机件从武汉到宜昌等船进川，遭遇日机轰炸，500 件棉纱中弹起火烧了 3 天。他到重庆后，选中南岸窍角沱沙草坡、柑子坝，大约 280 亩的一块地，并在林继庸的帮助下买下了这块地，开始重建工作。

苏汰馀的裕华纱厂落户窍角沱，重庆有了第一家现代纺织厂。重庆裕华纱厂重建、复工，上千工人从四面八方来这儿上班，工作稳定，收入不错，纺织女工成为重庆人羡慕的职业，因而流传一首儿歌：

> 你在哪里住？
> 我不跟你说。
> 杨家弯，窍角沱，
> 我在裕华做工作。

内迁厂来到重庆，受到重庆有识之士的欢迎和支持，除了重庆复旦中学校长颜伯华，还有重庆民生公司董事长卢作孚。卢作孚和四个内迁厂的故事便是这方面的典型。卢作孚合作的第一个内迁厂是上海大鑫钢铁厂，他们的合作堪称典范，获得当年重庆《新世界》杂志赞誉，称"在迁川工厂中，大鑫是相当幸运的"。这篇报道说：

> 在迁川工厂中，大鑫是相当幸运的。它没有在迁川途中受到严重的损失。可是这种幸运亦不是偶然，而是受赐于它的主人的目光远大和行动敏捷。在七七事变以前的一个月，大鑫就已呈请内迁，七月二十八日就奉令迁鄂，但是八一三事起仓促，全民族抗战揭幕，原有九百多名员工大半星散，到九月间启程迁汉，仅有职工三百多人。当时依照政府的指示，在武昌簸箕山圈地建厂。十月初机件到厂，在搬运声中，又奉令移炉大冶，限期产钢。十一月又奉令迁渝。于是中止移炉大冶，停止武昌的建厂工程，

百年大商人

重整全厂的机器物资，办理西上的运输手续。是年十一月和民生实业公司订立合资营业合同，成为民生投资事业系统之一，定名为渝鑫钢铁渝厂股份有限公司，在千万资本当中，民生公司投下三百九十多万元。继奉令更名为渝鑫钢铁厂股份有限公司。十一月处开始起运，二十七年一月员工、机件陆续抵渝，在民生公司江北堆栈临时工厂继续生产。六个月的流浪不安定的生活，于焉告终，跟着来的是艰苦的生产工作。①

所说"大鑫是相当幸运的"，不是说在上海，在上海的迁移遭受了很大困难，甚至花高价请外国人帮忙，此处指的是在武汉遇到卢作孚，与卢作孚的民生公司合资办厂，再由卢作孚的轮船将大鑫机件运往重庆。大鑫钢铁厂总经理余铭钰回忆说：

> 本厂亦于十一月二十七日奉令迁渝，但人地生疏，事前必须有所准备，于是一面商洽运输，一面电讯川中情形。承民生公司卢作孚先生电告合作条件。因当时对运输问题无法解决，而民生公司又为川河唯一之航业公司，若能合组公司，则运输当无困难，故随即签约以平均股份合作。公司定名大鑫钢铁渝厂股份有限公司，继因经济部指令更名，以免与上海大鑫相混，又改为渝鑫钢铁股份有限公司。②

渝鑫厂到重庆后受到卢作孚更多帮助。他们遇到的第一个困难是员工生活无着落，从上海迁来重庆的员工达300多人，从1937年8月领工资后，半年没有再领工资，生活很困难，又因为机件困在途中运不过来，没法开工。卢作孚把民生公司修理厂的部分机器租给他们使用，还为他们提供临时生

---

① 《余铭钰的渝鑫钢铁厂》，《重庆新世界》，1944年9月号。
② 宁波帮博物馆编：《抗战大后方宁波帮资料》，宁波出版社2013年版，第56页。

产场地。渝鑫钢厂员工便搭装熔铁炉、鼓风机,建成简易翻砂工场,浇铸机器零配件出售,以收货款发工资,暂时解决问题。

渝鑫钢厂的第二个困难是建厂用地不好买。渝鑫厂大,钢铁业用地宽,要找几百亩大的连片地很困难。余铭钰跑了20多天,最终看上郊区沙坪坝龙隐镇一大块地,急忙向四川迁川工厂用地评估委员会写购地报告。用地评

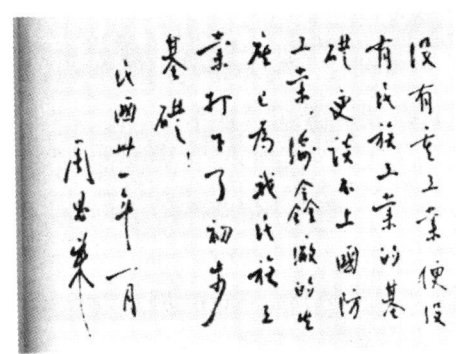

周恩来给渝鑫钢铁厂的题词:没有重工业,便没有民族工业的基础,更谈不上国防工业,渝鑫厂的生产已为我民族工业打下了初步基础![1]

估委员会审查同意,发出政府收购这块地的公示,并根据地块位置、平整度、交通方便与否及市场行情,确定购地标准。余铭钰拿了公文去找地块的两个主人商量地价,签订合同。这时出现意外,军政部纺织厂出面阻挠,说这块地离他们工厂太近,钢铁厂容易引发火灾。军政部纺织厂也是内迁厂,1937年下半年,军政部接管汉口日商泰安纱厂,将其两万四千八百枚纱锭、三百台布机运往重庆,改名军政部纺织厂,专门制造军用布匹,总经理是朱仙舫,少将军衔。余铭钰给朱仙舫再三解释,钢铁厂还把设计图纸给他们看,才得到理解,摆平事端。

这边刚搁平那边又出事。内迁来渝的豫丰纱厂也看中了这块地,也向四川迁川工厂用地评估委员会写报告要买地,虽说在渝鑫厂之后,但因为是最高当局钦点迁渝的工厂,也得到批准。用地评估委员会反过来劝余铭钰:"这块地这么大,你拿去一时也用不完,不妨匀一些给豫丰,免得他们闹到上面去。"余铭钰认识豫丰负责人束云章,知道他迁豫丰来重庆很不容易,理当支持,便忍痛割爱答应下来。

束云章的确不容易。抗战期间,束云章受命代中国银行总行,主持华

---

① 上海机电工业志编纂委员会编:《上海机电工业志》,上海社会科学院出版社1996年7月。

北各分支行撤退事宜，同时负责将豫丰纱厂5万余纱锭迁往重庆。豫丰纱厂从郑州迁出9000余吨机件到汉口，装船运至沙市、宜昌，再溯江而上到重庆。当时正值深秋季节，长江进入枯水期，水位低落，滩多浪急，经常发生船只触礁事件。豫丰纱厂的5万余纱锭运抵重庆只剩4万锭，损失1万锭，300部布机不幸因船翻沉江全部损失，内迁机器物资总计损失25%以上。

豫丰纱厂迁到重庆，同样遇到购地困难。政府希望豫丰纱厂尽快复工，束云章不敢耽搁，四处找寻可建厂的空地，与渝鑫钢铁厂英雄所见略同，他也看中沙坪坝龙隐镇这一大块地，便与余铭钰有了交涉，最后得到谅解而购得此地。束云章拿到土地，亲力亲为，督令赶工，每天用工数千人，对建筑承包商实行工料补偿办法，维持他们的适当利润，以便加快厂房建设。1939年元旦，历时7个月，豫丰纱厂15000锭装置完毕、开工投产。之后，豫丰陆续装置15000锭，同时添1万锭设立豫丰分厂，至此迁渝4万锭全部投产，成为大后方首屈一指的纺织厂。

渝鑫钢铁厂遇到的第三个问题是重建工厂。当时迁来重庆的工厂不少，都争着重建、复工，寥寥无几的营造公司忙不过来，只好自力更生。余铭钰在上海组织迁移时，情愿少带一些物资也要带上自己的泥木工友，这时正好大显身手。他们在本地土工的协助下，平地、填土、夯实、挖基、建房，群策群力，加班加点，90天完成了基本土建，随即自己的水电工、管道工进场地铺设电缆电线、排水管道。从1938年2月9日迁到重庆，到当年9月完成重建、复工，渝鑫钢铁厂炼钢电炉生产出了第一批钢。他们把扎上红绸的钢材放在卡车顶上，从郊区坐车进城来到国民政府大院，敲锣打鼓，燃放鞭炮，向国民政府、前线抗日将士、全国民众报喜，向世界宣布：中国抗日大后方重庆综合工业区胜利建成投产。

  1938年夏，渝鑫钢铁厂又在土弯对岸的江北石马乡设立第一分厂，从事轧钢、拉线、制钉等业务，在北碚江家沱设立第二分厂。为谋原料自给，渝鑫钢铁厂还在四川涪陵承租矿洞岩铁矿。在资本方面，1939年12月，渝鑫钢铁厂资本扩大到120万元，1940

第六章 | 抗战迁渝（1937—1945年）

年6月扩大为200万元，并收购北碚后峰岩深灰沟煤矿采煤炼焦。此外，渝鑫钢铁厂还投资大鑫火砖厂、清平煤铁厂、中国金属制片厂等厂矿。①

这是卢作孚与内迁企业合办的第一个工厂。

第二个合办工厂是刘国钧的大成纺织公司武昌四厂。武昌四厂是刘国钧投资36万银圆与汉口震寰纱厂合资经营的，产权不完全属于大成。武汉局势紧张，刘国钧将准备扩充四厂的23台织布机，交民生公司运往重庆，并动员武汉震寰厂内迁，帮他们拆迁纱锭16000枚及所有马达转动设备。这时日军打到武汉市郊，迁移停止，刘国钧从常州运到武汉的3000多枚纱锭没能运出。

大成四厂迁来重庆后，刘国钧想以第四厂为基础在江北猫儿石建厂。四厂另一股东——震寰纱厂的负责人在武汉以环境改变、原定合同无效为由，不愿继续与大成合作，坚持要求拆伙，到了重庆还是坚持这个意见。刘国钧无奈同意，建厂设想落空，大成四厂宣告解体，刘国钧分得200万元现金。他想到重庆的卢作孚，准备与他联系。这时倪麒时的上海隆昌染织厂先迁武汉再迁重庆，因迁移损失严重，到重庆时资金枯竭无力建厂。倪麒时找刘国钧商量筹资问题，刘国钧说他正准备去找卢作孚，倪麒时就与他一起去找卢作孚。卢作孚此时正想找人与他的三峡织布厂合作，在大后方建立一个棉纺基地，与二人不谋而合，于是三家达成联合办厂协议。

新工厂取名重庆大明染织厂，董事长卢作孚，经理刘国钧，厂长查济民，股本40万元，卢作孚的三峡织布厂、刘国钧的大成厂各出资17.5万元，倪麒时的上海隆昌染织厂出资5万元，均以固定资产折合计算。这些固定资产有：三峡厂提供北碚文星湾原有厂房、锅炉、发电机及三星牌织布机30台；大成厂投入丰田牌织布机200多台、配套浆纱机1台，以及整经卷

---

① 张守广：《抗战时期后方地区的宁波帮企业与企业家》，《宁波大学学报（人文社科版）》，2004年11月，第17卷第6期。

纬等零星机器若干；隆昌厂投入每日染布400匹的整套染色机器设备，其中有染锅20多口，及烘干机、发电机等。1939年2月，重庆大明染织厂开工投产。

刘国钧有丰富的办厂经验。他派他的女婿查济民做厂长。查济民1914年出生于浙江海宁，1931年毕业于浙江大学附设工业学校染织科，担任大成染织厂工程师，1936年同刘国钧之女刘璧如结婚，精通染织技术，富有事业心。查济民上任遇到的第一个难题是没有流动资金。厂里有股本40万元都是固定资产。卢作孚找到工矿调整处，以大明厂是内迁工厂为由，申请到15万元扶持费。刘国钧利用原来的大成纱厂与上海银行的老关系，用大明厂厂房和机器做抵押，得到上海银行重庆分行贷款15万元。同时大明厂又吸收了10万元投资，克服了流动资金不足的问题。

大明厂需要添置梭子、皮卷、打手棒等纺织机械配件，但重庆没有制造纺织机件的工厂，查济民就自力更生，因陋就简，在厂里增设机修车间，修理和制造这些纺织机械配件，解决生产急需。大明厂投产后，每月需要染料约30万担，但重庆及周边地区都无货。查济民得知新疆存有一批进口染料，率领人员到乌鲁木齐买下这批染料，解决工厂几年用度。查济民根据一般人的衣着、习惯、爱好，确定生产大明蓝布。大明蓝是在原大成纱厂名牌产品"大成蓝"基础上生产的一种新品牌，布匹挺括，下水不变形、不起皱，色泽美观且经久不褪，一经投入市场便畅销西南。

经过一段时间发展，大明厂能够染布、织布，但缺少纺纱，所需大量棉纱由市场购进，受制于棉纱市场行情波动，就想自己纺纱。这时，武汉震环厂已与大成公司解除合作协议单独办厂，但因为迁渝路上损失过大，到了重庆又不熟悉环境和人事，生产陷入困境，被迫停工，大批纱锭露天堆放在重庆南岸河边的沙滩上，日晒雨淋，锈蚀严重，只好变卖。查济民派人前去收购，将这批纱锭从泥沙中清理出来，装船运至北碚，逐件磨去铁锈，修理拼合，装成纱锭1000余枚，开办纺纱车间。大明厂成了集纺、织、染、机电设备于一体的全能纺织企业，易名为大明纺织染股份有限公司。

卢作孚与内迁厂合办的第三个工厂是中福煤矿。

1937年底，中福煤矿成功渡过黄河，风餐露宿，长途跋涉，于1938年初夏迁到武汉。不久武汉战事骤紧，政府动员再迁，中福煤矿伤痕累累，疲惫不堪，不知如何是好。卢作孚这时在武汉，找到经济部长翁文灏，说他的天府煤矿想寻找合作伙伴。翁文灏说："你来得正好，现在正有个内迁大煤矿在武汉，就是河南中福煤矿，总经理你可能认识，叫孙越崎。"卢作孚喜出望外，连说："好好，我知道孙越崎和中福煤矿，中国一流大矿，迁到武汉来了吗？准备再去哪里？要是愿意去重庆，我代表天府煤矿表示热烈欢迎！"

经经济部部长翁文灏撮合，卢作孚与孙越崎在武汉见面，一番交谈，惺惺相惜，相见恨晚，都表示愿意与对方合作。按照约定，孙越崎即赴渝考察天府煤矿，卢作孚考察迁至武汉的中福煤矿的机器设备，都很满意，于是签署中福煤矿和天府煤矿在重庆合作办矿协议，组建抗战大后方最大

重庆天府煤矿公司

的煤矿，精诚合作，共赴国难。

孙越崎将中福公司迁到重庆北碚，1938年5月1日，同天府公司正式合作，成立天府矿业股份有限公司，公司董事9人：民生公司卢作孚，天府煤矿李云根、文化成，北川铁路公司张艺耘，中福公司杜扶东、贝力干（英

商)、贝安南(英商)、周树声、胡石青,监察3人:中福公司监察张丽门、天府公司董事赵资生、北川公司董事唐建。随即召开第一次董监联席会,选卢作孚为董事长,聘请孙越崎任总经理,原天府公司经理黄云龙为协理。

孙越崎就任总经理,改进劳动管理制度,将过去的"租客制"改为"包工制",直接由矿部发包采掘生产任务;矿下设厂,以大专采矿毕业生中具有实际经验的人员担任厂长;厂长下设煤师若干人,分班负责生产技术管理,同时着手兴建第一发电厂,将迁移来渝的机械动力设备安装到岩煤厂,关闭没有发展前途的麻柳湾、楼梯沟煤厂,重点改造峰厂、龙厂、枧厂、笋厂,将中福公司迁来的机器设备安装在峰厂,建设第一座发电厂,井下、地面装上电灯,各种机器设备开始转动。

即或如此,因遗留问题太多,两矿合办一年后,原煤产量和质量仍不理想,甚至连民生公司用煤也不能满足,从而引起许多股东不满,怀疑两矿合作的前景。卢作孚回矿考察,参观施工现场,全面了解工程进展,对股东说:"孙总经理不是开石头矿,是准备开大煤矿,不久就要大量出煤了,请大家不要听信流言蜚语。"股东们相信卢作孚,支持煤矿改造,孙越崎的改造工程得以继续。他在峰厂的井口筑路铺轨,与北川铁路衔接,在枧厂、龙厂、笋厂进行各项建设,建成天府第二电厂、机修厂,基本上实现机械化生产,于是效果大显,原煤年产量由10万吨提高到40万吨。孙越崎着手第二期改造工程,解决增产带来的运输问题,向工矿调整处提出《增产增运工程计划书》,获得四大银行联合总处长期低息贷款法币1500万元,由交通银行承贷。

到1942年,孙越崎的改造工程基本完成,完成北川铁路改造,建成北碚何家嘴造船厂,自造木船156只,常年租用木船280只,总运量2万多吨;两座发电厂发电能力提高到1725千瓦;建成1个洗炼厂,月产焦炭100吨;建有蜂窝炉一座,为当时我国大后方蜂窝式炼焦炉鼻祖;建成拖运煤炭的3部火车机车头。这一系列举动彻底改变了旧天府煤矿的模样,旧貌换新颜,一个崭新的新天府煤矿横空出世,成为大后方唯一的新型大煤矿。每天,一船船、一车车滚滚乌金沿着嘉陵江和渝培都公路运往陪都,运往大重庆工业区众多工厂,生产出更多抗战最急需的枪炮弹药、军服军毯、大米面粉、罐头食品。这些抗战前线最紧缺的物资从重庆朝天门码头乘船沿长江东下,劈波斩浪,闯滩过隘,运往宜昌,分发至前线,为浴血奋战的抗日将士送去战略物资和国家民族的殷切期望。

卢作孚与内迁厂合办的第四个工厂是周恒顺机器厂。

著名实业家周仲宣

周恒顺机器厂的前身是周天顺炉冶坊,创建于1866年,地址在汉阳双街,经过几十年发展,到1936年,该厂拥有各种机床60多台、工人200多名、厂房3000平方米、资金百万余元,生产能力和技术水平位居湖北民营机器工厂之首。全民族抗战爆发后,1938年武汉形势紧张,工厂负责人周仲宣决定将工厂西迁重庆,提前派人去重庆购买土地240亩,将厂里30部优良机器设备拆卸装箱,装上两条驳船,派三儿周英柏负责将工厂内迁重庆。周英柏率领工厂船队离汉赴渝,走到宜昌换船受阻,没有进川船只,只得将机器设备卸在宜昌岸边停放等候,一等两个月没有消息。其间,一次日机轰炸宜昌,炸弹横飞,震耳欲聋,炸死厂里一名看机器的工人,差点炸毁机器。周英柏进退维谷,十分着急,向父亲周仲宣求救。周仲宣闻讯急得直跺脚,赶紧向民生公司紧急求援。

卢作孚接到周仲宣的请求,立即与周仲宣商量工厂机器和人员进川事宜。经过一番商量,双方决定合作办厂,组建恒顺机器股份有限公司,股金50万元,民生公司与周恒顺机器厂各付一半。周恒顺机器厂以西迁机器、杂件和所购重庆李家沱200亩地折价25万元入股。民生公司以每吨75元运费和保险费共15万元,加上现金10万元作为入股资本。新公司董监事及负责人由双方按对等原则担任,卢作孚任董事长,周仲宣任常务董事。卢作孚还有个请求,请周仲宣的儿子、中央机器厂厂长周茂柏出任民生机器厂厂长。周仲宣和儿子周茂柏商量一番,同意卢作孚的请求,但中央机器厂的上级——国家资源委员会不同意,理由是人才难得。经过卢作孚和周家双方反复做工作，最后得到批准，周茂柏出任民生机器厂厂长兼公司经理、总工程师。

1939年6月26日，重庆恒顺机器股份有限公司在李家沱正式开工。按合作契约规定，公司以全部工作能力的50%承接民生公司工作，收费按成本酌加利润计算，先后承修其十多艘船，还为民生制造船用蒸汽机20余部，共4000余匹马力，以及陆用蒸汽机、蒸汽抽水机、鼓风机、压风机、工作机、煤气机及煤气发生炉等多件，对民生公司维持航运起了巨大作用。与此同时，周恒顺机器公司在重庆得到很大发展，有各种车床100余部，动力机30余部，经营也很成功，盈利很高，每年照付股息外，依靠自身积累两次增资，1943年资本扩大到500万元，职工达500余人，成为重庆几个规模最大、设备最好的机器厂之一。

1937年淞沪会战爆发，胡西园带着他的亚浦耳电器厂从上海迁到武汉，按政府要求正准备重建复工，听说武汉难保，达官贵人都往重庆跑，便悄悄去了一趟重庆，果有其事，便回武汉迁工厂，1937年11月14日来到重庆，是外地实业家迁来重庆的第一批，算是捷足先登。胡西园迁重庆前，便托亚浦耳厂重庆代理商华记电器行，在重庆白象街买地建办公用房。他现在到重庆直接入住白象街116号自己的房子，免去住房困难。

胡西园到重庆遇到的第一个困难是燃料问题。亚浦耳电器厂生产电灯泡需要水、电、煤气，其中水电重庆有，但没有公共煤气，只好自己制造煤气发生炉。他们还需要钢板铁管，重庆有，但控制在经济部工矿调整处手里，一钢难求。胡西园回忆当时的情况说：

> 经济部工矿调整处原材料供应对象，大可以分为四种，一是不能不给的（与战事有接关系的工厂），二是不可不给的（与工矿调整处主管人或经手人有勾结的工厂），三是不得不给的（有代表性的工厂），四是不急不给的（一般可有可无的工厂）。我们亚浦耳属于第三类，既不能像第二类与他们有勾结的工厂那样，申请到的原材料多，又不能像第一类与战争有关的工厂那样，工

第六章 | 抗战迁渝（1937—1945年）

矿调整处非发原材料不可，我们是要受工矿调整处留难或拖延的。因此，我想自力更生，尽量减少与他们交手。①

胡西园没有走自建煤气发生炉的路子。他听说四川自贡有火井，就是地下瓦斯，又经济又方便，便于1938年春去自贡考察。重庆离自贡200多公里，途经荣昌、隆昌、内江，有公共汽车。胡西园来到自贡找到本地富商周先生。周先生对胡西园前来投资很有兴趣，第二天便叫了几乘滑竿，陪胡西园去各处盐井火井参观。胡西园问周先生："可不可以只要火井不要盐井？"周先生回答："可以，只是要重新挖掘。"

著名实业家胡西园和夫人於淼龄

胡西园问："挖火井要多少时间？"周先生说："这不好说，事前得勘察，有的深有的浅，有的挖开火大，有的挖开火小，甚至没有火，不好一概而论。"胡西园请他弄了些瓦斯找人试验，质地和浓度不适合制造灯泡，于是罢手。过两天胡西园从自贡去成都考察，还是不行，决定回重庆建厂。

这会儿重庆迁渝的工厂还不多，川省又有支持内迁工厂买地建厂政策，所以情况还好，但好的地、离城近点的地同样紧俏。胡西园在各处跑了几天，最终看中沙坪坝的一块地皮，一打听有主了，是棉纱老板苏汰馀捷足先登，但空置未用，便与苏汰馀一番商量，从他手上买下这块地建厂，取名重庆西亚电器厂。

经过一番忙碌，重庆西亚电器厂建了起来，生产出大后方急需的灯泡。建厂不久，又一个有关燃料的问题接踵而至，那就是煤炭。重庆有煤，卢作孚和孙越崎的天府煤矿公司离重庆城仅100里，有嘉陵江水路连通，另

---

① 胡西园著：《追忆商海往事前尘》，中国文史出版社2006年版，第140页。

外长江上游还有其他煤矿，可以用船顺水运到重庆，问题出在煤炭质量上。嘉陵江煤炭质量好，火力强，热度高，适宜做灯泡。长江上游煤炭质量差，火力弱，热度低，不适宜做灯泡。胡西园只能购进嘉陵江煤炭。同时，迁渝工厂和迁渝人口逐步增加，用煤量大增，出现缺煤现象。

胡西园对此早有准备，工厂开工后，便在嘉陵江上游设立几处煤栈，煤矿的煤先运到煤栈堆码，自己再雇船，根据需要随时往厂里运。这天深夜，一个紧急电话叫醒胡西园，是嘉陵江上游一个煤栈打来的，说运煤员周某被兵工厂的卫兵捆绑了要枪毙，惊得一夜未睡，第二天清晨又打电话四处询问，才明白是怎么回事。原来，西亚电器厂的5艘木船去嘉陵江上游煤栈运煤，回厂途中经过某兵工厂，被兵工厂卫兵喝令停船靠岸，捆绑关押周运煤员。胡西园找老同学找到驻军师长，总算救出周运煤员，但5船煤炭只放回一船，其他4船煤炭被没收。胡西园找人打听才知道，船过兵工厂得留下买路钱。胡西园认这个账，通过介绍认识兵工厂护卫队长，拿钱买路，一路畅通。

西亚电器厂步入正轨后，胡西园开始创建热水瓶厂。他重金聘来上海的技工陈氏兄弟，又请他们途经香港时代为招聘一些玻璃技工。陈氏兄弟来到重庆，只会生产，不懂热水瓶配方，没法生产。胡西园找西亚厂技术人员想办法调试配方失败，就亲自动手，最终弄出的热水瓶胆总算勉强合格。

胡西园顺利生产出一批热水瓶，一经上市，大受欢迎，成为抢手货，要货电话和订单雪片般飞来，难以招架。胡西园组织工人加班加点生产，但热水瓶外壳是金属的，金属供应困难，加工速度慢，仓库里堆满热水瓶内胆，因热水瓶外壳生产不及时，所以满足不了市场需求。胡西园提出用木料外壳代替金属外壳。技术人员设计出木料热水瓶外壳，外貌像亭子，取名高亭式热水瓶。这种产品上市不受欢迎，用户嫌它累赘不美观。胡西园一看不行，急忙又想其他办法，想到四川漫山遍野的竹子，不是可以编竹席、竹椅、竹篓吗？要是编成热水瓶竹外壳，又轻巧又美观，会怎么样呢？胡西园立即请来当地篾匠，向他们说了自己的想法。他们很快编出热水瓶

第六章 抗战迁渝（1937—1945年）

竹壳。经过设计人员几次改正后，胡西园生产出一批竹壳热水瓶投放市场，因美观、轻巧、价廉，大受民众欢迎，很快销售一空。

五、日机轰炸之下

不久抗战形势发生变化，武汉失陷，抗战进入相持阶段，日军开始大规模轰炸中国抗战大后方中心重庆。1938年12月，日本大本营发布《大陆命第241号命令》，命令侵华日军对中国内地实行战略轰炸。12月26日，日军航空兵团第一飞行师团派出第60战队、98战队从武汉出发轰炸重庆，揭开长达5年多的重庆大轰炸序幕。

上海华生电器厂和华成电器厂是响应号召迁到重庆的。华生董事长兼经理叶友才将华生厂2000顿机器物资运出上海。华成厂厂长周锦水将华成厂1715吨物资运出上海。1938年，华生电器厂从上海迁武汉，按政府要求重建复工，租借德国洋行仓库做工厂，安排30台机床和60多个工人，生产变压器、脚踏发电机、军用探照灯，修理各种电器。武汉战事吃紧，华生电器厂奉命迁渝。叶友才组织员工拆卸机器，打包装箱，联络船只，办理手续，筹集资金，匆忙迁到宜昌。宜昌等待进川的人员众多、物资堆积如山。日机轰炸宜昌，华生电器厂遭到损失，叶友才急得直跺脚，在林继庸的帮助下，叶友才工厂的机器物资才得以从宜昌运到重庆。到重庆后，经过四处寻找，叶友才在南岸大佛寺附近买下35亩地，组织员工重建、复工。

华成电器厂1937年下半年由上海迁武汉，1938年由武汉迁衡阳，1944年由衡阳迁重庆，途中损失惨重，从上海运出的1715吨物资到重庆后只剩17吨。

华生电扇的广告

百年大商人

周锦水到重庆后通过银行贷款重建华成电器厂，制造电器。

华生电器厂到重庆有机床百余台、职工 200 多人，生产变压器、发电机、电扇及军用品等，除工矿调整处订购外，直接供给各地电厂及工矿企业，成为当时大后方产量最高、品种最多的电器厂。1940 年 8 月 19 日，日机 190 架次日机轰炸重庆，创造轰炸飞机最高纪录，炸毁重庆城十几条街道，炸死 313 人，毁房 2224 间，全城三十余处起火。20 日，170 架日机继续轰炸重庆，重庆遭受巨大损失。地处南岸大佛寺的华生电器厂与重庆城仅一江之隔，也是日机轰炸的目标，惨遭轰炸，炸毁全部厂房和部分机器物资，损失惨重。

叶友才回忆说：

> 由于战火西延，1938 年迁往重庆，在重庆南岸大佛段圈地 35 亩，分 5 个车间恢复生产。当时有机床百余台、职工 200 余人，生产变压器、发电机和抗日军用品及电扇等。除由工矿调整处订购外，直接供给各电厂及工矿企业。其间曾多次遭日机轰炸，尤其是 1940 年 8 月，两度遭敌机狂炸，厂房全部焚毁，损失严重。是年冬，重建厂房，整修机器，继续生产。1945 年抗日战争胜利，重庆华生厂结束，全部物资运回上海，仅剩 200 余吨，为离沪时的 10%。①

与华生同样遭炸的还有裕华纱厂。1938 年 8 月，苏汰馀将武汉裕华纱厂 7000 吨机件器材运往宜昌再去重庆，在宜昌就被日机炸过一次，炸毁 500 件棉纱，大火烧了 3 天。苏汰馀到重庆后，在林继庸的帮助下，买到南岸窍角沱沙草坡、柑子坝 280 亩地，建设重庆裕华纱厂。1939 年 7 月 1 日，裕华渝厂正式复工，开出锭子 10000 枚，至年底共产粗细棉纱 2500 余件，一经投放市场即销售一空。

---

① 宁波帮博物馆编：《抗战大后方宁波帮资料》，宁波出版社 2013 年版，第 154 页。

第六章 | 抗战迁渝（1937—1945 年）

1940 年 8 月 23 日，日机 81 架轰炸重庆，在南岸投弹 284 枚，炸死 12 人，炸死 37 人，毁房 348 间。裕华纱厂中弹数枚，损失部分设备。1941 年 8 月 11 日，日机百余架轰炸重庆，在城区和郊外投弹 127 枚，炸死 57 人，炸死 65 人，毁房数十栋。① 裕华纱厂落弹数枚，炸毁部分厂区房屋，机器受损较轻。工厂部分停产组织抢修，历时 3 个月才恢复生产。

1941 年，重庆裕华纱厂女工在做团体操

上海机器厂被日机炸得往城外迁。颜耀秋的上海机器厂是最早从上海迁出来的，先到武汉重建复工，1938 年 10 月再迁重庆，最先落户在重庆城区，是来到重庆的所有机器厂中比较大的。上海机器厂迁到重庆不到半年，重建、复工，为兵工厂加工配件，是经济部的重要企业。1939 年五三、五四大轰炸，重庆城损失惨重。上海机器厂在城里，十分危险，好几颗炸弹落在工厂附近，震坏了厂房和部分设备。颜耀秋在防空洞中急得直跺脚。上海机器厂是颜耀秋在 1930 年创办的，当时只有 40 个员工，生产五福牌小型柴油机、抽水机，当时已有较大发展，能生产大马力水轮机，技术生产能力居全国前列。

轰炸结束，颜耀秋急忙奔到工厂查看，看见辛辛苦苦搭建起来的厂房被震垮，机器设备被垮塌的屋顶砸坏，心疼不已，立即前往经济部报告，寻求解决办法。经济部部长兼工矿调整处处长翁文灏会见颜耀秋，听取他汇报后，着急地说：“这怎么行？要是你厂里落几颗炸弹，不是全完啦？还拿什么造枪造炮？不行不行，得想个办法。”颜耀秋是迁川工厂联合会主委，与外地来渝的实业家多有往来，知道他们不少人都选择在郊区江北、南岸、沙坪坝、李家沱建厂，就说："哎，当初不该把工厂设在市区，只

---

① 罗泰琪著：《重庆大轰炸纪实》，内蒙古人民出版社 1998 年版，第 444、451 页。

百年大商人

有往郊区迁吧,可一时到哪儿找地?"翁文灏说:"我给你找块地方快搬吧,三天之内给我迁出城区。"

当时迁来重庆的外地工厂已经不少,交通方便、地势平整、附近市民不多、离城区不太远的好地成为抢手货,不易购得。翁文灏叫来负责安置迁移工厂地皮的部属,要他马上想办法解决颜耀秋的困难。有经济部官员出面事情就好办。他们很快为上海机器厂联系到一块地皮,在中渡口。中渡口位于离城区20多里的沙坪坝,面临嘉陵江,陆路连城区,水路四通八达,原材料、配件、燃辅料运进来、机器产品运出去都方便,而且是已经平整过的熟地。颜耀秋不相信有这等好事,问怎么会有熟地等着他呢。一打听,原来这事与著名化工实业家范旭东有关。

范旭东是抗战工厂内迁中的佼佼者。他响应政府号召,积极实施内迁,将他的几个工厂迁到内地。1937年8月7日,日军占领天津塘沽。范旭东的久大厂、永利厂被日军包围。范旭东下达三个"凡是"命令:凡是可以搬动的机器材料、图样、模型都抢运西移;凡是笨重巨大无法移动的设备,将仪表拆走,其余拆下投入长江,决不留厂资敌;凡是能够迁移的工人及技术人员随工厂内迁。

范旭东同时采取一个重要措施,派李烛尘率领杨子南、潭汉三等人去四川筹设久大川厂、永利川厂,并派人去湖南勘察厂址,最后决定把制碱厂设在四川、硫酸厂设在湖南。这在抗战内迁工厂中算是有先见之明。范旭东派人来到重庆,在重庆沙坪坝中渡口租下一大块地皮,与地主有约在先,一旦工厂迁来就在这儿重建、复工。1938年初,范旭东率领旗下永利化学公司、久大精盐公司、黄海化学工业研究社的领导机构和下属工厂技术人员迁到重庆。4月4日,久大精盐公司向四川盐务管理局递交关于创建久大自贡模范食盐厂的申请,半月后获批准,他们便向工矿调整处报告此事,请准予办理相关手续。

工矿调整处的官员看范旭东不在重庆重建工厂,原先租的地就空出来了,正是机会,便告诉颜耀秋,让颜耀秋赶紧找范旭东,他们可以从中撮合。颜耀秋喜出望外,急忙找范旭东说事。工矿调整处向范旭东传达翁文灏"上

第六章 | 抗战迁渝（1937—1945年）

海机器厂必须在三天内迁出城区"的指示，范旭东答应转让土地。

颜耀秋花2万元买下这块80亩临江坡地，立即找人设计新厂。新厂的设计方案很快出来，分为上中下三层，底层建厂房和车库，中层建办公楼，上层建员工宿舍。经过紧张施工，上海机器厂新厂房拔地而起，雄踞嘉陵江畔。第二年，重庆上海机器厂在新厂区成功试制出300马力卧轴混流式水轮机。这台机器从工厂运出来，在

著名实业家薛明剑（中）

中渡口码头装船，沿嘉陵江上行到川北，换车过秦岭到青海，安装在青海西宁电站。

1938年1月，薛明剑将允利化学公司由无锡迁武汉再迁重庆，经过一番努力，慢慢在重庆重建复工。他的工厂在城区边上的菜园坝，办事处在闹市仓坪街，家住城区志诚巷，每天三个地方来回跑。这时他还受荣德生委托，兼着公益铁工厂经理。公益铁工厂在重庆城区下南区马路，与允利公司所在地菜园坝相距不远。

1939年五三、五四大轰炸时，薛明剑见自己管的几个工厂面临被炸毁危险，在防空洞坐立不安，轰炸结束后赶紧跑出防空洞，赶到菜园坝厂里一看，工厂中弹数枚，炸毁了从无锡运来的机器设备和新建的厂房，急忙安排人抢救机器物资，又赶往仓坪街，一看办事处楼房被炸成废墟，再问人员情况，还好，妻子孙黻铨和十几个工作人员安然无恙。他们赶紧又往志诚巷家中跑，走到一看，他们家所在居民区滚滚熊焰，一片狼藉，几间房都被震坏，只有卧室完好。妻子孙黻铨抱着他痛哭。

薛明剑慢慢从悲伤中冷静下来，决定东山再起，重建允利。经过半年努力，薛明剑得到已迁香港的保安公司的红利，再向冯玉祥老首长等人募集部分资金，向经济部申请得一笔补助款，总计筹得10万元，于1939年9月恢复允利公司。

与允利公司遭遇同等轰炸的还有很多内迁工厂。1939年5月12日和1940年8月20日，日机轰炸重庆，晶精玻璃厂、同茂容玻璃厂、荣记玻璃厂等挨炸，造成直接损失100余万元，间接损失360余万元。从1940年5月至1941年8月，余铭钰的渝鑫钢铁厂遭日机5次轰炸，直接损失60余万元，间接损失130余万元。1940年9月14日，日机轰炸重庆钢铁厂，炸毁大部分机械设备、厂房、材料、私人财产。1940年到1941年，日机13次轰炸豫丰纱厂，直接损失价值173万余元。

1939年5月3日，重庆被日机炸毁19条主要街道、上千幢房舍，其中繁华闹市都邮街首当其冲，损失特别严重。都邮街有一家著名的冠生园酒店，老板冼冠生在这一天经历了生死考验。

5月3日上午，天气晴朗，风和日丽，重庆市区繁华的都邮街冠生园举办食品救国展销会，枣子饼干、绿豆饼干、芝麻饼干、陈皮梅都系着大红纸条，上写"食品救国，国货抗战——支援抗战前线食品"。

中午12时零5分，重庆都邮街突然响起空袭警报，满街群众顿时四散逃去，所有店铺立即关门。不一会儿便有54架日机由东而来，其中两架由新市区方向俯冲过来，在都邮街上空投下两颗炸弹。冼冠生没有进防空洞，留在店里照看。他听见尖锐刺耳的落弹声，吓得缩身躲在桌子下，两手使劲捂住耳朵。"轰轰"两声巨响，震天动地，仿佛就在冼冠生身边爆炸。

过了好一会儿，冼冠生出来在凉台上观看，只见斜对面百十米处的东又升公司挨了一弹，货物横飞四溅洒落半条街，破砖碎瓦飞射到冼冠生这幢楼的楼顶来了。冼冠生还没从惊吓中回过神，突然眼前一亮，一架银光闪闪的日机从半天云中俯冲而下箭一般飞来，顿感不妙，慌忙往后缩身，而就在这一瞬间，"轰！"的一声响，比刚才东又升挨那一下还厉害，震得冼冠生头晕目眩，倒在楼板上。冼冠生慢慢清醒过来，便爬起来往四周一看，还好，除了玻璃窗被震坏、书架被震倒，其他安然无恙，便不顾危险又到凉台张望，这一望望得他心惊肉跳，原来刚才那颗炸弹落在了隔壁宴园酒楼，把个四层楼高的大餐馆炸成了一片废墟。

这天的轰炸还在继续，63架日机向重庆投下200余颗炸弹、燃烧弹，致使四处浓烟滚滚、15个市民被炸死、50余幢房舍被炸垮。下午1时20分，空袭解除。冼冠生冲出大门来到街上，只见昔日整洁的都邮街面目全非，代之以残垣断壁、碎砖破瓦，以及乱堆在街上的残货和随处可见的弹坑。冼冠生侥幸躲过一劫。

冠生园粤菜馆，位于四川重庆市民权路7号，1938年从上海迁来，1939年正式开业，分糕点厂、门市部和粤菜馆三部分

在残酷的重庆大轰炸中，火柴大王刘鸿生和电灯大王胡西园有幸相逢在重庆。这时刘鸿生刚踏上重庆土地不久，住在市区沙利文酒店，这天正在接待前来拜访的胡西园，突然响起尖锐刺耳的空袭警报声。

胡西园回忆说：

> 大中华火柴公司刘鸿生从香港到重庆，尚未定居，寓在商业场中山公园附近的沙利文大饭店。刘曾到白象街来访问过我，两天后的早晨我去沙利文回访他。进门未久，忽然拉响警报，接着就是紧急警报，我与刘一同进入防空洞。时间一小时一小时过去了，半天过去了，又是半天过去了，警报始终不解除。可想而知，在防空洞的人是多么气闷心焦。到了晚上十点钟左右，紧急警报才解除，但仍挂休息球（警报还未完全解除）。①

再说说豫丰纱厂。1938年2月19日，迁至武汉的豫丰纱厂接到命令，再迁重庆。束云章闻风而动，动员全厂员工，夜以继日，用20天时间拆卸装箱机器设备9000余吨、11800箱，离开武汉，经过艰苦跋涉来到重庆，

---

① 胡西园著：《追忆商海往事前尘》，中国文史出版社2006年版，第135页。

百年大商人

刘鸿生创办的上海水泥公司

在小龙坎土弯搭建竹席工棚安家落户，积极重建复工，于1939年1月30日安装纱锭5000锭实现局部开工，当年年底即开足一万锭。

豫丰纱厂有纱锭25000锭、工人2400人，在逐步复工的时候，多次遭遇日机轰炸。据统计，豫丰纱厂遭遇日军轰炸情况是：1939年1次，毁房96间；1940年6次，中弹76枚，全部厂房和5000纱锭被炸毁；1941年被炸3次，中弹40余枚，80余间房子和500纱锭被炸毁，合川分厂被炸一次，中弹百余枚，厂房、纱机、锅炉被毁，停工3个月。①

豫丰纱厂是众多内迁工厂遭受日机轰炸的一个缩影。在从1938年到1943年长达5年多的日子里，众多千里迢迢迁往重庆的民商，在伤痕累累、困难重重、努力重建复工之际，遭到日机大规模残酷轰炸，机器厂房人员损失惨重，但广大民商和员工咬紧牙关，不怕牺牲，待日机一走，即从防空洞跑出来，收拾废墟，清理机器，很快便响起轰轰的马达声。大后方的民商和抗战前线的百万将士、坚持抗战的亿万民众团结一心，同仇敌忾，组成中华民族新的长城，誓死抗战到底。

六、发展生产成效

尽管遭遇残酷的大轰炸，广大内迁实业家仍然致力于恢复和发展生产。他们把先进的科学技术、机器设备和先进的经营管理理念带到大后方，努力开创新品种，提高产品质量，多出产品，发展经济，为打赢抗战经济战做出自己的贡献。胡西园在生产电灯泡的同时，积极开发热水瓶产品和松香产品，吴蕴初克服物资紧缺的困难，用豆饼替代小麦制造味精，便是民

---

① 黄淑君著：《重庆工运史》，西南师范大学出版社1986年版，第177页。

第六章 抗战迁渝（1937—1945年）

商为抗战做贡献的典范。

新亚热水瓶厂走上正轨后，胡西园开始涉足松香生产。松香是重要的化工原料，广泛应用于肥皂、造纸、油漆、橡胶行业，是采撷松树松脂得到天然树脂。胡西园的这个想法是他来到重庆后产生的。他来到重庆后去过四川一些地方，发现满山都是郁郁葱葱的松树，经人介绍，每年生成的松脂数量惊人，但当地人不了解松脂的采撷和利用，也不知道松香的作用，仅仅把松树做燃料、照明、制作爆竹之用，实在可惜，更重要的是，全民族抗战爆发，沿海沦陷，后方工业原料严重短缺，特别是松香、松节油更是断绝，严重影响了工业生产。

胡西园脑瓜灵活，发现这种情况后立即找技术人员商量，得知提炼松脂的机器设备和工艺都不复杂，便做出开发松香的大胆决定。经过调查和实地采样，他发现重庆附近的南川县（今南川区）南平镇有丰富的松树资源，提炼出来的松香高级透明，比从美国进口的双W松香好，松节油清净，也不亚于进口原料，特别是松节油用在热水瓶竹壳上效果特别好，而且交通也还方便，就决定在那里建松香厂。

于是胡西园筹集资金，买来制造松香的机器设备，请来技术人员，办理建厂手续，然后亲自来到南川县（今南川区）南平镇寻找办厂地址。经过一番寻找，胡西园看中镇上的财神庙。这座庙年代久远，破旧荒芜，早已被人遗弃，只是还有几间破房、几段残缺围墙和一个大院子。胡西园找镇公所咨询，说这破庙是镇上公产，可以出租。胡西园便租下财神庙，修围墙，建造简易工棚、员工宿舍、仓库，运来机器设备，建成了一个小型工厂。正式开业那天，胡西园照例在最好的酒楼招待南川县（今南川区）和南平镇知名人士，请他们鼎力相助。

胡西园的松香厂取名南川开远松香厂，成立后的第一件大事是收购松脂。胡西园组织员工在镇上和下到各村寨做宣传，以现金收购农民的松

著名实业家胡西园

脂，并教给农民提取松脂的科学办法。南川地处川黔交界处，山高林密，经济落后，文化闭塞，民众生活困难。他们以前也采撷松脂，用于制作火炮和照明，自采自用，采撷量很少，现在有人收购松脂，背到镇上就能换钱，自然愿意，便采来松脂卖给开远松香厂。采撷松脂要先在松树杆上用刀划一道口子，松树便会顺着口子慢慢滴流白色乳状液体，就是松脂，并不复杂，也不费力，只是速度慢，但松树多，积少成多，数量可观。

起初相信这件事的人不多，前来卖松脂的人少，开远松香厂一天只收到几百斤松脂。后来农民得了实惠，一传十十传百，大家都采松脂来卖，开远松香厂一天可收几千上万斤松脂。松香厂收到松脂，投入锅炉炼制，蒸馏出的蒸汽汇聚成松节油，最后流出的黄色液体凝固成松香。他们每生产出一车产品，就打电话通知重庆派车来运到重庆销售。胡西园派张某、胡某住南平镇负责工厂生产，把松香销售和财务支出安排在重庆白象街亚浦耳办事处。

南川开远松香厂的生产逐步走上正轨，开始盈利。开远厂盈利惹人眼红。当地几个地主本来不以为然，现在见一个"上海佬"跑来赚走原本属于他们的钱，很不舒服，碰在一起犯嘀咕，认为仅凭自家松林卖松脂划不算，他办厂，我们也可以办厂。他们便暗中筹备办松香厂。他们手里有松林、有劳动力，但没有技术人员，没有设备，就打开远厂技术人员的主意，找开远厂的负责人张某、胡某，许诺好处，高薪请张、胡二人去他们的工厂。张某、胡某婉言谢绝。他们又找开远厂一个是当地人的工程师，威逼利诱，要他提供技术支持，这人不好得罪这些地头蛇，又不想背叛胡西园，犹豫不决。

这时发生了一件事，开远厂突然失火，越烧越大，没法扑救，最后财神庙被全部烧毁，还殃及左邻右舍。这几个地主趁机兴风作浪，串通镇长，绑了开远厂负责人张某、胡某，说他们纵容员工放火烧庙，又怂恿乡民闹事，说开远厂这把火烧断了南平镇的财路，要开远厂赔款，不准开远厂再在镇上办厂。舆情汹汹，镇长只好答应几个地主的要求。

胡西园在重庆接到紧急电报，开远厂失火被毁，张某、胡某被捆命悬一线，要他火速前往解决，他不知道究竟有多严重，急忙派人去买车票。重庆离南川220里，汽车一天可到。买车票的人空手而归，最近几天没有去南川的长途汽车。胡西园急得直跺脚，忙咨询当地人怎么可以去南川，回答走着去，顶多三四天，也可以坐滑竿去，两天就到。胡西园来重庆有些日子了，也坐过滑竿——重庆的一种交通工具，但滑竿主要用于短途，没听说能走几百里，不免好奇，问了价钱，不比坐车贵，就雇了一顶滑竿。

第二天，胡西园坐滑竿离开重庆，从海棠溪乘渡船过长江，沿羊肠小道爬上南山，经过老厂、鹿角、界石、彭家场，到达巴县接龙镇，还在重庆境内，天就快黑了。照说该在这儿吃饭休息明天再走，胡西园坐也坐累了，何况3个抬夫。吃了饭，3个抬夫突然说继续往前走，翻过这座山不过一小时，到那边镇上睡觉，明天的路程就会轻松一些。胡西园不识路，只想尽快赶到南川，就答应他们。3个抬夫找胡西园预支5元工钱，买了一些吃的带到路上当夜宵，还找胡西园要1元钱买了火把。

收拾停当，一行人继续前进。天慢慢黑下来，抬夫点起火把。山越爬越高，路越走越陡，走着走着，突然发现前面有野兽幽亮的眼睛。胡西园不认识野兽的眼睛，不知何物，也就不以为然。3个抬夫害怕了，说不是老虎就是豹子，停下滑竿，要爬树躲避。胡西园这才紧张起来，急忙从滑竿上下来，仔细观察，只见黑暗中两只手电筒似的绿光左右晃动，心里一阵紧张，也准备爬树，突然想起爬树也不行，老虎不会爬树，豹子会爬树，爬树不是等死吗？便急中生智，叫抬夫把所有的火把都点燃，不要躲，大胆往前走，理由是野兽怕火。胡西园说："你们听我的，火把点起往前走，我走前面。"3个抬夫就点燃所有火把，鼓起勇气跟着胡西园走，边走边不停乱喊。那双幽灵般的眼睛突然消失了。当天晚上他们翻过山，在路边农家稍事休息，再走到一家小旅店吃饭休息，第二天继续前进，傍晚顺利到达南川南平镇。

南平镇情况如何？开远厂张某、胡某又如何？胡西园回忆说：

> 我先了解了一下失火经过和情况，方知中间有当地地主在阴

谋捣鬼。幸财神庙烧毁前一天，有大批松香、松节油已运赴重庆，这使我们减轻不少损失。这些贪婪的地主要弄得开远厂从此一蹶不振，用买椟还珠的方法，把开远技术人员、技工留下来自己来开炼油厂，所以他们煽动南平的民众说，财神庙被烧毁，南平人从此将永不发财，一辈子要苦不出头了，造成群众汹汹之势。但是群众是有公道的，他们了解开远厂开发土产对他们是有利的，事后逐渐趋于采取原谅态度。我到南平后形势更加缓和。我首先向大家道歉，保证将财神庙修复原状，并祭神为大众祈福，同时宣布开远厂另行建造厂房，继续在南平开工生产。这样解决，大家非常满意，地主的阴谋也被粉碎了，但是南平地主对开远厂始终耿耿于怀，终于把开远厂的工程师拉出去，另开一家同样的工厂，蓄意与我们对垒，引起以后许多摩擦。[①]

全民族抗战爆发，吴蕴初响应政府号召，积极内迁，将他的3个工厂，一部分迁至香港，一部分迁至上海租界，一部分迁至武汉。1937年11月，吴蕴初工厂的船队离开上海，沿苏州河，经苏州、镇江到武汉，历时三四个月。到武汉后，吴蕴初立即按政府要求重建复工，在武汉建立天原厂、天厨厂、天利厂联合办事处，在武昌刘家庙购得200亩地。就在他们平整土地、夯实地基、修理机器时，战事恶化，政府下令停工再迁。吴蕴初只好忍痛割爱，收拾担子，继续西迁，于1938年3月来到重庆。

吴蕴初在重庆状元桥设立三厂联合办事处，在迁川工厂联合会的帮助下，通过四川省用地评估委员会，买到猫儿石一块地做厂房。猫儿石在嘉陵江北岸，与重庆城隔江相望。吴蕴初在这儿买了300亩紧靠嘉陵江的土地，一是便于船只运输，一是工厂需要大量用水，便于就近抽排水。1939年11月，天盛陶器厂在这儿建成投产。1940年5月，天原化工厂在这儿建成投产。这两个工厂因陋就简，在猫儿石崖边空地上建成一排排竹篱笆简易作坊，

[①] 胡西园著：《追忆往事前尘》，中国文史出版社2006年版，第150页。

里面摆着锅灶和大小罐子，有职工134人，年产盐酸440余吨、烧碱60吨、漂白粉130余吨，是后方最大的氯碱化工企业。

完成重建天原化工厂和天盛陶器厂后，吴蕴初着手重建天厨味精厂。

> 天原渝厂投产不久，吴蕴初又决定天厨厂也在重庆建厂复工。其子吴志起从昆明化工厂赴渝主持天厨渝厂的筹建和生产事宜。建厂初期租用天原厂一块地皮和一座简易仓库，临时搭了个草棚，仅靠上海运来的两只油灶、一部真空灶箱、两座离心机、两部面筋机，经半年努力而生产出味精成品。①

吴蕴初的佛手牌味精刚上市，重庆市民不习惯使用，销量不大，吴蕴初就叫销售人员把味精包装成小瓶送到餐馆商铺宣传，但效果也不大。后来，到重庆的"下江人"越来越多，习惯在菜里加味精，起了带头作用，重庆市民慢慢也喜欢上味精。天厨味精厂开始逐渐占领重庆市场，还销往西南、西北等地。天厨味精厂的规模不断扩大，原材料小麦供应不足，吴蕴初指示工厂技术人员研究寻找替代品。技术人员经过反复试验，用豆饼替代小麦试制出味精，节约粮食，节约成本，属世界首创。

重庆江北猫儿石除了有天原电化厂、天厨味精厂，还有马雄冠的上海顺昌铁工厂、庞赞臣的龙章造纸厂、陆绍云的维昌纺织厂，都是抗战期间从上海武汉迁移而来。马雄冠任厂长兼总工程师的上海顺昌铁工厂是1937年8月27日撤离上海的，是上海民营工厂内迁的第一批，同行的有颜耀秋的上海机器厂、胡厥文的新民机器厂、胡叔常的合作五金厂，总计21艘木船，千里迢迢，千难万险，终于来到重庆。马雄冠来到重庆找到林继庸，在他的帮助下买到猫儿石这块地，积极重建复工，主要生产鼓风机、空气锤、炮弹壳体，被誉为钢铁机器厂的"六大金刚"之一。

上海龙章造纸厂在庞赞臣的带领下来到重庆，路途艰辛，损失巨大，

---

① 程西辰著：《陪都人物纪事》，重庆出版社1995年版，第148页。

百年大商人

1940年7月在猫儿石征地重建后便出现资金紧张，无法复工生产。财政部接手龙章造纸厂，改名中央造纸厂，生产印钞纸和其他纸张，庞赞臣为总经理，张剑鸣任厂长。该厂逐渐发展，年产机制纸能力1200吨，有工人470余人，成为重庆最大的制浆、造纸综合企业。

陆绍云的维昌纺织厂的情况复杂一点。1936年到1938年，陆绍云在武汉任大成四厂厂长、总工程师，兼震寰纺织厂顾问，是大成纺织公司董事长刘国钧的得力助手。1938年武汉形势紧张，刘国钧与陆绍云商定将大成四厂所购新型瑞士立达式纺纱机运往重庆。大成四厂运送机器的船队在驶往宜昌途中屡遭日机轰炸，损失不小，前进不得，只好折回武汉再去上海，在上海租界建立安达纱厂。内迁不成中途返程迁至敌占区，这在抗战中极为少见。

陆绍云不愿在上海办厂，离开上海到武汉办药棉纱布厂，1939年来到重庆。陆绍云在重庆看到内地由于纺织设备不足，原棉难以制成纱布，用心研究成功了小型纺纱机，每台14锭，可以用电动机传动，也可以用人力脚踏开动，经过试纺，产品质量与大型设备接近，成本也差不多。陆绍云与马雄冠合资创办维昌纺织厂，陆绍云任董事长兼经理，先由重庆顺昌铁工厂试制一组计140锭获得成功，再陆续制造2000锭投入生产，厂址在重庆江北猫儿石。维昌纺织厂在渝期间多次遭日机轰炸，被破坏殆尽。陆绍云重建厂房，恢复生产，惨淡经营，直到抗战胜利。

这五个工厂内迁到重庆猫儿石，有数千员工家属，比本地居民还多。龙章厂宿舍区很大，被命名为龙章村。猫儿石原本是偏僻的小地方，别说没有工厂，就连像样的街道也没有，只有为数不多的一些小的商店、饮食店、药铺，现在一下子来了五家工厂，面貌大变。猫儿石江边成为繁忙的货运港口，货来货去，船来船往。各工厂在江边修码头、修石梯，联通工厂和江边的交通。这儿的居住人口成倍增加，办起面粉厂，开起饭馆、面摊、客栈、茶馆、中药铺、相馆等，店铺连店铺，加上许多小商小贩前来摆摊设点，猫儿石逐渐形成正街、横街、河街三条街，成为一个热闹的地方。

当事人、重庆天厨味精厂工程师黄承芳回忆说：

第六章 | 抗战迁渝（1937—1945年）

起初猫儿石周边生活极为不便，大批工人买菜还得乘渡船到对岸比较繁华的化龙桥去采购，经常是一去一回都要花去一个多小时时间。后来随着大批工人的定居，猫儿石终于形成了一个交易市场，蔬菜、禽蛋、瓜果，品种在当时还算比较丰富。为了方便货运，吴蕴初决定在河边修码头，随后商贩在厂子周边开起餐馆，人多了，小街便逐渐有了个正名：猫儿石正街。当时天厨味精厂还是比较开化的，向职员和工人提供免费中、晚餐，职员一桌人有四菜一汤，而工人的伙食则要差些。天厨味精厂厂长吴志超经常在食堂吃饭，有时还与夫人一同前来就餐，在职员和工人面前丝毫不摆谱。[1]

五个内迁工厂也给猫儿石原住居民带来麻烦，有的员工和家属看不起本地人，本地人嫌外地人占了他们的便利，互有怨言。猫儿石镇公所出面沟通协调，维持稳定。重庆卫戍司令部在这里设置数个岗亭派兵防守，确保安全。五厂定期召开联席会议，处理与地方关系，积极为地方谋福利，并与猫儿石镇政府密切配合，互相帮助，共同努力，保证内迁工厂顺利重建复工，支持抗战。抗战期间，这种情况比较普遍，有的处理得好，比如猫儿石镇五家民营工厂，有的矛盾重重，惹出麻烦。

举一个猫儿石镇五厂做得好的例子。1941年1月20日，五厂召开座谈会，研究处理猫儿石镇公共社会问题，有记录稿如下。

工期：三十年一月二十日。地点：顺昌公司铁工厂。出席人：顺昌公司铁工厂马雄冠、维昌纺织厂陆绍云、天原电化厂黄锡恩、天厨味精厂方皖生、中央造纸厂唐瀚生。

讨论事项：（一）中央造纸厂、天厨味精厂加入本座谈会后，

---

[1] 常宇：《重庆掀起味觉革命》，《重庆晨报》，2008年4月21日。

名称应否改定案，议决：改定为猫儿石五厂座谈会。（二）猫儿石国民小学来函，请求补助俸资结束，应如何答复案，议决：根据前三厂座谈会第廿一次会议决议案办理。（三）猫儿石镇公所来函，请诊疗所迁让房屋予中心小学，应如何答复案，议决：函复一俟觅得适当地址当即迁让，并请该校来代为物色诊疗所相当之房屋。（四）以后地方性质之捐款及公共费用，各厂间应如何比例分摊案，议决：中央造纸厂、天原电化厂各二份，天厨味精厂、维昌纺织厂、顺昌铁工厂各一份。（五）各厂主值次序及时间应如何改定案，议决：每厂三个月，次序如下：顺昌、维昌、天厨、天原、中央。（六）改定诊疗所名称案，议决：改定为猫儿石五厂联合诊疗所。（七）联合诊疗所之所有权应如何规定案，议决：由维昌加付诊疗所补助费柒百元，天厨付诊疗所补助费一千二百元，此后诊疗所作为五厂所捐设之公共资产。（八）诊疗所医师护士三十年年终十二月份双薪额应如何决定案，议决：照该日薪津额付给。（九）调整卫戍部派驻队营房前之岗亭移置于天原之东面，将郑家院子西南面之岗亭移置于中央纸厂职员住宅区之西北角。（十）规定诊疗故所取药费标准案，议决：甲乙两种诊券照市价对折收取，丙种券照市价收取。记录：马雄冠①

不难看出，五个内迁工厂已形成五厂联系制度，会议研究内容涉及广泛而具体，包括社区诊所经费、医生护士薪金、药费标准、卫戍部队岗哨位置、地方捐款、公共费用分摊、学校补助等多项社会职能一应俱全，说明当时内迁工厂不仅办工厂也办社会，无形中把上海等地的社会管理经验带到重庆，起到移风易俗、改造社会的作用。抗战时期沿海工厂内迁带给内地的不仅是工厂，还带来社会、文化、习俗、语言、情趣、伦理、道德诸方面影响，带来一场潜移默化的社会革命，可能出乎主持迁移者和被迁

---

① 上海档案馆编：《吴蕴初企业史料》，中国档案出版社1992年版，第162页。

移者预料。

1942年元旦，重庆迁川工厂联合会举办迁川工厂出品展览会，200多家工厂纷纷拿出自己迁到大后方来后重建复工产品参展，琳琅满目，丰富多彩，地点在重庆生生花园，连续举办了15天，参观者超过12万人。

支秉渊制造的我国第一辆国产汽车

展览会上最吸引人的是中国人自己制造的一辆小汽车，是抗战内迁工厂制造的，刚刚从湖南祁阳出发，经湖南、广西、贵州开到重庆，开创国产煤气发动机驱动汽车历史，制造者是支秉渊。淞沪抗战爆发，上海新中工程公司总经理支秉渊响应政府号召，率领新中员工历经艰辛，将上千吨器材迁往武汉，再迁长沙、湖南祁阳。

支秉渊来到祁阳，一边组织重建工厂，一边组织人马继续研制汽车发动机。1939年春，汽车发动机所需零件陆续加工完成，开始装配。同年6月，65马力柴油汽车发动机在新中祁阳制造厂制成，装在已修复的旧汽车上试用成功。接下来，支秉渊开始批量生产这种汽车发动机，遇到很多困难，如要去香港购买发动机附件、买不到柴油等。支秉渊从实际出发，1939年6月，着手把柴油发动机改型为煤气机，第二年初试车成功。这种发动机可用于发电或驱动小型船舶，在后方很受欢迎。1941年下半年，支秉渊听说重庆将召开迁川工厂出品展览会，决定参加，便组装一辆车，和司机驾驶这辆车从祁阳出发，经湖南、广西、贵州驶抵重庆，出现在迁川工厂出品展览会上，大受欢迎，成为展览会最闪耀的明星，被重庆《大公报》称为"中国的福特"。支秉渊领导的新中工程公司是抗战内迁工厂科技创新的典范。

展览会上还有一处亮点，那就是重庆允利公司。允利公司董事长薛明剑亲自参加展览会，带来的展品是所属万县厂、白沙厂生产的面粉和重庆机器厂生产的机件，并担任解说，向参观者介绍允利公司内迁发展的情况，解答观众疑问，获得好评。展览会组委请政府官员、专家学者、实业家组成优秀产品评委会。允利公司荣获超等奖1个、特等奖5个，成绩斐然。

百年大商人

薛明剑取得这些成绩非常不容易，因为他的工厂遭受日机轰炸损失严重，但他不屈不挠，化整为零，重整旗鼓，利用残缺不齐的机器，一面为兵工厂加工军用品，一面因陋就简生产小型面粉机，维持工厂，积蓄发展力量，渡过困难时期。他一旦缓过气来，立即积极扩张。五三、五四大轰炸数月后的1939年秋，薛明剑创办允利重庆化工厂、允利重庆碾米厂、允利四川雅安化工厂，第二年创办四川奉节允利铁工厂、重庆第二碾米厂、万县碾米面粉厂，1941年创办四川长寿碾米厂、重庆第三碾米厂、四川白沙面粉厂、高塘允利纺织厂、重庆允利机器厂，1942年创办重庆第二机器厂、重庆第三机器厂、重庆允利机器模型制造厂，1943年创办重庆允利造船厂、四川涪陵碾米面粉厂。短短4年，18个工厂，滚雪球式发展，薛明剑异军突起，一跃而成为抗战内迁工厂的典范。

与薛明剑的允利公司相互辉映、大放光芒的还有很多工厂。抗日战争时期，华西公司拥有华西机器厂、华联炼钢厂、四川水泥厂、华泰木厂、协和火药厂、华西猪鬃厂、华康银行等企业。他们的产品在展览会上大受欢迎。猪鬃大王古耕虞展示的，是他们最有名的虎头牌猪鬃，是抗战大后方出口换取战时急需外汇和物资的名牌。鄢云鹤的西南化学厂展出的是他们制造的甘油。军政部纺织厂、制呢厂、被服厂和军需署重庆染织厂集中展示了他们生产的军用服装。顺昌机器厂、中国汽车公司华西分厂展示的是他们生产的迫击炮弹、地雷、水雷及飞机炸弹引信、弹尾等军需产品。胡厥文的新民机器厂展示的是他们生产的万能刨床。

裕华纱厂是展览会上的又一颗明星。全民族抗战爆发，苏汰馀将武昌裕华纱厂迁到重庆，经过一番艰苦奋斗，不但站稳脚跟还得到很大发展，1939年建成重庆裕华纱厂、广元大华纱厂，次年创办重庆永利银行，1941年创办成都裕华纱厂，成为大后方最大的纺织集团，产品占据大后方一半以上市场份额，为抗战做出了巨大贡献。

抗战爆发后，以农业、手工业、畜牧业为主的后方经济迎来了一个现代工业经济迅速兴起的划时代的巨大转变。后方地区民营企业在国营、民营并重的战时经济政策框架下得到重视、扶植、鼓励，一度获得迅速发展。就民营工业企业而言，后方地区原有民营工厂得到扩充和发展，内迁民营工厂大多数重建复工，新设工厂大量出现，《工厂法》修改后小型厂甚至手工业作为工厂进行登记。结果，后方民营工厂数字与战前相比有了很大的增加。到 1942 年年底，后方民营工厂的统计数字已经达到 3111 家，资本总额达到 58977 万元，占后方工业资本的 31%。到 1944 年，后方民营工厂进一步增加到 4764 家。[①]

七、抗战胜利东归

1945 年 8 月，抗战终于取得最后胜利，广大内迁实业家喜出望外，热泪盈眶。经过八年努力，大后方工厂有了较大发展，有机械工厂 400 多家、技工 1 万多人，煤年产量由战前的 10 多万吨增加到近 100 万吨，百货公司商店由 1937 年的 70 家发展到近 3 万家。这是广大实业家在民族危亡的关键时刻做出的巨大贡献，但与此同时，广大实业家做出了巨大的牺牲，他们的工厂出现一系列严重问题，甚至危及生存。1945 年 10 月 31 日，重庆 12 家内迁工厂迫于困境，联合给国民政府呈送紧急报告，请求援助。报告说：

> 现抗战已告胜利，建国正在进行，而后方生产事业反呈青黄不接之势，各厂生产告停，资金已竭。益以近来工潮迭起，各厂工人竟于物价回跌生产萧条之时，任意要求增加工资，且辄实行暴力威胁，把守厂门，捣毁办公室，殴打职员，侮辱主管人员等，

[①] 张守广著：《抗战后方工业研究》，重庆出版社 2012 年版，第 258 页。

百年大商人

越轨行动屡见迭出,弭患无方,致令一切业务,均感无法进行。①

这份报告的落款工厂是:渝鑫钢厂、新中工程公司重庆制造厂、顺昌铁工厂、恒顺机器厂、大川公司、合作五金公司、大中机器公司、新民机器厂、上海机器厂、华生电器厂、陆大工厂、张瑞生铁工厂。这中间有我们熟悉的民商:渝鑫钢厂的余铭钰,新民机器厂的胡厥文、上海机器厂的颜耀秋、陆大工厂的基督厂长陆之顺、合作五金公司的胡叔常、华生电器厂的叶友才、顺昌铁工厂的马雄冠、新中工程公司的支秉渊、恒顺机器厂的周仲宣。

全民族抗战爆发时,颜耀秋担任上海工厂迁移委员会主委、迁鄂工厂联合会主委、迁川工厂联合会主委,与大家是同甘苦共患难的老朋友。大家到了重庆遇到问题还是爱向他述说,希望他出面把大家的意见转告当局,于是便有了这份呈文。

这份呈文递上去后,当局也派员找他们了解过,做了很多解释,抗战胜利,百废待兴,要处理的事太多太多,希望大家再坚持一下。颜耀秋无计可施,也急着回上海,便贱价卖了机器和原材料,遣散职工,结束了在重庆长达八年的上海机器厂。他坐船驶离重庆,回首雾霭中渐行渐远的山城,八年前,1938年初到重庆时的情景历历在目,想到当初万丈豪情,如今悄然东归,禁不住潸然泪下。

呈文上第一个签名的是余铭钰,渝鑫钢厂总经理,因为工厂规模大、工人多,一时半会儿没法离开重庆,还在重庆坚持。当初颜耀秋还在重庆,来找他说呈文的事,他一口赞同,当即在呈文上签字。重庆档案馆存有一份历史资料,是余铭钰1946年亲自写的《八年经历纪略》,具有相当的可靠性。他写道:

> 三十二年(1943年)起,政府厉行统治,钢铁售价始则限价,继以议价,往往煤焦粮食价格数次升腾,而钢铁议价仍未随时改

---

① 宁波帮博物馆编:《抗战大后方宁波帮资料》,宁波出版社2013年版,第37页。

订以资补救，于是钢铁市价与原料脱节以致不敷成本，使四年来积存之原料陆续在炼制中赔补亏损，至三十三年冬，卒至罗掘殆尽，无法维持。幸值战时生产局成立，钢铁需要似将剧增，且对钢铁界亦将作合理之调整。惜在组织甫经就绪，而第一批订货尚未完成、第二批方将订购之际，盟国之原子弹在敌国方作初度之试验，而生产局对钢铁业之扶持已不感兴趣。而敌人投降之讯接踵而来，以狂澜欲倒之势，促成后方工业之崩溃，军用品即因停战而不复需要，民用品亦因复员而无人过问，钢铁售价不过零星结束之所需而已。①

这不仅是余铭钰和颜耀秋的想法，在呈文上签字的胡厥文、陆之顺、叶友才、马雄冠、支秉渊、周恒顺都是这个想法。他们在呈文上大声疾呼：

虽暂时苟延残喘，结果亦唯有益增亏累，处此绝境，实有求生不能、求死不得之苦。他们的要求不高，盖以商厂等内迁重建，要略尽国民天职，争取抗战胜利。今胜利既临，目的已达，如能带还原有器材从事复员，俾能继续，为建国大业而尽其余力，固所企愿，即以现有一切资产全部捐献国家，只求准代清偿债务，使能只身还乡，亦无怨言。②

想当初，为抗战内迁，离乡背井，辗转万里，付出前所未有的牺牲，目的只有一个——"略尽国民天职，争取抗战胜利"，看如今，重建复工，支援抗战，达到目的，不求衣锦还乡，但求"只身还乡亦无怨言"，何以感慨？余铭钰将"迁厂复工之精神与目前停厂遣散之情形两相对照，不甚

---

① 余铭钰著：《八年经历纪略》，重庆档案馆藏渝鑫钢铁厂档案：0194-2-9、0194-2.10。

② 余铭钰著：《八年经历纪略》，重庆档案馆藏渝鑫钢铁厂档案：0194-2-9、0194-2.10。

沧桑之感"。到了1946年，余铭钰还在坚持，渝鑫钢厂的员工还在勒紧裤带，寄希望成渝铁路开工，有活干、有饭吃。1946年12月，渝鑫钢厂代经理李志亲给余铭钰总经理写信报告工作。他在信中写道：

>……前因米价上涨，在杨厂长去沪前，曾于包工包价外，每个工人每月津贴伙食三千元，近月来米价上涨更速，伙食常起纠纷影响工作，乃决定自本期起，职员伙食及蔬菜等改为六市斗米，折合代金（现价约一万八千元）发给，工人亦然，但须拟出包价内已给之一万二千元伙食费，其津贴六千元。①

李志亲还向余铭钰报告成渝铁路工程的情况。他说重庆工业协会和钢铁公会向重庆市市长张笃伦强烈反映，成渝铁路工程所需器材，凡是后方能做的必须给后方做，不能一律向外国订购，得到赞同，但行政院长宋子文不同意，如果这样，重庆各界将采取不合作态度，即不卖给水泥、不提供运输，甚至抗粮抗捐。

国民政府在1936年6月成立"成渝铁路工程局"，续建成渝铁路，后因全民族抗战爆发、经费严重不足等而停工，抗战胜利后决定继续建设，成为渝鑫钢厂求生存的希望。1947年5月，成渝铁路工程再度停工，只完成重庆到永川段部分路基、隧道、桥梁，占总工程量的14%。

渝鑫钢厂的结果比颜耀秋的上海机器厂要好些，没有破产关门，但困难重重、几度停产。渝鑫钢厂的多数技术管理人员是江浙人，抗战胜利后，他们纷纷要求回上海。余铭钰也急于回上海重建大鑫钢厂，就把他们带走了，总厂处于停工状态。余铭钰在上海派李志亲来重庆任协理兼代总经理，派刘有铭来重庆做总厂厂长。他们来重庆后组织复工，恢复生产。1948年，重庆工业非常不景气，渝鑫钢厂亏损严重办不下去，勉强拖到第二年下半年再度停产。中华人民共和国成立后，渝鑫钢厂被重庆市企业局接收，并

---

① 李志亲致余铭钰，重庆档案馆馆藏档案：0914-2-12。

第六章 | 抗战迁渝（1937—1945年）

入重庆钢铁公司。

渝鑫钢厂不是个案，而是带有普遍性，反映在无锡允利公司董事长薛明剑的一篇文章上。这篇文章的题目叫《重庆民营机器工业之危机及救济方法》，刊登在1945年重庆《中国工业》杂志第23期。文章说：

> 以前机器工业确曾以时势及环境关系，相当繁荣，唯年来因工业不景气弥漫后方，机器工业适首当其冲。本年二、三月，（重庆）各区工厂已渐有停工歇业者，至6月底止，调查确实倒闭者已达42家，6月以后，险象更著，因工作缺乏，周转困难而频相停工者日甚一日。以沙磁区而论，该区工厂64家中已有12家停业，约占全区20%，再者，江北区工厂33家中，宣告倒闭者15家，停业者2家，合计占该区工厂50%，估计目前全体工厂正式与非正式停工者，总数已在50%左右。[①]

呈文上所提的其他几个民商的日子也不好过。上海新民机器厂的胡厥文算是佼佼者，担任过重庆迁川工厂联合会理事长。抗战胜利，军工订单锐减，胡厥文的上海新民机器厂濒于停产。1945年8月，内迁各厂老板忧心忡忡，不知所措，中国工业协会、工协渝分会等团体公推胡厥文、胡西园、吴羹梅等人到财政部、经济部交涉，要求政府紧急贷款100亿元以解燃眉之急。行政院长宋子文不以为然，背地里说："老实讲，中国以后的工业要靠美国的自动化机器来推动，不是目前这些破铜烂铁能济事的。"胡厥文只好将新民机器厂报经济部核准歇业。1945年11月，迁川工厂联合会与中国工业协会联合发出紧急呼吁，要求从速召开政治协商会议，解决政治争端，实现和平建国。12月，中国民主建国会在重庆诞生，胡厥文当选为民建中央常务理事。

华生电器厂总经理叶友才也是签署呈文的实业家之一。1937年，叶友

[①] 陆阳著：《薛明剑传》，华文出版社2013年版，第231页。

才响应政府号召,将上海华生电器厂迁出上海,迁出员工200余人、机器设备材料2000吨,组织40艘木船,浩浩荡荡开赴武汉,途中被日机炸沉5艘,再转重庆,1938年在重庆南岸大佛段购地35亩重建、复工,生产变压器、发电机,服务抗战民生。1945年抗战胜利,叶友才将华生厂迁回上海,全部机器、设备、材料200吨,是八年前离开上海时的10%,这在内迁的工厂中算是比较好的。颜耀秋找他说呈文的事,叶友才完全支持并签名。他说民商这点资产来之不易,抗战期间全是尽责任为抗战做贡献,现在落到这个地步令民商寒心。叶友才回到上海,找到留在上海的华生厂的员工,一打听才知道,1941年12月日军进入租界,上海华生厂被迫解散,仅有10名学徒留守。叶友才将重庆迁回的机器、设备、材料并入上海厂,1946年复工,有500名员工,年产电风扇15000台,算是逐步恢复。

马雄冠也是呈文上签名的实业家。马雄冠是当年内迁的先锋,所属顺昌机器厂属于行政院批准的上海首批六项内迁工厂项目之一。上海顺昌机器厂在武汉建厂复工不到一年再迁重庆,落脚重庆江北猫儿石地区,八年来,生产车床、鼓风机、制砖机、空气锤、炮弹壳,为抗战做出贡献。马雄冠在重庆先后担任上海私营顺昌公司机器厂厂长兼总工程师、四川永川福昌炼铁厂厂长兼经理、重庆机器同业公会理事长,抗战胜利离开重庆回上海,任上海通用机器公司筹备处主任、总经理。上海通用机器厂是战后国民政府创办的三大工业企业之一,主要制造动力和通用机械,是振兴中国机械制造工业的重要支柱。资源委员会人才济济,指派私营顺昌机器厂厂长马雄冠出任通用机器公司总经理实属罕见。1949年5月上海解放,其他两大企业没有建成,通用机器公司已于1948年竣工投产,一枝独秀,马雄冠功不可没。

呈文上第二个签名的工厂是新中工程公司重庆制造厂,总经理叫支秉渊,大名鼎鼎的"中国福特"。1942年元旦,重庆迁川工厂联合会举办迁川工厂出品展览会,最吸引人眼球的是一辆小汽车,这辆小汽车就是支秉渊制造的。抗战期间,支秉渊带领上海新中工程公司内迁湖南,在艰难困苦的条件下,一边组织生产,一边继续研制汽车,终于取得成功。他得到

第六章 | 抗战迁渝（1937—1945年）

重庆将举办迁川工厂出品展览会的消息，开着新研制的小汽车从湖南祁阳出发，和驾驶员轮流开车，经湖南、广西、贵州开到重庆，出现在展览会上，获得满堂喝彩，为内迁工厂赢得荣誉。在接下来的日子里，新中工程公司受战事影响，生产不景气。抗战胜利，新中工程公司的日子更艰难。支秉渊在重庆得知其他工厂准备上书国民政府呼吁紧急救

著名实业家支秉渊

济，非常赞同，找到颜耀秋、胡厥文等人，表示也要签字，一起为内迁工厂呐喊呼叫。

呈文上签名的工厂还有济南陆大铁工厂。济南陆大铁工厂是全民族抗战爆发时唯一内迁的工厂，创办于1922年，是当时济南最大的民营机器制造厂。日军攻打山东，济南告急。陆大铁工厂经理陆之顺不顾同业工厂反对内迁意见，自动迁移，将100吨机件和60名员工用汽车运到火车站装上车皮，沿津浦、陇海、平汉铁路，经千辛万苦抵达汉口，又继续西进去重庆，在重庆重建复工，生产机床，支持抗战。抗战胜利，军品订货大幅减少，陆大铁工厂陷入瘫痪。陆之顺愤愤不平，强烈不满，加入到上书政府的行业。

恒顺机器厂也是签名者之一。恒顺机器厂是1938年从武汉迁到重庆来的，与民生公司合作，在重庆李家沱重建、复工，在渝期间得到很大发展，有各种车床100余部，动力机30余部，经营也不错，两次增资，1943年资本扩大到500万元，职工达500余人，是重庆规模最大、设备最好的几个机器厂之一。抗战胜利前后，恒顺机器厂开始出现困难，到1945年底越发不景气。恒顺机器厂老板周仲宣非常着急，希望政府予以帮助，毅然参加上书。1946年，周仲宣与民生公司分手，将恒顺机器厂部分机器迁回武汉独立经营。

与这些内迁工厂的实业家遥相呼应的，是全国工业协会、重庆迁川工厂联合会的广大会员。胡西园是全国工业协会代理理事长。他与迁川工厂联合会主席胡厥文及常委吴蘊梅，委员刘鸿生、李烛尘，会同各内迁厂负

责人商议，内迁工厂如此困难，政府总得有个态度，就在银行俱乐部召开内迁工厂大会，向政府提出四点希望。1. 充分供给开工工厂原材料，并贷给所需流动资金。2. 收购工厂滞销产品。3. 收买已关工厂的机件。4. 贷款或资助内迁工厂还乡并协助开工。大会推举刘鸿生、李烛尘、吴羹梅、胡西园、胡厥文为代表去政府交涉。

会后，他们去见经济部部长翁文灏，回答涉及经费需财政部批准。他们就去见财政部部长俞鸿钧，答复是数目过于庞大，爱莫能助。1945年8月下旬，迁川工厂联合会再度召开会员大会。经济部部长翁文灏应邀出席并讲话，说政府一时难办，请大家再坚持一下，全场报以唏嘘声。会后130多位代表前往行政院见院长宋子文，宋子文叫他们推选代表上楼。

吴羹梅、胡西园、胡厥文、邓云鹤四人做代表见到宋子文。代表们汇报了内迁工厂实业家们的意见和请求，希望宋院长提供帮助。宋子文说不清楚具体情况，要他们送材料，又说抗战胜利百废待举，寄希望于民营实业家，答应认真研究。

第二天，代表们把这个情况告诉经济部部长翁文灏。翁文灏说只要宋院长答应就有希望，但还得蒋主席表态，那就定下来了，又给代表支招儿说，先找国府文官长吴鼎昌试试，蒋主席的活动都是他安排。代表依计行事，五天后，吴羹梅、胡西园、胡厥文在国府官邸见到蒋介石。按照预先分工，胡西园说总体情况并提供一份书面报告，胡厥文说具体问题，吴羹梅做补充。他们的具体请求是政府贷款100亿元给内迁工厂。

几天后财政部通知全国工业协会总会，批准贷给内迁工厂50亿元。同时，四联总处通知胡西园，50亿贷款已获批准。这笔钱的主要用途是解决内迁工厂的困难，可做恢复生产启动资金，可做迁回原籍复工费用，但从后来的结果看，归还贷款者不超过5%，算是对内迁工厂内迁过程中的损失的补助和服务抗战的奖励。

全国工业协会总会接到这笔巨款不好处理，经过与四联总处反复协商，最后达成一个前所未有的协定。胡西园回忆说：

第六章 | 抗战迁渝（1937—1945年）

> 胡（西园）等立即与刘攻芸（四联总处负责人）商妥贷款办法及手续，决定如下：一、贷款以承兑汇票方式发放之，二、贷款者为当然出票人，三、以迁川工厂联合会为承兑人，四、全国工业协会总会为担保人。这种史无前例的贷款办法，表面上看，似乎是根据实际、十足照顾的。如果按照银行过去的惯例，承兑人和担保人，非殷实的工商业者不可，在这样的穷困环境中，哪一家肯做承兑人和担保人呢？现在政府明知迁川工厂联合会和全国工业协会总会都是空的团体，要这样的机构来做承兑人和担保人，不过是完成贷款的手续而已。①

正是因为这种情况，贷款人和担保人都是迁川工厂联合会和全国工业协会总会，用款的则是数以百计的内迁工厂，显然违反银行贷款原则和办法，以至造成后来95%的用款人拖欠不还，而贷款人和担保人也未因此承担经济责任，这是史无前例的。

> 本市工业团体日前曾推举代表向财政、经济二部呈目前工商界困难情形。昨日复由胡西园再谒财政部俞部长，详述工业界亟须拯救之情形。俞部长面告胡氏，关于紧急工贷部分，已核定五十亿元，机器、房地产、成品、原料均可抵押，手续当力求简便。至于订货收购部分，胡氏定明日再谒经济部翁部长请示办法。国民参政会驻会委员会，于昨日邀请工业界胡西园、余铭钰、胡厥文、马雄冠等到会，商讨关于救济目前工业界危机之有效办法，由参政员冷遹、黄炎培、王云五三氏主持，彼此交换意见，商讨达三小时之久，结果将建议政府迅速办理云。②

---

① 胡西园著：《商海往事前尘》，中国文史出版社2006年版，第187页。
② 《中央日报》，1945年9月2日第三版。

百年大商人

重庆南岸有28家小工厂没能参加这次贷款,见大家拿到贷款着了急,急忙向政府请求贷款,得到经济部部长翁文灏和四联总处负责人同意。1945年9月28日,四联总处理事会讨论这件事,不同意贷款。胡西园为此多方反映无效。1945年12月31日,胡西园坐飞机离开生活了八年的重庆。他在飞机上俯瞰重庆,回忆在这儿经历的风风雨雨,禁不住黯然伤神。

胡西园后来回忆说:

> 后因上海来电频频催我回去,于是我转而对自己所辖的四川八个工厂做出安排。这八个工厂是电灯泡厂、机器厂、热水瓶厂、炼油厂、松香厂、化工厂、制革厂和胶木厂。其中电灯泡厂、机器厂、热水瓶厂和松香厂,由我自己负责任总经理,其余四个厂我虽亦担任总经理,但下面都设有经理各主其事。到了我东下之时,对这八个厂做通盘安排,并把人事重新调整了一下。这八个厂原则上是全部留在四川。电灯泡厂改名亚洲厂……其余各厂亦都做了新的部署。我于1945年12月31日搭飞机回沪。至此,我在抗日战争期间到后方从事工业生产整整8年零77天。①

抗战期间工厂内迁历史至此结束。

纵观民商抗战迁渝这段历史,尽管有种种不足与遗憾,但广大民商秉承国家有难匹夫有责的精神,服从民族利益,响应政府号召,不畏牺牲,不计损失,历经千辛万苦,将工厂迁到千里迢迢大后方重建、复工,服务抗战,展现了中华民族生生不已、自强不息的精神,捍卫国土、抗御外敌的非凡勇气以及坚韧不拔、负重前行的坚毅决心,是一部宏伟壮观、气势磅礴的历史诗篇,是一幅可歌可泣、可圈可点的历史画卷。

---

① 胡西园著:《商海往事前尘》,中国文史出版社2006年版,第196页。

第七章

何去何从（1945—1949 年）

百年大商人

抗战胜利令广大民商欣喜若狂,虽然自己的工厂伤痕累累,但建设新国家的理想和东山再起的愿望还是让他们满怀信心,于是一个个宏伟的重建规划出笼,一幅幅美好的图画展现在眼前。

抗战期间,民商的许多建设计划毁于战火,只好深埋于心,现在抗战胜利了,心里的计划发芽、成长、壮大,都急于把它变为现实。船王卢作孚便是其中的代表。抗战期间,卢作孚的民生公司为抗战做出巨大牺牲,也坚韧不拔地生存着,期望胜利的那一天。现在这一天终于到了,卢作孚迫不及待地提出了民生公司的发展规划,希望大展拳脚。

卢作孚这个想法,其实早在1944年世界反法西斯战争曙光在望的时候就产生了。那年11月,国际通商会议在美国举行,卢作孚有幸作为中国代表参加。这次会议是世界民主国家谋划战后全球通商大格局的规划会,意在联合各国重振世界航运业,有美国、英国、法国、加拿大、中国、苏联等国代表参加。不知什么原因,卢作孚在这次会议上没有争取到国际合作。

卢作孚郁郁不得志,正准备启程回国,突然有人上门拜访,一看名片十分惊讶,竟然是老熟人周茂柏,不禁起了疑惑:他不是民生机器厂的前厂长吗?便问周茂柏:"你怎么会在纽约?"周茂柏回答:"我现在是资源委员会驻加拿大代表,有事来纽约,听说中国代表团来了,特意前来拜访,没想到竟是老首长。老首长你好吗?"二人紧紧握手问好,一番应酬后,卢作孚说起此行空手而归的事。周茂柏眉头一皱,说他可以代为在加拿大联系。卢作孚眼睛一亮,急忙说好,便详细问起加拿大融资的可能性。二人一番娓娓叙谈,最后达成共识,周茂柏先介绍卢作

重庆民生机器厂,创建于1928年9月,1939年开始建造新船,1945年有职工2200人、机器设备300余部

孚认识加拿大驻美国商务代表皮尔士,听听他的意见再说。

皮尔士听了他们的想法和提供的融资计划书,很感兴趣,答应研究,请他们在纽约等待回信。事后,皮尔士立即与加拿大驻华大使馆联系,得到卢作孚的详细情况,再与国内商务部、中央银行等联系,然后约见周茂柏和卢作孚。

> 卢作孚利用担任政府交通部常务副部长的身份,结交了一些外国驻华使节,向他们分送了有关民生公司经营情况的资料,引起加拿大驻华大使的注意和兴趣。1944年10月,他又利用赴美参加国际通商会议的机会,结识了加拿大驻美商务代表皮尔士。通过皮尔士的介绍,卢先生又于1945年2月专赴加拿大,与加政府有关部门和金融界具体商谈。由于加政府事先对民生公司和卢先生有所了解,以及战后输出资本、发展工业的需要,因而很顺利地达成了借款造船的协议草约。草约规定,由加拿大帝国银行、多伦多银行、自治领银行3家银行,贷予民生公司1500万加元(当时加元与美元比价相当),用于在加拿大订造轮船和购买材料,拟造小型客轮12艘、大型客轮6艘,贷款由民生公司出具期票,加政府为民生公司向船厂保证到期付款,偿还银行,同时由中国政府致文加政府,为民生公司贷款担保。这是一笔长期、低息、大款额并不附带任何条件的优惠贷款。①

1946年10月,中国政府批准为这笔贷款担保,卢作孚与加拿大方面签订正式借款合同。1948年,卢作孚在加拿大订购的轮船开始陆续到达中国,至1949年共到达9艘。卢作孚与金城银行合资组建太平洋轮船公司,从美国买回3艘轮船。另外,卢作孚还在这之前,从美国买回十几艘退役军用船只。在此基础上,卢作孚开辟上海至国内多地的多条内河和海运航

---

① 胡冰著:《大商传奇》,辽宁教育出版社2011年版,第288页。

线,并着手开辟国际航线,开始实现他发展全球航运的梦想。

与卢作孚同时赴美参加世界通商会议的实业家还有陈光甫。这位上海银行董事长,曾在抗战期间为中国争取美国贷款做出重大贡献,如今抗战胜利了,自然踌躇满志,准备大干一场。因为有非常良好的美国上层关系,所以陈光甫选择在美国大展拳脚。他联合浙江银行,与美国两个投资公司共同出资500万美元,组建在纽约注册的中国工业投资公司,同时又联合多家中国企业,与美国电器厂商联合组建中国工业拓展公司,资本1000万美元,准备在战后大规模引进美国技术、资金,利用美国销售渠道,发展中国工业产品,促进中国经济发展。

卢作孚与陈光甫都是为抗战做出重大贡献的杰出代表,照说有资格、有能力在战后再现辉煌,可天公不作美,就在他们扬鞭催马出发时,国民党政府撕毁和平协议,进攻共产党军队,共产党军队奋起反抗,内战爆发,满目疮痍的中国再度陷入苦难中。一切,包括卢作孚和陈光甫的宏伟计划,全部化为泡影。

抗战胜利,重庆许多内迁工厂开始东归回乡。他们沿着抗战迁渝的老路,或坐船沿长江出三峡,或坐车北上过秦岭,只是不像以前带着成百上千吨机器设备和众多员工,而是产业就地拍卖,员工就地遣散,也没有了以前那番慷慨激昂,心里想得更多的是如何回乡重起炉灶。不过等待他们的家乡,并非思念了多年的梦中之乡——一切都已因战争而变得面目全非。

原上海机器厂厂长颜耀秋这时困难重重。抗战胜利后,重庆战时生产局宣布终止订货合同,停止付款,迫使他关闭工厂,贱价卖出机器、原材料,遣散职工,挥泪离开重庆。回到上海,颜耀秋最大的愿望是收回被日本强占的工厂。他联合22个内迁返沪工厂负责人,向国民政府请求,优惠承购被政府作为敌伪资产没收的原属自己的工厂。经过一番奔波,1945年10月,颜耀秋用4亿多元法币购得敌产江南造机厂,改名上海机器股份有限公司,自任总经理。新公司生不逢时,成立伊始,恰逢内战爆发,物价飞涨,民不聊生,加之战后美国货大量来华倾销,致使损失严重,入不敷出。颜耀秋原以为抗战胜利百业复兴,自己的机器厂大有用武之地,

第七章 | 何去何从（1945—1949年）

一定比抗战期间发展得好，没想到现在更困难，且办法想尽了还是无力回天。1948年秋，失望到极点的颜耀秋宣布上海机器股份有限公司倒闭。

这年颜耀秋54岁，白发初显。从1919年上海同济大学毕业，到1930年创办上海机器厂，到抗战军兴出任上海工厂迁移委员会主委、上海工厂迁鄂委员会主委、迁川工厂联合会主委，30年创业梦至今终告破灭。

与颜耀秋同时从重庆回到上海的还有灯泡大王胡西园。回到上海，胡西园的遭遇与颜耀秋相同，工厂留在重庆了，回到上海赤手空拳，最迫切的是找回自己被日本占领的工厂。经过与政府敌伪工业局反复交涉，胡西园收回被日本占用的辽阳路总厂，重新建立亚浦耳公司，逐步恢复到战前原状，在1946年试制成国产第一只日光灯管。比颜耀秋幸运的是，胡西园的工厂虽然在内战中伤痕累累，但因为他的产品是市场上不可缺少的，所以勉强维持到中华人民共和国成立。

刘鸿生早胡西园两个月离开重庆，回到上海的情景也比颜耀秋、胡西园好一些。1945年10月，刘鸿生回到上海，出任善后救济总署执行长兼上海分署署长、经济部计划委员会委员、上海市政府咨议委员，继续抗战后期亦官亦商的身份。正是这个原因，刘鸿生顺利收回他在沦陷区的全部企业。不过接着爆发的内战给刘鸿生带来重重困难，特别是国民政府实行的金圆券政策，迫使他的企业出现经营困难，除火柴和码头业有暂时的发展外，其余企业陷于瘫痪，令这位天才商人束手无策，望洋兴叹。这年刘鸿生60岁。

这是回迁工厂遇到的普遍问题，就是要求政府将自己被日本占领或强买的资产，无偿归还或赎回，而这些资产被国民党政府作为敌产没收，不愿还给民商，要么并入国有企业，要么纳入官僚资本，实在是说不过去了，才勉强部分归还民商。颜耀秋、胡西园、刘鸿生能赎回自己的工厂实属侥幸，而其他很多民商没能要回自己的资产。

上海胜德织造厂组建于1914年，厂址在梅白克路，创办人是顾兆桢，生产机织花边。这年顾兆桢28岁，刚从上海福州路一家洋货店学徒满师出来，踌躇满志，意气风发。顾兆桢熟悉业务，精于管理，组建自己的工

百年大商人

厂后艰苦创业，勤俭办厂，不断得到发展，于1918年购置小沙度路13亩土地，添置日本针织机、梳织机、瑞士绣花机，生产国产纽扣、线袜，扩大生产，工人增至2000余人，随后又投资组建胜德赛珍厂，生产酚醛树脂日用品、工业品，到抗战初期，在上海、南京、天津、武汉、杭州、香港等地区及新加坡开设发行所和代理处，生意兴隆，实力大增，成为中国著名的塑料工厂。

全民族抗战爆发，胜德赛珍厂被日本人强行低价购去。顾兆桢心灰意冷，为避免胜德织造厂遭殃，宣布解散胜德织造厂。抗战胜利，顾兆桢有了希望，立即向政府申请归还工厂，但几经反复，最终落空，失望到极点，但仍不死心，开始重建胜德厂，于1947年开工投产，再次以胜德产品投放市场，希望重整旗鼓，再现辉煌。

陆之顺的情况也类似。前面介绍了，全民族抗战爆发，陆之顺主动内迁，带领他的陆大铁工厂——60余名员工、100余吨机件，经津浦、陇海、平汉三路，从济南内迁到武汉，从武汉内迁重庆，坎坷几千里，长亭短亭，披荆斩棘，到达目的地，重建、复工，支援抗战。抗战胜利，陆之顺没有变卖产业，带着他的工人和机器踏上东归的漫漫征程。

1946年，陆之顺将陆大铁工厂迁回兰州，1948年在兰州创办教会小工厂，人称"葡萄园"，对学徒工实行半工半读，厂内设简易教堂，供全厂员工和附近信徒总计五六十人做礼拜，厂内还住有美籍、瑞典籍牧师八家人。1948年，上海中华圣经会派瑞典传教士马丁荪来兰州创立中华圣经会西北分会，与美国传教士魏好仁同住"葡萄园"。

除上述情况外，还有一种情况——在家乡的企业被战争破坏得面目全非，

胡玉美之胡广源酱园百花酒广告："巴拿马博览会独得头等金牌"，指其所产白玫瑰酒

第七章 | 何去何从（1945—1949年）

半死不活。安庆有家祖传酱园叫胡美玉，创建于1830年，奠基人是胡竹芗。胡竹芗有个后人叫胡子穆，1917年毕业于日本东京高等师范博物系，先后出任安徽电政监督、芜湖税务局长，于1928年出任胡美玉酱园总经理。1937年全民族抗战爆发，胡子穆把酱园留在老家，自己带着家人内迁来到重庆，重操师范旧业，做了重庆国立九中、国立体育专科学校、綦江女中的生物教师。抗战胜利，胡子穆回到安庆老家。这时留在安庆的胡美玉酱园多数遭到破坏，只有三家分店侥幸尚存，但生意凋零。胡美玉酱园是胡氏家族的产业，胡家子孙握有多少不等的股权。大家开会商量如何是好。众人各持一端，分歧严重。有的说糟蹋得太厉害，没法恢复，有的说恢复需要大笔资金，没有钱，有的说卖了分钱，每房还能得点钱。胡子穆和多数人坚持重建复业，再大的困难也要克服。

> 最后，少数服从多数，做出决定，胡玉美只许发展不许夭折，要想法保住根基。通过选举，胡子穆继任总经理。胡氏家族各房头为支持复业，翻箱倒柜，把剩余私囊统统拿出来，有的卖首饰、字画、古玩变换资金，还向社会募集了总额达4000万法币。①

不难看出，抗战对民商的冲击还是很大的。抗战初期，安庆胡玉美酱园在安庆开设支店8家、经销处十余处，还开有南京支店、汉口支店、上海经销处，总资本达到200多万元，是安徽省著名民商企业。抗战结束，胡玉美酱园仅存安庆三家支店，剩余物资总计只有元酱29缸，蚕豆酱、蚕豆胚30缸，酒半吨，其他资本丧失殆尽。这个严峻的现实使股东们在重建复业还是关门拍卖问题上发生尖锐分歧。这是百年中国民商经历最严重考验的一个缩影。

经过一年努力，胡子穆带领胡玉美酱园重整旗鼓，发展生产，购进各

---

① 吴牧：《百年老店胡玉美的传人胡子穆传略》，安徽省政协《安徽著名历史人物丛书》编委会编：《安徽著名历史人物丛书》第五分册，中国文史出版社1991年版，第355页。

种机器设备，建造起9间厂房，陆续在安庆开设支店和销售处，生产和销售逐渐有所恢复。这时内战爆发，人心惶惶，市场不景气，致使胡玉美困难重重，到1949年情况越发严重，胡氏家族股东重新提出变卖分产要求，一时间又现黑云压城。胡子穆十分为难，一时不知如何处置这家百年老店。

像胡子穆这样东山再起，继而夕阳西下，是当时民商的又一个普遍现象。许多民商经历抗战后已奄奄一息，抗战胜利后得到一些补足又慢慢缓过气来，但不久内战爆发，一切又无从谈起，新的灾难再度降临，令民商手足无措。汉口苏恒泰伞厂就有类似情况。

汉口苏恒泰伞厂创设于1864年，创始人叫苏文爱，经营手工制作的伞，初期单干，后来陆续发展到15个工人，月产伞500把，每年获利200串钱，到1905年，发展到100多工人，月产伞5000把，远销湖北、湖南、河南、河北，成为湖北十大名牌之一。全民族抗战爆发，武汉失守，苏恒泰伞厂被抢劫一空，生产极度萎缩。抗战胜利，创始人苏文爱的孙子苏荫泉重振祖业，艰苦奋斗，白手起家，慢慢恢复了苏恒泰伞厂。苏荫泉撰文回忆说：

> 1945年抗战胜利，各业都在准备恢复。我就要弟媳鲍天白到湘潭组织作坊，我在汉口筹措资金。那时正值农民银行开发押贷，我将汉口店面不动产契约借修建名义，低借到一笔贷款，根据当时现银计算，约有5000元，赶购原料，剩下来的就购买棉纱。因为那时正值四大家族投机倒把，操纵市场，货币贬值，物价一日数涨，众相抢购物资。棉纱运回湘潭后，转手间又可赚进大批原料。总之抢着寄存货品和原料，不敢储存货币。我充实了周转资金后，就想再进一步的把质量搞好。我认为丝绵包顶伞厚薄不均，且没有经过纺织加工，还是不好，于是改用纺绸，克服了上述缺点。头发绳挽边，仍保不住伞边的折断和裂口，就改用拉力强的纯丝线。伞脑由含水易朽的松木改为坚结不含水的株木，又在光油内渗入动物油，使油质保持润泽、柔软。质量进一步改好后，营业上收获也大，年产销量不但恢复了10万把水平，而且供不

第七章 | 何去何从（1945—1949年）

应求。①

这是东山再起的例子。再看广东富国煤矿夕阳西下的例子。

富国煤矿创办于1929年，创办人是大股东谭礼庭，占总股本100万元的90%，出任董事长，工程师是薛基棉，北京大学矿科毕业，矿址在韶关钩嘴岭。富国煤矿有政治背景，股东有广东军界的陈济棠、香翰屏、余汉谋、李杨敬，所以生产销售顺利，1935年煤产量到达137300吨，盈利可观。抗战期间，富国煤矿好景不再，经营惨淡，后来被日军攻占，破坏严重，损失殆尽。抗战结束，富国煤矿获得政府巨额贷款，逐渐恢复生产，月产量达到3000余吨，初现欣欣向荣。不久内战打到广东，波及富国煤矿，于是刚有起色的生产销售顿时遭到破坏。

这时的总经理是陈延炆，做过粤汉铁路局长。他撰文回忆说：

> 是年蒋介石所发动的反人民战争在东北和华北各个战场上着着失败，广东离战区尚远，得以一时苟安，故是年富国公司营业情况在上半年尚好，但到了将近年底的时候，由于金融崩溃，人心浮动，营业渐不如前。1949年5月，解放大军渡江南下，势如破竹，广东局面紧张，蒋政权已濒崩溃，燃料供应委员会对富国产煤亦停止收购，于是矿场存煤因铁路忙于军运无法拨车，北江沿岸盗贼蜂起，水路亦梗塞，河边厂积存三四千吨之多，流动资金亦将告罄，矿警四十名仅敷维持治安，全体留用，其他员工则酌留小部分而已。②

尽管广大民商努力重建、复工，政府也给予若干扶持，但民商资本的

---

① 苏荫泉：《名扬华中的汉口苏恒泰伞店》，武汉市政协文史资料委员会编：《武汉文史资料》，1988年第三辑，第154页。
② 陈延炆：《富国煤矿公司办理经过》，中国人民政治协商会议广东省广州市委员会文史资料研究委员会编：《广州文史资料》，1963年第二辑，第95页。

百年大商人

恢复远远落后于官僚资本的战后反弹，从抗战后期开始的官僚资本膨胀的势头，在战后不仅没有收敛，反而愈演愈烈，换句话说，民商从抗战后期开始衰败的趋势，在战后不仅没有减速，反而是加速运动。

> 后方工业在1943年以后已出现衰退，而市场混乱，盛行囤积居奇。1945年8月胜利突然来临，物价猛跌，到次年2月约跌落30%。囤货者急于脱手，而资金大量东流，市场银根奇紧，战时生产局又停止加工订货。这样就出现了"胜利的爆竹一响，工厂便陆续关门"的景象。据称，到1946年底，迁川工厂联合会390家会员厂仅存100家，开工者只20家；中国工业协会重庆分会所属厂470余家，停工者达三分之二；四川中小工厂联合会的1200家工厂，歇业停工达80%。①

与上述民商不同的是，在内战爆发之际，部分民商为保住既得利益，避免日落西山，采取向境外或港台转移资产的做法，独善其身，以致资金大量外流，加剧了民商的衰败。

天津东亚毛呢纺织公司创办于1931年，创办人是山东青州人宋棐卿，时年33岁，年轻时曾就读于齐鲁大学、燕京大学，去美国学习过企业管理。归国后，宋棐卿出资13万元，募得时任山东省主席韩复榘10万股金，开办天津东亚公司。宋棐卿出任董事长兼经理。1932年4月开工投产，有工人250人，生产抵羊牌毛线，打的是爱国招牌，一经上市，备受欢迎，当年即生产、销售10万磅，以后逐年增加，最高达到年生产、销售70万磅，成为全国名牌。抗战时期，天津东亚公司在租界转型生产麻袋、西药，惨淡经营，卓有成效。抗战胜利，内战爆发，宋棐卿见势不妙，1946年就开始向香港转移资产。1947年，东亚公司成立15周年，取得了相当大的成就，资本从23万银币发展到3亿法币，员工由250人发展1000人，股东由20

---

① 许涤新、吴承明主编：《中国资本主义发展史》第三卷，人民出版社2003年版，第652页。

第七章 | 何去何从（1945—1949年）

人发展到1万人。

当事人、河北省银行总经理杨天受和李静山撰文回忆说：

> 日敌投降后不久，内战全面爆发，形势日益险恶。宋棐卿为了逃避抢购和通货恶性膨胀的影响，保存实力，将历年积累的公积金和机器折旧准备金等共值69亿余元（约合港币150万元），以偷梁换柱的方式，向上海、台湾、广州等地发货，高价抛出，变款逃汇香港，以一部分换回原料，另一部分作为基金在香港建立分公司纺制毛线，并于1946年遣其弟、东亚副经理宋宇涵去港办理建厂事宜。港厂于当年年终出货，并且打开了销路。①

宋棐卿的出走有不得已的原因：抗战胜利后，国民党天津市党部在东亚厂组建工会，组织工人罢工，影响企业管理和效益；抗战胜利后，美国毛线、西药大量来华倾销，迫使东亚西药滞销停办；山东师长孙桐萱派人敲诈东亚公司，勒索巨款，诬陷宋棐卿是汉奸，致使其一度被拘押；内战爆发后，国民党伤兵哄抢东亚物资，国民党军队强征25000条麻袋。这样一来，宋棐卿感到没法在内地办厂，便陆续抽资去香港，并于1949年以去香港治病为由离开了内地。

无锡也有类似情况。无锡九丰面粉厂创建于1909年，创办人是无锡人蔡缄三、唐保谦，有钢磨12座，日产面粉5000包。九丰面粉厂发展良好，在无锡设批发处，相当于总管理处，在上海设申庄，负责收集商业信息，所产山鹿牌面粉畅销全国，日产量达到8000包。1920年，蔡缄三、唐保谦等人创办庆丰纱厂，唐保谦任总经理，他儿子唐星海任工程师，

著名实业家宋棐卿

---

① 杨天受、李静山：《天津东亚公司与宋棐卿》，中国人民政治协商会议全国委员会文史资料研究委员会编：《工商史料2》，文史资料出版社1981年版，第109页。

百年大商人

有纱锭 14800 枚、织布机 250 台、1000 千瓦汽轮发电机一座。1936 年唐保谦去世后，唐星海任总经理。抗战初期，唐星海发展良好，资本总额达到 320 万元，占无锡六大资本集团的 20%。全民族抗战爆发，无锡沦陷前夕，唐星海将庆丰纱厂 1 万枚纱锭折运至上海租界、无锡周边乡下，惨淡经营，维持基本，无锡工厂被日商霸占。抗战胜利后，唐星海收回九丰面粉厂和庆丰纱厂，到 1947 年恢复纱锭 52000 枚、织布机 364 台，出现了短暂繁荣。后来国民政府实行经济戡乱政策，物价飞涨，工业凋敝，唐星海于 1948 年抽走大量资金到香港创建南海纱厂，离开了内地。

从上面两例不难看出，一旦失去生存条件，或者说当资本无法流动增值的时候，民商便出现几种选择，要么坐以待毙，关门停业，要么转移资本，远走高飞。这既是资本的基本属性，也是民商的基本属性。不过也有例外，比如无锡的丁熊照，1925 年创办无锡汇明电池厂，有 8 个工人，经营良好，1930 年发展到 500 多人。全民族抗战爆发，丁熊照把工厂迁到英租界发展，生产保久牌小灯泡，月销售量由 30 万只发展到 100 万只。1941 年日军占领上海租界，丁熊照把工厂机器资金迁往重庆，但途中损失殆尽。抗战胜利后，丁熊照尽快恢复生产，不久内战爆发，没法恢复，只好出走，但却做出一个惊人的决定。

> 抗战胜利后，他尽快尽力恢复了"大无畏"牌电筒、电池的生产，可是国民党反动派不让人民和平宁静地生活，悍然发动了内战，物价飞涨，原材料缺乏，无法进行正常生产。丁熊照为了继续发展事业，于 1948 年携家眷离沪前往香港，将 90% 的资金仍留在内地。他说这是"尽余做人之职责耳"。①

民商要撤走资金并非容易的事，多数民商没有这个条件，也没有这个打算，只好就地卧倒，备受煎熬，希望和平早点到来。这个阶段对

---

① 高燮主编：《吴地实业家》，中央编译出版社 1996 年版，第 136 页。

第七章 | 何去何从（1945—1949年）

民商来说是百年来最艰难的岁月，是在生死存亡的边缘上苦苦挣扎的岁月。

国民党统治时期，济宁玉堂酱园一如既往没有什么起色。除了经常遭到敲诈勒索外，于1947年7月，遭受历史上最严重的一次损失。当我人民解放军围攻济宁城时，国民党县长张积庆为保住城池，采取了焦土政策，于17日夜，把南门外一带烧成一片瓦砾。玉堂也被抢了三天三夜，遇到了创始以来最重的浩劫。①

杭州都锦生丝织厂厂长宋永基回忆说：

1948年，我决定将上海租地造房的厂房出卖，全厂迁回杭州艮山门，所得资金可以恢复生产。厂房出卖成功后。我即返杭，与刘清士商量在杭州恢复生产，并请他去沪上与工人讲清迁厂的原因，要求工人协助完成。不料工人不相信，拒绝迁厂。我就立即赴沪，与工人讲清迁回杭州生产的打算。工人们怕我迁到杭州又不生产，要求得到保住。工人们的合理要求和我的打算是一致的，于是立刻同意他们提出的要求。他们立即动手拆装机台，约十天就顺利迁回杭州，又半个月机台也全部装好，就开始织造七丈绉。我虽知七丈绉像织锦缎一样也要亏，但是由于对工人做过保证，虽然亏本，比织风景积压存货要好一些。因此以部分机台织七丈绉，部分机台织丝织风景及五彩国画。②

---

① 张正宽、时家驹：《京省驰名的玉堂酱园》，山东省政协文史资料委员会编：《山东工商经济史料集萃》第三辑，山东人民出版社1989年版，第125页。
② 宋永基：《回忆都锦生丝织厂》，中国人民政治协商会议武汉市委员会文史资料研究委员会编：《工商史料2》，文史资料出版社1981年版，第142页。

百年大商人

文史专家方文瑜撰文说:

日本投降后,陈拔廷想收拾残局,重张旗鼓,唯无资金,又缺机器,十分困难。尚幸港厂大部分机器运回广州,于1946年7月勉强复业。香港厂房地产陆续出卖,得款部分分派给股东,部分拨回广州厂。广州厂改组为协同和机器厂股份有限公司,陈拔廷自任董事长。复业初期,自己困难,幸得经理林志澄与当时交通银行的关系,银行给予信贷,渡过了难关。然而饱经日本帝国主义的严重摧残,整个广州的经济很快濒于总崩溃,民族工业又再面临绝境。协同和从1946至1948年这复业今后的三年中,仅生产了内燃机四台75匹马力,碾米机九台和少数的榨油设备,生产总值竟低于创办第二年的1913年,资金周转更是困难,常常为了发工资而四出举债。①

李松庵是葡萄酒大王张弼士子孙的亲戚。他回忆说:

抗战胜利后,国民党接收人员敲诈勒索,使张世环(张弼士的孙子)穷于应付,中国银行追还40万元借款的八年利息,手段层出不穷。国民党官员的汽车开进厂里,予取予携,更借口劳军,对酒厂的酒无厌需索。张世环无法应付,急央其父回厂主持。张秩君(张弼士的长子)经过被焚烧后的一段沧桑,对重操旧业视为畏途,宁愿终老原乡——大埔县,不肯再出。张世环又回到广州,企图变卖穗市产业应付危局。张弼士在佛山的裕益砂砖公司,早于日伪占领时,为当地大天二竺戩炳勾结日敌,以13万元日伪储备券购买,抗战后全部厂房被拆毁。张弼士在广州警察

---

① 方文瑜:《陈拔廷与协同和机器厂》,中国民主建国会广州市委员会、广州市工商业联合会、广州市政协文史资料研究委员会合编:《广州工商经济史料》第36辑,广东人民出版社1986年版,第48页。

第七章 | 何去何从（1945—1949年）

局高级官员的同乡张颂亭所把持，无法要回。靖海路张家产业大楼五间，抗战前为张弼士四子剑豪廉价抵押给国民党大员李大超，如能赎回转卖，预计可得款港币二三十万元，用济燃眉，但又为李大超所拒绝。李大超和他的老婆王孝英索性把张世环摒出门外，将产业据为己有。

张世环这一次的广州之行，结果大不如十五年前乃父的报穷，连首饰也得不到以终。自张弼士1916年逝世以后，15年而其子报穷，报穷得来终为日敌和国民党夺去；又15年而其孙卖产，产未卖而已为人攫取，竟连产也卖不成。距张裕葡萄酒公司之创业为时50年，亦张弼士死后30年间事也。[①]

这段文字读来令人心酸，接连不断的战争，竟把辉煌一时的张裕葡萄酒公司破坏得满目疮痍，遗产殆尽，真是匪夷所思，不可想象，可见这段时期民商经营之惨淡，生存之艰难。

转眼来到1949年，人民解放军以排山倒海之势，相继发起辽沈战役、平津战役、淮海战役、渡江战役，百万雄师下江南，打垮国民党军主力，先后占领华中、西南、华南，彻底打败国民党政府，夺得全国胜利。在这历史转折的关键时刻，广大民商再一次经历严峻的考验，是留在大陆重建复工、坚持和发展民族经济，还是转移资产、远走他乡？这个时期，一批民商去了我国香港和台湾地区，一部分去了东南亚、澳洲、美国、英国，更多的民商留了下来，还有不少民商走出去了又回来，还把转移出去的资产和机器设备物资带回来。刘鸿生、卢作孚就是这方面的代表。

1949年4月，中华人民共和国成立后，何去何从成了刘鸿生最迫切需要回答的问题。解放军通过电台对刘鸿生做工作说："请刘鸿生先生留在上海不要走，解放军保证按照发展生产、繁荣经济、公私兼顾、劳资两利的政策，保护刘氏所有工矿企业。"国民党则劝刘鸿生去台湾。上海社会

[①] 李松庵著：《张弼士与烟台张裕葡萄酒公司》，文史资料出版社1981年版，第175页。

百年大商人

局长陈保泰多次打电话催促刘鸿生,派人监视刘鸿生,最后派专机将刘鸿生送去广州。面对如此变革,刘鸿生犹豫不决,一时不知如何是好,陷入深深的苦闷之中。形势所迫,身不由己,刘鸿生乘飞机离开上海来到广州,随即又去了香港。在香港,国民党人劝他去台湾,给他若干许诺。刘鸿生与国民党打过多年交道,也亲眼看见国民党如何一败涂地,所以婉言谢绝了台湾之请,但碍于香港也不安全,内地的情况也不清楚,一动不如一静,哪儿也不去。

1949年5月上海解放后,消息来了,刘氏企业得到解放军妥善保护,让刘鸿生略略放心。不久,刘鸿生的儿子刘念义突然来到香港,告诉他周恩来先生亲自派人来港请刘鸿生回内地。刘鸿生格外高兴,觉得共产党比国民党靠得住,答应回上海。这年10月的一个夜晚,刘鸿生在人护送下悄悄登上英国太古邮轮,驶离香港,一路北上回到上海。

再说卢作孚。卢作孚当时的情况与刘鸿生大同小异。1948年底,卢作孚的航运业十分萧条,海运停止,长江航运只有十来条船在维持,令卢作孚忧心忡忡。不久,广州解放,卢作孚及他的海轮困守香港。这时台湾来人劝说卢作孚去台湾,共产党也派人来港劝说他回内地。卢作孚对内地的人说了自己的困难,那就是向加拿大贷款购船的欠款及利息,因为业务萧条已经没法支付了,如果再拖下去,加拿大要收回这些海轮。消息传回北京,引起共产党高层注意,认为这不是卢作孚个人经济问题,且与中国海运发展大有牵连,必须予以支持。

这时国民党方面不断有人来劝卢作孚到台湾,被他拒绝。晏阳初建议他到美国,也被拒绝。共产党方面此时也伸出橄榄枝。周恩来派人到香港去接触卢作孚,表示加拿大还款可以由人民政府担保,并欢迎卢作孚回国参加政治协商会议,共商建国大计。为了表示诚意,1950年3月,人民政府给民生公司贷款221.6万元,按时付清了加拿大借款的第一季度利息。5月,人民政府又贷给44万元人民币,以维持民生公司的航运业务。此举令卢作孚大为感动和放心，决定北上，于1950年6月回到北京，民生公司所属轮船也基本回到内地。①

刘鸿生和卢作孚的回归代表了多数民商的心愿，因为他们的根在中国，他们的市场、资金、商品是中国人的，他们无法斩断与中国千百年来的联系，特别是与近百年中国经济已融为一体，不可分割。同时他们还有一个发展中国经济的夙愿，既然国民党政权无法给予实现的环境，便寄希望于共产党。民商的发展离不开和谐安定的社会环境。从1931年到1949年的18年间，民商的发展接连遭受日本打压、内战破坏，已经非常困难，非常渴望有一个安定的发展条件。这便是刘鸿生、卢作孚及广大民商寄希望于共产党的原因之一。类似者还有著名实业家吴蕴初、周作民、李国伟、顾兆桢。

---

① 言夏著：《国商》，当代中国出版社2008年版，第184页。

结束语

　　回首1840年鸦片战争，国门洞开，外商入侵，中国自然经济逐步衰退，外商和买办大行其道。买办既为外商服务，把世界工商产品、经营方式引进中国，也逐渐做起自己的生意，开公司，办商铺，修铁路，开煤矿，于是有了现代民商的雏形。鸦片战争后，清廷为强国图新，大兴洋务运动，办起一批洋务军工企业，培养出许多现代工商管理人才。甲午海战宣告洋务运动失败，洋务军工企业部分转为民用企业，清廷的工商政策也逐渐开放，由官办、官商合办，逐渐转为官督商办，官扶商办，加之外商在华经营策略变化，取消或减少买办，买办阶层便转为自己经商，再加之地主大量投资现代工商业，于是便诞生了中国现代民商阶层。

　　中国民商生不逢时，诞生于鸦片战争、中日战争、中法战争，成长于八国联军侵略战争、辛亥革命、第一次世界大战，消退于抗日战争、解放战争，既有先天不足之虞，又有后天饱受战争摧残之灾，但凭实业救国的一腔热血和传承千年的聪明才智，与外商抗衡，与官僚资本抗争，顽强生存，其兴起、发展、壮大、没落令人感慨，其自力更生、上下求索的精神可歌可泣。

　　改革开放的当代，党制定和实行改革开放大政方针，引进外资，发展民营经济，促使我国经济得以飞速发展、人民生活普遍改善，国富民强，举世瞩目。如果把一百年来民商生存状态与改革开放以来民营经济现状相联系，不难看出，在民营经济发展方面，历史有惊人的重合，并呈螺旋上升式的部分相似，值得当代人借鉴。

国际管理学博士王辉耀先生对此有精辟看法：

　　更令人惊叹的是，清末民初的开放格局正在当代中国重续，很多领域都在上演惊人相似的故事。正因为如此，第一代创业者的人生经历与商业传奇，对于当代中国商人群体及其企业来说，无疑是最为生动、实用的事业与人生的参考坐标。①

---

① 胡冰著：《大商传奇》，辽宁教育出版社2011年版，第6页。